안의 ,
별 사

안 의

安 義
別 辭

별 사

,

정 길 연   장 편 소 설

파람북

정길연은 지속성이 강한 작가다. 끈질기게 쓰며, 차착差錯이 없다. 강인하면서 염결성이 엿보이고, 심리 세계를 섬세하고도 날카롭게 헤집어낸다. 구성이나 문체, 어휘 구사 면에서 가장 완전하고 까다로운 작가라고 할 수 있다. 그 시대 풍조가 요구하는 한 방향으로 밀어붙이지 않고 많은 것을 고려하는 포용성은 돌출해 보여야 하는 한국 문단 풍조에서 불리한 요소로 작용하기도 한다. 작가는 40년에 이르는 창작적 도정 속에서 긴장을 늦추지 못하게 하는 플롯과 문장으로 삶의 이면을 날카롭게 드러내면서도 그 구원을 대립과 투쟁에서 구하는 대신 새로운 만남과 선의, 증여의 마음, 정신에서 찾는 자신만의 길을 개척한다. 바로 이 점에서 이제 다시 한번 본격적인 창작의 제2기 도정에 들었다고 말할 수 있다. 바야흐로 새로운 작가 정길연의 시대가 다시 열릴 것이다. 하나의 예감이다.

방민호 | 문학평론가, 서울대학교 국어국문학과 교수

이토록 연암燕巖을 우리 곁에 가까이 불러낸 작가가 있던가! 한 문장이 끝날 때마다 닿았던 마음 끝이 마치 아교로 붙인 듯 떨어지지 않는다.

연암의 우렁우렁한 서사와 은용의 그렁그렁한 서정을 부둥켜안고 작가가 살아낸 8년이 그야말로 웅숭깊다. '봄눈처럼 가볍게 착지하여, 스며들어, 깊은 우물이 되는….' 그런 글이다. 참으로 놀랍게도 읽는 내내 눈은 맑고 시린데 속이 캄캄해지는 건 무슨 연유인가?

해이수 | 소설가, 단국대학교 문예창작학과 교수

혁신은 창의성이 아니라 인간의 본성과 사물의 본질에 대한 통찰을 기반으로 한다. 따라서 혁신가의 마음은 그리움과 슬픔 그리고 좌절에 민감하게 반응한다. 본질에 천착하기에 그만큼 청정하다. 박지원은 혁신가였다. 비단실같이 가느다란 그리움의 연으로 박지원과 이어진 여인의 마음은 곱고 견고하다. 남편을 일찍 여읜 과부의 삶을 올곧게 추스르려 애쓴다. 『안의, 별사』는 박지원의 내면을 씨줄로, 여인의 독백을 날줄로 올올찬 태피스트리를 엮어냈다. 그 직조와 무늬가 섬세하고 우아하기 그지없다. 원고를 읽는 내내 꿈속인 듯 행복했다. 10년 가까운 세월을 이 글에 바친 작가에게 이런 글 한 편을 더 청한다면 대단한 무리이겠으나, 솔직한 마음은 그렇다.

김동헌 | 경영 컨설턴트, 공인회계사

소설을 쓰며 살아온 세월이 짧지 않다. '지금' '여기'를 다루기에도 늘 버거웠다. 내가 살지 않은 시대를 배경으로 글의 무대를 옮겨볼 생각은 감히 품지 못했다. 먼 과거를 불러오는 작업에 대해서는 상당한 어려움과 약간의 의문을 가지고 있어서 더욱 그랬다. 옛글을 좋아하고, 18세기 문사들에 대한 찬탄을 품고 있다고 해서, 또 마침 내가 소설가라고 해서 함부로 나설 일이 아니라고 생각했다.

그러다 연암 박지원이 쓴 글, 연암에 대해 당대의 누군가가 쓴 글, 후학이나 연구자들이 한글로 정성스레 옮긴 문헌 및 관련 연구서들을 계속해서 찾아 읽다 보니 어느 날부턴가 '웅장하고도 고독한' 한 사내가 홀로그램처럼 눈앞에서, 머릿속에서 형상화되어 갔다. 연모의 정이 깊어진 것일 텐데, 결국 사심을 이기지 못했다. 정직하게 말하면 내 마음을 바깥에 알리고 싶었다.

그렇게 시도한 고백이건만 몇 차례 덮었다 잡았다 하며 지지부진 시간을 끌다가 드디어 매듭을 지었다. 세상에나, 8년 만이었다. 평가를 떠나 일단은 한시름 놓았다. 덤벼들 때의 뜨겁던 마음은 적당히 차분해졌다. 글의 배경이 18세기 시공간이라는 근거로『안의, 별사』를 역사소설로 분류한다면, 나로서는 어쩐지 조금은 당황스러울 것 같다. 맺고 풀어지고, 잊고 잊히고 지워지는, 소멸해가는 단심丹心을 다룬 이야기로 읽어주면 좋겠다.

연암 박지원이라면 가장 먼저 실학파를 떠올리고, 이어 당대 최고의 문사이자 저 놀라운 『열하일기』의 저자로 기억하고, 나아가 꽤 알려진 특유의 호방한 기질과 처세와 풍모를 언급한다. 안의 현감으로 4년 2개월을 재직한 사실에 대해서는 상세히 알고 있지 못하거나, 알고 있더라도 그다지 주목하지 않는다. 연암의 글이나 그곳에서 벗들과 주고받은 편지를 제외하면, 오늘날의 함양군 안의면에 실체적 궤적이 거의 남아 있지 않은 까닭도 있겠다. 『안의, 별사』에서 그 시간과 공간을 구현해보고 싶었다.

연암과 미지의 여인이 각자의 자리에서 각자의 말을 통해 스치고 얽히고 엇갈리는데, 연암의 서사는 문헌 자료로 밝혀진 사실관계를 가능한 한 훼손하지 않도록 노력했다. 그것이 불후의 존재에 대한 예의라고 생각했다. 가상의 여인인 은용의 서사는 허구라는 장치를 활용했으나 자극적인 전개를 오히려 자제했다. 소설적 허용을 빈 무책임한 왜곡을 저지르고 싶지 않아서였다. 대신 하나의 단어, 한 줄의 문장이 주는 미학을 위해 신중히 어휘를 고르고, 한 조각 한 조각 공들여 썼다(당연한 일일진대). 어쩌지 못한 미진함은 나의 한계로 돌린다.

이 불의하고 무도한 시대에 한 권의 책이 차돌처럼 단단한 종주먹일

수는 없을진대, 그럼에도 민망함과 부끄러움을 무릅쓴다. 다만, 금권金權을 극히 미워한 연암의 정신이 이 혼란한 세태에 통렬한 지표가 되기를 소망한다.

흔연히 출간을 맡아주신 파람북 정해종 대표님, 일일이 각주를 다는 수고로움을 마다않고 살뜰히 편집을 진행해주신 현종희 님께 감사하다. 슬슬 손 가는 일 늘어가는 엄마의 안위를 무심한 척 챙기는 아들에게도, 이따금 근황을 주고받는 나의 벗들에게도 고마움을 전한다. 추천의 글을 보내주신 방민호, 해이수, 김동헌, 세 분의 후의도 잊지 않겠다.
　가장 큰 신세를 진 분들은 따로 있다. 조선시대, 특히 18세기 한문 사료들을 한글로 옮겨주신 학자, 연구자 분들이 계시지 않았다면 이 글은 시작은커녕 엄두도 내지 못했을 것이다. 그분들에게 이 자리에서나마 깊이 고개 숙여 절한다.

이천이십사년 십이월 끝자락, 봉담 못가에서
정길연

일러두기

1. 『안의, 별사』는 박지원과 이은용, 두 명의 화자가 건네는 이야기다. 연암 박지원의 이야기 속에는 연암의 시, 소설, 산문, 편지와 척독, 그리고 부친의 행장을 기록한 아들 박종채(종간의 개명 후 이름)의 『과정록』 등에서 인용하거나 재구성한 내용이 삽입되어 있으며, 출처를 별도로 표시하지 않았다.

2. 회상하는 서술에서 등장하는 대화는 ─로, 현재형 서술에서 등장하는 대화는 " "로 구분했다.

3. 책이나 가사집의 제목은 『 』로, 시나 노래의 제목은 「 」로 표시했다.

4. 본문의 주석은 편집자 주이다.

연암燕巖 박지원朴趾源은 4년 2개월을 안의에서 보냈다.

| 서序 |

맡아두었던 물건을 돌려보내오. 밤마다 내 그림자의 좋은 짝이었소. 내 이미 목을 빼고 돌아갈 날 기다린 지 오래고, 아침 일도 저녁이면 하마 옛일이니, 떠나는 이 순간도 내일이면 아마득한 옛날로 여길 것이오. 부디 자중자애하오.

병진丙辰년(1796) 삼월 열아흐렛날

때아닌 진눈깨비가 오락가락하더니 오후 들어 비로 바뀌었습니다. 끊어질 듯 이어지는 애곡哀曲인 양 빗줄기는 가늘고도 검질깁니다. 지난해 7월 중순 이후 여러 달 내리 가물었지요. 섣달 끝자락에 와서야 홀연히 뿌리기 시작한 비가 곡우에 이르도록 그치지 않는군요. 빼꼼한 날 드물어 꽃도 풀도 나무도 땅속에서부터 감감합니다.

따로 기별은 아니 주시려나 봅니다.

소식은 이레 전에 접했습니다. 정오 무렵 잠깐 날 갠 틈에 다녀간 관기官妓 홍섬이 예정보다 일찍 닥친 체직遞職[1]을 귀띔해주더군요.

—그저께 통지를 받으셨어요. 나리께선 먼 동네 남의 일처럼 무심하

---

1   맡고 있는 벼슬자리가 다른 사람으로 교체되는 것.

시더랍니다. 담담히 원래 의론²으로 돌아가시어서는…… 뜻밖의 기상이변으로 가을보리는 거둘 게 없다. 초목이 동해凍害를 입은 데다 봄갈이마저 신통찮으니 당장 환곡을 푼들 가을에 백성들이 갚을 것이나 남겠는가, 이자를 낮추거나 늦추어 구제할 방도를 찾아야 할 것이다…… 그리 강변하셨다지요.

—이틀 전에 해임 통지를 받으셨으면…… 언제쯤 출발하신다는 말씀은 있으셨는가?

애써 담담한 척해보았습니다. 홍섬은 고개를 외로 꼰 채 담배 연기를 후 뿜으며 대답을 늦추었고요. 나리께서 남초를 즐기신다는 것도, 정당政堂³에서 대통을 잡는 일은 드물고 내아內衙⁴나 별관으로 물러나 소일하실 때만 담배통에 남초를 잰다는 것도, 그네가 말해주었답니다.

—글쎄요. 순력巡歷⁵과 장부 정리로 식후에 짧게 눈 붙일 새 없이 다사분주하시니 날짜 여쭐 겨를이나 있어야지요. 어제만 해도 감사 나리와 이웃 고을 원님들 뫼시고 행차하시었는걸요. 영각사에서 주무시고 오늘 남령嵐嶺으로 넘어오신답니다. 고창古倉에도 들르신다는데, 해 떨어지기 전 귀청은 글렀지 뭐예요.

---

2   議論. 의논의 원말.
3   지방의 관아.
4   지방의 관아에 딸린 안채.
5   지방관이 관할 지역을 순회하는 일.

더 묻지 않았습니다. 홍섬도 상세히 알지 못할뿐더러 곧 부임할 신관에게로 관심이 넘어가 있었고요. 향읍 수령에 따라 일신의 안위가 달라질 수밖에 없는 신세이니까요. 홍섬만이 아니라 관속官屬 모두가 신년 운세를 새로이 점치는 심정이겠고요. 사람의 마음이란 간사하기 그지없어요. 저 역시도 홍섬네들 처지는 밀쳐두고 오롯이 제 회포에 침잠할 뿐이니까요.

하늘 한쪽이 다시금 흐려지더니 가는 빗발이 흩어지기 시작했습니다. 홍섬이 담뱃대를 화로 운두[6]에 탁탁 쳐 재를 떨며 웅얼거리더군요.

—아아, 이놈의 비.

정작 더 난감하고 우스운 일은 홍섬이 돌아간 뒤에 일어났어요. 집안일 하는 아이가 두 다리를 뻗고 대성통곡하였지요. 맹랑하게 울음판 벌이는 고것이 내심 부럽더군요. 제가 해볼 도리라고는 가야금 끌어당겨 가만가만 열두 줄 쓸어나 보는 정도이지요. 상중喪中이라 악기는 그저 나무통에 불과합니다.

나리를 마주 뵌 것이 작년 가을 외할아버지를 여의었을 때가 마지막이었군요. 몸소 상청喪廳[7]을 찾아주시니 비통함 속에서도 얼마나 큰 힘이 되었던지요.

---

6   그릇 등의 둘레.
7   망자의 신위를 둔 곳.

—생과 사가 확실한 것이 생사를 모르는 이별보다 낫고, 순서를 지킨 죽음이 참척[8]의 고통보다 낫다 하오. 천지가 뒤집히는 애통함을 모르지 않으나, 산 사람이 죽은 사람을 붙들 수는 없소. 부디 힘내어 버티시오.

추후 사례할 기회는 오지 않았습니다. 그럴 빌미를 주지 않으셨지요. 동애나 통인 아이를 시켜 저희끼리 손쓸 엄두를 내지 못해 전전긍긍하던 일속을 챙겨주시긴 하였으되, 딱 거기까지였어요.

그 이전에도 풍류와 수신, 파격과 절제 사이에 잡음이 끼어들 여지를 두지 않으셨어요. 다감하되 무르지 않으시고, 냉정하되 살벌하지 않으셨지요. 워낙에 군더더기 없는 성품이시니 어련하시려고요.

그 점, 제게는 늘 미진하고 미진하였지요.

"나리께서 오늘부로 창고의 곡물과 장부를 다 맞춰보셨답니다. 그 꼭닥스런 성미에 수급 어긋나는 꼴을 보실 리가 있나요. 내일 새벽에 거창으로 나가신다 하구요. 거창서 두어 밤 유하시고 올라가신답니다."

섭이가 메다꽂듯 저녁상을 내려놓으며 고자질하네요. 바깥소식 전하는 말투가 삐쭉삐쭉, 본인 속앓이가 여실합니다.

저는 섭이가 벗겨놓은 주발 뚜껑을 도로 덮고 대신 국 대접을 기울입니다. 냉이 한 줌 넣고 된장 풀어 끓인 맑은장국이 그나마 넘어가는군요.

---

8   자식이 부모보다 먼저 죽는 것.

더운밥을 밀어내니 섭이가 미간을 찌푸리며 애먼 데다 화풀이합니다.

"영영 가시는 마당에 반 토막 빈말도 아까운지 입 싹 닦으십니다요. 아씨도 본디 한양 태생이십니다만, 확실히 서울내기들 뒤끝이 박절하네요. 앉은자리 수염 한 올도 흘리지 않을 각오이시지 뭡니까? 나리도 나리지만요, 그 화상은 또 왜 그리 도도하답니까?"

섭이는 나리께서 사가에서부터 거느리고 온 겸인[9] 하나를 두고 혼자 밥을 끓였다, 죽을 쑤었다, 하고 있습니다. 그 상대가 주인나리의 거취를 따를 건 자명한 이치이지요. 손목 한 번 잡혀보지 못한 채 불시에 생이별이 닥친 셈인지라 섭이는 요 며칠 소태를 입에 문 듯 우거지상을 펴지 않고 있답니다.

"저야 그렇다 치고, 아씨는 이제 어쩝니까요? 악사 어른이 살아 계시기만 했어도……."

저는 못 들은 체 냉이뿌리를 씹습니다.

딱 하루를 넘기면 끝날 일이겠지요. 생과 사로 갈리는 이별 아닌 것만 해도 어디랍니까. 견디면, 견디어질 것입니다. 비 그치면 땅은 절로 굳을 것이고, 벌어진 속살은 복숭아씨처럼 아물 것입니다.

"가서 쉬렴."

섭이가 기가 막힌다는 듯 처다보다가 꽥 성질을 부립니다.

---

9   양반가에서 잡무를 담당하는 아랫사람. 청지기.

"아씨! 오늘이 마지막 날입니다요! 어찌 좀 해보셔요!"

무얼 어찌해볼 수 있겠는지요.

"내일이면, 내일이면…… 아이고, 아이고……."

섭이가 방바닥에 엎드려 이레 전 나리 이임 소식 듣던 그 날처럼 어깨를 들썩입니다. 내일이면 세상 끝날 것처럼 섧게 울어요. 상갓집 곡비哭婢[10]도 제 설움에 운다는데, 아마도 저 아이가 제 곡비인가 봅니다.

병진년 삼월 스무날

첫닭 울고, 빗소리 그칩니다. 젖은 지붕과 토벽에서 퀴퀴한 풀내와 물비린내가 배어나옵니다. 구들장 열기로도 습한 기운을 밀어내지 못합니다.

밤사이, 안인 듯 밖인 듯 경계가 흐릿하여 주저앉았다 일어섰다 오락가락하였지요. 묘연히 발돋움하여 관아 주변을 몇 바퀴째 돌다가, 아직 얼음 빠지지 않은 뒷산 대숲에 들어가 내아 기와지붕을 내려다보았어요. 울컥하여 무어라고 무어라고 혀 밑에 감춰둔 말을 외쳐보는데, 대나무 꼭대기에 매복 중이던 살바람이 되다 만 소리를 채가고 말았답니다.

---

10   상갓집에서 대신 울어 주는 여종.

몽중방황이런가요. 온 마을의 길들을 둥둥 떠서 헤매는 헛것이 진짜 저인 것 같았습니다. 아니, 진짜 저였습니다.

그렇게 살고 싶었습니다. 봄눈처럼 가볍게 착지하여, 스며들어, 깊은 우물이 되는, 그런 삶을요.

쿵쿵쿵.

누가 대문을 두드리는군요.

창호에 푸른빛이 번집니다. 바삭 마른 심중에도 파르스름한 불씨 한 점이 돋습니다.

동당거리는 가슴을 손바닥으로 누르며 몸 일으키려는데 곁방 문이 먼저 열리는군요. 잠귀 무딘 아이가 뛰쳐나오는 걸로 보아 저 속도 밤새 어지간히 타들었던 모양입니다.

등잔불을 밝힙니다. 날랜 발소리, 빗장 당기는 소리, 문간에서 성글게 주고받는 몇 마디에 귀 기울이며 치맛말기를 추어올리고, 허리끈을 조여 맵니다. 저고리 앞섶을 여미고, 흘러내린 머리카락을 쓸어 모아 쪽을 집니다.

그새 묵직하고 둔중한 발자국이 마당을 건너옵니다. 문간에서 섬돌 아래까지래야 여남은 보 안짝입니다.

"아씨."

섭이고요.

"접니다요."

짐작대로 동애입니다.

나리 떠나시는 날입니다. 꼭두식전부터 동헌 전체가 매우 분주하였을 테지요. 동애 손 타야 할 일도 한둘이 아니었겠고요. 이 이른 시각에 제 집으로 달려오게 된 사정을 어림하며 숨을 고릅니다.

"들어오게."

섭이가 먼저 푸석한 얼굴을 들이밉니다. 눈두덩이 붓고 눈 밑은 가뭇하네요. 그 뒤를 동애가 쭈뼛거리며 들어섭니다. 품에 가득 차는 사각분四角盆을 안고 있군요. 분재 매화를 보는 순간, 온몸에서 힘이 쭉 빠지고 맙니다.

동애가 분을 내려놓고 무릎을 꿇습니다. 섭이가 그 곁에 붙어 앉아서 쫑알댑니다.

"근데 아씨, 안 주무셨어요?"

그러는 저는 눈이나 붙였을까요. 동백기름내 쩐 베개를 끌어안고 밤새 훌쩍이다 대문 두드리는 소리에 냅다 튀어나왔을 것이면서요.

"일찍 눈이 떠지더구나."

"아, 예에……."

섭이는 덜렁이치고는 속이 깊습니다. 몇 날 며칠 타고 남은 재처럼 근근 버티는 제 흉금을 모를 리가요. 피차일반, 엎치락뒤치락하는 섭이의 심사를 저라고 헤아리지 못할 리가요.

"무슨 말씀이 있으셨는가?"

대중없지는 않습니다. 제집에서 건너간 매화목이 아닌가요. 그리고…… 오늘이 어떤 날인가요. 되돌아온 매화라, 이처럼 확실한 언명이 또 어디 있겠는지요.

"예, 아씨. 나리께서 돌려주라고 하시면서……."

동애가 저고리 안에서 세로로 여러 번 접은 종이를 꺼내 건넵니다. 피봉 없는 서찰이군요. 만감이 교차합니다.

"나리께선 지금 마지막으로 남지南池를 둘러보고 계십니다."

동애가 묻지 않은 말을 굳이 전합니다. 그는 제 눈치를 살피고, 저는 그 편에 나리의 심중을 헤아리지요.

암암합니다. 알고도 내색하지 않는 상대를 가늠하는 일은 늘 난감해요. 맥이 풀리다 못해 서럽답니다.

맡아두었던 물건을 돌려보내오. 밤마다 내 그림자의 좋은 짝이었소. 촉박한 중에 짬을 내어 언젠가 그대가 내비쳤던 의중을 네댓 번 써보고 그중에 가장 씩씩한 것으로 골라보았소. 절집 사천왕상처럼 퉁방울눈 부라려 수문장 노릇 톡톡히 해낼 수 있을지 도통 알 수 없으나, 혹 새겨 문 위에 걸겠다면 허술한 담장보다야 낫지 않겠소.

내 이미 목을 빼고 돌아갈 날 기다린 지 오래고, 아침 일도 저녁이면 하마 옛일이니, 떠나는 이 순간도 내일이면 아마득한 옛날로 여길 것이오. 모쪼록 자중자애하오. 갈 길 바쁘고 멀어 공작관孔雀館 나서기 전 급히 몇 자 써 동애 편에 넘기오.

동애는 안의에 남는다 하니 내 그러라 승낙하였소. 분수를 알고 수완이 제법이오. 많은 일에 의논 상대가 되어줄 듯싶소. 병진년 삼월 스무날, 연옹燕翁.

물 샐 틈 없는 삼엄함이로군요. 글씨가 곧 그 사람이라지요. 굳센 해서楷書로 어리석은 생심을 거듭 단속하시네요.

저는, 얼음장 밑으로 언뜻 더운 물길 지나는 것을 놓치지 않으렵니다. 그렇게 믿으려고요.

동애가 착착 접은 화선지 한 장을 새로이 꺼내놓습니다. 짙은 먹물이 뒷면에까지 배어납니다.

"이것도 함께 주셨습니다요."

조심스레 화선지를 펼칩니다.

　無緣齋

편지는 세필로 울타리를 치듯 경계를 분명히 한 세로글씨이나, '무연재'는 행서行書로 쓴 가로글씨로군요. 굵은 붓자루를 지그시 누르고서 팔을 크게 놀려 시원스레 획을 빼셨겠지요.

燕巖

왼쪽 끄트머리에 붓 바꿔 쓰신 서명과 붉은 낙관이 서늘합니다.

언문을 못 뗀 섭이가 한문글씨를 기웃거려요.

"뭐라고 쓰셨대요? 글자가 셋이니, 아씨 이름인가. 이. 은. 용. 맞지요?"

섭이 말이 맞긴 맞습니다. 제 당호堂號이니까요.

무연재.

인연 없는 집.

'인연 없음'을 방패삼은 날들이 떠오릅니다. 깊은 우물이 되는 삶이 제 것이 아님을 깨달았을 때, 결코 허락될 리 없음을 알았을 때, 저는 차라리 운명을 봉쇄하기로 마음먹었어요. 바람 앞 촛불처럼 위태위태하던 지아비를 혼인 두 해 만에 보내고서요.

―반가班家 적자嫡子의 적처嫡妻 자리다. 너에게 과분하다는 뜻이다. 한 치의 소홀함이 없도록 성심으로 지아비를 받들어야 할 것이니라.

수동壽洞 참의댁 외며느리로 별실別室 소생인 저를 들여보낸 건 아버지예요. 군기시軍器寺[11] 부정副正[12]에서 파직을 당하여 은인자중하던

시절에 성사시킨 혼사였더랍니다.

외할아버지는 섧게 죽은 딸의 일점혈육인 저를 음음한 참의 가문에서 빼내느라 지체 높은 양반 사위에게 한없이 낮추고 비셨다지요. 외할아버지와 아버지 사이에 어떤 약조가 오갔는지, 생부가 수동 시퍼런 안마님들을 어떻게 설득하였는지는 알지 못합니다. 다만, 그사이 평안도 외직을 거쳐 병조兵曹 내직으로 복귀한 아버지의 마지막 말씀은 또렷이 기억합니다.

─아비 된 도리로 할 만큼 했다. 내 집에서는 출가한 외인이고, 사돈댁에서는 친정으로 되돌려 보낸 옛 며느리로, 너는 이미 양가에 남이다. 어느 쪽에도 네 적籍은 없다. 내가 살아 있는 동안 너를 볼 일은 없을 것이야. 행여 양가에 조금이라도 누가 되는 행실이 없도록 근신하여야 할 것이니라.

평생 근신해야 할 저의 죄목은 '살아 있음'입니다. 도적의 살에 새기는 자자刺字처럼 제게는 인습의 자자가 남았습니다. 스무 해를 못 산 제가 공히 아름다운 결단으로 가문의 이름을 무궁히 빛내주기를 바라셨으나, 저는 그 무의미한 낙화에 뇌동하지 않았어요. 제 한 몸을 아껴서가 아니라, 명리命理를 거스르는 죄업이겠기에요. 과수가 된 서녀 딸을 절연으로써 선처 방생하신 아버지를, 저 또한 끊어내었습니다. 무연재, 인연 없는 집의 인연 없는 사람으로 살다 사라질 작정이었어요. 눈 감고, 귀 닫고, 마음 비우면 가능할 줄 알았지요. 속단이었습니다.

"괜찮습니까요, 아씨?"

쓰게 웃습니다. 나리께서 남기신 게 매화만이 아니로군요. 씩씩한 글씨와 외곬의 동애만이 아니로군요.

덧없고 덧없나니, 번뇌하지 말라. 자중하고 자애하라.

새벽 입김처럼 싸늘한 당부를 남기셨군요. 나리께서는, 제 스스로 슬그머니 내려놓았던 방패를 다시금 말고삐처럼 움켜잡기를 바라시는가요.

동애를 찬찬 바라봅니다. 용모 수려하지는 않으나 비속한 기운이 없고, 반듯한 이마에 눈빛이 삿되지 아니하여 어디서 마주쳐도 마음이 놓이는 사내입니다. 그런 그가 안의에 남아 삶을 바꾸겠다고 하는군요.

"자네의 뜻인가? 혹여 나리의 종용이 있으셨는가?"

"오롯이 제 뜻입니다. 나리께서는 그저 듣기만 하셨습지요. 별말씀이 없으시다가 네 뜻대로 하라, 허락하셨고요. 연지 남쪽 논문서를 내어주셨습니다."

나리 부임하시던 해, 가묘家廟의 제수에 대려고 구입하셨다는 논 아니던가요. 그간은 동애가 맡아 경작하였고요.

"나리께서 자넬 아주 미더워하신 걸로 아는데, 경황없으신 중에도 어렵고 고마운 결정을 해주시었네."

"제 몸이 어디에 있든 제 주인은 나리 한 분입지요. 거두어주신 은혜를 잊으면 사람이랄 수 있겠습니까요."

오가는 말을 듣고 있던 섭이가 구중중하던 낯색을 환히 바꾸는군요.

동애의 옷소매를 와락 잡고서 달려들듯 묻습니다.

"그러니까, 동애 오라버니는 이곳에 남는다는 말이어요?"

붓끝처럼 뾰족한 매화꽃봉오리가 더운 찻물에 활짝 벌어지는 모양을 보는 듯합니다.

동애는 답하지 않고 앞만 바라보네요. 저 꿋꿋한 결기는 어딘지 익숙합니다. 계사癸巳(1773) 생이라 하였으니 올해 스물넷, 뒤돌아볼 줄 모를 때이긴 하지요. 독실하고 고지식하기만 한 사내가 아니라는 걸 진즉에 알아보았지만요.

"지금이라도 늦지는 않았네. 성급한 결심일까 싶어 하는 말일세."

"그렇지 않습니다. 작심하고 있던 차에 별안간 앞당겨졌을 뿐입지요."

섭이의 입꼬리가 귀에 걸립니다. 비어져 나오는 웃음을 어쩌지 못하는데, 막상 동애는 덤덤합니다. 경솔하지 않고 일재간 좋은 젊은 사내가 섭이의 짝이 되어주면 좋으련만, 그건 하늘의 뜻일 테지요.

"내 함부로 자네 일에 나설 처지가 못 되는 줄은 아네. 그보다…… 너무 지체하지 않았나? 속히 올라가게나."

동애가 단김에 일어섭니다. 분주한 날이니 왜 아니겠어요.

"자네는…… 가시는 걸 보겠구만."

제 흐린 혼잣말이 돌아서던 동애를 붙잡아 세웠나 봅니다.

"조반 드시고 행차하신답니다. 아씨 댁 앞으로 지나가실 수밖에 없으실 거고요. 번거로운 걸 싫어하셔서 벽제辟除[13]도 금하셨지만, 날이 날인지라 오늘만큼은 꽤 북적일 겁니다."

'먼눈으로나마 나리를 송별할 적시이겠고요.'

동애가 생략한 말을 알아듣습니다. 얕은 물속 자갈처럼 제 속을 다 드러내 보이고 말았군요.

"가보게."

위아래가 닮은꼴이라던 섭이의 투덜거림이 틀리지 않습니다. 투박한 사내의 정밀한 속어림은 든든하고도 어렵습니다.

대문간까지 따라나섰던 섭이가 돌아와서 이르는군요.

"동애 오라버니는 거창까지 나리를 뫼셨다가 이틀 후에나 돌아온답니다."

문간까지, 엎어지면 코 닿을 거리에 무슨 말다운 말이 오가겠는지요. 그러함에도 양양한 말투에 으스대는 꼬락서니라니, 꽃구름 위에라도 올라탄 듯 기고만장이로군요. 속 좁게도, 가뭄에 구부러졌던 꽃대가 단비에 곧추서듯 단박에 싱싱해진 섭이가 야속합니다.

"가서 네 일 보렴. 아침은 내지 말고."

"예? 어제도 드는 둥 마는 둥 하시고선."

"너나 거르지 말고 입맛대로 챙기렴."

섭이가 눈치를 보는군요. 제 입을 치고 싶습니다.

---

13 지위가 높은 사람이 행차할 때, 그 시종이 평민들을 길에서 쫓아내는 것.

푸른빛 가신 창호에 아침노을이 어리비칩니다.

입김을 불어 초를 끕니다. 너울거리던 제 그림자가 온데간데없어지고, 그림자 앗긴 사물이 본래대로 남습니다.

서안書案[14]에는 무연재, 세 글자 적힌 화선지가 펼쳐져 있어요. 그 위에 착착 되접은 편지가 놓여 있고요. 되돌아와 방 한구석에 웅크린 매화는 소박맞은 여인만 같습니다.

네가 밤마다 내 그림자의 짝이 되어주련? 아니다, 네가 곧 나로구나. 너나 나나 온데간데없이 사라지는 그림자, 한갓 헛것이럿다. 모쪼록 자중자애하라 말씀하신 그분은 당신 그림자마저 거두어 가시지 않았느냐.

저는, 다시 제 이름이 되었습니다. 비로소 지난 사 년여 시간을 들어낸 마음자리에 물이 차오릅니다. 어쩌면 깊고 깊은 우물이 생길지도 모르겠어요. 아무 곳으로도 흘러나가지 못하는, 썩어가는, 검은 웅덩이에 불과한 우물일지라도요.

버려진 우물에 무거운 돌 뚜껑을 덮듯, 두 손바닥으로 제 얼굴을 덮습니다.

캄캄해요.

아무것도 보이지 않습니다.

---

14 책상.

|전보轉補|

가도 가도 흙먼지와 아지랑이뿐인 요동 벌판을 내 눈으로 보았다. 산해관山海關까지 일천이백 리. 하늘 끝과 땅 끝이 마치 아교로 붙인 듯, 실로 꿰맨 듯했다. 요동에서 나는 갓 태어난 아이마냥 한바탕 목 놓아 울고 싶었다. 경자更子년(1780) 여름의 일이었다. 조선 땅에 돌아온 뒤부터 조랑말 고삐를 잡고 맬 때마다 매양 감질이 났다. 부리는 말은 노쇠해 눈곱이 꼈고, 나서는 길마다 비좁고 굽었다. 말 잔등에 바짝 엎드린 채 비나 구름 사이를 휙휙 지나치던 경자년의 일이, 혹 장님이 꿈속에서 보았던 헛것만 같았다.

세상은 넓은데 방 밖으로 나서는 일은 점점 줄었다. 묶인 듯 체한 듯 사지가 갑갑하고 심사가 울적했다. 한 말 술로도, 흉금을 나누는 벗들로도 울증을 다스릴 수 없었다. 울울함은 남들이 알지 못하는 나의 오랜 지병이다. 글감을 가다듬어 붓대를 잡을 때라야 겨우 숨 쉴 만했다. 이마저도 녹록지 않아, 어쩌다 건져 올린 득의의 서너 줄 글귀가 자주 화를 불렀다. 기껏 송곳 끝만 한 명성을 얻었을 따름인데, 돌아오는 비방은 산더미 같았다. 어떻게 낮추어 살아야 할지 도무지 모르겠는 새, 머리카락만 허옇게 세었다.

*

한성부로 새 사령辭令이 내려왔다. 판관 박지원을 안의 수령 자리에 옮겨 앉히라는 명이다. 신해辛亥년(1791) 섣달 하순. 올 들어 두 번째 전보다.

한방을 쓰는 서윤庶尹이 첫 고을살이 나가는 심회를 넘겨짚는다.

"한시름 덜게 되셨소이다. 그렇지 않습니까, 박 공?"

내직內職 하급관리 녹봉으로는 식솔 건사조차 여의치 않다. 여기저기 걸어두었던 빚을 겨우 조금씩 걷어내는 중이다. 멀고 가깝고를 떠나 어디 작은 고을 원員 자리라도 나기를 고대하는 집안 분위기를 모르지 않는다. 서윤이 그 속사정을 찔러보는 것이다.

"안의는 산골이라 소출이 어떠할는지요?"

그는 물려받은 전장田莊에서 해마다 벼 수천 석을 낸다 들었다. 굳이 정색하고 대꾸할 상대가 못 된다.

"경자년 이래 여러 날 말을 달린 적이 없었소. 모처럼 한바탕 달려볼 생각을 하니 신이 납니다."

"어이쿠. 박연암이 올라타시면, 역참의 말들이 숨깨나 차겠습니다그려."

남들보다 비대한 내 몸집을 놀린다. 종4품 당하관의 대거리가 잡스럽고 시시껄렁하다. 서윤은 농을 할 때 풋콩꼬투리처럼 비리비리한 상체를 좌우로 건들건들 흔드는 버릇이 있다. 몇 가닥 되지 않는 수염 올을 엄지와 검지로 잡고 비비꼬는 짓도 같잖다.

사령장을 소매에 접어 넣고 자리에서 일어섰다. 서윤이 흠칫 물러나는 체하며 눈을 깔았다 치떴다 내 아래위를 재는 시늉을 한다. 또한 과장되고 경망스럽다.

온다 간다 인사 없이 그대로 관방官房을 나섰다.

하늘을 올려다보니, 날빛이 흐리다. 불그스름한 기운이 인왕산 능선 너머로 깔딱 넘어가기 직전이다. 북쪽 산맥을 타고 넘어 파발마처럼 내달려온 높바람은 간적奸敵의 혀끝마냥 날카롭다. 비 뿌린 날이 적어 삼남三南 들녘이 타들었던 한 해다. 섣달 들어서도 여전히 눈발이 드물다.

내 나이 쉰다섯이 저물어가고 있다. 귀 닫고 산방山房에 들겠다는 포부는 없던 일이 됐다.

*

날 밝기 전, 궐에 들었다. 부임에 앞서 사은숙배를 올리기 위함인데, 입시入侍를 기다리는 동안 마음이 언짢아졌다.

상上의 관심사는 흉년으로 피폐해진 백성들의 살림살이다. 한데도 궐외 각사에서 부름을 받아 입궐한 관원에게 궐내 일직日直이 사전에 입막음을 한다. 상께서 근심하실까 염려되니 비록 상세히 아뢸 것을 분부하시더라도 각자 입단속을 잘하시라. 허허, 겁박이 아니고 무언가.

조정의 의론이란 것이 흉측하기 그지없다. 시시때때 엎드려 명분과 절의를 상고하던 대신들이다. 그 고결한 입으로 백성의 고통에 대해서는 '눈 가리고 아웅'으로 담합한다.

나는 전에도 여러 차례 임금님을 뵈었다. 부지불식간 그 앞에 서게 되었을 때도 있고, 당직을 서다 불려가 엄중한 하교를 기다렸던 적도 있다. 어쩌다 보니 그때마다 황망하여 대답을 제대로 못 내거나, 책망을 듣는 자리였다. 이덕무나 박제가 같은 오랜 지기들이 누누이 증언한바, 주군의 자상한 면모를 경험할 정황은 매번 못 되었다. 임금님의 눈높이에서는 세간에 떠도는 나의 평판이 헛됨을 간파하는 순간이었을지도 모른다.

그럴수록 나는 흉중에 아무것도 품지 않았다. 지존 앞에 엎드리되, 급급히 조아리지 않았다. 묻는 말에 고하되, 화사미려하게 꾸미지 않았다. 승복함은 신하된 도리이고, 변색하지 아니함은 형신形神[15]의 속박을 스스로 경계하기 위함이다.

나는 나여야 한다.

"제릉[16]에서 한성부로 들어온 지 몇 달 되지 않았는데 다시 멀리 나가는구나. 지원은 서운히 여기지 말라."

불혹을 넘긴 상은 활달하면서도 원숙하시다. 평온한 어조와는 달리 어의가 삼엄하다. 신중하면서 담대하여 겉으로 흔들리는 빛을 쉽게 드러내지 않으신다.

상은 어려서 두 눈 뜨고 보지 못할 친부 살해의 과정을 몸소 겪으셨

---

15 육체와 정신.
16 태조의 비인 신의왕후의 능. 현 황해북도 개풍군 소재.

다. 보위에 오르시고도 붕당의 위태로움 속에서 암중모색, 주군의 자리를 지켜오셨다. 사방에서 칼이 날아드는 긴 세월, 왕은 스스로를 엄호하셨다. 예민한 오감이 상대를 꿰뚫는 활촉이요, 담금질한 쇠처럼 단단한 정신이 상의 진정한 갑옷이다.

돌아보니 나는 한평생 뜬 명성으로 남들의 의심과 비방을 자초했다. 세상 사람들과 덜 어울리며 산속에서 조용히 지내노라면 이번에는 속마음을 알 수 없는 괴이한 자라는 말이 돌았다. 무슨 상관이랴.

다만 나는 나를 비웠다. 구차히 거취를 구하지 않았다. 어쩌다 벼슬을 사는 건 흘러가는 대로 몸을 맡긴 결과일 뿐이다.

나의 살과 갑옷은 보이지 않는 허무요, 무상無常인즉.

궐문을 나와 한성부로 향한다. 하루 새 소문이 돌았는지 아는 얼굴마다 한두 마디씩 건네는 통에 일일이 응대하느라 애를 먹었다.

청사에 들어 자리에 앉자마자 오는 길에 심부름 보냈던 아이가 술병을 안고 뒤쫓아 온다. 받아온 탁주를 찻사발에 가득 부었다. 두 잔을 연거푸 들이켜고서 뒷사람에게 인계해야 할 공문서에 코를 박았다.

지방관으로 임명이 나면 열흘 이내 부임지로 떠나는 것이 원칙이다. 나는 어느 때 이임이나 파직을 당할지라도 가벼이 뜰 수 있도록 그날그날 기록을 착실히 남기는 쪽이다. 그 덕에 해거름 전에 일을 마쳤다.

앉은자리에서 크게 기지개켜고 밀쳐둔 술병을 다시 잡았다. 남은 탁주를 마저 따라 넘기고 수염을 훔치다 주부主簿[17] 김金과 눈이 마주쳤다.

"드나드는 사람 끊이지 않고, 여기저기 말소리가 엇갈리고 뒤섞이는데, 어쩌면 나리께서는 바위처럼 꿈쩍도 않으신답니까?"

김이 신기하다는 듯 물었다.

"결가부좌하여 오직 하나의 대상에 빠지면 삼매에 드는 이치와 같지요. 세상사 관심을 끊으면 저잣거리에서도 귓구멍이 절로 닫혀 귀머거리가 된다오."

"부럽습니다. 곧 저 아랫녘으로 내려가신다니 언제 다시 뵈올지, 몹시 서운하고요."

농을 하여도 곧이곧대로 받는 김 아닌가. 걸음걸음이 가분할 수 없는 나로서는 어느 결에 다가섰는지 모르게 음전한 김이 오히려 신기할 따름이다. 낯빛이 옥 같은 이덕무도 샌님 같은 데가 있다. 그가 마르고 키가 커서 북방의 나무처럼 소슬하다면, 김은 백자 화분에 복닥복닥 앉힌 철쭉처럼 다사하다는 점이 다르다면 다르다.

"김 주부야 아직 젊으니 앞으로도 빗방울처럼 많은 사람들과 만나고 헤어지겠지요. 우리가 영영 다시 보지 못하는 것도, 오래된 암벽과 흐르는 물 사이에서 우연히 만나 스치는 것도, 다 자연스런 일이외다."

"저는 인연이 남아 나리를 또 뵈었으면 합니다. 그간 많이 배웠습니

---

17 관서의 문서와 부적을 관리하던 종6품 관직.

다. 지난번 승정원에 가서 담판을 지으신 일도 그렇고요."

"사리 원칙을 밝히면 전후가 빤히 드러날 텐데, 우리 부의 낭관들이 지레 위축되어 작은 일을 크게 보았던 게지요."

승정원 일이야 담판이랄 것까지도 없는 작은 실랑이였던 것을.

아침저녁으로 잠깐씩 선선해도 아직 한낮은 볕이 따가울 때였다. 땀이 많아 여름 한철이 여간 곤혹스럽지 않은 나로선 앉으나 서나 한 줄기 바람이 아쉬운데, 그날은 관방으로 들어서자 부채를 접을 만큼 공기가 서늘했다.

—무슨 일이기에 낯빛들이 우중중하시오? 곧 뇌성이 울리고 소나기라도 한바탕 퍼부을 것 같소이다?

김 주부가 자초지종 설명하기를, 승정원에서 재가도 받지 않은 어명을 받은 것으로 착각하여 한성부더러 반포하게 했던 게 밝혀졌다. 문제는 승정원 쪽에서 문책을 피하기 위해 한성부 낭관이 임금님께 직접 전교를 받아 시행한 일이라 자기네들은 모르는 바다, 그렇게 발뺌한다는 내용이었다.

—모든 관아는 다 승정원의 지휘를 받아 어명을 반포해왔거늘, 유독 이번 건만 승정원을 거치지 않았다?

이치에 닿지도 않을뿐더러 가소로운 떠넘김이었다. 당사자로 지목된 낭관들은 저지르지 않은 잘못을 덮어쓰게 되어 얼떨떨한 채 서로의 얼굴만 바라볼 뿐이었다. 게다가 이쪽 당상관들은 승정원 승지들과 척을 지게 될까 두려워 입만 다셨다.

김이 그때 내 말투를 흉내 낸다.

"임금님의 분부를 받드는 지위에 있는 승지들께서 조그만 일이라도 잘못되면 해당 관청의 낭관에게 책임을 떠넘기려고 하십니까? 꼬리를 잘라 대가리를 살리려는 응변은 토굴에 붙어사는 미물의 방책일 뿐, 조정의 도리가 이래서는 아니 될 줄 압니다."

"허허…… 내가, 그랬던가요?"

규정을 위반한 쪽은 승정원이었다. 그 일로 적의 수를 불리긴 하였으나, 큰 원칙이나 법도에 관한 한 윗사람일지라도 시시비비를 분명히 가리는 게 옳다.

"당시에 저는 꼼짝없이 듣지도 않은 전교를 직접 들은 장본인이 될 뻔하여 오금이 저렸습니다."

"지난 일을 새삼 들먹이니 내 방금 마신 술이 확 올라오는 듯하오."

"한 동이도 아니고, 어디 주병 하나로 기별이나 가겠습니까? 두주불사, 알 만한 사람이면 다 아는 공께서요?"

"아서요, 아서. 세상에 책 읽고 글 지은 칭송도 면전에서 듣기 무안하거늘, 시정 왈짜처럼 술동이 비운 칭찬이라니요. 사양하리다, 사양해요."

정작 김은 술 한두 방울만 입에 대어도 온몸 붉게 물들며 눈자위가 풀리는 약체. 언젠가 사양이 못내 어려운 친목 모임에서 김은 판윤이 권하는 술 몇 잔을 꼼짝없이 내리 비웠다가 그만 인사불성이 되었다. 그날 그 집 하인 둘이서 흔들어도 정신 못 차리는 상전을 들쳐업거나 떠받치거니 하여 귀가하는 진풍경이 벌어졌다. 두고두고 짓궂은 놀림거리가 된 건 물론이다.

김은 술에 질 뿐 아니라 아랫사람과도 맞붙어 제 주장을 밀어붙이지 못한다. 어질고 소심한 탓이지, 줏대가 없지는 않다. 올망졸망한 자리에서 컹컹 짖어대다가도 수세가 불리해지면 달싹달싹 눈치 보기 바쁜 당상관들에 비해 가문으로나 능력으로나 밀리지도 않는다. 김은 나와 달리 성균관 거쳐 과거를 통과한 수재다.

김의 말대로 인연이 남아 언젠가 또 만나게 된다면⋯⋯ 그땐 아마 음관인 나보다 김의 승진이 빨라 품계가 뒤바뀌어 있으리.

날이 어두워졌다. 사환이 등촉을 밝힌다. 심지를 제대로 자르지 않았는지 사방 벽과 창호에 두세 겹 그림자가 너울너울하다 진저리치듯 펄럭대기를 반복한다. 마치 태풍에 강 둔덕의 버드나무숲이 산발한 머리채를 나부끼며 제멋대로 날뛰는 형상 같다. 그 그림자들 위로 지난 몇 개월이 두서없이 지나간다.

병오丙午년(1786) 선공감 감역[18]으로 처음 벼슬에 들었으니 그사이 5년여 세월이 흘렀다. 직전에 제릉의 영 슈[19]으로 나가 있던 15개월여를

---

[18] 궁궐과 관청의 건축과 수리를 감독하는 종9품 관직.

제외하면 신간 편했던 날이 몇 날 되지 않는다.

서울에서는 아무 때고 불쑥 집으로 찾아오는 발길이 끊이지 않았다. 겉으로는 문장이 어떠하니 평판이 어떠하니 추키며 교유하자는 것이나, 알고 보면 가통을 운운하며 파당에 들라는 청이 대부분이었다. 우리 집안이 신임의리辛壬義理에 관해 매우 준엄한 입장을 취해왔으나 나는 본시 당론을 갖고 언쟁하는 걸 좋아하지 않는다. 일가친척이 노론과 소론으로 갈린 때문이기도 하지만, 그보다는 맹목적인 추종과 편협한 이해로 인간관계를 해하기 때문이다.

제릉 시절은 그럭저럭 숨 쉴 만했다. 아무리 한가한 직분이라도 일이란 찾아서 하자고 들면 한도 끝도 없으나, 다행히도 제릉과 연암골이 가까워 공무 쉬는 틈에 산방에 들러 독서하고 글 지을 여유가 있었다. 멀리서 잠잠히 지내니 나를 헐뜯는 소리도 사라졌다. 여전히 입방아를 찧어댄들 내 귀에 들리지 않으니 그만이었다.

돌아보면 세월은 빠른 여울 같고, 인생은 기우뚱 엎어지지 않으려 안간힘을 쓰는 쪽배와 다를 게 없다. 현기증이 난다. 붉은 흙탕물 소용돌이치는 강 한복판에 갇힌 기분이다.

---

19   왕릉의 관리를 맡은 종5품 관직.

|마음채비|

떠나는 이 정녕코 다시 오마 기약해도

보내는 자 눈물로 옷깃을 적시거늘

이 외배 지금 가면 어느 때 돌아올꼬.

보내는 자 쓸쓸히 강가에서 돌아가네.

*

안의라…….

싱숭생숭한 속을 다잡아보나 편치 않다. 안의는 천 리 밖, 젊어 한때 벗들과 명승지를 주유하던 시절에도 발길 닿아보지 못했던 벽지가 아닌가.

중년에 연경과 열하를 다녀온 뒤로 외려 운신이 협소해졌다. 작심하고 사대문을 나서봤댔자 무악재 넘어 산모롱이 몇 굽이 돌면 개성이다. 금학동 길목에서 양 씨 형제들에게 붙들리지 않으면 연암협燕巖峽까지도 석양 참에 닿는다.

산방 책시렁에 올려둔 글상자는 어쩌누.

문자로 붙잡아두지 않은 생각은 무지개처럼 사라지고 만다. 상자에는 묘한 생각이 떠오를 때마다 잔글씨로 갈무리해둔 종이 쪼가리들이 잔뜩 들어있다. 언젠가 그 글들을 고치고 다듬어 책으로 만들겠다는 포부를 간직해왔다. 유일한 야심이다.

안의로 내려가게 되면 몇 년간 산방은 고사하고, 본가에 들르기도 쉽지 않을 터. 무릎걸음으로 나아가 외직을 받들어야 할 사정이 구구하니 꼼짝없다.

금천 두메에 두 칸 띠집을 갖게 된 건 손아래 벗 백동수의 덕이다.

언젠가 동수와 더불어 황해도 일대를 유람했다. 그와 나는 나란히 나귀를 타고 화장산 자락에 깃든 화장사로 방향을 잡았다. 화장사는 고려 때 절이다. 도량의 규모가 크고 주변 경관이 수려하다. 우리는 경내 석간수로 목을 축이고 종각에서 아침 해를 바라보았다. 동쪽 산봉우리가 하늘에 닿은 듯 우뚝한 것이 자못 웅장했다.

—지세로 보아 저 봉우리 아래 별천지가 펼쳐져 있겠습니다. 답사해볼까요?

동수는 지리 감각이 탁월하다. 글도 곧잘 짓지만 풍수 보는 눈이 웬만한 지관보다 낫다. 무예를 갈고닦은 그가 앞섰다. 초목이 우거지고 길은 나지 않아 시냇물을 따라 한참을 거슬러 올라갔다.

—나귀에서 떨어지지 않으려 내 얼마나 앙버텼는지. 허벅지 안쪽에 가래톳이 서게 생겼네.

—차라리 내려서 걷지요.

우리는 뒤따르던 청지기 오복에게 고삐를 넘겼다. 땀 냄새를 맡고 달려드는 날벌레와 무성한 나뭇잎이 자꾸 눈을 가리고 뺨을 스쳤다.

　—산중이라 물것이 많군. 거 참, 몹시 성가시네그려.

　슬슬 후회가 밀려들 즈음 홀연 시야가 트였다. 제법 너른 갈대밭이 나
타났다. 평평한 언덕 한가운데 잡초 우거진 빈터가 널찍했다. 냇가의 모
래는 깨끗하고 너럭바위는 희고 판판했다. 시냇물은 맑아 속이 비쳤다.
내를 따라 검푸른 절벽이 깎아지른 듯 둘러섰는데, 마치 수묵 산수 병풍
을 둘러 쳐놓은 것 같았다.

　백동수가 허리에 두 손을 척 얹고 나를 돌아다보았다. 고개를 끄덕여
그의 젠체를 받아주었다. 그가 채찍으로 갈대 우거진 언덕배기를 가리
키며 이리저리 멋대로 구획하며 말했다.

　—보십시오. 저기 저쯤엔 울타리를 치고 뽕나무를 심으면 좋겠습니
다. 저쪽 갈대숲에 불을 놓아 밭을 일구면 해마다 좁쌀 천 석은 거둘 수
있겠고요. 물가에 집 짓고 들앉으면 바깥세상에서 이고 지고 온 시름 따
위 메아리처럼 흩어지고 아침이슬처럼 스러지지 않겠습니까?

　과연.

　문득 숙연한 마음이 들었다. 바깥세상에서 이고 지고 온 시름이 가슴
을 후비는 바람에 말문이 막혔다.

　그해 나는 큰누이를 여의었다. 살가운 벗 이희천이 억울한 죽음을 당했
는데도 드러내놓고 슬퍼할 수조차 없었다. 과거를 볼 마음이 멀어지고 세
상사에도 아무 미련이 없어졌다. 장차 은거할 터를 물색하던 중이었다.

—맞춤이군. 솔잎이 지천이고, 가을이면 산밤이 툭툭 터지겠고. 힘써 땅 일굴 테니 부인은 염색하고 바느질하시오, 그럴 거 있나. 그저 바위에 정좌하고 생식하며 신선 되기를 꿈꾸는 것이 좋겠구먼.

—나쁘지 않겠습니다. 백 년 못 살 인생인데, 어찌 답답하게 나무와 바위투성이 골짜기에서 조밥 지어 먹고 허둥허둥 꿩, 토끼 자취나 쫓으며 살라 권하겠습니까? 저 신라의 최 고운 선생처럼 학이 되어 훨훨 날아오르는 날 올지 뉘 알겠습니까?

—자네가 뭘 좀 아네그려. 그날 오면 미투리 두 짝 붉은 소나무 아래 가지런히 벗어두겠네. 그럼 때 되어 떠난 줄 알게.

—망혜 한 켤레라, 후대가 칭송할 망두석 한 쌍이겠습니다.

—따로 묘를 쓸 필요가 있나. 저 하늘을 온통 묏자리 삼았으니.

—그렇다마다요. 천하의 박지원 아닙니까? 음택 또한 이 정도는 돼야 온당하지요.

우리는 마주보고 웃었다. 겉으로는 싱거운 소리 주고받으며 너털너털 웃었으나 속은 그도 나처럼 궁벽한 골짜기로 떼밀려난 심정이었을 것이다.

이후 나는 아예 거취를 정하고 그곳 바위 이름을 따 연암이라 자호自號했다.

백동수의 말대로 화전 일구어 농사짓고 누에 치며 살리라. 글 짓고 책 읽으며 세상으로부터 몸을 숨기리라.

손수 가시덤불을 베고, 집터를 다지고, 두 칸 초가를 올렸다. 집 둘레엔 몇 그루 과수 묘목을 얻어다 심었다. 종내는 식솔들을 데리고 눌러살 요량이었다.

그때가 신묘년(1771) 가을이었으니 벌써 스무 해 전 옛일이다. 서울과 개성과 연암협을 오가며 때로 분주히, 때로 적막히 지낸 세월도 그 햇수만큼 쌓였다.

한데, 저 안의라⋯⋯.

어쩌다 천 리 밖 고을 수령 노릇을 하게 생겼구나. 이 또한 모르겠다. 때를 만났다 할 것인지, 뜻을 잃었다 할 것인지.

평생 헛된 양명 얻기를 밥 빌기보다 더욱 구차스럽게 여겨왔던바.

다시금 모르겠다. 말년에 이르러 자승자박이라 할 것인지. 봉변 아닌 봉변이라 할 것인지.

*

하루 짬을 내 연암골에 다녀오려던 계획은 날짜에 쫓겨 무산되었다. 개성 양 씨 형제에게 저간의 사정을 알리는 편지를 대강 썼다. 꽃 좋은 봄날에 안의로 부르겠다는 초대로 에둘렀다. 기실은 비워둘 내 산방이 거미줄에 덮이지 않도록 이따금 들여다봐달라는 당부다.

내친김에 지방관으로 나가 있는 지인들에게도 편지 몇 통을 썼다. 붓을 던지자 어깻죽지가 뻐근하다. 관자놀이는 바늘로 폭폭 찌르듯 쑤시고, 눈은 백태가 낀 듯 침침하다. 잔글씨를 들여다보려면 눈을 가늘게 뜨고 초점을 모아야 하는데, 그러자면 또 미간을 잔뜩 찌푸린 채 종이를 노려볼 수밖에 없다. 누가 보면, 웬 늙은이가 무슨 일로 저리 화를 낼꼬, 하려나.

방바닥에 널린 서간지를 접어 따로따로이 봉하고 나서 이부자리를 끌어내렸다. 웅얼웅얼하는 혼잣말이 늘고, 몸소 잠자리를 펴고 거두는 일에 익숙해진 지도 오래다. 아들애나 동애도 처음에는 민망해하더니 차츰 그러려니 내버려두더라.

인경[20] 종소리 들은 지 한참 되었다. 얼추 삼경三更 지나 사경四更쯤 되었을라나. 창덕궁 너머 낙산駱山 위로 붉은 하현달이 떠오를 시각이다. 연암골이든 안의든, 그 하늘 동편에도 같은 달이 떠오르련만.

초를 끄고 누웠다. 사위가 깜깜하고 고요해서 그런가, 더럭 앞일이 막막하다.

글 읽은 자로 경륜을 펼치고 싶은 뜻이 없다면 거짓말일 테지.

또 혼잣말에 한숨을 섞는다.

20　人定. 일경 삼점(22시 30분경)에 통행금지를 알리는 종을 치는 일.

한가롭게 지내며 고요히 앉아 사물을 관찰하고 이치를 궁구하며 소일하는 나날을 꿈꾸어왔다. 벌써 맑은 날 산방 마루에 드러누워 듣는 새소리 바람소리가 그립다. 여름날 화엄계華嚴溪에 발 담그고 올려보는 창공이, 시시각각 변하는 뭉게구름이 그립다.

—얘, 팽아(첫째아들 종의의 아명)야. 잘 보아라. 비록 지극히 미미한 사물들, 이를테면 풀이나 꽃, 새나 벌레 같은 것도 모두 지극한 경지를 지니고 있단다. 세상에 하찮을 것이 하나도 없어. 뇌아(둘째아들 종간의 아명) 너두 그렇게 건둥건둥하지 말고 네 형처럼 잘 들여다보렴. 자연의 현묘함은 실로 큰 것보다 작은 것을 통해 더 잘 엿볼 수 있단다.

알아듣거나 말거나, 종종 두 아이를 붙잡고 사물 보는 법을 일러주던 날들이 엊그제만 같다. 꽃물 들인 손톱을 내밀던 딸애들의 맑은 눈빛들도 생생하다.

큰 딸애는 참 의젓했지. 큰누님을 많이 닮았고.

큰딸은 기묘己卯(1759) 생이다. 서른세 살에 얻은 첫아이다. 그해에 어머니를 여읜지라 내놓고 첫아이를 귀애하지 못했다. 아내 또한 죄 없는 죄인이 되어 마음 편히 갓난아이에게 젖을 물리지 못했다. 지금에 와서도 모녀가 애잔하다. 그 아이가 훌쩍 커서 혼인하던 날, 큰누이가 시집가던 날 새벽에 얼굴 단장하던 일이 떠올랐다. 이미 그 서너 해 전, 마흔셋 나이로 세상을 뜬 나의 누이.

그 좋은 날에 하필 죽은 누이를 불러낸 탓인지, 얼굴 닮으면 목소리도 닮는다더니 그예 팔자마저 닮은 탓인지, 딸아이는 지난 무신戊申년(1788) 서른 살로 이승을 떠났다. 그해 함께 세상을 뜬 며느리는 겨우 스물세 살이었다.

참혹한지고. 참혹한지고.

병오년(1786) 오십 줄에 첫 관직에 든 것이 화근이었나.

그 이듬해인 정미丁未년(1787)과 다다음 해인 무신년(1788)에 가족을 연달아 넷이나 잃었다. 아내와 형에 이어 맏딸과 큰며느리를 차례로 보내었는데도 눈물을 참아야 하고 우는 소리를 삼켜야 했다. 처참하고 낙담한 표정을 감추어야 하는 상황이 기막혔다. 혼이 싸늘하게 식어 연기처럼 사라지고, 뼈가 시리어 부서질 듯했다. 해가 지고 바람이 불고 나뭇잎이 떨어지면 방문을 벌컥 열어젖히고 소리치고 싶었다.

꿈이렷다. 모두 꿈이렷다. 깨어라. 썩 깨어라……

잠이 싹 달아난다. 뗏장 같은 이불을 걷고 일어나 앉는다. 뭐에 눌린 듯 삭신은 무지근한데 의식은 갈수록 또랑또랑하다. 담뱃대에 남초를 꾹꾹 눌러 재고 화로를 당겨 불을 붙인다.

갈 길이 멀고 갑작스러워 채비할 일이 만만찮다. 이것저것 변통할 것도 많다.

큰아이는 스물 중반이니 일일이 짚지 않아도 되리라. 몇 해 전 상처했으나 다행히 지난해 새 아내를 얻었다. 문제는 작은아이다. 종간은 느지막이 마흔넷에 보았다. 곧 열세 살이 되는데도 미덥지 않은 건 막내인 탓이리라. 관례 전이니 아직 품 안의 자식이다.

종간은 여덟 살에 제 어머니를 여의었다. 이듬해 전국에 성홍열이 번져 저를 업어주던 맏누이를 잃고, 숙모처럼 따르던 형수마저 잃었다. 글방동무 무리에 섞여 의젓한 체 『소학小學』을 읊조린다마는, 풀죽은 어깨가 내 눈에는 띈다. 그 꼴이 언짢아 매서운 낯을 보이곤 하나 맘속으로는 여간 안쓰러운 게 아니다.

하루아침에 이별 아닌 이별을 하게 되었구나, 원.

담배 연기 사이로 어느 날 갑자기 모질고 사나운 운수를 당해 귀양을 갔던 몇몇 얼굴이 떠오른다.

머잖아 조정의 부름을 받고 영화를 되찾은 이가 있고, 적소謫所[21]에서 끝내 돌아오지 못한 스승이 있다. 돌아와서도 앞서거니 뒤서거니 세상을 아주 등진 이들이 있다.

그들 모두 연기와 함께 가물가물 떠오르다 흩어진다.

백 년은커녕 단 사십, 오십도 지탱하기 어려운 것을.

얼결에 헤어진 뒤로 두 번 다시 만나지 못한 얼굴들을 헤아려 본다. 만 리 밖 이국의 벗들이야 재회하지 못할 것을 미리 가늠한 사귐이었으니 서글프지만 도리가 없다. 같은 도성 아래 살아 있으면서도 안부조차

---

21 귀양지.

묻지 않게 된 이들이 열 손가락을 훌쩍 넘기었다는 건 무슨 의미인가. 나의 무심함인가, 그들의 무심함인가.

이별은 매양 나루터에서, 혹은 다리 이쪽 끝에서 이루어지곤 하였다.

네가 가고 내가 남고, 내가 가고 네가 남고……. 떠난 자는 떠나고, 남은 자는 서성인다.

서로의 뒷모습을 보이기 전 누누이 주고받았던 우정의 말들은 다 어디로 흩어졌는가. 영영 이별이 되고 만 그날 그때 그 발걸음들이, 덧없고 덧없다.

화로에 재를 턴다. 불티 몇 점이 하르르 흩어지다 사라진다.

| 전야前夜 |

벗을 잃고는 소리 내어 울어도 허물이 되지 않았다. 큰누이를 잃었을 때도 두뭇개에서 상여 싣고 떠나는 배를 전송하며 통곡했으되, 아무도 그릇되다 날 나무라지 않았다. 아내를 잃고는 더운 울음 삼킬 뿐 차마 드러내지 못했다. 봉두난발 가슴 치며 하늘을 원망하지 못했다. 그렇게 배웠다. 시詩 스무여 수 지어 홀로 애도하고, 산방 앞 흐르는 물에 세초洗草했다. 슬픔은 남은 자의 몫인즉, 남은 자의 슬픔을 뉘에게 보이랴.

*

해가 바뀌었다. 출발은 임자壬子년(1792) 정월 초엿샛날이다.

도성에 머물며 대기하던 안의 이서吏胥[22]에게 날짜를 통보해두었다. 사령을 받고 열흘 안에 임지로 떠나는 것이 원칙이나 중간에 설이 끼어 특별히 며칠 말미를 얻은 덕이다.

초나흗날 새벽, 첫닭 소리에 잠을 깼다. 작은아이는 옆에서 세상모르게 자고 있다.

간밤에 아이를 불러 앉히고 몸가짐과 글공부에 대해 당부했다. 초반

---

22 관청의 하급 관리. 아전 또는 서리와 같다.

엔 두 무릎을 맞대고서 공손히 새겨듣는가 싶더니 이내 내려앉는 눈까풀을 가누지 못했다. 그냥 자게 내버려두었다.

작은아이 앞에서는 쉬 마음이 물러진다. 늙은 아비의 훈도 중에 잠이 든 아이를 물끄러미 내려다본다. 우습기도 하고 딱하기도 하다. 아비의 정인지, 노파심인지, 전 같지 않게 군소리가 늘어간다. 아내의 빈자리를 메우려니 도리가 없다고 자위하는 것도 한두 번이지, 원.

옆집 닭이 두 홰를 더 울고, 때맞춰 종소리가 파루[23]를 알린다. 서른세 번의 종소리를 끝까지 헤아려 듣고 나서 몸을 일으켰다. 한 살을 더 먹어 그런가, 끙응 신음이 새 나온다.

방문에 드리운 방풍용 침장寢帳을 말아 올린다. 닭이 울고 종소리가 났건만 한 올 빛도 들지 않는다. 마당에서도 기척이 없다. 엊저녁 늦도록 떡쌀을 불린다, 놋그릇을 닦는다, 부산스러웠다. 다들 자정 넘어 가까스로 잠자리에 쓰러졌던 게다.

어둠 속에 우두커니 앉았다가 더듬더듬 부시를 쳐 등잔불을 켰다. 아이가 불빛이 성가신 듯 벽 쪽으로 돌아눕는다. 거울 없이 어림하여 머리를 빗고 수염을 다듬는다. 손가락 사이로 흰 머리카락과 수염 몇 올이 흘러내린다.

임자년이라. 새삼 한숨이 나온다.

---

23 통행금지를 해제하기 위해 종을 치는 일.

쉰여섯쯤이면…… 산방에 고즈넉이 들어앉아 개울물 소리 들으며 오래 소원하던 저술을 하게 될 줄 알았다.

저서를 남기지 않아 넓고 정밀한 학문을 전하지 못한 선현이 얼마나 많은가. 내 그분들을 타산지석으로 삼으리라 하였건만. 운運이 들고 나는 때가 있듯, 저술에도 때가 있고 없고 하는 모양이다. 한가로운 훗날을 기다릴 수밖에 없겠다.

*

정월 초닷샛날은 아내의 기일이다. 다섯 해 전, 정미년(1787) 이날에 세상을 떴다.

아내는 쉰한 살에 들어서자마자, 그리고 내가 막 선공감 감역으로 첫 음직을 얻어 겨우 양식 근심이나마 덜게 되자마자, 마치 평생의 과업을 마친 사람처럼 급히 시들었다. 백 약첩이 무효했고, 하늘이 무심했다. 아니다. 무심하기로는 지아비인 나를 첫손에 꼽아야 할 터인즉. 회한이 가슴을 친다.

아내와 나는 정사丁巳(1737) 생 동갑이다. 열여섯 살에 초례를 치렀다. 혼인하고도 아내는 친정에서 지내는 날이 많았다. 당시 우리 집이 너무 비좁아 거처할 곳이 마땅치 않았다.

서른다섯 해 동안 아내는 집안의 가난을 용케 버텨냈다. 고난을 감내할 뿐 눈살을 찌푸리거나 괴로운 내색조차 삼갔다.

—지원의 처는 묵묵히 학문에 정진하는 군자의 도를 안다.

집안 어른들이 대견히 여겨 추세웠다. 나락 한 섬보다 못한 입막음이 아니고 무엇인가.

나는 어떠했던고. 호부好否에 치우치고 시비是非에 동요하는 성정이 심신을 그리 상하게 하였을라나.

스무 살 전후하여 나는 바닥이 보이지 않는 깊은 우울감에 허우적댔다. 불면증에 시달리느라 밤을 꼴딱 새는 날수가 잦아 한낮에도 정신이 맑지 않았다. 그런 탓에 자잘한 예법 따위에 구애되지 아니하고 빈번히 내 멋대로 굴어 아내를 놀라게 했다. 오직 뜻 맞는 벗들과 허허실실 우스개와 객쩍은 놀이로 빈둥거리다가, 이도 진력이 나면 이웃이나 아랫것들을 불러 세간에 유행하는 이야기를 들려 달라 졸랐으니, 그들은 또 얼마나 성가셨을지.

내키면 얻어들은 이야기들로 근엄한 유자들이 눈썹 찌푸릴 전傳을 지었다. 재주를 자랑하고 싶은 마음에 가까이 사는 벗들과 글을 돌려 읽고는 바닥을 치며 크게 웃곤 했다.

—지원이는 지나치게 악을 미워하고, 지나치게 지기志氣가 매서워. 저러다 크게 다칠까 걱정되네.

그랬다. 장인어른의 걱정을 들을 정도로 나는 편벽됐다. 사람에 특히 비위가 약해 부귀영달을 좇으며 권세와 이익에 아첨하는 탐욕스런 무리를 경멸했다. 간사한 소인배들과 썩은 선비들을 혐오했다. 타락의 관문이 된 등과登科[24]에 일찌감치 회의를 품었다.

누군가는 과거를 달갑게 여기지 않는 나의 태도를 높였다. 고상한 뜻을 지닌 선비라니, 어림없는 소리다. 먼지 같고 티끌 같은 세상에 맞춰 살기가 버거운 한 무능한 유생에 불과한즉.

그러하였은즉, 하루하루 전심전력한 아내에게 나 지원은 하 무심하고 희망 없는 사내였으리라.

퇴주退酒로 음복한다.

모르겠소. 부인은 혹, 뒤늦게 미관말직을 떠도는 이승의 남편을 비웃지나 않을지.

어디선가 살바람이 끼쳐 촛대의 불꽃이 일렁인다. 내 그림자가 덩달아 흔들린다. 아내의 즉답인가. 머쓱하여 종의를 부른다.

"조만간 얼음 풀리면 장단 선영에 다녀오너라."

그곳에 아내의 묘가 있다.

"나서는 김에 산방 뒤뜰도 둘러보고 오면 좋겠구나."

연암골 초당 뒤뜰에는 형님 내외를 합장하여 모셨다.

---

24 과거에 급제하는 일.

"응당 그리하여야지요. 염려 놓으세요."

머리 굵은 자식에게 이래라저래라 일일이 짚어주기란 내키지 않는 노릇이다.

하나, 종의는 나의 골육이면서 집안의 장손이다. 형님은 생때같은 아들 셋을 모두 먼저 보냈다. 종의는 지금의 둘째만 한 나이 때 큰집 양자로 세워졌다. 무술戊戌년(1778) 7월의 일이다. 형수님이 돌아가셨는데 상주 설 혈육이 없었다.

─차라리 내가 상주 노릇을 하마. 팽아는, 좀 더 자란 다음에 양자를 세워도 늦지 않지 싶다.

형님은 몹시 민망히 여겨 만류하셨다. 그러나 아내가 종의에게 상복을 입히고 조문객을 맞게 했다.

아내는 종종 예법을 안다는 군자도 하기 어려운 결단을 내리거나 도리를 따져 나를 쩔쩔매게 만들었다. 매양 부드러운 말투에 어진 낯빛을 하고서도 전하는 바는 어찌나 곧고 매섭던지.

내 유난한 기질이야 천하가 아는 바인데, 정작 나는 가냘프고 말수 적은 아내가 어려웠다. 남들이 알면 갓끈이 끊어지게 웃을 테지.

*

마당이 텅 비었다. 음복을 마친 하인들도 눈을 비비며 흩어졌다.

둘째는 한참 전부터 보이지 않는다. 제 지내는 내내 시무룩하더니 어느새 빠져나간 모양이다. 막내티는 어쩌지 못하나보다. 제 형은 저만 할 때 의젓이 상제喪制를 섰건만. 자리가 구실을 정한다는 말이 옳은 성싶다.

종의는 쭈뼛거리며 방과 마루를 들락날락한다. 선뜻 자리를 뜨기 어려워 안절부절못하는 것일 게다. 앞으로는 큰아이 독단으로 속결할 일이 늘어날 테다. 늙은 아비로서 또 걱정이 앞선다.

집안의 여러 크고 작은 일들을 보고 겪어왔으니 잘해내겠지. 스물일곱, 내 저 나이 땐 무얼 했던고.

집안의 든든한 기둥이셨던 조부 장간공章簡公께서 돌아가신 뒤로 그나마 간신히 버티던 가세가 더욱 위태로워졌을 시기였다. 생전에 할아버지는 부자父子가 나란히 벼슬길에 드는 걸 경계하셨다.

아버지는 과거시험 준비는커녕 바깥 물정에도, 집안 살림을 살피는 데도 어둡고 서툴렀다. 어머니마저 이미 몇 해 전에 돌아가신지라 형님과 형수님이 집안일을 관장할 수밖에 없었다. 그 덕에 나는 차자次子의 홀가분함을 제법 누렸다. 벗들과 질탕하게 쏘다니느라 집에 붙어 있지 않은 날들이 많았다.

올챙이 적을 떠올리니 낯이 뜨겁다.

"네 외숙과 한잔하련다."

"제 처더러 주안상을 보게 하겠습니다."

종의는 상처하고 새장가를 들었다. 새아기가 나이 어린 데다 아직 손에 익지 않은 제상을 보느라 어지간히 동동거렸지 싶다.

"됐다. 동애더러 간단히 몇 가지 차리라 전하고, 너도 그만 들어가 쉬어라."

잠기 가득한 눈을 비비며 돌아서는 큰애를 보자니, 살짝 언짢다. 입술을 달싹하다 꾹 다물었다. 곁에서 지켜보던 처남이 웃음을 참는다. 성미 꼭닥스런 아비를 견디느라 조카도 얼마나 고단하랴, 하는 눈치다.

"내 이제야 중존과 마주앉는구먼."

중존仲存(이재성의 자)은 아내의 하나뿐인 남동생이다. 아이들의 유일한 외숙이요, 나의 유일한 처남이다. 아니, 처남 이상이다. 가장 절친한 아우요, 벗이요, 내 글의 고심처 苦心處를 알아주는 지음知音이다. 나는 글을 새로 짓게 되면 재성부터 보이고 평을 부탁한다. 그의 빼어난 안목을 믿는 까닭이다.

"임지로 나가기 전에 처리해둘 일이 소송문서처럼 밀려 있지 뭔가."

인사 다니랴, 챙겨야 할 물품 갖추랴, 요 며칠 몸이 두엇이면 좋겠다 싶게 분망했다. 밤은 밤대로, 시렁의 글상자를 내려서 나중에 한가할 때 글감으로 쓰려 끼적여둔 종이쪼가리와 초고草稿들, 따로 편철해둔 글 묶음들을 정리하느라 잠시도 무릎 뻗고 쉴 틈이 없었다.

"대충대충 못 넘기시니 오죽하셨을까요."

"세상 사람들은 내가 꽤나 성근 줄 알지."

"다들 형님 겉모습만 알아요. 형님 글을 모다 허투루 읽은 게지요."

"내 껍데기가 사람들을 속인단 말인가, 내 알맹이가 속인단 말인가?"

"속이지 않아도 스스로 속는 사람이 있으니 원통하지요."

"속이지 않는 사람이 가여운가, 스스로 속는 사람이 가여운가?"

재성이 그만하자는 뜻으로 손사래를 친다.

나도 껄껄 웃고는 망건과 버선마저 벗어던지고 벽에 기댔다. 재성도 갓과 탕건을 차례로 벗고 벽에 붙어 앉는다. 그는 나보다 열네 살 어리다. 둘이 있을 땐 격식 따윈 크게 개의치 않는다. 생전의 아내가 보았더라면 제 아우를 지긋이 단속했을 테다.

아내와 혼인할 때만 해도 재성은 제 누이더러 등을 내놓으라 조르던 꼬맹이였다. 그런 그도 불혹을 넘어섰다. 그는 부친 유안재遺安齋 이보천 공보다 숙부인 학사 이양촌 공의 외모를 탔다. 살빛이 흰 편이고 키는 나보다 한 뼘쯤 작다. 몸가짐이고 걸음걸이고, 앉거나 서 있는 자세고, 두루 말쑥하고 우아하다. 집안 내력이다. 느릿느릿 움직여도 굼뜨거나 거만해 뵈지 않는다. 천생 선비의 풍모다.

달빛 은은한 밤 골목에서 그와 맞닥뜨릴 때가 있는데, 매번 젊은 시절 학사공인지라 깜짝 놀라곤 한다. 지금 그의 나이가 학사공 돌아가실 때와 같다.

다만, 학사공은 기질이 대쪽 같아 서늘한 기상이 있었다. 재성은 말투가 온건하고 주장이 세지 않다. 문장 또한 자신을 닮아 고요하고 평온하다. 묵직하고도 법도에 맞아 좀체 예봉을 드러내지 않는다. 선친의 가르침을 받아 젊었을 적에『예기禮記』를 많이 읽은 영향인가 한다.

나는 처숙부인 학사공을, 장인어른인 유안처사와 더불어 귀한 스승으로 모셨다. 열일고여덟 살 무렵 장인어른으로부터는『맹자孟子』를, 처숙부로부터는 사마천의 문장을 배웠다. 하루는 내가 「항우본기項羽本紀」를 본떠 「이충무공전李忠武公傳」을 지어 올렸다. 학사공은 외람되게도 조카사위인 내게 반고班固와 사마천司馬遷과 같은 글솜씨가 있다며 크게 칭찬하시고 격려해주셨다.

학사공이 수壽를 제대로 누리셨더라면 경서經書와 사서史書를 보다 체계 있게 공부했으련만. 내 복이 거기까지는 미치지 못했다. 한스러운 일이다.

"오늘 새아기가 애쓰더군. 자네 누이도 흡족했을 걸세."

"곧 손자도 보셔야지요."

일가친척들에게서나 어쩌다 마주친 지인들에게서나 어김없이 듣는 말이다. 머리 허연 노인이 되고도 '할아버지' 소리를 못 들으니 늦기는 늦었다.

"오늘 밤 다녀간 혼령이 모른 척하진 않겠지. 이따 술상 봐오면 첫 잔 홀뿌리고 청원 한 번 넣어볼까?"

"원, 형님도. 복 구하겠다고 아무 데나 손 비비며 절해대는 꼴을 마뜩찮게 여기시더니. 더군다나 울 누님이 생전에도 못 자시던 술에 넘어갈리가요."

"워낙에 곧이곧대로였지, 자네 누이. 여하튼 우리가 붙어살다시피 하다 처음으로 멀찍이 떨어져 지내게 됐네. 그냥 넘어갈 수 없지 않겠나."

"이별줍니까?"

"이별주다마다. 내 도성과 이별하고, 자네와 가술과 이별하고. 각별히 오늘은 내 조강지처와 이별했던 날 아닌가. 두루두루 이별주네그려."

재성의 낯빛이 처연하다. 병석의 아내도 종종 저런 낯빛으로, 발치에 도두앉아 자랑스럽게 그날 배운 글을 외는 작은애를 물끄러미 바라보곤 했다. 그즈음 어린 자식을 두고 떠나야 한다는 걸 예감했던 것일까. 아니면, 누대를 이어온 청빈을 고관 벼슬보다 더 명예로이 여기는 반남 박씨 가에 들어와 일평생 가난과 씨름했던 생의 궤적을 되돌아보고서는 그만 울적해졌던 것일까.

"어찌 되었건 퍽 다행한 일입니다."

재성이 망친 글씨 지우듯 말을 돌린다.

"그런가? 어째서?"

나는 짐짓 모르쇠를 놓고.

"하루라도 빨리 고을 원으로 나가는 게 순서일 테지요. 새아기도 맞았고요. 그동안 이 집안 여인네들이 없는 살림 꾸려가느라 심히 고생하였지요."

"나의 무능을 나무라는 말로 들리는구면. 내 자격지심일 테지?"

들어가지도 않은 술에 취한 척 눙치니, 재성이 먼저 간 누이처럼 곧이곧대로 받는다.

"날이 날인지라 누님과 나란히 부임지로 떠났더라면 좀 좋았을까 싶지요. 우리 누님도 그간 참으로……."

"나리!"

옳거니, 동애다. 재성의 목메는 말을 마침 끊어주니 고놈 하는 짓짓이 대견하다.

"오냐, 제때 왔다. 안으로 들여라."

동애가 방문을 여니 칼바람이 먼저 들이친다.

사내놈이 뚝딱 차린 상치고는 제법 용하다. 저냐[25]와 묵나물 각 접시에, 곶감과 생율과 대추 모둠 한 접시에, 새로 데운 탕국이 두 사람 앞에 하나씩이다. 술은 아예 무쇠주전자에 내왔다. 술 마시기 좋은 날로는 잔칫날 다음으로 제삿날일 게다.

"더 분부하실 게 있으신지요?"

"충분하다. 늦게까지 애 많았다."

동애가 허리를 굽히다 말고 되묻는다.

"설마, 나리. 밤새우시려는 건 아닙지요? 큰일 나십니다."

떠날 시각까지 아직 하루 낮이 남았는데도 저리 성화다. 타고난 것인

---

25   저민 고기나 생선으로 만든 전.

지, 보고 배운 것인지.

"내 알아서 하마. 너나 눈 좀 붙여두어라. 천릿길이다."

동애가 예예, 조아리면서도 미심쩍은 얼굴로 돌아선다.

담장 앞 회화나무가 가지를 파르르 떤다. 숫돌에 벼린 낫처럼 날렵하던 초승달은 초저녁에 서쪽으로 떨어졌다. 까만 밤하늘에 쌀알 같은 별이 총총하다. 눈비 뿌릴 기미는 없다. 고을 원이 되어 마른하늘만 올려다보게 될까 지레 암암하다.

"저 아이도 데려가십니까?"

재성이 술상 앞으로 바투 다가앉으며 묻고는 잔에 술을 따른다. 맑은 술이다. 이 또한 망자 덕이다.

첫잔을 단번에 들이켜고, 남은 술을 화로에 올렸다. 막걸리는 찬 것이 잘 넘어가고 청주는 데운 것이 낫다. 얼마 전까지만 해도 맑거나 탁하거나 차거나 더운 것을 아랑곳하지 않았는데 점점 가리는 것이 많아진다. 역시나, 나이 탓이겠지.

"저 아이가 말일세, 뉘 집 작은마누라처럼 잔소리를 하네."

"곡우에 버섯대 올라오듯 쑥쑥 잘 컸습니다."

"그렇지, 그렇지."

내 허리춤에 닿을까 말까 하던 녀석이 남들보다 키가 큰 편인 나와 견줄 만하다.

맨 처음 대면했을 때 동애는 몰골이 말이 아니었다. 머리에 까치둥지를 이고, 얼굴은 숯검댕이인지 땟국인지 궁기가 줄줄 흘렀다. 옷인지 거적때기인지를 두른 몸은 오죽처럼 깡마르고 새까만 데다, 누더기 밖으로 빠져나온 팔다리는 지게 작대기처럼 가늘었다.

아이는 개성 선죽교 아래 쪼그리고 앉아 비를 피하고 있었다. 심하게 콜록거리는 기침소리가 아니었다면 그냥 지나칠 뻔했다. 그때 나는 개성 유수관留守官의 전인專人 편에 본가에 부칠 편지를 부탁하려 산에서 내려왔다가 되돌아가던 길이었다. 찔끔찔끔 흩뿌리던 빗방울이 점점 거세질 기미여서 걸음을 서두르던 중에 녀석이 눈에 밟혔던 것이다.

인연이라면 인연이었다. 도성 안이고 밖이고, 큰 도시고 작은 고을이고, 아이고 어른이고 할 것 없이 유리걸식하는 난민은 이미 낯설지 않은 광경이었다. 보통 때면 쯧쯧 혀를 차며 바삐 지나쳤을 일이었다.

—몇 살이냐?

—일곱 살입니다.

—부르는 이름은 있고?

—동애라고 합니다.

부모가 버렸거나 죽었거나 해서 혼자 동냥하며 떠돌던 고아였다. 흙투성이 꼴을 하고도 추비하지 않은 눈빛이 마음에 들었다.

—날 따라갈 테냐?

—예?

—산길이다. 걸을 수는 있고?

—예.

아이는 그날로 한 집 식구가 되었다. 떠돌던 거지아이 같지 않게 심지가 굳건해 어느새 데리고 있은 지 십 년 세월이 훌쩍 지났다.

"열아홉인가? 해 바뀌었으니 스물이군. 꾀가 있어. 힘도 세고, 말수는 적고. 연암골에 머물 땐 금학동 양군 집에도 불려 가 들일을 돕는데, 저 할 일 하든 남의 일 거들든 곁눈 안 살피고 재빨라. 타고난 자질이, 종살이로 썩긴 아깝네 아까워. 언제든 제 갈 길 가겠다면 보내야지, 암."

"원래 노비 적에 오르지 않았다면, 십상 평민의 자손인 게지요."

"평민이 원해서 유민이 되었겠나."

이미 가래와 호미를 버리고 은 캐는 광산으로, 산비탈 화전으로 내몰리는 백성이 한둘이 아니다. 예부터 곡창이라던 호남 땅에도 벼슬아치와 아전들의 등쌀을 견디지 못해 대 이어 살던 집에 불까지 지르고 떠나는 백성이 속출하는 세상 아닌가.

"여종아이 말이, 시장에 거지랑 도둑이 더 늘었다더군요."

"향촌 토호들 중에 가난한 양민에게 돈이나 곡식을 빌려주고는 높은 이자를 매겨 부를 더하는 이가 적지 않지. 이자를 갚지 못해 땅뙈기와 집을 빼앗기니 부쳐 먹을 땅이 있기를 하나, 비 가릴 지붕이 있기를 하나. 동냥아치가 아니면 도둑이 될밖에."

"가난 구제는 나라님도 못 하고, 하늘도 못 한다지 않습니까?"

"그들을 길거리로 내몬 진짜 도적은 따로 있지. 부패한 관리와 완악

065

한 향리와 공리공론을 일삼으며 거들먹거리는 양반 토호들이 거대한 도당을 이루고 있으니 말일세."

"안의현 사정은 어떻답니까? 뭣 좀 들어두신 게 있습니까?"

"내 어찌 들리는 말을 낱낱이 믿겠는가. 누구는 풍속이 교활하다느니 사납다느니…… 고갤 젓더군. 그 고을에서 푸대접받은 장돌뱅이나, 임지에 정 못 붙이고 서울 돌아올 날만 손꼽아 기다리는 수령자리가 뱉음직한 말들이지. 또 어느 누구는 턱 밑 수염 훑으며 점잖게 읊조리기를, 청계옥수淸溪玉水에 음풍영월吟風詠月이라, 별유천지別有天地 화림花林이더이다……. 아마 선대에 긁어모은 재물로 근심 걱정 없이 노닌 풍류객이나, 함양 부잣집 신세진 과객 선비가 할랑할랑 부채질하며 읊음 직한 후일담일 테고. 내 가서 눈으로 보고 이게 옳다, 저게 옳다 가릴 참이야."

큰소리를 쳐보지만 나라고 염려가 없는 건 아니다. 백 리마다 풍속 다르고 천 리마다 습속 다르듯 백이면 백 사람, 천이면 천 사람 처지와 주장이 다 다를 터인즉, 덕과 규범과 제도로 통솔해나가기 쉽지 않을 것이다.

주거니 받거니 하다 보니 창호 밖이 푸르스름하다. 재성은 어느 순간부터 꾸벅꾸벅 졸고 있다. 그러다가도 정신이 나는지 별안간 목을 곧추세우고는 좌우를 두리번거린다.

"고갯방아 찧지 말고 차라리 좀 눕게."

"형님이야말로 잠시라도 눈 좀 붙여야 하지 않겠습니까?"

"걱정 말게. 내, 말 위에서도 쿨쿨 자는 재주가 있네."

재성이 눈까풀을 슴벅슴벅 감았다 뜬다. 옅은 잠이 들락날락하는 통에 알아듣지 못한 것이다.

"경자년에 그랬네."

나는 사은사 일행을 좇아 연경으로 향하던 때 종종 말 위에서 졸다 깨다 했다. 그때는 새로운 구경거리 하나라도 놓칠세라 눈 깜박이는 것조차 아까울 지경이었다. 그저 오가는 길목에 널린 풍물이나 경치 따위를 눈에 넣는 것으로 만족하지 못했다. 그곳 사람들을 사귀어 그들의 속내를 들여다보고 싶었다. 일정이 촉박한지라 그럴 만한 여유도 사정도 못 됐거니와, 사절단과 현지인의 접촉 또한 제한됐다.

나는 사절단 공식 관원이 아니었기에 비교적 운신이 자유로웠다. 눈치껏 사행단이 머무는 숙소를 빠져나와 밤거리를 돌아다녔다. 그 지방의 문사들과 의기투합하여 필담을 나누다 밤을 꼴딱 새기도 했다. 그 바람에 낮에 말고삐를 잡은 채 졸다 휘청하기가 여러 번이었다. 도저히 수마를 쫓아버리지 못해 수종하는 창대와 장복더러 나를 양쪽에서 붙들라 이르고 말 위에서 한잠 푹 자고 깨났던 적도 있었다.

재성이 이부자리를 펼치며 농을 친다.

"아이구 형님, 고릿적 일을 여태 우려먹는답니까?"

십수 년이 지났지만 두고두고 아쉽고 원통하다. 연행에서 돌아와 틈틈이 저술한 『열하일기熱河日記』를 두고 오랑캐의 연호年號를 쓴 원고라는 비방이 일었다. 그런 헐뜯음쯤이야 곡학아세曲學阿世하는 무리의 짧따랗고 얇은 소인배 행태라 되웃어주면 그만일 터이나, 허황한 명분을 떠받들며 파당을 짓는 동안에 백성들은 고통 속에서 헤어날 길이 없으니 통탄스럽고 통탄스럽다. 배운 자들의 죄 중에서도 부끄러움을 모르는 죄가 가히 으뜸이라 하겠다.

나는 베개를 던지다시피 건네주며 으르는 체한다.

"예끼. 어른이 말씀하시면 예, 예, 받잡지 않고?"

"예, 예. 저 먼저 눕습니다. 오늘 또 이 어린 아우가 연만하신 형님께 졌습니다."

"자네, 『예기』를 헛읽었네. 자네 누님이 자네 버르장머리를 내려다보며 혀를 찰 걸세."

"에고, 누님. 용서합시오."

등잔불을 끄고 방을 나선다. 옷섶을 여미고 천천히 마당을 거닌다. 씁쓸하고, 쓸쓸하다. 재성이 일깨우지 않더라도, 아내가 조금 더 버텼더라면 하는 안타까움이 왜 없으랴.

쨍한 냉기가 살과 뼈를 파고든다. 몸보다 마음이 시리다.

| 별서別墅의 아이 |

봄눈인가요. 봄비인가요. 빗방울에 눈 알갱이 섞여 오락가락하더니 오후 들어 가랑비로 변하였습니다. 끊일 듯 끊일 듯 이어지는 애곡哀哭처럼 빗발은 가늘고도 검질겨요. 골골 마다 안개 피어올라 멀리 검은 산들이 사라지는군요. 동구의 솟대 사라지고, 누대와 대숲이 사라지는군요. 젖은 바람 한두 키질에 늦틔운 매화 꽃잎 일시에 몸 날려 흙탕물로 뛰어듭니다. 꽃들의 자결이에요. 빈 뜰에 어둠이 내려앉고, 마을 집집에 별빛 같은 불빛이 돋습니다. 작은 기척에도 기를 쓰며 짖어대는 옆집 개를 좇아 온 동네 개들이 컹컹댑니다. 또 하루가 가는군요.

*

비 나리다 눈 나리는군요. 설 쇠고 스무 날 지났으니 겨울이런가요, 봄이런가요.

가야금 밀쳐놓고 소반을 당깁니다. 다관茶罐 기울여 찻종지에 매실주를 따르고요. 눈속임이랍니다. 술맛이 깊지는 않으나 홀짝일 만합니다. 안의에 내려와 담근 첫술이니 반년하고 두어 달 겨우 묵은 것이지요.

대문과 본채, 사랑채와 장독대가 남북동서로 앉은 이 집을 구하느라 거간비를 적잖이 물었다 들었습니다만, 저는 너른 대청마루며 잘 짠 분합문보다 장독대 양옆으로 다복다복 모여 있는 나무들에 반색했더랍니

069

다. 감나무, 모과나무, 배롱나무, 매실나무…….

황금빛 매실을 보자마자 이른 봄눈 속에 하르르하르르 매화꽃 흩날리는 정경이 그려지더군요. 세간 정리를 제쳐두고 항아리부터 부셔냈어요. 사랑채 툇마루에서 먼 이사에 틀어지고 부서진 악기부터 살피시던 할아버지께서 손 놓고 제 하는 양을 지켜보시더군요.

　―약으로 쓰려고요.

할아버지께서는 별 꾸지람 없이 하시던 일로 돌아갔다가, 한참 만에 늦은 장단을 맞춰주셨지요.

　―풋기가 빠져 향이 좋겠구나.

네 속을 모를까보냐. 속으로는 그리 말씀하셨겠고요.

어린 저를 앉혀놓고 술을 가르친 건 어머니입니다. 아홉이나 열 살쯤이었을까요.

애초 제가 눈독을 들인 건 곶감이나 매작과[26] 같은 주전부리예요. 어느 날엔가 어머니가 멍하니 후원을 내다보시는 틈에 술잔에 손을 댔지요. 그 맛이 궁금했거든요.

　―요런 깜찍한 것을 보았나.

기척을 알아챈 어머니가 제 볼을 꼬집으셨어요.

26　밀가루를 기름에 튀겨 만든 과자의 일종.

저는 풋감을 깨물었을 때처럼 진저리를 쳤답니다. 신기한 건 어머니의 표정이었어요. 수심 가득하던 얼굴빛이 재미난 볼거리 만난 듯 반짝였지요.

─그래, 어떠냐?

─뜨거워요. 불을 삼킨 것 같아요.

어머니가 웃음을 참으며 다관을 드셨어요.

─더 해보련?

냉큼 다관 부리에 찻종을 갖다 댔습니다. 어머니의 밝은 얼굴을 더 오래 보고 싶었으니까요. 저는 어머니가 병아리 눈물만큼 따라주신 새 술을 홀짝 삼켰답니다.

─자아, 그리고?

─눈앞이 아롱아롱하여요.

─또오?

─입속에 꽃내가 향긋하게 퍼지는 듯하여요.

어머니가 제 양 볼을 잡고 가볍게 흔들며 이르셨지요.

─요요요 귀여운 술꾼을 보았나. 아버지가 아시면 불호령이 떨어질 걸. 그러니 쉿! 너하고 나, 둘만의 비밀이다. 알겠니?

─점이도 아는걸요. 세 사람이어요, 어머니.

─그렇구나. 우리 은용이랑 나랑 점이랑…… 천지간에 딱 셋만 아는 비밀, 응?

저는 중지와 약지로 관자놀이를 지그시 누른 채 갸우듬히 고개를 끄덕였습니다. 어머니의 버릇을 흉내 내본 것이지요.

—우리 아기 아니면 내가 어디다 정을 붙이고 살까. 좀 더 커서 혼인한다고 어밀 떠나면 어디다 맘을 붙이고 살까.

—혼인은 꼭 해야 하나요?

—그럼. 우리 은용일 업어갈 도령은 어디 사는 누굴까.

—어머닌 저 없이 못 산다 하시구선. 전 혼인하지 않고 이 집에서 오래오래 어머니랑 살 거예요.

—아니 될 소리. 훗날 일을 두고 장담하는 거 아니야. 다가올 일은 아무도 모르지. 부귀도 영화도 사랑도…… 모르지.

말대답하지 않았습니다. 어렴풋이나마 집안 분위기를 짐작하였으니까요.

어머니의 거처는 후원에 딸린 별서였습니다. 본채의 주인은 아버지의 정실인 서씨 마님이시고요. 별서는 남향인 본채를 등진 구조여서 아침나절에 잠깐 해가 지나가고 나면 늘 비 오는 날처럼 어둑시근한 북향이었답니다.

저는 별서 내실에서 태어났어요. 집안 통틀어 막내이지만 모두의 축복을 받지는 못하였어요. 당연한 일이지요. 부모는 하늘이 정하는 것이나 신분은 사람이 정하지 않던가요. 별실 소생이니 서출庶出일 밖에요.

아버지는 사랑채에 기거하셨습니다. 국상國喪이 났던 병신丙申년

(1776) 여름, 아버지는 파직을 당하셨어요. 무술년(1778) 겨울 평안도 병영으로 외직을 나갈 때까지 은인자중의 날을 견디셔야 했지요. 아버지는 낮에 사랑채로 어머니를 불러내곤 하셨습니다. 어머니의 가야금 연주를 들으며 검을 닦으시거나, 찾아온 벗들에게 풍류를 자랑하셨지요.

깊은 밤 늦도록 후원에 가야금 소리가 낭랑하던 날도 있었답니다. 어머니와 아버지가 모처럼 마주하고 계실 때였지요. 그 무렵 어머니의 안색은 눈에 띄게 파리해져 갔습니다. 그럴수록 가락에 홍금을 에는 애조가 깃들었어요.

아버지의 발길이 드문드문해지다가 거의 끊어질 때쯤, 어머니의 방에서는 악기 소리 대신 기침소리가 그칠 새 없었습니다. 샛문 지나 섬돌에 이르는 봉당에는 납작 누웠던 풀들이 요요히 일어섰고요.

그리고, 고요가 찾아왔습니다.

소리의 부재가 아닌, 인적의 부재였지요.

비 그쳤나 봅니다.

빗소리에 묻혀 잠잠하던 개울물 소리가 마을을 가로질러 담을 넘어옵니다. 와랑와랑 바윗돌 쓸고 타넘는 기세가 제법 사납군요.

날 저물고, 다관도 찻종도 비었습니다. 용수댁에게 술을 더 청하면 입술을 한 자나 빼물고 손짓 발짓 해가며 나무라겠지요.

소반을 밀고 가야금을 당깁니다. 현에 손가락을 얹고 숨을 가다듬습니다.

"매화 옛 등걸에 봄철이 돌아오니······."

아니나 다를까요, 초장을 맺기도 전에 용수댁이 들이닥치는군요. 화로에서 뜬숯에 눌린 불씨를 찾아내 등잔을 밝히고는 시위하듯 제 앞을 막아섭니다. 저도 물러서기 싫어요.

"옛 피던 가지에 필 만도 하다마는······."

"으어, 으어어."

용수댁은 입말을 못 할 뿐, 듣는 귀는 멀쩡합니다. 평소에도 손짓 눈짓으로 온갖 참견을 마다않는 용수댁이 턱짓 고갯짓 동원하여 저를 타박하는군요.

밤공기가 찬데 방문을 열어두면 어쩌느냐. 고뿔 걸려 드러누울 참이냐. 술 마시고 노래 타령이냐. 할아버지 돌아오실 때 되었는데 벼락 칠까 무섭다.

"봄눈이 어지럽게 날리니······."

"으어어어."

"······필지 말지 하여라."

용수댁이 기어코 제 가야금을 뺏어다 제자리에 세워놓습니다.

할아버지께서는 제가 연주에 노랫말 얹어 부르는 것을 질색하십니다.

특히나 『청구영언靑丘永言』 중에서도 「만횡청류蔓橫淸類」[27] 유類의 노래를 금하셨어요. 음란하고 저속한 가사가 많아 규방 아녀자가 입에 올릴 만하지 않다 하시면서요.

　—너의 재주가 드물게 뛰어나 내가 아끼고 아까워한다만 그래도 처지를 생각해야지. 가뜩이나 말 많은 세상 아니냐. 멀리 갈 것도 없다. 안의 인근 삼고을만 해도 흉측한 말 지어내기 좋아하는 사람이 추수 들판 낟알처럼 쌔고 널렸다. 좁은 고을일수록 그물처럼 촘촘하고, 한 번 덮씌우면 빠져나올 수 없이 괴악한 것이 소문이란 놈이다.

　—할아버지께서 하시는 것을 저는 왜 못 한답니까?

　—이 할아비야 얕은 재주를 천직 삼은 예인이다만, 너는 어떻든 반가 피를 타지 않았느냐.

　—악기 타고 노래 부르는 것도 양반님네가 하면 풍류이고, 서인庶人이 하면 천한 기예라는 게지요. 우습습니다.

　—이 아이가 큰일을 내겠다. 악기를 타되, 아무 데서나 타서는 아니 된다는 말이다. 또, 잡가는 혼자 있을 때라도 가급적 타지 말라는 것이고. 노랫말 얹어 흥얼대는 짓은 더더욱 하지 마라. 기방 창기들이 부귀빈천 막론하고 남정네들 앞에서 능청능청 불러대는 만횡청류 따위랑은 결코 입에 올려서는 아니 된다.

27　가사집인 『청구영언』의 마지막 장. 노래 116수로 구성된다.

못된 저는 속으로 항변하지요.

'나랏법이 천자수모賤子隨母[28]라는군요. 적서嫡庶가 엄연하고요. 어머니가 별실이니 저는 서출입니다. 저의 반은 고매하신 아버지에게 물려받았으나, 저는 그 세상에 속하지 못하지요. 그런데도 할아버지께서는 당신의 한 점 혈육인 딸의 딸에게 부계의 권위를 꾸미라 하시는군요. 어찌저찌 정처正妻로 들어간 저의 내력을 내세워 시가의 반열을 취하라 하시네요. 평생을 오랏줄에 묶인 듯 나랏법에 매여 사시고도, 양반 나리들 천인 광대 취급에 통분하시고도, 이 외손녀에게는 양반의 핏줄을 가져다 붙이시는지요. 이야말로 이현령비현령이 아니겠는지요. 싫습니다. 저는 겁니다. 은용입니다.'

"아으, 어어……."

용수댁이 다관과 찻종을 치우며 씩씩거립니다.

"너무 그러지 마. 가엽지도 않아? 작년 여름 안의로 이사 내려오고선 수승대 단풍놀이 나간 게 다야."

용수댁이 수화로 한바탕 잔소리를 이어갑니다. 말 못 하여 할 말이 쌓이다 보니 점점 말이 많아지는 걸까요. 본디 할 말을 남겨두지 못하는 기질인 것일까요. 용수댁이 두 팔을 휘저어 공세를 취하면 희한하게도

---

28 천민이 어머니의 신분을 따르는 것.

저는 수세에 몰려 변명을 늘어놓습니다.

"그래. 덕분에 장 서는 날 저잣거리에 나가보았지. 할아버지 잔칫집 불려 가시느라 여러 날 집 비우셨을 때는 광풍루에 올라 물가 정자 달빛 아래 가야금 타보는 소원도 이루었네."

용수댁이 취한 사람처럼 얼굴을 붉히며 무어라 무어라 대거리합니다.

"알아. 알아. 용수댁이 망보느라 고생 많았던 것. 한양 살 땐 운종가[29]에만 나가도 구경거리가 한나절인데, 여기는 한두 식경이면 더 둘러볼 데가 없어. 책방이 있기를 해, 구색 갖춘 입전立廛[30]이 있기를 해? 볼 것 없고 살 것 없어 감질만 나지."

"으어, 으어, 으엉?"

"호강에 겨워 그런다니 할 말이 없네. 용수댁이 그렇다면 그런 것이지 뭐. 나보다 더 기막히고 갑갑할 텐데 내 생각만 했네."

말 못 하는 용수댁과 말싸움해서 제대로 이긴 적 없습니다. 출타하신 할아버지께서 돌아오시기 전에 그네를 달래야 할 것 같습니다.

---

29 오늘날의 종로 일대.
30 서울 육의전의 비단가게.

| 노상路上에서 |

자릿조반으로 내어온 죽을 훌훌 마시고 하인들의 배웅을 받으며 길에 올랐다. 두 사위가 반나절 거리만이라도 모시겠다며 따라붙어 숭례문까지 동행했다. 번다한 치레를 싫어하는 내 성정을 모르지 않을 텐데, 저들은 거듭거듭 청하는 것을 효심이요, 도리라고 여기는 것이겠다. 털배자에 휘양[31]을 갖추었으나 살갗을 파고드는 바람이 여간 매섭지 않다. 모쪼록 먼 길 모두 무사하기를 빈다.

*

남대문은 잡상인과 경저리京邸吏의 들고남과 모이고 흩어짐이 잦은 곳이다. 안의의 경저리 일행이 홍예문 서쪽 석축 근처에 서 있다가 쇄를 흔들었다.

"너희가 나를 알아보았으니 망정이지, 패거리 사이를 비집고 다니다 팔도 인물 구경할 뻔하였다."

수행隨行 우두머리가 내 농을 냉큼 받아친다.

"강가 자갈마당에 우람한 바위가 박혀 있으면 절로 눈이 쏠리게 마련입지요."

---

31 휘항 또는 호항. 얼굴을 남기고 머리 전체를 덮는 방한용품.

내 몸집과 바위 암巖 자 쓰는 별호를 빗댄 말대답이다. 가는 길에 말 귀 못 알아먹어 복장 터지지는 않겠다.

"나으리. 짐이 뒤에 따로 더 따라오는지요?"

"그럴 일 없다."

서리가 반신반의한다.

여장과 가노家奴를 단출히 꾸렸다. 이번 여정은 익숙한 길 반, 낯선 길 반이다. 나귀바리와 마부를 먼저 보냈다. 나와 나머지 일행은 동틀 무렵에 성문을 통과했다.

며칠 잠을 설치고서 말에 오른지라 졸음이 쏟아진다. 졸다가도 수일 내 마주할 고을 일을 생각하면 악몽이라도 꾼 듯 정신이 번쩍 든다.

*

엄동에 천릿길은 고단하고 지루하다. 길가의 초목은 누렇게 마르고 시들었다. 눈 속에서도 소나무만은 붉고 푸르다. 남쪽으로 내려갈수록 대숲이 자주 눈에 띈다. 북쪽보다 상대적으로 기후가 온화한 까닭이다.

무료하니 장난기가 동한다. 뒤따르는 행수서리와 말머리를 맞춘다.

"저 집은 왕대로 담을 둘렀구나. 자나 깨나 대나무를 찬양하는 유생이 살지 않겠느냐? 당호는 응당 죽오竹塢나 죽헌竹軒 중에 골라 걸었을 터?"

"예?"

"하룻밤 묵어가는 선비 과객에게 글씨를 받아다 편액을 걸었을 터이고?"

행수가 뭐라 대꾸할지 몰라 우물쭈물한다.

"『시경詩經』「기욱淇奧」편에서 시로 대나무를 읊조린 이래 고금의 셀 수 없이 많은 사람들이 대나무를 찬탄하고 숭상한다. 풍상에도 변치 않는다느니, 소탈하고 자유롭다느니…… . 의례처럼 대나무의 덕성과 생김새를 시로 짓고 그림으로 남겨왔지. 그 바람에 대나무가 피폐해지고 진부해져 마침내 본래의 정묘하고 아름다운 빛깔을 잃고 말았느니라. 마침 나도 그중 한 사람이다만."

"아, 예예."

신임사또가 무슨 뜬구름 잡는 소리를 하나 눈자위를 굴리면서도 입으로는 건성 비위를 맞추고 있으니, 몸에 밴 아랫것의 처신에 영락없다. 윗전에는 알랑알랑하는 재주로 빠져나가고, 힘없는 백성들에게는 으르딱딱거리는 위세로 법에 없는 인정미人情米를 요구했으리.

실없이 행수서리를 붙들고 말 붙임한 건 개성사람 양호맹이 떠올라서다. 그는 하고 많은 사물 중에 하필 대나무에 미친 사람으로 호가 났다.

하긴 내 벗 정철조는 돌에 미쳤고, 이덕무는 책읽기에 미쳤다. 악사 김억은 칼에 미쳐 방의 사방 벽과 기둥마다 수집한 칼을 도배하듯 걸어두고 그 속에서 먹고 자고 한다.

내게는 딱히 이렇다 할 벽벽癖이 없다. 수중에 넣고 완물玩物하는 일에 그들처럼 열광하지 않는다. 좋은 벼루와 귀한 책, 눈 맑아지는 시화첩이나 화축花軸을 나라고 왜 가지고 싶지 않겠는가. 다만, 불광불급不狂不及으로써만 격물치지格物致知에 도달한다고 생각하지 않을 뿐이다.

사물의 이치를 궁구하여 지식을 완전하게 하려면 소유보다는 사유에, 완상玩賞보다는 관찰에 힘을 써야 할 것이다. 하물며 손에 넣지 않고도 다 가질 수 있는 자연이 있음에랴. 자연이 곧 문장이요, 자연이 곧 그림이지 않은가.

"세상의 문인, 묵객들이 다투어 대나무를 흠모하나, 과연 어떠하더냐? 그들이 대나무처럼 올곧게 살고 있는 것 같더냐?"

서리의 눈동자가 하릴없이 바쁘다. 듣기에 따라 양반 허물하는 말인즉, 무탈할 답을 고르는 중인 게다.

나는 시치미를 뚝 따고 한 번 더 찔러본다.

"대쪽 같은 지조니 절개니, 떠들기야 쉽지. 실천하기란 생식하여 신선 되는 길보다 어려운즉. 네 생각은 어떠하냐?"

서리가 겨우 입을 연다.

"소인이 대나무에 대해 아는 것이라고는 위진 때 칠현七賢 고사故事가 있는 죽림과, 신라의 복두장이가 임금님 귀는 당나귀 귀라고 외쳤다는 대나무밭과, 그리고 봄날 비 온 뒤 쑥쑥 올라오는 죽순을 캐다 나물해 먹으면 그 맛이 기막히다는 것 정돕지요."

빠져나가고 눙치는 재주가 제법이다.

"내 연암이라 자호하느니라. 아느냐?"

"예예. 익히 명성을 들어 알고 있습지요."

"황해도 금천 연암협에 숨어 지낼 때 개성사람들과 교유하였느니라. 그중 한 사람이 대나무에 온통 빠져 살았지. 만약 이 길을 그와 함께 간다면 어땠을까 생각하니 아찔하구나. 그러면 대밭이 보일 때마다 말에서 내려 대나무 사이로 뛰어들 것이고, 나는 소매를 잡고 말릴 것이니, 그러느라 몹시 지체되어 제때 안의에 당도하기는 그를 게 빤하지 않겠느냐?"

"그분이 뉘십니까요?"

"벼슬하지 않은 처사處士라 이름은 말해주어도 모를 것이다. 그 사람 호가 죽오이니라."

나는 무술년(1778)에 연암협에 들어갔다. 두메산골이라 지내기가 몹시 불편했다. 마침 벗 유언호가 개성유수로 부임해 와 여러모로 살펴주어 난처함을 덜 수 있었다. 날씨 사나우면 양호맹의 별장에 머물며 신세를 졌다. 지금껏 내가 산방을 오래 비워두고도 폭설에 무너지고 장맛비에 쓸려갈 걱정을 아니 하는 것이 다 죽오 덕분이다.

"아까는 그분을 두고 하신 말씀이었군요."

서리는 저를 골탕 먹이려 꺼낸 말이 아닌 줄 알아 적이 안심하는 눈치다.

"죽오는 대나무와 물아일체를 이루었지. 그의 자 또한 양직養直, 즉 곧음을 기른다는 뜻이니 마음속에 조릿대 떨기와 그윽한 왕대가 무성히 자라고 있고말고."

서리는 알아도 그만 몰라도 그만인 표정이다. 하긴, 양직이든 죽오든 무슨 알 바이겠는가.

양호맹은 고지식하면서도 인정과 도리가 도탑다. 고려의 수도 개성의 유력한 사족 출신이라 관직에서 소외된 것 말고는 가산도 넉넉하다. 그는 내가 만난 그 누구보다도 대나무를 사랑하여 일찍이 죽오라 자호할 뿐 아니라, 집에도 죽오 글씨로 편액을 걸었다.

그는 나를 볼 때마다 기문記文을 써달라고 졸라댔다. 나는 대나무를 소재로 한 글들에 염증을 느끼던 차라 편액을 바꾸면 짓겠노라 했다.

—세상에 기이하고 운치 있는 이름이 하고 많건만. 연상각烟湘閣, 백척오동각百尺梧桐閣, 우금운고루雨今雲古樓⋯⋯. 이 중에 하나를 골라 잡아 보오.

—죽오. 오로지 죽오입니다.

대나무처럼 한결같기로는 그를 따를 자가 없었다. 결국 몇 해 전 내 쪽에서 백기를 들었다. 그에게 진 것인지, 대나무에 진 것인지. 마침내 「죽오기」를 써서 주었더니 그는 십여 년 줄다리기 끝에 받은 글이라며 감격했다. 다른 벗들은 글이 익살스럽다며 배꼽을 잡았다.

"얼마나 남았느냐?"

"반나절은 더 가야 하옵니다."

하늘을 올려다보니 구름이 얼추 걷혔다. 거창 역참을 지나올 때만 해도 쌘비구름이 산허리까지 두툼하게 내려와 있었다.

도성을 나온 이래 큰 눈을 만나지는 않았다. 가뭄을 걱정하면서도 함박눈을 만나지 않아 다행이라 여긴다. 대나무처럼 줏대 있기란 쉽지 않다.

*

해가 뉘엿할 때 안의현 지계地界로 들어섰다.

안의는 덕유산과 지리산 사이 함지땅에 자리 잡은 고을이다. 임기 동안 서울 집에 한두 차례 다녀올 수나 있을지 모르겠다.

하루아침에 한 고을 수령이 되어 이룬 공 없이 존귀를 얻고도 지레 갑갑하여 사지가 욱죈다. 죄를 얻어 변방의 험지나 외딴섬에서 귀양살이하는 사람의 번울한 심사는 오죽하랴.

"곧 당도하옵니다."

강과 솔밭과 대숲에 둘러싸인 고장이다. 고을 옆으로 금호천이 흐르고, 양쪽 강기슭에는 헐벗은 버드나무들이 도열해 있다. 강 건너편에 사방으로 트인 이층 누각 한 채가 우뚝 서 있고, 너머로 백여 채 집채가 빼곡하게 들어찬 마을이 보인다. 풍속은 어떨지 모르나 봄가을 풍치는 그만이겠다.

"저기 광풍루光風樓 뒤쪽에 관아가 있사옵지요."

"광풍루라. 좋은 데 앉았다. 동서남북 골짜기가 깊으니 여름철이면 누각 앞으로 물 흐르는 소리가 꽤 장하겠다."

"맑은 햇살과 상쾌한 바람이 머무는 곳이라 하여 광풍루이옵지요. 본시는 선화루라 하였사온데 문헌공 일두 선생께서 안음현감으로 계실 때 고쳐 쓰셨다 하옵니다."

"아뿔싸! 좌안동左安東, 우함양右咸陽이라. 거창은 동계 정온 선생을 내었고, 함양은 일두 정여창 선생을 내었지 않으냐. 내 오늘부로 꼼짝없이 영남 사림의 문중에 갇히었도다."

"일두 선생을 기리기 위해 남계서원을 창건하였사온데 이후로 동계 선생도 배향하였습지요."

내 우스개를 못 들은 것인지, 못 알아먹은 것인지, 서리는 제 할 말에 분주하다.

"사액서원 아니더냐. 춘추향사春秋享祀가 엄숙하겠구나."

뽐냄을 꺾자니 좀스러워 대충 맞춰준다.

"마땅히 삼가하옵지요."

"서원이 예서 가까우렷다?"

"예이. 이 물길 따라 남쪽으로 이십여 리 내려가다 보면 왼편 비탈에 있사옵니다. 거기서 함양까지가 또 그만큼 거리가 되옵니다요."

강 아래쪽 작은 나루에 다다랐다. 짐바리 실은 달구지와 말은 짐꾼과 함께 나룻배로 건너게 하고, 나머지 일행은 위쪽에 놓인 돌다리로 건너기로 한다. 겨울 가뭄으로 수심이 얕아 강바닥의 자갈이 훤히 보인다. 얼어붙은 강 가장자리는 석양빛에 붉게 물들어간다.

맞은편 누각 이층 처마에 광풍루 현판이 가로걸렸고, 도포며 두루마기를 두둑이 갖춰 입은 무리가 마루 위를 서성이고 있다. 안의현 향임鄕任,[32] 유사儒士들이 마중 나온 모양이다. 누각 아래 기둥 밖에서는 육방 아전과 장교들이 빙 둘러서 모닥불을 쫴다. 곁불에도 끼지 못한 관아의 하인배는 하인배대로, 주인을 모시고 온 사노私奴들은 사노들대로 두셋씩 모여 강바람에 발을 동동 구른다.

건너편에 닿기도 전에 고을 중진들이 총총히 계단을 밟아 내려온다. 관속은 관속대로 우왕좌왕하며 대오를 짓는다. 오갈 데 없는 오합지졸의 꼬락서니다.

졸지에 모래톱에서 초면의 예를 갖추게 되었다. 날씨가 어떠하다느니, 먼 길에 고생이 자심하시었다느니, 촌선비가 서울 명사名士를 뵈어 영광이라느니…… 상투적이고 감흥 없는 인사말이 엇갈리며 오간다. 누군가는 합천 화양동에 모신 반남 박씨 선조의 행적을 높이어 나를 숙연

---

32 수령의 자문역을 맡은 지역 양반.

하게 만들고. 다른 누군가는 시중에 돌아다니는 나의 글을 대뜸 언급하여 낯 뜨겁게 한다.

생면부지임에도 낯설지 않다. 하나같이 그럴듯한 유자儒者 풍모다. 품위와 도량으로 겉을 둘렀으나 눈동자는 막 당도한 신관의 내공을 읽어내느라 바삐 돌아간다. 서리, 통인들과 하등 다르지 않다.

까탈스러운 벽성癖性이 도져서일까. 나는 저들의 낯빛과 눈빛에서 미묘한 저항을 읽는다. 이른바 재지사족在地士族의 텃세렷다.

피로가 확 몰려온다. 내 본디 정사正邪와 호오好惡를 지나치게 따지는 데다 낯을 꾸미지 못하여 오해를 사곤 한다. 덩치가 크고 목소리가 우렁우렁한 것도 한몫한다.

젊어서는 모르는 사람과 말을 트는 데 어려움을 겪지 않았다. 텅 빈 집에서 홀로 뒹굴다 무료해지면 땔나무를 팔러 다니는 장사치라도 불러 효제충신과 예의염치를 강론했다. 중국 땅을 여행할 때는 길에서 주전부리를 파는 장사치와도 손짓 발짓을 보태어 대화를 시도해보았다.

말직이나마 벼슬에 들고부터는 오히려 새롭게 관계를 맺는 일이 시들해졌다. 아니, 불편해졌다. 공직이라는 몸에 맞지 않은 옷을 억지로 껴입은 데서 오는 환멸과 실의가 내 펄펄한 기운을 꺾은 게지.

딱해라. 무심결 옹색한 심중을 드러내지 않도록 조심할 일이다.

광풍루에서 관아까지는 몇 보 되지 않는다. 누각에 올라서서 강을 등지자 고만고만한 민가 지붕들 위로 관아의 문루가 보인다. 저녁밥 짓는 연기가 낮은 굴뚝을 타고 고을 전체에 자욱이 퍼진다. 비로소 한 고을의 수령이 됐다는 실감이 난다.

짐바리는 앞서 들어갔다. 내 말을 끌고 온 구종[33]은 어디서 잽싸게 목이라도 축이는지 보이지 않는다. 싸우는지 노는지 동네아이들이 모여서 떠들어대고, 그 아이들을 휘휘 나무라고 쫓느라 또 한바탕 떠들썩하다. 하릴없이 구경 나온 향민들 머릿수가 점점 늘고 있다.

나는 형식적이고 요란한 절차가 질색이다.

"며칠을 달려와 지친 터라 끝까지 예를 갖추지 못합니다. 수삼일 내로 여러분들을 정당正堂으로 뫼시겠소이다. 조촐한 다담상이라도 마련하여 고을 일을 논의하는 것이 신참의 도리인가 하외다."

내 거구와 귀밑까지 뻗친 광대뼈와 매서운 눈매가 저들의 퇴각을 거드는 데 도움이 된다.

나는 몸소 기둥에 매어둔 말의 고삐를 풀었다. 쪼르르 달려온 구종이 부축하고 자시고 할 틈을 허용하지 않고 홀로 등자를 밟고 오른다. 좌우에 선 몇몇 선비가 흠칫 놀라 뒷걸음질을 친다. 벙거지 쓴 구종이 말고삐를 넘겨받고는 벽제를 한답시고 냅다 쉬어터진 목소리로 고함부터 내지른다.

---

33 말을 탈 때 시종하는 하인.

"쉬잇, 물럿거라."

"에라, 게 들엇거라."

팔을 휘두르며 거들먹대는 품이 가관이다. 원님 행차길을 트겠다기보다 제 놈이 위세 부리는 재미에 들려 하는 짓이다. 정승이라도 모셨다가는 이놈 목청이 남아나질 않겠다.

"그만해라. 조용히 가자꾸나."

"예? 예예."

길에 구경꾼들이 나와 섰다. 대개는 나이 든 노인과 사내아이들이다. 둘째만 한 사내놈이 어린 동생의 손을 꼭 잡고 신기한 눈으로 나를 올려다보는데, 당돌하달지, 무구하달지. 아녀자와 여자아이들은 사립문 안에서, 혹은 울바자 너머로 빠끔히 내다본다.

모퉁이를 꺾으니 저만치 앞쪽 공터에 홍살문이 보이고, 활짝 열어젖힌 아문과 문루가 뒤로 보인다.

어디 가까운 곳에서 악기 소리가 들려온다. 기울여 듣지 않아도 익숙한 가락, 「풍입송」이다. 겨우 여남은 마디, 노래 얹지 않은 연주를 들었을 뿐이건만 예사롭지 않은 주법에 발이 묶인다.

"세워라."

구종이 말고삐를 당긴다.

나는 소리가 넘어오는 길갓집으로 고개를 돌렸다. 주등酒燈이나 깃발 따위는 보이지 않으니 객주나 청루[34]는 아니다. 자갈 박은 토담에 사주문四柱門을 세웠으니 여염집치고는 군색하지 않다.

말 위에 앉은지라 담장 너머가 들여다보인다. 기와지붕을 인 본채에다 이엉 올린 두 칸짜리 곁채를 따로 두었다. 마당에는 비질 자국이 선명하고, 담 가까이 십수 그루 나무가 아담하다. 장독대 바깥쪽, 봄여름가을 푸르렀을 수목은 헐벗고, 부지런히 꽃피웠을 화초는 겨울을 나느라 형해만 남았다.

마루 끝에는 한 젊은 여인이 거문고를 타고 있다. 화로를 곁에 둔 채, 왁자지껄하고 분답한 바깥 사정과 아랑곳없이 홀로 절간에 있는 듯 악기를 붙들고 앉은 여인이라니.

내 젊어서부터 대가의 연주를 들을 기회가 많았다. 들은풍월이 있는데다 음률을 꽤 안다고 자부한다. 나라 안이든 밖이든 악률을 아는 사람이라도 만나면 밤을 새서라도 토론을 해야 성에 찰 정도다. 듣는 귀를 괴롭히지 않을 만큼 거문고를 다룰 줄도 안다. 더욱이 「풍입송」이다. 수양 삼아 거문고를 배우는 선비의 입문곡이라 나 역시도 어지간히 듣고 탔다.

그러나 비슷하게 소리를 내는 것과 저만의 소리를 내는 것은 다르다. 느리고 단조로운 곡일수록 하수와 고수가 갈린다.

기미를 알아챘는지 여인이 고개를 든다. 눈이 마주친다. 여인이 일순

---

34 푸른색으로 칠한 누각. 기생집을 뜻함.

090

굳어 술대 잡은 오른손이 한 뼘 허공에 뜬 채다.

"듣기 좋으니 계속하시오."

여인이 단정히 허리를 숙였다. 맑은 바람이 스치듯 지나간다. 매화 향이다.

나는 몸을 바로하고 등을 꼿꼿이 폈다.

"가자."

행렬이 다시 움직인다. 매화 향기 흩어지고, 몇 걸음 뒤따라오던 거문고 소리도 곧 인파의 소음에 묻힌다.

귀한 차를 엎지른 듯 아쉽다.

| 잊을 일 |

본채에서 대문간까지 열댓 걸음. 정지에서 장독대까지 예닐곱 걸음. 토담 안둘레를 전족한 여인처럼 보폭 줄여 한 바퀴 도는 데 일백 한참 못 채우는 걸음. 몇 그루 앙상한 겨울나무. 뒤꼍 손바닥만 한 남새밭에 몇 포기 나부죽이 퍼질러 누운 봄동. 몇 움큼 시금치. 중동 꺾인 채 얼었다 녹은 몇 줄기 움파.

*

낮달이 떴습니다. 달과 서로 숨고 숨기는 흰 구름은 느릿느릿 진양조입니다. 입춘, 우수 지나 볕모레 경칩은 말뿐이어요. 마루에 나와 있기엔 날이 찹니다.

귀 어둡고 눈 밝은 용수댁이 어느 밭둑에서 뽑아왔는지 냉이 소쿠리를 마루 끝에 부려놓아요. 저더러 청승스레 앉았지 말고 검부러기나 골라내라는 시위입니다. 궂은 일복 터진 자신은 정지로 장독간으로 엎어질 듯 동당거리고 있지 않느냐고요.

저는 저대로 용수댁은 용수댁대로, 손발 어긋나면 그냥 어긋나는 대로, 공양간 두 보살처럼 일감 붙들고 움직입니다만, 적막강산이 따로 없습니다. 바람만 들락거리는 빈집만 같아요.

할아버지께서는 가까이 혹은 멀리 출타가 잦으십니다. 한가히 사랑채

를 지키고 계실 때라도 손녀와 나눌 말이 많지 않지요. 용수댁과는 차근
차근한 대화가 애당초 불가하고요.

혼잣말합니다. 눈비 맞고 서 있는 매실나무와 주거니 받거니. 뒤란 오
동나무와 주거니 받거니.

출가 전까지 예닐곱 해를, 한양 목멱산 아래 외가에서 지냈습니다. 남
촌 살 때엔 이렇듯 적막하진 않았지요. 언니 같고 동무 같은 점이가 있
었으니까요. 점이는 잘 지내고 있겠지요.

어머니가 앞섶 붉게 물들이고 숨을 거두시자 아버지는 열 살 된 저를
외가로 보내었답니다. 혼처를 찾자니 초경도 치르지 않은 데다 막 생모
를 여읜 상중이고, 위아래 구분 없이 후원에 딸린 것들이라면 낮부터 파
래지는 본댁의 처사에 맡기기에도 애매했던 게지요. 어쩌면 한때 귀애
했던 첩실의 마지막 부탁만큼은 들어주고 싶었을지도 모르고요.

—약조해주세요. 제가 가면 저 아일 친정으로 보내주시겠다고요.

저를 따라 외가로 돌아올 때 점이는 열여섯 살이었습니다. 점이는 유
복녀예요. 그 어미 수리댁은 여섯 살배기 어린 딸애를 달고 제 어머니의
후원살이에 동반했답니다. 수리댁은 점이가 잔심부름을 곧잘 해내던 열
두어 살 즈음, 한 해 작황 결산을 하러 들락거리던 김포 농장 마름 천 서
방과 합쳐 내리 아우 둘을 본 터라 본가에서 몸을 빼기 어려웠지요.

남촌에서는 방 안에 틀어박혀 있어도 울바자 너머로 온갖 소음이 넘

쳐나고, 온갖 풍문이 날아드는 길갓집에 살았어요. 싸움질하는 소리, 욕하는 소리, 해거름이면 더욱 커지는 땔감장수 고함소리……들 속에는 귀 씻어야 할 추문이 섞여 있고, 진기하고 재미있는 이야깃거리도 풍성하였지요. 활달한 점이는 외가 붙박이인 용수댁의 제재에도 아랑곳하지 않고 부지런히 바깥소식을 물어 날랐고요.

어머니 생전에도, 어머니가 쓸쓸히 숨을 거둔 후에도 점이는 제 곁에 있었습니다. 저 열일곱 살에 본가에서 성사시킨 혼사로 남산골을 떠나 수동壽洞 참의參議댁 며느리로 들어갈 때도, 또 스무 살에 그 댁에서 나올 때도, 호위사처럼 저를 지켰습니다.

삼 년 만에 홀몸이 되어 수동을 나오자 이번에는 외할머니가 화병으로 몸져누우셨어요. 상심이 병을 키운 탓인지, 제게 살殺이 끼었다는 무녀의 공수가 맞아떨어진 것인지, 할머니도 그해 겨울을 나지 못하셨어요. 한 해에 지아비와 어머니나 다름없는 외할머니를 연거푸 잃고 보니 제정신이 아닐 밖에요. 넋 놓은 저를 씻기고 먹이고 품은 이도 점이입니다.

―아씨. 지 앞날도 못 내다보는 무당년 헛소릴랑 귀에 꽂아둘 거 없어요. 돈 뜯어내려 멀쩡한 사람 무고하다 발각날 줄 저는 왜 몰랐대요? 오늘 아침 좌포청에서 포졸이 나와 끌고 갔지 뭐예요. 쏘삭질하던 애꾸눈이 박수랑, 바람 잡던 알금뱅이 나졸 놈이랑 청어 두름 엮듯 새끼줄로 엮어서 끌고 가는 거, 내 두 눈으로 똑똑히 봤다니까요. 그 연놈들 작계

作契에 돈 잃고 사람 잃고 패가망신한 집이 한두 집이 아니래요.

점이는 저를 달래다가 제풀에 분통을 터뜨리기도 하였습니다.

—따지고 보면 아씨가 수동에 들어가게 된 것도 양가 안어른들이 선무당 박수들한테 팔랑팔랑 속아 넘어간 때문이잖아요. 아씨 아버님이야 못 본 척 헛기침하셨을 테고요. 공자 맹자 찾는 양반님네들도 미신 좆는 덴 몽매하단 쌍것들에 안 밀려요. 피차일반이라니까요.

수동 일이라면 꿈에라도 만나고 싶지 않습니다. 썩은 과육 도려내듯 도려내고 싶어요. 할아버지 모르시게 일사천리로 진행된 혼사였어요. 친정 본마나님은 제게 언감생심 과분한 자리인 줄 알라 하셨지요. 제 쪽이 기울어도 한참 기운다 하시더군요. 신랑 쪽에서 서둘렀다는 건 나중에 가서야 알았습니다.

아버지도 내막을 알지 못하셨을까요. 사윗감의 병이 위중하다는 사실을요. 원망은 않습니다. 숙명으로 받아들이니까요. 다만, 제가 납득할 수 없는 건 그 집안 안어른들의 기묘한 집착입니다. 나라의 법보다 가문이 우선이었어요. 가문의 영속을 유일무이한 과업으로 여기셨지요.

그 집안에서 가장 가여운 존재는 제가 아니었어요. 날로 사위어가는 집안의 장손, 저의 남편이더군요. 그가 부끄러워하지 않았더라면, 그가 절 연민하지 않았더라면…… 저는 아마도 다른 선택을 했을지도 모릅니다. 그 집 늙은 여인들이 그토록 갈망하는 가문의 대를 위해 제 몸을 더럽혀주었을지도요. 어느 씨인지도 모를 씨를 받았을지도요.

저는 점이의 손을 끌어다 제 가슴에 대고 말하였습니다.

—하늘이 알고 땅이 알아. 네가 알고 내가 알아. 그 집 귀신이 되지 않았으니 억울할 것 없어. 그리 생각할래. 그리 잊을래.

—하이고, 부전성副典聲[35] 어른 아니었으면 참말로 아씨, 수동 참의댁 귀신이 되었을 뻔했다고요. 저어기 안성이라던가, 큰 부잣집 고희연에 내려간 김에 평택 들러 당진까지 내처 돈 다음 올라오시고서야 별당마님 초상 소식 들으셨다잖아요? 행장일랑 메다꽂듯이 팽개치고 선걸음에 안동 아씨 아버님 댁, 용서하세요, 망할 놈의 양반사위 찾아가서 읍소하셨다지요.

제가 왜 모르겠습니까. 외할머니께서 병석에서 하시고 또 하시던 말씀인걸요.

비록 외손녀지만 유일한 혈점이다. 남편도 자식도 없이 그 어려운 시집살이를 어찌 하라시는가. 늙은이를 봐서라도, 먼저 보낸 여식의 혼을 봐서라도, 은용이 그 댁에서 나와 살 수 있게 말을 넣어 달라. 그렇게만 해주면 죽은 듯이 살겠다…….

오륙 년 지난 일입니다. 아버지의 마지막 말씀은 죽어서라도 잊지 못할 듯합니다.

—너는 이제 남이다. 어느 쪽에도 네 적籍은 없다. 내 사는 동안 너를

---

35 장악원에서 음악과 관련된 일을 맡은 관리.

부를 일 없을 게야. 양가에 누가 되지 않도록 평생 근신하여야 할 것이니라.

평생. 아버지께서 정하신 제 형기입니다. 그러시고선 대죄인인 딸을 선처하셨지요. 절연으로 저를 방면하셨어요.

아버지와 시가의 안어른들은 제가 강상綱常의 아리따운 이름으로 무궁하기를 바라셨지만, 아니요, 천만에요, 저는 목매지 않았답니다. '남편을 뒤따르지 아니한 여자'가 되었답니다.

점이는 잘 살겠지요. 둘째를 순산하였나 모르겠습니다. 믿을 만한 인편이 있으면 자주 안부라도 전하련만요.

할아버지께서 귀향을 결정하셨을 때 점이는 문간방에 세 들었던 을생과 계집아이 하나를 두었어요. 뱃속에 새 생명을 품고 있었고요.

을생은 점이가 서른을 두 해 앞두고서 얻은 짝입니다. 신량역천身良役賤, 몸은 양인이나 의금부 나졸로 야밤에 순라를 돌았으니 업으로는 천역을 지었고요. 지아비는 관노나 다를 바 없고 지어미는 사비私婢인 처지라, 할아버지의 이사 결정이 퍽이 난감하였을 밖에요.

어느 날 저녁상을 물린 뒤 할아버지께서 점이네 세 식구를 불러 앉히시더군요. 자리를 피해주려는 저를 또한 붙잡아 앉히셨고요.

─수구초심이라더니, 어린 내 몸 하나 누일 데 없어 떠난 고향이건만 나이가 드니 돌아가 여생을 보내고 싶구나. 이 집 임자가 나서는 대로

영남으로 내려갈까 한다.

을생이 고개를 푹 꺾더군요. 점이는 흔들리는 눈빛으로 저를 돌아보며 걸음 겨우 떼는 딸아이를 끌어안고요.

할아버지께서 종비문서를 등잔 가까이 갖다 대시니 종이에 불이 옮겨 붙었습니다.

―너희 식구를 다 거두자니 내 여력이 닿지 않는다. 떨치고 간다고 서러워하진 않겠지?

점이는 믿기지 않는 듯 을생과 타들어가는 문서를 번갈아 쳐다보다가, 아이를 품에서 내려놓고 바닥에 엎드렸습니다.

―은용에미 뜻이기도 하다. 때 되면 보내주라고. 아마도 이런 날이 오리라 예견했나보다. 애썼다. 그동안 은용이 모녀 곁에서 너도 마음고생 많았으리라 싶다.

을생은 정수리를 보인 채 코를 훌쩍이고, 점이는 방바닥에 이마를 찧다시피 흐느껴 울었어요. 멋모르는 아이는 제 어미 품을 파고들며 칭얼거리고요.

문밖에서 기다리고 있었던지, 용수댁이 소반 두 개를 차례로 들여왔어요. 첫 번째 소반에는 정화수가, 다른 소반에는 과일과 나물 접시, 작은 주병과 술잔이 올라 있었습니다.

―진즉에 예식을 갖춰주고 싶었는데 차일피일하다가 오늘에 이르고 말았다. 이웃들 불러다 떡이라도 나눠야 할 텐데 그러지 못해 마음이 아

프다. 둘이 틀림없는 한 쌍이지만 그래도 우리 보는 앞에서 평생 해로 언약을 하려무나.

느닷없이, 그야말로 오밤중에 대중없이 치른 혼례식이었습니다. 한편으로는 이별의 의식이었고요. 저로선 생애 처음으로 점이와 헤어지게 될 터이니, 참으로 기쁘고도 못내 슬픈 봄밤이었어요.

떠나기 전날, 점이도 저도 눈이 붓게 울었습니다. 떠나는 날 아침에도 눈만 마주치면 두 사람 눈에 눈물이 그렁그렁하였지요. 무뚝뚝한 용수댁도 돌아서서 맹맹해진 코를 풀더군요.

—몸 성히 지내셔야 해요. 방에만 계시지 말고 용수댁 앞세워 바람도 쐬고 그러셔야 해요. 방안에만 틀어박혀 있으면 칼 안 쓴 형옥살이나 다름없지, 아무리 여인이라도 그게 어디 사람이 할 짓이어요?

지난해 초여름 일이군요. 채 일 년이 되지 않았는데 석 삼 년은 지난 듯합니다. 제 마음은 오늘도 갈지자를 그립니다.

┃초대연 招待宴┃

내 눈에는 민가 여인네의 복색보다 청루기방의 복색이 한결 멋스럽다. 옷소매가 넓고, 저고리 위로 긴 띠를 드리워 우아하고 세련된 멋이 있다. 규방의 저고리는 길이가 겨우 어깨를 덮을 정도로 짧고, 소매는 졸라맨 듯이 좁아터져 경망스럽고 단정치 못하다. 고려 말 원나라 풍속이 오늘까지도 변하지 않은 까닭이다. 사대부들은 걸핏하면 명나라에 대한 의리를 내세우며 청나라 용의와 문물을 오랑캐의 것이라 하찮게 여긴다. 그러면서도 초원의 오랑캐에서 나온 지금의 복색을 아름다운 옛것으로 되돌리려 하지 않는다. 앞뒤가 맞지 않고 예에도 어긋난다. 짧따란 소견과 비루한 안목이 한심하고 또 한심하다.

*

안의에 온 지 사흘째다. 점고點考는 관속들과 얼굴을 익히는 자리다. 각 방 아전들과 노복들 면면을 다 외자면 한 달이 걸릴는지, 두 달이 걸릴는지. 눈썰미뿐인가. 어쭙잖은 일이 한둘이 아니다.

아무개이옵니다.

아무개이옵니다.

저마다 이름을 외치며 허리를 접고 들어와 총총총 뒷걸음질로 물러가니, 대저 누가 누군지 구별할 수나 있나. 목청이 유독 야물거나 생김새가 유별난 몇몇이 잠시잠깐 이목에 박히기는 하나, 뒤로 갈수록 그 얼굴이 그 얼굴이다.

관기들은 서울이나 개성 아이들에 비해 단장이 수수하고, 여종들은 그다지 염렬해 보이지 않는다. 난옥이요 홍섬이요 수향이요, 을이요 목이요 점선이요…… 생김생김은 고만고만, 나이는 더 먹고 덜 먹고 차이일 뿐이다. 지닌 재주와 기예도 어슷비슷 혹은 들쑥날쑥할 것이고, 맡아 하는 일도 거기서 거기일 테지.

내 홀몸으로 내려왔으니 의복이며 탕약이며 음식이며, 매사 저들의 손을 거쳐야 하리. 사람 부리는 일이 겸연쩍어, 본시 웬만한 일은 내 손으로도 곧잘 해왔다. 앞으로는 내 집처럼 내 맘대로 아무 데고 앉고 서고 눕고 구르기 어려우니, 눈치를 보아야 하는 쪽이 그들일는지, 나일는지.

"나는 번다하고 복잡한 것을 좋아하지 않는다. 모든 일을 간소하고 정숙하게 하도록 노력해라. 꼭 지키지 않아도 되는 자잘한 예법은 생략해도 좋다. 깍듯이 모신답시고 내 뒤를 졸졸 따라다니며 일일이 받들어 올리지 마라. 지나치면 간사한 아첨이 될 뿐이다. 내가 몸을 움직일 때마다 듭시니, 납시니, 기거동작을 소리 내어 알리지 마라. 고을 행차 때 섰거라, 물렀거라, 벽제하는 따위도 일절 금한다. 모두 소란스러운 겉치레에 불과하니라."

뜰을 메우고 선 관속들이 서로를 쳐다보며 숙덕거린다. 앞쪽에서 누군가가 반 보 나섰다.

"고을에서 최고 높으신 사또나리께 성의를 다하는 것은 저희의 소임이옵니다. 향례와 전례에 따른 것이오니 나무라지 말아 주십시오. 또 어리석은 백성에게 위용을 보임으로써 그들로 하여금 삼가게 하여야 다스림이 순조로울 줄로 아옵니다."

예방禮房[36]이렷다. 얼굴과 몸집과 손마디가 대나무같이 좁고 길쭉길쭉한 것을 두고 뭐랄 수는 없겠으나, 목소리는 글러먹었다. 앵앵거리는 것이 염소 우는 소리 같기도 하고 밤중에 모기 돌아다니는 소리 같기도 하다.

좌우에 끄덕이는 자가 있고, 왼고개를 트는 자도 있다.

"오냐. 너희를 직접 겪어보니 과연 그렇더구나. 어제 장부를 인수할 때만 해도 너희들이 걸핏하면 전례가 어떻고, 이전 선례가 어떻고 하며 본관이 고쳐 시행코자 하는 바를 꺾으려 들었다. 물어보자. 그렇다면 대체 수령의 할 일이란 무엇이냐? 향청과 작청作廳[37]이 나서서 마을 일을 정하고 전례에 따르게 하면 될 것을, 왜 나라에서 굳이 녹봉을 없애기까지 하면서 고을 원을 두어야 하는지. 참으로 이상한 일이 아니냐?"

넌지시 예방을 응원하던 아전들이 잠잠히 서로를 살핀다. 저희들끼리 똘똘 뭉쳐 신관을 떠보려는 의도가 있을 뿐, 크게 나무랄 일이 아니고 나 또한 그럴 뜻이 없다. 단지 초두에 그들의 텃세를 눌러놓을 필요

---

36 예법과 의전을 담당하는 향리. 지방 행정에서도 육조를 본따 이吏, 호戶, 예禮, 병兵, 형刑, 공工으로 업무를 분담했다.

37 관청에서 향리가 사무를 보던 곳.

가 있어 짐짓 정색해본 것인즉, 효과가 있나 보다. 나와 마주치지 않으려 눈동자들이 갈팡질팡한다.

"물러가서 일들 보아라."

관속들이 둘씩 셋씩 어깨를 겯붙인 채 수군대며 흩어진다. 내가 대청에서 동헌방으로 들어오고도 육방 아전들은 그 자리에 쭈뼛거리고 섰다. 나는 그들이 마침내 꽁무니를 뺄 때까지 곁눈 주지 않았다.

*

축하연이라니.

연이은 흉작으로 백성들의 시름이 깊다. 할 수 있는 일이 없으니 무력해진다.

말이 축하연이지, 정작 내 손님은 몇 안 된다. 영남에 가까운 일가붙이가 없고, 벗이나 친지를 쉬 불러 내릴 거리도 못 된다. 토박이 사족과 상견례 치르는 의미뿐, 나야 아무래도 상관없다. 어차피 손님이란 와서 반갑고, 가서 더 반가운 법.

잔치에 풍악이 빠지랴. 안의는 동서남북 높낮은 산으로 막힌 작은 고을이다. 너른 들이 있는 진주나 바다를 낀 통영처럼 물산 풍부하고 부자 많은 고을 수준을 기대하기는 어려울 테다. 젊어서는 이런저런 구경거리를 놓치지 않으려 용을 쓰기도 했다. 어느덧 뼈마디 삭은 노인이 되고 보니 속히 파하여 다리 풀고 드러눕고 싶을 따름이다.

이름난 기생 몇을 더 부를까요, 묻는 예방을 물리치고, 홀로 민망하여 『자치통감강목資治通鑑綱目』을 펼쳤다가 도로 덮었다. 『난정첩蘭亭帖』을 펼쳐두고 글씨를 좀 써 보다가도 에라, 붓을 던지고 만다.

무릎 꿇고 먹을 갈던 통인 아이가 몸을 배배 꼰다.

"바람이나 쐬고 오너라."

덕택에 나도 안석案席[38]에 기대 두 다리를 뻗어본다. 몸 편한들 마음 편할까. 오뉴월 두룽다리보다 성가신 송사訟事 문건이 수북이 쌓였거늘. 바투 처리해야 할 일들이 줄지어 늘어섰고, 전임이 뭉개고 간 현안을 과연 새 사또가 어찌 처리할지 눈에 불 켜고 지켜보는 관아붙이들도 열 지어 늘어섰다.

관노청 쪽에선가, 둥당거리는 악기 소리가 건너온다. 오만 궁리 차에 반작 샛길로 빠져본다. 첫날의 짧디짧은 조우가 떠오르자 바람에 실려 온 듯 코끝에 청매향이 상긋하다. 「풍입송」 가락이 들리는 듯도 하다. 퐁당 개구리 뛰어든 못에 파문이 일듯, 발 없는 몸이 문지방을 넘고 뜰을 넘고 밭삼문을 넘어 마을길을 내닫는다. 기가 찰 일이다.

흠흠.

누가 내 머릿속을 열어 들여다보는 것도 아닐진대 제 발 저려 헛기침

---

38 앉을 때 벽에 기대는 등받이.

으로 분심을 수습한다.

엄동 천릿길에 피폐해진 나머지 내 잠깐 말 위에서 졸았던 게야. 그래, 꿈을 꾸었던 게지.

통인 아이를 불러 책방冊房[39]을 들라 이르고, 밀쳐둔 곡식장부를 끌어다 눈앞에 늘어놓았다. 대충만 훑어도 장부에 달랑 적힌 숫자조차 계산이 맞지 않다. 그야말로 검은 것은 눈속임하려 휘갈긴 출납 세목이요, 사이사이 여백은 텅 빈 곡식창고의 실상일 것이다.

불쏘시개감에나 쓰랴?

전관이 인계를 제대로 하지 않고 떠난 까닭이야 새삼 물어 뭣할 것이며, 전관의 전관이 그러했듯 나의 전임인들 얼렁뚱땅 떠넘겨도 될 일로 여겼으리라 짐작해본들 뭣할 것인가. 돌이킬 방도가 없으니 갑갑하다 못해 헛웃음이 나온다.

끄응.

여독이 덜 풀렸나. 무거운 몸 일으켜 좁은 방안을 왔다 갔다 한다.

그렇지, 참.

불현듯 황승원이 치른 관액官厄이 생각난다. 내가 연암협에 은거하며 경자년(1780)에 연경과 열하 다녀온 일을 집필하던 때라 그 전말을

---

39 고을 원의 비서직을 맡은 사람.

소상히 안다.

십여 년 전 임인壬寅년(1782) 겨울 즈음이었을 게다. 해주 관아의 곡식 창고를 관리하는 감관監官이 모자라는 곡식을 채워 넣지 못해 조사 받던 중 스스로 목매는 일이 벌어졌다. 감관의 아들은 매질로 인한 장독이 아버지를 죽음으로 몰고 갔다며 원통해했다. 이에 아들이 아버지를 옥에 가두고 매질한 판관에게 칼을 겨누며 아버지의 죽음을 책임지라며 협박하기에 이르렀는데, 조정에서는 이 사태를 단순한 비리 사건으로 보지 않았다. 위계가 무너진 하극상의 표본으로 판단해 해주 판관의 윗선에 무능의 책임을 물었다. 그 윗선인 황해도 관찰사가 바로 황승원이었다. 그때 그의 삭탈관직은 결국 장부와 곡창의 실물이 어긋난 데서 기인한 것이다.

내, 그 일을 거울삼아야 하리.

황승원은 내가 스무 살 어름에 경기도 어느 절에서 공부하던 시절에 어울렸던 사이다. 나와 달리 과거를 보아 일찍이 관문에 들어섰는데, 유배와 파직과 복직을 거듭하면서도 벼슬을 길게 쉬었던 적이 없다. 한번은 황승원을 따라가 그의 사촌형 황경원 공에게 내 글을 보여드린 적이 있었다.

—훗날 이 자리에 앉을 사람은 틀림없이 자네일 걸세.

황 공은 당시 문형文衡(대제학의 별칭)이었다. 내 아직 어리고 어리석을 때라 속으로나마 뽐내는 마음으로 며칠을 지냈다. 벌써 서른대여섯

해 전 일이다.

지금 나는 백골남행白骨南行으로 멀리 영남 작은 고을 동헌방에서 한숨짓고 있다. 인연은 다 한때다. 동학同學들과도 오래전에 길이 갈렸다.

*

바깥이 술렁이더니 초대받은 객들이 속속 내삼문으로 들어선다.

"하례드리옵니다."

"고맙소. 오시느라 고생하였소."

"하례드립니다."

"고맙습니다. 앉으시지요."

복색이나 걸음걸이, 목소리나 말투 등이 비슷한 듯 제각각이다. 서울 부자 양반들 못잖게 몸치장이 번지르르한 선비 두셋이 눈길을 끈다. 솜 누빈 두루마기쯤이야 기본이고, 개중에는 최상품 갓에 호박琥珀으로 꿴 패영貝纓40을 아랫배까지 길게 늘어뜨린 이도 있다. 재작년에 작고한 내 삼종 명원 형님은 부마도위駙馬都尉임에도 평소 댓가지와 구슬로 꿴 죽영竹纓 갓끈을 즐겨 맸다.

행세하는 신분임을 드러냄으로써 상대의 기를 은연히 누르고자 하는

---

40 산호나 호박 등으로 만든 갓끈.

족속은 어딜 가나 있게 마련이다. 『예기』에 '군자는 옷만 갖추고 용의容儀가 없는 것을 부끄러워한다' 했다. 값비싼 옷과 장신구만 보이고 위용은 보이지 않으니 부끄러움은 오로지 바라보는 이의 몫이다.

이런 자들은 희한하게도 하나같이 혈색이 붉고 눈빛은 변덕스럽다. 온갖 점잖은 체에다 말할 때 뜸을 들인다. 예컨대, "하례드립니다" 할 것을 "하례에, 드립니다아" 한다. 제아무리 좌우를 쩡쩡히 거느리고 근엄한 낯빛을 꾸민들, 대저 사소한 데서 근량이 드러난다.

주인을 모시고 온 하인이나 말구종은 마당에 놓은 화톳불 주위에 모여든다. 귀뺨 부비며 불을 쬐다가도 외부 기생이 내삼문으로 들어설 때마다 수십 개의 눈들이 일사불란하다.

기생보다 구경꾼의 행태가 진풍경이다. 단풍 행락철 지난 지 여러 달째라 구경거리가 궁해선가. 맵짠 날씨 따윌랑 아랑곳없이 색색 치장한 기녀가 볼거리일 테다. 눈 녹아 진 데를 피하느라 비단신 신고 폴짝폴짝 건너뛰는 태도 앙증맞고, 걷어붙인 치맛자락 밑으로 속곳이 쑥 빠져나오면서 종아리가 보일락 말락 하는 데다, 공연히 허리 비틀며 엉덩이를 실룩실룩 흔들어대니, 언감생심일지언정 눈 돌아가고 입 헤 벌어질밖에.

어떤 놈 하나가 되잖은 수작을 던지니 기생은 또 어림없다는 듯 눈을 흘긴다. 지켜보고 선 시커먼 놈들 사이에선 왁자하니 웃음보가 터진다.

지붕 너머 저 먼 산봉우리에는 눈이 그대로 남아 있고, 응달에 낀 얼음은 녹지 않았다. 대청 앞쪽에 거문고와 가야금과 아쟁, 북과 장구와 피리 등, 단뿔잡이[41] 악사들이 어깨를 잔뜩 좁힌 채 옹송그리고 앉았다. 겨드랑이에 껴 넣거나 입김을 불어 곱은 손을 풀어보지만 여의치 않은 모양새다.

안쪽에 모여 앉은 기녀들도 입술이 푸르죽죽하다. 소리고 춤이고, 속히 연회가 파하기를 바랄 판이다. 기단 위 섬돌 양쪽에도 불을 피우긴 하였으나, 사방이 휑하니 겻불로 구들 덥히는 격이지 뭔가.

좌우 동헌방은 구들방이라 한결 낫다. 하지만 대청을 사이에 두고 동쪽방과 서쪽 건넌방의 샛장지와 지게문을 다 트고 열어서 바람이 팔랑개비처럼 지나다닌다. 윗목으로 밀려난 젊은 거자擧子[42] 둘은 체면불구, 곁에 놓아준 화로 쪽으로 자꾸 몸을 기울인다.

저 둘은 한미한 향반 자제들로, 지난해 향시에서 1등과 2등에 들었다 한다. 복시를 거쳐 대과에 들기까지 또 얼마나 긴 시간이 걸릴지 알 수 없으나 눈빛만은 모처럼 서늘하고 웅숭깊다. 가끔 불러 말동무 삼을 만하다 싶어 본관과 성명과 사는 곳을 기억해두었다.

빈객들 앞앞에 떡과 탕, 육포와 정과, 각색 누름적 안주에 약주를 올

---

41 어떤 악기를 한 사람만 연주할 때 그 사람을 가리키는 말.
42 과거 시험의 수험생.

린 독상이 놓였다.

"눈비 뿌리지 않아 다행입니다만 날이 매섭습니다. 마다않고 걸음해주신 고마운 뜻을 어찌 모른다 하겠소이까? 이보다, 백성들 사정 두루 살펴 억울한 일 없게 하고 그들의 살림살이가 부디 나아지게 하라는 임금님의 분부를 어찌 한시라도 잊겠습니까? 여기 있는 동안 여러분들의 경륜과 지혜를 묻고 살피기를 주저하지 않겠습니다. 오늘, 차린 건 변변찮으나 천천히, 편히 즐기시길 바랍니다."

진사 아무개요, 생원 아무개요, 이룬 것 없이 평생 글만 읽어온 아무개올시다…… 등등. 돌아가며 한두 마디 무난한 덕담으로 화답이 이어진다. 예의 호박영자琥珀纓子 차례다. 아까 요란한 거동으로 섬돌을 오를 때 아전이 재빨리 속삭이기를, 본관은 초계요, 문헌공 5대 방손傍孫이라 했다. 사또께서 알아서 대접 좀 해주시지요, 하는 귀띔이다. 일대에서 콧김깨나 통하는 위인임을 스스로 뽐내는 건 내 알 바 아니겠으나, 정작 후손으로서 정온 선생 낯을 깎고 있으니 나도 모르게 미간이 찌푸려진다.

"이 늙은이는 경술庚戌(1730) 생으로 재작년에 갑년甲年을 맞았답니다. 십여 년 전까지만 해도 대과를 보러 한양을 오르내렸지요. 그때 여러 경로로 사또의 함자와 성대한 문명을 들은 바 있습니다."

성대한 문명이라. 내 저토록 헛된 말을 몹시도 싫어하거늘.

호박영자가 치렁치렁 늘어진 패영을 한 손으로 가벼이 훑는다. 거드

럭거리는 태가 역력하다.

"전해 듣기를, 사또께서는 저 경인庚寅년(1770) 감시監試 때 초종장 모두 장원을 하시고도 막상 회시會試에서 답안지를 내지 않고 시험장을 나오셨다고요? 어느 해에도 괴석과 고송 그린 답안지를 내고 나오셨다더군요. 이 몸과 한 집에 묵었던 지방 유생들 중에 더러는 어리석다 웃고, 더러는 과거에 연연하지 않는 배포가 부럽다 하였지요. 과거공부가 일생의 과업이 되어버린 평범한 시골 선비로서는 감히 품을 수 없는 고상한 기상이라, 과연 세도 있는 노론 명문가 자제는 다르구나 하였더랬습니다. 그 주인공을 오늘 이렇게 뵙습니다. 크나큰 영광이올시다."

언중유골, 뜻 없이 쏟아내는 말이 아니리. 조상 덕에 음관이 됨을 비꼼이요, 파당이 달라 자신의 출세가 막혔다는 억하심사일 터.

나는 짐짓 평온히 받는다.

"본관이 젊어 객기를 적잖이 부린 탓에 나이 들어 천 리 밖에서까지 봉변을 당합니다."

"어데요, 봉변이라니오? 당치 않습니다. 대단한 분을 우리 고을 원으로 모시게 되어 옛적에 들은 일을 잠깐 회고하였을 따름이지요. 여기 모인 선비들 중에도 사또의 글을 얻어 읽어본 자가 있을 겝니다. 아니 그렇습니까?"

호박영자가 좌중을 휘둘러보며 허허허, 웃는다. 얇은 입술은 웃는데 외까풀 눈은 웃지 않고 있다. 기름진 목소리와 대범하고 소탈한 척하는 말투도 물과 기름처럼 섞이지 않는다. 가풍이 가볍지 않으니 어려서부터 독서하였을 것이다. 과거 공부에 매달렸다면 시문을 지어보았을 테다. 대체 무슨 책을 읽었는지, 아는 글자가 몇 자나 되는지 모르겠다.

자고로 덕은 그릇이요, 재주는 그 속에 담기는 물건이라 한다. 덕만 있고 재주가 없으면 빈 그릇이나 다름없다. 재주만 있고 덕이 없으면 어디에 담겠는가. 덕이 있고 재주가 꽉 차면 흔들림이 없으되, 알량한 재주가 있다 한들 그릇마저 얕으면 넘치기 쉬운즉. 저 자의 얕은 그릇에 무엇을 얼마나 담을 수 있을는지. 또, 담긴 것이 얼마나 아름다우며 쓸모 있을지.

나는 곧 호박영자를 지웠다. 그가 무슨 말을 할 때마다 비굴하게 주억거리는 자들도 차례로 지웠다.

거만하거나 위선적이거나 비루한 자 앞에서는 내 입과 마음이 닫혀버려 다시 열리지 않는다. 젊어서부터 어른들과 벗들의 걱정을 많이 들었다. 이날까지 고치려 애썼으나 끝내 고치지 못한 나의 병통이다. 일평생 아니 겪어도 좋을 험난한 일을 많이도 겪었으니 이 때문이다.

회의가 든다.

나를 스스로 고치지 못하면서 내가 누구를 가르쳐서 바르게 한단 말인가.

빈 접시가 나가면 새 접시가 들어오고, 술잔이 비면 어느 새 새 술이 채워진다. 악사들의 반주에 맞춰 관기들이 혼자서 혹은 여럿이서 노래를 부르거나 춤을 춘다.

밖에서 불려온 기생들 순서가 되자 방 안의 분위기가 확연히 바뀐다. 관에 매인 기녀들에 비해 그네들의 미색이 돋보이는 것은 애오라지 단장에 시간과 공을 기울인 덕. 거기에 더해 한양에서부터 육로로 또는 해로로 실어온 중국 비단을 아끼지 않고 재단해 온몸을 풍성히 휘감은 덕분일 테다.

잔치가 무르익을수록 나는 이 모든 것이 시들하다. 판을 걷어야겠다고 마음먹을 즈음, 이방이 굽신굽신 다가와 귀엣말을 한다.

"오늘 참석지 못한 악사가 있사온데, 보름 전 진주 성안 큰 잔치에 불려갔다 좀 전에 집에 돌아왔다고 합니다. 불러올까요?"

"파할 시간이다. 새삼스럽구나."

"그렇긴 합니다요. 나리께서 여기 악사들과 아이들 소리를 마뜩잖아하시는 듯해서……."

관기들 실력이야 이미 알고, 청루기녀들은 미색과 교태가 돋보인달 뿐 기예는 고려고려하다. 이방은 상전이 잔치 내내 덤덤히 술잔만 비우는 까닭을 그네들 재주 약한 탓으로 돌린다.

"그자라고 뭐 별다른 게 있겠느냐?"

"듣기로는 장악원 부전성을 지냈다 하옵니다. 줄악기는 응당 일품이고, 피리나 대금도 곧잘 붑니다. 이쪽 악사들에 댈 바가 아닙지요."

부전성이면 종9품이다. 벼슬이라고 할 것까진 없지만 어쨌거나 그
자리에 오를 정도면 장악원에서 잔뼈가 굵었다는 뜻이고, 그 긴 세월 눅
진히 닦은 실력이 만만찮다는 뜻이렷다.

"그런 인물이 이 고을에 있다?"

"원래 안음 사람이온데 어릴 때 무동에 뽑혀 고향을 떠났다가 작년에
가솔을 이끌고 낙향했습니다. 영남 큰 고을에서 소문 듣고 찾는 데가 많
아 한 달에 좋이 스무 날을 집 비운다 합니다요."

"성안에 거주하느냐?"

"아문 밖에서 내려가다 첫 번째 갈림길 직전 오른편 집입니다요. 초
가 사랑채 달린 기와집이지요."

그렇다면, 그 집이로다. 의문 하나가 풀리자마자 새로운 의문 하나가
슬며시 고개를 든다. 그 젊은 여인이 은퇴한 악사의 아내란 말인가?

"오늘은 쉬게 두고, 새로 날을 받아오너라."

"분부대로 하겠습니다요."

이방이 다시 허리를 반으로 접은 채 동헌방을 빠져나간다.

나는 거푸 두 잔을 들이켰다.

한쪽에서는 맹인 악사가 뵈지 않는 눈을 끔뻑이며 단소를 연주하고,
관기 하나가 또한 무표정한 얼굴로 '매화 옛 등걸에 봄눈이 돌아오니'
어쩌고 하는 시정 잡가를 부르는 중이다. 나븟나븟 춤추던 청루기녀들
은 마치 바람에 흩어진 꽃이 내려앉을 곳을 찾아가듯 아비뻘 향반들 옆

구리에 붙어 앉아 눈웃음을 짓고 있다. 근엄하던 얼굴들이 불콰해지고 담장 같던 등허리들이 허물어져 간다. 시중드는 기생 아이들을 희롱하는 몸짓 손짓 들도 대담해지고 있다.

나는 볼일이 있는 척 슬그머니 자리를 빠져나왔다.

차가운 초저녁 공기에 맑은 꽃내가 실려 온다. 매화로다.

| 초심 初心 |

전한前漢 가의賈誼의 「치안책治安策」과 당나라 육지陸贄의 『육선공주의陸宣公奏議』를 뒤적이느라 날 새는 줄 몰랐다. 그대로 앉아서 쉰여섯 번째 생일 아침을 맞는다. 하루하루 지낼 만하다. 잠자리야 아무려면 어떤가. 음식과 말씨가 서울과 사뭇 다르다. 익숙해지려면 시간이 걸리겠다.

*

우는 아이에게 과자를 쥐여주면 당장의 성가심은 피할 수 있으리라. 하나 아이의 버릇이 나빠져서 원하는 무엇을 얻어내려고 할 때마다 나오지도 않는 울음을 짜낼 것이다. 무릇 떼를 써서 때마다 원하는 것을 가지지는 못할 것이며, 커서 어린아이처럼 구는 사람이라 손가락질당할 것이다. 이는 아이를 그릇 가르친 부모의 잘못이다.

백성들은 눈앞의 작은 이익을 중히 여긴다. 소소한 은혜에 감격하여 나중에 닥칠 불행을 예측하지 못한다. 장차 크게 돌아올 은덕을 기다리기엔 현실이 너무 각박한 탓이다. 탐욕스런 위정자와 교활한 향리는 이 점을 노린다.

임지가 정해지자마자 읍의 소출이 많고 적음을 계산하는 수령에게 백성의 곤궁이란, 산 넘고 바다 건너 남의 나라 이야기다. 같은 하늘 아래

가난하여 죽고 싶다는 백성이 있는지도 모른다. 경세經世의 요체를 모를뿐더러, 어서 형편이 더 나은 고을로 관직을 받아 떠날 날만을 손꼽는다. 그러고도 돌에다 자신의 이름을 새겨 후대 사람들의 절을 받고자 한다. 문자를 아는 도적의 짓이요, 하천배의 처신이다.

다스림의 핵심은, 오로지 큰 도리를 지킴으로써 백성이 동요하지 않도록 하는 것이다. 어린아이에게 쥐여주는 과자부스러기 같은 선심을 써서 인심을 사는 일은 눈속임일 따름이다. 어린아이는 자신이 속고 있음을 모른다. 달리 어린아이이겠는가.

*

종일 서리와 노복들이 종종걸음으로 동헌 마당을 왔다 갔다 한다. 바깥심부름을 도맡은 통인아이놈은 부지런히 대문턱을 들락거리는구나. 점고 때 주의를 준 덕에 기거동작 때마다 핏대 세워 질러대는 고함은 퍽 줄었다. 겉으로야 차분해진 듯하다. 기실은 곪은 속이 터질세라 전전긍긍하는 것일 테다.

그 속을 빤히 알고도 모르는 체, 소송문서를 뒤적뒤적하며 지난 여남은 날을 보냈다. 읍민들이 직접 가져오고 아전들이 공손히 떠받들어 올린 소송장의 내용이란, 이치에도 닿지 않는 고발이거나 시시콜콜한 이권다툼이다.

개중에는 진실로 억울한 백성의 하소연이 없진 않겠으나, 일을 시끄럽게 키워 뜻밖의 이득을 얻으려는 모리배들의 불의가 적잖이 섞여 있다.

새삼 놀랄 일이겠는가. 수령이 바뀔 때마다 되풀이되는 광경일 터인즉. 인수인계로 정신없는 틈을 타 저 유리한 쪽으로 물꼬를 돌려보려는 자도 있겠고, 구관 재임 시에 판결이 난 사건의 번복을 노리는 자도 있겠다. 신관이 아직 지역 시정에 어두운 점을 노려서다.

이방이나 형방아전이 고발한 자를 두둔하기도 하고, 거꾸로 피소된 자를 변호하기도 한다. 대놓고 나를 까막눈 취급한다. 실무의 유능을 자천하며 은근슬쩍 훈수를 두는 꼴이 가관이다. 아마도 혈맥, 인맥, 관맥으로 이해가 얽혀 부정한 청탁을 받았거나 정실에 얽매인 때문일 것이다.

네놈들 시커먼 뱃속을 내 모르랴.

"무력이나 금력, 더러는 누대의 인망을 내세워 백성을 곤경에 빠트리는 일이 허다하다. 그러면 사지에 몰린 백성이 자신의 정당함을 호소하거나 힘에 당한 억울함을 풀기 위해 관에 소장을 들고 찾아온다. 이는 관의 공정함을 신뢰하여서이다. 함에도 법을 잘 알아 오히려 법의 허점을 교묘히 이용하여 법의 본령을 훼손하는 자가 감히 있다. 이런 자들은 악의 시초이니라."

"예이."

"법에 사사로운 정이 개입하면 세상에 믿을 곳이 없게 된다. 그러나 또 사소한 억울함을 일일이 법에 호소하여 해결하다보면 풍속은 더욱 사나워질 뿐, 옳고 그름을 깨닫게 하는 데 조금의 도움도 되지 않는다. 법으로 가릴 일은 법으로 가리되, 인정으로 가르칠 일은 인정으로 헤아려야 할 것이다."

"예이."

내 목소리가 크고 눈매가 사납단 말을 자주 듣는다. 위엄을 보여야 할 때 쓸모가 있다.

이방, 형방, 도필刀筆[43]아전 할 것 없이 눈동자는 흘깃거리느라 바쁘고, 목은 끄덕이느라 곧을 새가 없다. 약조라도 한 듯 새길 것은 콩묵인 양 씹지도 않고서 꿀떡 넘기고, 응답은 앵두 씨 발라 툭툭 뱉듯 함토할 태세를 갖추고 있다. 이러다 내 무슨 말을 내기도 전에 "예이" 하고 통성할 것만 같다.

요만한 위세가 먹혀드니 우습고 슬프다. 호적 없는 백성이건 오줄없는 구실아치건 권문세도의 불법에 어찌 정당히 맞서라 이르겠나.

"너희들은 똥이 무서워 피하는가, 더러워 피하는가?"

"예? 아, 예이. 그야 똥은 더럽지요. 더러우니 피하는 것이 맞습지요."

"그렇다면 너희들은 더러운 게 무서운 거로군."

"예?"

"난 똥이 무섭더군. 그래, 무서워 피하네."

---

43 문서를 관리하는 아전.

"무슨 말씀이시온지……."

"난 무서운 게 더러우이."

예이, 예이, 하던 입들이 묵묵부답이다.

이들이 나를 피한다면 무서워서일까, 더러워서일까.

농은 농이고, 일은 일이다. 산더미처럼 쌓인 소송문서 속에서 앞뒤가 맞지 않거나 간사한 거짓말로 판단되는 사건을 줄줄이 가려내었다.

송사를 밥 먹듯 하는 백성의 관아 출입이 확 줄어들기를 바라보건만, 당분간 잠잠히 엎디어 있다가 날 풀리면 번지는 머릿니처럼 또다시 기승을 부리지 않겠나.

수단 방법을 가리지 않고 이익을 도모하는 자를 근절하기란, 저 살벌한 한비자도 못해낼 일.

어리석은 백성들만 요행을 바라는 게 아니다. 아전이나 통인들 중에도 익명으로 투서하는 자가 있다. 보나마나 평소 앙심을 품고 있던 동료로 하여금 곤욕을 치르게 만들 목적이다. 비리를 들춰내고 모략하는 글줄로 수령을 현혹해 눈엣가시 같은 동료를 내쫓으려는 교활한 수작이다. 한편으로는 나를 시험하고 내 근량을 달아보려는 고약한 의도가 깔렸으렷다.

어제 아침에만 해도 정청政廳에 나갔다가 의자 방석 밑으로 삐죽이 나와 있는 편지를 발견했다. 눈에 띄도록 흘려놓았으니 필경 투서다. 보지 않고 그대로 두었다. 나중에 편지는 저절로 사라졌다.

오늘 새벽에는 동헌 뜰을 거닐다가 투서 한 장을 주웠다. 펼쳐보지 않고 번을 서는 포졸이 피워둔 화톳불에 던져버렸다.

시비와 곡직은 가려야 마땅하다. 누구라도 잘못이 있다면 벌을 받는 게 순리이고 정의일 것이다. 하지만 불이익을 당하게 하려고 무고하는 행위는 비록 상대가 100대를 내려오는 철천지원수라 하더라도 비루하기 그지없는 짓이다. 무릇 공과功過를 논함에 있어서도 사사로운 감정을 개입시키지 않아야 하거늘, 하물며 없는 일을 꾸며 비방과 환난을 조종하고 사주하는 짓은 사람으로서 차마 할 행동이 아니다.

어찌 사람으로 나서 사람의 도리를 모른단 말인가. 도리에 위아래가 있지는 않다. 그들만 탓할 수 없다.

*

송사나 투서의 잡음은 잠시 묻어두었다. 그보다 더 시급히, 더 엄중히 처리해야 할 골칫거리가 있다. 포흠逋欠을 바로잡는 일이다.

포흠은 관아의 아전들이 사사로이 관의 곡물이나 재물을 축내는 짓이다. 지방마다 그 폐해가 날로 늘어만 간다. 새로 부임한 지방관이 포흠을 갚으라고 다그치면 완악한 무리가 세를 뭉쳐 이깟 구실아치 노릇일랑 집어던지고 달아나겠다며 되레 협박을 일삼는다 한다. 자신들을 대신해 마을의 실무를 맡을 사람이 없기에 지방관도 어쩌지 못함을 아는 까닭이다.

나라의 기강이 위에서부터 무너진 지 오래고, 지방관 역시 알량한 벼슬자리나마 잃게 될까 제 몸부터 사린다. 아무도 이를 수치스럽게 여기지 않는다. 도리어 모나지 않는 처세라 합리화한다.

아전들에게도 핑계 댈 말이 있다. 따로 녹봉을 지급하지 않으니 어떻게든 살 궁리를 스스로 강구해야 하는데, 그러다 보니 토색과 포흠의 유혹을 떨치기 어렵다는 항변이다. 해괴한 주장이다만, 딱한 면도 없지는 않다.

안의현도 예외가 아니었다.

곡식창고들을 점검하고 보니 사라진 환곡還穀과 향곡餉穀, 그리고 호조戶曹의 저치미儲置米[44]가 자그마치 6만여 휘에 이르렀다. 아전들의 부정과 농간이 틀림없다.

열다섯 말들이 한 휘의 6만 곱이니, 도대체 몇만 석을 빼돌렸더란 말인가. 여러 해에 걸쳐 도둑질을 하고도 모두가 나 몰라라 배짱을 부렸기에 가능한 물량이다. 저들의 후안무치가 극에 달했다.

모든 일에는 원인이 있고 결과가 따르게 마련이다. 작금의 결과를 가

---

44 유사시에 대비하여 나라에서 비축한 쌀.

지고 엄벌을 내린다고 해서 화근이 사라지는 것도 아니다. 춘궁기 구황을 위한 대동미와 군량미를 빼돌렸으니 원칙적으로는 엄히 문책해야 옳다. 하지만 닦달한다고 해서 하루 이틀 만에 빈 곳간이 장부대로 채워질 리 만무하다.

곡식 장부와 비축 현황이 차이가 나도 너무 난다는 걸 전임 현감이 몰랐을 리 없고, 아전들도 마찬가지로 나라와 백성에게 죄가 된다는 걸 몰랐을 리 없다. 그런데도 전관은 없는 일처럼 떠나면서 송덕비를 남겼구나.

부끄러움을 모르는 아전들은 뻔뻔한 얼굴로 나를 기망하려 든다. 글자를 안다고 하여 천역이나 짐승보다 낫다 할까. 통탄할 노릇이다.

나는 창고와 장부를 확인하고도 포흠에 대해 한마디도 꺼내지 않았다. 처음에는 아전들이 후환을 걱정해 슬슬 눈치를 보더니 내가 며칠째 감감하자 서서히 기가 살아 어깻죽지를 펴고 활보한다.

이번 사또라고 우리를 잡아 죽이겠는가, 아니면 내쫓겠는가. 저들끼리 내기를 한다는 것은 동애를 통해 알았다.

"네가 그걸 어찌 아느냐?"

"우연히 저들끼리 하는 얘기를 들었습니다."

"앞으로는 쥐새끼처럼 엿듣지 말고, 우연히 엿들었더라도 와서 아뢰지 마라. 사내답지 못하다."

"잘못했습니다."

동애는 입단속을 당하고도 서운한 빛 없이 물러갔다. 말귀를 알아듣는 녀석이다. 든든하고 기특하다.

*

분합문을 열어둔 채 육방六房과 마주한다. 천하태평인 자가 있고, 스스로 켕겨 좌우를 힐끔거리는 자가 있다. 차 시중들던 관기와 통인아이를 밖으로 내보냈다. 좌중의 공기가 무겁다.

"며칠 전 본관이 관아 내 창고를 순시하였다. 그날 본관을 수행하지 않은 자들도 들어서 아는 사실이렷다?"

"예이."

여러 명이 한꺼번에 입을 여는데도 소리가 작다. 올 것이 왔구나, 싶어서겠다.

"곡식 대장의 숫자와 창고의 포대 수가 맞지 않음을 내 눈으로 확인했다. 그 자리에서 한 오리도 따져 묻지 않았던 것은 너희 스스로 심각함을 깨닫도록 말미를 주려 함이었다."

약속이나 한 듯 잠잠하다. 제각기 둘러댈 변명을 짜깁느라 머릿속은 바삐 움직이고 있으리라.

"한데, 그날은 물론 오늘 이 순간까지도 그 사실에 대해 자초지종을 설명하는 자가 나서지 않는구나. 어찌 된 일이냐?"

이번에도 누구 하나 대답을 못 낸다. 눈을 마주치는 자도 없다. 머리 위로 화살이 지나가기를 기다리는 꼬락서니들이다.

"너희가 끝내 그 어떤 답도 내놓지 않는구나. 실망스럽기 그지없다. 이제는 내가 묻는다. 대답하라."

"예이."

"너희들은 필시 포흠이 있을 게다."

포흠이라는 말에 바위처럼 굳은 머리통들이 움찔한다.

"포흠이 무엇이냐? 백성의 구제를 위해 비축한 관의 재물을 사사로이 축내거나 빼돌리는 짓, 곧 횡령이다. 이는 중대한 범죄다. 너희에게 녹봉이 없는 고로 생활의 방편을 따로 마련해야 하는 고충이 있으리라는 걸 내 모르지 않으나, 그렇다고 하여 공적인 재화를 임의로 유용한 범죄를 정당화할 수는 없느니라. 너희가 작당하여 모르쇠로 일관한들 범죄를 숨길 수 없으며, 숨긴다 하더라도 잠시 감추는 데 불과하다. 게다가 곡식 장부가 허위임을 내가 알게 된 이상 상부에 보고하여 수령의 소임을 다할 수밖에 없느니라."

위로 보고하겠다는 말이 떨어지자 앞줄에 앉은 형방[45] 최가崔哥가 입술을 실룩인다. 일종의 시위다. 최의 손위가 토포영討捕營 장교요, 손아래누이가 토포사討捕使의 애첩이라고 했던가. 향민들을 상대로 위세깨

---

45 소송과 처벌을 담당하는 지방 관리.

나 부렸음 직하다.

"보고가 올라가는 즉시 감영의 조사관이 저승사자처럼 들이닥칠 것이다. 감영의 점검으로 그치리라 보느냐? 감영에서는 또 위로 장계를 올릴 것이고, 마침내 암행어사가 내려와 없어진 환곡 한 말 한 되까지도 샅샅이 들추어 심문하고 죄를 정할 것이다."

"하면 나리, 저희가 어찌해야 하옵는지요?"

이방을 제치고 형방이 나선다.

"어찌해야 할지 일러주면, 너희가 내 말을 따르겠느냐?"

"들어보겠사옵니다."

살려달라는커녕 번대는 투다. 개의치 않는다. 꺾기보다 구슬려 포흠을 토해내게 하는 것이 최선이다.

"아직 보고를 올리기 전이니 지금이라도 자수하도록 하라. 스스로 죄를 밝히는 자에 한해 구제할 방도를 마련해보겠다. 그렇지 않고 내 손을 떠나 추후에 적발당해 그 죄상이 드러날 경우, 그땐 나로서도 어찌할 수 없다. 그렇게 하겠느냐?"

나는 읽다 덮어둔 책을 펼쳐 들었다. 안석에 기대 책장을 뒤적이는 체하며 무심히 덧붙인다.

"하루 말미를 주마. 너희들끼리 의논해보도록 하여라. 알다시피 본관은 모레 감영에 들어가 관찰사를 뵙는다. 부임인사 겸, 도내에 쌓인 현안들을 두루 논의하는 자리다. 응당 포흠에 대해서도 물으시리라 본다.

이제 그만들 물러가라."

"예이, 알겠사옵니다."

아전들을 물리친 뒤 기왕 손에 든 책이니 한참을 들여다보았다. 관아 서고의 문헌들 속에서 우여무가 저술한 『홍범우익洪範羽翼』 수십 편과 『홍범연의洪範衍義』[46] 수 편을 찾아냈는데, 그 가운데 하나다.

마침 우 공은 정온 선생 문하라 안의현과 인연이 없지 않다. 특히나 우 공은 아전의 비행을 막지 못하는 수령의 우유부단함을 질타했다. 공이 관직에 있을 때는 관리들의 부패를 척결할 것을, 형벌이 불공평하게 적용되는 법 현실의 시정을 촉구하는 상소문을 올렸다. 학문에도 조예가 깊어 『주역』과 「홍범」을 깊이 연구한바, 저서로 결실을 맺었다.

나는 스무 살 무렵 『서경』을 배웠다. 그중 「홍범」 편이 어려워 고생한 것이 기억난다. 당시 나의 스승께서 그 글이 읽기 어렵게 된 까닭을 상세히 짚어 일깨워주셨다. 후세의 속된 선비들이 옛 성인들의 소박하고 간결한 글에다 온갖 허황되고 망령된 주장을 덧붙이면서 본래의 취지와 멀어지고 마는 일이 어디 그 경우뿐이겠는가. 과장하면 하나에서 열까지, 견강부회가 아닌 학문이 있기나 한가.

---

46 「홍범」은 『서경』의 첫 편으로, 유교적 정치이념의 근거로 받아들여졌다. '우익'은 보충서, '연의'는 해설서에 해당.

내게 학문하는 자의 허위를 미워하는 마음이 생겨난 건 아마도 그때부터이리라. 사실에 입각해 진리를 탐구하려는 실사구시實事求是의 태도. 이용利用과 후생厚生이 나라를 다스리는 근본이라는 화두. 그 두 가지가 내 가슴에 들어선 것도 그 무렵이다.

'이용'이란 무엇인가. 이롭게 쓴다는 뜻이다. 백성들이 도구나 재화를 사용하여 그들의 일상생활을 편리하도록 꾸리는 것이다.

'후생'이란 무엇인가. 넉넉하고 윤택한 삶이다. 의복이나 음식이 부족하지 않게 되면 백성들은 저절로 행복하여 콧노래를 부를 것이다.

'정덕正德'이란 무엇인가. 바른 마음이다. 백성들에게 아름다운 도덕을 가르치면 말하지 않아도 바르게 살리라.

그러한즉 '이용'을 한 뒤라야 '후생'을 할 수 있고, '후생'을 한 뒤라야 '정덕'을 할 수 있다. 이를 누가 모르랴. 앎이 실행에 미치지 않을 뿐이다.

「홍범」에서도 '기부방곡既富方穀'이라 하지 않는가. 부유해져야 비로소 너그러워지고, 너그러워지면 자연 착하게 행동한다. 하루에 나물밥 한 끼니도 때우기 힘든 백성에게, 마소도 수레도 없이 지게 하나 작대기 하나로 무거운 짐을 져 날라야 하는 백성에게, 지극히 경건한 어조로 인의예지를 설파하는 것이 무슨 의미가 있으랴. 숫제 망발이지 않은가.

우 공의 『홍범우익』은 내용이 정연하게 구분되고 조리 있게 분류되어 이해가 어렵지 않다. 보다 널리 읽히고 있지 않음이 안타깝다. 나같이 졸지에 고을을 다스리게 된 이에게 유익한 책이다. 뿐만 아니라, 크게는 나라를 다스리는 이가 반드시 가져다 보아야 할 책이요, 작게는 경서를 공부하는 서생이 과거 답안 쓰는 연습을 할 때 반드시 참고로 삼으면 좋을 책이다.

저술을 남긴다는 것은 후대를 위해 과실나무를 심고 가꾸는 수고로움이다. 시간을 낼 수 없다는 핑계로 게으름을 가리고 있는 나를 돌아본다. 짬이 나면『홍범우익』에 서문을 붙여보리라.

우 공이라면 저 몰염치한 아전들의 비리를 어떻게 다루었을지.

*

내일 새벽에 대구 감영에 들어간다. 동애는 경저리에 붙여 서울 집에 다녀오게 할 참이다.

식은 차를 한 잔 따라 마시고, 동애 편에 올려 보낼 편지 두 통을 써서 봉했다. 한 통은 아이들에게, 다른 한 통은 처남 재성에게 보내는 것이다. 내 근황과 이곳의 사정을 대략 전하고, 또 계획한 바를 몇 자 적었다. 달리 궁금한 것은 동애에게 직접 들으면 될 테다.

동애는 둘째 뇌아와 함께 내려올 것이다. 내 임기를 마치려면 한참이나 남았고, 뇌아는 서너 해 안에 관례를 올릴 일이 남았다. 일 년에 한두 계절씩이라도 옆에 끼고 가르쳐야겠다.

형이 있다고는 해도 큰애는 큰애대로 한가롭지만은 않다. 나를 대신

해 집안을 통솔하느라 신경 쓸 데가 적잖고, 과거 공부에 뜻을 두고 있으니 공연히 초조하여 마음이 편치 않으리라.

과거에 붙고 안 붙고를 떠나, 공부를 깊이 해서 나쁠 것은 없다. 다만 과거시험에 나올 법한 문장을 달달 외우고, 화려하게 꾸미는 글을 열심히 짓다가 정작 합격하고 나면 더 이상 쓸데없다 여겨 쳐다보지도 않는 공부가 되어버린다. 참으로 딱한 노릇이다.

"사또나으리, 이방이옵니다. 아뢰올 말씀이 있사옵기에……."

옳거니. 면담을 청하는 이유야 모를 바가 아니지만 나는 짐짓 느긋하게 묻는다.

"무슨 일이냐?"

"저어…… 어제 일로……."

머뭇머뭇하는 기미다. 듣는 귀가 사방에 널렸으니 제 양심에도 포흠 어쩌고를 외치기가 민망한 게다.

"들라."

이방이 발뒤꿈치를 들고서 종종종종 문지방을 넘는다. 지은 죄가 있어선가, 허리도 변변히 펴지 못한다.

이방은 인물로나 성질로나 형방과는 정반대다. 미간이 좁은 데다 하관이 빨아 미련해 보이진 않으나 답이 막히거나 궁하면 우물쭈물, 지칫지칫, 심지어 말까지 더듬는다. 사내다운 데라곤 머리에 얹은 관모冠帽

130

와 수염자국뿐이다.

"감영에는 기별하였느냐?"

"예이. 좀 전에 사령이 출발하였사옵고, 다른 차비도 차질 없이 진행시켰사옵니다."

"다른 용건이 있느냐?"

이방이 소매에서 두루마리를 꺼내 내 앞에다 내놓는다. 아전들이 연명連名하여 각자의 포흠을 기술한 자술서다.

'최 아무개가 얼마…… 김 아무개가 얼마…… 또 방 아무개가 얼마라……'

내가 종이를 들고 눈으로 읽어 내리는 동안 이방이 기어드는 소리로 부연한다.

"저, 저희들이 이 일로 걱정하며 숨도 쉬지 못하고 두려워한 지 벌써 몇 년, 몇 년째인지 모르옵니다. 어제 사, 사또나으리께서 정성스레 자복을 권하시고, 몸소 구제를 고민하심을 저희가 다함께 들었사온데 어찌 감히 자수하지 않을 수 있겠습니까? 죽을죄를 지었사옵니다. 바, 방책을 내려주시면 한, 한마음으로 따르겠나이다."

"너희들 뜻이 진정 하나렷다?"

"사또나으리께서 저희를 걱정하여 타이르시는데 어, 어찌 따아, 딴마음을 품는 자가 있겠사옵니까? 모, 모두 거짓 없이 밝혀 적, 적었사옵니다요."

그간 빼돌린 양곡을 한 번에 게우기보다 위천을 흙으로 메우는 것이 차라리 수월하리라. 지난해 가뭄이 심해 수확이 확 줄었다 하니 올해는 굶어죽는 백성이 속출할 터, 웬만큼이라도 곳간을 채워둬야 환곡과 구휼에 대처할 수 있으련마는…….

"알았으니 일단 물러가라."

"예이, 예이."

이방이 종종종종 뒷걸음질한다.

참담함이 엄습한다. 고을고을의 실상이 대동소이할진대 혹여 그 언제 임진년처럼 나라에 큰 변란이라도 생긴다면 무엇으로 군대를 일으킬 수 있으랴. 그때 가서 군사를 먹이고 입히려면 또다시 백성의 것을 강제로 거둬들여야 할 형편이다. 결국은 나라도 백성도 남아나지 않으리라.

작은 고을 수령 자리도 간단치가 않구나. 하물며 한 나라를 다스리는 시름은 말해 무엇 하랴.

심란하여 애꿎은 남초를 잰다. 뻑뻑 빨아대니 온 방안이 금세 오소리 굴속이다.

| 봄날에 |

앞뜰 푸른 매화 자취 흐려지고, 모퉁이 왕벚나무 가지에 팥알만 한 꽃망울 조랑조랑 달려 해 들기를 기다린다. 때마침 꽃샘바람이 한차례 몰아치니 근근 버티던 청매 꽃잎 몇 장, 흙바닥에 고꾸라진다. 소리 없는 아우성이라 할까. 열두 폭 비단치마 뒤집어쓰고 강물에 뛰어든 여인들 같다 할까. 서둘러 세상에 나온 흰나비, 바람에 태질 당해 파닥이는 것 같다 할까. 헛것인가 두리번거리다 도끼날에 꺾인 통나무처럼 육중한 몸뚱어리가 기우뚱, 고삐 쥔 구종이 잽싸게 떠받쳐주어 오가는 행인의 놀림을 면했다.

*

바람이 따스하다. 지난해 날씨가 변덕스러워 소출이 적었던 땅을 갈아엎고 새로 파종하느라 온 고을사람이 논밭에 나가 살다시피 한다. 나물거리 뜯어 끼니를 불리려는 아낙들과 여아들도 산으로 들판으로 호미를 들고 나선다.

환곡을 풀어도 보릿고개를 넘지 못할 집들이 한둘이 아닐 것인즉, 벌써부터 마음이 무너진다. 때때마다 앉아서 진 찬, 마른 찬 갖춘 밥상 받기가 민망하다. 찬모에게 반찬 가짓수를 줄이라 일렀다.

아전들, 특히 포흠 당사자들은 내 눈치 살피기에 급급하다.

내 집 살림도 이맘때에 이르면 온갖 것이 간당간당했다. 쌀독이 비기 일쑤고, 땔감이 떨어져 나무장수에게 외상을 사정하기도 했다. 여기저기서 빌린 돈을 갚지 못해 창피를 당한 적도 한두 번이 아니다. 빚 심부름 온 남의 집 청지기가 문간에 버티고 앉아서는 갖은 말로 달래도 돌아가지 않아 꼼짝없이 방에 갇혔던 날도 있다.

살아생전 아내도 궁핍한 봄이 돌아오면 계집종을 시켜 나물을 뜯어오게 했다. 그런 날, 나물국에 간장 하나를 올리더라도 나와 아이들은 잡곡 섞인 밥을 받았건만, 아내는 하인들과 함께 나물죽으로 봄날의 궁기를 달랬을 것이다.

내 눈으로 직접 보지 않았다고 해서 어찌 모른다 하랴. 파리한 낯으로 나날이 커가는 아이들 옷가지를 수선하며 막둥이 훈육을 의논하던 어느 봄밤의 아내를, 내 어찌 잊었다 하랴.

요행히 고을 원으로 나와 그 지경의 궁상은 벗었다. 좀 더 버텨주지 못한 아내가 밉다. 나를 부끄럽게 만드는지라 밉고도 밉다.

*

대구는 도회처럼 융성하다. 너른 들 곳곳에 솟을대문 수십 칸 기와집이 번듯번듯하다. 천변에, 갈래갈래 골목길에, 오밀조밀 들어선 민가가 족히 수천 호는 돼 보인다. 높은 담장과 중문, 쪽문으로 겹겹이 시선을 차단한 고래 등 기와집 속사정은 알 길 없겠다. 설렁설렁 엮은 싸리 울타리 새로 가늠해보는 여염집 살림살이는 꾀죄죄한 태를 벗었다.

장시場市 또한 규모나 물목의 종류가 안의의 저잣거리에 댈 바 아니다. 기생집과 주막 깃발이 열 집 건너 한 집 턱으로 내걸렸으니, 질탕한 풍류와 노름, 잡기에 빠진 왈짜패와 그들에 붙어 먹고사는 백성들 또한 열 집 건너 두세 집은 족히 되렷다.

"운종가 떠들썩한 풍속을 옮겨다 놓은 것 같구나."

홍성대는 본동 거리가 부러워서도, 도도한 군자인 양 도회의 부박함을 시비코자 함도 아니다. 입에서 단내가 나서 달싹여보았다.

"그게 뭐…… 그런 듯도 합니다요."

늦은 나이에 궁벽한 고을 수령살이 신세타령이라고 여겼을까. 수행 서리가 내 말을 시큰둥하게 받는다. 서울양반이 이까짓 것에 놀라느냐는 핀잔을 감추느라 한눈파는 시늉을 하는구나. 저로선 수령이 갈릴 때마다 왕복 수행하며 보고 또 보아왔을 터인즉, 무엇 하나 대단할 게 없으리라. 틈만 나면 볏 세우고 텃세 부리는 지방 아전들의 무뢰에 신물이 올라온다.

"백날 보면 알겠느냐. 작은 것보다 큰 것을 보았다 한들 더 큰 것이 따로 또 있으니, 세상 크고 넓은 이치를 다 알지 못한다고 할밖에."

서리가 손으로 앞쪽을 가리키며 내 말을 받아낸다.

"저어기, 돈화문보다는 작고 태평루보다는 큰 관풍루가 보입니다요."

장터 마당을 빠져나오니 경상감영의 아문이 눈앞이다. 문루에 오색 깃발이 초병처럼 늘어섰다. 왼편 야트막한 둔덕에서 군사 훈련을 하는지 흙먼지 폴폴 날리는 가운데 군대 깃발이 펄럭이고 있다.

말에서 내려 관복을 점검하고 내삼문으로 들어선다. 장대석 높은 기단 위에 풍채 좋은 선화당宣化堂[47]이 떡하니 버티고 서서 아래를 굽어본다. 전갈이 들어갔는지 관찰사 정대용이 동방에서 마루로 막 나오는 중이다.

"오시느라 고생 많으셨습니다."

"몸소 맞아주시니 환대에 감사할 따름입니다."

피차 초면이다.

사대부 세계는 작은 웅덩이처럼 좁다. 본관과 항렬이 어떠어떠하고, 선대는 무슨무슨 벼슬을 지낸 아무아무이며…… 그렇게 탐문 아닌 탐문을 하다 보면 파당이며, 다른 밝히고 싶지 않은 사실까지 두루두루 한 꿰미에 엮이게 마련이다.

정대용은 기사己巳(1749) 생이다. 나보다 열두 살 아래다. 관급으로는 내가 그의 수하手下다. 그에 대한 평판은 대체로 한 쪽으로 모인다. 공사가 분명하고 직성이 무르지 않다 하니 오히려 수월한 상대다. 연전에 관찰사로 내려오기 전 영남좌도어사를 돌 때 얄팍한 인정에 휘둘리지 않고 여러 수령의 파직을 진언한 바 있다. 관찰사로서 나의 성적을

47　관찰사가 집무를 보는 정청 건물.

136

포폄褒貶하는 일도 그에게 달렸다. 윗사람으로서 나를 어떻게 대할지, 나 또한 그를 어떻게 높일지 염려가 없지 않다.

상하의 예를 갖춘 첫 면대는 순조로웠다. 감사는 언행이 담백했다. 직위를 내세워 수하를 제압하려는 기색이 없다.

"성균관 시절에 유생들이 돌려가며 공의 글을 읽었지요. 저도 「총석정관일출叢石亭觀日出」을 빌려 읽었습니다. 가슴이 시원하게 뚫리더군요. 웅장하면서도 정밀한 필력에 탄복하였답니다. 이 먼 타지에서 성사된 만남이 참으로 반갑기 그지없습니다."

「총석정관일출」은 혈기 방장하던 시절에 지은 70구, 490자짜리 시다. 말 그대로 총석정에서 수평선 위로 해가 솟아오르는 광경을 지켜보고 나서 그 과정과 감회를 읊었다. 을유乙酉년(1765), 유언호, 신광온 두 벗과 금강산 유람 길에 올랐을 때다.

당초 나는 그 여행에 동참할 처지가 못 됐다. 아버지께서 허락하셨건만 노자를 마련하지 못했다. 아쉽지만 포기하고 두 벗을 전송했다. 한데, 다른 벗 김이소의 종형 김이중이 우연히 우리 집에 들렀다가 사정을 듣고는 기꺼이 100냥을 보내주었다. 그 덕에 나는 하루 늦게 출발하여 다락원쯤에서 유와 신을 따라잡았다.

총석정은 금강산 동쪽 통천군 바다기슭에 있는 정자다. 가까이 물 맑은 호수가 있고 솔숲이 울창하여 경치가 몹시 아름다웠다. 또, 수십 개의 모난 돌기둥들이 바다 위로 총총 솟아 기묘한 절경을 이루었다. 이른 아침 총석정에서 일출의 장관을 목도하니 시흥이 도도히 차올랐다. 붓이 나는 듯 절로 움직였다.

문사들이 그 시를 돌려본다 들었다. 판서를 지낸 홍상한 어른은 아들이 필사한 시를 읽으시고 크고 작은 중국 붓 2백 개를 감상한 값으로 보내주셨다. 백탑白塔[48] 근처에 살 때 자주 회동했던 이덕무, 박제가, 유금, 유득공, 서상수, 이서구 같은 벗들도 그 시를 수작으로 쳐주었다.

"한창 때라 꽤 호기를 부렸던 기억이 나는군요."

붓을 든다고 해서 아무 때고 흡족한 작품이 나오지 않는다. 그 시는 나 역시도 득의작得意作으로 생각해오던 바다. 그때 가슴이 툭 트여 속에 뭉쳐 있던 것을 한바탕 시원히 털어내고 난 까닭인지, 그런 경험이 자주 없어서인지, 이후로는 시를 잘 짓지 않는다.

그날의 장엄하고 경이로운 해돋이가 선연하건만 벌써 스물아홉 살 적 아득한 과거가 되고 말았다. 신광온도 여섯 해 전에 세상을 떴다. 그 두 해 전에는 신과 사돈지간이자 내 참벗인 홍대용도 갑작스레 임종을 맞았다. 앞서 세상을 버린 벗이 이 둘뿐이겠는가. 세월이 덧없다.

---

48 원각사지 십층석탑.

*

　감영의 객사에 며칠 머물면서 낮에는 대체로 감사가 맡긴 일과 씨름하고, 해가 지면 감사와 담소하면서 기녀들의 연주와 노래를 듣고 춤을 구경했다.

　감영의 율려律呂는 제도로나 기량으로나 안의현을 월등히 능가한다. 거칠고 조야한 안의의 음악을 바로잡는 것도 당면한 과제 중 하나다.

　감사가 의뢰한 일은 여러 해가 지나도록 종결이 안 된 도내道內의 의옥疑獄[49] 백여 건을 심리하는 것이다. 옳고 그름을 가려 원통함이 없도록 판결을 내리는 데 꼬박 며칠을 보냈다. 돌아가는 날에야 안의현의 실정을 밝히고 간곡히 청을 넣었다.

　"안의현도 포흠의 폐해가 막대합니다. 아전들이 나라의 곡식을 도적질한 것은 법으로 처벌해야 마땅할 것입니다. 그러나 죄의 경중을 가려 저들을 죽이거나 유배를 보낼 경우 잃어버린 곡식을 되찾을 길도 영영 사라지고 맙니다."

　"어느 고을이고 포흠의 적폐를 청산하지 못하고 있으니 참으로 개탄할 일입니다. 무슨 방도가 있으신지요?"

49　죄의 성립 여부가 의심스러운 사건.

"안의 아전들이 포흠 사실을 실토하였습니다. 제가 정상을 참작해 용서할 만한 여지가 있다고 보는 이유입니다. 만일 감사께서 이 일을 제게 일임하시고 그들의 죄를 따로 묻지 않으신다면 어떻게든 방법을 강구해 내어 감영에 근심을 끼치지 않도록 하겠습니다."

"좋습니다. 그렇게 하시지요. 텅 빈 창고를 복구하는 일이 우선 아니겠습니까."

"선선히 말미를 주시니 은혜가 하해만 같습니다."

급한 불은 껐다. 환곡 포대 수를 맞추는 모든 책임이 나에게로 넘어왔다.

잘한 짓인지 모르겠다. 앞으로 두 다리 뻗고 느긋하게 지내기는 그른 성싶다.

*

내 배 불리자고 자식의 배를 곯리는 부모는 없을 것이다. 지방관에게 관내 백성은 제 자식이나 마찬가지다. 대구에서 안의로 돌아오자마자 창고에 남아 있는 볏섬을 탈탈 털어 끼니를 잇지 못하는 백성 구휼을 서둘렀다. 그런 다음 포흠 건을 꺼내들었다.

사람의 마음이란 본시 간사해서 법으로 처결하는 일이 제게 유리하게 돌아가면 공정하다 여기나, 조금이라도 제게 불리하다 싶으면 즉각 불만을 터뜨린다. 더러는 없는 말을 지어내 상대를 모함한다.

뒷말은 전염병과 같다. 불평불만이 창궐하여 마침내 수령과 이속과 백성이 불신이란 풍랑에 휩쓸리지 않으리라고 누가 장담하겠는가. 사소한 다툼이라도 그 판결이 투명하고 공정하지 않으면 장차 화근이 되거늘, 하물며 큰 도적질을 두고 안팎 대문을 닫아걸고 속닥속닥 논의하는 모양새는 바르지 않다.

실토한 아전들은 말할 것도 없거니와, 포흠과 무관한 장교將校와 관노官奴들까지도 모월 모시 한자리에 모이라 명했다. 고을의 좌수座首와 이정里正 등은 물론이고, 향민들 가운데 나이가 든 사람으로서 신망이 두터운 자들도 빠짐없이 참석하라 일렀다.

인근의 조무래기들까지 모여들어 동헌이 발 디딜 틈 없다. 문루에 올라가 정청을 내려다보는 이들을 끌어내리려 군교軍校가 소리를 질러댄다.

"두어라. 막을 일이 아니다. 오늘 모인 백성들은 그저 구경꾼들이 아니니라. 저들의 것을 도둑맞았으니 저들도 주인으로서 참관할 권리가 있느니라."

크게 꾸짖으니 동헌 뜰의 소요가 차차 가라앉는다.

"형법에 나라의 재물과 곡식을 몇 냥, 몇 섬 이상 포탈한 죄인을 어떻게 처단하라고 했는지 잘 알렷다?"

"예이."

관속배가 일시에 외치자 대중이 얼음물을 덮어쓴 듯 조용해진다.

"고을 원이 포흠을 눈감아주면 어떤 처벌을 받게 되는지도 잘 알렷다?"

"예이."

"이제 육만 휘나 되는 막대한 포흠을 적발하였다. 감영에 보고하여 관찰사가 이 사실을 임금님께 고한다면 형법에 의해 처벌을 받게 될 것이다. 그렇게 되면 몇 개의 목이 달아나고, 몇 개의 무릎뼈가 바스러져 눈앞에서 결딴이 나리란 걸 잘 알렷다?"

"예이."

"설령 목이 베일지라도 육만여 휘의 빚은 남는다. 필경 안의현에 책임을 물어 장부대로 해놓으라고 으름장을 놓으리라는 걸 잘 알렷다?"

"예이."

"나 대신 권세 쟁쟁한 원이 새로 부임하여 죄진 아전들을 모조리 잡아다 논밭과 재산을 몰수한 뒤 물고를 내고, 또 그 일가친척을 옥에 가둔다면, 사방에 피가 낭자하고 고을은 황폐해지리라는 걸 잘 알렷다?"

"예이."

"너희가 어영부영 세월이 흘러 유야무야되기를 기대하였다면 실로 어리석다 하겠다. 곡식의 출납이 실제와 부합하지 않는 헛문서에 의존하게 되어 날이 갈수록 폐단이 커질 것이다. 그런즉, 죽은 사람에 대해서도 이자가 눈덩이처럼 불어날 것이며, 장부가 혼란스러워 점점 실제 사실을 밝힐 수 없게 될 것이다. 그러면 또다시 온갖 부정과 농간이 저질러질 것이고, 마침내는 백성에게 포흠의 책임이 전가되고 말 것이다. 그렇게 되면 아전과 백성이 서로 원수가 되어 함께 망하게 되리라는 걸 잘 알렷다?"

"예이."

"내 말한 바가 얼마나 두려운 일인가를 너희들도 잘 알리라. 나는 급하지도 느리지도 않게 일을 수습하고자 한다. 일이란 크고 작음을 가릴 것 없이 대체로 삼 년이면 성과를 낼 수 있는 법이다. 하여 오늘 포흠을 실토한 아전들에게 내 약속하마."

말을 끊고 천천히 회중을 둘러본다.

죄지은 자들은 억지로 고개를 숙이고 있고, 수령의 경륜을 달아보려는 고을의 유력자들은 귀엣말을 나누거나 정성들여 손질한 수염을 쓰다듬는다. 죄 없는 구경꾼들만이 호기심에 차서 내 입을 주시하고 있다.

"본관은 너희의 논밭과 재산을 몰수하지 않겠다. 너희들의 이웃과 친척에게 연대책임을 지우지도 않겠다."

여기저기서 웅성웅성한다. 또렷하지는 않아도 분통을 터뜨리며 항의하는 목소리도 들린다.

"본관은 방금 막대한 국고를 포탈한 죄가 아전에게 있지, 백성에게 있지 않음을 분명히 밝혔다. 그러한즉 너희를 위해 구차스럽게 법에 어긋나는 조처를 취할 수는 없다. 너희는 포흠한 곡식을 갚되, 삼 년 기한을 줄 테니 분납하여 갚아도 좋다. 매달 초하룻날 곡식 이천 포대씩을 창고에 들어놓고 장부에 적도록 해라. 각자의 몫은 너희가 공평히 정하되, 힘을 합쳐 한 달도 빠뜨리지 않는 것이 중요하다. 나의 뜻은 치죄에 있지 아니하고, 속죄와 상생의 길을 열어주는 데 있다. 다만 내 명을 따르지 않을 경우 나는 사직하고 떠날 것이다. 훗날 다른 수령이 부임해와 너희들을 용서하지 않으리라."

수령이 눈 부릅떠 목표한 성과를 달성할 수 있다면 얼마나 수월하고 좋은가. 그러나 현실이 그렇지 못하니 목표 달성이 가능하도록 환경을 조정하는 편이 바람직하다.

백성들이 흩어진 다음 포흠한 무리를 따로 불렀다. 그들에게만 맡겨두면 또 다른 분란이 생길 여지가 있다. 각자가 처한 사정이 다 다르므로 일률적으로 몫을 분할하기 어려운 탓이다.

그들 한 사람 한 사람의 형편을 들어보고 여력이 있는 자는 독려하고, 상환 능력이 가장 떨어지면서 의지할 친척도 없는 몇에게는 수입이 조금 넉넉한 직책을 맡겼다. 무엇보다 갚을 힘이 달려 야반도주하거나 목숨을 포기하는 일이 생기지 않아야 한다.

"조금이라도 소득이 생기면 분납에 보태도록 해라. 그래야 너희들끼리 많이 감당하느니 적게 감당하느니 하는 불만이 생기지 않을 것이며, 포흠도 순조롭게 갚을 수 있지 않겠느냐."

그들을 모두 돌려보내고 나니 파도가 덮치듯 피로가 몰려온다.

*

두 아이가 와서 머물고 있다. 외직에 나와 있는 아비를 만나러 오는 일이 처음이니 여러모로 신기한 모양이다. 휘하의 수십 명 관속배가 한꺼번에 읍하고, 일사분란하게 분부를 받잡고 하는 구경 또한 처음이라 난데없고 놀랍다 한다.

위엄은 상대의 마음속에서 절로 우러나야 힘을 발한다. 불호령을 내리고 매를 쳐 하속의 무릎을 꿇리는 상전이나 관리는 소인배다. 사람을 헤아릴 줄 모르면서 백성을 어떻게 가르치고 이끌겠다는 것인가. 교화는커녕 앙심과 저주하는 마음을 심어주기에 알맞다.

아전이나 통인의 무리 중에도 완악하고 교활한 무뢰배가 없지 않다. 주색잡기에 빠져 나라의 살림을 축내거나 힘없는 백성을 핍박하는 하류들은 입에 올리고 싶지도 않다. 관인이든 관속이든 신분 고하를 막론하고, 그 본래의 임무는 백성의 삶이 나아지도록 권고하는 것이다.

두 아이에게도, 아비가 수령이라고 하여 사사로이 관속을 동원하는 일이 없도록 하라고 단단히 일렀다.

나는 내 아이들이 실상과 자연에 어두우면서 천 권 독서로 으스대는 소인이 되기를 원치 않는다.

|첫숨|

소용돌이 안에 있으면 그곳이 소용돌이인 줄 모릅니다. 축축하고 음습한 기운이 검질긴 악력으로 발목을 거머쥡니다. 제힘으로 뿌리칠 수 없는 거대한 맴돌이에 찢기고 으스러 집니다. 고요 속에 있으면 그곳이 고요인 줄 모릅니다. 시간은 나른히 흘러가고, 일상은 권태로이 반복됩니다. 어느 날 더 깊은 침묵이 찾아와 두 눈 뜨지 못하게 되겠지요.

*

할아버지께서 뒤에 달고 온 아이를 앞세웁니다.

"우선 사람 꼴이나 갖춰야 쓰겠다."

경위 없는 분부입니다. 여차저차 긴 소리 생략하자는 뜻인 줄 알아듣 습니다.

아이의 행색이 그간의 고초를 말해주는군요. 손짓 몸짓 군소리가 늘 어지는 용수댁도 모처럼 과묵합니다.

물칠 한 지가 언제인지 아이의 뺨과 목덜미에 땟국이 지르르하군요. 무말랭이처럼 삐쩍 곯은 몸에 걸친 입성도 감때사납습니다. 올 풀려 너 덜너덜한 사내아이 바지를 추켜 칡덩굴로 허리를 맸습니다만, 땋은 머 리에 끝댕기를 감은 매무새로나, 경계하며 흘금거리는 눈짓으로나 영락 없는 계집아이예요.

무슨 연고 있어 예까지 흘러왔을지, 속으로 혀를 찹니다. 몰골로 미루어 짚이는 바가 없지 않아요. 가뭄에, 물난리에, 학정과 탐학에, 배겨날 재간 없어 떠돌이가 된 백성이 셀 수 없답니다. 투탁投託[50]하여 노비로 영락한 공민이 어디 한둘이어야지요. 아이의 서사도 그런 곡절을 벗어나지 않을 테지요.

"애는 저희한테 맡기고, 좀 누우셔요."

할아버지께서는 마뜩잖은 듯 고개를 저으십니다. 사랑채 마루에 봇짐과 거문고갑을 부려놓고 뒤따르는 저를 손사래로 물리치시네요.

"관아에서 들어오라 하는구나. 주막거리에서 이방과 마주쳤는데, 다짜고짜 그리 전하더라."

쉬고 갈라진 목소리에 성가심이 역력합니다. 말릴 짬 없거니와, 저희가 말린들 순서를 바꿀 성정이 아니시지요. 무엇보다 관아의 부름이라지 않나요. 죄 없이도 켕길 밖에요.

"아으, 으어, 으아……."

용수댁이 알아먹지 못할 소리로 구시렁거리면서 아이를 샛방으로 밀어 넣습니다. 정작 자신은 바삐 부엌으로 건너가는 걸 보니 뒷일은 제 감당인가 봅니다.

---

50   자신을 버리고 다른 집으로 들어가는 것.

148

"편히 앉아."

말이 그렇지, 편히 발 뻗기엔 비좁은 방이에요. 고방이 곁달려 있어도 이런저런 살림살이와 곡식자루 들이 샛방으로 하나둘 넘어와 두 벽을 온통 차지하였으니까요.

"이름이 뭐니?"

아이는 마당 쪽을 힐끔거리기만 합니다.

"나이는?"

우물우물 기어드는 소리라 알아들을 수 없고요.

할아버지께서는 이 아이를 어디서, 어떻게 만나셨을까요. 달고 온 것일까요, 따라붙은 것일까요.

손 빠른 용수댁이 그새 뚝딱 차려낸 밥상을 들여 줍니다.

"아으, 아으으……."

아이 씻길 물 데우느라 아궁이에 불을 넣는 중이랍니다. 별다른 일이 생겨 신이 나는 모양이에요.

저는 아이 앞으로 밥상을 밀어주며 다시 말을 붙여봅니다.

"저 아주머니는 말을 못 하지만 남의 말은 귀신같이 알아듣는단다."

아이는 홀린 듯 밥상을 내려다보느라 제 말 따위 안중에 없습니다. 끼니때가 지난지라 찬밥 한 덩이에다 미지근한 숭늉 한 대접, 장건건이[51]

---

51   장류 또는 장을 재료로 한 반찬.

종지 둘에다 김치보시기 달랑 하나예요. 눈에 띄는 대로 훌훌 걷어 차린 티가 납니다. 서둘렀을 마음이 고봉인 게지요.

콩기름 두른 번철처럼 새까만 아이의 눈동자가 어지럽게 흔들립니다. 덥석 다가들어 밥주발 파헤칠 엄을 못 내니, 와중에도 체면치레하는군요.

"괜찮아, 얼른 먹어."

아이의 거친 손에 숟가락을 쥐여주니 그제야 제 입으로 밥술을 퍼 나르기 시작해요. 체할까 숭늉그릇을 밀어주니 이번에는 그걸 두 손으로 맞잡고 호로록 들이켜네요.

이제 할아버지 걱정으로 넘어갑니다.

별일 있으랴 하다가도, 누가 아나요. 관의 일은 이현령비현령이지요. 무엇에 걸릴지 알 수 없습니다.

＊

"아가, 내 비로소 임자를 만났구나."

보료[52]에 비스듬히 누워 계시던 할아버지께서 불쑥 자세를 고쳐 잡으십니다.

몸놀림은 줄꾼처럼 가분하고, 눈빛은 굳세고도 온화합니다. 타고나셨

---

[52] 앉은 자리에 까는 두꺼운 솜요.

을까요. 긴장하며 산 세월이 만든 것일까요. 마흔 장년처럼 집 떠나 백리 이백 리 길, 열흘씩 보름씩, 주악奏樂하는 부름을 마다하지 않으십니다. 낼모레 칠십, 평생을 소리에 묻혀 사셨지요. 업인지 족쇄인지, 그 속내까지 제가 어찌 가늠하겠는지요.

"왜요, 새 사또께서 무슨 구실을 찾으시던가요?"

"내 무엇에 씌었던가 보다."

할아버지께서 한숨 길게 내쉬고 제가 잰 곰방대를 받아 입에 대십니다. 시골노인 같지 않은 근력에도 나이를 속이지는 못하시는군요. 뺨에, 손등에, 골 깊은 주름 자글자글합니다. 저승꽃은 잇겹치고 포개져 떨기가 되었어요.

"무슨 말씀이에요? 사또 안전에 실언하실 리 없고······."

이李, 수修 자, 음吟 자, 이수음, 제 할아버지 함자입니다.

할아버지는 장악원에서 잔뼈가 굵으셨지요. 열한 살에 무동을 자원하여 고향인 이곳 안음을 떠나셨다는군요. 돌림병으로 졸지에 양친 잃은 고아를 거둬줄 변변한 친척이 없었답니다. 훗날 뼈대가 억세져 무동을 그만두게 되자 자연스레 악기를 익혀 장악원에 그대로 남는 길을 택하셨다고요.

본시 거문고에 매진하였는데 차츰 가야금과 비파를 두루 다루게 되었고, 피리와 대금도 곧잘 불게 되셨답니다. 소리에 밝고 새로운 것 배우기를 즐겼기에 외롭고 괴로운 연습을 이겨낼 수 있으셨다는군요. 타향살이 설움과 관 안팎 구박은 말할 것 없었겠지요. 결 고운 여인과 가정을 이루고서야 사는 일이 다소간 녹녹해지시더랍니다.

재직 말기에 짧게나마 종9품 부전성에 오른 일은 큰 자랑입니다. 자리가 대수겠어요? 인정받았다는 뿌듯함인 게지요. 자타공인 입지전적 출세입니다만, 관의 봉급으로는 한 입 풀칠이 간당간당하여요. 제례나 연향이 없을 때면 동료들처럼 사가의 큰 잔치나 고관대작의 회연에서 모자라는 것을 메워야 합니다. 기예 못지않게 언행이 깔끔하고 유려하여 요행 부르는 데가 많았다 하세요.

하릴없는 양반님네나 청루의 기녀들에게 독대 혹은 단체로 주법을 가르치는 일도 겸하셨답니다. 악공적樂工籍을 벗어난 뒤로는 부업이 생업이 되었고요.

재주만으로 오십 년 넘게 한양살이를 해내셨으니 궁중 법도며 각 아문이나 벼슬아치들 생리에 익숙하십니다. 갓 부임해 오신 수령 기색 하나 못 맞추시겠는지요.

"안의 음악을 들어보니 기악도 노래도 엉망이라 몹시 실망하였다, 하시더라."

"율려에 밝으시더이까?"

할아버지께서 잠시 딴생각에 잠긴 듯 곰방대 부리를 뻐끔뻐끔하다가 문득 너털웃음을 터뜨리시네요.

"허허, 세상 참 좁다. 예서 그분을 만날 줄이야."

"편안이 있으셨어요?"

"글쎄다, 내 쪽에서는 그렇다만…… 사또나리께옵서 일개 악부樂夫 따위를 기억하시겠느냐."

"아이참, 속 시원히 말씀해 보시어요. 내내 딴소리만 하시니……."

"너도 알지 싶다. 전악典樂 지내신 연익성 어른 말이다."

"아, 연……."

저도 모르게 입이 딱 벌어지더이다. 희한하게도 까맣게 잊고 있던 장면 하나가 떠오르는군요.

"그래. 바로 그 연 전악과 더러 어울리시던 분이 내려오셨더라."

"어릴 적에 먼발치에서 전악 어른을 한 번 뵈었어요. 안동 본가 사랑채에서 악회를 열었을 때요. 어머니가 그 자리에 나가셨으니까요."

저는 급격히 어두워지는 할아버지의 표정을 미처 살피지 못한 채 시간을 거슬러 옛날로 돌아갑니다. 예닐곱 살 적 어린 날로요. 볕 잘 들지 않는 뒤뜰에도 봄여름이면 꽃이 피고 때맞춰 나비와 새가 날아드는 별당으로요.

어머니는 한겨울이 아니라면 방문을 열어놓은 채 지내셨답니다. 제가 용수댁의 지청구에도 자꾸 방문을 열어젖히는 건 어머니를 탄 때문이겠어요.

어머니는 뜰의 나무와 풀꽃과 새와 나비를 간간 내다보며 안채와 사랑채에 보낼 옷을 지으셨지요. 바느질로 손가락이 곱고 눈가가 짓무르면 가야금을 타시거나, 가끔은 생황을 부셨고요. 어머니의 생황 소리는 깊은 우물 바닥을 맴돌다 벽을 타고 휘도는 메아리 같았어요.

"기뻐하셨어요. 전악 어른께서 어머니 연주를 흐뭇해하셨다면서요."

제겐 어머니와 보냈던 시절이 잘 마른 꽃처럼 고이 남아 있습니다. 기쁨과 즐거움, 슬픔과 노여움이 한 다발에 들었지요. 할아버지께서는 제 어머니이자 당신의 딸이 생각나면 눈앞이 흐릿하여지고 가슴이 성난 물갈기처럼 벌떡벌떡 일어서서 날뛰다 부서진다 하십니다만.

"내 이 나이 되도록 술대를 잡고 있으되, 연 전악의 거문고는 감히 넘보지 못한다. 대저 선비들이 수행이다 풍류다 하여 거문고며 가야금을 가까이 둔다만, 그거야 해도 그만, 아니 해도 그만이지. 당시 연 전악과 합주할 만한 분이 두엇 계셨느니라."

"두 분이시라면……?"

"홍대용 나리와 김억 어른, 딱 그 두 분."

"아, 저도 들었어요."

"사또께서 바로 그 두 분과 막역지우시다. 이 무슨 인연이냐. 사또 또한 음률에 정통하신 터, 그제 불려가서는 외려 내가 묻는 말씀에 즉답하지 못하고 절절맸구나."

외람되게도 저는 기연가미연가합니다.

"음률에 밝으시다니 다행스럽기도 하고 조심스럽기도 하겠어요. 벌써 소문이 나도는걸요. 성정이 유별나시다고요."

"암, 유별나시지. 유별나시기만 할까. 괴곽하시기는 또 얼마나. 말투나 몸가짐은 격의 없고, 한데도 분부나 의론은 삼엄하기 그지없고. 한양에 모르는 사람이 없지 아마? 거 뭣이냐, 육방이 영이 바짝 서서 작청에 들앉았지 못하고 동헌 마당에서 알짱대더구나."

"천릿길 여독도 풀리기 전에 곡창 한 바퀴 휘이 둘러보신 뒤로 입술을 굳게 다물고 벼르시어, 관붙이들 몇몇은 초상날 받아놓은 듯 사색이라고 하네요. 벽제하지 말라, 찬 가짓수 줄여라…… 허식이라며 금하는 것이 많다 하셔요. 시늉이라는 사람도 있고, 좋이 보는 사람도 있다 하고요."

"원래도 평판이 나뉘는 분이다. 내 오래전에 사또에 관해 들은 바 있고, 옷깃 스친 인연이랄 것도 있다만…… 그게 참, 반갑다기보다 당황스럽더구나. 격식을 미워하는 만큼 원칙에 철저한 분이라 들어 몹시 긴장되더라."

"고매하신 양반님네 흉중을 어리고 우매한 소녀가 어찌 일일이 짐작하리오마는……."

예와 악의 조화를 항용 내세우면서 정작 악에 종사하는 공인工人을 업신여기는 것이 사대부의 모순이지요. 효를 운운하면서 자신의 피붙이를 노奴와 비婢로 삼는 자가당착은 어떻고요. 예란 도리이고, 도리란 하늘이 낸 사람으로서 됨됨이를 잃지 않는 것 아닌가요.

비웃고 싶은 마음 문득 일었으나 숨 다스려 누릅니다.

"신관께서 율려를 아신다니 응당 예도 아시겠지요. 심려 내려놓으셔요."

할아버지께서 저를 물끄러미 바라보시다 뛸락 말락 한숨지으십니다. 입 밖에 내지 않으셔도 들은 바나 진배없고요.

―어허, 어림없지. 어림없고말고. 네게 남모르는 강기가 있는지라 뉘에게 편히 맡길꼬.

함양 토족 윤 생원이 지난가을 상처하자마자 넌짓 말을 넣어온 뒤로 마치 들으라는 듯 혼잣말하시는 버릇이 생기셨거든요.

"올가을 향음주례鄕飮酒禮 때 제대로 된 음악을 선보이고 싶으시다는 게야. 몇 달이라도 기방 아이들을 맡아 가르쳐 달라 의뢰하시지 않겠니."

향음주례가 중하다는 걸 전들 모르겠습니까. 그날엔 관내 유생들과 노인들을 초청하여 연회를 베풀지요. 그 중하디중한 행사에 술과 음악이 빠질 수 없겠고요. 다만 봄빛 완연해지기 전에 가을일을 계획하시니, 과연 듣던 말과 다르지 않나 봅니다.

"교습이야 도성에서도 해오시던 일이지 않나요?"

"그야."

"선약이 있으셔요?"

"것두 없지 않다만."

"그때 잠깐 몸 뺄 수 있게 해주시면 맡겠다 하시잖구요? 무조건 아니 된다 하세요?"

"허허, 그게 말이다……. 내 무슨 생각에서 그랬는지 모르겠다. 혼자

156

감당하기 버겁다 겸양하다가 불쑥 너를 끼워 넣고 말았다."

"예?"

"제 손녀딸이 남을 가르칠 만한 기량이 되오니 몇씩 나누어 주신다면, 하고 여쭈었단다. 내가 노망이 든 게다."

할아버지의 안색이 어둡지만은 않습니다. 알 듯 모를 듯 무언가를 더 듣는 눈빛이세요.

"따분하고 무료하던 참입니다. 허락하시면 감당할 수 있을 것 같아요."

저도 모릅니다. 순간, 놓치고 싶지 않은 마음이 앞서더군요. 숨구멍이 트이듯 홀가분해지는 기분이었고요.

"쉽고 어렵고의 문제가 아니다. 여염집 여식들이라면 상관없다. 기생이라, 가무야 그럭저럭 시늉하겠지. 본분은 허드렛일 아니면 수청이니 보고 듣는 것것이 민망하달밖에."

"염려마세요. 용수댁이 있는걸요. 기율이 세서 저도 눈치를 봐야 하구요."

용수댁이 알면 펄쩍 뛸 일이지만 아무튼 급히 둘러댑니다.

"모르겠구나, 잘하는 짓인지 잘못하는 짓인지. 네 갑갑증은 조금이나마 덜 수 있겠다마는."

"제가 어리석어 스물여섯이나 먹도록 할아버지께는 물가에 내놓은 어린아이인 게지요. 염려마세요."

"알았다. 건너가서 쉬어라."

사랑을 물러 나옵니다. 마당 한복판에 서서 하늘을 올려다보아요. 보름 지나 한쪽으로 이울어가는 둥근 달이 구름 사이로 황금빛 얼굴을 드러냅니다. 술기운이 돌 때처럼 두 뺨이 달아오르는군요.

*

소리를 닫습니다. 여음餘音이 흩어져 사라지고 침묵이 내려앉습니다.

후우. 참았던 숨을 내쉬어요.

탁. 탁. 탁. 할아버지께서 쥘부채로 당신 손바닥을 가볍게 내리치십니다. 오냐, 되었다. 들을 만하셨나 봅니다. 마음을 내려놓기엔 이릅니다. 평이 후하고 박하고는 자리를 주선한 주인장에게 달려 있으니까요.

집을 찾아온 손님들 앞이면 모를까, 집 밖에서 뭇사람들이 지켜보는 데서 악기를 탄 적이 없습니다. 그것도 백주대낮, 관아의 가장 어른이 정좌한 객사 대청이 아닌가요. 일면식 없는 인근 군현의 악사들과 기녀들이 쫑긋 토끼귀하고서 주시하는 가운데라니요. 상상 못한 일입니다.

나리와는 구면이라고 해야 하나요. 담장을 사이에 두고 부지불식간 눈 마주친 일, 기억이나 하실는지요. 난장이라도 선 듯 고샅이 왁자해서 무심코 고개 돌렸다가, 담장 위로 우뚝 솟은 나리와 눈 맞닥뜨렸지요.

—들기 좋으니 계속하시오.

눈 깜박일 새의 일별이었습니다. 당당한 풍채에, 심상한 말투에, 목소

158

리가 우렁우렁하셨어요. 그러시고는 아무 일 없는 듯 가시던 길 가시었고요. 그 뒷모습이 마치 큰 파도가 넘실넘실 굽이치는 것 같았습니다.

스물여섯 해를 사는 동안 이처럼 가슴 조마조마한 자리는 처음입니다. 수십 수백 번 연주한 「영산회상」이 이토록 아뜩하였던 적 또한 없습니다.

여기저기서 옷깃 바스락대는 소리가 들립니다. 맞은편에 초롱꽃처럼 열 지어 앉은 기녀들이 제 손끝을 주시하는군요. 자색, 남색, 혹은 연두 바탕에 금박무늬 제각각인 치맛자락을 앵돌아진 시어머니처럼 훔쳐 잡은 그네들 표정이 조금 전과는 달라 보입니다. 어디 얼마나 해내나 두고 보자던 낯빛이 한결 누그러졌다고 느낍니다.

"허어."

마침내 사또나리께서 운을 떼시는군요. 시위 떠난 살촉을 좇듯 좌중의 시선이 총총히 나리로 향합니다.

"묘하구료. 과연, 이 공의 자랑이 조금도 아깝지 않소. 안의에 내려와 이런 귀 호강을 할 줄이야."

나리께서는 제 할아버지를 치사하신 뒤에야 저를 돌아보십니다.

"귀한 소리를 들었소. 강유剛柔와 완급緩急이 흐르듯 자유롭구려. 사방 트인 대청이라 공명이 되지 않는 어려움이 있을 것인즉, 시종 흩어지지 않게 소리를 모으기란 쉽지 않았을 게요. 내 몸소 일어나 부인께 절이라도 하고 싶소만 또한 예가 아닌 것 같소. 앉은자리에서나마 사례하오. 박하게 여기지 마오."

"과찬이시라 심히 민망하고 부끄럽습니다."

갑작스런 시연회를 마련해 일개 여염의 아녀자를 청하실 때만 해도 걱정이 없지 않았습니다. 오라 가라 하는 벼슬아치들의 무도함이라면, 응하여도, 응하지 아니하여도 화근의 소지가 되니까요. 속 좁고 탐욕스러운 관리의 눈 밖에 나서 겪은 고초담이 어디 남의 일만이겠는지요. 할아버지의 고향이라고는 하나 바람막이 되어줄 든든한 일가붙이가 있는 것도 아니니 서러운 타향이나 다름없습니다.

"부끄럽다니, 부인의 겸양이 외려 여기 아이들을 부끄럽게 만드는 것이외다."

섣달 언 땅 풀리듯 비로소 마음 놓다가도, 분부 받들어 입회한 다른 예인들의 입장을 생각하니 그만 아찔합니다.

"사또나리께서 거슬려 하지 않으시니 다행입니다. 제 손녀아이가 아직은 젊어 소리가 푹 익지는 아니하였습니다만, 처지는 데 없이 굳세고 맑아, 탁하지 않습니다. 더 연마하면 제법 들을 만한 소리가 되리라 여기옵습니다."

할아버지께서 저 대신 사례하시고서 재빨리 덧붙이십니다.

"용서하십시오. 나리 안전에, 이런 팔불출이 없습니다."

할아버지께서는 엄격하되 듬직한 스승이십니다. 비록 제겐 매섭게 몰아부칠지언정 남 앞에서는 짐짓 벋대는 기세가 있으시고요. 천한 기예라는 폄훼 속에 음악의 외길을 걸어온 노악사의 자존심이겠지요.

"가야금은 하늘과 땅, 일 년 열두 달을 다 품고 있으니 악기 하나에 온 우주가 담겨 있다 하겠소."

나리께서 예의 우렁찬 목소리로 말씀하십니다.

"또, 악기를 타는 사람이 열두 줄을 짚어 우주의 심오함을 들려주니, 이른바 악기와 악기 타는 사람이 혼연일체가 되어 저마다 작은 우주를 이룬다 하겠소. 그러한즉 맑은 소리는 악기와 하나 된 사람의 심지에서 나오는 것이겠소. 좀 전의 가야금이, 빛에 견주면 뜨거운 햇빛보다 차가운 달빛에 가깝고, 물에 견주면 활달한 계류보다 고요한 정화수에 가까우니, 이 또한 심지와 무관하지 않을 터이오. 다만 그것이 악기 타는 사람의 본성인지, 듣는 사람의 꿈인지 거기까진 헤아리지 못하겠소이다."

저는 한 손으로 관자놀이를 짚습니다. 현기증 때문입니다. 너그러운 평에 주눅 들었던 마음이 풀리는가 싶더니 새로운 긴장감이 그 골을 메우는군요. 물살 사나운 계곡을 건널 때처럼 위태로운 감각이 되살아납니다.

'저분은…… 어떤 분이신가.'

나리께서는 여러 번 예상을 비껴나십니다. 등과하지 않으셨다 하나, 약관에 이미 문인 명사의 반열에 드셨다 들었습니다. 콸콸 쏟아지는 급류처럼 씩씩한 목소리로 단번에 사람들의 이목을 끄시니 무인의 풍모로도 어디 빠지지 않으십니다. 매운 눈매와 귀밑까지 뻗친 광대뼈는 호락

호락하지 않은 성품을 짐작케 하고요. 의연하시되 사나운 기미 없으시고, 파격적이되 선을 딱 긋는 말투는 심중을 헤아리기 어렵게 만들어요. 자유자재한 통제력이랄까요, 시종 분위기를 압도하시는군요.

"세상은 넓소. 넓은 데를 알지 못하면 좁은 데서 제일이란 칭찬 몇 마디로 교만해져서 제 부족한 것을 도통 모르게 되오. 이 공이 장악원 부전성을 지내었으니 모름지기 전공인 기악뿐 아니라 정재呈才[53]와 유행하는 시속 가무에도 밝을 것이외다. 부디 공이 안의의 악인들과 창기들의 귀를 틔워 주오. 한양에서는 어떤 노래를 부르고, 어떤 춤을 추고, 어떤 곡을 켜고 타는지를 전수해주오. 요즘 것을 배우지 못하면 어제에 묻혀 살 뿐이니 먼저 간 이들과 무어 다르겠소?"

"맡겨주시면 애써보겠습니다."

"이 부인께도 부탁하오. 모두가 보고 듣는 데서 확실히 못박아두고자 결례를 무릅쓰고 오늘 이리로 나오게 하였소이다. 이후부터는 아이들 몇을 뽑아 집으로 보내고자 하는데, 어떠하오?"

청인가요, 명인가요. 어떻든 받드는 수밖에 도리 없겠지요.

"할아버지께서 허락하시면 저도 따르겠습니다."

"내 또 결례하였구먼. 이 공의 뜻은 어떠하오?"

"두셋 정도면 제 집 아이가 능히 감당할 수 있겠습니다."

---

53 궁의 잔치에서 시연되던 춤과 노래.

저는 달아나듯 기녀들 쪽으로 시선을 돌립니다. 거기엔 무표정한 얼굴, 앳된 얼굴, 병색이 도는 얼굴, 지친 얼굴, 심드렁한 얼굴, 도전적인 얼굴들이 있습니다. 미묘한 적대감에서 낭패감으로, 다시 무력감으로 변해가는 눈동자들이 말이에요.

*

용수댁이 문루 앞 경계석에 엉덩이를 걸치고 앉아 있다가 저를 보자 벌떡 일어섭니다.

"할아버지는 나중에 오실 거야."

그네가 두 팔 벌려 제 뒤를 따르는 젊은 사내를 다짜고짜 막아섭니다. 사내가 들고 있는 가야금을 넘겨달라는 뜻이지요.

"괜찮아."

때 이르게 날이 무덥습니다. 쓰개치마를 덮어쓴 제 이마에도 땀이 배네요.

사내가 성큼성큼 걸음을 옮깁니다. 아랫도리를 다 드러낸 꼬마 몇이 흙바닥에 주저앉아 무언가를 그리며 놀고 있을 뿐, 온 마을이 잠잠합니다. 한창 논일 들일에 바쁠 때입니다.

집 대문을 들어서니 사내는 그새 마루에 가야금을 내려놓고 마당 우물에 두레박을 내리고 있더군요. 철철 물 넘치는 두레박이 올라오자 장독대 곁 앵두나무 가지에 걸어둔 조롱박을 걷어 멀뚱히 쳐다보는 용수댁에게 넘겨줍니다. 눈짓으로는 저를 가리키는군요.

용수댁이 조롱박으로 두레박 물을 떠서 제게 가져다줍니다. 제가 목 축이는 걸 보고서야 사내 자신도 두레박을 기울여 물을 들이켭니다. 조금 놀랐습니다. 비로소 사내가 제 눈에 들어오는군요.

스물하나나 둘? 입성으로 보아 구실아치가 아닌 듯싶고요. 본시 말수가 적은지 아니면 천성이 무뚝뚝한지, 사내는 저희를 데리러 올 때와 데려다줄 때, 같은 말을 딱 두 번 했을 뿐입니다.

─뫼시겠습니다.

─뫼시겠습니다.

사내가 마루 쪽으로 다가오네요.

"수고했어요. 찾으시기 전에, 속히 올라가요."

"괜찮으십니까?"

그가 허리를 숙이려다 말고 스스럼없이 묻습니다. 한양 말투입니다.

"무슨 말인지……?"

"아까 객사에서 저희 나리께서 말씀하실 때 아씨 안색이 창백해서 편찮으시나 했습니다."

관에 딸린 통인이 아니라 집안 하인인가 봅니다.

"그걸 어떻게……?"

"거기 모두가 아씨만 바라보고 있었습지요."

164

틀린 말은 아니지요. 그 자리에서 저는 색다른 구경거리였을 테니까요.

"잠깐 어지럼증이 도져서……. 아무튼 고마워요."

"그럼 쉬십시오."

"잠깐만요. 이름이라도……?"

"동애입니다. 장가이고요."

'장…… 동애.'

용수댁이 손짓 눈짓으로 잘 가라, 인사합니다. 웬일로 마음에 차는 모양입니다.

저는 무엇에 홀린 듯 얼떨떨합니다. 당당하달까요, 당돌하달까요. 그 주인에 그 하인이구나, 합니다.

어느덧 해가 넘어가고 어스름이 깔립니다. 내도록 마음이 진정되지 않는군요. 할아버지께서는 귀가가 늦으시네요. 긴 하루입니다.

| 대숲에 있는 집 |

새벽, 동산을 거닐면 곧게 뻗은 대나무 줄기마다 맑은 이슬이 내려 구슬이 엉긴 것 같다. 비 개어 해 나고 바람 부드러운 아침, 하풍죽로당荷風竹露堂 난간에 기대어 있으면 진흙을 뚫고 올라온 연꽃이 향기를 날려 보낸다. 눈꺼풀 무거운 한낮, 가슴 답답하고 생각이 산란하여 탕건이 절로 숙는다. 한차례 소낙비가 파초 잎 두들기니 정신이 번쩍 든다. 날 개어 달 뜬 저녁에 반가운 손님과 누각에 오르니, 나무와 풀꽃들이 서로 조촐함을 다투누나. 싸락눈 내리는 밤에는 내 무엇 하나. 장지문에 휘장을 내리고 홀로 늙어간다.

*

관내를 두루 시찰하고 시급한 현안을 처리하고 나니 관아의 이모저모가 세세히 눈에 들어온다. 안식구가 없으니 내아는 딱히 신경 쓸 것 없으나 정당은 거슬리는 구석이 적지 않다. 전관들이나 그들을 모신 아전들이 짧게는 한두 해, 길게는 네댓 해를 머물다 떠나면 그뿐이라 하여 보수 단장에 소홀하였던 듯하다. 그날그날 대충 넘기면 그만인 뜨내기의 습성과 다르지 않다.

"자연의 아름다움은 형상으로 보고, 사람의 아름다움은 자취로 보는 법이거늘……."

작은아이가 책을 억지로 붙들고 있다가 내 혼잣말에 반색하며 고개를

166

쳐든다.

"내, 꼭 한 번 시험해 보리라 벼르던 것이 있었느니라."

"무엇을요?"

"벽돌을 구워 집을 짓는 일이다. 이제 그 일을 해볼 수 있겠다."

"어디다 지어요?"

"두고 보려무나."

관아 서쪽에 이 층짜리 곳집이 어정쩡하니 시야를 가로막고 섰다. 그 옆으로 마구간과 목욕간으로 쓰는 곁채가 달렸다. 전체적으로 하나의 기다란 건물처럼 보이는데, 외관이 우중충하고 흉물스러워 볼썽사납다.

더군다나 곳간은 잡동사니를 처박아두었을 뿐 쓰지 않고 버려둔 지 오래다. 문짝이 내려앉고 경첩은 녹슬었다. 여닫을 때마다 삐꺽거리는 소리가 몸서리치게 듣기 싫다.

건물 뒤쪽은 상황이 더욱 심각하다. 온갖 오물과 방고래[54]에서 긁어 낸 재 따위가 쌓여 곁채 처마보다 쓰레기더미가 더 높이 솟았다.

깨끗하게 쓸고 닦은 마당에 나뭇잎 하나라도 떨어지면 얼른 줍는다. 구석진 곳에 더러운 것이 쌓여 있으면 삼가는 마음이 적어져 무엇이든 주저 없이 갖다 버리게 된다. 뒤편의 쓰레기산이 그러하다. 한두 사람이

---

54 아궁이부터 굴뚝까지 연기가 지나가게 만들어 놓은 길.

한두 번 오물을 내다버리다 보니 나중에는 내남없이 버릴 만한 게 생기면 죄 거기다 얹었을 테다.

날이 풀리고 남풍이 불자 얼어붙었던 쓰레기가 녹으면서 참을 수 없는 악취를 풍긴다.

나는 관아의 종들에게 일과를 나눠주었다. 커다란 구덩이를 판 다음 쇠스랑으로 긁어낸 쓰레기산의 오물을 삼태기와 바지게로 담아 날라 구덩이에 쏟아붓게 했다. 저마다 맡은 일들이 따로 있어 틈틈이 돌아가며 움직이는지라 평지를 만드는 데 열흘이나 걸렸다. 저들도 수십 보 평평한 빈터를 눈으로 보고 신기해한다.

반빗간[55]에 일러 술국과 술을 마련해 일꾼들에게 내었다. 그 덕에 나도 작은 술상을 받았다. 공방工房이 공사 일정을 보고하러 와서는 은근슬쩍 핀잔을 준다.

"아직 집터 다지는 일이 남았사온데 다들 술에 취해 해이해질까 염려스럽습니다요."

제 포흠 허물을 덮어주니 남을 허물한다. 가소롭다.

나는 앞에 놓인 잔을 죽 들이켜 한 번에 비워냈다.

"놔두어라. 여우몰이 사냥개는 사냥을 마치면 주인의 발밑에서 뒹군다. 말도 백 리를 달리면 숨을 고르고, 종일 써레질을 한 소도 저녁에는

---

55 별도 건물로 설치된 부엌.

잠을 잔다. 사람이 말이나 소나 사냥개만 못 하겠느냐. 큰일의 매듭이 하나 지어질 때마다 수고를 치하하고 기운을 북돋아주는 것도 전체의 한 과정이다."

공방이 머쓱한 낯으로 물러간다.

마침 첫째와 둘째가 곁에 있어 붙잡고 가르친다.

"공자 같은 성인도 비천한 일에 능하셨고, 진나라 도간처럼 근검한 사람도 벽돌을 나르며 자기 몸을 수고롭게 하였다. 나태함에 빠지지 않으려 스스로를 독려하는 것이다. 그런데 지금 세상에는 글을 익혀 문서 나부랭이를 끼적일 줄 안다는 치들이 하나만 알고 둘은 모른다. 그 무지가 참으로 딱하지 않느냐. 이 자들은 시키면 붓과 세 치 짧은 혀나 놀릴 줄 알지, 도무지 손발 부리는 요령도, 힘쓰는 도리도 알지 못한다. 집 세우고 구들 놓는 것 전부 종들의 손을 빌고서도 따스한 방안에서 비바람 피하는 고마움을 모른다. 천역을 지고 태어났다고 해서 고생을 당연히 여기라는 건 매사 종들의 수고로움에 의탁하여 편히 지내는 윗사람의 도리가 아닐 것이다."

둘이 고분고분 앉아 들으나 제대로 듣는지는 모르겠다.

"오늘 너희 형제가 따습고 배불리 지내는 것은 위로는 하해와 같은 임금님의 은혜이려니와, 또 아랫사람들이 우리를 위해 부지런히 고생한 덕분이다. 잊지 마라."

큰놈은 새겨듣는 듯싶고, 작은놈은 따분히 여기는 듯싶다. 자식농사가 가장 어렵다.

산처럼 쌓인 오물을 치우고 덤으로 널찍하고 편편한 공지를 얻었다. 이는 시작에 불과하다. 이곳이 한때는 관에서 관리하던 밭이었다는데, 소출을 내었다는 게 믿기지 않는다.

땅을 반듯하게 고르는 일도 만만찮다. 울퉁불퉁한 곳을 깎아 내고 패인 곳을 메우자면 몇 날이 더 걸리겠다. 원줄기와 샛가지가 무성히 얽힌 딸기나무들을 베어버리고 허리춤까지 웃자란 잡초를 쳐내니, 베여나간 덤불 속에서 갑작스럽게 집을 잃은 종다리와 참새가 푸르르 튀어 오른다.

이참에 자리만 차지하는 곳간을 철거하고, 마구간과 목욕간을 딴 곳으로 옮기는 일을 해치우기로 한다. 관아의 종들과 향교에서 보내준 장정들이 팔을 걷어붙여 엄두가 나는 것이다. 동애도 제 알아서 일을 찾아 한다.

모두가 힘을 모으니 반나절 만에도 뚝딱 풍경이 달라진다. 눈으로 확인하는 재미가 쏠쏠하다.

대강 공사가 마무리되어갈 즈음, 종의는 본가로 떠났다. 한양 오르는 경저리 편에 붙여 보냈다.

*

별채와 연못을 어떻게 배치할지, 어떤 나무와 꽃을 심을지 머릿속에 그려본다. 흥미롭고 설레는 일이다.

"간아. 너는 무엇이 빠르다고 생각하느냐?"

종간은 내가 무엇을 물을 때마다 긴장한다. 답을 내는 데도 굼뜨다.

"어른들이 세월이 쏜살같다 말씀을 많이 하시니, 세월과 시위를 떠난 화살을 꼽아도 되지 않을까요?"

"오냐. 맞는 말이다만, 너무 빤한 예로구나."

"그럼, 아버지는 무엇이 빠르다 여기세요?"

"어린아이의 걸음과 사람의 손이 아닐까 싶다."

작은아이가 득의에 차 반문한다. 옳거니 아버지가 틀린 말씀을 하시는구나, 확신한 게지.

"에이. 아무려면 어린아이의 걸음이 표범처럼 빠를 것이며, 사람의 손이 화살처럼 빠를까요?"

"어느 날 칠패 싸전 근처에서 사당패가 한바탕 놀음을 놀 때였다. 몹시 혼잡하였지. 물건을 고르느라 잠깐 손목을 놓은 새 딸애가 사라졌나 보더라. 그 어미가 인파들 사이로 아이의 이름을 부르며 실성한 듯 찾아 헤매더구나. 아장아장 걷는 어린애의 걸음이 참으로 빠르다는 생각을 내 그때 하였다. 저기 보아라."

아랫사람들의 공력으로 거저 생긴 부지를 가리켰다. 어린 관노 둘이 엉금엉금 두꺼비걸음으로 잔돌을 골라내는 중이다. 땅바닥을 보느라 두 머리통이 서로 부딪칠락 말락 가까운 줄을 모른다.

"사람의 손이 한 일을 보아라. 더딘 것 같아도 꾸준하니 곧 이루어내고 만다. 놀랍고 무서운 일이지 않으냐."

"학문에 임하는 자세도 차근차근 성실한 것이 제일이라는 말씀이지요?"

제 깐엔 아비의 속뜻이 거기에 있다고 짐작하였으렷다. 꼭 그런 건 아니지만 크게 어긋나는 말도 아니다.

"학문이란 별다른 게 아니다. 한 가지 일을 하더라도 분명하게 하고, 집을 한 채 짓더라도 제대로 짓고, 그릇을 하나 만들더라도 규모 있게 만들고, 물건 하나를 감식하기 전에 올바른 식견을 갖추는 것. 이것이 모두 학문의 일단이다. 내 너희에게 바라는 것이 그런 것이다."

"과거는요? 공부방 훈장님은 과거를 보려면 초집을 많이 읽어야 한다고 말씀하셨어요."

초집抄集이라. 이맛살이 절로 찌푸려진다.

초집이란 과거에서 답안지를 작성할 때 꼭 넣어야 유려하다고 하는 경서의 구절들을 따로 추린 글모음이다. 비록 성인의 진실한 글이라도 답안지를 꾸미기 위해 달달 외웠다가 어찌어찌 합격하고 나면 헌신짝처럼 내팽개친다. 학문의 목적이 과거 당락의 수단으로 전락하고 만 것이다. 가소롭고 공허한 세태다. 오죽하면 옛 선비가 일찌감치 과거를 일러 '오직 실속 없고 겉치레뿐인 글만 번창시켜 후세의 폐해는 이루 말할 수 없다'고 비판하였겠나.

언짢은 속내를 누른다.

"나도 소싯적에는 남들 다 하듯이 과거공부를 했느니라. 문과급제가 목표였다기보다 남들과 어울리기를 좋아해서였지. 훌륭한 스승의 가르침과 뜻 맞는 벗들과의 평생 가는 사귐을 떠올리면 후회할 일은 아니다. 아니나, 내가 초년에 겪었던 일을 생각하면 두렵기만 하다."

"왜요?"

"사람들은 자기가 믿고 싶은 대로 믿는다. 내 경우엔 과거를 보아도, 과거를 보지 않아도 부풀린 말들이 따라다녔다. 과거야 뭇사람들을 따라 응시해볼 수 있는 일 아니냐. 만약 과거를 단념했다고 해서 고상한 이름을 얻는다면 이는 기뻐할 일이 못 된다. 네 외할아버지께서도 늘 내게 자중하라 가르치셨느니라."

"외할아버지는 어떤 분이셨어요?"

"상지尙志하고 득기得己하나니……. 선비란 뜻을 고상하게 가지고, 곤궁하여도 의를 잃지 않기 때문에 스스로 만족하는 사람이라 하셨다. 『맹자』에 나오는 말이다. 네 외할아버지가 바로 그런 분이셨다. 진정한 처사處士셨지. 평생 『소학』을 독실히 따르셨는데, 당신 단속하는 법도가

173

엄중하셨다. 지위나 나이 고하를 막론하고 담소하시고, 기상을 펼치실 땐 호걸스런 선비의 빼어난 기상이 있으셨지. 네게 증조할아버지 되시는 필자, 균 자 공과 더불어 내 인생에 가장 큰 영향을 끼치신 분이다."

돌이켜 보면 나는 장인어른의 깊고 은근한 사랑을 많이 받았다.

내 성품이 다소 과격한 데가 있어 중도를 벗어나는 말을 할 때가 많았다. 공은 그때마다 정색하고 나를 꾸짖으셨다. 그러나 내가 방을 물러나온 뒤에는 기뻐하는 표정으로 미소를 지으셨다 한다. 마음으로는 사위와 통하는 바가 있으셨던 것이다.

내가 경인庚寅년(1770)에 사마시 초시에 응시하여 우연히도 초종장 모두 장원을 했을 때다. 침전에 입시하라는 특명을 받고 입궐했는데, 임금님께서 도승지가 소리 내어 읽는 내 답안지를 들으시고 크게 격려하셨다.

그러자 회시를 보기도 전에, 박아무개가 임금님의 극진한 은혜를 입게 되었으니 필경 시험을 주관하는 자들이 그를 합격시켜 자기 사람으로 삼으리라, 하는 소문이 돌았다. 분위기에 영합하여 이익을 구하는 짓은, 나뿐 아니라 우리 집안 어른 모두가 극히 혐오하거늘.

회시 날이 다가와 억지로 시험장에 들긴 했으나 답안지를 내지 않고 나와 버렸다. 그랬더니 구차하게 벼슬을 구하지 않으니 옛사람의 풍모가 있다는 말과, 답안지를 낸 것보다 더 큰 명망을 얻었으니 결국 이득을 취한 것이란 비아냥거림이 동시에 나돌았다.

─지원이 회시를 보았다고 하여 마음이 썩 기쁘지 않았다. 한데 시험지를 내지 않았다는 얘기를 들으니 몹시 기쁘구나.

장인 이보천 공만이 내 객쩍은 혈기를 흐뭇하게 여기셨다.

"네 외조부께서는, 나더러 늘 자취를 감춰 은둔하라고 타이르셨다."

"예? 세상에 나가 공을 세워 크게 이름을 떨치라 하시지 않고요?"

"선비가 과거를 포기하고 벼슬을 단념한 채 자기 한 몸을 깨끗이 하기 위해 향리로 돌아간다 할지라도 임금을 섬기는 충성스런 마음이 달라지는 건 아니다, 그리 말씀하셨지."

작은아이가 고개를 갸우뚱한다.

"아버지는 외할아버지의 뜻을 따르셨고……. 그럼 종의 형님도 아버지를 따르나요?"

"네 형은 과거에 마음을 둔 것으로 안다. 너도 네 형을 좇아 과거공부를 시작하겠다면 말릴 생각이 없다. 내 능력껏 뒷바라지를 하마. 하나 나는 너희가 과거를 꼭 보아야 한다고 생각지 않는다. 혹 운이 좋아 과거에 합격하면 기쁜 일이겠으나 갑자기 출세하기를 바라지는 않는다. 재주와 학문이 넉넉하지 않은데 세상사에 휩쓸리면 자신의 본분을 지키지 못하게 되기 십상이다."

"과거를 보지 않을 거면 왜 공부를 하나요?"

"공부가 과거를 보는 수단이 되는 걸 경계하라는 말이지, 사람 되기를 그만두라는 말은 아니다. 글공부를 열심히 했다고 해서 다 사람이 되

175

는 것은 아니더라마는."

벽돌을 차곡차곡 올리면 담장이 되고, 축대가 되고, 거대한 성곽이 된다. 책권을 차곡차곡 쌓아서 어진 선비가 되고, 백성을 살리는 관리가 되고, 자취 아름다운 사람이 되면 얼마나 좋을까.

"우리 반남 박씨 집안은 누대에 걸쳐 청빈과 검소를 실천하며 부귀와 안일을 멀리해왔다. 이는 타고난 데다 가풍을 따른 것이다. 너희가 또 나를 보고 배울 것이니 나 또한 너희 앞일지라도 조심스럽지 않은 날이 없었다. 너희가 따뜻한 옷을 입고 배부르기를 바라지만 어디까지나 아비로서의 인정일 뿐이다. 인정은 자칫 의를 그르친다. 내 바람은 두 가지다. 삿됨을 분별하는 안목을 기르는 것. 사대부 집안으로서 글 읽는 사람이 끊이지 않았으면 하는 것. 그뿐이다."

날이 저문다. 바깥일 나갔던 일꾼들이 동헌으로 돌아오고 있다.

작은아이를 내아로 들여보내고, 나는 정당으로 향한다. 객사 쪽에서 악기와 노래 소리가 들려온다.

이 악사의 외손녀가 타던 가야금 곡조가 귀에 맴돈다. 꾸밈이 적어 명징하였다. 농현[56]할 때 손등의 힘줄이 유난히 도드라져 눈길이 여러 번 갔다.

내가 기억하는 것은, 그 손인가, 그 곡조인가.

---

56   줄을 짚은 왼손으로 장식음을 내는 연주기법.

이상한 일이다.

*

새 대지를 두 구역으로 나누어 남쪽에는 하풍죽로당을, 북쪽에는 백척오동각을 세웠다. 목재는 창고와 목간을 헐 때 나온 것과 창고 안에서 오래도록 먼지를 뒤집어쓴 채 버려져 있던 널을 이용했다.

죽로당 앞에는 남지를 파고, 오동각 앞에는 북지를 팠다. 연못의 물은 북쪽 뒷담을 뚫어 도랑을 끌어다 채우고, 연못 둘레에 벽돌을 쌓아 난간을 만들었다. 벽돌을 구워 집 짓고 담쌓는 건 내 오랜 바람이거니와, 백성들에게 편리함과 견고함을 본보이려 함이다.

죽로당은 가로 세 칸, 세로 두 칸짜리 집이다. 가운데 휴식하는 방과 작은 침실을 만들고, 빙 둘러 마루를 놓았다. 상투를 틀듯 서까래를 꼭대기로 모으고 조롱박 모양의 장식물을 얹었다. 밖에서 보면 모자를 쓴 것 같다.

오동각은 남쪽에 방을 들여 서재로 삼았다. 서재 앞 기둥에 '공작관' 편액을 달았다. 내 이날까지 조그마한 서실조차 마련하기 어려운 집을 옮겨 다녔다. 관의 별채를 서재로 꾸미니 별안간 큰 부자가 된 기분이다.

공작관에 얽힌 사연은 경자년 중국 여행 때로 거슬러 올라간다.

나는 연경에 머무는 동안 중국 동남 지방 선비들을 사귀었다. 그들과 술을 마시고 글을 논했는데, 나는 매양 공작의 깃털 빛깔을 예로 들어 그들의 시와 산문을 논평했다. 까마귀나 공작 깃털 빛깔의 오묘함을 들어 고정관념을 논하는 평소의 버릇이 튀어나온 것이다. 그러자 그들 중 하나가 나를 공작새에 빗대어 우스갯소리를 했다.

―손님의 얼굴은 공자의 집에서 기르는 새에 비해 어떠한지요?

취기가 올라 내 얼굴빛이 연신 붉으락푸르락 변하는 것을 풍자한 말이었다. 서로 마주보고 한바탕 크게 웃었다.

그로부터 오 년쯤 뒤엔가, 중국을 다녀온 지인 문객이 '공작관' 세 글자를 얻어왔다. 내 이야기를 들은 전당의 어떤 선비가 조선에 돌아가면 공작 운운한 사람에게 전해 달라며 글씨를 써주었다는 것이다.

일면식도 없는 사람을 생각해준 성의가 고맙긴 했으나 '관'이란 개인의 집에 붙이는 이름이 아니다. 어디 마땅히 걸어둘 데가 없어 헌책 상자 속에 처박아 두고는 까마득히 잊고 있었다. 그러다 지난번에 책을 말리다 글씨를 발견하고 옳다구나 했다.

관아 부속건물에 차린 서재이니 글자를 새겨 걸어도 무방하겠다.

연경 술자리가 지금으로부터 열두 해 전 일이고, 글씨를 전해 받은 때가 대략 예닐곱 해 전이다. 그새 흰 머리만 늘었을 뿐, 내 무엇을 하였는고.

임기를 다하면 떠나기 싫어도 떠나야 할 것이로되, 그 전에라도 언제든지 자리가 갈릴 수 있다.

안의에 머무는 동안이라도 늙어 서재 얻은 호사를 마음껏 누려보련다.

| 다시, 갈림목 |

어느 날 섭이가 묻더군요. 사랑이 뭘까요? 눈에 보이지 않으면 그리워지는 마음이겠지. 빤한 답을 내놓았더니 다시 묻더군요. 그럼 눈에 보여도 만지지 못해 괴로운 마음은요? 고 어린 것을 붙잡고 제가 도로 물었습니다. 가여워하는 마음도 연모일까? 그러자 아이가 새침하게 도리머리하더군요. 에이, 그건 동정심이지요. 악사어른이 저를 거둔 것처럼요.

*

낭패를 만났어요.

내(川) 건너 의원을 찾아가는 길입니다. 용수댁이 소금 항아리처럼 부풀어 오른 배를 끌어안고 헐떡이고 있거든요. 몇 날이 더 걸릴지 알 수 없는 할아버지를 기다리기엔 사정이 급박합니다. 어리나마 섭이를 앞장세울 수 있어 얼마나 다행인지요.

"어쩐대요, 아씨?"

섭이가 발을 구릅니다. 징검돌을 번히 두고 훼방꾼을 만날 줄 짐작이나 하였겠어요.

제가 징검돌 하나를 내딛으면 반대편에서도 한 걸음 나아오고, 걸음을 도로 물리면 저쪽에서도 뒤로 몸을 빼는군요. 몇 번째 같은 장단입니다. 희롱하는 수작이지요. 동반東班인지 서반西班인지, 양태 넓은 갓에 소매 너펄거리는 도포를 갖추고도 놀량패 짓 서슴지 않으니 이름만 양반인 아류일 테지요.

윗물이 맑아야 아랫물이 맑습니다. 섭이 또래 종자 하나가 제 주인의 같잖은 장난질을 촐싹촐싹 따라하는군요. 그 꼴이 가관입니다.

"가서 사정을 아뢰고 올 테니 아씨는 여기서 기다리셔요."

호소하러 나선 섭이에 맞춰, 저쪽 종자가 폴짝폴짝 돌을 뛰어와 중간에 버티고 서는군요. 섭이가 몇 마디 건넨 뒤 돌아옵니다. 사내종도 냉큼 제 주인에게 돌아가고요.

통하였으려니 싶어 제가 치마폭 움켜잡고서 걸음 내딛습니다. 웬걸요, 상대편도 나아오는군요. 저는 초조함을 누르고 상대가 먼저 건너오도록 기슭으로 되돌아옵니다. 저쪽은 아예 냇물 한복판에 서서 산수 구경하는 척 딴전을 피우는군요.

"아이고, 뭐 저런 썩을 놈의 귓구녕이 다 있을까요?"

섭이가 울상이 되어 모래를 푹푹 찹니다. 저도 울고만 싶어요. 그때입니다.

"심보가 썩은 게지요."

느닷없는 목소리에 화들짝 놀라 돌아서니, 언제 왔는지 떠꺼머리 젊은 사내가 우뚝 서 있습니다. 아는 얼굴이군요. 무턱대고 반가웠지요.

"제 뒤를 따라오십시오."

동애가 씨억씨억 앞장섭니다. 때아닌 지원군을 얻어 신바람 난 섭이가 총총 그 뒤를 따릅니다. 저도 따라붙습니다. 냇물 한가운데서 산천경개 둘러보던 상대가 저희 셋을 보며 헛기침합니다. 돌연 뒤집힌 형세가 난감하겠지요. 물러서든 버티든 체면을 구길 테고요.

건달놀음할 나이는 한참 지났겠어요. 살짝 얽었긴 해도 낯빛이 붉고 번드레합니다. 상대가 배를 내밀고서 불청객을 노려보아요. 되잖은 오기를 접지 못하는 건, 유약한 책상물림이 아니라는 과시이려나요. 골상이 무르지 않고 체구가 다부져 보이긴 합니다.

"통성명이나 하렸더니 왜 이다지도 사리시오? 나는 저 버드나뭇골 고 선달이올시다만?"

과연. 무과 급제하고도 벼슬 얻지 못한 선다님이 애먼 기운을 쓰고 다니는 모양새입니다. 그 허세가 제겐 낯설지 않아요. 어릴 적 아버지의 사랑채를 드나들던 하급 무관들이나 선다님들에게서 익히 보던 허장성세이니까요. 붕당을 개탄하고 편파를 고발하던 그들만의 호연지기는 사랑방 벽 하나를 무너뜨리지도, 담장 하나를 뛰어넘지도 못하였지요. 무용, 무실한 비분강개일 뿐이었어요.

"예, 나리. 저는 장가올습니다."

동애가 능청스레 대꾸하니 상대가 발끈합니다.

"누가 너를 알자 했느냐? 저어기, 부인께 여쭈었느니라."

"백주대낮입니다."

동애가 천연스럽게 되받습니다.

"시정의 잡배도 때를 가릴 줄 알며, 하물며 외나무다리에서는 조급과 황망을 헤아릴 줄 압니다만…… 어찌 선다님께서는 징검다리를 독차지하고서 세월아 네월아 노니시는지요? 잠시 비켜주시겠습니까?"

"이런 무례한 놈을 보았나."

"무례의 본을 보이시기에 저도 그리하여도 되는 줄 알았습니다. 노여워 마십시오."

"처음 보는 낯짝이로다. 너, 내가 누군 줄 아느냐?"

"저도 선다님을 처음 뵙습니다. 안의에 내려온 지 두 달을 갓 넘겼을 뿐인지라 이곳 인심에 밝지는 않습니다만, 행인의 도리 정도는 알고 있습지요. 한양에서 천리 떨어진 벽지라 하나, 풍속이야 매한가지 아닐는지요."

"대체 네 놈은 어디서 빌어먹는 놈이기에 꼬박꼬박 어른한테 말대꾸냐?"

동애는 태연자약합니다. 퍼르르 낯붉히며 열 올리는 상대를 힐끗 쳐다보고는 불쑥 물로 뛰어드는군요. 종아리를 적실 정도 깊이예요. 장마철이 아니면 원래도 깊지는 않은 곳입니다. 바닥 두둑을 고르게 높여 징검돌들을 놓아 물살도 느리고요.

동애가 돌연 허리를 숙이고서 물에 잠긴 돌을 번쩍번쩍 들어 옮깁니다. 상대의 앞뒤 돌 두 개씩을 차례로 건져 옮기고서, 이어 저희 뒤쪽 돌도 서너 개쯤 건져 새로 놓습니다. 저쪽은 졸지에 돌섬에 갇힌 신세예요. 달고 온 종자는 입을 헤 벌린 채 동애를 지켜보다가 손바닥으로 입을 틀어막고 쿡쿡거립니다.

"아씨, 이쪽으로 돌아가십시오."

저와 섭이는 새로 놓인 징검돌을 딛고 마침내 내를 건넜습니다. 급한 마음에 뒤돌아볼 새 없이 걸음을 재촉해요. 인사는 차차. 우선은 의원이 집에 있기를 바라는 마음뿐입니다.

*

"아씨, 나와 보셔요. 동애 오라버니가 왔어요."

섭이가 문간에서 득달같이 외쳐댑니다. 그새 오라버니라니, 넉살도 좋아요.

"어서요, 아씨."

시가집 덮고 몸 일으키는 고새를 못 참고 재촉하는군요.

설마하니, 볼일 있어 들렀을 텐데 입 안 떼고 돌아설까요. 한편으로는 다행입니다. 어린 나이에 숱한 고역을 치르고도 세상 기운차니, 살아가는 데 저만한 자산이 또 있을까요.

—제발 조용조용, 사뿐사뿐. 할아버지 집에 계실 땐 더더욱 조심하라고 누누이 이르지 않았니? 무슨 애가 장날 엿장수처럼 나댄다니?

저와 용수댁이 수시로 타이르고 주의를 주어도 잠깐뿐입니다. 얼결에 들이게 된 그날 이후 처음 한 며칠간은 묻는 말에나 겨우 대꾸하거나 고갯짓이기에 숫기 없는 줄만 알았지요. 석삼년 식솔 행세하기까지 채 보름이 걸리지 않더군요.

—속인 거야? 우리가 속은 거야?

—부러 그런 건 아니라요. 저도 깜빡 속았어요.

—속아? 어머나, 우리가 널 속였다고?

—그게 아니라요, 제가 저한테 속았다고요. 저는 제가 부끄러움 타는 줄 알았거든요.

밉상은 아닙니다. 한데 면하고 지붕 있고 벽 있는 방에서 다리 뻗고 잘 수 있어 꿈같답니다. 웃을 땐 딱 열세 살 아이답습니다. 웃다가도 설움이 되살아나 훌쩍이는 통에 천하에 뻣뻣한 용수댁을 울리기도 하고요. 용수댁은 젊은 시절 돌림병으로 두 딸애를 먼저 보냈거든요. 일곱, 아홉, 둘 다 열 살을 못 채웠어요. 역병이라 관에서 막아 돌무덤도 쓰지 못하였어요.

든 자리는 든 자리대로 역할을 하나 봅니다. 할아버지의 잦은 출타로 때로 적소처럼 을씨년스럽던 집이 여느 살림집다운 소음으로 채워졌어요. 용수댁은 섭이에게 집안일을 차근차근 가르쳤습니다. 자신이 자리보전하게 될 줄 예감이나 하였겠어요. 수양딸 기르는 심정으로 의탁한 집에 필요한 손 되어 내쳐지지 않기를 바랐겠지요. 말이 씨가 된다더니 마음도

185

씨가 되는 모양이에요. 두어 달 만에 용수댁이 드러누웠으니까요.

그날 용수댁을 진맥한 의원이 저를 따로 부르더군요.

—이 지경이 되도록……

가슴이 철렁 내려앉더군요. 심장을 후비는 듯하였어요. 의원에게 무심하단 책망을 들어 마땅하고요.

—미련해요, 미련해. 말 못 하는 사람이기로 저 아프단 내색도 아니할까요.

의원은 울체鬱滯에 용한 약재를 써보긴 하겠으나 효험 보리란 장담은 못 하겠다며 총총히 돌아갔습니다. 늦더라도 사환 편에 보내겠다던 첩약은 밤 이슥해서 도착하였고요.

의원의 말대로 차도를 보진 못하였네요. 저는 저대로, 섭이는 섭이대로, 할아버지는 할아버지대로 희망을 가지다가, 각오를 다지다가, 오락가락합니다. 용수댁은 통증과 고열이 한차례 지나갈 때마다 오히려 더 단단해지고 평온해지는 것 같습니다.

용수댁의 빈자리를 얼기설기 갈음하는 수고는 어느새 섭이가 해내고 있어요. 덜렁대는 것과는 달리 눈썰미가 있고 손끝이 제법 맵습니다.

"누가 왔다고?"

사랑채 윗방 문이 열립니다.

댓돌 아래에서 대청을 올려다보던 동애가 엽렵히 몸 돌려 허리를 숙입니다.

"어르신이 마침 계셨군요."

"한데, 누구라고?"

할아버지께서 뜨악해하시는군요.

"동애라고 합니다. 다시 뵙습니다."

"구면인가? 보자, 안면이 있는 듯도 허네만, 내 집엔 어쩐 일이고?"

"저희 나리께서 보내셨습니다."

할아버지의 입술 한끝이 씰룩, 일그러집니다.

"그래? 동쪽 나리신가, 서쪽 나리신가? 이 궁한 시골에 물럿거라 호령하는 나리님이 열 손가락으로 모자라 발가락을 빌릴 판이라 어데서 날 찾아 계시온지 냉큼 떠오르질 않는구면."

할아버지의 응수가 은근히 비딱하십니다.

사람 사는 집에 누구든 드나들어 이상할 게 없겠으나, 몇 날씩 집 비우는 일 잦으신 고로 외인 출입에 예민하시지요. 가속이라고는 호사가들의 입길에 오르내리는 과수 손녀와 말 못 하는 늙고 병든 아낙네, 어느 날부터는 천방지축 고아 계집까지 보태놓아 비리비리한 여인만 셋입니다. 소릿값 넉넉히 쳐주겠다는 잔치 부름 아니라 잠깐씩 출타에도 맘이 안 놓인다 하시지요.

이런 까닭에 웬 사내놈이 무람없이 마당으로 쑥 들어선 것부터 마땅찮으시겠고, 집안 아이들이 그놈을 물색없이 반기는 것도 거슬리시겠지요. 게다가 이 좁아터진 고을에 양반 떠세하는 갓쟁이는 왜 이리도 많은가 싶으셨던 게지요.

"아이고, 할아버지. 그러니까 사또나리께서 보내셨다는 말인 게여요."

섭이가 보다 못해 참견합니다.

"응? 뭐라?"

할아버지께서 얼른 낯빛을 고치시고 동애를 손짓해 방으로 들이시는군요.

"섭이는, 마실 것 좀 내오너라."

섭이는 신바람이 나서 정지로 뛰어들고, 저는 하릴없이 용수댁에게로 건너갑니다.

벽을 지고 있던 용수댁이 이부자리를 추스르며 끙끙 앓는 소리를 냅니다. 신색이 하루 다르게 그릇되어 가는군요. 검누렇게 뜬 얼굴에 체념과 근심이 짙어 보는 사람 가슴이 무너집니다.

"얼른 일어나 잔소리 좀 해. 절간이 따로 없어."

농을 해봅니다. 용수댁이 미간을 펴고 웃어주네요.

"웃는 거야, 우는 거야?"

용수댁이 양 검지를 입가에 갖다 대고 벌려 보입니다. 웃는 시늉도 힘에 부치는지 금방 두 팔을 내려뜨리고 말아요. 어제만 해도 걱정이 늘어졌는데요. 섭이를 제대로 가르칠 시간이 없다고, 우리 애기씨 불쌍해 어쩌냐고, 본인 처지를 무관히 잊고 제 손 끌어다 자기 뺨을 부비며 눈물바람하였답니다.

"약속을 지켜야지. 엄마처럼 언니처럼 평생 내 옆에 있겠다고 했잖아."

익숙한 무력감입니다. 어머니를 그렇게 보내었고, 몸 한 번 포개보지 못한 지아비를 그렇게 보내었어요. 이제는 용수댁을 떠나보낼 차례인가 봅니다. 언젠가는 할아버지께서도 떠나시겠지요.

이별의 두려움이 몰려올 때마다 헛것을 봅니다. 깊고 푸른 물로 입수하는 물고기처럼 날개를 접은 채 수직 강하하는 검은 새를 보아요. 바위에 부딪치며 부서지며 으스러지며 산산이 흩어지는 절명의 형해를 보아요.

"용수댁은 천천히 가. 천천히, 나보다 늦게. 천천히, 응?"

퉁퉁 부은 용수댁을 끌어안고 귀엣말합니다. 용수댁이 띄엄띄엄 손짓합니다.

'섭이 저 애, 나 대신하려고 이 집에 왔나 보네요. 내 인연인지, 애기씨 인연인지, 전생에 매듭짓지 못한 한이 남았던 게지요. 세상일은 다 이유가 있는 법이니까요.'

마지막 말인가 싶어 애가 탑니다.

*

봄 내내 가물어 모내는 일이 늦었는데 이앙을 끝내자마자 비구름이

189

몰려옵니다. 이른 장마입니다. 골짜기를 휩쓸며 불어난 흙탕물이 종일 요란한 소리를 내며 마을 내를 통과합니다. 광풍루 앞 징검다리는 흔적 도 없이 물속에 잠겼다는군요.

나무의 초록이 푸르다 못해 새파랗게 질려가는 우중에 용수댁이 떠났 습니다. 평생 궂게 살다가 가는 날마저 궂어 더 망연합니다. 엄지만 한 석류꽃이 야속한 비에 뚝뚝 지고, 돌담 소복하게 덮은 넌출마다 늘어진 능소화 진홍 꽃들이 빗속에 후두둑 몸을 던져요. 고샅길에 붉은 꽃들이 각혈처럼 낭자합니다.

갓 부화한 새끼제비들은 처마 밑 보슬보슬한 둥지 안에서 그악스레 울어댑니다. 비를 뚫지 못해 제때 먹이를 물어 나르지 못하는 어미 새는 애간장이 녹겠군요.

—다시는 인간의 몸을 받고 싶지 않지만 기어이 새로 태어나야 한다 면 제비로 할래요.

삼짇날 돌아온 제비가 집을 짓느라 검부러기와 진흙을 부지런히 물어 다 나를 즈음, 용수댁이 지저분해진 마룻바닥을 걸레질하다 말고 그랬 어요. 어이없고 우스꽝스러운 발복發福이지만 한편으로는 알 것도 같 았습니다.

—그게 본인이 정한다고 정하는 대로 이루어지는 거래?

제 핀잔에 용수댁이 검지로 허공을 쿡쿡 찌르더군요.

─아 한울님도 날 요만큼이나 고생을 시켰으면 미안해서라도 다음 기회를 줘야 옳지, 안 그래요?

─헌헌장부도 있고 금지옥엽 고명딸도 있고 하다못해 개도 있고 매도 있는데, 왜 하필 제비야? 도둑괭이놈이 둥지 털어먹으려고 허구한 날 망보고 있는데도?

─글공부도 싫고 바느질도 싫소. 복날 몽둥이찜 당하기도 싫고 사냥매로 길들여지는 것도 싫소. 지지지지, 지지지지, 저 하고 싶은 말 온종일 지껄여도 누가 뭐라고 하질 않잖아요? 한데, 무슨 할 말이 저리 많을까?

─왜 나는 하고많은 짐승 중에 하필 제비로 이 땅에 왔나, 분하고 아쉬워서 울고불고 따지느라 그러는 게지. 오죽하면 어른들이 조잘조잘 말 많은 애더러 연자燕子새끼 같다 그럴까.

─내사 부럽기만 하구먼.

그러고는 툇마루 아래에서 느릿느릿 기어 나오는 고양이를 발을 굴러 쫓더군요. 저도 용수댁도 이런 날 닥칠 줄 몰라 한가롭던 날이었지요.

놉으로 부른 산역꾼들은 석수장이와 고리백정과 삯머슴, 셋입니다. 비가 죽죽 긋는데, 도롱이는커녕 대오리삿갓 하나 머리에 얹은 이가 없어요. 까짓 여름비가 대수이랴 여기는지, 거친 베수건으로 쑥대머리를 질끈 동여맨 것이 다입니다.

묘는 선산 비탈에 쓰기로 합니다. 관 쓰지 않는 거적 장사인 것이 마음에 걸립니다. 유난스레 굴어 동리 구설 살 것 없다는 할아버지 말씀도 일리가 없지는 않지만요.

산역꾼들이 구덩이를 파고 거적쌈을 내리고 흙을 덮는 내내 투덜거립니다. 한두 푼 낫게 받아내려는 수작이 야박합니다.

그 속내 역시도 딱합니다. 등가죽이 벗겨지도록 돌을 져 나르고, 손마디 휘도록 고리를 짜도, 살아 있는 동안 누울 자리조차 변변치 못한 천역이니 시샘이 날 법도 하겠어요. 응달이어도 주인집 선산 한 귀퉁이를 차지하는 용수댁 가는 길이 부아나게 부러울지도요.

할아버지는 사랑채 쪽마루에 걸터앉아 빗물고랑을 하염없이 바라보십니다. 실의와 피곤이 겹쳐 몹시 고단해 보이시는군요.

저는, 뭐랄까요…… 여러 번 겪어 아는 일이지만 처음인 듯 낯설어요. 각오한 일인데 막상 당하니 전혀 모르는 일만 같고요. 난 자리를 받아들이려면 할아버지도 저도 시간이 걸리겠지요. 정 붙인 지 얼마 되지 않은 섭이조차 간간 넋을 놓는걸요.

섭이의 어깨를 눌러 잠시 부뚜막에 앉힙니다. 제 손으로 국밥 두 뚝배기를 말고 약주 두 사발을 채워 각상 두 벌을 봅니다.

"내가 갈게. 넌 쉬고 있으럼."

소반 하나를 받쳐 들고 정지 턱을 넘습니다. 댓돌 끄트머리에 앉아 우두커니 마당에 괸 물웅덩이를 응시하던 동애가 벌떡 일어서는군요.

"이리 주십시오."

어림하고 요량하는 안목이 깊은 사내입니다. 왜인지 관속 중에 그를 곡해하는 이가 더러 있다더군요. 좁쌀만 한 허물을 작두콩만 하게 키워서 보는 게 세상인심이지요. 좋이 보자면 낭중지추囊中之錐이련만, 본래의 능함과 올찬 실함을 알아보는 이가 흔할는지요.

지난번 징검다리 일을 돌이켜보면 염려스럽기도 합니다. 뚝심이 화를 부르기도 하니까요.

그날, 저는 의원을 재촉해 다시 내를 건너야 했습니다. 선달인지 온달인지는 보이지 않고, 동애가 물속을 오가며 징검돌을 원래 자리로 옮겨놓고 있더군요. 간격이 넓은 곳은 큼지막한 돌들을 더 고여 건너기가 한결 나았어요.

―덕분에 의원을 뫼시고 가네만 혹여 후환이 생길까 두려우이.

동애가 고개를 돌려 광풍루 쪽을 가리켰습니다.

―저어기, 저희 나리께서 나와 계십니다. 누각에서 내려다보시다 낭패를 짐작하시고 저를 불러 알아서 하라 하셨습니다.

―나리라면……?

―사또나리 말씀입지요. 향임 어르신들 뫼시고 서원 일을 논의하신답니다. 오늘 아니어도 동헌이 갑갑하다시며 가끔 통인아이 거느리고 바람 쐬러 나오십니다. 풍광은 그럴싸하니 눈은 즐겁다만 들을 만한 소

193

리 없어 아쉽고 재미없다, 그리 말씀하시더군요.

저는 그만 징검돌을 헛디딜 뻔하였습니다. 귓불이 달아올랐지요.

"일대에 고뿔이 돈다 합니다."

동애가 소반을 사랑채 툇마루에 내려놓으며 돌려 말합니다.

"그까짓 것쯤."

말씀과는 달리 할아버지께서 순순히 방으로 드십니다. 묵묵히 장사를 거든 동애를 흡족히 여기시는 눈치입니다.

저 역시 그가 고맙고 든든합니다. 할아버지의 본향이라고는 하나 안의는 제게 여전히 낯설고 물섭니다. 장지에 헌걸찬 장정이 떡하니 버티고 서 있고 없고가 다르지요. 어째 빚이 자꾸 느는 기분입니다.

정지에 가서 남은 소반을 마저 들려 하니 섭이가 채듯이 받아갑니다. 왠지 결연합니다.

"필요한 게 더 있으신지 꼭 여쭙고 나오너라."

섭이는 대답할 짬 아까운 듯 급한 걸음으로 질척한 마당을 가로지릅니다. 저러다 엎어질라. 저는 그 뒤태를 보며 도리머리하고요.

섭이와 저, 어찌됐건 이제 한패가 되었습니다. 제 말을 귓등으로 듣는지 콧등으로 듣는지, 고분고분하다가도 좋고 싫음을 못 감추는 아이입니다. 잘 해나갈 수 있을는지요.

열흘 내리 내리던 비가 숨 고르듯 잦아듭니다.

| 계륵 |

한두 잔 막걸리로 혼자서 맘 달래노라.

백발이 성글성글 탕건 하나 못 이기네.

천년 묵은 나무 황량한 집에

한 글자 직함 중에도 쓸데없이 많은 능관이라네.

맡은 일 쥐 간처럼 하찮아 신경 쓸 일 적다만

그래도 계륵처럼 내버리긴 아깝다네.

만나는 사람마다 지난겨울 고생했다 하는데

마침 재실[57]에서 지내니 되레 추운 줄 몰랐다네.

*

혜자惠子가 양나라 재상으로 있을 때 장자가 찾아와 만나려 했다. 혜자는 장자가 자신의 자리를 탐내는 줄 알고 사흘 낮밤에 걸쳐 나라를 뒤져 장자를 잡으려 했다. 소동을 전해들은 장자가 드디어 혜자를 만나 말했다.

"남쪽에 원추라는 새를 아는가? 원추는 오동나무가 아니면 앉지를

---

[57] 제사를 목적으로 세워진 건물.

195

않고, 대나무 열매가 아니면 먹지를 않고, 감로가 아니면 마시지를 않지. 그런데 썩은 쥐 한 마리를 물고 가던 올빼미가 제 먹이를 원추에게 뺏길까 겁이 나서 꽥 소리를 질렀다네. 자네도 자리 빼앗길까 나에게 꽥 소리를 지르는가?"

세상에는 혜자 같은 이가 득세한다. 군자는 소인이나 귀하게 여기며 탐내는 관직을 하찮게 여긴다.

이상하구나. 부임해온 지 얼마 되지도 않는데 여기 사람들은 향후 나의 거취를 더 궁금히 여기니.

남행수령南行守令[58]이라 영전榮轉에 제약이 있으려니 기대를 않는가 하면, 호사가들이 과장하거나 왜곡하여 떠벌인 소싯적 명성이 헛되지 않을 것이라 섣불리 예측하는 자도 있다.

혹 말 통하는 산승山僧이나 뜻 맞는 초야의 선비를 공작관으로 불러 다담을 나누는 건 사소한 즐거움이다. 아무 때고 불쑥 연통을 넣고는 각별한 응대를 바라는 토호들은 딱 질색이다.

어느 만년 거자는 초시를 겨우 떼고 복시를 통하지도 못했으면서 남이 알랑대느라 불러주는 진사어른 호칭을 넙죽 받아 에헴, 에헴, 한다. 손등으로 수염자락 훑는 행태가 혼자 보기 아깝다.

---

58 과거를 통해 관직에 오르지 않은 지방 관리.

이 같은 자들은 대개 이전 현감과 살갑게 지냈다느니, 현 함양군수와
는 재당숙의 사위 건너 이종 아무개라느니, 대저 진위를 알 수 없고, 또
나와는 하등 무관한 과시를 하느라 목에 핏대를 세운다.

뉘를 탓하랴.

나는 안의에 내려오기 전 제릉영을 지냈다. 오늘 그때 지은 시가 떠올
라 다시 읊어본다. 소태를 입에 문 듯 쓰다.

*

함양의 옛 이름은 천령天嶺이다.

신라 왕조가 쇠멸을 향해 가던 무렵 한림학사 최치원이 천령군 태수
를 지낸 바 있다. 선생의 시호諡號는 문창후文昌侯요, 자字는 고운孤雲
또는 해운海雲이다.

치세 당시 천령군을 가로지르는 위천강이 홍수로 범람하여 농사와 백
성의 살림이 자주 위태로워졌다. 선생은 지세를 살펴 물길을 돌리고 제
방을 쌓도록 했다. 둑 양쪽에는 잎 넓은 나무를 심어 가꾸게 하니 세월
이 지나 울창한 숲이 되었다. 강바람을 막아주고 사계절 자연의 운치가
있어 고을의 자랑거리로 삼을 만하다.

이때 세운 누각이 청사 앞에 그대로 남아 있다. 태수로서 고을에 끼친
은혜를 생각하여 대략 천 년 전서부터 오늘에 이르도록 이곳 사람들은

이 누각을 학사루라 부르며 한림학사 최치원을 기념한다.

왕조가 거듭 바뀌고도 경향 각지의 여러 사원祠院[59]에 옛사람 최치원의 영정과 위패를 봉안하고 배향하여 그 학문과 덕행을 추모하여 왔다. 예서 멀지 않은 위천 소고대 근처 백연서원도 그중 하나다. 백연서원에는 신라 사람 김유신, 설총 등과 영남 사림의 정신적 지주 김종직, 김일손 등 모두 14위의 위패를 함께 모셔두었다. 일전에 나도 그곳 향사에 함양군수와 배석하여 참례한 바 있다.

국사國史에 의하면 최 학사는 벼슬을 버리고 가야산 해인사에 들어갔다가 하루아침에 관冠과 신을 숲속에 남기고 홀연히 떠났다. 어디서 어떻게 죽었는지는 아무도 모른다고 한다. 도를 얻어 신선이 되었다는 말이 오래도록 바람결에 떠돌았는데, 이곳 백성들은 이를 믿지 않는다.

상림 위로 달이 뜨고 대숲에 바람이 지나갈 때 마침 한 마리 학이 날아오르면 학사의 시절에서 까마득히 먼 지금 사람들은, 옛날의 그라면 난간에 기대어 가을 밤하늘을 시로 읊을 테지, 그리 짐작해볼 따름인 것이다.

안의에 와서 동쪽을 보니 옛 천령, 즉 함양에서 가야산까지 고작 백리 안팎이다. 어쩌면 선생은 이 고을 태수를 살다가 초연히 입산을 실행

---

59   사당과 서원.

했을지 모른다. 벼슬살이를 올빼미의 썩은 쥐처럼 여겼기에 그리했을 것이다.

—솔잎이 지천이고, 가을이면 산밤이 익어 툭툭 터지겠군. 바위에 정좌하고 생식하면서 신선 되기나 꿈꾸어야겠네.

—나쁘지 않지요. 천하의 박지원이, 저 신라의 최 고운 선생처럼 학이 되어 훨훨 날아오를 날 올지 뉘라서 알겠습니까?

예전에 백동수와 제비바위 골짜기를 둘러볼 때는 안의가 어딘지 알지 못했다.

또, 내 이날에 이르러 알량한 닭 갈빗대 하나를 두고 이러지도 저러지도 못하게 될 줄, 그때는 미처 알지 못했다.

*

조반을 물리고 한 식경이나 지났을까. 통인아이가 탕약을 받쳐 들고 온다.

"나으리, 제가 식전에 물 구경 나갔다가 보았는뎁쇼. 웬 장정 하나가 윗옷을 벗어 머리에 묶어 이고 물을 건너려다 그만 첨벙 자빠지는 꼴을 보았습니다요."

늘 시답잖은 소문 따위나, 제 기준에 조금이라도 별쭝나다 싶은 말거리가 얻어걸리면 특산품 진상하듯 쪼르르 달려와 고해바치는 놈이다.

대꾸 않고 내버려두니 뒷얘기를 궁금히 여기는가 지레짐작해 마저 떠들어댄다.

"둑에 사람들이 죽 늘어서서 팔짱을 끼고 구경하고 있었는뎁쇼. 누가 썩 나서더니 물에 빠진 사내를 손가락질하며, 잘코사니다, 에라 시원하다, 그러지 않겠습니까요."

"인심을 잃은 놈인 게지."

어쩌나 보려고 장단을 맞춰주니 신이 났다.

"맞습니다요. 장터에서 야바위로 돈을 뜯어내는 무뢰배 중 한 놈이라 하더라굽쇼."

"구경꾼은 물에 빠진 놈에게 당한 어리보기인 게고?"

"예예, 맞습니다요. 어찌 보신 듯이 말씀하십니까요?"

빈 약사발을 내주며 이른다.

"앉아서 천 리 일을 본다지 않느냐."

놈이 말귀를 알아듣지 못해 눈만 끔뻑끔뻑한다.

"이눔아. 옥석을 가릴 줄 알아야지. 네 눈에나 신기하고 기이하지, 하도 빤해서 말 중에 건질 것이 없구나."

창돌이란 이놈은 열두 살 먹었다. 또래보다 키도 작고 몸집도 왜소하다. 눈치가 빠르지는 않은데 남의 눈치를 많이 본다. 아비가 누구인지는 육방의 추측이 다 다르다. 예전 수령의 문객 수청이 잦았다는 그 어미는 난산 끝에 산후풍을 지독하게 앓다 죽었다 한다. 젖먹이를 둔 관비와 외거 찬모가 번갈아 젖을 물려 겨우겨우 사람 꼴을 만들었다 들었다.

"애야, 다음에는 좀 재미난 얘깃거리를 물어오너라. 하나 마나, 들으나 마나, 그런 잡담은 금방 배를 꺼지게 할 뿐이다."

꿀밤을 한 대 먹이려다 풀 죽은 모습이 우습기도 하고 가엾기도 해서 관둔다.

창돌이 물 구경하였다는 광풍루 앞 개천은 폭이 그다지 넓지 않다. 이쪽에서 크게 고함을 지르면 저쪽에서도 냅다 맞고함이 날아올 거리다.

여름장마로 수위가 불어나 징검다리가 온데간데없어졌다. 빤히 건너다보면서도 쉬 왕래하지 못하니 누런 흙탕물이 국경의 책문柵門이나 다름없다.

정히 오갈 사정이 있는 사람이라면 하류로 내려가 거룻배를 불러야 할 판이다. 그러나 평생을 상앗대로 먹고살아 온 배삯꾼조차 물살에 뒤집힐까 엄두를 내지 않는다 한다. 급작스런 폭우나 가을 태풍이 올 때도 매양 같은 형편이다. 얕고 좁은 물목을 골라 섶다리를 놓거나, 하다못해 양 기슭에 말뚝을 깊이 박아 쇠줄이라도 걸 궁리를 하지 않는 이유가 무엇인가.

관과 민은 늘 동상이몽이다가도 백지장이라도 맞들어야 할 때엔 합심하여 모르쇠다. 성가시고 번거로운 문제가 불거지면 미뤄두고 입으로만 투덜대는 것이다. 이는 올바른 방법을 찾거나 근본적인 대책을 세우기보다 매번 불편함을 감수하는 쪽을 더 수월히 여기기 때문이다.

경영에 식견이나 사려가 미치지 못함이 이와 같다. 종종 맥이 풀린다.

큰 고을이라고 다르지 않다.

함양 읍내 부근의 둑이 터졌다. 해마다 되풀이되는 물난리라면서 그때마다 이웃 고을의 장정들까지 징발해 터진 둑을 다시 쌓는다.

시무時務를 아는 목민관이라면 남들이 급하게 여기지 않는 일에 대해서도 미리 대비를 세워둔다. 달리 유비무환을 강조하겠는가. 유사시에도 예방책대로 빠르게 시행하여 바로잡을 수 있으니 훈련을 게을리하지 않은 수군戍軍[60]을 둔 듯 든든할 것이다. 그러나 실제는 어떻게 돌아가는가.

작은 공역도 시작과 끝이 야무지지 않으면 차라리 손대지 아니한 것만 못한 법이라는 것쯤, 어린아이도 아는 이치거늘. 관은 두서없이 일을 시키고, 민은 요령을 부려가며 꾀를 낸다. 강 건너 불구경이라. 당장 제집 아궁이에 물이 들이치지 않는 다음에야 손품 발품 늘어지고 엉성한 것이 모름지기 사람의 심리다. 더군다나 장정들더러 각자 저 먹을 것 싸들고 40여 리 길 오가며 노역을 지게 하면서 무슨 열성을 바라는가.

이러다 보니 다잡아 하루 이틀이면 끝날 둑쌓기를 서너 날씩이나 걸

---

60 국경을 경비하는 병사.

려서 대충 마무리 짓는다. 적지 않은 인원을 동원하고도 진척이 더딘 까닭은 지휘하는 자의 무능과 과실 때문이다.

더욱 기막힌 노릇은 홍수로 둑이 터지는 것도, 또 그때마다 무너진 둑을 메우는 것도 고을의 연례행사라는 사실이다. 부실을 부실로 대처해왔으니, 쯧쯧, 혀를 찰 일이다. 임시변통은 미봉책에 불과함을 정히 모르는가.

*

일필휘지, 수십 수백 행 시문이 거저 풀려나오는 줄 아는 사람과는 말을 섞지 않는 편이 낫다. 번갯불처럼 떠오른 시상을 붙들고 고심하며 머릿속에서 자나 깨나 쓰고 지우기를 수일 수십일 반복하고도 마음에 차는 득의작 한 편을 얻기 어렵다.

가령, 화공이 화선지에 안개 자욱한 인왕산을 들어앉히기로 작정한다면 바위와 소나무의 위치와 짜임새를 구상하면서 색채나 묵법 등을 고려할 것이다. 농막 바람벽에 황토 개어 바르듯 쓱쓱 흙손 몇 번 지나갔다고 해서 가작이 탄생할 리 만무하지 않은가 말이다.

만일 그리 여기는 사람이 있다면 통나무를 던져주어 지게 하나를 만들라 하리라.

뿔처럼 가지 돋치게 긴 작대기 한 쌍을 자르고, 그 작대기 두 짝을 깎고 다듬어 위는 좁고 아래는 벌어지게 나란히 세우고, 두 짝이 함께 짜여 버티도록 짧은 막대로 가로질러 맞추고, 어깨에 멜 수 있게 새끼를 꼬아 아래위에 밀삐를 걸고, 손바닥에 생가시가 박히지 않게끔 문질러 다듬고…….

그러다 보면 하찮은 일에도 곱씹어 고민할 과정이 적지 않다는 사실을 절로 깨우치겠지.

*

안의현은 함양군에 속한다. 군내 위천 제방공사에 500명이나 징발되었다.

많은 인원이 한꺼번에 제멋대로 움직이면 선두와 후미가 뒤엉켜 오합지졸이 되기 십상이다. 오른편에서 넘긴 흙 부대를 왼편에서는 어디에 놓을지 몰라 우왕좌왕하게 될 것이며, 이리저리 왔다 갔다 하느라 시간은 시간대로 쓰고 기운은 기운대로 빠질 것이다.

아전과 장교들에게 일렀다.

"빠르고 수월하게 공사를 마치려면 대오를 잘 갖추어야 한다. 열씩 짝을 지어주고 그 가운데서 한 사람을 정해 책임을 지게 하여라. 위에서부터 아래까지, 왼편에서부터 오른편까지, 주장이 흩어지지 않고 명령이 잘 전달되어 연습해둔 듯 손발이 딱딱 맞게 될 것이다."

공방이 준비할 것도 한두 가지가 아니다.

목공을 시켜 너비가 손가락 두 마디쯤 되게 대나무를 쪼개고, 다시 길이가 반 자쯤 되게 자르되, 사람 수만큼 하라 주문했다. 대쪽 낱낱에 글씨를 쓸 수 있도록 풀로 종이 바르는 일은 아이들도 할 만하니 코흘리개들 손에 맡겨도 무방하겠다.

"대나무는 새로 베지 말고 창고에 모아둔 것을 사용하면 좋겠다."

"예이."

공방이 고개를 들지 못한다. 쥐구멍에라도 기어들고 싶을 게다.

여름 초입에 대청에 드리울 발을 만들고 남은 밑둥과 채마밭 울타리로 쓰고 남은 자투리 대를 함부로 버리지 못하게 했다가 우리 원님은 덩치는 황소만 한데 손은 다람쥐만 하다는 뒷소리를 들었다.

"보아라. 천하에는 본래 버릴 물건이 하나도 없느니라."

진나라 때 형주자사를 지낸 도간은 집을 짓거나 가구를 만들 때 나온 톱밥을 모아두었다가 눈 녹아 땅이 질퍽질퍽할 때 덮는 용도로 썼다. 대나무 쪼가리 또한 버리지 못하게 했는데 훗날 촉나라 정벌에 나설 배를 수리할 때 나무못으로 요긴히 사용했다.

"경자년(1780)에 정사正使 형님을 따라 북경에 다녀올 때 보고 깨달은 바가 많았다. 조선 사람이 업신여기는 청나라 사람들은 소똥 한 소쿠리, 깨진 기와 한 장도 그냥 버리지 않더구나. 오로지 쓸모를 따져 나중

205

에 요긴하게 쓸 궁리를 하고, 기어코 쓸데를 찾아내더구나. 하찮은 물건 하나에도 지극한 정성을 다하는 태도는 본받아야 할 점이다. 오늘날 그들이 여전히 중원을 차지하고 대국 소리를 듣는 저력이란 허섭스레기라도 소중히 챙기는 알뜰함에 있다는 걸, 내 그때 알았다."

둘러보니 다들 시큰둥하다. 알아듣거나, 알아듣는 척하거나, 따분해하거나, 관심을 두지 않거나.

아무려나. 이번에 갈무리해둔 자투리 대를 가져다 쓰니, 이제 보니 우리 원님은 공교하고 정밀하여 부서진 문짝 하나도 그 쓰일 데를 계산하는 좀쌀영감이시다. 그런 뒷말이 나오지나 않을는지.

*

동이 트기도 전에 아문 밖이 시끌벅적하다.

수백 장정들이 각자 받은 대나무 조각에 붙인 표지와 모양이 같은 깃발을 찾아 그 아래로 모여든다. 장교가 고함을 지르고 몽둥이를 휘두르지 않고도 순조롭게 대오가 갖춰진다.

올해는 관에서 식량을 낸다고 집집이 통지했음에도 양식 전대를 허리에 두른 일꾼이 부지기수다. 관청의 말을 믿었다가 낭패를 겪은 일이 뼈에 사무친 까닭이렷다.

장정들과 관졸들이 앞서고 그 뒤에 관아의 주방이 붙었다. 솥과 양식

짐바리가 줄줄이 뒤따르는데, 멀리서 보면 피난 행렬인 줄 알리라.

임진壬辰(1592) 정유丁酉(1597) 두 왜란과 병자丙子(1636) 호란으로 조선 천지가 적의 칼날에 숨을 곳이 없었던 역사가 있지 않은가. 그때 조정의 치욕과 백성의 고초와는 비교할 수 없겠으나, 이 태평성대에도 누군가에게는 주방의 솥뚜껑이 자라 등딱지로 보일 수 있음에랴.

40리는 족히 되는 길이다. 걸음아 날 살려라, 내닫아도 시원찮을 판이다. 곁엣사람과 농말 나눌 짬도, 경관 타령할 여유도 없다.

내 말고삐를 잡은 구종은 간밤에 골패⁶¹라도 놀았는가, 채찍을 겨드랑이에 낀 채 꾸벅꾸벅 고갯방아를 찧는다.

"용한 재주로구나. 고꾸라지지 않으니 방아깨비가 널더러 형님 납시었소 하겠다."

"예? 아이고 사또나으리, 송구합니다요."

"고삐는 잠시 날 주고, 고랑에 내려가 세수라도 하거라."

"예예, 냉큼 다녀오겠습니다요."

모처럼 고삐를 잡으니 너른 들판을 한껏 내달리고 싶구나.

인근 고을 장정들이 다 모였다. 천변 일대는 서로 안부 묻거나 기세 재느라 벌떼가 잉잉대는 것처럼 떠들썩하기 그지없다. 차일 그늘에 든

---

61 뼈에 숫자를 새긴 패로 승부를 겨루는 도박.

군수와 수령들도 반갑다느니 적조했다느니 먼젓번 그 일은 어찌 됐느냐느니, 묻고 웃고 답하고 되묻는 데 정신이 팔려 정작 역사役事에 관한 회의는 뒷전이다. 마치 봉놋방⁶²에서 마주친 나그네들을 보는 듯하다.

40리. 먼 데서 와 돌아갈 길도 멀거니와, 평생 실질과 쓸모를 도외치지度外置之⁶³하는 자들에게 마음이 상해온 나다. 입바른 소리로 미운털 박히는 것쯤 이골이 났다.

"여러 고을 장정들이 뒤섞여 일하기 때문에 열심히 하는 자와 그렇지 않은 자를 분간하기 어렵소이다. 그러니 고을별로 구역을 나누어 책임을 지는 게 좋지 않겠소? 한 고을이 맡아 쌓은 둑이 이후로도 온전하면 그 고을은 다시 부르지 말 것이요, 만일 둑이 터진다면 그 구역을 맡았던 고을로 부역케 함이 마땅하리라 보오만? 그리하면 힘껏 일하고도 번번이 동원되는 백성의 원망은 줄겠고, 아울러 백성들도 두벌 공역을 지지 않고자 애초에 최선을 다하겠지요. 그렇지 않습니까?"

예하 수령들은 눈치껏 말을 아끼는데, 다행히도 군수가 타당하다 한다.

이처럼 간단한 해법을 두고 그간은 무슨 생각으로 향민들을 들들 볶아 원성을 자초했는지 모르겠다.

대저 조선의 양반들이란 글을 읽고 문장을 지어 천하에 이름을 올린

---

62 주막집에서 가장 큰 방.
63 마음에 두지 아니하다.

뒤, 붕당에 들어가 다시 파벌로 나뉘어 공론공담과 삿대질로 허송세월하는 선진 선배를 답습하며 역시나 허송세월한다. 나의 평가가 너무 조박한가. 금권金權의 향방을 좇느라 정작 저자의 인심과 현장의 애로를 살피지 않는 자들이 한양의 위정자요, 경향의 목민관이라 포폄한다면, 나의 적시가 지나치게 치우친 것인가.

결국은, 누워서 침 뱉기로다.

새 훈령을 내리고 기율을 잡는 새 해는 벌써 산등성이 위로 한 뼘이나 치솟았다. 저물기 전에 바짝 달구질하여 구간을 줄여놓지 않으면 고리백장 내일모레 하듯 공사기한이 늘어날 것이다.

각 읍현이 할당된 구역 양 끝에 깃발장대를 꽂자 해당 읍민이 표지를 알아보고 그리로 모여든다. 책임 소재가 명확해지자 장정들이 의욕을 보이고, 고을 간에도 보이지 않는 경쟁이 붙는다. 고수와 각 대오 우두머리는 번갈아 북을 치며 기운을 북돋는다. 모두가 일사불란하게 매달려 돌과 흙을 져 나르니 한 번씩 돌아볼 때마다 확연히 느낄 정도로 진척이 난다.

주방이 따라붙은 고을은 안의뿐이다. 열 사람에 한 솥씩 배치하고, 아전과 장교 들을 여기저기 분산시켜 밥 먹이는 일을 주관하게 했다. 돌아가며 밥을 먹고, 한숨을 돌리고 다시 힘써 일하니 오후 해 떨어지기 전에 끝이 보인다. 이때까지도 꾀부리는 자 없이 대오가 정연하다. 보기에 흐뭇할뿐더러 우쭐하여 기분이 한결 낫다.

"매번 이 역사에 동원될 때마다 배고프고 목이 탔잖은가? 대엿새나 걸려 겨우 공사를 마치고 집에 돌아갈 수 있었고 말일세."

"이번에는 하루해 안에 끝났지 뭔가? 내가 한 것을 보고도 믿기지 않네. 그저 놀라울 따름일세. 안 그런가들?"

안의 장정들이 웅성웅성 호응하며 박수한다. 멀거니 부러운 눈으로 바라보던 이웃 고을 사람들이 구시렁대는데, 그 욕이 어디로 향할지는 내 알 바 아니다.

한마음 한뜻으로 쌓은 둑을 둘러보니 뿌듯하다. 일단 내년에는, 아니 적어도 일백 년은 위천 둑 쌓는 일에 내 고을이 동원되는 일 없겠다. 좋다.

| 여인들 |

다가갈 수 없으면 그립고 다가오면 버거운 것, 이는 제 홀로만 아는 이의 발걸음이 아닐는지요. 가깝든 멀든, 무겁든 헐겁든, 수많은 관계가 그리움과 버거움의 중간 그 어디쯤에서 어긋납니다. 한 치 사람 속 알 길 없다는데, 그 마음이란 것이 한바탕 휘저어놓은 감탕밭처럼 어지러운 까닭이지요.

*

　서안에 못 보던 책자가 놓여 있습니다. 일일이 수기手記한 낱장 악보입니다. 차곡차곡 모아 끈으로 철한 것이 꽤 두툼합니다.
　"너도 알잖느냐? 할애비 장악원 시절 말이다. 큰 의례 앞두고 악인樂人 수를 못 채워 애 많이 먹었더랬다. 결원이 생기면 후보로 올려둔 아이들이라도 급히 가르쳐 세워야 했지. 악생, 악공 너나없이 저 맡은 연습하기에도 힘에 부치는데 말이다."
　늙은 악사의 낯빛이 서글프지만은 않습니다.
　"녹봉은 쥐꼬리만 하였고요."
　"잡직雜職이라 그때그때 근무 일수와 성적을 평가하여 주니, 주면 주는 대로 받았지. 다들 곤궁하여 반가든 청루든 아무 데나 부르면 부르는 대로 다녔구나. 찬밥 더운밥 가릴 처지가 아니었어. 네 할머니 재간 아

211

니었으면 식구들 솜옷은커녕 입에 풀칠하기도 어려웠을 때야."

만감이 교차하시는 듯, 악보집 어루만지시는 손길이 하염없습니다.

"어머니가 혹간 그런 말씀을 하셨어요. 네 할머니는 눈이 보배요, 손이 보물이란다. 눈썰미나 손재주가 여간 야무지지 않으셨다. 대갓집 마나님들이 서로 자기네 바느질부터 해 달라 안달이었단다."

"궐 안 상방尙方 상궁 나인들도 그리는 못 기웠지, 아무렴."

할아버지께서 횃대에 걸린 두루마기를 아련히 바라보십니다. 웬만큼 귀한 자리가 아니면 아까워서도 선뜻 못 입으시는 저 예복이 할머니의 마지막 작품입니다.

"장악원 나온 뒤로 네 할머니가 시름시름 앓다 가고, 잔칫집 연회로는 벌이가 빠듯하니 뉘라도 악기 배우겠다면 족족 맡았다. 서촌 사는 돈 많은 중인 구실아치들이나 마포의 부상富商들이지. 도화서 화공 시켜 책가도冊架圖 병풍 그리게 하고는 그림 속에 사는 듯 사랑에 비파나 거문고 갖춰둔 이가 더러 있었다. 돈 많거나 흥 많은 여항 시인들이 시회다, 악회다, 추렴하여 모일 때도 악사 부르고 기생도 부르고 그랬다."

할아버지께서 미간을 찌푸리며 덧붙이시는군요.

"고약한 이웃이 밸 꼴리면 공연한 소릴 해댔다. 누구는 땡볕에 소금 땀 뻘뻘 흘려가며 부대밭 갈아도 제 식구 하루 두 끼 못 멕이는데, 저놈의 풍각쟁이는 사철 물들인 두루마기 떨쳐입고설랑 잔칫집 풍악 잡히고 산해진미로 배 불리네. 노난 팔자야, 노난 팔자. 그리 삐죽댔지."

212

"그러면 뭐라고 하셨어요?"

"어찌하누. 눈으로 본 놈이 도둑질한다고, 악인이 악으로 사는 거야 당연한 이치지, 흉이겠니? 그저 속으로만, 거 다 내 복이다 어쩔래 이놈아, 했다."

숱해 들은 이야기입니다. 제가 청상으로 시가를 나와서도 본가에는 못 들고 외가에 의탁할 무렵이니까요. 환가還家 첫해 할머니께서 돌아가시자 할아버지께서는 헛헛한 마음 붙일 데 없으시니 더더욱 서촌으로 북촌으로, 필운대로 백운대로 소리품 팔러 다니셨지요.

"별수 있나. 거문고도 가르치고, 아쟁도 가르치고. 당비파도 가르쳐보았고. 줄악기는 서로 넘나드는 면이 있어 생심하면 두루두루 익히게 되지 않든? 가야금도 가르치는 데 별 어려움은 없었다마는, 늘 아쉬웠던 게 악보야. 청루에서 타는 가야금을 들어보면 곡조가 다 제각각이라. 그래, 내가 아는 곡만 빠짐없이 기록해 묶어도 얄팍한 책은 면하겠다 싶더라."

거문고에 비해 가야금은 악보가 귀합니다. 암보暗譜[64]로 구전된 곡조에 의존하다 보니 타는 사람에 따라 원곡과는 조금씩 달라지기도 하고, 영 알아들을 수 없는 곡조로 변하기도 하지요.

"기왕 하는 거 제대로 하고 싶었다만, 근력이 전만 못하고 눈도 침침해

---

64 악보를 암기하는 것.

글렀어. 우선 외고 있는 곡조라도 옮겨야지, 기억이 오락가락해지면 이만큼도 힘들지 싶고. 다 내 생각이 동해 한 거지, 누가 시킨다고 하겠니?"

"생각은 누구나 할 수 있지만 아무나 할 수 있는 일은 아니에요. 할아버지시라 해내신 거지요."

할아버지께서 멋쩍은 듯 손사랫짓하시네요.

"글쎄다. 굴러다니는 종이쪼가리를 펴 베끼다 보니, 내용에 더러더러 오기誤記가 있을 것이야. 음을 잘못 짚어 그린 곳도 있겠고. 네 귀가 밝고 총명하니 연주해보면 어디가 잘못인지 짐작이 갈 게야. 관아 기생아이들이 문자 속을 얼마나 깨쳤는지 모르겠다만, 악보 정도야 따라 짚을 수 있지 않겠니?"

관아에서 어린 기녀 두엇도 딸려 보내겠다 하였기에 은근히 마음 쓰이던 참입니다. 우선 제 자신, 누군가를 가르칠 깜냥이 되는지 모를 일이고요. 아마도 할아버지께서 제 근심을 읽으시고 조선 천지에 단 하나뿐일 악보집을 서둘러 묶으셨겠지요.

책장을 넘겨봅니다.

글씨가 고르지 않은 데도 있고, 먹줄이 번진 데도 있군요. 궁중 연례宴禮[65] 때 연주되는 곡은 악보 옆에다 곡조에 얹어 부르는 악장樂章을 언문 글씨로 정성스레 달아놓으셨고요.

---

65 나라의 경사에 치르는 잔치.

"애야, 하늘을 머리에라도 인 듯 너무 무겁게 생각하지 말거라. 무거우면 주저앉고 깊으면 가라앉는다. 하던 대로 하다 보면 성과는 따라오게 되어 있어. 아니면 또 어쩌랴? 죽고 사는 일도 아닌걸."

할아버지께서 부추김과 노파심을 뒤섞어 저를 다독이십니다. 곧잘 외길로 접어드는 손녀의 바탕을 아시는 까닭이겠지요.

—어쩌면 좋누. 네 어미를 고대로 탔구나. 그 재주는 장長이자 단短이요, 성에 찰 때까지 놓지 못하는 그 기질은 강强이자 약弱이거늘.

저더러 신통하다, 안타깝다 하시지만 제 어머니는 또 당신의 아버지를 탔다고 하니, 결국은 내림이겠군요.

"기량은 타고나는 것이고, 공력은 제각각 하기 나름이다. 소나 말도, 달릴 놈은 고삐를 잡아채도 앞으로 나아가고, 게으른 놈은 채찍을 휘둘러도 앞발을 쳐들고 힝힝대지 않더냐."

압니다. 불초여손不肖女孫을 안쓰럽게 여기신다는 것을요. 용수댁 생전에도, 은용이 홀로 세상에 남게 될 날 생각하면 자다가도 벌떡 일어나 한숨 푹푹 내쉰다, 그리 말씀하셨다지요.

"어디 너 같기야 하랴. 애면글면, 용쓰지 말라는 말이다."

세정에 밝지 않아 때로 섭이만큼도 못할 때가 많습니다. 할아버지께서 못 미더워하실 밖에요. 연하고 어린 것을 연민하는 부모의 마음 아니겠는지요.

저는 어깨 너머로 소리 내는 법을 익혔습니다. 글방 선생을 찾아가 『천자문』을 떼듯, 정식으로 배워 다지고 늘려간 실력이 아니에요. 누르고 밀고 당기고 뜯고 튕기는 주법을, 듣고 보고 궁리하여 한 음 한 음 힘주어 타다 보니 어느 순간 제 귀에 흡족한 음률이 찾아지더군요.

풍류를 장부의 운치로 여기는 아버지께서도 나름 음악에 소양이 있으셨지요. 살구꽃 분분히 날리는 봄밤이나 만산홍엽 우수수 흩어지는 늦가을이면 하루 날을 잡아 악회를 열곤 하셨답니다. 소리기생을 불러 시조창을 시키고 한두 곡쯤은 당신이 직접 거문고 반주를 더하셨고요. 함에도 무슨 연유에선지 제가 악기에 손대는 걸 탐탁잖게 여기셨지요. 어머니의 재주를 아껴 벗들에게 자랑하시는 것과는 달라 저로선 혼란스러울 밖에요.

—거문고는 금하는 것이라, 삿된 마음을 금하여 인심을 바르게 하는 것이라 하였다. 이목을 끌고자, 찬탄을 얻고자 그리 열심히 하는 게라면 길을 잘못 들어서는 것이야. 네 목표가 네 어미가 되어서야, 쯧쯧.

안방마나님은 아예 저희 모녀를 깎아내리셨어요.

—학문이나 글짓기에 관심 두는 것조차 아녀자의 아름다운 덕행에 어긋나는 주제넘은 짓으로 여기거늘, 베짱이 놀음하듯 조석으로 뚱땅거리는 잡기가 웬 말이냐? 콩 심은 데 콩 나는 게지. 보고 배운 게 그뿐이니.

공히 악에 종사하는 할아버지나 천부의 자질이라는 어머니도 말리시지만 않을 뿐, 저를 보는 눈길이 조심스러우셨어요. 점점 소리가 무르익어 어느덧 전문 악사의 귀를 세우게 되기까지 그저 어린아이가 어른 흉내를 내느라 현을 가지고 노는 정도로 치부하셨지요. 어쩌면 그러기를 바라셨을 것이고요.

—두고 보아요, 어머니. 저도 언젠가는 아버지 친구분들 앞에서 「풍입송」을 타 보일 테니까요.

—이 애가 말려도 아니 듣겠구나.

장난삼아 술을 가르쳐주신 어머니도 저의 재주만큼은 난감해하셨지요.

모든 공부가 다 그렇지만, 기예 또한 재주만으로 이를 수 없습니다. 의욕만으로 익힐 수 없으며, 근면만으로 도달할 수 없고요.

스스로 짚어보면 할아버지와 어머니께 물려받은 감이란 것이 없지 않았던 듯싶습니다. 내심 소리를 완성하여 타인의 찬사를 듣고자 하는 욕심이 있었나 봐요.

"글 읽는 생원들이 틈틈이 거문고를 익히면서 수양 운운하더라마는……."

할아버지께서 두 눈 지그시 감고서 도리질하십니다.

"글쎄다, 흐트러지는 마음을 다잡아 바른 성정을 기른다? 참으로 아름다운 말이다마는, 내 평생 목격한 바가 극히 적구나. 참 선비 보기를 열 손가락 다 꼽지 못하였으니 아쉽다마다."

은근히 비꼬시는 게지요.

할아버지께 장악원은 세상의 전부였습니다. 집이요, 학교요, 동아줄이었지요. 무동에서 기악으로 넘어가고도 처지는 곤궁하였지만요. 비럭질을 면하려면 연습에 또 연습만이 살길이었다 하세요. 그럼요. 기능을 끌어올려야 하는 직업이요, 온 식구의 밥줄이 달린 생업이었으니까요.

"내가 어려서부터 제례는 말할 것도 없고, 온갖 연향을 다 겪고 치렀건만 늘 부족한 마음이 가득했다. 연 십여 차례나 되는 제례악을 연주하자면 나 같은 악공이나 악생은 물론, 무동에 의녀들까지 아무리 연습에 연습을 거듭한들 실수가 나올 수밖에 없었지. 특히나 우리 임금님께서 워낙 악률에 밝으시어 식은땀 흘리는 지적도 참 많이 받았구나. 빠르게 연주하거나 한두 박자 빠뜨리고 넘어가는 것까지 죄 잡아내고 마시니 우리가 얼마나 긴장을 하였겠니? 음악을 제대로 연주하지 않는 것은 제사를 지내지 않는 것이나 다름없다, 그리 말씀하시며 노여워하시었다. 지금 떠올려도 등줄기가 선득해오는구나."

할아버지의 두려움 속에는 분함도 들어 있습니다.

"뿐이냐? 제례를 마치면 문책이나 파직을 당하는 일이 기다리고 있었다. 이리 닦이고 저리 치이는 곤욕이 밥때보다 더 자주 돌아왔지."

수양보다 수신守身이 늘 우선이었다 하십니다. 바른 성정 운운은 하릴없는 양반 사족들이나 읊을 말놀음이었다 하세요.

"지금 사또나리께서도 악률에 정통하시다 하니, 안의의 음악이 성에 차지 않으신가 봅니다?"

"쓸 만하면 진즉에 감영이나 조정에서 곶감 빼듯 착착 빼갔을 테지. 산중 비탈에 약초가 남아나더냐. 눈에 띄는 대로 쏙쏙 뽑아 씨가 마르지."

장악원은 항상 인원이 부족하답니다. 수시로 지방 관아에다 재주 있는 악인이나 기녀를 뽑아 올리라 독촉하여 그 수를 충당한다는군요. 그러다 보니 지방의 음악이 빌 수밖에 없지요. 빈객 접대의 어려움은 물론이거니와, 가을 향음주례를 그저 구색으로 메우는 실정이랍니다.

"아무튼지, 이참에 네 할 일이 생겼구나."

생각이 많아지니 맥이 오르락내리락합니다. 걱정보다 설렘, 두려움보다 기대를 품은 두근거림이지요. 오랜만에 느껴봅니다. 나쁘지 않습니다.

*

담장 너머가 소란스럽습니다. 대문은 활짝 열어두었어요. 기녀 넷이 둘씩 어깨를 겯고 문간을 넘어섭니다. 너울너울, 춤추듯 가분하여요. 살얼음 낀 제 마음이 휘청합니다.

여인들 치장이 예사롭지 않네요. 의례에 불려나온 듯 공들여 꾸미고 차려입었군요. 저희 집은 아문 나서면 지척입니다. 풀 먹인 회장저고리에 단작, 삼작, 노리개를 늘어뜨렸네요. 흙 묻을세라 종아리까지 걷어올린 치맛단 아래로 앙증한 꽃미투리가 종종댑니다. 먼 나들이 기분을 내고 싶었나 봅니다. 외부 교습이 좋은 핑곗거리이겠고요.

여인들은 활달합니다. 남쪽 하고도 산지 고을 태생이라 그런가요, 다들 억양이 세고 목청이 남다릅니다. 악기 소리 아니면 대체로 소요와 무관한 집이 순식간에 잔칫날처럼 들썩들썩합니다. 사람 상대할 일 적고 바깥출입도 드문 편이라 금세 기운이 달리는군요.

할아버지께서는 지곡 정 좌수가 보낸 심부름꾼을 따라 아침상 물리기 바쁘게 집을 비우셨어요.

동애는 성장한 여인들을 병아리 몰듯 안마당으로 들여보내자마자 돌아섰고요. 아니하던 내외입니다. 야단스럽지 않게, 흐릿하지도 않게 상대의 눈에 콕 박아 넣는 변덕일지도요.

어떻든 엊저녁에 슬쩍 다녀갈 때와는 사뭇 다른 태도입니다. 저는 방 안에 있어 직접 대면하지는 않았지만요.

섭이 말로는 처음엔 동애가 마당에 들어선 줄 몰랐다고 해요. 시커먼 그림자가 소리소문없이 정지간 입구를 막아서는 바람에 놀라 주저앉을 뻔했다면서도 속없이 헤실거리더군요.

─귀신이라도 본 양 놀라는구나. 그러면 내가 무안하잖니? 그러더라고요, 오라버니가요.

말뿐, 전혀 무안하지 않은 낯으로 생 칡덩굴로 엮은 꽃다발을 쑥 들이밀더랍니다.

─잴 것 있나요. 냉큼 받았죠.

그려집니다. 섭이가 코맹맹이로 오라버니 어쩌고 하는 호들갑을 벽 너머로 들었으니까요.

—아씨, 아씨.

좀 있으려니 섭이가 방문을 열어젖히며 들이닫더군요.

—저런, 저런. 엎어질라. 또 무릎 깨먹으런?

용수댁이 떠난 뒤로 멍히 앉아 눈시울 붉히는 모습을 더러 보았는데 오두방정일망정 밝으니 다행이었습니다.

—이것 좀 보셔요.

아기 머리통만 한 수국이 예닐곱 송이나 되었어요. 온 방이 환해지는 것 같았지요.

—어머, 탐스럽기도 해라. 목단, 작약 지고 수국 차례구나.

—진짜 여름이에요. 벌써 오금에 땀띠가 돋는걸요. 거기도요. 죽겠어요.

섭이가 태연히 제 아랫도리를 눈짓하는 통에 제 얼굴만 발개졌습니다.

—어머머.

—힛, 용수 엄니 말이 생각나서요. 아이고 울 섭이가 꽃 폈구나. 꽃같이 곱게 살라고 꽃이 폈어…… 그랬거든요. 엄니가 말을 못 해도 내가 다 알아들었어요. 근데요…….

—근데?

—제 팔자에 호박꽃도 감지덕지죠. 그래도 듣기 좋더라고요. 울 엄마

는 늘 쥐어박기만 했는데.

—애 봐. 웃다가 울다가…….

생전에 용수댁이 뒷목 잡으며 푸념했어요. 종잡을 수 없는 아이라고요.

한뎃잠 자다 설설 끓는 방구들에 심신이 녹았는지, 경칩 지나서쯤 섭이의 몸에 변화가 왔어요. 첫 달거리에 당황하는 섭이를, 용수댁이 꽃이 폈다며 좋이 좋이 다독이고 부추겨 주었답니다. 섭이는 제 맘속에다 그 말을 금실로 수놓아두었고요.

—아씨, 이 꽃 제가 가져도 돼요?

—그럼. 네가 받았으니 네 꽃이지.

—저어기 저거, 제가 좀 빌려 써도 돼요?

사방탁자 위 백자 달항아리를 당당히 가리키더군요.

—넌 참 대단해.

—제 눈엔 아씨야말로 진짜 대단한걸요? 좋은 집안에, 좋은 집에…….

저의 모든 것이 다락같이 높아 보였나 봐요.

—그건 원해서 된 게 아니야.

—에이. 글도 읽고, 악기도 잘 타고. 그건 원해서 된 거잖아요.

—그렇구나. 대신 넌 솔직하고 용감하잖니?

—그건요, 아씨…….

—애, 날 새겠다. 어서 건너가 봐.

섭이를 쫓아 보내고서 서안마저 밀쳐버렸습니다.

원하는 것을 제 것으로 만들 수 없다면, 그건 없는 것이지요. 영영 없는 것이지요.

방 미닫이를 터 앉을자리를 넓혀둔지라 저까지 다섯 여인네가 악기 하나씩을 끌어안고도 비좁지 않습니다. 그중 둘은 솜털 보송보송한 어린 소녀들이지만요.

저는 눈 맞추지 못하는데 그네들은 스스럼없네요. 신참내기 여사부의 요모조모를 뜯어보고, 방 안 세간을 감정하듯 둘러보고, 저희끼리 알 듯 모를 듯 킥킥거립니다. 오늘은 제가 저들의 눈요깃감입니다.

허리를 꼿꼿이 펴고 앉았으나 기실 제 속내는 어지럽습니다. 적서 차등과 가문의 상하 가름을 분히 여겨온 저예요. 저의 자기연민일랑 이들 앞에서는 찍소리도 못 낼 기망이로군요. 이들이야말로 진종일 관아를 드나드는 속인과 관속 무리에 뒤섞여 접대와 허드렛일로 배짱을 늘여갔겠지요. 초면의 내외 따위, 삼복더위에 올린 가체假髢처럼 마냥 가증스럽겠지요.

"홍섬이야요."

"연심이랍니다."

"명화예요."

"소을이라고 해요."

명화는 고작 열셋, 섭이와 동갑이네요. 소을은 그보다 아래로 열한 살이고요. 목청 좋은 연심은 저보다 두 살 아래랍니다. 아비 다른 자식 둘을 연년생으로 보았으나 첫째는 백일 못 넘겨, 둘째는 돌 넘기자마자 잃었다는군요.

"젖을 물려도 통 빨지 못하더니 그만, 그리 되었답니다."

연심은 낯 하나 찡그리지 않아요. 감정이 거세된 비탄이 송연합니다. 저로선 알 수 없는 모성의 세계이나 상실감은 생소하지 않습니다. 사십구재를 지내고도 문득문득 용수댁의 시선을 느끼곤 두리번거리니까요. 잠 못 이루는 밤, 살아생전 남편이 쥐여준 날 푸른 은장도를 만지작거리며 베갯잇 적시니까요. 여태도 붉은 꽃 볼 적마다 울컥울컥 토혈을 받아낸 어머니의 치마폭이 어른거리니까요.

"내가 물도 못 삼키고 벽 보며 드러누웠는데, 예방도 아니고, 촉새 같은 예방 여편네가 참척을 허물 삼습디다."

"어미가 부실하여 장차 힘쓸 일꾼 둘을 축냈다, 그 말인 게지요."

연심이 남의 말 하듯 하니, 홍섬이 말귀 어두운 저를 위해 부연합니다.

"어머나."

"놀라긴요. 저어기 큰 고을 어떤 양반님은 자기 집 종이 말 안 듣고 대드니 청지기더러 때려죽이라 했답디다. 내 집 물건이니 내 맘대로 처분하련다고."

믿기지 않는군요.

"마찬가지랍니다. 하찮은 관기 소생은 본디부터 관에 딸린 재산이지요.

말도 알아듣고 말처럼 소처럼 일도 척척 해내는 가축 말이야요. 그래 이년들은 자식 앞세우고도 몸조리는커녕 욕바가지를 덮어쓴답니다."

맏언니 홍섬은 저와는 위로 띠동갑이라는군요. 이목구비가 오밀조밀하여 예쁘장한 연심과 달리, 홍섬은 시원시원하니 무장의 기상입니다.

"제 전생에 산천을 누비고 댕겼던가 봐요. 예전에 해인사 나들이 수행할 때 그만 발목을 접질려 역말을 얻어 탔거든요. 말 등에 둥실 올라앉으니 눈이 높아져 이고 지고 뒤따르는 아랫것들이 한심해 보이지 뭐예요. 그냥 그대로 이랴, 말 옆구리 차서 골 넘고 내 건너 휙휙 내달리고 싶더랍니다."

검무劍舞를 잘 추어 선상기選上妓로 한양에 올라갈 뻔했다네요. 그래선지 몸놀림이 엽렵합니다. 어려도 춤 재간이 예사롭지 않다는 소을이 그네의 딸입니다. 팔자 도망이 불가능하니 모진 대물림이에요.

"전, 전, 전, 사또가 선상기 명부에서 빼줬죠. 책방으로 달고 온 서자 수청기를 지냈거든요. 그때 올라갔으면 이년 팔자가 혹 바뀌었을라나요."

"관에 매인 종년 팔자가 어디 가우? 아무려면 타향살이가 본데보다 나을까."

연심이 불쑥 참견합니다.

"한양 간들 한 며칠이나 신기하지. 낯설고 감때사나워 서럽고, 나이먹어 돌려보내면 누가 반겨주느냐고? 그나마도 데면데면, 않으면 다 죽고 없지 뭐."

225

"네가 있잖니?"

"자식 앞세운 년더러 자식 몫까지 오래두 살라 하네. 고마워 목이 메네요, 언니."

매양 오가는 말본새 같으나, 저는 두 여인의 농이 살벌하여 조마조마합니다. 홍섬이 다시 속풀이를 합니다.

"뒷일 빤히 알면서도 정 주고 몸 준 내년도 우습고, 명색 정인인 책방 또한 기나긴 밤 품에 안고 온갖 다디단 말로 이년을 어룹디다만⋯⋯. 흥, 명문 세도가 적통도 어렵거늘, 한낱 작은댁 소생이 지엄한 국법을 거스를 수 있나요. 야반도주할 배포가 있나요. 한때나마 한방에서 뒹굴었으니 세간으로 치면 부부지정을 맺은 것이잖아요? 사또 부친 임지 갈려 인수인계한단 말 돌기 무섭게 온다 간다 소리 없이 안 보입디다. 밤마다 어화둥둥 감언하던 위인이 하루아침에 연기처럼 훅 사라져버리니 그간의 일이 꿈인가, 전생의 일인가 헷갈리지 뭐예요."

"아이고, 우리 아씨 스승님. 이 언니가 원체 사설이 길답니다. 이따 우리 가고 나면 귀 씻으셔요."

연심이 지겹다며 말문을 막으려 하지만 홍섬은 끄떡도 안 합니다. 저야 조금씩 익숙해질 뿐더러, 육전거리 세책점에서 빌려 읽던 언문소설처럼 흥미진진하여 뒤가 궁금해지네요.

"꿈도 아니고, 전생의 일은 더더욱 아닌 줄 곧 알게 됐죠 뭐. 좋아 물고 빨 때 거울 쪼개 반쪽씩 나눠 가지는 언약의 정표처럼, 빼도 박도 못

할 정분의 증거가 남았으니까요."

정작 책방이 떠난 뒤 홀몸 아닌 걸 알았다는 말을 이렇게도 하는군요. 인근 삼동네가 아는 사실이니 딸이 들은들 대수인가 하는 투입니다. 자학인지 자위인지 모를 담담함이어요. 기이하고 애처롭군요.

밥 짓는 연기가 굴뚝을 타고 오르고, 푸르스름한 이내가 지붕에 내려 앉습니다. 강가 모래밭과 버드나무를 오가던 까마귀 떼는 저물어가는 상공을 선회하다 들녘 어딘가로 날아가 돌아오지 않아요.

연심과 홍섬은 일어설 기미를 보이지 않아요. 낮은 지붕 위 짧아지는 해그림자를 가늠하며 번갈아 혀를 차거나 도리질을 할 뿐입니다. 오후 내도록 잔시중드느라 엉덩이를 뗐다 붙였다 부산떨던 섭이가 마침내 골을 내며 정지로 나갑니다. 할아버지 오시기 전에 저녁상을 봐두어야 하니까요.

저도 난감합니다. 여태 희롱하던 장단을 탁 접고서, 날 저물어간다, 등 떠밀 수 없으니까요. 그렇다고 별이 뜨고 달이 나오도록 하염없이 붙잡을 위력이 있지도 않고요.

"아까 우리가 나올 때도 여간 퉁퉁거리는 게 아녔어요. 할 일이 널렸는데 기방 것들은 신이 났네 났어, 고까워하데요."

"옷 갈아입는데 벌컥 문고리 잡고서 그럽디다. 온 마을 사내들 치다 보라는 게지? 허물 벗듯 앞치마 벗어 던진 꼬라지 좀 봐. 색색 치마저고리 떨쳐입고들 마실이라니. 나 원 참 울 사또께서 뭔 요량으로 이러시는지 당최 모르겠네. 찬모가 입이 댓 발이나 나와서 한 말이야요."

한나절 나와 있느라 밀린 일감만 고달픈 게 아니라는군요.

"요렇게, 허리춤에 두 손 딱 얹고설랑, 엉! 늬들이, 엉!"

"그렇지. 그 본새로 벼르고 있을 거야."

어린 기생 둘까지 합세합니다. 수청방 행수 흉내 내며 깔깔거리네요.

"평소엔 남생이처럼 가랴 마랴 허던 시간이, 아따, 오늘은 시위 떠난 살 같네."

홍섬이 곰방대 부리를 입에 물고서 뺨이 홀쭉해지도록 숨을 들이마시고는 탁한 연기에 긴 한숨을 실어 뱉습니다. 마지막이라며 재워 넣은 연초 꼬리가 길고도 길군요.

"손으로 잡을 수 없는 이 아지랑이도 아쉽고, 살같이 흘러가버린 세월도 아쉽고."

홍섬이 푸념하고 연심이 손사래 칩니다.

"언니는 아직 살 만한가부다. 난 싫어. 난 동 트기도 전에 눈 뜨면서 그래. 횃대에 내 옷 그대로 걸쳐 있는 게 보이면, 아이고 오늘도 글렀구나, 한다고."

"서른도 까마득한 년이 환갑 진갑 넘기고도 안 할 소리 허구 자빠졌네. 뒈지는 것도 팔자가 도와야지 기냥 되더냐. 자식 둘 앞세웠으면 걔들 명줄 잇대 오래오래 살라는 계시인 게야. 안 그래요, 울 젊은 스승님?"

"덕담인지 악담인지, 이 언니 말은 알쏭달쏭, 요상괴상하다니까요. 못 들은 척하세요."

어느 쪽이 진이고 어느 쪽이 농인지 알 수 없는 말들을 주고받더니 돌연 누가 먼저랄 것 없이 뭉그적거리던 자리를 떨치고 일어서네요. 티격태격해도 손발이 착착 들어맞는군요. 덩달아 앉은자리를 수습하는 소을과 명화까지, 한 지붕 한솥밥 한 가족이 분명합니다.

한나절이나마 봉긋했던 신명이 밥물처럼 자작자작 가라앉았습니다. 풀방구리 쥐 드나들 듯 정지간과 마루 사이를 종종대던 섭이가 홍섬네들이 흘리고 간 분내를 걸레로 훔치며 쫑알댑니다.

"지붕 날아가는 줄 알았구만요. 악기 맞출 때랑 군입거리 다실 때 빼곤, 넷이, 특히 큰언니 작은언니 둘이 제비자매처럼 재재거리잖아요. 귀청 떨어져나가는 줄 알았네."

산란했던 마음이 스러지니, 애먼 트집으로 미진한 기분을 빼려는 것이지요. 그러다가 또 생각난 듯 뒷말 붙입니다.

"배곯을 걱정 안 해도 되겠다, 잠자리날개같이 고운 옷 입어보겠다, 높은 양반들 앞에서 재주 부리고 굄도 받겠다, 뭔가 다를 줄 알았는데. 저같이 부모 끈 떨어져 데굴데굴 굴러본 뒤웅박이나 도긴개긴이네 뭐."

밥 먹고 입 가시듯 세상사 참섭이 낙인가 봅니다. 온갖 것이 다 해찰거리예요. 불과 며칠 전만 해도 몇 닢에 팔려 종 문서에 이름 새기지 않은 것만도 천운이라며 눈물콧물 찍어내더니요.

　—무작정 악사 어른을 따라붙긴 했는데, 왜 그랬는지는 모르겠어요. 시주 공양 한 번 올린 적 없으니 부처님 가피라기엔 염치없고요. 삼동에 얼어 죽을 팔자는 아녔던지, 누가 살포시 겨드랑이 손 넣어 일으켜 세우고는 등 밀어주는 것 같았어요.

　가뭄에 흉년 들어 구걸도 쉽지 않고, 캐 먹을 나무뿌리도 뜯어 먹을 야초도 씨가 말라 일가족 모두 형편 나은 집에 투탁코자 하였다네요. 제 발로 올무 죄는 종살이도 받아주는 곳이 없더랍니다. 어느 집에선, 어른은 부지깽이 들 힘도 없어 뵈고 애들 꼬라진 배싹배싹 여위어 양식값이 더 들겠다. 그리 퉁바리를 주더랍니다. 그래도 꽁당보리밥 두 사발을 안겨주더라고, 그만하면 어진 사람들이었다고요. 그 겉보리 몇 낱알이 동생이 마지막으로 넘긴 곡기였다며 주먹으로 눈가를 씻어내었지요.

　"누구나 내 아픔과 남의 존귀가 더 커 보이는 법이야. 내 사정이야 세세하지만 남의 사정을 어떻게 헤아리겠니? 공명은커녕 짐작조차 어려운걸."

　저라고 얼마나 알겠는지요. 그저 나잇값으로 타이르는 시늉을 해봅니다. 시속 물정이라면 방안통수인 저보다 문턱 없는 섭이가 훨씬 밝을 텐데요.

　"하긴. 지은 죄 없이 갓 태어나 죽을 때까지 천역 지라는 건 너무 고약해요. 귀머거리 삼 년, 벙어리 삼 년, 시집살이도 끝은 있는데."

"시집도 안 가보구선?"

"세상일이 뭐, 겪어서 아나요? 척하면 척, 끙하면 끙. 빨래터에만 가도 지겹게 듣는 소린걸요. 시어머니자리는 며느리 발뒤꿈치도 밉다 그러고, 며느리자리는 시엄니 용심은 하늘에서 뚝 떨어지는 것이다 그러고."

"어째 빨래함지 이고 나가면 함흥차사더라니."

"빨래 나오는 시간이 희한하게도 고부가 어긋지더라고요. 서로가 따로 보는 흉을 직접 듣진 않으니 다행이긴 해요."

"모르긴 왜 몰라. 시어머니도 예전엔 다 며느리였는데."

"애들 저리 가라 물리쳐 쫓고요. 아주머니들은 아주머니들대로, 할머니들은 할머니들대로, 웃다가 성냈다가 삐졌다가 풀어졌다가. 그끄제는요, 천수 엄니가요……."

"양 포졸 집이라는?"

"예, 살짝 얼금뱅이요. 얽은 건 포졸 아재 말고 아주머니고요. 그 아주머니가 빨랫방망이 팡팡 두들기다 난봉가 한 자락 구성지게 뽑고선 그래요. 자긴 목매달 엄두가 안 나서 기냥 산다고요. 대번 여기저기서 들고 일어나데요. 하이고 그래도 지 서방이라고 육모방망이 양 거시기를 하늘 같은 진주낭군에다 갖다 붙이누나. 그럼 니는 진주각시야? 그러면서요."

언젠가 용수댁이 전해 주더군요. 덩치가 멧돼지만 한 양 포졸이 투전판을 기웃거리면서 한 뼘 땅뙈기를 날려먹자 그 집 안노인이 곰보 며느리가 개짐을 마당에 널어 부정을 탔다고 구박했다네요.

"끝년이는 부모 안 계신 총각한테 시집갈 거래요. 좋은 팔자 타고나서 시집도 골라갈 건가 봐요."

섭이는 풀어놓은 보따리를 거둘 맘 없어 뵈네요. 하다 하다 끝년이까지 등장합니다. 일이 하기 싫은 것일까요, 말이 하고 싶은 것일까요.

끝년이는 호방戶房⁶⁶네 여섯 딸 중 막내라는군요. 호방 내외는 세간과 입성이 수수하여 검소하다는 평판이 있지만 실은 근방에서 알아주는 알부자랍니다.

대대 아전 집안인데 윗대가 부정한 농간으로 저치미를 빼돌렸다더라, 못 갚은 환곡 대신 빼앗은 논문서를 차곡차곡 항아리에 접어 넣고 야밤에 땅을 파서 묻었다더라, 피눈물 흘리며 넘긴 논을 원래 주인에게 인심 쓰는 양 도지賭地를 주었다더라, 거기서 나온 소작은 진주 큰 물상객주에 위탁해서 이윤을 본다더라, 하는 소문이 진실에 가깝답니다. 근자엔 몸을 잔뜩 사리고 있다는 말이 들려오고요.

이번 사또께서 포흠으로 텅텅 빈 창고를 점검하고는 기함하셨다는 말이 비리 당사자 아전들의 입길에 오르내리는 와중에, 그간 힘없고 요량 없어 당한 쪽에서는 구실아치들이 저질러온 질기고 오랜 비리 처리 여부로 신관의 근량이 판가름나리라 관측한답니다.

---

66 호적 관리와 재정을 담당하는 관리.

늘 그래왔듯 초반에는 요란하다가 말미에 가서는 유야무야 되고 말
리라, 다수가 그렇게 전망한다는군요. 목민관이나 관아 이속이나 향원
들이나, 결국은 죄 백성 고혈 빠는 한통속이란 예측이 좀 더 우세하다네
요. 결국은 인심이 민심인 것이지요.

"제가 물어봤죠. 부모님이 본데없는 고아를 어떻게 사위들이냐며 반
대하시면?"

"너두 참."

"내가 이름값을 했지. 터를 잘 팔아 사내 아우를 내리 둘 봤잖니? 내
말이라면 뭐든 좋다 하실걸? 그러더라고요."

섭이가 짧게 사이를 뒀다 말을 잇습니다.

"근데요, 맘에 품어둔 임자가 있댔어요. 되바라지긴. 나보다 겨우 두
살 더 먹고선."

"그래서?"

"어림없어요."

면전에 끝년이를 앉혀둔 듯 입술에 힘을 주네요.

"지가 빨래를 하나요? 심심하니 수모手母 따라 마실 나오는 거죠. 손
끝도 내가 더 야무지고, 인물도 내가 더 나은데. 히힛."

그러니까 게으르고 일머리 없는 끝년이는 자격이 없답니다. 바지런하
고 손끝 매운 저를 추천한다는군요. 부럽기도 합니다. 한 호리 의심 없
는 자신감은 어디서 오는 걸까요.

"꽃은 내가 받았는데요."

세상에나.

"넌 오늘 저녁 건너도 되겠다."

"예?"

"밥 안 먹어도 배부르겠다고. 네 경쟁자보다 손끝 맵겠다, 인물 훤하겠다, 꽃도 안았겠다. 방榜이라도 써줄까? 붙이련?"

"아휴, 아씨. 그냥 그렇다고요. 끝년이는 손가락으로 가리키기만 하면 다 제 것이 될 줄 안다고요. 전 그게 너무너무 얄미운걸요. 밴댕이 소갈딱지래도 뭐, 난 나잖아요. 섭이, 조섭섭이."

누군가에게는 쉬운 것이 내게는 영 어려운 것일 때, 아닌 것 알면서도 내려놓지 못할 때, 깊이깊이 파묻었건만 땅속 구근처럼 몰래몰래 자랄 때, 저는 숨어버립니다. 섭이는 드러내는군요.

"내 것을 가져보지 못했으니, 내 것을 만들면 돼요."

이 아이, 다짐말도 야무지군요.

| 백탑시사 白塔詩社 |

자연은 계절에 따라 감흥이 다르고, 하루에도 절정을 보여주는 시간이 다르다. 사람은 어제와 내일이 다르고, 들어갈 때와 나갈 때가 다르다. 자연을 일러 천변만화하다고 하며, 사람을 일러 심무소주心無所主, 즉 줏대가 없다고 한다. 누구나 자연을 좇아 살기를 원한다. 자연을 좇아 산다는 것이 몸을 자연 속에 둔다는 것이 아니라, 속세의 티 없이 사는 것임을 모르고서 하는 말이다. 아, 나는 어떠한가.

*

세상이 곧 책이다. 책이 없었다면 나도 없었을 것이다.

서재를 갖추고 서가의 책들을 뽑았다 꽂았다 하며 흐뭇이 여기는 중에, 문득 십여 년도 더 전의 일과 최근의 일이 겹쳐 떠올라 낯을 붉히고 말았다.

십여 년 전 일이란, 여러 날 쌀독이 비어 규장각 검서檢書[67] 박제가에게 편지보냈던 일을 말한다.

공자가 진채陳蔡에서 겪은 일보다 곤액이 심하지만, 내 도를 행하느라

---

[67]   서적을 검토하고 필사하는 일을 맡은 규장각 관리.

235

그리된 것은 아니라네. 망령되이 안회의 누항陋巷에 비기면서 그가 즐거워한 바가 무엇인지 구하고 있네. 무릎을 굽히지 않은 지 오래고 보니 어찌 좋은 벼슬의 자네가 나만 못하겠는가. 내 거듭 절하네. 많으면 많을수록 좋네. 여기 또 술병을 보내니 가득 담아 보내줌이 어떤가?

박제가가 즉시 답을 보내왔다.

　열흘 장맛비에 밥 싸 들고 찾아가는 벗이 못 되어 부끄럽습니다. 엽전 이백 닢은 편지를 들고 온 하인 편에 보냅니다. 술병은 일없습니다. 세상에 양주揚州의 학鶴[68]은 없는 법입니다.

박제가는 부여 현감으로 내려가 있다. 그는 얼마 전에 조강지처를 잃었다. 내가 낯붉힌 최근의 일이란, 나 역시 멀리 공무에 매인 몸이라 사사로이 문상 가지 못했음을 말한다.
　벗된 도리를 다하는 데 마음만으로 가능하지 않다는 것을 알겠다.

68　돈과 명예와 불로장생을 모두 누리려 한다는 고사. 욕심이 많음을 일컬음.

*

한동안 내아의 침실을 두고 공작관에서 기거했다. 내아와 동헌방 서가에 나누어 보관했던 서책과 문방구들도 공작관으로 옮겨 수시로 완상한다.

책이란 읽는 즐거움이 가장 크지만 가지런히 꽂아두고 보는 즐거움도 적지 않다. 다 읽지도 못하는 책들을 다락같이 쌓아두고 흐뭇해하는 선비들이 꽤 되는데, 바라보기만 해도 배가 부른 까닭이다.

내 벗들 중에도 책을 양식으로 삼은 이가 많다. 그중에서 이덕무를 능가할 자가 있을까 싶다.

이덕무는 자나 깨나 책을 가까이함이 지나쳐 간서치看書痴[69]라는 놀림을 받았다. 스스로도 전을 지어 그 별호를 당당히 여겼다. 한번은 그가 독서의 좋은 점 네 가지를 글로 썼다며 읽어주었다.

―약간 배고플 때 책을 읽으면 그 소리가 훨씬 낭랑해져 글에 담긴 이치를 맛보느라 배고픔을 모르게 됩니다. 책 읽어 얻는 첫 번째 유익이지요.

뭐니 뭐니 해도 그 첫째가 굶주림을 잊음이라고 했다. 과연 책밖에 모르는 바보답다.

그는 어질고 총명한 사람인데 안타깝게도 살림이 빈궁해 끼니 거르

기를 오히려 밥 먹듯 했다. 그런데도 온갖 책을 섭렵하여 박학다식할 뿐
아니라 고문古文의 전거典據에도 밝았다. 나는 매양 책을 읽다가 출처
가 의심스러운 대목을 보면 그에게 물어 갑갑함을 풀었다.

다행히 지금 임금님의 사랑이 깊어 밥 굶는 일은 이제 없겠으며, 규
장각 검서를 오래 지내면서 그 좋아하는 책 구경을 실컷 할 테니 그나마
말년에 안복眼福은 누린다 하겠다. 다만 저술의 재주가 탁월함에도 거
작을 쓰지 못하는 것이 아쉽다. 적빈할 때에는 경제의 여력이 없었고,
겨우 밥술 걱정을 내려놓으니 공무에 분주한 까닭이다.

몸 한가할 때 한번 다녀가라는 편지를 보냈는데 받았는지 모르겠다.
받았다면 회신은 왜 또 없는지. 바쁜 중에 짧은 척독尺牘이라도 보내주
면 나 또한 그의 글 읽는 즐거움을 가질 수 있으련만.

서가에서 시화축詩畵軸[70] 두루마리 하나를 꺼내 대자리에 펼쳤다. 내
가 묵으로 그리고 이덕무가 칠언시를 지어 세필로 썼다.

내가 마음 붙일 곳 없어 쓸쓸히 지내던 시절, 이를 딱하게 여긴 금성
도위錦城都尉 박명원 재종형님이 삼포三浦의 별장을 빌려준 적이 있었
다. 강 언덕에 세심정洗心亭이 서 있고, 정자에서 내려다보는 강안의 풍
경이 적이 아름다워 벗들과 자주 어울렸다.

---

70 시와 그림을 함께 수록한 족자.

서가 한쪽에 세워둔 도자기 주병을 내려 마개를 연다. 이 악사 집에서 동애 편에 보내온 매화주다. 향이 맑고 도수가 세지 않다. 시중드는 아이는 물리고 없다. 병 기울여 백자 종지에 따른다. 한 잔을 비우고서 천천히 이덕무의 시를 읊는다.

인기척 하나 없고 물총새 소리만 들리는데
한낮에도 흐릿하니 버들개지 날리누나.
떨어진 복사꽃잎 먹느라고 모든 고기 깨었는데
볕에 내놓은 고기 그물 연기처럼 살랑살랑.

어디 보자. 무관 덕에 내 그림이 돋보이는가, 내 덕에 무관의 시가 돋보이는가.

아무려면 어떠한가. 자네나 나나 어진 임금님을 만나 책 읽는 부자가 되었네그려.

이덕무는 이 시를 쓸 즈음 검서관에 발탁되어 첫 벼슬길에 들었다. 그때만 해도 그런 날이 올 줄 몰랐다.

후세에 이름 전하기 어려우니 마음에 안 맞아도 하늘의 뜻에 자신을 순연히 맡기리라. 처연히 시 읊던 그다. 서장관으로 나보다 먼저 연경을 다녀온 뒤로 중국 선비들에게까지 문명이 높아졌다. 이 나라 조정은 아직 그가 서자임을 꺼린다.

*

언젠가 이서구의 사랑채에 들렀더니 이덕무가 보낸 편지를 보여주었다. 이서구는 등과하여 벼슬에 들었고, 이덕무는 아직 낙망의 세월을 보내고 있었다. 내가 편지를 빼앗아 읽었다.

내 집에 있는 좋은 물건이라고는 『맹자』 한 질이 고작인데 오랜 굶주림을 견디다 못해 돈 2백 푼을 받고 팔았다오. 그 돈으로 배불리 밥을 지어먹고 영재에게 달려가 내 처신이 어떠냐고 한바탕 자랑을 하였다오.

영재 역시 오래 굶주림에 시달린 터라 내 말을 듣자마자 『춘추좌씨전』을 팔아 그 돈으로 술을 사서 날 대접하였소. 그러니 맹자가 친히 밥을 지어 내게 먹이고 좌구명이 손수 술을 따라 내게 권한 것과 다를 게 무어 있겠소?

그날 영재와 나는 "우리가 이 책들을 팔지 않고 읽기만 하였다면 어찌 조금이나마 굶주림을 면할 수 있었겠나?" 하고는 맹 씨와 좌 씨 칭송하기를 그치지 않았다오.

그때 문득, 진실로 글을 읽어 부귀를 구하는 것이야말로 요행을 바라는 얄팍한 술책일 뿐이요, 책을 팔아 잠시나마 배부르게 먹고 술이라도 사 마시는 게 도리어 솔직하고 가식 없는 행동이라는 걸 깨닫게 되었으니, 참으로 서글픈 일이오.

책을 읽기만 해도 배가 부르다는 이덕무가 드디어 책을 팔아 밥을 먹고, 그의 막역지우 유득공은 한술 더 떠 책 팔아 술을 마셨다는 내용이었다.

—입김이 성에가 되어 이불깃에서 와삭와삭 소리가 날 지경인지라 『한서』를 병풍삼고 『논어』로 바람구멍을 틀어막아 추운 밤을 났습니다.

그 일을 자랑인 듯 털어놓던 이덕무가 배고픔에 두 손을 들고 말았으니. 양식이 되지 못하는 양식이라니.

나는 그의 곤궁이 남의 일 같지 않았다. 가슴이 쩡 쪼개지는 것 같으면서도 한편으로는 이덕무와 유득공, 둘의 자조가 통렬했다.

—무관도 무관이지만 영재도 영락없는 시인이로구먼.

내가 편지를 돌려주며 파안대소하니 이서구도 장단 맞춰 웃었다. 그러나 그도 속으로는 나와 마찬가지로 한날한시의 일을 떠올렸을 게 분명했다.

임진년(1772) 한여름 밤이었다. 이서구가 전의감동 셋집으로 나를 만나러 왔다. 어스름한 달빛 아래 산보를 나섰다가 내 집 골목에까지 발길이 닿았다고 했다. 그의 눈에 그날 내 꼴이 여간 해괴망측한 게 아닌 듯했다.

—어르신께서는 혼자 누워서 누구랑 이야기하십니까?

나는 맨발에 망건도 쓰지 않은 데다 창문에 다리까지 척 걸친 채 드러누워 있었다.

—낙서 아닌가? 올라오게.

얼른 일어나 옷매무새를 바로하고 태연히 굴었으나 그의 표정에서는 당혹감이 사라지지 않았다.

사실 나는 그날 직전까지 사흘을 내리 굶은 터였다. 행랑에 세든 사람이 어디 남의 집 지붕을 얹어주고 품삯을 받아 와 밤에서야 밥을 지었기에, 나도 비로소 식사를 마칠 수 있었다. 배부르니 곤하여 제멋대로 풀어졌다. 행랑아범과 자식 교육에 대해 이러쿵저러쿵 훈계하던 차에 이서구가 들어섰던 것이다.

—제가 무심하여 그간 적조하였습니다.

이서구는 어릴 적 여러 해 내게서 글을 배웠다. 어린 나이에도 재주가 빼어나고 침착했다. 식견과 도량이 있어 내가 매우 어여삐 여겼다. 나와 이덕무, 유득공, 박제가, 유금, 서상수 등이 백탑에 모여 고금의 정치를 논하고 시문을 지으며 노는 자리에도 항상 함께했다. 그는 열여섯 살에 자신의 문집 『녹천관집綠天館集』을 엮었고, 나는 기꺼이 서문을 얹어주었다. 자신의 서재를 '소완정素玩亭'이라 짓고 기문을 청했을 때도 흔쾌히 응했다. 그가 끊어진 학문을 다시 일으킬 만한 그릇이라고 믿어서였다.

—한동네에 살 때만 하겠는가. 요즘은 무슨 공부를 하며 지내는가?

—지지난해 아버님마저 돌아가신 뒤로 집안의 눈이 온통 제게 쏠리는지라 과거에 신경을 쓰지 않을 수 없습니다. 하여 과문科文 공부에 매진하고 있습니다만, 시상이 떠오르면 금방 잊을세라 반드시 공책에 적

어두곤 합니다. 어르신께서는 근자에 새로 시를 지은 게 있으신지요?

　─일전에 이덕무가 내게 그러더군. 연암의 시를 얻어 보기란 포청천이 한 번 웃는 걸 보기처럼 어렵다고. 맞는 말일세. 시흥이 저 단전에서부터 물줄기처럼 솟구쳐 오른다면 또 모를까, 내 원래도 시 짓는 건 즐겁지가 않더군. 절구나 율시 같은 근체시는 형식이 딱딱해 가슴속의 말을 자유롭게 쏟아낼 수 없어. 그래 종종 한두 구절 짓다가 붓을 던져버리네. 내가 자네만 했을 때는 전을 여러 편 지었지. 불면증에 시달려 밤낮 한숨도 자지 못하는 날이 사나흘씩 계속되니 괴롭고도 무료해서 견딜 수가 있어야 말이지. 심심파적으로 이야기를 하나씩 짓다 보니 아홉 편이나 되었던 게야.

　─「예덕선생전」과 「양반전」은 저도 읽었습니다. 「광문자전」도 읽었고요. 전마다 글머리에 글 지으신 연유를 밝혀 놓아 배를 잡고 웃다가도 모골이 송연했던 생각이 납니다. 궁구하신 바가 그처럼 명료한데, 어찌 한때의 심심파적이겠습니까?

　혈기 방장하여 거슬리는 것을 참아내지 못하던 때였다. 문벌과 지체를 밑천 삼아 조상의 덕을 파는 장사치들이 득세하는 세상, 권세를 좇아 벗을 사귀고 이익을 따져 여기에 붙었다 저기에 붙었다 하는 세상, 위선적인 무리가 넘쳐나는 세상…… . 말세의 세태를 참지 못해 차라리 방문 닫아걸고 은둔했던 날들이었다. 때문에 소인배와 썩은 선비들의 원망과 비방이 그칠 날 없었다. 모두 내가 자초한 일이라 하겠다.

—자네도 알다시피 내 기질이 좀 유별난가? 꼴불견인 작태를 모조리 조롱했지. 남들은 간혹 장난이나 우스갯소리로 치부하여 낯을 찌푸리지만, 그들이 어찌 나를 안다고 하겠는가? 하지만 그것도 다 젊었던 한때 객기를 부려본 것이야. 이제는 기운이 다 빠졌네. 예전의 나는 어디로 갔을꼬. 자네는 아는가?

이서구가 고개를 숙였다.

그는 예전에 내 집을 드나들며 날마다 집에 손님이 가득 들어찬 것과, 내가 세상에 뜻을 두었던 것을 목도한 바 있다. 그렇건만 채 마흔이 못 되어 머리카락은 허옇게 세고, 기백은 쇠락했으며, 세상사에 덤덤하니 뜻이 없어 더는 전 같지 않았다.

—어르신께서는 늘 저를 바르게 이끌어주셨습니다. 당론의 같고 다름을 짚어주시고, 사물의 본질을 꿰뚫어 보는 법을 가르쳐주시고, 참된 글이 어떤 것인지를 자상히 일러주셨습니다. 세상사에 뜻이 없다 하시나, 세상이 알아주어 비로소 경륜을 펼칠 날이 어찌 오지 않겠습니까?

—일없네, 일없어.

그날 이서구는 밤이 이슥토록 나와 길게 이야기를 나누었다. 스승에 대한 예라고 해도 좋았고, 영락한 벗에 대한 연민이라고 해도 상관없었다. 그날은 나 역시 더불어 말할 만한 누군가와 무슨 이야기라도 나누고 싶었다. 초가 다 타버려 방안이 컴컴해지고도 한참을 더 태연자약하게 담소했다.

그는 오경삼점 파루를 듣고서야 자리에서 일어났다. 나는 문간에서 그를 배웅하고, 좁은 마당을 열댓 바퀴나 서성거렸다.

한 번에 너무 많은 말을 하고 하면 급작스럽게 공허해지기도 하는 법. 방금 전의 열의가 재처럼 식고, 다시금 심중을 쿡쿡 찌르는 동통이 엄습해왔다.

당시 나는 가족을 광주廣州 처가에 보내놓고 홀로 비좁은 셋집에 머물고 있었다. 몸집이 비대해 더위를 몹시 타는 데다, 여름이면 모기가 설쳐대고 논개구리가 밤낮 쉬지 않고 울어대는 게 괴로워 시골생활을 잘 견디지 못했다.

그런데 그해 여름에는 남아서 시중들던 여종마저 눈병이 나 미친 듯 울부짖다가 집을 뛰쳐나가 버렸다. 행랑아범이 이런저런 심부름을 해주었다. 밥도 행랑에 부쳐 먹었다.

그 무렵 나는 아무 생각이 없었다. 도성 한복판에 살면서도 외출하지 않았다. 경조사도 폐한 채 고요히 지냈다. 게으름에 이골이 나 며칠씩 세수를 거르고, 망건도 쓰지 않은 채 열흘씩 방에 틀어박혔다. 시골에서 가족이 편지를 보내오면 별일 없이 평안하다는 소식만 대충 확인하고는 한옆으로 밀쳐두었다. 두세 번에 한 번쯤 편지를 가지고 온 하인에게 나도 무사히 지낸다는 짧은 답장을 들려 보낼 따름이었다.

혹 손님이 찾아오면 잠자코 듣기만 했으며, 혹 내키면 지나가는 땔나무 장수나 참외 장수를 불러다 앉히고서 '효제충신'과 '예의염치'를 가르쳤다. 한번은 다리 한쪽이 부러져 찔뚝거리는 까치 새끼가 가여워 밥알을 던져줬더니 이후로 날마다 찾아와 나와 친해졌다.

—맹상군은 없고, 평원군의 식객만 있구나.

맹상군은 제나라 공자이고, 평원군은 조나라 공자다. 두 공자가 천하의 인재 수천 명을 잘 대접한 고사로 유명해 사마천이 『사기』에 기록했다. 맹상군의 이름이 '문文'이고, 우리나라 시속에 돈을 '문'이라 하므로 내게 맹상군이 없음이라. 또, 평원군이 애첩의 목을 베게 된 까닭이 그네가 다리 저는 이웃을 비웃은 일 때문인지라 날마다 내게서 밥알 얻어먹는 까치가 나의 식객일밖에.

남들은 내 하는 짓이 오활[71]하고 가당찮다고 나무랐다. 또 어떤 이는 나더러 제집에서 객살이를 하고, 아내가 있는데도 중처럼 지낸다며 놀렸다. 나는 아랑곳하지 않았다. 더욱 느긋이 나의 무위를 흡족하게 여겼다.

자다가 깨면 책을 보고 책을 보다가 졸리면 다시 잤다. 깨우는 사람이 없어 하루 종일 잠에 곯아떨어지는 날도 있었다. 때때로 떠오르는 것이 있으면 글을 짓고, 권태로우면 구라철사금을 몇 곡조 탔다. 어쩌다 친구가 술을 보내왔기에 빈속에 마시고 취하여 내 행적을 자찬하는 글을 지었다. 그러고는 혼자 소리 내어 읽고, 또 혼자 껄껄 웃었다.

---

71 迂闊. 세상과 동떨어짐.

제 몸 위함은 양주楊朱를 닮았고,

겸애함은 묵자墨子를 닮았고,

집안에 양식이 자주 떨어지는 건 안회顔回를 닮았고,

고요히 앉았기는 노자老子를 닮았고,

자유롭고 거리낌 없기는 장자莊子를 닮았고,

참선하는 듯함은 부처를 닮았고,

불공스럽기는 유하혜柳下惠를 닮았고,

술 잘 마시기는 유령劉伶을 닮았고,

밥 얻어먹는 건 한신韓信을 닮았고,

하염없이 자는 건 진단陳搏을 닮았고,

거문고 타는 건 자상호子桑戶를 닮았고,

저술하는 건 양웅揚雄을 닮았고,

자신을 큰 인물에 견주는 건 공명孔明을 닮았으니,

나는 얼추 성인聖人일세.

다만 키가 조교曹交만 못하고

청렴함이 오릉於陵을 못 따라가니,

부끄럽네, 부끄러워.

─주무시지 않고 무엇하십니까요?

행랑 사람이 오줌을 누러 밖으로 나오다가 마당에서 서성이는 나를 발견하고는 물었다. 서서히 날이 밝아오고 있었다.

　—손님이 막 떠났네.

　—어이쿠. 꼬박 날밤을 새셨습니까요? 손님이야 젊은 분이니 그렇다 치고, 나리가 대단하십니다요.

　그러고는 고의춤을 잡고 측간으로 향했다. 나는 그의 등을 물끄러미 바라보다 돌아서며 혼잣말했다.

　'대단하기로는 자네들이지. 지붕 없고 똥 져 날라서라도 스스로 먹을 것 마련할 줄 아는 자네들이 깨끗하지. 깨끗하다마다. 나는 그저, 게으르고 구차한 글쟁이일 뿐일세.'

　이서구는 그렇게 돌아가고 나서 두 해 뒤 가을, 정시庭試 병과丙科에 급제했다. 일찍 양친을 여의고 마음고생이 적지 않았을 그가 거둔 쾌거에 벗들 모두 자신의 일마냥 기뻐했다.

　그러나 나는 무작정 기쁘지만은 않았다.

　이덕무나 유득공, 박제가, 서상수 등은 학식과 재주와 인망이 출중함에도 신분의 제약을 넘어서지 못하고 있었기에. 그들의 실의와 무기력한 속내인들 오죽할까, 싶었기에. 그들 모두와 벗으로 지내는 나로서도 늘 태산에 가로막힌 듯 억울하고 참담하였기에.

　내가 임진년 여름밤의 상념에 잠겨 있을 때 이서구가 슬그머니 나를 일깨웠다.

─제가 그날의 일로 글을 지었더랬지요.

아닌 게 아니라 이서구는 보름쯤 후에 「하야방우기夏夜訪友記」를 지어 그날의 정취를 남겼다. 글에서 돌이킬 수 없는 시간에 대한 그리움과 서글픔이 뚝뚝 묻어났다. 나 역시 울컥해서 답붓을 들었다. 그날 차마 드러내지 못했던 처지를 세세히 담아 「수소완정하야방우기酬素玩亭夏夜訪友記」를 써내려갔다.

─자네 글을 읽으니 내 변명을 아니 할 수 없더군. 어려서부터 나를 봐온 자네 아닌가. 내가 나를 홍보는 것쯤 대수로울 게 있겠나.

─성인은 허물로부터 자유롭다지 않습니까? 어르신께서 스스로 성인의 반열에 오르셨으니 이미 흉이 못 되는 게지요.

내가 자찬하는 글에서 성인 운운한 것을 짚어 놀리는 것이었다.

─흉이 아니면?

─파격이지요. 세상에 누가 어르신의 파격과 기개를 흉내 내겠습니까? 제가 지금은 운 좋게 문과를 통과해 말직에 있습니다만, 아직 배움을 청할 만한 선배를 만나보지 못했습니다. 제가 어르신과 가까운 걸 아는 사람들이 제 배짱을 시험하려 하니 곤혹스러울 때는 있지요. 청출어람은 당치 않아요.

─이 사람, 어린 나이에 관에 들더니 아첨부터 배웠구먼. 큰일 낼 사람이로고.

서로 마주보고 웃으며 잠시 이덕무와 유득공의 적빈[72]을 잊었다.

돌아보니, 백탑 근처에 오종종 모여 살며 이 집 저 집 기웃거리고 이 얼굴 저 얼굴 섞여 웃던 그 시절이 내 생에서 가장 변화무쌍하고 번잡했던 듯싶다.

그때의 열혈 문청들 가운데 아무아무는 벼슬을 살고, 아무아무는 건 쓰고 띠 두를 날을 기다리거나 적소에서 가로막힌 산 너머 북쪽을 그리워한다. 또 아무는 일찌감치 세상을 떴고, 다른 아무는 병석에서 드문드문 날아드는 벗의 소식만을 기다린다.

나는 이 먼 곳에서 다만 그날들을 곱씹어볼 따름이다. 회한이야 묻을 일이다.

우중충하던 하늘이 희끗희끗 번해온다. 굵은 소금 같은 흰 눈이 연당 蓮塘 검은 물속으로 곤두박질친다.

첫 겨울이다.

---

72 무척 가난함.

| 첫사람 |

저는 임 가신 곳 알지 못하여 임을 붙잡지 못합니다. 임 또한 제 있는 곳 알지 못하여 저를 찾지 못하시는가요? 두 갈래 길 잠시 만나 외통으로 벋었으나, 다시 나뉘어 서로의 갈 길 따로이 가게 하는군요.

*

소반 곁에 국화 분을 앉힙니다. 상에는 옥관자, 나비잠, 매화 새긴 은장도 각 한 점씩을 늘어놓고요. 밀초에 불 밝히고, 맑은 술 한 잔 따라 올립니다.

말이 제상이어요. 격식은커녕 구색조차 갖추지 못합니다. 죽은 자에게도 산 자에게도 무용한 헛치레일 뿐이지요. 이쪽과 저쪽, 경계가 분명합니다. 다른 세상 사람을 미워한들요. 애련도 그만두렵니다.

노여워 마세요.

설운 세월 동반했던 국화는 지난 삼동 무사히 넘기고도 두터운 잎만 무성합니다. 가을 다 저물도록 꽃대를 올리지 못하네요. 이날 적적할 것 걱정하여 여름 끝머리에 새 분을 구해두었건만, 장사치 장담은 틀렸어요. 흰빛 대신 개나리꽃빛 노란 국화가 올라옵니다. 어찌할 수 없어요. 무를 수 없고, 입동 지나 새 분 구경하기가 어려운걸요.

이해해주세요. 당신 떠난 뒤로 많은 것이 변하였습니다. 변하지 않은 건…… 당신뿐이로군요.

하필 달 없는 그믐이라니요. 별빛마저 구름장막에 가려 밤하늘이 옻칠한 듯 까맣습니다. 열린 문으로 고추바람 드나들 때마다 불꽃이 일렁입니다. 얇은 소의 素衣 차림이라 동풍 한기가 살을 파고드는군요.

당신 떠난 날, 우리 처음 보았던 날을 되짚습니다.

당신 기력을 감안하여 줄이고 생략한 초례였지요. 해 떨어지기 전 안동 친가에서 수동 시가로 넘어왔으나, 당신은 그대로 사랑에 들어 밤이 이슥해지도록 나오지 않았어요. 안채에서는 내려오는 가례를 따랐다 둘러대더이다. 당신이 뒤늦게 신방으로 건너와 실토하였지요. 운신할 힘이 달려 염치불고 널브러져 있었다고요. 부끄럽고 미안하다고요.

가까스로 안도하였답니다. 초야 신방을 혼자 지킨 신부가 되지 않은 것만도 다행이었지요. 황망한 추측과 비관적 미래를 예상했으니까요.

―밝은 곳에서 얼핏 볼 때도 참으로 곱다 하였는데, 지금 다정한 불빛에 보니 월세계 항아님이 내려와 앉은 듯하오. 내 누이 연지곤지 찍던 날과 비교가 아니 되는군요.

열여섯 수줍은 나이에도 당신은 세심하고 다정하고 점잖았어요. 족두리를 풀어 내리며 당신은 손을 떨었습니다. 황촉 불에 드러난 얼굴에는 수심이 가득하였고요.

—이토록 고와, 내 차마 낯을 들지 못하겠소.

　　당신은 솔직하였어요.

　　혼인 말이 나오고부터 사주단자가 오가고 바야흐로 초례청에 세워질 때까지, 미래의 신부인 저는 먹장구름 속에서 비를 기다리는 심정이었답니다. 눈도 귀도 입도 떼지 못한 채 낙망했던 것에 비하면 한 줄기 빛이 앞날을 밝혀주는 것 같았어요.

　　그날로 당신이 좋아졌습니다.

　　알지 못하는 새 저의 새로운 허물이 나뭇단처럼 쌓여갔어요. 눈짓이 와전되고 손짓이 부정의 표식이 되었어요. 동지팥죽 끓어 튀듯 무작위로 날아오는 적의의 시선에 포박되었지요.

　　귀머거리요 청맹과니의 날들이 흘러가는 동안, 저는 점점 무디어져 갔답니다. 해명하지 않았어요. 항변하지 않았어요. 유일한 제 편 앞에서도 웃지 않았어요. 어깨 좁히며 울지도 않았습니다.

　　—부인이 밝지 않으니 내 가슴에 피눈물이 고이는 것 같소.

　　병중에도 당신은 온유하였습니다. 약관을 바라보는 나이에도 고아했어요. 타고난 기품이었지요.

　　그리 침착하던 당신도 마지막 며칠은 잠깐씩 딴사람이 되더군요. 눈을 홉뜨고 발버둥 치는가 하면, 식은땀에 젖은 이불을 걷어차고는 두 손을 허우적거렸어요. 세상에 어디서 저런 기운이 날까 싶은 완력으로 저를 밀치고 입에 담지 못할 욕설을 퍼부었고요.

그러다가도 문득 낯빛을 고쳐 저를 빤히 바라보며 물었지요.

—왜 그리 놀란 얼굴이랍니까?

당신은 어지러운 방안을 휘둘러보며 어리둥절해했어요.

—몹쓸 꿈을 꾸셨습니까?

제가 되묻자 그만 당신의 표정이 일그러지더군요.

—이 난장판이…… 내가 한 짓이오?

얼른 고개를 저었습니다만, 제 도리질이 무슨 소용이겠어요.

—내가, 망령이 들었나 보오. 아니면 악…….

기침이 터져 말을 맺지 못하더니 급기야 스스로 입을 틀어막더군요. 저는 바닥에 널린 옷가지 하나를 잡히는 대로 집어 당신 입가에 갖다 대었어요.

어찌 잊을까요. 창백한 당신 손가락을요. 그 손가락 사이로 흘러내리던 객혈을요. 단사丹砂[73]처럼 붉게 물든 자릿적삼을요.

폭풍우가 지나가고, 장독대에 푸르고 붉은 실과들이 뚝 뚝 떨어져 구르고, 물기 마른 이파리들이 분주한 발걸음에 바스러질 때쯤, 끝이 왔습니다. 모두가 알고 있지만 아무도 입 밖에 내지 않은 종막이 닥치자, 꿈에도 일어나지 말아야 할 일이 일어난 듯 격정에 사로잡혀 허둥대기만

---

73 인주 등에 쓰이는, 선홍색의 광석. 수은의 원료.

하더랍니다.

　ㅡ내 아들 잡아먹은 년.

　당신의 머리맡에서 터뜨린 곡성이 악머구리 끓듯 집 전체로 번진 가운데, 어머니께서 돌연 갈퀴손으로 저의 머리끄덩이를 잡고 흔드셨어요.

　ㅡ서방 잡은 년. 대를 끊어먹은 년.

　부당한 혐의가 기정사실이 되었습니다. 저를 정죄하셨어요. 온 집안 안팎으로 저를 변론해줄 사람은 없었습니다. 당신이 홀로 길을 갈랐으니까요.

　세월이 가고, 가고…… 오늘 저는 멀리 물선 고을에서 북쪽 하늘을 향합니다. 달도 별도 없는 까만 밤입니다.

　부디, 저를 미워하지 마세요.

| 문풍文風의 죄 |

북경을 다녀온 사신이라면 연행기燕行紀를 쓰는 것이 관행이 된 지 오래다. 김창업이나 홍대용, 박제가 정도를 제외하면 판에 박은 듯 기술하는 내용이 비슷하다.

나는 연경에서 열하로, 다시 연경으로 정신없이 내달리며 보았던 일들을 시시콜콜히 풀어놓았다. 중국의 노래나 풍습도 사실은 나라의 치란治亂[74]에 관련된 것들이니 단순히 넘길 일이 아니다. 성곽과 궁실 구조라든지, 농사짓고 목축하는 일과라든지, 도자기 굽는 가마와 쇠 다루는 대장간의 일상도 하찮다 하여 빠트리지 않았다. 그 일체에서 이용후생의 길을 가늠할 수 있기 때문이다.

귀고천금貴古賤今을 외치는 문단의 주류들은 교훈을 남기려는 내 뜻을 알지 못한다. 중화中華를 고집하는 이 땅의 사대부들에게 『열하일기』는 불온의 온상이다. 그들은 백성들의 삶이 나아지는 데 관심을 두지 않는다. 이 나라 백성의 미래에도 도무지 관심이 없다. 감히 말하건대, 그들은 위선자요, 큰 도적들이다. 백성들 눈에는 나도 그들 중 하나로 비칠 것이다. 참담하다.

＊

지난 일 년은 이곳 관속의 생리, 지리와 인정에 적응하는 기간이었다.

74　좋은 통치와 정치적 혼란을 아울러 이르는 말.

그간 자잘한 실수와 시행착오가 없지는 않겠으나 크나큰 과오는 피한 듯하다. 다행스럽다.

포흠 회수 건은 저희들끼리 협의하여 차곡차곡 진척이 돼가는 듯싶다. 간섭하지 않고 내버려둔다. 자잘하게 단속한다고 효율이 오르는 것은 아닐 테다. 대신, 쓸모없는 창고와 오물더미를 치운 자리에 새 건물과 누각을 올리는 일을 독려하고, 중기重記 쓰는 일을 게을리 않도록 일러두었다.

중기란 관아의 재정 현황을 기록하는 일지다. 다음에 올 수령에게 건넬 장부인데, 미뤄뒀다가 띄엄띄엄 건너 기록하거나 임기 막바지에 닥쳐서 대충 꿰맞추는 폐단이 있었다.

"하루도 빠트리지 마라. 더하고 뺄 것이 없으면 없는 대로 기록하여 언제든 신구新舊가 갈릴 때를 대비하는 게 옳다. 말해 두지만, 관아의 일에 마땅찮은 게 있으면 나는 그날로 벼슬을 버리고 떠날 것이다."

중기 맡은 아전에게 수령인 내 밑으로 들어가는 비용도 낱낱이 적도록 했다.

"내가 따로 책방을 두어 장부를 맡길 수도 있다. 하나 사람을 이중으로 쓰다 보면 그로 인해 피곤한 일이 생기게 마련이다. 액수를 갖고 따지는 것도 내 성미에 맞지 않는다. 다만 액수와 용처를 명확히 하여 뒤에 잡음이 생기지 않도록 유의하여라."

수령이 자기 사람을 시켜 관리하건 아전이 관리하건, 재화와 관련해서는 문제가 발생할 소지가 항시 있다. 달리 견물생심이겠는가.

내 어쩌다 살림살이가 날로 여의치 않아 음직을 감용히 사양하지는 못하되, 추호라도 껄끄러운 마음이 들면 언제든 물러날 것이다. 내 원칙이 그렇다.

원칙은 본질이다. 원칙이 흔들리면 올바름과 사악함, 밝음과 어둠의 경계가 무너진다. 달리 야합이겠는가.

*

빈터에 새 집을 짓고 못을 파 연꽃을 심으며 떠날 날을 대비한다. 이러하니 말들이 많다.

종의가 숙덕거리는 소리를 듣고 와 전한다.

"다들 아버님의 의중을 모르겠다며 의아히 여깁니다."

설 며칠 후면 아내의 기일이고, 한 달여 지나면 내 생일이 돌아온다. 겸사겸사, 지난해 섣달 하순께부터 큰애가 내려와 머물고 있다.

"네 생각은 어떠하냐?"

"아버님 임기는 오 년입니다. 이제 일 년을 채우셨고요."

"글 읽는 선비는 참선하는 중처럼 엉덩이가 무거워야 궁극에 도달할 수 있을 것이나, 벼슬에 든 관리는 소맷자락이 잠자리 날개처럼 가벼워야 청빈의 본분을 지켰다 할 것이야."

"소맷자락이 잠자리 날개처럼 가벼워야 한다는 건 무슨 뜻이어요?"

곁에서 혼자 쌍륙을 치며 놀던 작은아이가 껴든다.

"보거라."

두 팔을 펼쳐보였다. 나는 정청에서 물러나면 보통 검은 가선을 두른 심의深衣 차림으로 지낸다.

"관복이든 평복이든, 옷소매가 좀 너르냐? 외출할 때 부채도 넣고 새로 지은 글도 넣어 다니니 좋기만 하구나. 어떤 이는 이 너른 소매 안에 주고받지 말아야 할 물건을 쓰윽 감추기도 하더구나."

"그러니까 뇌물 말이지요?"

"친구끼리 책을 빌려볼 수는 있겠지. 가난한 친구가 길 떠난다면 사양하더라도 재빨리 노잣돈 챙겨 넣어줄 수 있겠고, 가세 넉넉하면 아예 가솔 시켜 지게로 곡식자루와 땔나무를 져 날라 도울 수도 있겠고 말이다."

"그건 뇌물이 아니지요."

"그렇지. 선의요, 아름다운 풍속이지."

"별미나 특산물을 들고 오는 건 좋은 걸 나누자는 뜻 아니겠는지요?"

작은아이가 언제 어디선가 무슨 소리를 엿들은 모양이다.

"안팎이 다르지 않다면야 물리칠 이유가 있겠니? 상대로 하여금 저원하는 바를 해 달라는 뜻이면 미리 계산을 치르는 것이고, 반대로 이쪽이 알고도 덥석 받으면 원하는 바를 해주리란 암시로 덧돈을 뜯어내는 것이지. 이야말로 거래요, 야합이야. 협잡꾼이나 할 짓이지 않겠니?"

"진짜 마음에서 우러나는 정을 알아보기가 쉽지 않은 것 같아요."

"네 말도 맞는다만 마음에서 우러난 정이 여일하기란 생각보다 어렵더라. 마음공부를 놓지 말아야 하는 까닭이지."

욕망의 물물교환이 나날이 융성해지고 있으니. 정당한 명분보다 이해로 파당을 짓고, 벼슬을 사고팔고, 자신이 져야 할 공역公役에 사람을 사 대립代立을 보내고, 불리한 일이 생기면 금권으로 매수하는 일이 비일비재하니. 그러고는 세상을 잘산다고 자부하니.

장부로서 도덕과 경륜을 펼쳐보리라는 포부가 나라고 없을까. 그러나 어디까지나 책 공부와 사람 공부한 바를 백성들 삶이 조금이라도 나아지도록 적용해보려는 데 있지, 출세에 있지 않다. 재물은 양식을 빌러 다니지 않으면 족하다. 권력으로 누군가를 제압해보려는 의지도 애당초 없다. 혹 있다면 버릴 일이다.

"맛난 음식이라도 과식하면 배탈이 나기 십상이다. 쉬운 말 같지만 맛있는 음식이 상에 남았는데 배불렀다며 수저 내려놓기가 쉽더냐? 내가 보기에 간이는 식탐이 없지 않더라만?"

종의는 제 아우를 돌아보며 씩 웃고, 종간은 방바닥에 떨어진 주사위를 줍는 둥 딴청이다.

"하물며 음식보다 더 중대한 것에 있어서야 털끝만큼이라도 탐욕을 내서 되겠느냐?"

열네 살이면 알아먹을 나이다. 알아먹는 것과 실천하는 것은 다른 문제이겠으나.

나이 먹을 만큼 먹은 나도 어두운 밤길을 헤치고 나아가는 심정일 때
가 많다.

*

『열하일기』가 또 말썽이다. 임금님께서 규장각 직각直閣 남공철을 불
러 그 책을 거론하셨다 한다.

"근자에 문풍이 이렇게 된 것은 모두 박지원의 죄다. 『열하일기』를 내
익히 보았거늘 어찌 속이거나 감출 수 있겠느냐? 이 책이 세상에 유행한
후로 너도 나도 본받아 문체가 이같이 되었다. 본시 결자해지인 법이니 지
원이 속히 순수하고 바른 글 한 부를 지어 올려 『열하일기』로 인한 죄를 씻
는다면 음직으로 문임 文任[75] 벼슬을 준들 무엇이 아깝겠느냐? 하나 그렇
게 하지 않는다면 무거운 벌을 내릴 것이다. 너는 즉시 지원에게 편지를 써
서 나의 뜻을 전하도록 하라!"

천 리 밖 내게 그 사실이 전해졌다. 등줄기에 전율이 지나간다.

---

75 홍문관이나 예문관의 대제학 및 제학을 이르는 말. 문예 관련 최고위 직책이다.

남 공의 편지를 옷소매에 넣고서 꽁꽁 언 연못 주위를 몇 바퀴째 돈다.

임금님께서 문풍이 예전 같지 아니하다 질책하는 교지를 여러 차례 내리신 바가 있다. 홍문관과 예문관의 문신들은 새로이 예스러운 글을 한 편씩 지어 올렸다고 한다.

성군의 각별한 굄을 받은 박제가와 이덕무도 견책을 피해가지 못하고 근신 중이라 들었다. 이덕무는 연전에도 『병지 兵志』에 실린 「비왜론備倭論」, 즉 왜적 방비에 대해 논하는 글로 임금님께 '연암의 문체를 본떴다'고 콕 집어 지적당한 이력이 있다.

그 이야기를 전해 들었을 때도 몸 둘 바를 몰라 허둥댔다. 감히 꺼낼 수 없는 속내로는, 수긍하지 못했다. 무관이 나를 본떴다? 과연?

이덕무의 글은 그의 사람됨과 같다. 청수하고 담박하다. 울퉁불퉁, 비약과 우언과 풍자를 즐기는 나와는 사뭇 결이 다르다. 굳이 닮은 점을 찾는다면 답습을 일삼지 않고, 남의 것 빌려오기를 꺼려하며, 차분히 오늘에 임하고 눈앞의 삼라만상을 마주 대하는 자세일 것이다.

영명하신 지금 임금님께서 그 점을 모르실 리 없다. 순정하지 못한 문체를 구사한다는 죄를 주시고도 이덕무나 박제가 같은 이들을 멀리 내치지 않으시는 것만 봐도 그렇다.

하나, 성심을 함부로 속단하는 것이야말로 문체의 죄보다 더 대죄일 테다. 굳게 입을 다물 수밖에 없다.

선비들이 나아가야 할 올바른 방향을 제시하려는 고심과 지극한 덕에서 나온 분부이십니다. 감히 그 일만 분의 일이라도 보답하지 않을 수 있겠습니까? 하므로 공께서는 잘못을 반성하고 속죄함에 있어서 잠시도 머뭇거려서는 아니 될 것입니다.

남공철은 임금님의 분부를 헤아려 전하고, 편지 말미에 자신의 뜻을 덧붙였다. 그로서는 지엄하신 임금님의 뜻을 받들고, 창졸간에 오문汚文의 괴수로 지목된 내 안위를 염려해서 한 충고일 테다.

＊

홀로 공작관에 들어 좌정한다. 적막이 사위를 에워싼다.

지묵을 벌여놓고 눈을 감는다. 무어라고 답을 써 보내야 하는가. 한때나마 들락거렸던 과장에서 시지試紙[76]를 펼쳐놓았을 때처럼 고약하다.

내 본디 듣기에 다디단 말을 믿지 않는다. 차라리 껄렁한 농으로 오해를 살지언정, 상대를 안심시키고자 스스로도 믿지 아니하는 감언을 입 밖으로 내고 나면 온몸에 두드러기가 돋는 것 같다. 성정 탓에 잃는 게 적지 않으나 그편이 낫다.

---

76 과거시험에 쓰던 종이.

변명은 더더욱 그렇다. 나를 변호하기 위해 본심을, 본의를 은근슬쩍 포장하는 일이다. 비록 거짓말은 아닐지라도 변명 따위는 늘어놓으면 늘어놓을수록 진실과 거리가 멀어진다.

붓을 든다.

보잘것없는 내 책이 위로 임금님의 맑으신 눈을 어지럽힐 줄 어찌 생각하였겠는가, 이로 인해 선비의 습속이 나빠져 간다면 그것은 다 내 어쭙잖은 재주가 초래한 일이다. 분부하신 대로 순정한 고문을 지어 바쳐 허물을 고치도록 애써보겠다. 글재주가 용렬하여 상의 높은 안목에 닿을 수 있을지 몹시 걱정이 된다…… 총총.

한 자, 한 자가 조심스럽다. 차마 삼엄한 분부를 거스를 수도 벋댈 수도 없어 두루뭉술한 편지글이 되고 말았다. 아쉽고 미진하여 잠이 오지 않는다.

결국 앉아서 밤을 지새운다.

새벽길 나서는 인편에 답신을 올려보내고 나니 뼈마디가 욱신욱신하다. 열기가 돌고 옷깃에 닿는 살이 아프다. 몸살감기다.

공무 중에도, 방문객들과 마지못해 기방의 노래를 듣는 중에도, 머릿속은 지푸라기를 쑤셔 넣은 것처럼 혼잡스럽다.

무릇 참된 글이란 어떤 글인가.

새 글을 올리지 못하고 죄에 죄를 더 얹었다. 벼슬을 내려놓는 것이야 하등 미련이 없으나, 불충의 죄는 어찌 씻는단 말인가.

*

소문에 발이 달려, 작은 일이 부풀어 커지고 말았다.

입길에 오르내려 좋을 게 없건만, 내 글이 말썽이 되고도 신원이 무사하다 하여 또 숙덕숙덕 말들이 많다. 저마다 내막을 멋대로들 추리한다. 어떤 이는 내게 전화위복의 기회로 삼으라며 부추기고, 어떤 이는 술을 크게 내라고 보챈다. 허허.

한양의 지기들도 가만있지 않는다. 모처럼 유쾌한 화젯거리가 됐는지, 앞다투어 편지를 보내온다. 일부 나를 부러워하고, 일부 나를 설득하고, 일부 공부방 훈장처럼 바른 글 짓기를 독려한다.

임금님께서 『열하일기』를 거론하신 것은 노여워서가 아닐 게요. 장차 파격적인 은총을 내리시려는 걸 거외다.

문체를 그르친 장본인이라 집어 말씀하시면서도 그 책을 익히 보았다고 하시지 않았소. 그런 중에도 연암과 뜻에 맞는 점이 있음을 나타내신 것이라오.

늦었긴 하나 이제라도 법도에 맞는 글을 지어 올려 성총을 흐리게 하지 말아야 할 것이야.

누구보다 나를 잘 아는 처남 재성까지 오지랖을 부린다.

형님이 자중자애하지 않고 거리낌 없이 해학과 풍자를 일삼아 진중하지 않은 점은 있다 하겠습니다. 사람들의 오해를 살 법하지요. 그러할지라도 굳센 필력과 분방하고도 정밀한 식견은 우리 시대의 여러 작가들이 지니지 못한 바입니다. 어찌 섬약하고 유약하기 짝이 없는 최근 문사들과 같겠습니까? 그러니 형님의 글을 배운 까닭에 오늘날의 문풍이 이렇게 되어버렸다고 한다면 실로 억울하지 않겠습니까?

그러면서 '약간의 우스갯소리를 빼버리고 다듬는다면 『열하일기』야말로 순수하고 바른 글'이 될 것이라 한다. 새 글을 짓는 것도 좋지만 이참에 입길에 오르내리는 『열하일기』를 보완하여 재평가를 받으라는 조언이다. 단 소리인지 쓴 소리인지 모르겠다.

마침 안의에 들른 문객이 대놓고 첨삭과 수정 작업을 돕겠다 한다. 내 그의 재주를 모르지 않는다. 아연실색할 따름이다.

편지 한 통에다 여러 문인이 여러 말을 연명으로 보내오고, 또 여러 문사가 부조하듯 여러 말을 보태니 눈이 짓무르고 귀가 따갑다. 가까이서 멀리서 제각각 흥분하여 시끄럽게 떠들어대니 가히 침소봉대가 부른 소동이렷다.

두 아들이 내려와 있는 때다. 큰아이는 나름대로 판단이 설 테다. 작은아이가 이 야단스런 작태를 지켜보면서 어떤 생각을 품을지 노파심이 생긴다.

나는 이 소동에 가담하고 싶지 않다. 유혹이 없는 건 아니다. 설령 이들의 말대로 중히 쓰임을 받을 수 있는 절호의 기회라 한들, 내 글을 내가 부정하지 않고서야 어찌 얻는단 말인가.

문장은 곧 그 사람이다. 내 글을 부정하는 것은 나의 나됨을 부정하는 일이다. 남을 아프게 하지도 못하고 가렵게 하지도 못하는 글, 구절마다 범범하고 데면데면하여 우유부단하기만 한 글, 그런 글 따위를 지어 대체 어디다 쓴단 말인가.

─공의 명성에 이 작은 고을 현감이 웬 경우랍니까? 큰 그릇은 크게 쓰이는 게 당연하지요.

─드디어 출셋길이 열리려는 참인데 무얼 망설이십니까? 저 같으면 당장에 아이더러 먹을 갈게 하고 붓을 들겠습니다.

갓끈이 끊어지도록 웃을 일이다. 이들은 나를 모른다. 소위 나를 안다는 이들도 별반 다르지 않다.

실은 누구도 나를 모른다 하겠다.

이번 소동은 남공철의 득달같은 전언이 야기했으나 『열하일기』가 세간에 나돈 뒤부터 줄곧 받아온 공격과 무관하지 않다.

판에 박은 연행기를 한 부 더 보태는 것이 아무 의미가 없을뿐더러, 실상을 아는 데 전혀 보탬이 되지 않는다. 기왓장 하나, 벽돌 한 개, 똥거름 한 부대를 허투루 보아 넘기지 않고 기록해 당하는 지탄이니 자업자득이로다.

귀고천금을 외치는 문단 주류들은 『열하일기』를 조잡하고 허랑하다 한다. 대의를 저버리고 오랑캐를 칭송한다 한다. 명청의 소품에 불과하다 한다. 고문의 법도를 따르지 않는다 한다.

마음껏 떠드시게들.

고체古體 산문도 당대에는 새 글이었다. 오늘을 살면서 옛것을 아름다이 여겨 새것을 추하다 한다면 고리타분함과 참신함은 어디서 어디까지인가. 무엇이 옳고 무엇이 그른가.

고정관념을 바꾸기란 물길을 바꾸는 일보다 험하여 고되다.

＊

객사에 유숙하는 이들을 맞고 보내는 일이 만만찮고 여간 성가시지 않다. 배울 점이 있다면 고하귀천이 상관이랴마는, 하룻밤이라도 붙잡고 싶은 청류淸流를 만나기란 가문 소沼에서 물고기를 얻기보다 어렵더라.

과객을 극진히 접대해도 뒷말이 난다. 어쩌다 소홀하면 또 그것대로 흉이 되고 말거리가 된다. 벌열閥閱을 앞세워 허세를 부리는 백두白頭만큼이나 상종하기 싫은 상대는 환심을 사고자 지나치게 알랑거리는 못난이다.

문제는 내게도 있음에랴. 툭하면 이 잘난 비위가 상한다. 나의 병통이 이러하니 지병을 빙자하여 일찍 자리를 파하는 게 차선책이다.

북풍이 사납다. 쌀가루 휘날리는 설경이 묵화처럼 아름답기로서니, 광풍루나 연상각에 나가 앉았다간 한 잔, 한 곡조 끝나기도 전에 얼음부처 되기 알맞겠다.

대신 오동각에 병풍을 치고 소담한 술자리를 마련한다. 이튿날 대구로 올라가는 윤 생원과 진주로 내려가는 강 선비를 송별하기 위함이다. 이들도 객사에 머무는 동안 향교의 훈도 최아무개와 더불어 이번 문체 소동에 가세해 내 귀를 따갑게 했다.

윤 생원은 초면이다. 함양 사돈댁 문상 다녀오는 길에 들렀다며 함양 군수의 소개장을 들이밀었다. 윤 함양과는 각별한 사이냐고 묻지 않았다. 이웃한 데다 직상直上이라 교분과 상조는 불가피하지만 가능하면 모른 체하고 싶은 상대이기 때문이다. 두 윤의 항렬이 같으니 가까워야 팔촌, 혹은 그 너머이겠다.

강 선비는 의관 차례며 끌고 온 말 안장꾸미개며, 돈 많은 부잣집 도령 티가 났다. 부요함과 말쑥함을 갖추었으나 우아함이 떨어지는 게 흠이다. 번드레한 윤 생원에 비해 그나마 말수가 적어 봐줄 만하다. 둘 다 어질어 보이나 내실이 부실하다. 윤은 남의 비위를 맞추는 데 능하고, 강은 매사 뜬구름을 잡는다.

"안의는 토산이 대구나 진주는 물론, 이웃한 함양만 못하오. 접대가 부족함을 허물하지 마시오."

"아이고, 부족하다니요? 당치 않습니다, 당치 않아요. 박 사또와 문장을 논하고 술잔 기울이며 음악을 즐긴 며칠이야말로 저희에겐 두고두고 자랑거리입니다. 머무는 동안 안의현 관속들의 언행이 가지런하고 절도 있는 것에 한 번 놀라고, 백성들의 안색이 편안한 것에 두 번 놀랐습니다."

강이 윤의 말을 이어받는다.

"아무렴요. 제가 가장 놀란 일은 임금님께서 중임하시려는 의중을 간접적으로나마 내비치셨음에도 사또의 낯빛이 당최 들뜨지 않는 것이지요. 저라면 과시하고자 하는 마음을 단속하지 못하였을 겝니다."

나는 다급히 손을 젓는다.

"소심해 그런 것이지, 담대해 그런 것은 아니라오. 그리고……."

내 잘못이다. 그날 관인 찍힌 남공철의 편지가 도착했을 때 안의 유사들과 과객 문사들이 마침 한자리에 모여 있었다. 열두서너 눈동자가 궁금해하는 기척이더라도 편지를 돌리지 말았어야 옳다.

내심 내가 어떤 사람인지 알리고 싶었던 것일까. 환갑을 앞두고도 수양이 부족해 돌연 치기가 발동한다. 갈 길이 멀다. 멀어도 한참 멀다.

"그리고…… 나랏일이오. 중임이니 어쩌니 하는 말은 신하 된 자가 함부로 입에 올릴 말이 아니외다. 더군다나 말이란 건너다보면 뜻이 바뀌고 부풀게 마련이니, 나나 여러분이나 조심하지 않으면 아니 될 것이오."

나는 큰 잔에 받은 술을 한 번에 들이켰다. 벌주를 들이붓는 심경이다. 술맛을 통 모르겠다.

눈치 더딘 강이 문득 말문이 트여 뒷북을 친다.

"하시면, 새로 지어 올릴 글 구상은 잘 되어 가십니까?"

어이쿠.

관가가 아니고 사가에 찾아온 손님이라면 내 벌써 넌더리가 나 입에 자물쇠를 걸고 돌아앉았으리.

윤은 사십 초반이다. 생원시를 통과해 백패白牌[77]를 받았다. 강은 이립而立 서른인데 아직 향시를 못 넘었다. 공부가 깊든 얕든 말뜻을 알아먹지 못하는 건 똑같다.

글은 쓰는 자의 것이기도 하고, 읽는 자의 것이기도 하다. 작품은 작

---

[77]   소과에 급제한 이에게 주는 증서.

가의 작의와 독자의 상상이 때로는 합치되고 때로는 박리되는 운명을 타고나기 때문이다.

말은 어떠한가? 말하는 자의 말이 온전히 전달되지 않는 것은, 말하는 자의 말이 군색해서일까, 듣는 자의 말귀가 어두워서일까. 진실된 말을 진실된 마음으로 들으면 무슨 문제가 생기겠는가마는.

나는 낯빛을 엄숙히 고쳤다.

"임금님께서『열하일기』의 문체가 잘못되었다며 죄를 주셨으니 신하된 도리로서 그 죄를 달게 받는 것이 마땅하오."

"죄를 주신 게 아니라 새로운 기회를 내리신 것입니다. 이런 광영이 어디 있겠습니까? 그렇지 않은가요, 강 선비?"

경전을 달달 외워 기어코 생원은 되었으렸다. 외운 공부는 공부가 아니다. 통찰이 빠지면 헛공부다. 그러고도 실족하는 것이 사람이다. 불완전한 까닭이다.

"견책을 받은 몸이 새로 글을 지어 올려 이전의 잘못을 덮으려 해서야 쓰겠소? 바른 글을 지어 바치라 하심은, 죄지은 신하로 하여금 스스로 반성하는 길을 열어주시려 완곡히 하신 말씀과 다르지 않소. 그럼에도 내가 이에 편승해 우쭐하여 글을 지어 바치면, 이는 바라서는 아니 될 것을 바라는 것이올시다. 바라서는 아니 될 것을 바란다는 건 신하된 자로서 큰 죄를 짓는 것이라오."

술잔을 들고 화제를 돌렸다.

"자, 이제 그 이야기는 그만하고 음악이나 들읍시다."

연심과 홍섬이 일찌감치 가야금과 생황을 끼고 대기하고 있다. 며칠 전에 거창에 갔다던 이 악사도 때마침 귀가했다가 선걸음에 거문고를 빗겨 메고 건너왔다.

"이 공. 지난해 맹동孟冬[78] 향음주례 때, 이 공과 우리 아이들이 악기와 노래를 선보인 이후로 안의의 음악 수준이 대구나 진주보다 낫다는 소문이 났다는구려. 그래 이번 손님들에게도 들려주고 싶었는데 요행 소리복이 닿았소. 덕택에 체면이 서는구려."

이 악사가 술잔을 비우고 거문고를 당긴다. 왼손을 괘 중간에 두고 오른손 검지와 중지 사이에 술대를 끼워 잡는다.

악사는 눈을 감고 숨을 깊이 들이쉬었다가 천천히 내쉬고는 다스름[79]으로 들어간다. 열 박이 끝나고 드디어 첫 소리를 내니, 「영산회상」 중 상영산이다. 곡조야 익숙하지만 연주하는 이의 기량과 성정에 따라, 또 듣는 이의 청감과 정서에 따라 십인십색일 것이다.

노인의 느릿느릿 꿋꿋한 소리에는 수십 번의 춘하추동과 천예賤藝의 손가락질을 뛰어넘은 기상이 스미어 있다. 녹록지 않은 세월이었으리라.

---

78 음력 10월의 초겨울.
79 조율을 위해 간단한 곡을 연주해보는 일.

악사에게 악은 생존이 달린 업이었을 것이나, 사대부에게 악은 교양인으로서 갖춰야 할 고상한 취미에 지나지 않는다.

대부분의 선비가 경전을 읽는 틈틈이 거문고를 배우는 것도 삿되고 흐트러지는 마음을 다잡기 위함이다. '빠르고 요란한 음악을 타지 말 것이며, 속된 무리 앞에서 타지 말 것이다. 저잣거리에서 타지 말 것이요, 바르게 자리 잡은 연후가 아니면 타지 말 것이요, 의관을 제대로 차리지 않고는 타지 말 것이다.' 이처럼 금하는 것이 많은 것도 수양의 방편으로 삼기 때문이다.

한때는 나도 벗들과 어울려 거문고를 탔다. 금기를 지키기는커녕 오히려 질탕한 놀이로 마감한 적이 적지 않다. 꽃그늘 아래에서, 맑은 바람 부는 정자마루에서, 달빛 교교한 수표교에서, 종종 체면을 내려놓고 무람없이 놀았다. 가슴속에는 내남없이 실의와 슬픔이 가득하던 시절이었다.

십여 년 전 홍대용이 죽은 뒤부터는 거의 음악을 듣지 않았다. 음악이 있는 자리에 늘 함께하던 지기가 없으니 감흥도 사라졌다. 몇 년 뒤에는 집에 있던 악기들을 아예 치워버렸다.

이제 안의에 와서 고을의 수장으로서 예악의 근본을 가르치려니 나 또한 조금씩 거문고를 뉘고 술대를 잡아보긴 한다. 현과 술대를 놀리는 손이 예전 같지 않다만.

이 악사는 「영산회상」 세영산에서 더 나아가지 않고 「천년만세」로 들어간다. 합주할 만한 악기가 없는 데다 연주시간이 너무 길어져 예서 마무리하려는가 보다.

악사가 「천년만세」 세 곡을 차례로 연주하는 동안, 나는 꿈결에 길을 잃듯 다른 가락을 상상한다.

나직나직 노래 얹은 「풍입송」을 떠올릴 줄 내 어찌 알았겠나.

| 구휼의 도道 |

사방 수천 리밖에 되지 않는 이 좁은 강토에서 백성들의 살림살이가 이토록 궁색한 것은 오직 하늘만 올려다보는 어리석음 탓도 있겠지만, 궁극적으로는 이 나라 선비와 벼슬아치 들의 몰이해 탓이다. 천하를 통치하는 사람으로서 진실로 백성에게 이롭고 국가를 부강하게 할 수 있다면 그 법이 오랑캐의 것이라 하더라도 본받지 말아야 할 이유가 없다. 현실은 어떤가. 존화양이尊華攘夷의 명목뿐인 허위에 가려 백성이 죽어나는 건 아랑곳하지 않는다. 애통하다.

*

우리나라 백성들은 가난을 숙명으로 돌리며 묵묵히 감내해야 할 것으로 받아들인다. 그들의 사기를 꺾은 사대부의 한 사람으로서 깊이 시름한다. 그럴 때마다 오래전 중국을 여행하면서 느꼈던 바가 떠오른다. 당시에나 지금에나 부러움이 반이요, 속상함이 반이다.

고상한 선비는 중국을 다녀온 뒤 무엇이 장관이더냐 하는 질문에 도무지 볼 만한 것이 없더라 한다. 황제 이하 만백성이 변발을 했으니 되놈이지 않은가, 하며 깔보는 것을 자랑스럽게 여겨서다. 명에 대한 의리를 내세우지 않으면 덩달아 오랑캐 취급받으니 좌중의 사람들이 찍소리를 않는다. 그러면 우쭐대며 높은 성곽과 화려한 궁실, 끝없이 늘어선 점포와 장대한 패루, 광막한 벌판과 웅장한 산림 등에 대해 장황히 늘어놓는다. 이전 사람들과 하등 다를 것 없는 감상을 앵무새처럼 읊는 것이다.

나는 기묘하고 환상적인 풍광보다 그들의 삶이 궁금했다. 깨진 기왓조각 하나도 쓸모 있는 것으로 바꾸는 안목에 탄복했다. 도구로써 인민의 생활을 이롭게 하려는 제도가 변두리 농촌에까지 미치지 않는 데가 없음이 경이로웠다. 그 광대한 중국 땅 어디를 가든 산처럼 쌓인 물산을 보고 가졌던 부러움과 비애는 말해 무엇 하랴.

안의에 내려와서 중국 여행에서 배운 바를 시험해보고자 하였다.

일일이 손으로 하는 일은 능률이 오르지 않아 생산성이 떨어질 수밖에 없다. 하늘만 올려다보고 있기보다 농사짓는 방법과 제도를 바꾸어 천수답의 한계를 극복하려는 지혜와 의지가 필요하다고 보았다.

하여 눈썰미와 손재주가 있는 대장장이와 목수를 가려 뽑아 여러 기구를 제조하게 했다. 논에 물을 끌어올리는 수차水車를 개량하고, 중국 것을 본떠 물레방아를 제작했다. 그러니 힘을 적게 들이고도 일을 빨리할 수 있어 혼자서 수십 명 몫의 일을 해냈다.

오래도록 마땅히 운용해볼 곳을 찾지 못하다가 이곳에 와서야 과감히 시도해보건만, 내 뜻은 왕왕 어처구니없는 의심에 부딪치곤 한다.

이웃 고을 수령 한둘이 용렬한 시샘을 부리는 따위 잡음은 개의치 않으면 그만이다. 쓸데없는 일을 만들어 여러 사람을 성가시게 한다는 원성은 웬 말인가. 백성들마저 이로운 것을 달가이 여기지 않는 풍토는 웬일인가. 정작 재해와 흉작으로 고통받는 이들이 당장의 낯섦을 견디지 않고 편리함을 멀리하니, 의아하고 의아하다.

내 무능과 무기력이 한스럽다. 북쪽 하늘을 쳐다보며 임기가 차기만을 기다리는 벼슬아치가 될까 두렵다.

전전반측하는 밤이 깊고도 길다.

*

또다시 흉년이 크게 들었다. 알고도 대비하지 못하고, 모르고 있다가도 당한다. 사람을 탓할까, 하늘을 탓할까.

두둑의 새순은 돋는 족족 뽑히고 산비탈에도 남아나는 것이 없다. 벌채와 화전을 엄히 금해도 목구멍이 포도청이라. 영남 일대 일흔두 개 고을이 재해를 입었다. 안의현도 피해가 극심하다.

얼음 녹기도 전에 단지가 비어 묵은 보리 꾸러 다니는 집이 한 집 건너 두 집이다. 값을 쳐줄 만한 것이면 조상 대대로 내려온 가보든 혼례 패물이든 헐하게 저당 잡히거나 내다파는 집이 속출한다. 이때를 놓치지 않고 눈독 들인 물건을 싼값에 후려쳐서 폭리를 취하려는 거간이 날뛰는데, 아침저녁으로 눈 마주치는 이웃으로서 차마 할 짓이 아니다.

춘궁기에 고리대를 놓아 가을에 몇 곱절로 받아내는 짓은 가혹하기 그지없다. 채권자는 채무자의 소출이 많고 적음을 헤아려 주지 않는다. 헛바닥으로 죽 그릇을 핥듯 훑어가니 탈탈 털린 집에서는 온 식구가 서리 내린 논바닥에 엎드려 이삭을 줍는다. 주린 양민의 원성이 하늘가에 닿지만 근절되지 않고 있다.

이러니 해가 갈수록 빌어먹은 곡식 이자를 갚지 못해 땅문서나 살던 집을 내주고 유리걸식하는 난민이 늘어간다. 빚 독촉을 견디지 못해 어린 딸아이를 대가도 받지 못한 채 고공비雇工婢[80]로 넘기거나, 처자를 노비로 팔아넘기거나, 자매문기自賣文記에 날인하여 스스로 남의 집 종살이로 들어선다.

나도 벼슬을 얻기 전까지는 집안의 쌀독이 자주 비었다. 서화를 저당 잡혀 다급한 사정을 모면하거나 돈냥 구하는 편지를 보낸 일도 부지기수다. 가난에 몰린 이들의 처지를 어찌 모른다 하랴.

하물며 내가 다스리는 고을의 백성에게 닥친 일이니 참담하기 이를 데 없다.

아전들의 포흠 비리로 한 번 축이 난 창고는 벼룩의 뜸자리만도 못하다. 부임 초기 나와 그들 간의 약조대로 개미 메 나르듯 채워가고는 있으나, 장부와는 여전히 크게 어긋난다. 구호를 위함일지라도 한 번 덜어

---

80 여자 머슴.

내면 두 번 세 번 덜어내는 손이 수월하게 되고, 결국에는 다시 창고가 비고 말 것이다. 함부로 건드릴 수 없는 이유다.

"인근 어디에 혹 한 재산 착실히 모은 천역이나 외거노비라도 살지 않으려나."

궁리에 몰두하다 혼잣말이 입 밖으로 샜다.

"예?"

곁붙이 아전의 뜨악한 낯을 보고는 아차, 한다. 흠흠. 민망하여 헛기침으로 무마하나 이미 실없는 노인이 되고 만 뒤다. 이래서야 영이 서겠나.

내 어쩌다 부자 노비가 속량 바라기를 바랄꼬. 수레에 바리바리 곡식 섬 싣고 읍성 문루 들어서길 바라는 심정이 되었을꼬. 애달프다, 애달파.

＊

나라의 녹은 백성에게서 나오는 것이다. 백성이 진구렁에 빠지면 나라도 암흑이다. 희망도, 미래도 없다. 그 백성이 배를 곯는데 고을 수령이 앉아서 때때 밥상을 받는다는 것은 어불성설, 사리에 맞지 않는다.

"구휼소를 마련해야겠구나."

가난 구제는 나라님도 못 한다지만 그렇다고 관에서 손을 놓고 있어서야 옳겠는가. 백성을 구제하는 일보다 더 크고 시급한 일이 어디 있겠는가.

"장계를 올려야 하겠습지요?"

"내 직접 쓰련다. 필묵을 당겨오너라."

"구휼미를 얼마나 적어 올리시려는지요?"

"우리 현은 사진私賑으로 시행할 것이다. 그리 알아두어라."

"예? 공진公賑이 아니옵고요?"

공진은 관아의 곡식으로, 사진은 개인이 사사로이 나서서 백성을 구
휼하는 것이다.

"사진이든 공진이든 시행하는 데 제각각 애로가 없지 않다. 내 여러
날 곰곰이 생각한 끝에 내린 결정이니 따르도록 하라."

"하오나 재해가 심한 터라 구휼할 인원이 적지 않습니다. 사진은 무
리이옵니다."

"구휼은 백성을 위해 정성을 다하는 데 있지, 사진이니 공진이니 하
는 건 중요하지 않다. 너희는 정성을 다해 백성을 구휼하는 데 마음을
쓸 궁리나 하여라."

"알겠사옵니다만……."

이방이 목을 움츠리며 말끝을 흐린다. 이제는 아전들도 겪어본지라
나를 말릴 수 없음을 잘 안다.

*

경상감사는 사진에 난색을 표하는 회신을 보내왔다. 정중하고 완곡하나, '박 연암은 매번 나를 놀라게 한다. 이번에도 역시나 그러하다'는 말로 슬쩍 불편함을 내비친다.

안의는 도내에서도 재해가 심한 곳으로 알고 있습니다. 응당 구휼소를 차려 주린 백성을 돌보아야겠지요. 다만 구휼의 규모가 결코 만만치 않을 텐데 수령의 봉록을 덜어 사진으로 시행한다는 장계는 적절치 않습니다. 나라에서 각 도에 정한 구휼미가 있으니 공진으로 시행함이 마땅할 것입니다.

부임 초 인사차 감영에 들어갔을 때 감사의 부탁으로 관내 미제 의옥 건을 처리하느라 머리를 맞댄 바 있다. 이후로도 직하直下 고을 수령들 사이에 섞여 두세 번 더 대화를 나누었다. 그때마다 대체로 의론이 잘 통했기에 이 일도 웬만해서는 승인이 나리라 여겼다. 어디까지나 나만의 생각이었나 보다.

비록 이름은 사진이나 곡식은 이 땅에서 나는 것입니다. 이 땅에서 나는 곡식으로 이 땅의 백성을 구휼하거늘 어찌 공진이니 사진이니 따지겠습니까? 공진으로 해야 할지 사진으로 해야 할지 그 여부와, 곡식의 출처 및 구휼할 백성을 가려내는 경위 일체를 저에게 일임하여 간여하지 마시기 바랍니다.

몇 차례 편지가 오간 끝에 사진으로 결정이 났다.

어디에나 호사가들이 있다. 전말을 들은 자마다 한마디씩 한다.

"요령 좋은 수령은 넉넉해도 없는 척, 손대지 않고도 모다 이룬 척, 나랏돈으로 선심 쓰며 치적을 부풀려 조정에 자천한답니다."

"공은 외려 감사가 말리는 사진을 강청하셨다고요?"

"허허. 이는 천 섬 농장 가진 부자도 쉽지 않을 적선입니다."

나와는 그 정도 친분이 되는 사이라 자신했는지, 보다 냉정하게 현실을 들먹이며 나무라는 이도 있다.

"육십 가까워 이 작은 고을 수령 자리 하나 겨우 얻고서는 부유하고 안락한 기상을 잃지 않으니 이래서야 어디 뒷날의 계책을 도모할 수 있겠습니까? 모름지기 신병을 호소하고 궁핍을 자랑하여야 감사도 동정하여 공의 승진을 주선하지 않겠습니까?"

그 말에 동석한 이들이 파안대소한다. 우스워 웃고, 동의의 뜻으로 웃는다.

내 이들과 『경국대전』이며 『춘추』를 논하고, 공무를 파하면 느지막이 술잔 기울이며 이 아름다운 화림 안의의 자연에서 노니는 즐거움을 나누었구나.

"이제 '최最'는 물 건너간 듯하외다."

"그러게나 말입니다. '중中'은커녕 '전殿'을 독獨으로 맡아놓은 셈이지요."

따 놓은 당상이라더니, 이는 따 놓은 파직인가.

'최'니 '중'이니 '전'이니 하는 것은 관찰사가 수령의 치적을 심사하여 문부에 보고할 때 매기는 점수다. '중'만 해도 타격이 세다. 한 번이라도 '중'을 받으면 승진하지 못하며, 두 번 거푸 받으면 관직에서 물러나도록 『경국대전』에 명시되어 있다. '전'은 가장 나쁜 성적이다. 군현 수령의 포폄은 감사의 권한이니 내가 괘념할 바 아니다.

파직이든 사직이든. 떠날 때가 되면 떠나는 것 또한 순리다.

*

춘궁기에 관아는 이따금 오일장 서는 날처럼 분망하고 시끌시끌하다. 먹고 살기 힘들면 사람의 마음도 각박해진다. 고발장과 투서가 늘고, 주먹다짐 끝에 시비를 가려달라는 민원이 는다. 에라, 매나 벌은 나중에 당할 일. 연초 재듯 꽉꽉 눌러둔 심화가 마침내 멱살잡이와 욕설로 터져버리는 까닭이렷다.

환곡과 휼미恤米에 불만을 품은 자들도 소매를 둥둥 걷고 들락거린다. 울고불고 하소연, 합죽한 볼때기 새로 흘러나오는 앓는 소리가 끊이지 않는다. 늙은이들의 뺨에 자우룩이 내려앉은 저승꽃을 보노라면 나도 모르는 새 끄응, 탄식이 새나온다. 나고 죽고 흥하고 망하는 것이 한 찰나가 아니라 영겁인 것만 같아 불현듯 아찔해지는 것이다.

환곡은 무상이 아니다. 봄에 구황을 목적으로 풀고 가을에 길미를 쳐서 거둔다. 엄밀히 말해 나라는 손실을 감수하지 않는다. 다만 환곡이든 흉미든 시행이 올바르면 아쉬운 대로 긴요한 호구지책이 되련만, 실상은 그렇지 못하다.

거저 푸는 흉미의 제도가 있은들 아사를 줄이는 데 얼마나 도움이 될는지. 대상 가호를 정하는 데마저 정실이 개입되어 잡음이 많다. 그나마도 넉넉지 않아 언 발에 오줌 누기다.

임시변통으로는 사태를 해결하지 못한다. 고름을 빨고 뿌리를 뽑지 않으면 종기가 덧나는 이치와 같다.

글 읽어 높이 앉은 자들이 머리를 맞대어 법을 만들고, 수정하고, 보완을 거치지만 폐단이 뿌리 뽑히기는커녕 나날이 악화되어간다. 법이 문제가 아니다. 그 법을 집행하는 자들의 사심私心, 그리고 사심邪心 때문에 가난한 백성이 법에 기댈 수 없게 되는 것이다.

탐욕은 쑥쑥 자라는 독초와 같다. 나라에서 정한 것 이상의 이자를 매겨 사익을 챙기는 지방관이나 향리, 부호를 근절할 방도도 없다. 견리사의 見利思義가 아닌, 견리망의 見利忘義가 판을 치는 세상이다.

눈앞의 이익을 보면 먼저 의리를 생각하는가. 이익 앞에서 의리를 잊는가. 인지상정이라 하여, 제 눈을 가려야 살아남는 줄 안다.

*

"구휼할 가호를 빠짐없이 잘 가려내었느냐?"

"모두 천 사백여 인이옵니다."

"환곡 신청에 빠진 민가 조사하는 일은 어찌 돼 가느냐?"

으슥한 산골짜기에 떨어져 살아 마을 소식에 어둡거나, 운신이 불편하여 고개를 넘어오지 못하는 백성이 없지 않다. 우는 아이는 지나가는 사람이라도 돌아보게 되지만, 울 힘이 없는 아이는 제 어미라도 젖 물리는 때를 놓치기 십상이다.

"각 동임 洞任[81]들이 나서 모두 서른다섯 가구를 찾아냈습니다. 집 밖 출입을 아예 못 하는 노인 병자들이 대부분입니다요. 요행히 근처에 이웃이 살면 이따금 풀죽이라도 쑤어다 주는 것으로 연명하고 있사옵고, 외딴곳 외딴 인가는 손 뻗어 닿는 족족 풀뿌리와 나무껍질을 채취하여 버티는지라 집 둘레 민숭민숭하기가 마치 삭도 친 중 머리 같았사옵니다."

---

81 동리의 공무에 종사하는 사람.

"예끼! 영각사 귀 밝은 중이 탁발 내려왔다가 자네 말 듣고선 내 다시는 안의에 걸음 놓나 봐라 하겠구나."

내처 경암의 근황을 물어본다.

"근자에 경암 소식은 들은 것이 있느냐?"

"글쎄올습니다. 코빼기도 못 보았는뎁쇼."

내 오래전에 불전을 공부한 바 있고, 경암은 사문沙門[82]이나 출가 전에 유학을 해 경서에 능통하다. 고리타분한 서원 훈도나, 사서오경 달달 왼 것밖에 모르는 소과 출신보다 낫다. 작년 가을에 암자를 정해 결제結制[83]에 들어간다 하더니. 동안거 해제하면 걸음 할 줄 알았더니 종무소식이다.

수주작처隨主作處 입처개진立處皆眞이라.

한곳에 길게 머무르지는 않는 운수납자[84]라 오면 오고, 한번 가면 첩첩산중이다.

"나나 너희가 굶지 않는다고 해서 민가의 일을 남의 집 불구경하듯 넘겨다보아서는 아니 될 것이야."

잡담을 걷고 본론으로 돌아와 아전을 단속한다.

안의현에도 여러 동계洞契가 있다. 평소 살길이 막연해진 계원을 위

---

82 불도에 정진하는 사람.
83 겨울 수행(동안거)을 시작하는 것. 통상 음력 10월 보름부터 다음해 정월 보름까지다.
84 雲水衲子. 여러 곳을 떠돌아다니는 중.

해 자체적으로 십시일반 구호하는 미풍이 있긴 하다. 지난해처럼 나라 전체에 큰 흉년이 들면 내 집 네 집 없이 손실이 지대한지라 민심이 각박해질 수밖에 없다. 곳간에서 인심 난다질 않은가. 경주 최동량 아니고서야, 제집 건사도 힘든 마당에 남의 집 쌀독 바닥까지 살피기란 심히 어려운 일이다.

"갑작스럽게 환난에 처한 집은 물론이고, 특별히 관내의 환과고독자 鰥寡孤獨者, 홀아비와 사별한 아녀자, 어리고 부모 없는 아이, 늙고 보살펴줄 자식도 없는 노인 등을 잘 찾아내 그들의 안전에 애써야 할 것이다. 맹자는 어진 정치를 베풀기 위해서는 일할 능력이 없거나 의지할 데가 없는 사람을 반드시 먼저 돌보아야 한다고 하셨다."

"예이. 명심하겠습니다."

"물러가서 일 보아라."

"예이."

허리를 숙인 채 물러가는 이방이 미덥잖다. 오종종한 생김새처럼 매양 건성건성, 찐득한 데가 없다. 간이 작은 것 같아 그나마 다행이다. 함부로 뒷손을 벌리고 다닐 위인은 못 될 터인즉.

*

관아 한쪽에 솥단지를 걸었다. 구휼은 한 달에 세 번 여는 데 그친다.

288

내내 주린 배에 열흘만의 한 끼가 기별이나 가겠는가. 자칫 나라에서, 혹은 관에서 백성을 저버리지 않는다는 형식적인 본보기로 비칠까 염려스럽다.

뜰 안팎에다 금을 그어 구역을 나누고 맨땅에 앉지 않도록 멍석을 깔았다. 동리를 구분하고, 남녀의 자리를 따로 하며, 어른과 아이를 달리한다. 양반은 뜰 안쪽에 앉게 하고, 양인은 뒤쪽에 앉게 하며, 천인은 뜰바깥에 앉도록 한다.

동헌방에서 꾸역꾸역 모여드는 읍민들을 내다보다가 괴로워 눈을 감는데, 곁에 있던 둘째아이가 묻는다.

"굳이 그렇게 구별하는 이유가 무엇이에요?"

종간은 도성에서도 구황청救荒廳을 본 적이 없으리라. 한꺼번에 이토록 많은 사람들이 몰려 북새통을 이루는 광경이 그저 신기한 모양이다.

"이럴 때일수록 예를 갖추어야 한다. 돕는 사람은 거들먹거려 도움을 받는 사람들로 하여금 마음을 상하게 해서는 안 된다. 도움을 받는 사람들이 체면을 잃었다며 자괴에 빠지지 않도록 세심하게 신경을 써야 한단다."

"자존심을 잃지 않게 배려하려는 뜻이요?"

"알아듣는구나. 기특하다. 남녀와 노소와 위아래가 뒤죽박죽이 되어 혼란이 야기되는 것을 막기 위함도 있지만, 가뜩이나 나약해진 정신마저 무너지지 않도록 예로써 살피고자 함이다."

"임금님이 행궁에 거둥하실 때에도, 대보름날 운종가에서도, 이렇게 사람들이 많이 모인 건 보지 못했어요."

명단에 든 사람만 1천 4백여 명에 이른다. 열에 한둘, 두셋이 굶주림을 못 면하고 있다는 얘기다. 그중에는 외거노비나 천역보다 살림이 궁한, 이름만 양반인 가족도 섞여 있다. 다락 같은 자존심은 내동댕이쳐진 지 오래일 것이다. 해마다 관의 환곡을 빌려 먹고 갚지 못해 전전긍긍하고 있을지도 모른다.

농사는 하늘을 바라보고 짓는다. 흉년은 가뭄으로 인한 것이니 하늘을 원망해야 하리라. 그러함에도 구휼소에 모인 사람들은 죄라도 지은 듯 하늘을 올려다보지 못한다.

나도 눈을 어디에 두어야 할지 모르겠다. 아이 모르게 한숨을 짓고 동헌방을 나섰다. 대청에 정좌하여 차마 떨어지지 않는 입을 연다.

"시작하자."

뿌우.

장교가 나발을 길게 분다. 웅성웅성하던 소리가 일시에 잦아든다.

사환 용석이가 맨발로 올라와 마룻바닥에 죽 그릇을 내려놓는다. 사또라 하여 쟁반이나 소반을 받치지 말라 일러두었다. 그릇 또한 진휼에 쓰는 것과 같다.

나는 모두가 지켜보는 가운데 두 손으로 그릇을 들어 올린다. 아침 한 끼를 걸렀을 뿐인데도 목으로 넘어가는 죽이 반갑다. 멀건 죽을 남김없이 비우고 빈 그릇을 내려놓는다.

"이것이 주인의 예요."

엄숙히 구휼 시작을 알리니 손님의 예로써 모두가 제 앞에 놓인 죽 그릇을 든다. 그 진지하고도 정성스러운 태도가 기막히다. 내 차마 볼 수 없어 고개 숙이니, 거기, 반질반질한 마룻장에 옹이 무늬가 선명하다. 마치 사천왕이 눈알을 부릅뜨고 노려보는 것만 같다.

언 물이 녹고 언 땅이 풀어지고도 먹을 것이 궁한 봄이여, 잔인하구나.

┃소견세월 消遣歲月하노니┃

일 년 삼백육십 일은 춘하추동 사시절이라. 꽃피고 버들잎 푸르면 화조월석 춘절이요. 사월남풍 대맥황은 녹음방초 하절이라. 추풍이 소슬하여 동방에 벌레 울면 황국단풍 추절이요. 백설이 분분하여 천산에 조비절하고 만경에 인종멸하니 창송녹죽 동절이라. 인간 칠십 고래희라 사시가경과 무정세월이 덧없이 흘러가니 그 아니 애달픈가.[85]

*

잠 이루지 못해 일어나 앉습니다. 이마를 짚어보니 아랫목 이불속처럼 뜨거워요.

눈 질끈 감습니다. 어둠 안에서, 정작 눈앞이 환해옵니다. 언젠가 토굴 법당에서 갈라진 바위틈으로 밖을 보았을 때, 그때, 제 이마에 닿던 빛을 기억합니다. 강보에 싸인 듯 온온하였어요. 형체가 생기고, 머물고, 변화하고, 소멸하는, 그 생주이멸 生住異滅의 첫 순간으로 돌아간 듯 말이어요.

잡아 달라 손 내미는, 어린아이 같은 제 자신이 싫지는 않습니다. 단지 어쩔 줄 모를 뿐이지요.

---

85 「창부타령」의 일부.

그래요, 어쩔 줄 모르겠어요. 처음이니까요.

*

"악사 어른. 악사 어른."

대문간에서 들려오는 목소리를 단번에 알아챈 건 단연 섭이입니다.

"동애 오라버닌데요, 아씨?"

토박이 억양이 아닌 데다 나직하니 점잖은 목소리쯤 저도 구별합니다. 때마침 한방에 있던 연심이 에구머니나 당황한 것도 동애임을 확신해서이지요. 연심은 밤마실이 잦습니다. 술기운이 올랐으니 질책을 당할까 제 발 저릴 밖에요.

마음 먼저 대문간으로 내달은 섭이를 앞질러, 사랑채 할아버지께서 기척하시는군요.

"뉘오?"

"예. 접니다, 동앱니다."

할아버지께서 빗장을 열어주니 목소리가 더욱 또렷하게 들립니다.

"진지 자셨는지요?"

"흠, 했네. 근데, 무슨 일로다?"

"저희 나리께서 악사 어른 집에 계신지 알아보라 하셨습니다."

"나리께서 납시었는가?"

"광풍루 나오셨다 된바람에 오들오들 떨고 계십니다."

동애가 농기를 담아 대꾸합니다. 제 방에서 숨죽이던 연심이 쿡 웃습니다.

"당키나 해요? 오들오들, 오금 저린 건 늘 우리 같은 아랫것들이지. 안 그래요, 스승님?"

뭐랄까요, 연심은 좀 직설적입니다. 하고 싶은 말 툭툭 내뱉고 마니 관아기방 생활이 힘겨울밖에요. 뒤끝 없노라 자신을 변호하지만, 왕왕 상대방 뒤끝에 당하고 말지요. 되도록 고쳐야 할 말버릇입니다.

"잠시 들러도 좋을지 물어보라 하시며 절 보내셨습니다."

할아버지께서는 장악원 시절에도 야밤에 거문고갑 둘러메고 집 나선 일이 혹간 있었더랍니다. 심부름 나온 세도가 겸인들은 마치 저가 모시는 상전이라도 된 양 거드름이 여간 아니었고요. 채비가 굼뜨다느니, 걸음이 느려 터졌다느니, 악사를 닦달하였답니다.

"무슨 일이실고?"

"구휼 치른 뒤로 울울해하십니다. 오늘도 저녁상 드는 둥 마는 둥 물리치시고는 저더러 앞장서거라 하시더군요."

양반 생리에 이골 난 할아버지이십니다만, 나리께서 몸소 거동하신다니 황망 중에 황송하신 모양이에요.

"아이고, 속히 뫼시게나."

할아버지 말씀이 떨어지자마자 방에서 엿듣던 섭이가 왈칵 지게문을

294

열어젖뜨리며 뛰쳐나갑니다.

"저러다 쟤, 눈 빠지고 목 빠지고 기어이 눈물 콧물 쏙 빠트리고 말 것
이야요. 장담해요, 나. 상사相思에 약 없어요. 있어도 안 듣는 병이고요.
그래도 부럽네. 이 내 앙가슴은 모래땅만도 못해 갯메꽃 한 송이도 아니
맺는데."

연심이 혼잣말인 듯 중얼거리는군요. 저는 아무 대꾸하지 못합니다.

*

저희가 들어서자 나리께서는 아랫목에 좌정한 채 묵례로 맞아주시고,
할아버지께서는 악기 줄을 고르며 알 듯 모를 듯 눈짓하십니다.

동애는 나리의 소소한 지시에 지체함이 없고, 할아버지께서 자잘하게
도움을 청하여도 흔들림이 없습니다. 저희 집에 저런 일손이 있어주면
얼마나 든든할까, 속절없는 생각이 스칩니다.

섭이는 섭이대로 아담한 주안상을 뚝딱 내어옵니다. 재바름이 가상하
니 상으로 자줏빛 댕기라도 한 가닥 내주어야겠어요.

뜻하지 아니한 악회는 조촐하고, 아찔합니다.

창 내고자 창을 내고자, 이 내 가슴에 창 내고자……

295

고모장지 세살장지 들장지 열장지 암돌쩌귀 수돌쩌귀 자물쇠를 크나큰
장도리로 뚝딱 박아 이 내 가슴에 창 내고자……
이따가 하 답답할 때 여닫아볼까 하노라……

세 칸 사랑을 트니 여럿이 자리를 넓혀 앉기는 좋지만 소리가 흩어져
조금 아쉽습니다. 연심의 사설시조를 듣는 내내 제 마음 찬찬하지 못함
을 부인할 수는 없겠고요.

연심의 소리는 얕은 듯 깊고 얇은 듯 묵직합니다. 애절한 듯 그윽하
고, 아련한 듯 처연하지요. 남녀 간 연모의 정을 그린 노래가 단연 멋스
럽지만 「녹명」이나 「여민락만」 같은 중후한 노래나 시절가時節歌류의
멋도 제법입니다.

이날은 추상같은 나리 앞일진대, 옥살이나 다름없노라는 신세한탄이
천연덕스럽군요. 엉뚱하고 당차기가 장부 못지않습니다.

나리의 청으로, 할아버지의 은근한 부추김으로 저는 가야금 대신 거
문고를 뉘고 술대를 잡습니다.

「풍입송」은 큰 덕 지닌 임금님을 만나 태평성대를 이루었으니 성수만
세聖壽萬歲를 축원하노라는 뜻이 담긴 노래입니다만, 저는 청매 향기
분분하던 이른 봄날을 떠올립니다.

성聖 명明 천天 자子 당當 금수……

"자고로……."

나리께서 제 가락에 가사를 얹어 흥얼흥얼하시다 끊고 문득 말문을 여십니다. 제가 주춤하니 황급히 계속하라 손짓하시며 말씀하시네요.

"천무음우天無淫雨라, 궂은 비 내리지 않고 날 맑으니 가히 태평성세라고들 하오만……."

어두운 얼굴로 술잔을 죽 들이켜시고는 고개를 두어 번 가로저으시는군요.

"모르겠소. 이곳에 내려온 뒤로 내 자주 막막하고, 막막하고, 또 막막하구려. 연심이 저 아이가 노래 빌려 바라듯, 나도 내 가슴에 크게 창을 하나 내야 할까 보오. 그리하면 그 벽창으로 솔숲 건너온 바람이 무시로 드나들며 이 불덩이를 식혀주련만. 달리 풍입송이겠는가 말이외다."

이날 제가 어떻게 연주하였는지 기억나지 않습니다.

막막하고 막막하고 또 막막하다시는 하소가 귀울음처럼 남았을 뿐입니다.

|사람이 가고|

종자기鍾子期가 세상을 떠나자 백아伯牙는 자신의 오동나무 금琴을 끌어안고, 장차 뉘를 향해 연주하며 뉘로 하여금 감상케 하겠나, 탄식했다. 그러니 허리춤에 찼던 칼을 뽑아 단번에 그 다섯 줄을 끊어 버려 쟁 하는 소리가 날밖에. 그리고 나서 자르고, 끊고, 냅다 치고, 박살내고, 깨부수고, 발로 밟아, 몽땅 아궁이에 쓸어 넣고선 불살라버린 후에야 겨우 성에 차 했다. 그러고는 스스로 물었다.

"속이 시원하냐?"

"그래, 시원하다."

"엉엉 울고 싶으냐?"

"그래, 엉엉 울고 싶다."

울음소리가 천지를 가득 메워 마치 종소리와 경쇠 소리가 울리는 것 같고. 흐르는 눈물은 앞섶에 뚝뚝 떨어져 큰 구슬 같은데, 눈물을 드리운 채 눈을 들어 바라보면 빈산엔 사람 하나 없는데 물은 절로 흐르고 꽃은 절로 피어 있다.

*

날빛이 하루하루 다르다. 산에 들에 새의 혓바닥 같은 싹이 돋고, 서릿발 이긴 겨울보리도 나날이 키 자라 남실남실 바람을 탄다.

겨우내 육중한 형체를 허옇게 드러냈던 너럭바위는 얼음 녹은 계곡물이 굽이굽이 우당탕탕 흐르며 차오르니 다시 물속에 검게 잠기었다.

그렇게, 새벽이 오듯 봄이 왔다.
과연 빈산에 물은 절로 흐르고, 꽃은 절로 핀다.

물 좋은 곳에 정자 있고, 정자 있는 곳에 사람 있으며, 사람 있는 곳에 시와 술이 끊이지 않는 법. 무심히 흐르는 물과 다정히 웃는 꽃이 병풍처럼 펼쳐진들, 이제 나는 혼자라.

젊은 시절에는 좀 요란하게 봄을 놀았다. 권태와 우울을 떨치러 세검정으로 백운대로, 멀게는 묘향산으로 금강산으로, 지필묵 바랑에 넣고 운수납자처럼 훌훌 나서기도 하였고, 서얼들과 어울려 다니는 파락호라는 소문이 집안 어른들의 귀에까지 들어가 걱정을 듣기도 했다. 아랑곳하지 않았다. 나는 나, 나여야 했다.

그때나 지금에나 여전히 나는 나로다. 부러 엄히 눈 부라리며 끌려나온 죄인을 추궁하는 이와, 거문고 뜯는 섬섬옥수에 눈길이 가는 이와, 얼른 그 눈길 거두는 이 모두가 한사람이로다. 「난정집서蘭亭集序」를 보고 외며 왕희지의 서법을 임모臨摹[86]하여온 까마득한 후배로서 저 계축년 곡수연曲水宴[87]이 동하누나. 이 역시 나로다.

---

86 글씨와 그림을 모사하는 것.

마침, 내 몸 옛 신라 땅 안음에 수령으로 나와 앉았다. 마침, 일생에 한 번 맞을까 하는 계축년(1793)이라. 절강성 회계산 난정의 수계修禊만 하랴마는, 또 마침, 이곳에도 높은 산과 대숲이 있다. 맑은 물과 급한 여울이 있다. 이런 천우의 기회를 누군들 쉬 갖겠는가.

*

어딜 다녀오는 길인지, 큰아이가 정당 안뜰을 총총 가로지르기에 냉큼 불러 세운다.

"종의는, 이리 좀 올라오너라."

무슨 꾸지람거리를 잡혔나 싶은지 파리해진 얼굴로 문지방을 넘는 아이가 안쓰럽고도 마뜩잖다. 어쩌랴. 사람 그릇은 타고나는 것이다. 늘일 수도 줄일 수도 없다.

"한양과 개성의 벗들에게 초대장을 써 보내련다."

큰아이에게 먹을 갈게 하고, 나는 소매를 둥둥 걷어붙이고서 서간지를 펼친다.

관아 서남쪽 백 리 밖 방장산을 날마다 대하고 있노라면, 그 푸른 장막

---

87 삼짇날. 굽이 흐르는 물에 잔을 띄워 시를 짓는 놀이.

을 드리운 듯한 모습이 문득 변하여 푸른 도자기 빛이 되고, 또 얼마 안 가서 문득 파란 쪽빛이 되오. 석양이 비스듬히 비추면 그 빛이 또 변하여 반짝이는 은빛이 된다오. 황금빛 구름과 수은빛 안개가 산허리를 감싸면서 수만 송이 연꽃으로 변하여 하늘거리는 광경은 깃발들이 나부끼는 듯하다오.

큰아이가 다소곳이 무릎을 꿇은 채 내 붓 끝에서 꾸물꾸물 기어 나오는 글씨를 넘겨다본다. 뜻을 새기느라 이맛살을 접었다 폈다, 입술을 오므렸다 벌렸다 하면서.

"편지글이 구구절절 긴 것을 좋아하지 않는다만, 어떠하냐? 단걸음에 천릿길 나서겠느냐?"

"서신 받아보시는 분들이 아버님께서 삼신산 신선 되신 줄 알겠습니다."

"이 좋은 것들을 보고, 약이 되는 것들을 먹고 있으니 달리 신선놀음이겠느냐. 내가 인삼 한 줄기로 장생불사하고, 가벼운 몸으로 멀리 날아 삼신산을 구름처럼 노닐 수 있게 된다 한들, 너희들이 없고 또 친구들이 없다면 무슨 재미가 나겠느냐."

그러자 큰아이가 또 줏대 없이 고개를 끄덕끄덕한다.

부디 그대는 흥이 나면 한번 찾아와, 이 동산에 가득 찬 죽순을 나물로 데쳐먹고 개천에 가득한 은어를 회 쳐서 초고추장에 찍어 먹으며, 맑은 못의 굽이도는 물 위에 참말로 술잔을 띄워 흘려 보구려. 그러면 진나라 제현의 풍류만 못하지 않을 것이오. 계축년의 수계를 저버리지 않는다면 참된 즐거움을 누리게 될 것이오.

삼월삼짇날 시회를 열 것인즉 불원천리하리라 믿는다는 말로 마무리하고 먹이 마르기를 기다리는데, 심부름꾼이 편지 다발을 들고 온다.

"이건 네 외숙이 보낸 편지로구나."

편지 다발에서 하필 처남 재성의 편지를 먼저 쑥 뽑아낸 연유는 글쎄다, 모르겠다. 사람의 겉을 보고 그 속을 잘 꿰뚫는단 소리야 더러 듣는다. 어디까지나 심상이 인상에 드러나기 때문이다. 편지의 겉봉만 보고 내용을 예감하는 것은 불가사의한 운기雲氣가 있지 않고서야.

관청의 인편을 놓칠까 싶어 급히 짧게 알린다는 서두 아래 두어 줄 본론을 확인하는 순간, 나는 할 말을 잃는다. 나도 모르게 성치 않은 어금니를 꽉 문다.

내 기색이 심상찮으니 편지 심부름꾼이 안절부절못한다. 저야 무슨 죄가 있으랴마는, 아랫사람의 처지란 것이 때 없이 곤궁하다.

"가서 일 보아라."

"예, 나으리. 쇤네 그만 물러갑니다요."

"잠깐. 언제 다시 올라가느냐?"

"모레 다시 출발하옵니다요."

302

"알았다. 다시 부르마."

심부름꾼이 물러간다. 먼 길에 고생 많았다는 의례적인 치하도 그만 잊었다. 다 식은 국화차로 마른입을 가신다.

"언짢은 소식입니까?"

종의의 말투가 썩 조심스럽다. 얼마 전 내 문체를 두고 임금님의 꾸지람이 있었던지라 또다시 나쁜 소식인가 지레짐작해서다.

"무관이…… 지난달 스무닷샛날에 급서했다는구나."

"예? 제가 내려오기 전에 문안차 들렀을 때만 해도 강건하셨는데요?"

"평소 골골하긴 해도 큰 병치레는 없던 사람인데, 이번 감기를 못 이겼다는구나."

"주부主簿 어르신이 올해……?"

"신유辛酉(1741) 생이다. 나보다 네 살이 적다. 겨우 쉰셋이구나."

이덕무가 휴가를 내어 함께 내려왔으면 했건만, 그는 방금 내가 쓴 초대장을 읽을 수 없다 한다.

"죽순나물과 은어회 안주하여 술잔을 기울이자고…… 내 그렇게 썼구나. 한 치 앞을 못 내다본다더니, 참으로 헛되구나, 헛되어."

내려오기 전, 햇살 맑고 바람 따사로운 봄날을 기약했던 짧은 송별인사가 영원한 작별이 되고 말았다.

어쩌다 이 먼 곳에서, 이 소식을 듣는가. 편지를 박박 찢고, 엉엉 울고 싶구나.

나는 나로되, 이제는 무관이 없는 나로다.

| 사람이 오고 |

그대가 언젠가 글을 써 보여주었지.

"마음에 맞는 계절에 마음에 맞는 친구를 만나 마음에 맞는 말을 나누며 마음에 맞는 시와 글을 읽는 일. 이야말로 최고의 즐거움이라 할 것입니다. 그러나 이런 기회는 지극히 드물지요. 평생토록 몇 번이나 만날 수 있을는지요."

그대 있어 지극히 드문 기회를 얻었으나 이제는 누구와 마음을 맞출 수 있을까. 꿈에라도 한 번 다녀가게. 작별 인사는 해야 되지 않겠나.

*

먼 데서 벗들이 왔다. 처남 재성과 내 첫째사위, 둘째사위도 함께했다. 예전에 내 집에 출입하던 문생들과 개성 금학동 선비들도 날짜에 맞춰 당도했다. 개중에는 안의로 떠나올 즈음 보고 못 본 얼굴이 대부분이다. 막상 서울에서는 엇갈려 만나지 못하다가 이곳에서 몇 년 만에 재회하는 얼굴도 있다. 더욱 반갑다.

그동안 양반 과객이나 소개장을 들고 오는 문객, 공무로 출장을 오는 다른 군현의 관리들을 접대했다면 드디어 봄날, 내 손님들로 객사와 별관이 북적인다. 적소만 같던 관아에 활기가 돈다.

아랫사람들 일감은 곱절 늘었다.

몇몇 양반가와 넉넉한 장사치 집에서는 접대에 쓸 병풍이며 이부자리며 식기들을 빌려주었다. 건조한 생선이나 말린 산채와 과일을 보내오거나, 숫제 하인을 시켜 술항아리를 지워 보낸 집도 있다.

내 지인들을 더불어 반겨주니 감사하다. 행여 민폐가 되지 않을까 조심스러우면서도 마냥 사양하지 못한다. 공사公私를 분별하는 일이 이렇듯 어렵다.

*

오전에 내가 동헌방에 머무는 동안, 친지와 벗들은 남계서원으로 바람을 쐬러 나갔다. 정여창, 정온 선생을 배향한 사액서원이니 들러볼 만하다고 중지를 모았단다. 돌아오는 길에는 안의향교에 들른다 한다.

직무를 방해하지 않으려는 배려일 것이다. 덕분에 나는 신경 쓰지 않고 평소처럼 정청에서 공무를 살피었다.

채무와 관련한 송사 한 건을 처리하고, 구금 일수를 채운 죄인 하나를 방면했다. 죄인 천가는 이웃사람에게 큰 상해를 입혀 붙잡혀 왔다. 치료비를 내놓을 형편도 안 되고 화해도 되지 않아 죄를 다스릴 수밖에 없었다. 국법으로 정해진 곤장을 맞고 겨울 한 철을 옥에서 났다. 장독杖毒이야 가라앉았겠으나 손가락 발가락이 동상에 걸리지 않았는지 모르겠다. 가엾다고 죗값을 무르게 적용하면 피해를 당한 사람에게 또 못 할 것이다.

고을 원 노릇은 할 만하다. 다만 사람을 매로 다스리는 일은 괴롭고 싫다. 내 집 하인을 준엄히 나무라기도 하지만 모두가 말로써다. 매를 들 만큼 미운 짓을 하는 놈은 아예 집에서 내쫓고 두 번 다시 보지 않았다.

그러고 보니 딱 한 번 볼기를 친 일이 있긴 있구나.

내가 타던 말이 늙어 죽었을 때다. 하인에게 구덩이를 파고 묻어 주라 일렀더니 저희들끼리 공모해 말고기를 나누어 가졌다. 모르면 모를까, 알고는 그냥 넘어갈 수 없었다. 비록 사람이 아닌 짐승이긴 하나, 적지 않은 나날을 무거운 짐 나르며 저와 더불어 수고한 말이 아닌가.

당시 내 문하에 있던 제자에게 말의 토막 난 살과 뼈를 수습하여 묻어 주게 하고, 명을 어긴 하인은 매를 쳐 집에서 내쫓았다. 그 하인이 몇 달을 문밖에서 빌고 또 빌기에 다시 들이긴 했으나, 그때는 차마 못 할 짓을 한 하인이 용서되지 않았다.

내 집 하속이야 나를 잘 알고, 나도 저들을 잘 알아 내버려두어도 그럭저럭 굴러간다. 그러나 관아 하인배는 수령이 떠나면 그만이다. 눈속임만 할 뿐, 뒤에서는 뺀질거리는 놈이 한둘쯤 꼭 있게 마련이다. 눈앞에서만 예예 하는 아전들도 다를 것 없다만.

"오늘 무득이가 보이지 않는다. 누가 심부름을 보냈느냐?"

보이지 않아도 걱정 없는 놈이 있는가 하면, 보이지 않으면 어디서 또 무슨 사고를 치나 걱정부터 드는 놈이 있다.

호방이 나선다.

"제가 식전에 길에서 통샘골 장 의원과 마주쳤사온데 향미 좋은 약차가 들어왔으니 덜어주겠다며 하인을 보내 달라 하였습니다. 마침 무득이가 눈에 띄기에 거기 내려보냈습니다. 아마 사또나리와 손님들 맛보시게 올리려나 보옵니다."

"고맙구나. 빈손으로 받지 말고 유밀과라도 챙겨서 보내거라."

"알겠사옵니다."

"무득이는 요새 좀 어떠냐?"

"다들 희한한 일이 다 있다 하옵니다. 술을 거의 입에 대지 않고, 어쩌다 마셔도 한두 잔으로 끝냅니다. 미친 듯이 날뛰는 버릇이 싹 사라졌사옵니다."

"그렇다니 다행이구나."

무득이는 어떻게 관아에 흘러들어와 종살이를 하는지 알 수 없으나 내가 부임할 때 마구간을 지키고 있었다. 어찌된 화상인지 하루는 맑고 하루는 흐렸다.

어느 날 저녁 연상각 마루에서 못에 비친 조각달을 감상하고 있는데 홍예문 밖에서 고함소리가 여러 차례 들렸다. 통인아이를 불러 물었더니 우물쭈물했다.

―누가 싸우는 게냐? 바로 고하여라.

―그게, 저기, 에라…… 무득이가 철성이와 드잡이를 하고 있습니다요.

―쯧쯧. 둘은 왜 시비가 붙었느냐?

―무득이가 술에 취해 먼저 심한 욕을 하였사옵고, 오늘따라 철성이
도 참지 못하고 이마빡을 들이받는 통에 몸싸움으로 번졌습니다요.

무득이란 놈이 여름 장마철 구름장처럼 오락가락하던 것이 떠올랐다.
술버릇이 고약해 다른 하인들이 똥구덩이 피하듯 한다는 이야기를 들은
적도 있었다.

―무득이를 불러라.

얼마 안 되어 무득이가 섬돌 아래로 와서 엎드렸다. 둘이 싸웠는데 저
만 불려와 억울하단 기색이었다.

―네가 투전판을 기웃거린다는 소리를 들었다.

―아이구구. 사또나리. 모함입니다요. 투전판에 저희같이 비루하고
저당 잡힐 것 하나 없는 종놈을 끼워줄 리 만무하옵니다요.

―싫다는 계집종을 쫓아다니며 치근덕댄다는 소문도 귀에 들리더
구나.

―천부당만부당하옵니다요. 누가 그따위 소문을 퍼뜨리는지 쉰네와
대질하게 해주십시오. 나리.

―그렇다면 허구한 날 이놈, 저놈, 고성에 드잡이하며 소란을 피우는
까닭이 무엇인지 네 입으로 밝혀보아라.

―그게, 그러니까…… 쉰네가 술을 좀 마시긴 하옵니다만…….

―술주정을 한다는 말이렷다? 내 술 마시는 것을 금하지는 않으나

술을 들이켜고 갈지자로 관내를 어슬렁거리는 것은 용납하지 않겠다고 누차 일렀거늘, 한 귀로 듣고 흘렸더란 말이냐?

— 잘못하였사옵니다. 다시는 그러지 않겠사옵니다.

무득이가 땅바닥에 이마를 찧을 듯 조아렸다. 나는 웃음을 참고 짐짓 엄히 타일렀다.

— 사람이 깜빡 잘못을 저지를 수는 있다. 그러나 잘못을 고치지 않고 그냥 두면 같은 잘못을 매양 저지르게 되어 있다. 말이 뒷발질하는 버릇을 고치지 못해 지나가는 행인을 걷어차 갈비뼈를 부러뜨린다면 이는 말이 잘못한 것이 맞지만, 또 말을 잘 길들이지 못한 마부의 잘못이기도 하다. 하므로 나도 생각되는 바가 있구나.

무득이 영문을 몰라 어리둥절한 얼굴로 고개를 쳐들었다.

— 오늘부터 네 거처를 동헌 앞 창고방으로 옮기도록 하여라. 쌓아둔 물건들을 한옆으로 치우면 네 한 몸 널 자리는 나올 것이다. 앞으로 매일 저녁밥을 먹고 나면 너는 짚을 들고 가서 신을 삼아라. 하루에 짚신 다섯 켤레씩을 삼고 이튿날 내게 검사를 맡아야 한다. 만일 개수를 채우지 못하거나, 개수를 채웠더라도 물건이 엉성하거나, 다른 놈에게 부탁하여 삼게 하다 적발되거나 할 시에는 용서치 않겠다.

그날로부터 한 달여가 지난 뒤에 무득이를 창고방에서 풀어주었다. 무득이는 더 이상 소란을 피우지 않았다. 말투나 행동거지가 찬찬해지고 울툭불툭하던 성미가 눅어졌다.

"더 두고 보아야 할 일이오나 보름이 지나도록 작은 시빗거리도 만들지 않고 있사옵니다. 누구는 서쪽 하늘을 쳐다보면서 싱겁게 말하기를, 해가 저리로 뜨려는가? 하옵니다."

"놈이 하루 살고 말 것처럼 날뛰던 것은 도통 마음 붙들어 맬 데가 없어서다. 한 가지 일이라도 붙들고 있다 보니 모르는 사이에 마음이 가라앉아 침착해지고 건실하게 바뀐 것이지."

벌주는 것이 능사가 아님에도 실상은 무조건 잡아 가두고 매를 친다. 형 집행이 점점 강경해지는 것은 일벌백계가 통하지 않기 때문이다.

*

안의는 남덕유산과 가야산, 지리산에 움푹 둘러싸인 고을이다. 산세가 빼어나고 굽이굽이 물길이 청랑하며, 솔숲과 대숲이 아름답다. 석양 무렵, 아름드리 물버들나무가 물소리, 바람소리에 귀 기울이듯 강심을 향해 기우듬히 서 있는 모습도 빼놓을 수 없다.

달이 크고 밝아 연상각에서 광풍루로 술상을 옮겨 앉았다.

누각 아래 강물에 둥근 구리쟁반 하나가 수초를 감아 흐르는 물살에 떨며 소리 없이 쟁쟁거린다. 건너편 강변에 늘어선 방풍림 사이로는 민가의 불빛 몇 점이 여름날 반딧불이처럼 반짝인다. 건넛마을에서도 이쪽 누각 기둥에 걸어놓은 등롱 개수를 세어볼 것이며, 불빛 주위로 희끗 희끗한 사람 그림자들이 밤도깨비처럼 서성이며 파안대소하는 것을 보고 들을 것이다.

"꿈만 같습니다. 장인어른께서 안의로 내려오시지 않았으면 죽을 때까지 이곳 경관을 감상하지 못했을 테지요."

큰사위 종목의 치사에, 작은사위 겸수가 덧붙인다.

"안의삼동安義三洞이라더니, 물물 골골 절경 아닌 곳이 없습니다."

어디서 주워듣기는 했나 보다.

겸수는 소년티를 벗은 지 얼마 되지 않는다. 재작년 신해년(1791) 봄에 작은딸을 출가시키고 그해 섣달 내가 안의현감에 임명되었다. 나는 사위가 아직 낯설고 저는 장인이 영 어려울 테다. 여행길에 정이 들었는지, 붙임성이 좋은 건지, 처숙이 되는 재성이나 나이 차가 꽤 나는 동서 종목과는 잘 어울린다. 손위 처남 종의에게도 고분고분하다. 단지 작은 처남 종간을 대할 때는 다소 거들먹거리는 태도가 있다.

겸수와 둘째는 나이 차가 불과 서너 살이다. 그런데도 종간이 초례 전 꼬마라 하여 깔보는 것이다. 이로써 제 어린 티가 드러나는 줄 모른다. 안의삼동 운운도 뭘 좀 안다는 티를 내고 싶은 것이다. 우스울 뿐 나무랄 일은 아니다. 한창 원기가 왕성할 때다. 나도 저 나이를 지나오지 않았나.

화림花林, 심진尋眞, 원학猿鶴 세 동을 한데 묶어 안의삼동이라 일컫

312

는다. 큰 산의 아랫자락이라 경사가 가파르지 않으면서도 계곡 곳곳에 좋은 정자와 반반한 너럭바위가 펼쳐져 있다. 근골이 못 돼도 쉬엄쉬엄 유람하는 데 무리 가지 않을 명승지다.

이번에 내려온 일행 가운데 젊은 축에 드는 몇몇이 이틀 날을 잡아 남강천을 거슬러 화림동 거연정까지 죽 올라갔다가, 내려오는 길에는 농월정에서 노닐다 돌아왔다. 나는 동행하지 않고 두 아들과 동애 그리고 짐꾼 몇을 딸려 보냈다. 관기를 바라는 눈치가 은연했으나 모른 체했다. 밭에 논에, 농사 일손이 바쁠 때다.

종목이 무릎을 꿇고 술을 따른다.

말이 큰사위다. 큰사위는, 보아도 보지 않아도 가슴 시리다. 깍듯이 장인 예우를 받으려니 한 번 맺은 인연을 중히 여기는 마음은 고맙지만, 이 세상 사람 아닌 내 딸이 눈에 밟힌다. 새 처를 얻었으니 여식으로 맺은 인연도 조금씩 엷어지리라.

"계시는 동안 두루두루 돌아보셨겠지요?"

"고을살이란 한가한 가운데 분주하고, 분주한 가운데 한가하지. 한가할 때는 내아와 별관을 오가며 내키면 글을 짓고, 서화첩을 뒤적이다 또 내키면 그림을 그리고, 적막하면 통인아이 불러다 앉혀놓고 천자문을 외워보게도 하고……. 그러다 보면 한가함도 바삐 지나가네. 어느새 계절도 바뀌어 있고 말일세. 내가 동헌에 턱 버티고서 출입을 줄이면 아랫사람들이 불편하려나?"

"예전 아내의 말이, 어릴 때 아버지는 방 안에서 며칠씩 잠잠 계시다가도 훌쩍 나가시면 또 며칠씩 아니 보이셔서 매양 하인 붙들고 아버지 언제 오시냐, 아버지 어디 가셨냐, 묻고 또 물었다 하더군요."

"첫아이고 딸이라 제법 도타운 부녀간이었지. 좋은 아비는 못 되었더라만."

술로 씁쓸함을 넘기니 사위가 다시 주전자를 기울인다.

"내 젊어서는 두루두루 돌아다니며 구경하는 것을 마다하지 않았지. 과거를 내려놓아 자유로웠으니 눈치 볼 게 뭐 있었겠나. 안의삼동이라? 좋지. 월성계곡이다, 용추계곡이다, 수승대다…… 물물 골골 절경이지 암. 관내 곡식창고를 돌아볼 때나, 어쩌다 방향이 같으면 한 바퀴씩 둘러보네. 부러 날 잡고 자시고 하기는 번거로워. 촌사람이나 도성 구경에 목을 매지, 정작 도성사람이 성내 뭐가 있는지 궁금하지 않은 것과 같다네. 나중에 임기 마치고 떠날 때 느긋하게 유람하면서 올라갈 생각이야."

"몇 년 뒤의 일이겠습니다."

딸 잃은 장인과 상처한 사위 간의 대화를 듣고만 있던 한석호가 아스라한 뒷날 일인 듯 말한다.

한은 개성 선비로 사마시에 들었으나 이렇다 할 벼슬을 얻지는 못했다. 왕조가 바뀐 지 물경 4백 년이 지나도록 송도의 인물을 꺼리는 조정 분위기 탓이다. 다행히 송도사람 특유의 경제 감각이 있어 살림살이가 요족하니 그 자신도 입신에 애를 덜 끓이는 듯하다.

"이보오, 혜원. 누가 알겠소. 당장 내일이라도 끈 떨어질지? 그러면 여러분과 같이 유람하며 상경하게 될지도 모르오. 또한 나쁘지 않은 일이겠소이다."

내 말에 이희경이 눈가에 웃음기를 매달고 넌지시 묻는다.

"아전에게 들으니, 저희 사또나리는 한편으로는 후임자에게 넘겨줄 문서를 정리하게 하시면서 다른 한편으로는 벽돌을 구워 별관을 짓고, 못을 파고 연을 심으며, 빈터마다 꽃나무와 과실수를 심고 계십니다요, 하더이다. 깊은 뜻이 있으신 게지요?"

모두가 웃으며 과연, 과연, 한다. 저들도 와서 본 바가 있는 것이다.

"고을 원으로 있는 사람은 비록 내일 그만두고 떠날지라도 일백 년은 머물면서 고을을 다스린다는 마음가짐을 가져야 하외다. 그런 다음에야 백성들을 안정시키고 고른 정사를 펼 수 있는 것이오. 그동안 수없이 오고 간 벼슬아치들은 어땠소? 마치 고을살이를 여관에서 몇 밤 묵어가는 정도로 간주하고 전례를 답습해 억지로 정사를 펼 뿐이었소. 그러니 아전들과 백성들도 머지않아 떠날 원으로 여겨 임시방편으로 적당히 넘어갈 궁리만 하는 거외다. 이래 갖고서야 어찌 선정을 펼 수 있겠소이까?"

공연히 호기를 부려본다. 즐거운 분위기가 식어 썰렁하다.

"옳은 말씀입니다. 모두들 외직을 한직이라 소홀히 여기고 오로지 경직京職을 얻어 하루빨리 돌아갈 날만 기다리지요."

"진득한 마음가짐으로 정사를 펼칠지라도 뜻에 맞지 않으면 언제든

315

흔쾌히 그만둘 작정을 하오."

"연암이라면 능히 그러고도 남지요."

술이 달다.

벗이란 '팔이 안으로 굽는 자'이다. 눈앞과 등 뒤가 다른 사람들 틈바구니에서 조용히 분투했던 날들의 피로가 스르르 녹아내린다.

*

금향이 가야금을 타고 연심과 홍섬이 번갈아 노래를 부른다. 연심은 애잔하면서도 화려하고, 홍섬은 쉰 목소리로 길게 뽑아 부르는 가락이 구성지다. 연심은 연주할 때든 노래할 때든 누가 술을 권하면 권하는 족족 사양 않고 받아 마시는 아이라 늘 눈자위가 붉다. 술이 들어가지 않으면 손끝이 엽렵해서 실수가 거의 없고, 술을 마셔도 주사가 없으니 못 본 척 넘어간다.

"한 곡조 더 해보아라."

연심이 술로 목을 축이고 나서 부채를 차르르 펼쳤다가 착, 모아 쥔다.

이 몸이 죽어서 접동새 넋이 되어

이화 핀 가지 속잎에 싸였다가

밤중쯤 슬프게 울어 임의 귀에 들리리라

마지막 날이다. 밤이 깊도록 술자리 파할 기미가 보이지 않는다. 구석에서는 이희경과 양상회가 머리를 맞대고 서얼허통의 실상과 관리를 등용하는 법에 대해 갑론을박 중이다. 희경은 서얼 출신이고, 상회는 개성 사람이라 각자 하고 싶은 말을 하는 것이다.

다른 한쪽에서는 한석호와 윤인태가 기방아이들의 연주와 노래에 추임새를 넣기도 하고 낮게 따라 흥얼거리기도 하면서 거푸 술잔을 비워낸다. 그러면 또 옆에 앉은 기생아이가 안주를 챙기랴 술잔을 채우랴 바쁘다.

재성은 우연히 이 자리에 합류한 안의 선비와 문체에 관한 소신을 피력하고 있다. 좌중이 떠들썩한 와중에도 『열하일기』가 어떻다느니, 오랑캐의 연호가 어떻다느니, 하는 말이 내 귀에 꽂힌다. 재성이 팔이 안으로 굽는 인지상정에서 열심히 내 변명을 하는 것이다.

다들 처음에는 바위처럼 점잖게 앉아서 담소하거나 각운을 정해 차례로 시를 읊으며 놀았다. 차츰 술이 거나해지자 목소리가 커지고 웃음소리가 장지문을 뚫고 밖으로 뛰쳐나갈 지경에 이르렀다.

기생아이들을 물러가게 하면 흥이 달아날 테다. 차라리 내가 물러가는 게 나을 성싶다. 변소에 가는 척 슬그머니 자리를 뜰 때쯤 홍섬이 듣기 좋은 탁성으로 노래를 시작한다.

배꽃에 달빛 밝고 은하수 깊은 밤에

317

그래, 가야금은 자미사紫薇絲처럼 은은한 연심이 낫고, 노래는 안동 포처럼 꺼슬한 홍섬이 낫구나. 홍섬은 검무도 일품이더라만.

마루로 나와 서서 남지를 바라본다. 방에서 새어나온 불빛과 정자 기둥에 걸린 등롱 불빛이 물에 얼비쳐 수면이 옻칠한 듯 반질거린다. 돌담 너머 동헌 쪽은 문루 부근이 번할 뿐 어둠에 잠겨 있다.

    한 가지에 어린 봄뜻 두견새야 알랴마는

    다정도 병인 듯하여 잠 못 들어 하노라

홍섬의 노래를 마저 듣고 마루를 내려섰다. 어두워 담장의 능화 문양은 식별이 어렵다. 누각 기둥 앞 돌배나무 가지에 조록조록 틔운 배꽃은 달빛을 조각내 붙여 놓은 것처럼 희고 상큼하다.

    *

아침 햇살에 연못의 안개가 걷힐 즈음, 재성과 작은아이만 남고 모두 떠났다.

작은아이는 내아의 건넌방에 있게 하고, 재성에게는 한적히 지내도록 죽로당을 내주었다. 재성은 당분간 안의 선비들이 부탁한 글씨를 쓰거나 서평을 해주면서 내 말벗이 되어줄 것이다.

난 자리는 표가 난다. 잠깐 어울려 지내던 사람들이 제자리로 돌아갔을 뿐인데 사방이 뚫린 듯 허전하다.

"어째 안색이 어둡습니다?"

"상께서 이덕무의 행장을 지어 올리라 분부하시니 마음이 가볍지 않네."

"경술년(1790)에 금성도위께서 작고하셨을 때도 임금님의 분부로 묘지명을 썼지 않은가요?"

재성은 친동기나 다름없다. 속속들이 서로를 안다. 그런 그도 이따금 남의 다리 긁는 소리를 한다.

"이 사람아. 어디 글 짓는 일 때문이겠는가."

그가 무안해하는 걸 보며 도무지 둥글어지지 않는 내 성미를 내심 개탄한다.

"좋은 벗들이 다 떠났네. 다들 너무 급히 가버리니 간장이 녹는 것 같으이. 내 전에도 얘기하지 않았나. 신묘년(1771)에 이희천이 젊은 나이에 억울하게 죽은 뒤로 생사의 갈림이 종이 한 장 차이에 불과하다는 걸 깨달았지. 절망스럽더군. 내 불경과 주역 공부를 즐겼네만, 그때 다 내려놓았지."

나는 단릉 이윤영 어른 댁에서 주역을 공부했다. 이공께서는 내가 괘를 궁구한 바를 논하면 책상을 치며 칭찬하셨다.

─자네는 이전 사람들이 밝히지 못한 바를 밝혀내는군. 문리를 터득

319

하는 재능을 통찰이라고 하지. 타고나는 것이라 여기네. 눈이 흐리면 상도 흐리게 보이는 법이니 말일세. 너나없이 주역을 읽지만 함께 읽을 수 있는 사람이 세상에 몇이나 될는지.

이공의 맏아들이 희천이라, 나보다 한 살 아래였다. 더불어 공부하고 더불어 놀았다. 삼십오 세에 나라에서 금한 『명기집략』을 소지했다 하여 그 책을 유통시킨 책쾌와 함께 참수되고, 효수되었다. 불온한 책 한 권의 죄가 그처럼 컸던가.

"법은 일벌백계의 효율만을 생각하지. 어리석은 한 사람을 벌주어 백 사람의 본보기로 삼게 한다는 그 말, 그 가차 없는 단죄의 정당성을 의심하지 않아. 일방적이고도 신속한 피바람에 대해서 다들 참 무감각해."

한동안 나는 살아 숨 쉬고 자고 먹는 나를 보는 일이 괴로웠다. 사람들과 다시 교제하고 싶지 않아 경조사에도 일절 가지 않았다. 그러다 보니 유언호가 임진년(1772)에, 이듬해 계사년(1773)에는 황승원이 서해 흑산도로 유배를 가서 거의 죽게 됐을 때에도 안부 한 글자 묻지 않았다. 박지원이 폐인이 되었다, 광인이 되었다 하는 소문이 떠돌았다.

유언호나 황승원은 품이 넓은 사내들이라, 그럼에도 내 처지가 곤궁하고 딱할 때마다 제 동기간처럼 나를 보살펴주었으니 나는 할 말이 없다. 입만 열면 우정을 논하여 벗은 제이第二의 나라고 떠들어댔건만. 벗이 곧 나라, 내가 죽은 것이나 다름없다, 했건만.

이후로 벗들이 차례로 이승을 떠났다. 신축辛丑년(1781)에는 정철조가, 계묘癸卯년(1783)에는 홍대용과 심염조가 저세상으로 건너갔다. 신광온이 을사乙巳년(1785)에, 유금이 무신년(1788)에 줄줄이 다투듯 가버렸다. 이제 내가 가장 아끼던 후배 이덕무마저 이 세상에 없다.

"자네 역시 부모님을 여의고, 누이를 여의고, 친지도 이웃도 떠나보낸 일이 적지 않으니 잘 알겠군."

"참혹하지요. 죽은 자보다 살아남은 자들이 감내하는 슬픔이 더 크다고 할 수 있겠지요."

"그러니 어찌 모든 인연이 다 악연이 아니겠는가, 이 말일세. 어쩌면 자네와 나의 인연도 악연일지 모르네."

재성이 못내 섭섭한 얼굴로 나를 빤히 쳐다본다. 반박하고 싶은지 입술을 달싹달싹하다가 꾹 다물어버린다.

❙무명의 풍경❙

『시경』용풍鄘風편「백주柏舟」는 일찍 남편을 여읜 위나라 여인 공강共姜이 절개를 맹서한 시다. 조선에서도 백주지조柏舟之操 고사 본받기를 원해 과부가 부부의 의리를 지켜 개가하지 않으면 아리땁다 여긴다. 가문의 영예가 되고 마을의 광휘가 되니 그 우러름을 탐해 나라 안에 당연한 법도가 되고 말았다. 남다른 절개를 나타내보일 길이 오로지 목숨을 끊어 증명하는 도리밖에 없다고 믿어서다. 더러 원통하고 안타까운 죽음이 없지 않으리라. 어찌 애석하지 않은가.

*

평소보다 이른 시각에 눈이 떠졌다. 잠결에 무슨 소리를 들은 듯싶다. 아니나 다를까, 댓돌 아래서 조심스레 두런대는 소리가 난다. 급한 일이 생긴 것인가. 목소리를 낮추었어도 조바심과 탄식이 여실하다.

"닭이 울었느냐?"

애타게 기다렸던지 바로 답이 날아든다.

"이미 서너 번 울었사옵니다."

방문을 연다. 주위가 희미하게 밝다.

"무슨 일이더냐?"

"통인 박상효의 조카딸이 음독하여 숨이 끊어지려 하니 빨리 와서 구

322

환해 달라는 연락이 왔사옵니다. 상효가 숙직 당번이라 사사로이 출발하지 못하고 있습니다."

"촌음을 다투는 일로 무얼 망설이느냐. 속히 가보아라."

냅다 소리치니 모두가 잽싸게 흩어지고 말아 순식간에 마당이 잠잠하다.

법이 때로 각박하고, 상전이 때로 야박하여 이처럼 목숨이 경각에 달린 일 앞에서도 절차를 따지고 보고가 먼저인 것이 몸에 뱄다. 무릇 관의 경우요, 위정자의 태도로 굳어져 버린지라 저들만을 나무랄 수도 없다.

잠시 후 세수하고 수건을 건네주는 아이에게 물으니 함양으로 시집간 박상효의 조카딸이 남편의 삼년상을 마치자 약을 먹었다 한다. 아직 자세한 건 모른다 하나, 젊은 여인의 기구한 사연을 대강 짐작 못하지 않는다.

　＊

초저녁이다. 작청 지대址臺, 이 고장 말로는 죽담에 걸터앉아 숙덕거리고 있는 아전들을 불렀다. 그들 사이에 섞여 있다가 물고 있던 곰방대를 얼른 뒤춤에 감추는 이는 향청 별감이다.

"그래, 상효의 조카딸이 소생했다더냐?"

두셋은 바로 고개를 젓고, 하나는 외틀고 딴 데를 보는 척한다.

"손쓸 겨를이 없었다고 들었습니다."

탄식할 일이로고.

"향교 교수 말이, 일백 년 만에 동리에 열녀가 났다고 합니다요."

"너희들도 그리 생각하느냐?"

"저희야 뭐⋯⋯. 열녀는 나라에서 내리는 것이라⋯⋯."

"정문旌門⁸⁸을 기대하는 노인도 있사옵고⋯⋯."

절개를 지키려는 뜻이 지나쳐 또 한 아까운 목숨이 스스로 사라진 것 아닌가. 열녀정문 운운 전에 그 참혹함을 돌아보아야 할 것인즉. 비정하도다, 인심이여.

"명분이 인정이 앞서는구나."

아전들이 어리둥절하여 서로를 두리번거린다.

충신은 두 임금을 섬기지 않는다 한다. 백이와 숙제. 정몽주. 두문동 72현. 이들은 모두 이 말을 지켰다. 후세에 이르도록 절의의 표상이 되었다.

정숙한 여자는 지아비를 두 번 얻지 않는다는 말의 뜻은 경건하고, 그 실행은 필경 놀랍다. 임란 때 도승지 신식의 여식이나 진주의 기생 논개, 또는 망부를 뒤따른 이 땅의 수많은 여인들은 스스로 제 명을 끊음으로써 절개의 표상으로 우뚝 섰다. 모질고도 결벽한 성벽이 아니고선

---

88 표창의 뜻으로 집 앞에 세우는 붉은 문.

평범한 아낙이 쉬 내릴 결단이런가.

『경국대전』에 실행失行한 부녀와 재가한 여자의 소생은 동·서반 관직에 임용하지 못한다고 못 박아 두었다. 일반 백성과 평민들까지 그 법 조문을 따르게 하려는 의도는 아니었다. 그러나 지난 사백여 년간 수절하는 여인을 장하게 여기는 분위기가 세상에 번져 마침내 귀하든 천하든 신분과 상관없이 모두가 따르는 풍속이 되었다.

열녀의 실상은 혼자 사는 과부다. 도처에 있다. 촌구석의 어린 아낙네나 여염의 새파란 과부가 자손이 정직正職에 임용되지 못하는 수치를 당하는 것도 아니건만, 과부로 지내며 수절하는 것을 의당히 여긴다.

더욱 용감한 과부는 단순히 개가하지 않는 것만으로는 절개를 인정받기에 부족하다 여겨 마지막 선택을 한다. 왕왕 한낮의 촛불처럼 무의미한 여생을 스스로 끝내버리고 남편을 따라 죽기를 비는 지경에 이른 것이다.

하여 물에 빠져 죽거나, 불 속에 뛰어들어 죽거나, 약을 먹고 죽거나, 목매달아 죽기를 마치 극락에 들듯이 한다.

명분은 아름다우나, 목숨을 가벼이 다룸이 너무 지나치다. 나라에서도 붉은 정문을 내려 칭송하니, 방방곡곡에서 비바람에 삭아 빠개질 문짝과 꽃 같은 목숨을 맞바꾸는 결단이 끊이지 않는다. 이는 과부의 죽음을 장려하는 것과 무엇이 다른가.

"상효의 조카딸이 안의 출신이더냐? 너희들 중에 누가 사정을 잘 아느냐?"

박상효와 친하게 지내는 아전이 입을 연다.

"상효는 대대로 이 고을 아전을 지낸 집안 출신입니다. 죽은 조카딸의 아비, 상효의 동복형 역시 아전이었습니다. 부모가 외동딸만 남기고 일찍 죽어 조부모 슬하에서 자랐사온데 열아홉 살에 함양의 아전 집안으로 출가하였습니다. 지아비는 임술증이라는 자인데 본디 몸이 약해 초례를 치른 지 반 년이 채 못 되어 죽고 말았습지요. 과수로 시부모를 살뜰히 섬기며 삼 년을 채우더니 오늘 기어코 이러한 일을 만나고서야 그 아이가 벌써부터 작심했던 일인 줄을 저희도 알게 되었사옵니다."

"저는 상효의 아비와 가깝게 지낸 터라 상세한 내막을 들었사옵니다요."

가장 나이 많은 아전이다. 혼사에 얽힌 비화가 있다는 것인데, 아래로 처진 눈까풀에 물기가 지르르하다.

"초례날 손녀사위를 보고서는, 내 손녀가 청상이 되면 어쩌누, 염려하는 말을 제게도 했습니다요."

그의 증언에 의하면, 임술증의 집안에서는 술증이 혼인을 치를 만한 상태가 아닌데도 상효의 조카딸과 초례를 약조했다는 것이다. 폐허肺虛를 앓아 기침을 콜록거리는데, 마치 버섯대가 힘없이 서 있듯 하고 그림자가 소리 없이 걸어 다니듯 했단다. 병이 상당히 깊었음을 누구라도 알

326

아챌 정도였다는 것이다.

"온 집안이 속인 것이지만, 중매쟁이도 그쪽 일가붙이라 한통속이었습지요."

뒤늦게 조부모가 만류했으나 정작 신부가 말을 듣지 않았다 한다. 혼례를 위해 지은 옷을 입겠다며 뜻을 굽히지 않는지라 정한 기일에 사위를 맞을 수밖에 없었다는 것이다.

혼례식을 치렀다 하나 원앙금침에 등촉 밝힌 신방에서 신부는 새신랑 대신 예복을 지키며 첫날밤을 보냈다 하니, 여간 단단한 심지가 아니고서야.

나는 그 여인의 심정을 희미하게나마 알 것 같다. 이야말로 자기의 길을 가는 사람의 태도가 아닐는지.

새파랗게 젊은 과부가 오래 세상에 남아 있으면 친척들이 불쌍히 여기는 신세나 되겠지. 이웃 사람들이 함부로 억측하는 대상이 되겠지. 그러느니 이 몸이 없어지는 것이 나을 테지. 그리 생각하지 않았을까.

죽는 일이 살아 오욕을 견디는 일보다 수월하리라 여겨 내린 결정이겠다. 살고 싶지 않아서가 아닐 테다. 삶이 두렵기 때문일 테다.

"호방은 상가에 사람을 보내 살펴보게 하고, 필요한 것이 있으면 창고에서 내다주어 망인의 넋을 기리는 데 보태도록 하여라."

아전들을 물리고 나도 별관으로 물러나온다. 숭숭한 기분이 쉬 가시지 않는다.

도성에서 실제로 있었던 일이다.

높은 관직에 나란히 오른 형제가 어떤 하급관리의 승진을 막으려 그 어머니의 품행을 언급했다. 우연히 그 논의를 듣게 된 형제의 어머니가 테두리가 다 닳아 없어진 엽전 하나를 꺼내 보였다. 그러고는 자신 또한 과부로서 적막하고 적막했던 나날을 어떻게 보냈는지 털어놓았다.

'이것은 이 어미가 죽음을 참아 낸 부적이다. 무릇 사람의 혈기는 음양에 뿌리를 두고, 정욕은 혈기에 모인다. 그리운 생각은 고독한 데서 생겨나고, 슬픔은 그리운 생각에서 기인하는 법이다. 과부란 고독한 처지에 놓여 슬픔이 지극한 사람이다. 혈기가 때로 왕성해지면 어찌 과부라고 해서 감정이 없겠느냐? 가물거리는 등잔불에 제 그림자와 서로 위로하며 홀로 지내는 밤은 지새기도 어렵더라. 처마 끝에서 빗물이 뚝뚝 떨어지거나 창에 비친 달빛이 하얗게 흘러들 때, 잎새 하나가 뜰에 날리거나 외기러기 하늘에서 울며 날아갈 때, 멀리서 닭울음소리도 들리지 않고 어린 종년은 세상모르고 코를 골 때…… 매번 처연한 마음으로 잠 못 이루는 고충을 누구에게 호소하겠느냐? 그럴 때면 이 엽전을 꺼내 굴리며 온 방을 더듬고 다녔다. 둥근 것이라 데굴데굴 굴러가다가도 턱에 부딪혀 주저앉는데 그걸 또다시 주워 굴리고, 굴리고……. 그렇게 몇 번 굴리다 보면 먼동이 트더구나. 해마다 달마다 엽전 굴리는 횟수가 점차 줄어서 십 년이 지난 후에는 닷새에 한 번, 열흘에 한 번씩 굴리게 되더니만, 혈기가 쇠해진 이후로는 더 이상 굴리지 않게 되었다. 내가 이 엽전을 헝겊에 싸서 이십 년 넘게 간직해온 것은 엽전의 공로를 잊지 않고 나 자신을 경계하기 위해서란다.'

그 어머니야말로 진정한 열녀가 아닐는지. 절개를 지키며 목숨을 지키는 일이, 목숨을 버려 절개를 지키는 일보다 훨씬 더 값지다.

절개를 버려 목숨을 지키는 일이 세상에 허다하다. 절개를 버리고도 목숨을 지키지 못하는 자의 구차함이야 어디다 말할 거리가 못 된다.

*

새벽부터 잠을 설친 탓인가. 하루 종일 몸이 괴롭다. 생선가시가 목에 걸린 것처럼 침 삼키기도 어렵다. 머릿속 또한 뒤죽박죽이다.

침향을 사르고 눈을 감는다.

나는 홀아비다. 아무도 내게 수절을 권면하지 않는다. 벗들도 집안사람들도 궁색히 여겨 볼 때마다 오히려 재혼을 권한다. 아내보다 내가 먼저 죽었다면 누구도 아내더러 개가를 권하지 않았을 것이다.

개가한 여인의 자손과 첩실의 자손이 받을 부당한 대우는 차치하고서라도, 세상은 온통 여인에게만 부부간의 신의와 절개를 강요한다. 불공평하다 못해 해괴하다.

유금과 유득공, 이덕무, 박제가, 성대중, 백동수, 이희경……

나는 내 벗들이, 드러나거나, 드러나지 않는 따돌림과 핍박을 당하며 살아온 삶을 지근거리에서 지켜보았다. 그들은 그들이 저지르지 않은 죄목으로 대가를 치르며 살았고, 살아간다. 그들을 이 세상에 내보낸 그들의 아버지들조차 자식이 받는 불이익에 침묵한다.

주위에서는 내가 재혼하지 않는 이유를 궁금해한다. 그야 연이 닿지 않아서이겠지. 나라고 여인과 나누는 소소한 행복과 일상의 수월함을 모르겠는가.

그러나 나는 이미 늙었고, 평생을 가난하게 살았다. 살날보다 죽을 날이 가깝고, 집안의 전장에서 나는 소출은 대단치가 못하다.

만약 무모히 욕심내어 새로 아내를 맞아들인다면 죽은 아내처럼 가난을 감내하게 하고, 혹 혼자 몸이 되어 세상의 경계 속에 살아갈 후일을 남겨 주게 될 것이다. 첩을 들여 둘 사이에 자식이라도 본다면 나의 서얼 벗들이 겪은 질시와 고통을 유산으로 남겨주게 되니, 차마 할 짓이 못 된다.

모든 것이 나로부터 비롯된다. 나의 적은 나의 마음이고, 욕망을 비우고자 하는 마음도 나의 것이다. 하므로 신독愼獨, 홀로 있을 때에도 도리에 어그러짐이 없도록 몸가짐을 바르게 하고 언행을 삼갈 것, 이를 내 여생의 수행의 화두로 삼는다.

| 바람결 |

발 없는 말이 천리를 달려와, 마침내 돌에 새긴 비문처럼 꼼짝없게 되었습니다. 듣자니, 돌로 굳은 말은 말똥구슬만 한 소문으로 자라 영각사 불전 목탁만 하게 커졌다더니, 이제는 정월 대보름달만 해졌다는군요. 근신해야 할는지요?

*

과부집 수고양이가 울면 이웃들이 갓난아기 울음소리라 의심한다더군요.

나리 한 번 선걸음이 입길에 올라 부풀려지고 말았습니다. 손톱만 하던 것이 들창만 해지고, 몇 입 건너며 집채만 하게 커졌습니다.

소문이란 공기 속으로 온데간데없어지는 굴뚝 연기와 달라, 담을 타넘고 지붕을 뚫고 벽으로 새어들지요.

숨을 곳 없습니다. 새가 듣고, 쥐가 듣고, 우수마발이 화등잔처럼 눈 뜨고 지켜보고 있으니까요. 안의 인근 삼동은 물론 수십 리 밖 저 함양에까지, 발 없이 천 리를 가는 말이 어딘들 못 가겠는지요.

*

유난히 그런 날이 있습니다. 바느질거리를 쌓아놓고도 반짇고리에 손
이 가지 않고, 실 꿴 바늘을 잡았으되 고작 한 땀 비뚤어져도 눈물이 핑
도는, 이날이 꼭 그런 날입니다.

꾸지람 듣기보다 나무랄 일 늘어난다는 건 나이 먹어 어른 노릇해야
한다는 뜻일 텐데요. 섶단 뒤에 숨어 앙분이 풀릴 때까지 한바탕 엉엉
울고 나면 어찌어찌 새 기운을 벌곤 하였는데, 이젠 어림없습니다. 그게
다 어릴 적에나 통하였던 진언 같은 것인가 봅니다.

받아줄 이도 없는데 마냥 골 부릴 수 있나요. 흘겨보던 수틀을 다시
무릎에 얹습니다. 한숨 되삼키며 그러구러 목단 꽃잎을 메워가던 중입
니다.

왈왈.

마당에서 강아지 티 겨우 벗은 개가 짖습니다. 나뭇잎 굴러가는 것을
보고도 짖는 겁쟁이라 모르는 척 내버려두니, 아니에요.

마루로 나섭니다. 어련히 내다보려니 여긴 섭이는 보이지 않고, 대문
은 열려 양쪽으로 벌어져 있군요.

그리고 거기, 뜻밖에 나리께서 말안장에 오르신 채 안을 바라보고 계
십니다. 대문이 열려 있어 무심중 고개를 돌리신 듯합니다.

"고놈, 밥값 하는구나."

어린 짐승도 저가 이 집으로 들어와 살게 된 까닭을 아는 모양이지요. 나리를 향해 왈왈 짖으면서도 떨어져나갈 듯 세차게 꼬리를 흔드는군요.

제가 황급히 댓돌에 놓인 신을 꿰고 마당으로 내려서려니, 나리께서는 헛기침 한 번 하시고서 애매하게 돌려 물으십니다.

"이 공은 집에 없는 모양이외다."

그러고 보니 사랑채가 잠잠합니다.

"멀리 나서지 않으셨을 것이옵니다. 사랑에 드셔계시면 아이를 불러 심부름 보내겠습니다."

"아니, 아니외다. 그럴 것까지야. 지나는 길이오. 문이 열렸기에……별다른 용무가 있지는 않소."

나리께서 말구종에게 눈짓하셨는지, 구종이 눈치 빠르게 고삐를 당겼는지 말이 움직이기 시작합니다.

또각또각 말발굽소리가 멀어지는 중에, 그 잠깐 새에, 저는 별별 생각을 다 해봅니다. 아닙니다, 아무 생각이 없어요. 뜬눈으로 꿈을 꾼 듯 아뜩합니다.

"가요, 가. 저리 가요. 아니, 뭔 구경났어요?"

섭이가 악쓰는 소리에 정신을 차립니다. 두 집 건너 돌배기 막둥이를 들쳐업은 아낙이 고함소리에 쫓겨 가며 실실 웃습니다.

"아씨, 들어가세요. 헛것이라도 보셨대요?"

"얘, 내가 진짜 헛것을 보았나보다."

"참 내. 체구는 바윗덩어리만 하시고, 목청은 장수처럼 쩌렁쩌렁하시고, 준마에 관졸까지 달고 행차하시는 분이 헛것이면, 아이고, 저 무이산 골무산도 다 헛것이겠어요. 근데, 왜 그냥 가신대요? 동애 오라버니도 안 뵈고요."

무안해서 눙치는 것을 섭이가 곧이곧대로 들이받습니다.

"대문 활짝 열어두고 어딜 들락거린다니, 넌?"

"누렁이가 떡 버티고 있는데요, 뭐. 사람 기척 알고, 반가우면 꼬리치고, 누가 기웃거리면 왈왈 짖을 줄도 알고요."

뒤늦은 꾸지람을 넉살로 막아냅니다.

"할아버지 어디 가신단 말씀 하시던?"

"어라? 방에 안 계세요?"

저와 섭이가 선 채로 각자 제 할 말만 합니다.

그새 개는 마루 밑에서 미투리 한 짝을 물고 와 흙먼지 일도록 태질치고 있고요. 이빨을 가는지, 애먼 분풀이를 하는지 무는 대로 질경이고 패대기를 쳐대 짚신이고 덕석이고 남아나는 게 없어요. 귀둥이가 될지, 천둥이가 될지, 그나마 사람 사는 집 같기는 합니다.

일전에 동애가 어미젖 막 뗀 강아지를 안고 왔습니다. 섭이 두 팔에 꼬물거리는 하룻강아지를 넘겨주고는 절 보며 말하였지요.

—배리배리한 새끼일지라도 곧 자랄 것이고, 근골을 갖추면 정히 없

는 것보다 나을 것이라 하셨습니다.

—나리께서…….

저는 어쩔 줄 몰라 말을 잇지 못하였고요.

—달포쯤 전에 주방 찬모한테 밥찌꺼기 얻어먹던 개가 한데아궁이에
다 새끼 여섯 마리를 낳았답니다. 나리께서 우연히 들여다보시고 개중
한 놈을 점찍었다 하시더군요. 아씨 댁 문직門直[89] 감투 씌워줄 작정이
셨던 모양입지요.

—어머나. 남은 새끼들은요?

섭이가 천연덕스럽게 끼어들었지요.

—원래 주인 없는 개라 먼저 본 사람이 임자라며 한 마리씩 데려갔
지. 내년 복날감이 될지도 모르지.

—관에서는 개장 안 끓이나요?

—전에는 복날 큰잔치였다는데, 우리 나리께서는 원체 질색을 하시
니까…….

—엥? 안 즐기셔요?

—밖에서는 드시기도 하는데 집에서 기른 동물은, 개든 염소든 죽으
면 묻어주라 하시고 말지. 하인이 몰래 잡았다간 불호령이 떨어지고말
고. 그러니…….

---

89 문지기.

335

동애가 웃으며 제게 덧붙이더군요.

　─행여 악사 어른이 약으로 쓰려 하시면 말리셔야 합니다요.

섭이가 품 안에서 낑낑대며 버둥거리는 강아지를 내려놓았어요. 강아지는 마당을 쓸 듯 굴러다니느라 금세 흙투성이가 되고 말았습니다. 제집인 줄 알아챘나 보더군요.

"어떤 인간은 이놈 잘 크고 있는지 궁금하지도 않나 보네. 인정머리하고는."

섭이가 기어이 한마디 내지릅니다. 그 속내야 알아도 모른 척해야지요.

| 춘설 春雪 |

군자와 소인은 그 신분을 두고서 하는 말이다. 지금의 양반은 이른바 옛날의 군자에 해당하고, 지금의 소인은 이른바 옛날의 '곤궁한 백성으로서 하소연할 데 없는 사람'에 해당한다. 어진 정치를 펼 때 가장 먼저 보살펴야 할 대상이 소인이거늘, 어찌하여 유독 소인만 괴롭혀 이런 지경에까지 이르게 한단 말인가?

군자는 백성을 다스리고, 백성이 군자를 먹여 살린다. 군자가 많고 백성이 적은 것은 나라에 이익이 아니다. 하지만 100년 안에 조선의 온 백성은 모두 양반이 될 판이다. 법이 무너지고 기강이 어지러워지는 건 필시 양반으로부터 시작될 것이다.

*

눈을 뜬다. 창호 밖이 먹을 빨아들인 듯 가맣다. 간밤에도 닭 우는 소리를 듣고서야 자리에 들었다. 젊어서도 저녁잠이 적었다. 중년 이후로는 새벽잠마저 줄었다. 한잠 푹 자고나도 매양 동트기 전이다.

도로 눈을 감는다. 귀를 기울인다. 어둠과 침묵 속에서 첫새벽의 기미를 헤아리는 것으로 일과를 시작한다. 지붕의 기와를 토닥이는 빗방울소리를 듣게 되는 날도 있고, 중문이나 샛문의 헐거운 빗장이 삐거덕 소리 내는 때도 있고, 잉잉대는 바람소리에 댕댕 댕그랑댕그랑 하는 풍경소리가 끊이지 않는 날도 있다. 대개의 날들은 깊은 우물 속인 듯 적요만이 가득하다.

가만있자.

미묘한 파장을 느낀다. 때로는 오감에 기대지 않는 다른 감각이 돌연 승할 때가 있다. 어둠과 침묵의 결이 평소와 다르다거나, 들리거나 보이지는 않지만 은밀한 변화가 감지되거나, 할 때.

몸을 일으킨다. 늘 하듯이 창문과 방문을 활짝 열어젖힌다. 맵찬 공기가 방 안으로 들이닥친다. 매복해 있던 돌격대가 일시에 달려드는 것 같다. 늘어진 정신이 팽팽해지는 순간이다. 나는 이 서슬 푸른 서늘함이 좋다.

과연.

잠든 새 내린 눈이 마당을 하얗게 덮었다. 벽돌로 빙 둘러놓은 못가의 경계가 사라진 걸로 보아 한 자는 좋이 쌓인 듯싶다. 얼어붙은 연못에도 눈이 쌓여 온통 흰빛이다.

검푸른 하늘 천장에는 샛별이 돋아 있다. 쇠죽을 쑤는지 연기 몇 가닥이 봉홧불처럼 허공으로 빨려 올라간다.

마을 어느 집 잠 없는 노인이 어제만 같은 오늘을 시작하는구나.

저고리 위에 소매 없는 누빔 덧옷을 걸치고 방을 나선다.

마루는 한 치도 젖지 않았고, 섬돌로 구획을 지은 듯 안쪽은 검고 너머는 희다. 가지런히 놓인 신발 앞코가 해끗해끗하다. 신을 털어 신고 섬돌 아래로 내려선다. 걸음을 디딜 때마다 발이 폭폭 빠진다.

매일 이맘때쯤 혼자 깨어 못가를 거닌다. 동편이 희붐하게 밝기 시작해야 관아에 묶인 노비들과 숙직 아전들이 하나둘씩 나타난다.

부임 초반에는 그들 중 누구라도 입을 쩌억 벌리고 하품하다 나와 마주쳐 귀신을 본 듯 놀라곤 했다. 이제는 익숙해져 놀라지도 않거니와, 새벽 댓바람부터 관아를 한 바퀴씩 도는 수령과 맞닥뜨리지 않을 동선을 터득한 듯싶다.

나 역시도 꼭 누군가를 불러야 할 일이 아니면 제풀에 나타날 때까지 내버려둔다. 웬만한 건 동애가 미리미리 살펴두니 딱히 설렁줄 당길 일도 많지 않다.

주위가 조금씩 변해온다. 연상각 마루를 서성이며 주련柱聯[90]에 쓸 글귀를 고심한다. 불현듯 떠올랐을 때 붙잡지 못한 글감도 떠올려본다.

공무가 급해 잠시 접어둔 것이 나중에 생각나지 않아 가려울 때가 많다. 불씨 살리듯 살리지 못한 글감을 묶으면 땔나무 한 단은 좋이 될 터. 꼴을 갖추었으되 내용이 부실할 바에야 차라리 불쏘시개가 낫다. 그리 위무하련다.

눈을 쓸어내는 비질소리가 들린다. 잠기를 털어내지 못해 구시렁대는 소리도 여기저기서 들린다. 저들에게는 밤손님처럼 다녀간 눈발이 모시

---

90 기둥에 글귀로 장식하는 것.

는 상전의 문객이나 진배없다. 어찌 됐건 층층시하[91] 것이다.

너그럽고 점잖은 선비 중에 아랫것한테 모진 이를 더러 보았다. 대를 이어 주인을 모신 하인일지라도 잘못을 저지르면 때려죽여도 그만이라 여기는 사대부도 일찍이 보았다. 삼정승 육판서일지라도 살상의 죄를 면할 수 없다고 정해진 법은 있으나 마나다. 날이 갈수록 백성들이 사나워지는 것도 법의 적용이 공정하지 못한 데서 오는 울분과 무관하지 않으리라.

경상감영에서 의옥을 재심할 때 상전을 해한 사내종을 심문했다. 내막을 들춰보니 죽은 상전이 화근을 만들었다. 명색 글 읽는 선비인 상전이 가노의 처를 겁박해 욕을 보였고, 가노가 항의하다 초주검이 되도록 매를 맞았기에 마침내 원한을 품고 주인을 살해한 사건이었다. 살인범을 죽을죄로 다스려야 옳겠으나, 상전이 원인을 제공한 사실까지 무조건 덮는 건 정의롭지 못하다.

옥사를 처리하며 착잡해질 때가 많다. 죄지은 자를 가두고 매를 치고 하는 것이 편치도 않거니와, 능사가 아닌 까닭이다. 인륜에 어긋나는 일을 미연에 방지할 것이 첫째요, 이미 일어난 일이면 죄를 뉘우치도록 교화하는 것이 둘째요, 그런 다음에 경중에 따라 처벌하는 것이 덕치일 테다.

상탁하부정上濁下不淨이라, 윗물이 흐리면 아랫물이 깨끗할 수 없다

---

91 여러 어른을 모시고 사는 처지.

는 이치는 세 살배기 아이도 안다. 목불식정目不識丁의 천한 백성들보다 글 배워 인의예지를 입에 달고 사는 양반들을 더 무겁게 다스려야 하지 않을까.

모르고 행한 죄보다 알고 행한 죄가 더 중하다.

내 이 말을 떠드느니 작대기로 벌통을 쑤시는 게 나을 게야, 아무렴.

흰빛을 오래 보니 눈이 시다. 잔글씨를 한참 들여다보면 가시에 찔린 듯 눈알이 시근시근하고, 그 증상이 가라앉을 때까지 초점이 잘 잡히지 않는다. 어제오늘 일이 아니다. 앞으로는 이보다 못해질 일만 남았다.

또한 어쩌랴. 초초해하지 말자.

내아로 되돌아오자 동애가 맞춤하게 수건을 들고 서 있다. 마루 끝에는 김이 오르는 세숫대야를 갖춰두었다. 정당으로 통하는 길도 말갛게 쓸어놓았다.

"밤새 평안하셨습니까?"

"오냐, 별일들 없느냐?"

"눈 치우느라 다들 분주합니다."

"입춘에 대설이라느니, 봄이 거꾸로 붙었다느니…… 분분하더구나."

"들으셨습니까?"

"천삼이 목청이 제일 크더라."

동애가 머쓱하니 뒤통수를 긁다가 내가 세수 마친 것을 보고는 얼른 수건을 건네준다.

"광풍루에 나갈까 한다."

"바람은 불지 않습니다만 아침공기가 싸늘합니다. 좀 낫게 챙겨 입으셔야 되겠습니다."

"오냐, 그러마."

동애가 세숫물을 뿌려 섬돌 주변의 잔설을 녹이고는 생각난 듯 묻는다.

"뭘 준비할까요?"

"용석이더러 따르라 하고, 나머지는…… 네가 알아서 챙겨오너라."

"알겠습니다요."

동애를 보내고, 나는 내실에서 한데 바람에 맞설 채비를 차린다.

다시 나오니 그새 용석이 제 키만 한 대빗자루 하나를 창검처럼 세우고 섬돌 아래 시립해 있다. 빗자루를 들려 보낸 걸 보니, 동애답다. 시키는 일을 잘하는 하인이야 쌨지만 가늠하여 대비할 줄 아는 일꾼은 흔치 않다. 든든하다.

문득, 접때 관기 하나가 웃음을 참으며 하던 말이 떠오른다.

—동애는 한양 말씨에 매조지[92]가 분명하므로 나리께서 따로 저희 불러 시키실 일 없는 게라고들 합니다.

나는 말뜻을 알아채고도 모른 척했다. 저희들 일이 줄어드는 것을 반

---

92 일의 끝맺음.

가이 여겨야 옳을 테다. 한데도 중임이라도 빼앗긴 듯 빙빙 말을 돌려하니 의아했다.

내 평소 차며 의복이며 때때 끼니며, 일체 시중을 스스럼없이 관기 아이들에게 맡기고 있으되, 다만 거기까지다. 늦은 밤 술을 치게 하고, 노래를 시켜 듣고, 가야금을 타게 하다가도 잠자리에 들 시각이면 냉연히 물리쳤다. 어느 한 아이에게 특별히 마음을 주는 일도 삼가거니와, 함께 밤을 새고 아침에 덤덤히 마주 대할 일이 더욱 끔찍하기 때문이다. 자연히 새벽 소세 시중은 바지런한 동애 몫이다.

관기들이 동애의 수종을 타박하며 소박이라도 당한 양 구니, 괴이쩍고 언짢다. 물론 그 아이들을 나무랄 일이 아니다. 관아 기생을 침소에 들이는 것이 언제부터 수령의 처신이 되었는지, 또 그것이 언제부터 관기의 구실이 되었는지 왈가왈부할 일도 아니다. 내키지 않으니 아니하면 그만이다.

동애는 올해 스물한 살이다. 나이가 있어 외자관례[93]했으나 처녀아이들에게 관심을 두지 않는 눈치다. 언제 상투값을 하게 되는지 모르겠다. 이놈 탓에, 주인이 중처럼 지내니 부리는 아이가 행자 노릇한다는 싱거운 소리를 듣는다.

네 눈에 차는 처녀가 없는 게냐? 타지 사람이라 따르는 처자가 생기

---

93 혼처 없이 관례를 치르는 것.

지 않으냐? 넌지시 찔러봐도 속모를 묵묵부답뿐이다. 언젠가는 나를 떠날 날이 오리라. 그때 가면 녀석의 빈자리가 클 테다.

인연이란 맺는 데만 있지 않다. 잘 풀어야 잘 맺는다.

*

읍민 몇이 길에 나와 제집 앞의 눈을 쓸고 있다. 바자울 입구를 쓰는 이는 양인良人이겠고, 솟을대문 앞을 쓰는 이는 그 집 마름이거나 머슴이렷다. 아니 보는 척 곁눈질한다. 행장이나 낯빛에 형세나 민심이 드러나는 법이다. 달리 순행巡行인가.

첫날에 하졸에게 길 트는 일을 삼가라 했다. 가는 길 바쁜 행인이 쭈뼛거리며 조아리거나 저승사자라도 본 듯 피하지 않으니 내 걸음이 덩달아 가분하다.

"너는 먼저 가서 비질 좀 해두어라."

"예이."

용석이 졸랑대는 걸음새로 비를 끌면서 모퉁이를 돈다. 관청 안에서는 늘 어깨가 좁은 놈이다. 아전들 눈치 살피기 바쁜 까닭이다. 관비의 자식이니 평생 관에 묶인 처지를 벗어날 길 없다. 그런 놈이 아문을 나서면 접은 어깨가 딱 펴지고 기가 산다. 제 또래 사내놈과 빗자루를 목검삼아 투닥투닥 합을 겨룰 때면 제법 의기양양하다. 열두세 살짜리 사내놈들끼리 으레 거는 수작이니 나무랄 건 없겠다.

고을의 수령이란 한 집안의 부모나 다를 바 없다. 제 자식이라도 윽박지르고 매를 치면 오히려 엇나간다. 잠자코 엎드려 있다가도 언젠가 힘이 부모를 넘어설 때 반항하게 마련이다.

수령 앞이라 죄 없이 절절맨다거나, 절집 사천왕상 발치에 짓눌린 중생처럼 맥을 못 춘다면 그것은 다스림의 도가 원만하지 않다는 징표일 것이다. 힘없는 백성이라도 밟히고 밟히면 들불처럼 화르르 일어서는 날이 온다. 자식이건 아랫사람이건 고함과 매로써 복종케 하는 것은 천하에 미욱한 짓이다.

무심히 뒤돌아다보니 동애가 한쪽 어깨에 함지를 얹고서 따라오고 있다. 하여간 손도 발도 재다.

이 집은 기침 전인가?

이 악사의 집 대문 앞은 눈이 그대로 쌓여 있다. 늙은 수모가 죽고 여종은 어린지라 일손이 미치지 못하거나 더딜 게다.

이 대문을 지날 때면 나도 모르게 걸음이 느려지고 귀를 세우게 된다. 담장 안에서 어떤 곡조라도 넘어올 것만 같다. 달리 먹은 마음이 있지도 않은데, 혹여 남의 이목에 잡힐까 삼가고 조심하는 마음은 무슨 조홧속일꼬.

이 집에 악기를 배우러 다니는 기방아이들이 듣고 보고 와서 실없이 말 옮기는 짓을 엄히 금해두었다. 그럼에도 아주 모르지는 않는다. 이 악사의 입으로 손녀 과수된 이력을 들었고, 동애를 통해 집안 돌아가는 사정을 들어 저간의 형국을 대강이나마 알고 있다.

"이 댁 식구들은 아침잠이 많은가 봅니다."

동애가 내 느린 걸음을 따라잡았다. 내 속을 훤히 안다.

"빨리 쫓아왔구나. 용석이는 먼저 보냈다."

용석이 대빗자루 끌며 지나간 자국이 눈 위에 남아 있다. 가야금 여러 줄을 눈 위에 그려놓은 듯하다.

"저도 앞서가서 준비해 놓겠습니다. 길 미끄럽습니다. 천천히 오십시오."

동애가 함지를 다른 쪽 어깨에 바꿔 메며 나를 앞지른다.

녀석이 대견스럽다가도 이따금 서늘해질 때가 있다. 개성 선죽교에서 내 눈에 띄지 않았더라면 저 아이는 무엇이 되었을까. 묘향산 산채山寨로 흘러들어 책사策士든 무사武士든 한자리 너끈히 해내었을지도 모르지.

사방이 눈 천지다. 강가 나룻목에 발 묶인 삯배에도 눈이 쌓였다. 감악산 능선을 물들인 아침노을이 서서히 엷어지면서 햇살이 퍼진다. 금호천 얼음장을 덮은 눈이 햇빛에 반짝인다.

"봄 서는 날이라는데 얼음이 풀리기는커녕 도리어 꽁꽁 얼었습니다."

동애가 그새 화로를 피워 술 주전자를 데워놓았다. 손바닥으로 동애

346

가 따라준 술잔을 감싼다. 반가운 온기다.

"춘첩자春帖子를 써야겠다."

"대문간에 써 붙이는 입춘대길立春大吉, 건양다경建陽大慶, 그런 거 말입지요?"

용석이 냉큼 껴들며 우쭐한다.

"제법이구나. 네가 읽을 줄 아느냐?"

"그림으로 볼 줄은 아옵니다요."

"허허, 네 말대로 내 오늘 그림이나 실컷 그려야겠다. 이방에게 가서 관아 건물 기둥이 모두 몇인지 세어보라 일러라. 호방에게는 먹을 갈라 이르고. 아마 몇 말은 들 게다."

용석이 어리둥절하여 되묻는다.

"예? 몇 말씩이나요? 어이구, 열 사람이 붙어 하루 종일 갈아도 한 말을 갈지는 못할 겁니다요."

"이놈아, 네 팔 떨어져나갈까 겁나느냐?"

먹을 넉넉히 쓸 일이 생기면 그을음과 아교를 섞어 솥에다 끓여 만든다. 걸음 떼면서부터 내아와 찬간을 종종대며 잔심부름을 해온 녀석인데 이 일은 금시초문인가 보다. 어수룩하니 우습기도 하고, 평생 관아의 천덕꾸러기로 눈치 보며 살 일이 안쓰럽기도 하다.

대빗자루 끌며 용석이 돌아가자, 뒷정리하던 동애가 묻는다.

"나리께서 적적하신가 보옵니다."

가타부타 답하지 않고 화로에 올린 술 주전자를 든다. 동애가 얼른 두 손 뻗는 것을 제지하고 손수 술을 따른다. 대작하는 자리면 모를까, 홀로 술잔을 기울일 때는 스스로 술을 치는 것이 편하다. 내아나 별관에서는 기방아이가 술을 치도록 내버려두기도 한다. 저도 저 할 일을 하는 것이기 때문이지, 딴 뜻이 있지는 않다.

조그마한 고을 수령 자리에 앉으면 그에 걸맞은 처신이 옳다. 가난한 선비가 농사지은 참외를 팔러 장에 나가면 농사꾼처럼 처신함이 옳듯이. 폐해가 큰 관례나 관행을 따를 것은 아니겠으나, 사사건건 취향을 고집해서 여러 사람 민망하게 만들 게 무어 있겠는가. 쓸고 닦는 것이 지나친 집에 객으로 가면 밥알 한 톨이라도 흘릴까 수저 뜨기가 어렵더라.

사실 나는 젊어서는 어디에서나 눈에 띄었다. 남들이 나의 강기를 알아봐주기를 바라 별쭝나게 굴어서가 아니었다. 몸집이 부해 길 가던 사람이 흘깃 뒤돌아보고, 목소리가 커서 흘깃 뒤돌아보고, 모난 데다 골계滑稽가 지나쳐 또 흘깃 뒤돌아보았다. 체구와 목청이야 타고난 것이니 내 탓일 수 없겠다. 싫고 밉고 아니꼬운 것을 참아내지 못해 쌓인 울혈은, 객기인지 패기인지, 아무튼 기질을 다스리지 못한 내 탓이다.

시고 떫은 과실도 가을이면 단 즙을 품는다. 그 시절에 비하면 지금은 어느 과부가 방바닥에 굴리고 굴렸던 엽전처럼 깎이고 깎였다. 한데, 자평自評인 모양이다. 못가를 거닐다 즉시 하문할 일이 생각나 육방청으로 걸음을 옮겼을 때다. 내 발소리를 알아챘는지, 한두 번 크게 꾸지람

당한 하급 색리色吏[94]가 갯벌의 게처럼 이미 보이지 않았다.

―전관 사또나리들 계실 적에 비해 몸은 한가롭습니다. 하오나…….

―하오나?

―저어, 마음은 잠시도 편할 때가 없다고들 하옵니다.

어느 날 이방을 잡고 넌지시 물었더니 머뭇거리며 돌아온 대답이 그러했다.

"춘설은 적적한 가운데 보아야 제격이야. 어떠냐? 연암골 오두막에서 엄화계를 내다보고 있는 것 같지 않으냐?"

딴소리이기도 하고, 아니기도 하다. 눈 내려 발자국 하나 없는 금호천변을 내려다보고 있자니 인적 드문 화장산 골짜기가 불현듯 그립다.

"거기도 눈이 무릎 넘게 쌓였겠습니다."

산방 앞 병풍같이 늘어선 바위 아래로 맑은 내가 흐른다. 노을이 깔리면 갈대와 과실나무 그림자가 냇물에 잠기는데, 그 그림자가 또 바위벽에 반사되어 어른거린다. 한 폭의 채색화를 보는 듯, 위리안치나 다름없는 산중 생활의 적적함을 달래기에 충분하였다.

그런가? 적적함을 달래는 데 아름다움이란 별무소용이지 않나. 아름다움은 외로움을 도드라지게 한다. 내 깊은 고요를 기꺼워한다만 때로는 그 깊이만큼 그 적막이 두렵다. 외로움은 버텨야 하고 삼켜야 한다.

---

94 곡물을 관리하는 아전.

능히 감내해야 하는 벌이다.

"그만 들어가자."

동애가 잘 보았다. 용석이와 노는 양을 유심히 본 모양이다. 손자 재롱 볼 나이가 지나도록 큰아이에게서는 아무 소식이 들려오질 않으니 지나가는 아이라도 눈여겨보게 된다. 채신없이 이것저것 말도 시켜본다. 눈빛이 맑고 초롱초롱한 아이를 보면 실없이 농을 거는 버릇도 생겼다.

"아직 눈을 치우지 않았습니다. 무슨 일이 있는 건 아닐는지요?"

다시 이 악사 집 앞이다. 담장 너머 마당에도 기척이 없다.

"이따 시간 내서 들여다보거라."

나는 짐짓 바삐 걸음을 옮긴다.

|우물에 든 집|

청주 데워 청매화 띄우니 춘설에 입술 꼭 다문 꽃봉오리 놀라 벌어지는군요. 그윽한 향기가 방 안 가득합니다. 맑은술 한 모금, 또 한 모금. 석련지石蓮池 가장자리에 앉아 목축이는 참새처럼, 닫힌 대문 한 번, 찻종지 한 번. 어느새 다관에 채운 술 떨어지고 기척 없는 문간에는 어스름이 내려앉습니다. 뺨 붉고, 눈 붉고, 마음 붉습니다. 언제 한번, 매화 꽃봉오리처럼 활짝 피어볼 날 올는지요.

*

햇살이 좋아 마루에 나와 앉습니다. 잡념을 쫓으려 휘갑치기 마친 횃댓보를 끌어당깁니다. 사랑에 둘 것이니 화훼초충花卉草蟲 보다 장생문양長生紋樣이 낫겠지요. 보자기 귀퉁이에 구름과 학을 수놓습니다.

한 땀 한 땀 색실을 메워 가는데 밖에서 우지끈 소리가 나도록 대문을 두드리는군요. 섭이겠지요. 야단을 쳐도 그때뿐입니다.

수틀을 비껴놓고 댓돌에 놓인 미투리를 발에 뀝니다. 거적자리 서너 장만 한 마당을 건너가는 중에도 저를 불러대는군요.

"아씨, 아씨."

좌우가 어그러졌는지 가로걸린 빗장을 뽑기가 수월치 않습니다. 대문이 열리자 섭이가 저를 밀쳐낼 기세로 들어서네요.

"잠깐 새를 못 참고 두들겨대는 통에 문짝이 성해나질 않네."

"담에 동애 오라버니 걸음하면 손 좀 봐 달래죠, 뭐."

"거긴 일 없는 사람이야?"

섭이가 빨래함지를 마루에 던지다시피 부려놓으며 숨을 몰아쉽니다.

"그래, 이번엔 무엇을 보았기에 이 법석이다니?"

"보진 못하였고……."

말을 끊고 물부터 시원스레 들이켭니다.

빨래터는 소문의 진원지입니다. 고을 일이든 규방 일이든 가리지 않지요.

아무 생원이 노모를 위해 보약 한 제를 짓고 첩실이 지극정성으로 달여 올렸더니 도리어 급서하였다더라. 주인댁 아가씨를 욕보이고 달아났던 머슴 아무개를 추쇄 띄워 잡아다 죽도록 매질하여 광에 가두었는데 다음날 연기처럼 사라졌다더라. 욕보았다던 아가씨가 제 짓이라 자복하며 차라리 저를 죽여달라 한다더라……. 사실에 허구가 섞여 진실로 둔갑합니다. 아니 땐 굴뚝에 연기 나는 이치가 대략 이러하겠지요.

"네 눈으로 직접 본 것 아니면 전하지 말라 하지 않든?"

엄히 타일러보지만 근질거리는 입을 막을 도리가 없어요.

"아이고 아씨도 참. 내가 도깨비도 아니고 발 없는 귀신도 아닌데, 이 고을 구석구석에서 하루 내도록 일어나는 일을 어찌 내 눈으로 샅샅이 살핀단 말이어요. 누구든 보았고, 보았으니 말 전하고, 말 전하니 저는 들었고, 기왕 들었으니 아씨한테 전하는 것이지요. 아씨는 저 아니면 바깥소식을 어찌 알겠어요?"

되려 생색을 내는군요. 제 집에서 새나간 쌀알만 한 꼬투리가 됫박만 해져서 되넘어오기까지도 그리 오래 걸리지 않습니다.

"돌고 돌아 살 붙어 되돌아오는 말거리가 있는 걸 보면 애초에 네 입이 화근이었던 게지. 안 그러니?"

"전 그냥 나으리 이 집 출입 잦으신가 묻기에 아니라고 안 했을 뿐인걸요. 말 나라고 그랬겠어요? 얕보지 말라고 그랬죠 뭐."

"그 답이 어떻게 돌아오디?"

"찹쌀반죽 기름에 튀기듯 커지긴 했더라고요."

"못살아. 널 어쩌면 좋니?"

"그건 그렇고요, 아씨."

"네 말 듣지 않을 테야."

섭이가 귀엣말하듯 목소리를 낮추고서 다가앉는군요.

"끝년이가 그러던데요."

"듣지 않겠다니까."

"아씨 얘기여요, 아씨 얘기. 접때 악사 어른 뵙고 갔던 홍 초신가 홍시감인가 하는 댁에서 아씨 소실 삼는다는데, 참말이에요?"

"어머나."

"뒷집 꼭지할머니도 들었다고. 사성四星⁹⁵인지 오성인지 것도 받고 패물도 받았다더라. 그래봤자 작은집 자릴 텐데 한양 반쪽 과수라 여기 과붓집일랑은 금새를 다르게 쳐주는가보네. 그러더라고요. 그래서 내가 나도 모르는 일을 할멈이 어찌 안다고 떠들어쌓느냐고, 그리고 말 함부로 만들어 붙이지 말라고. 사또나으리 집에 오시면 싸악 다 고해바칠 거라고 했어요. 잘했지요?"

억장이 무너집니다. 천지 분간을 못 하기로 감히 나리를 내세우다니요.

"소나 말이라면 재갈이라도 물리련만."

"에이, 아씨도 참."

"너 지금부터 한마디도 입 밖에 내지 마. 아니다, 빨래터도 저잣거리도 나가지 마. 한 발짝도 움직이지 마."

"그럼 빨래는 누가 하고, 땟거리는 어떻게 장만해요?"

되바라지게 받아치더니 돌연 풀죽은 목소리로 웅얼거립니다.

"전 어디든 아씨 따라가고 싶은데. 악사 어른 혼자 남으시랄 순 없잖아요. 저요, 할아버지 아니었음 벌써 길에서 죽은 목숨인데, 은혜를 잊으면 사람이 아니잖아요."

옷고름으로 눈가를 찍더니, 훌쩍훌쩍 콧물 들이마시는 소리를 내는군요. 점입가경입니다. 이참에 머리 싸매고 드러눕기라도 할 설움입니다.

---

95 신부 집으로 신랑 사주를 적어 보내는 종이.

354

*

　가을볕이 봄볕 못지않습니다. 하늘은 구름 없이 높고 푸르고, 바람은 골짜기를 내려와 수변의 버드나무 가지를 흔들어댑니다. 강물에 거꾸로 잠긴 경관은 세상사처럼 하릴없이 일렁이는군요.

　할아버지께서는 향약鄕約 약원約員 무리와 화림동 계곡 유람 나섰다가 사흘 만에 녹초가 되어 귀가하시었답니다. 후한 사례금을 걸었음에도 마다하는 할아버지를, 약장約長이 반은 추켜세우고 반은 회유하며 청할 때와 다르게, 일정 내내 처우가 그리 후박하지 않았던 모양이에요. 탕약에 감초 빠질까요. 꽃구경 달구경에 악사, 창기 대동은 경향각지 불문의 풍조이지요.

　예와 악을 하나로 보아 하늘에 음악 올리는 악공을 귀히 대하던 예법은 옛말입니다. 재주를 천히 여기는 세상이니 재주를 감추어야 모멸을 면할는지요.

　"농월정 거쳐 거연정에서 하루 놀고, 육십령 못 가 산굽이 틀어 영각사에서 또 하루 유숙하고. 몇몇 젊은 사람들은 갔던 길 버리고 거망산 된비알로 해서 심진동 계곡 타고 내려온다는구나. 객기인지 혈기인지, 것도 다 한때다."

　"단풍은 아직 좀 이르지요?"

　"높은 데는 옻나무가 제법 노르스름 불그스름하고 너덜바위 많은 데

355

는 붉나무가 빨갛더라. 못이나 물가엔 단풍나무가 볼긋볼긋해서 볼 만하더라. 너희 데리고 한번 나서고 싶다만 오솔길이 좁고 가파른 데다 산사태로 끊어진 데도 있어 나귀 등을 빌린들 쉽지 않겠어."

그러게요. 건각健脚[96]도 엉금썰썰 기어오르는 길을 제 어찌. 더욱이 수절 못 한 청상과수라 벌떼처럼 앵앵거리는 뒷말 무서워 용추계곡 하룻길인들 감히 다녀오겠는지요.

"내 어릴 적 한양으로 뽑혀 올라갈 때 육십령을 넘었지 않으냐. 풍치는 예나 다를 바 없더라만 풍속은 옛만 못해. 천지에 의지가지없어 배곯던 시절 그리워하게 될 줄이야."

지친 기색에도 저간의 회포를 푸시던 할아버지께서 문득 제 눈을 빤히 들여다보며 속내를 여십니다.

"마을 들어오다 삼거리 길목에서 누가 넌지시 묻더구나."

그제야 아차, 합니다.

"너도 들었는갑다?"

그러니까 할아버지께서 유난히 맥 풀리신 연유가 고약한 처우로 인한 뒤끝만이 아니었던 게지요.

"애, 섭아. 탕제 알맞게 달여졌으면 내오너라. 목간 물솥 불땀도 좀 올리고."

---

96 굳센 다리.

할아버지의 괴나리봇짐에서 빨랫감 거두는 척, 나귀 안장에서 내린 짐 꾸러미 건사하는 척, 오가는 말 듣고 싶어 알찐알찐하는 섭이를 심부름으로 물리칩니다.

"방금 전에 확인했네요. 약단지는 아직 반도 안 졸았고요, 가마솥은 물을 너무 많이 잡았는지 끓으려면 한참은 더 걸리겠고요."

"얼른!"

저 용무 급할 땐 파발 뛰듯 달음박질치더니 이때는 달팽이 두렁 넘어가듯 느려 터지는군요. 정지로 가면서도 힐끔힐끔 뒤돌아다봅니다. 궁금해 죽을 것 같은 얼굴입니다.

*

끙.

할아버지께서 무릎과 발목을 돌라맨 행전과 대님을 풀어 던지시고 먼지투성이 버선발을 주무르며 한탄하십니다.

"에고고, 멀쩡하던 것이 대문턱 넘고부터 삭신이 안 쑤시는 데가 없구나."

엄부력 않는 분이세요. 일행 속에서는 더욱더 꼬장꼬장 버티셨겠지요.

"들어 좋을 소리 아니라 네게 말 안 했다. 어떻게 알았는지 부러 찾아

357

와 널 달라는 사람이 셋쯤이다."

셋이라니요? 어이없습니다.

"연전에 상처했다는 함양토박이 중늙은이는 밭 빼고도 논만 서른 두 락이라는 걸 내세우더라. 아들 넷 장가들였고, 딸 둘 시집보냈다데. 만복萬福에 더하여 만복晩福이라. 온갖 복을 누리고도 더 채우고 싶은가 보더라. 그게 사람 욕심이라."

그렇지요. 가진 사람은 가져서 좋은 걸 알아 더 가지고 싶어 합니다. 재물이든 사람이든 누리지 못한 사람은 내 복 아닌 줄 알아 체념하고요.

"하나는 중인 출신인데 동래 부산포 왜관에서 역관 구실아치를 지냈 다더라. 한밑천 거머쥐고 본향으로 돌아왔다는 걸 보니 본인은 딱 잡아 떼지만 보나마나 후시後市 뒷배로 왜은倭銀을 만졌을 것이고."

"뒷배가 무엇이기에요?"

"밀무역으로 돈을 그러모았단 말이지."

용수댁에게서 들은 적 있습니다. 선비양반 안전에서 가래침 탁 뱉으 며 젠체하는데 그 꼴을 누구도 어쩌지 못하더라나요. 하긴 족보뿐인 허 울 양반이면 남의 땅 부쳐 짓는 농사가 생업일 텐데요. 고만 불끈하여 밥쌀 한 홉과도 못 바꿀 강상綱常을 들먹였다간 소출 절반 떼는 병작並 作마저 놓칠까 두렵겠지요. 그 역관은 고리대도 놓는다는군요. 기일 내 갚지 않으면 욕은 욕대로 보이고 집문서는 집문서대로 빼앗는 몰인정한 떠세로 호가 났답니다.

"초순에는 병곡 사는 홍 초시가 다녀갔다. 널 보내주면 금이야 옥이야 귀히 대할뿐더러, 손에 물 안 묻히고 후원 가꾸며 살게 하마더라."

고개가 꺾이는군요. 뒷집 노파가 작은집 운운하였다더니 아니 땐 굴뚝이랄 수는 없겠어요.

저요, 아무 사내 만날 마음 없습니다. 있은들, 보따리 안고 밤도망할 인연이라면 모를까요. 주제넘게 제 어이 초실初室 자리를 바라겠는지요. 후실도 후실 나름이겠습니다만, 저의 흠이 자명하니 부당하진 않아요. 과분하다면 과분하지요.

소실이라 불리든 작은집이라 불리든, 첩 정은 길어야 삼 년이랍니다. 조강지처에게는 눈엣가시일 테고요. 별실에 한 섬 보화가 무슨 소용에 닿겠어요.

옛 기억이 선명합니다. 제 어머니는 별서를 벗어나지 못하였고 아니 하였으니 유폐나 다름없었어요. 저 또한 안뜰로 난 중문을 함부로 넘지 못하였고요.

하므로 별서는, 하므로 후원은, 저에겐 너무나도 익숙한 옥방獄房입니다. 한 뼘 둥근 하늘지붕을 인 적막한 우물입니다.

소실의 종자가 소실 자리를 혐오한다면 가증스러운 수작일는지요.

"허어, 고약한 사람들이 쌔고 쌨다. 다 끝난 이야기를 가지고 그런 말을 지어낼 줄 짐작도 못했구나."

"할아버지. 저는, 저는……."

"애애, 우지 마라. 애 끓일 것 없니라. 말 안 해도 내 안다. 중신아비한 테도, 초시 댁 겸인한테도 돌려 말하지 않고 딱 부러지게 거절했다. 그 런데도 소문을 낸 게야. 이미 결정된 일로 퍼지면 수월해지라 여겼나부 다. 에잇, 몹쓸 사람들 같으니라고."

"병곡이 예서 그리 멀지 않고, 우리 논이 그 마을 쪽에 붙었는데 소란 스러운 일 생기면 어쩌나요?"

"어허, 그런 소리 말아라. 나 이수음, 얼음장 같은 한양살이도 버텨냈 니라. 너 또한 수이 살지만은 않았잖니? 수동, 안동 양가 풍파 겪고 돌 아온 내 핏줄, 내 눈에 넣어도 안 아픈 내 핏줄의 핏줄이야. 너 안 내키 는 자리, 내가 안 보낸다. 내가 오래오래 살아야겠다."

할아버지께서 방문을 확 열어젖히며 외치십니다.

"섭이야. 약 다 됐으면 가지고 오너라이."

이 아이, 벌써 약 쟁반 받쳐 들고서 사랑 툇마루 앞에 대령해 있습니다.

|동요|

여인이 고개를 나직이 숙이고 있는 것은 부끄러워하고 있음을 보이는 것이고, 턱을 고이고 있는 것은 한스러워하고 있음을 보이는 것이다. 홀로 서 있는 것은 누군가 그리워하고 있음을 보이는 것이고, 눈썹을 찌푸리고 있는 것은 시름에 잠겨 있음을 보이는 것이다. 무언가 기다리는 것이 있으면 난간 아래 서 있는 모습을 보이고, 무언가 바라는 것이 있으면 파초 아래 서 있는 모습을 보인다.

*

격식에 매이는 것을 싫어하는 기질 탓이겠다. 율격에 맞춰 격앙과 침잠을 요롱하는 시는 자주 짓지 않았다. 산문이라고 해서 마음 가는 대로, 붓 가는 대로 써지는 것도 아니다. 어쩌다 스스로 득의의 글을 얻게 되면 밥 먹는 일을 잊어도 배고픈 줄 몰랐다.

근래 누가 스스로 득의로 여기는 시를 보이며 시를 묻기에, 내 알지 못하노라 하면 그만일 것을 천산지산天山地山 어쩌고저쩌고 돌려 말하다가, 급기야 미인을 살펴보면 시를 이해할 수 있다고 말해버렸다.

태態는 단순한 맵시가 아니라 의도를 드러내는 것이므로 보이는 형체 너머의 실상을 볼 줄 알아야 한다, 뭐 그런 뜻을 전하려던 것이었는데.

"애, 저것 좀 이리 다오."

글씨 쓰다 말고 서안 위 가지런히 접어 올려둔 수건을 가리킨다.

멍 뭐라는지 향 뭐라는지 하는 아이가 냉큼 수건을 대령한다. 상전 기색을 살피느라 눈동자가 분주하다.

툭하면 눈가가 짓누르는 것은 나이 먹어 자연히 생긴 안질이라. 이따금 소맷자락에서 손수건을 꺼내 눈에 낀 곱과 물기를 콕콕 찍어낸다. 곁에 시중드는 아이라도 있으면 무슨 일이신가? 무엇이 괴로우신가? 하는 눈으로 바라본다.

가엾어 하고 보듬어주고 싶어 하는 것이 여인의 본래의 생리인가. 상전에 길든 아랫것의 습성이라기엔 진정이 조금 있는 듯도 싶고.

"코흘리개 어린아이 보듯 하는구나."

노구의 부실을 설명하자니 우스꽝스러워 싱거운 소리로 넘어간다.

*

요즘 이 악사는 바쁜가, 출입이 뜸하다.

며칠 전 그 집 앞을 지나갈 때는 인기척은 나지 않고 개 짖는 소리가 제법 씩씩했다. 그전에 이 악이, 집을 비우게 될 때마다 마음이 놓이지 않는다 했는데, 개가 덩치가 커지고 목청이 사나워지면 근심이 줄 테지.

첫해 봄을 시작으로 매년 삼월삼짇날 조촐히 벌이는 곡수연에, 또 벗들이나 집안사람들의 대중없는 방문이 있을 시에, 비단 그런저런 친목이나 접대가 아니어도 문득 동하면 이 악사가 타는 줄악기나, 그가 취흥이 올라야 부는 저笛를 청해 들었다. 잦다면 잦은데, 이 악의 집이 마침 마을 길목이라 그리된 측면이 없지 않다.

물론 그 집 앞을 지나칠 적마다 자연스레 눈길이 돌아가는 것뿐, 호기로이 기척하지는 않는다. 집 안에서 내 왕래를 알아채고 사랑에 들기 청하면 서너 번에 한 번쯤 문턱을 넘는다.

이 악은 향악기를 웬만큼 한다. 내가 장악원 제조를 지내신 효효재曉曉齋 김용겸 어른이나 풍무風舞 김억 등과 노닐던 시절을 회고하면, 이 악 또한 멀리서 혹은 가까이서 두 사람과 면대하며 지낸 처지라 주거니 받거니 말이 통했다.

—어느 해 겨울밤이었소이다. 남산 아래 유춘오留春塢에서 새로 조율한 양금과 다른 악기들을 맞춰 들어보기로 하여 여럿이 모였댔소. 홍대용은 집주인이니 당연하고, 김억도 그 자리에 있었고. 때마침 효효재 어른이 눈 나리는 풍경에 이끌려 산보를 나섰다가 유춘오에 들르시지 않았겠소?

—회합이 융성하였겠습니다.

—그렇다마다요. 당대의 귀한 재주와 밝은 귀들이 한자리에 모였으

363

니. 담헌의 거문고에 풍무가 양금을 맞춰보기도 하고, 생황과 양금을 번갈아 연주해보기도 하고……. 허어, 벌써 열대여섯 해나 훌쩍 지났구려. 세월 참 빠르다 할지, 덧없다 할지."

김 공은 나나 홍대용보다 훨씬 연장자이시다. 예법으로 스스로를 지키는 데는 삼엄하셨으나 성품이 대범하고 소탈하여 젊은이들과도 격의 없이 잘 어울리셨다. 식견이 넓고도 정하시며, 속되거나 편협하지 않으시고 풍류가 넘치셨다. 우리 집안 어른들과도 친분이 깊고 당론이 같았으나 평소 당색으로 사람을 가르거나 경계를 두지는 않으셨다. 벗을 사귐에 오직 사람됨을 보셨기에 나나 담헌이 더욱 따랐다.

김 공 댁 사랑에는 잘 닦은 경쇠 하나가 놓여 있었다. 가끔 내가 문후차 들리면 「녹명」이나 「관저」 같은 『시경』의 시들을 읊어 반기셨는데, 그때 그 경쇠로 가락을 맞추셨다.

─유춘오에서 모인 그날 밤에도 공이 직접 구리쟁반을 두드리며 「벌목장」을 읊으셨소. 부르는 이도 듣는 이도 흥취가 도도했다오.

─저도 청나라 사신 연향이 끝나고 뒤풀이에서 김 제조께서 부르시는 「벌목장」을 들은 적이 한 번 있습니다. 전작이 적지 않으셨음에도 흐트러짐 없이 손수 박자를 맞추시며 노래하시던 모습이 눈에 선합니다. 저희끼리 공이 제조로 계셨을 때가 가장 평온하였단 말을 오래도록 주고받았습니다.

─그럼 잘 알겠구려. 유춘오에서도 젊은이 못지않게 흥겨워하셨지.

한데 중간에 어르신이 밖에 나가셔서는 한참이 지나도록 돌아오지 않으시는 거외다. 뒤늦게야 어이쿠, 우리가 법도를 잃어 언짢이 여기신 겐가 하였소. 얼른 담헌과 내가 공을 찾아 나섰다오.

눈이 그치고 바람도 멎어 달빛이 더욱 희고 깨끗했다. 하인 하나를 뒤에 붙이고 김 공 댁으로 향했다. 수표교 즈음에 이르렀을 때였나. 김 공이 무릎에 거문고를 빗겨 얹으시고는 갓을 뒤로 넘긴 채 달을 올려다보고 계셨다.

— 한양 한복판에 신선이 내려와 앉았습디다. 과연 효효재였소. 감히 비슷하게라도 흉내 내지 못할 멋을 지니셨지.

홍대용이 또 누군가. 그가 하인을 집으로 보내 술상과 악기를 옮겨오게 했다. 기별을 받고 뒤따라 내려온 벗들이 합세한 것은 말할 것도 없고. 달빛 교교한 수표교 난간에 앉아 다시금 연주를 하고 들으며 놀다 인정 치는 소리를 들었다. 그날따라 순라가 좋았는가. 보고도 눈감았는가. 다리 밑에서 소리동냥 하였는가. 아무도 붙들리지 않고 헤어져 돌아갔다.

— 지금은 담헌도 없고, 풍무도 없고, 어르신도 아니 계시니…… 그런 운치 있는 자리가 그저 꿈속의 일만 같소.

이 악사가 거문고를 뉘고 술대를 잡는다.

— 썩 훌륭하진 않습니다만, 한 번 들어보시겠습니까?"

곧 술대로 낮은 음을 퉁기고서 바로 첫 대목을 읊는다.

— 나무 베는 소리 정정하고…….

— 옳거니.

나는 지그시 눈을 감고 귀를 기울인다.

나무 베는 소리 정정하고 새들 우는 소리 앵앵하네
깊은 골짜기에서 훨훨 날아 높은 나무에 옮겨 앉네
앵앵거리는 그 노래여 그의 벗을 부르는 소리로다

그 겨울밤의 정경이 어른어른했다. 방문을 열면 사락사락 눈발이 흩날리고 있을 것만 같았다.

저 새들을 보더라도 서로 벗을 부르는데
하물며 우리네 사람으로 벗 구하지 않을손가
신령도 이 소리 들으시면 마침내 화평하고 평안하리라

김 공은 『시경』의 노래를 언제나 중국어로 읊으셨다. 중국어는 성조의 변화가 급격한 데다 남의나라 말이라 듣는 맛이 새롭다. 그에 비해 이 악사의 노래는 우리말에 높낮이가 순탄하여 다소 밋밋하다.
—혹 이 부인도 노래를 하오?
악사가 어림없다는 듯 손사래를 친다.
—아닙니다. 나으리께서도 거문고를 다루시니 잘 아시겠습니다. 노래는 기악과 달라 수행에는 적합하지 않지요. 몸이 곧 악기인지라 칠정

366

에 약합니다. 노랫말과 가락이 품은 정한에 지나치게 몰입해 자칫 정기가 흐트러질까 금해두었답니다. 간혹 나직이 흥얼거리는 것까지 막지는 못합니다. 소리청이 트이지는 않아 다행이라 여깁지요.

—여러 차례 부인의 연주를 들어본바, 심약하여 정한에 무너질 정도는 아니지 싶소만.

—꾸밈이나 치레가 적고 울림이 단단해 장지문 사이에 두고 연주만 들어서는 남정네 같다고도 합니다. 녹록지 않은 일을 많이 겪었지만 꼿꼿한 데가 있는 아이이지요.

—대나무도 겉은 꼿꼿하지만 속은 비어 허하지요.

후회할 말을 하고 말았다. 옷깃 스쳤다 한들, 속내를 어찌 짐작하며, 짐작이 어찌 맞는다 하겠나.

이 악사는 그저 고개를 주억거릴 뿐 내 말에 부언하지 않는다. 나만 무안하다. 술 두 잔을 거푸 들이켠다. 벌주라 쓰다.

이 악사는 그날 이후 한 번 더 보았다. 박제가가 다니러 왔을 때다.

기방 아이들과 돌아가며 여러 악기를 선보였는데, 그날 이 악은 전에 없이 소리가 건조하니 심심했고, 박제가는 답지 않게 무덤덤하니 시큰둥했다. 나는 나대로 이유 없이 기분이 좀 오락가락했다.

동상각몽同狀各夢이라.

누가 제 마음속 콩밭을 가장 너르게 맸을꼬.

*

　지지난 계절, 박제가가 안의에 들어왔다. 해가 뉘엿뉘엿 넘어갈 즈음이었다.

　나는 평복으로 갈아입고 남지의 정자에서 기다렸다. 어슬렁거리다가 한양 손님이 얼추 삼문에 이르렀다는 통인의 기별을 듣고 곧장 홍예문으로 나가 정당 뜰로 들어서는 그와 일행을 맞이했다.

　—먼 길 오느라 고생했네.

　—연경보다 더 멉니다, 멀어요. 공이 계시지 않으면 평생에 한 번 오기나 할까요?

　—자네의 두 발은 내 나라보다 중국이 더 가까워 함양하고도 안의 골짜기가 성에 안 차는가? 책문 나가 산해관 넘어간다면 멀고 험한 게 대수겠나? 구름 위를 나는 듯 한달음에 나섰을 테지.

　—아무렴요. 연경이라면, 넷 아니라 다섯이어서 차렘들 늑장부리겠는지요. 자다가도 갓끈 매면서 말안장에 오르다마다요.

　—자네가 잠결에 말을 거꾸로 탔나보이. 바라기는 묘향산 지나 압록인데 말머리는 남쪽 지리산이라, 목하 화림 옛 신라 땅일세. 환영하네.

　—천관의 옛집이 예서 멀지 않다면 저는 군이 말의 목을 벨 일 없겠습니다만.

　기세도 능청도 여전했다.

그는 무술년(1778)에 정사 채재공의 종사관으로 첫 연행길에 올랐다. 그의 '제이의 나'인 이덕무 역시 서장관 심염조의 종사관으로 함께 출발했다.

그보다 두 해 전 병신년(1776)에 유금이 연행에 올라 조카 유득공, 이덕무, 이서구 그리고 박제가 네 사람의 시 묶음을 청의 문사들에게 선보였던바, 이듬해에 사가시집四家詩集『한객건연집』이 간행되는 경사가 있었다. 오직 시로써 중국과 문통文通을 텄기에 한껏 고무된 그들로서는 오매불망 그리던 중국행이었던 셈이다. 나는 아직 가보기 전이라 가슴 부풀어 떠나는 그들을 배웅할 때 얼마나 부럽고 샘이 나던지.

13년 전 홍대용이 오갔던 그 길이 어떻게 달라지고 어떤 것이 그대로일지, 세월이 지나고 사람이 다르니 새로운 이야기를 들을 것을 기대했다. 돌아온 그들은 떠나기 전과 사뭇 다른 사람들이었다. 선진 문물에 눈이 틔어 반짝이는 것과는 또 다른 다름이었다.

나나 박제가는 명분뿐인 북벌론을 경계하는 입장이다. 우리가 뜻한바 북학이란, 청을 이기기 위해 청을 배우자는 것이다. 그러나 한 차례 중국을 다녀온 것만으로도 마음과 안목이 드높아진 박제가는 조선의 온갖 것이 뜻에 차지 않는 듯했다. 말끝마다 중국에서는, 연경에서는, 하고 비교를 일삼았다. 급기야는 내 나라 땅에서도 중국말을 써야 한다고 떠들기에 이르렀다. 이른바 중국병이 든 것이다.

운이 도와 기해己亥년(1779) 임금님을 가까이서 뵙는 직분을 얻고 나서는 처지를 잊고 삼가는 태도가 더욱 무너져 자못 걱정스러웠다. 나란히 검서관이 된 이덕무야 워낙 사람됨이 세심하고 신중해 삼갈 줄 알았다. 박제가는 날카롭게 자신을 내세우는 기질이라 견제와 핍박을 자초하는 점이 있었다.

도반이자, 선배이자, 어릴 적 사부로 연을 맺은 나는 고심 끝에 편지를 썼다.

그대는 신령한 지각과 민첩한 깨달음이 있다 하여 남에게 교만하고 사물을 업신여겨서는 안 되네. 저들에게도 얼마간의 신령한 깨달음이 있다면 어찌 스스로 부끄럽지 않겠나. 교만하고 업신여기는 것이 자네에게 무슨 보탬이 되겠는가? 우리는 냄새나는 가죽 부대 안에 몇 개의 글자를 넣어두어 남들보다 조금 더 많이 아는 것에 지나지 않을 뿐일세. 저 나무에서 매미가 울고 구멍 속에서 지렁이가 우는 것 또한 시 읊고 책 읽는 소리일 줄 어찌 알겠는가?

누구나 한번쯤 다녀오기를 소원하는 연경을, 그는 그 뒤로도 두 차례나 더 다녀왔다. 보고 들은 것이 쌓이고 아는 것이 많아질수록 목청이 높아졌다. 그가 안질을 앓을 정도로 격무에 혼신을 다하는 동안 나는 연암산거를 오가며 허랑하게 지냈다. 내가 나이 쉰에 음관으로 말직에 들고 나서도 서로 임지가 갈려 술로든 차로든 더불어 어울리기가 쉽지 않았다. 무엇보다 그는 내가 알지 못하거나 굳이 알고 싶어 하지 않는 세상에, 또는 그런 부류들 속에 섞여 있었다.

　—이래저래 우리가 적조했지. 아무튼 잘 왔네. 요 몇 해 겹겹 풍파에도 녹슬지 않았구먼.

　그와 단둘이 마주보고서야 비로소 제대로 된 인사를 나누었다.

　—그 핑계로 변변히 안부 못 했습니다. 해량하십시오.

　—무얼. 어쩌자고 자네나 나나 의지가지없는 환과고독자의 신세를 못 피하네. 둘 다 부인을 잃고 동기간이라 할 무관마저 잃었으니 동지가 따로 있겠나. 어려운 걸음 하였으니 살아남은 우리 둘이 회포나 푸세.

　—벼슬을 그만두고 코를 빠뜨리고 있는데 상께서 위로하시며, 지원의 곡수연에 홀로 빠졌다더구나. 시간을 내서 꼭 다녀오너라, 그리 이르셨답니다.

　직전에 그는 부여 현감에서 파직된 참이었다.

　—혹 암행 겸하였는가? 나는 여태 반성문을 올리지 않아 북쪽사람만 봐도 제 발 저려 끙끙한다네.

　그가 푸하하 웃었다. 웃으니 원래도 불거진 광대가 더욱 솟아 너른 뺨지나 턱밑에서 동여맨 갓끈이 끊어질 듯했다. 그 역시 나와 한데 묶여 거칠고 비속한 문체로 추궁을 받았다. 그는 마음 깊숙이 승복할 수 없음에도 지엄한 분부를 차마 거스를 수 없어 형식적이나마 자송문自訟文을 지어 바쳤다 했다.

　―지원이 치세가 훌륭하다 들었다, 그리 말씀하시던걸요. 무관의 행장 짓는 일은 어찌 돼 가는지 궁금해하셨고요.

　―우리 임금님께서는 한 손으로 상을 내리시고 다른 손으로는 벌을 주시지. 자애롭고도 삼엄하신지라 나는 배알할 때마다 등에 식은땀이 버쩍 나더구먼. 자네들은 용하네.

　―천하의 연암이 그리 말씀하시면 예사 사람들은 코끼리 발바닥을 올려다보며 언제 짓이겨질까 벌벌 떠는 형국이겠습니다.

　마치 저가 온 힘으로 코끼리 발바닥을 떠받치는 양 시늉하였다.

　―어렵사리 걸음했으니 코끼리 등의자에 올라탄 듯 느릿느릿 유람하면서 쉬다 갔으면 싶네만, 여기 사람들이 자네를 가만두려나 모르겠네.

　처지가 낮음에도 불구하고 임금님의 지우를 입어 벼슬길이 영화롭다는 말을, 늘 한양의 형세에 촉각을 곤두세우는 이곳 거자들도 귀에 딱지가 앉도록 들었을 테다. 청의 명사들이 앞다투어 글과 글씨를 얻고자 한다는 문명으로 호가 났으니, 어떻게든 비평 한 줄이나 그림 한 자락을 얻기 위해 성가시게 굴리라.

　―돌아보면 곤경과 분쟁이 끊일 날 없이 휘돌아쳤지요. 규장각에 드나들면서부터는 앞 다르고 뒤 다른 말을 꼬리처럼 달고 살고요. 이젠 무관마저 없으니 하소연할 데도 없어요.

—모난 돌이 정 맞는다질 않나. 자네가 좀 튀는가? 상공업을 장려해
야 한다느니, 청의 문물을 받아들여 이용후생해야 한다느니, 게다가 점
잔 빼는 고상한 선비들을 위선자로 몰아세우니 그들이 안달할밖에. 눈
에 든 가시를 확 뽑아버리고 싶어 호시탐탐 기회를 노리는 걸세.

그는 사내다. 고즈넉한 취향보다는 화려하고 아름다운 것을 취하는
데 거리낌이 없다. 녹을 받으며 형편이 나아진 후로 씀씀이가 훨씬 커졌
다. 그 탓에 아니 들어 좋을 비방이 추가됐다. 내가 우회적으로 주장과
고집이 센 점을 꼬집으니 그는 지붕이 날아갈 듯 껄껄 웃었다.

—아이고 세상에, 공께서 누구를 나무라신답니까? 허면, 제가 어렸
을 적부터 모시고 배웠으니, 외람되게도 출람지예出藍之譽로 여겨도
될는지요?

—자네는 주류 속의 비주류이고, 나는 비주류의 주류인 게지. 자네는
나와 다르고 나는 날세. 청출어람의 명예를 탐해서 어디다 쓰려는고?

그랬다. 어쨌거나 남들에게 우리는 동색이다. 그는 나의 울결을 잘 알
고, 나는 그의 삶이 얼마나 아슬아슬했는지를 잘 안다. 애틋해서 애가
탈 뿐. 그 재주가 기이하다가도 그 처세가 안타까울 뿐. 그래서 '조금만
더'를, '조금만 덜'을 외치게 만들 뿐.

밖이 수런수런하며 그림자들이 어릿어릿하더니 누군가가 고했다.

—나으리, 상 들여가겠습니다요.

저녁을 겸한 주안상이 올라온 모양이었다.

─오냐, 들여라.

지게문이 양쪽으로 벌어졌다. 기녀 둘이 맞잡아 든 상이 두 번 들어왔다. 기녀들의 버선발이 차례차례 문지방을 넘자 그의 얼굴이 환해졌다. 역시나, 씩씩한 사내로다.

*

동애가 이 악사의 기별을 갖고 왔다. 그 집 사랑채에서 조촐한 음악회를 열고자 하니 오십사 하는 초대다. 은근히 반갑고 한편으로는 떨떠름하다.

"너는 내 집 식솔이더냐, 그 집 행랑이더냐?"

행랑 빌리면 안방까지 든다는 말이 있지 않은가. 날쌔서 탐탁하다가도 시키지 않은 일에 앞서는구나 싶으니 묘하게 거북하다. 녀석은 떨락 말락 움찔하며 머리를 숙이나, 입에는 자물쇠를 걸었다.

성질머리하고는. 나도 나지만, 너도 참 너다.

외자상투를 틀었어도 한집안의 주장主張이 돼보지는 않았으니 아직 버르르 벋대는 기운이 삭지는 않았다.

"눈과 입이 많다. 본 것은 부풀리고 아니 본 것은 지어내 퍼 나르는 데가 사람 사는 동네이니라. 악해서가 아니라, 모여서 할 것이 그것밖에 없는 사람들인 까닭이다."

374

"명심하겠습니다."

"이 악에게는 걸음하겠다 일러라."

"예."

뒷걸음으로 물러나 돌층계에서 몸을 돌려 멀어지는 동애의 꼭뒤를 한참이나 내다보다가 혼잣말한다.

내가 괜한 참섭을 했나. 나는 이 빠진 종이호랑이라 노파심이 탈이고, 저놈은 등등한 청춘이라 오지랖이 탈이다. 어떠랴. 평양감사도 저 싫어 마다하고, 과수댁 행랑살이도 저 좋아 들어앉는 것을.

|꽃 진 자리|

바지랑대 끝에 꽃물 들여 수놓은 손수건을 매답니다. 바람 지날 때마다 펄럭펄럭 아우성치며 몸부림해요. 뜻대로 되지 않으면 두 발꿈치로 마룻바닥 번갈아 밀며 차며 골부림하는 아이 같습니다. 사나운 비 쏟아지면 물미역처럼 장대를 휘감고서 뚝뚝 굵은 눈물 흘리지요. 정표 하나 없이 돌아서는 임 허리춤 잡고 말짱 거짓마음이었는지 묻는 처녀만 같습니다. 오늘 날빛 맑아 손깍지 차양하고 올려다보니, 빛바랜 무명베 조각이 굴뚝 연기처럼 온데간데없어요. 바지랑대 끝에 창백한 낮달 반쪽, 기우듬히 떠 있을 뿐입니다.

＊

울음 끝 긴 아이는 이 박한 세상을 어떻게 살아갈까요.

흐느끼다 엎드려 잠든 아이가 꿈속에서도 놀랍고 무서운 일을 겪을까 싶어 창검이 뚫지 못할 솜이불을 덮어줍니다. 웃바람 들지 않도록 이불 깃 여며주고 살금살금 방을 나옵니다.

마루 끝에 걸터앉아 쌀가루를 버무리고 있던 섭이가 기다렸다는 듯 고개를 듭니다.

"아……."

"쉿!"

검지를 세워 제 입술에 갖다 댑니다.

섭이 눈에는 궁금한 빛이, 입술에는 억울하고 서운한 감정이 가득입니다. 제 것이라 여긴 무언가를 빼앗겼을 때 짓는 저 입매와 눈빛이 낯익군요. 저 어렸을 때 본실 슬하 동기간이 짓던 표정입니다. 어느 해 진하사進賀使[97]를 호위했던 아버지가 돌아오시고서 제 손에도 둥근 비단 부채가 들려 있는 걸 보았을 때였지요.

섭이가 가루 묻은 손을 털지도 않은 채 함지박을 안고 정지간으로 들어가 버립니다. 제 발로 가고서도 쫓겨나는 양 걸음새가 부랑합니다. 저도 뒤좇아 정지로 들어섭니다. 이 아이, 어느새 솔가지를 툭툭 분질러 아궁이에 밀어 넣는군요. 아씨에게 삐친 것이지, 방 안의 그 아이에게 삐친 것이 아니라는 뜻이겠지요.

"소을인 잠들었어."

"쟤는 왜 걸핏하면 여기 와서 눈물굿을 한대요? 이러다 포졸이 쟤 찾으러 와 아씨한테 눈 부라리면 어쩌려고요? 오늘은 할아버지도 안 계시고, 동애 오라버니는 요새 통 안 건너오고, 동네사람들은 오며가며 발돋움하고서 수군거리고……."

"그래서?"

"그렇다고요."

"내버려두렴. 덕분에 오래 살겠네."

---

97 중국 황실에 파견하는 축하 사절.

"욕먹어 오래 살면 머슴, 백정, 염장이, 남사당, 여사당…… 세상에 천하디천한 것들은 다 백세 장수하겠고만요."

"높으신 양반님들도 아랫것들이 숨어서 하도 욕을 해대어 오래 사는 거래."

퉁퉁거리던 아이가 실실 웃습니다.

"소을이가 너보다 두 살 아래지? 올해 열셋이구나.

"나이만 밑이지 조숙해서 언니만 같은걸요."

세간에서도 열세 살에 초례하고 초야를 치르는 일 없지 않지만 새신랑도 새각시도 아무래도 어린애지요. 어른 구실을 얻었달 뿐, 무얼 안다하겠는지요.

소을이 대발戴髮을 치렀다는 소식을 들었을 때 저는 잠시 아연하였답니다. 머리 올려준 첫 남자는 한양에서 오신 귀한 손님이었다고요.

─수청방에서 자라 살수청이 뭔지 모르지 않는답니다.

소을의 허리춤에 못 보던 담배쌈지가 매달려 있더군요.

─삼경쯤 술자리 걷고 한양 나리 계신 침실에 들었어요. 제가 어찌나 떨었는지 큰언니가 손목을 잡아끌다시피 해서 문지방을 넘었어요.

열세 살짜리 어린 계집이 감히 거역하지 못하여 가슴팍 짓누르는 남정네의 완력을 받아냈다는군요.

─머리 올리기 전에도 이런 날 오리란 걸 알았지요. 젖가슴이 봉긋해

지면서 달거리를 시작하니 언니들이 일러주더라고요. 각오랄까, 기대랄까. 팔자도망 글렀고, 또 드물게 정 많은 어른 만나 첩으로 들앉으면 혹간 기적에서 몸 빼는 행운도 없지 않더라 하니까요. 굴러가는 대로 굴러가보자 막연히 다짐하였어요. 제 어미도 구르는 대로 굴러갔고, 이모들도 그리 살았고, 수청방 언니들도 하루하루 그리 살아냈으니까요.

관기를 사가로 빼돌리지 못하도록, 기생이 수청을 거부할 수 없도록 국법으로 정해놓았다지요. 규방의 여인에게는 정숙을 지키게 하고, 기방의 여인을 거리낌 없이 희롱하는 것은 대장부의 풍도風道라 하여 국법이 눈을 감는군요.

―노래에도 있지 않아요? 화류계 여자는 본래 임자 없고, 꽃을 찾는 탕자의 정도 인지상정이라 허물이 되지 않는다고요. 허물 뒤집어쓰고 끝내 팔자 고치지 못하였으니 천역에 천형을 진 게지요.

소을이 풍진 세월 곱다시 지나온 퇴기처럼 추연히 읊조리고는 제법 능숙하게 곰방대를 뻑뻑 빠는군요. 대발 치르고 제일 먼저 배운 것이 담배랍니다. 목으로 시척지근한 신물이 올라오는 걸 다스리려고요.

이 집에 와서 밑도 끝도 없이 눈물바람을 한 이후로 저는 이 아이의 눈물받이가 된 것 같습니다. 이부자리 잠깐 내어주는 것밖에 뭘 더 해줄 수 있을까요. 제발 오늘 쪽잠은 가위눌리지 않아야 할 텐데요.

*

결단코 오지 않으리라 여긴 순간이 요술 부린 듯 눈앞에 닥치고, 이어 허물 벗은 뱀처럼 갈라진 벽 사이로 스르르 사라져버리면, 방금 전 본 것은 헛것일는지요, 가뭇없는 백일몽일는지요.

내려오신다는 전갈은 해 뉘엿뉘엿 넘어갈 즈음 받았고, 오셨으되 길게 머물지 않으시고 분연히 발길 되돌리셨다는 건 다저녁에 들었습니다. 아니에요. 전해 듣기 전에 기척으로 알아챘지요. 윗목에 덩그러니 남은 약주상이 제 차지가 된 것을요.

들창으로 빗기어 든 흐린 달빛이 제 술벗입니다. 목 긴 백자 주병 기울여 백옥 도자 잔 둘에 따릅니다. 혼자 붓거니 작커니. 낯 붉어오는 건 술기운이 아니라 부끄러움 탓이고요.

잔 비고 술 떨어지니 빈자리 채워준 달나라 계남桂男도 미련 없이 구름 뒤로 숨는군요. 밤 이슥토록 마룻장 밑에 엎드린 개는 짖지 않습니다.

이제 저는 어찌하여야 옳은지요.

오늘 하루를 짚어봅니다. 여느 날과 달랐군요.

아침부터 할아버지께서는 분주하셨습니다. 생각대로 되지 않아 초조하신지, 섭이를 부리는 데도 가리산지리산이셨어요. 나름으로 열심히 닦고 쓰는 아이에게 싫은 소리를 꽤 하시었고요.

─애야, 철쭉 분은 거기에 두지 말라고 내 이르지 않든? 꽃 없어도 잎
이 성해서 볼 만하니까 괴석怪石 곁에 두란 말 귓등으로 들었니?

　─애애, 비질 좀 똑바로 하려무나. 봉두난발이 따로 없다. 비질한 자
국이 네 머리빗처럼 가지런해야지.

　일껏 꾸지람하시고는 잠깐 새를 못 참아 몸소 화분을 옮기시고, 물 뿌
린 마당을 공들여 쓸어 빗줄을 내시더군요. 간밤 꿈에 할머께서 오셔
서 집 안팎 소쇄掃灑[98]를 당부하시었나 싶었답니다.

　침선으로 소문난 할머께서는 대갓집 드나드시며 안목이 높아져 봄
가을마다 집안을 뒤집어놓으셨어요. 안방과 사랑은 물론, 광과 측간을
청소하고 오래된 기물을 바꾸거나 수선하는 데 몇 날을 쏟아부으셨지
요. 할아버지조차 할머의 지청구를 피하지는 못하셨고요. 아휴 그렇
게 말고요. 거기 두는 게 아니라니까요. 거치적거리기만 하니 영감은 차
라리 방에 들어가 계시구랴…….

　─점심상 들이지 마라. 생각 없다.

　오후에는 악기마다 한두 소절씩 소리를 내어보셨고요. 집에 계실 때
면 늘 악기를 점검하시는지라 저는 예사로 여겼답니다. 햇살이 누긋해
질 때쯤 사랑으로 저를 부르시기 전까지만 해도요.

　사랑에는 며칠 전 화훼 상인이 들여놓고 간 분재 화분 두 개가 사방탁

98　비로 쓸고 물을 뿌림.

자에 자리를 잡았더군요.

소사나무는 수형이 다부지고 잎이 무성한 반면, 매화는 마치 난蘭 칠 때 초두에 길게 빼는 기수선, 봉안선, 파봉선 세 묵선처럼 한쪽 방향으로만 앙상한 가지를 뻗었어요. 잎이래야 열 손가락 겨우 꼽을 정도인데, 상인의 생색이 이만저만이 아니었답니다. 지곡 노씨 문중 부자 선비님이 웃돈 얹어준다는 걸, 임자 따로 있다 하고 도망 나왔다면서요.

제 무딘 눈으로는 상하를 모르겠더군요. 할아버지께서 이리저리 살펴보고 궤를 열어 잔금을 내어주셨으니, 언젠가 눈 내리는 겨울날 맑고 푸른 향기를 방 안에서 감상할 수 있겠거니 하였답니다.

—사또나리께서 저녁 자시고 바람 쐬러 내려오실 때, 우리 집에 들르실 게야.

그제야 할아버지께서 종일 안절부절못하신 까닭을 알았습니다. 의아하더군요. 나리께서 다녀가신 적 없지 않기에 새삼 조바심 내실 일인가 싶었습니다.

—일행이 계시나요?

—동애가 뫼실 게다.

동문서답이었습니다.

—미리 알려주셨으면 안줏거리라도 좀 갖추었을 텐데요.

—나리께서 치레 과한 걸 싫어하시니…… 섭이더러 몇 가지 마련해두라고 일러놨다.

이상하였어요. 여태 저 모르는 빈객이 있었던가요. 알고도 입 봉한 섭이 또한 수상쩍고요.

—그리고…….

할아버지께서 쥘부채를 하릴없이 폈다 접었다, 뜸을 들이시더군요.

—섭이한테 일러놓았다. 어여 가 봐라.

뜬금없고 석연찮은 분부였어요.

섭이는 용가마 걸어놓은 아궁이 앞에 쭈그리고 앉아서 불꽃을 들여다보고 있었습니다. 솥에서는 김이 새나오고, 그 아이 숙인 이마에 불꽃 그림자가 너울처럼 일렁였어요. 무언가 반짝거리는 것이 제 눈에 들어오더군요.

—얘. 너 왜 그러니? 어디 좀 봐.

섭이는 두 팔을 무릎에 포개어 괴고 턱을 받친 채, 돌아보지도, 일어나지도 않았어요. 제가 소매를 잡아당기자 팔뚝에 얼굴을 묻고 앙버티면서요.

무엇 때문에 불 앞에서 울고 있었을까요. 울면 손해라고 길에서 배워서인지 어지간해서 눈물바람하지 않는 아이가요. 분하여 울더라도 손바닥으로 눈언저리 쓰윽 훔치면 끝인 아이가요.

—그러니까 그게요…….

자초지종을 들었습니다.

눈앞이 어릿하고 가슴이 덜컥덜컥 내려앉았습니다. 참담하고 민망하고 산란하여, 무섭고 두렵고 초조하여, 언감생심 토사에 섞인 사금처럼 반짝반짝 빛나기도 하여, 그중 어떤 것이 제 진짜 마음인지 알 수 없었고요.

섭이가 저를 목간통에 들여앉히고 따듯한 물 끼얹어가며 몸을 씻겨주었습니다. 그러고는 나리 떠나셨단 말 전하러 올 때까지 제 곁에 얼씬도 않았습니다.

치울까요, 놔둘까요?

자기 손으로 들여놓은 약주상을 물끄러미 쳐다보다가 제게 눈으로 묻더군요.

—수고했어. 가서 쉬렴.

그러자 소반을 제 앞에 옮겨다주었고요.

—오늘은 오늘이고, 내일은 거 뭣이냐…… 까마귀고기 잡수신 양, 어제 일은 나 몰라라 하면 되죠. 상은 고대로 두세요. 낼 아침에 제가 내어갈게요.

섭이가 어른스레 저를 다독이고 방을 나갔습니다.

잠시 후에는 할아버지께서 인기척을 내셨어요.

—내다볼 것 없다. 그냥 안에서 듣거라.

—예.

—무단히 애 끓일 것 없다. 얘기는 내일, 밝은 날에 하자꾸나.

—예.

사위가 적막합니다. 아무 일도 일어나지 않은 하루가 끝나갑니다.

*

어머니가 돌아가셨을 때 저는 울음을 그치지 못하였습니다.

지아비의 상을 치를 때는 울음을 토해내지 못하였어요. 늙은 수모가 대곡하는 사이, 저는 생베 치마에 얼굴 묻었습니다. 눈물이 남아 있지 않았어요.

쩍쩍 갈라진 샘 바닥에 한 방울 두 방울 빗물이 고여 차오르기까지 몇 계절이 바뀌어야 할는지요? 몇 해를 기다려야 할는지요?

마침내 푸른 하늘과 흰 구름이 샘에 거꾸로 비쳐, 날아오르듯 심연을 향해 뛰어들면 수궁 정원에서 연꽃으로 환생할는지요? 세상과 다시 만날는지요? 마음껏 울고 기꺼워 웃을 수 있을는지요?

밤 깊어 기와지붕에 빗방울이 듣습니다. 날씨마저 변덕스러워요.

빈 상 들고 방을 나옵니다. 버선발에 미투리를 꿰고, 굳은 저냐 한 점을 집어 후잇, 입소리를 냅니다. 누렁이가 있어야 할 마룻장 아래가 감감합니다. 시커먼 어둠이 삼킬 듯 아가리를 벌리고 있을 뿐이에요.

후잇, 후잇. 먹을 것을 마다할 리 있나요. 앞뒤 마당을 아치랑거리다가도 부르면 기세 좋이 달려드는 녀석입니다. 대문에는 빗장이 걸렸고, 월담은 제아무리 날랜 중개라도 어림없습니다.

기막힌 날입니다. 오밤중에 개와 숨바꼭질을 하게 되다니요. 기르는 짐승조차 저를 몰라라 하다니요.

명치에 쌓인 응어리가 숯이 되었나 봅니다. 목이 메어요. 이만 일에 눈물 흐를 줄 몰랐습니다. 어디선가 잘박잘박 물길을 걸어가는 발소리가 들리는 듯합니다.

그때입니다.

탁탁.

빗방울 듣는 소리보다 둔탁합니다.

탁탁.

누가 대문을 두드리는군요. 한 손에 초롱 들고 한 손으로 치맛자락을 바짝 움켜쥐고서 문간으로 다가갑니다. 누렁이가 낡고 닳아 갈라진 문틈에 주둥이를 대고 있군요. 문 너머 누군가 있나본데요, 짖지 않으니 반가운 사람인가 봅니다.

후잇. 누렁이의 주의를 끌어봅니다만, 녀석은 꼬리만 흔들어댑니다.

"아씨."

절 부른 것이겠지요. 목소리를 들으니 누렁이의 환심을 산 까닭을 바로 알겠어요.

"접니다. 동앱니다."

이 또한 예사롭지 않은 일입니다.

"야심한 밤일세. 무슨 다급한 일이 있는가?"

"잠이 오지 않아 거닐다 보니 예까지 왔습니다. 불빛이 새나오기에 잠깐 멈췄더니 요놈이 알은체를 하네요. 아씨는 어찌 늦도록 주무시지 않으시고……."

"술, 했는가?"

굳건치 못한 아녀자인지라 별스럽지도 않은 말이 설운 맘을 건드리는 군요. 몰라 묻는가? 되묻고 싶습니다만, 무슨 답을 듣든 난망한 사람은 저일 것입니다.

"나리께서 침실로 곧장 드시기에 저는 찬방에서 목 좀 축였습니다."

별안간 술꾼 둘이 문을 사이에 두고 주사 아닌 주사를 부리는 꼬락서 니입니다.

"과히 마시진 않았습니다."

그럴 테지요. 말술을 들이부은들 허청대는 꼴을 보이겠는지요. 오사 란지烏絲欄紙[99]에 글씨 쓰듯 선을 밟지도, 칸을 넘지도 않는다고 기방 에 호가 났는걸요. 필경 사또 외방外房 붙이일 것이라며 쉬쉬 뒷말 옮기 는 기녀도 있다더군요. 그 뺏뻣한 사내가 야밤에 여염집 문간에서 개와 노닥거린다는 건 그야말로 개가 웃을 일이겠고요.

---

[99] 검은색으로 줄을 나눈 종이.

"순라를 잘도 따돌렸네. 긴하지 않으면 밝을 때 오게."

반빗간 곁방의 섭이야 베개에 머리카락 닿으면 업어 가도 모릅니다만, 할아버지 계신 사랑이 지척입니다. 소리촉이 예민하신 만큼 잠귀도 밝으시니 마음 졸일 수밖에요.

"저는 모레 한양 올라갑니다. 작은도련님 길동무 겸, 나리 심부름 갑니다. 분부하신 일 매듭짓고 돌아오려면 짧게 잡아도 스무날은 걸리지 싶습니다요."

후딱 돌아서기는커녕 작정한 듯 말이 길어지는군요.

"그럼 더더욱 예서 이럴 게 아니겠네. 여장 꾸리자면 내일은 진종일 분주할 터이고."

속으로는 동애가 부럽습니다. 무심코 넋두리가 새나오고 말아요.

"나도 본디는 한양사람인데, 이제는 천리타향이라…… 꿈에나 가볼거나."

아차, 주워 담습니다.

"속히 가서 쉬게."

돌아서는 제 걸음을 동애가 붙잡습니다.

"아씨. 많이 상심하셨는지요?"

발아래 땅이 쑥 꺼지는 듯합니다. 창피하고 분하여 발끈하지요.

"왜, 그리 묻는 이유라도 있는가?"

"나리께서 오늘 좀 무정하셨습니다."

"오늘 일을 나는 모르네. 그리고 나리께서, 언제는, 다정하셨는가?"

"정녕 모르십니까?"

"모르네. 나리께서 짧게 머물렀다 황급히 올라가신 연유를 내 모르네. 어떻게 자네는 내 모르는 것을 다 아나?"

꼴불견이로군요. 피차 술이 과했나 봅니다. 나중에 밝은 데서 서로 얼굴이나 쳐다볼 수 있겠는지요.

"제가 어찌 낱낱이 알겠습니까? 다만 오늘 일은 여러 날 전에 악사 어른이 저를 은밀히 부르셔서……."

왈카닥. 사랑 지게문 여는 기세가 사납습니다. 우려한 일이었고요.

"게, 은용이냐?"

저도 동애도 숨을 참아보지만, 늦었습니다.

"밖에는 누고? 젊은 과수가 바깥사내랑 대낮에는 못 할 밀담이라도 주고받느냐?"

저는 목소리 낮춰 동애를 재촉합니다.

"얼른 돌아가게."

할아버지께서는 그냥 넘어가실 생각이 아니시네요.

"은용이 너!"

"예?"

"문 열어줘라. 사람인지 쥐새긴지 보자."

꼼짝없습니다.

빗장을 여니 동애가 구부정하니 몸을 숙이고 서 있습니다. 목 좀 축였다더니, 술내가 확 끼칩니다.

기막힌 날입니다. 빗방울이 점점 굵어지고 있습니다.

*

동애는 문지방 넘자마자 무릎을 꿇고, 저는 불호령을 각오합니다. 할아버지께서는 묵묵히 매화 분재에 눈길을 주시고요.

"그래, 노여워하시던가?"

거두절미 물으시니 저로서는 요령부득입니다. 꾸지람들을 줄 알았다가 침울해하시는 모습을 뵈니 그 또한 뜻밖이고요. 저도 모르게 할아버지와 동애를 번갈아 쳐다보게 됩니다.

"아무 말 마라. 나도 아무것도 묻지 않겠다. 오늘 저녁 일은 없던 일이다. 딱 그렇게 세 마디 하셨습니다. 노여우신지 민망하신지, 글쎄요, 오래 모신 저로서도 딱히 가늠하기 어려웠습니다."

단 세 마디로 입단속을 지시하셨단 분은 나리일 테지요. 정작 동애와 밀담한 건 제가 아니라 할아버지이시고요.

"어쩌다 보니……."

할아버지께서 괴로운 눈빛으로 저를 흘끗 보시더니 곧바로 말을 바꾸십니다.

"아니다. 어찌 다 이겠으며, 불현듯이겠느냐. 설마 이 늙은이가 생각이 없어서였겠느냐. 나이가 들고, 기력이 전만 못하고, 앞으로 얼마를 더 살지 장담할 수 없어 나날이 밤마다 고민하여 내린 결론이었구나."

"죄송하오나, 저는 아는 바가 없습니다. 할아버지께서 전전반측하시며 내리신 결론이 과연 무엇인지요? 지체 있으신 분은 기함하시어 올라가시고, 아랫사람은 술김을 빙자하여 대문간을 기웃거리고, 이제 할아버지께서는 저 모르는 제 일을 저를 빼고 딴 식구와 주고받으시는지요? 무슨 일인지 제가 모르는 그 일을, 저 사람과만 의논하셨단 말씀인지요?"

동애가 어리둥절하여 저를 돌아다봅니다. 할아버지께서는 눈 질끈 감으시고서 마지못한 듯 털어놓으시는군요.

"내, 나리께 너를 거두어 달라 말씀 올렸더니라."

놀랍지 않습니다. 확인하고 싶었을 뿐이니까요.

"저대로 두루뭉술하게나마 대중하였고, 무언가 어긋났다는 사실도 눈치껏 알아챘습니다만, 하필이면……."

하필이면 제 거취를 동애와 도모하셨다니요? 제 신세가 처량합니다. 부끄럽고 밉습니다.

"어찌 제 의향은 묻지 않으시고……."

"내가 네 마음을 몰랐다면, 필히 네게 물었을 게다."

눈앞이 아득해져 옵니다. 마음을 들켜서가 아니에요. 제 마음이 세상의 제도와 방식으로 다루어진 것이 아쉽고 또 아쉽습니다.

"외람되지만, 제 마음은 온전히 제 것입니다. 은혜를 모른다 하시겠지만, 제 거취도 온전히 제가 정하리라 생각하여 왔습니다."

할아버지께서 노기를 띠고 물으십니다.

"그럼 대체 네가 원하는 너의 거취는 무엇인고? 고깔 쓰고 산에 들런? 전모氈帽 쓰고 누각에 오르런?"

중이 될 테냐? 기생이 될 테냐?

할아버지의 역정에, 동애가 몸 둘 바를 몰라 하다 넙죽 엎드립니다.

"어르신. 저는 이만 일어나도 되겠는지요?"

할아버지께서 손짓으로 엉덩이 쳐드는 동애를 주저앉히십니다. 발을 빼지 못하게 된 그가 손바닥으로 얼굴을 벅벅 문지릅니다.

"전후 경위를 아는 자네가 결말을 알아야 하지 않겠나. 훗일 모르니, 이 애 말을 다 듣고 가게."

아무려나, 저에겐 두고두고 못 잊을 하루입니다. 나리께 불문곡절 퇴짜를 맞은 것으로도 모자라, 나리의 수하에게 이 해괴하고 불효막심한 언쟁을 목도 당하는 수모까지 겪는군요. 쥐구멍이라도 찾고 싶습니다.

"말해보거라, 무엇이 되련?"

"저는 제가 할 수 있는 것을 원할 따름입니다."

"그래, 그게 무엇이라?"

"끝내 삭이지 못하는 미움도, 끝내 밀어내지 못하는 연모도 오롯이 제 것입니다. 제 것이니 제가 안고 있겠어요."

"어허. 주자가례보다 어렵구나. 자네는 알아듣겠나?"

동애는 당황하여 고개를 가로젓다가, 정정하듯 고개를 끄덕입니다.

"뭔가? 사내놈이 거푼거푼 이랬다, 저랬다?"

동애가 멋쩍어하며 저를 바라보는데, 순간 기분이 묘합니다. 이제야 어렴풋하던 것이 명확해지는군요. 저는 할아버지가 아니라 그를 상대로 답하고 있었어요.

"근자에 와서야 비로소 제게도 감정이 있다는 걸 느꼈어요. 살아 있음을, 여인임을, 사람임을 깨달았어요. 이제부터는 제 마음을 아끼려고요. 그냥 간직하고 있으려고요. 저는 그것으로 충분해요. 다른 건 생심 내지 않아요."

"점점? 차라리 귀신 씻나락 까먹는 소리가 낫겠다. 이래저래 네가 남다르다는 걸 내 영 몰랐겠냐마는, 오늘은 네 속을 하나도 모르겠다. 네 본디냐, 변한 게냐?"

"죄송해요."

할아버지께서 뒷목을 잡으십니다.

"쉴란다. 나가들 보거라."

할아버지께서 안석을 베고 병풍 쪽으로 휙 돌아누우십니다. 꼴 보기 싫다는 뜻이겠지요.

차고 습한 공기가 마당에 자욱합니다. 그새 빗방울은 굵은 빗줄기가 되어 내립니다. 누렁이가 툇마루 밑에서 나와 동애의 다리로 경중경중 뛰어오릅니다. 짐승의 날숨 비린내와 물비린내가 공기 중에 섞여 머리가 지끈합니다.

동애는 할 말이 남은 듯 지칫거립니다만, 저는 더는 말할 기운이 남아 있지 않아요. 그가 돌아설 틈을 주지 않고 빗장을 지릅니다.

제 마음에도 빗장을 지릅니다. 다시, 혼자입니다.

|애사哀辭|

대개 생각은 다 망상이요, 인연은 다 악연이다. 생각하는 데서 인연이 맺어지고, 인연이 맺어지면 사귀게 되고, 사귀면 친해지고, 친하면 정이 붙고, 정이 붙으면 마침내 이것이 원업冤業이 되는 것이다. 죽음이 참혹하고 공교로우면 평생 서로 즐거워한 것은 얼마 되지 않은데 마침내 재앙과 사망으로 인해 혹독한 고통이 뼈를 찔러댄다. 이것이 어찌 망상과 악연이 합쳐져서 원업이 된 게 아니겠는가.

*

정당에 나와 있으면 짬이 나도 하나에 집중하기가 어렵다. 아무 때나 아전이나 통인아이가 뜰에서 외쳐대니. 공문이나 소송장을 고심하며 들여다본다거나, 향임들과 마을 일을 의논하다 시답잖은 잡담으로 샐 때도 있다.

사정이 이러니 모처럼 붓을 들어 머릿속에서 궁굴려놓은 글을 지어보려다가도 금방 포기하고 만다. 생각이란 놈이 불어터진 국수가닥처럼 툭툭 끊어져 온데간데없어져버린다. 마치 물고기가 지렁이만 쏙 빼먹고 헤엄쳐 달아나버리는 것 같다. 기껏해야 시중드는 아이 시켜 먹 갈게 하고 글씨 연습을 하든가, 찾아오는 문객과 담소하며 소일하는 데 그친다.

점심상 물리고 나른해지면 잠깐씩 눈 붙이는 것이 어느덧 일과가 되

395

었다. 안석에 기대 졸거나 곤하면 목침을 베고 보료에 눕는다. 예전 같으면 어림없을 일이다.

해는 하늘 한복판에 떠 있다. 슬슬 졸음이 찾아온다. 간밤에 늦게까지 여러 농서農書에서 발췌해놓은 종이쪽지를 떠들어보았다. 내친김에 농사짓는 법과 토지제도에 대해 떠오르는 대로 적어두었던 글편 상자를 뒤적이느라 잠을 놓쳤다.

우리나라 농사법은 크게 잘못되어 개선할 점이 한두 가지가 아니다. 가뭄과 홍수에 대비하고 경작법을 바꾸어야 함에도, 관리나 농사꾼 모두 손을 놓고 있다가 흉년이라도 들면 하늘만 원망한다. 실로 답답한 노릇이다.

내 몸소 연암협에 들어가 농사를 지어보았다. 덕분에 문제점들이 세세히 보인다. 중국의 농촌을 보고 나서는 우리나라에서도 시행함 직한 것들을 알려야겠다는 생각이 더욱 커졌다.

짬짬이 글상자를 꺼내 초고를 저술하고 있다. 언젠가는 책으로 엮여 우리나라 백성에게 도움 될 날이 오기를 바라서다.

시부저기 잠이 들었나 보다. 눈을 뜨니 방에 아무도 없다. 설렁줄을 당기자 사환이 아니 오고 홍섬이 올라온다.

"내가 길게 잤더냐?"

"한식경이 겨우 지났을 뿐이옵니다."

한식경이 아니라 수십 년을 훌쩍 건너뛴 듯 눈앞이 설다. 홍섬은 사람 보는 눈이 깊다. 그 연륜이 내 경황없어함을 지나치지 않는다.

"안색이 어둡습니다."

낮잠이 깊었던가. 잠깐 새 꾼 꿈이 실제같이 선연하다.

꿈에, 여러 벗들이 한꺼번에 찾아와 작정한 듯 나를 나무랐다. 산수 좋은 고을 원이 되더니 자네가 우리를 다 잊은 게야, 했다. 질책을 듣고 벗들의 면면을 살피다 퍼뜩 눈을 떴다. 몸이 싸늘하게 식고 뼈가 시려 부서질 듯하다.

흙으로 빚은 인형처럼 멍하니 앉아 있으려니 홍섬이 일깨운다.

"나리, 차를 좀 올릴까요?"

정신을 가다듬고 이른다.

"가서 아무나 눈에 띄는 놈을 불러다오."

"예, 나리."

홍섬이 사내종 하나를 붙잡아왔다. 장두란 놈이다. 한더위가 물러간 지 언젠데 어깨까지 소매를 둥둥 걷어붙이고도 팥죽땀을 뻘뻘 흘린다.

"내 아 뒤 대숲이 적당하겠다. 숲속 그윽하고 고요한 곳을 깨끗이 쓸 고 대삿자리를 깔아두어라. 술상을 펼 것이니라."

"예? 예예, 알겠사옵니다요."

웬 새벽 봉창인가, 하는 표정이더니 돌아서서 냅다 뛴다.

"너는 반빗아치를 도와 잔치술상을 봐다오. 강에서 잡아온 물고기가 남았으면 찜으로 올리는 게 좋겠다. 누름적과 마른안주를 넉넉히 마련하고, 과일 한 소쿠리와 술 한 동이도 빼놓지 말고 갖추도록 해라."

재미난 일을 기대하는지 홍섬의 눈가에 웃음주름이 잡힌다.

나는 나대로 속으로 웃는다.

'네가 제법 미립이 트였다만, 이번에는 네가 틀렸다.'

내실에서 평복으로 갈아입었다.

마루에 걸터앉아서 기다리니 통인 석이가 와서 준비가 다 되었다 알린다.

"장두는?"

"술동이를 안고 뒷동산으로 먼저 출발했습니요."

"동애는 어데 갔노? 종일 안 보이는구나."

이 잔치에는 이곳 식구들보다 묵은 식구가 나을 듯해서다.

"논에 나가 있나 봅니다요. 찾아올까요?"

관에 딸린 농지와는 별도로 내가 개인적 용도로 사들인 논이라 동애에게 일임해둔 터다.

"그냥 두어라. 일하는데 불러올릴 것까진 없느니라."

홍섬과 용세를 거느리고 뒷담 밖 대나무 우거진 동산에 오른다.

청대는 하늘로 죽죽 뻗고, 푸른 댓잎들은 바람이 불어올 때마다 사삭 사삭 마른 소리를 낸다. 목을 젖히고 꼭대기를 올려다본다. 숲의 궁륭을 뚫고 팔뚝만 하거나 손가락만 한 굵은 빛기둥들이 성대히 차린 술자리 위로 곧게 쏟아져 내린다.

얼떨떨해하는 여러 눈을 뒤에 달고 홀로 술상 앞으로 다가가 무릎을 꿇는다. 술잔에 술을 가득 따라 상에 올린 뒤 속으로 호명한다.

'덕보德保. 실로 오랜만에 형의 이름을 가슴에 새겨봅니다. 형이 숨을 거둔 뒤 내가 북경으로 떠나는 문객 편에 형의 중국 벗에게 부고를 냈었지요. 그게 벌써 십 년도 더 전의 일이에요. 무슨 세월이 이리도 빨리 흐르는지 모르겠소이다. 이 아우는 그사이 퍽 늙었어요. 검은 머리카락은 찾아보기 어렵고 이도 몇 개 남지 않았답니다. 형이 그랬듯 나 역시도 음직으로 영남의 한 고을 원이 되어 나와 있지요. 우리가 젊은 날 밤새워 세상을 이롭게 할 방도를 궁구했던바, 늦게나마 경륜을 펼쳐보려 애를 써보긴 합니다만, 글쎄요…… 부른 배 두드리는 저 위에서부터 배곯는 저 아래까지 들지 않고, 들어도 바탕이 게을러 실행이 더디니, 세상만사 다 부질없는 일이 되고 마는 거외다.'

홍대용에게서 나는 벗 사귀는 법을 배웠다. 그는 식견이 심원하고 아

399

는 것이 정밀했다. 특히 음악과 천문에 따를 자가 없었다. 일찍이 지구가 둥글 뿐 아니라 지구가 한 번 돌면 하루가 된다고 논했는데, 나는 미묘하고 심오한 이론에 매번 탄복하며 심취했다.

'형이 타국에서 평생의 지기들과 나눈 아름다운 우정을 흠모하여 요새 중국을 다녀오는 선비들은 저마다 자기의 문집을 들고 북경의 유리창琉璃窓을 기웃거린답니다. 이국에 자신의 이름이 회자되는 것을 일생의 과업인 양 공을 들이니, 이야말로 형의 잘못이라면 잘못이겠소이다. 이름이란 그 자질과 덕성으로 절로 널리 알려지는 것이거늘, 무슨 물건처럼 알량한 재주로 사고팔려는 세태가 안타깝사외다.'

술을 숲에다 흩뿌리고 잔을 새로 채워 상에 올린다.

'석치石癡. 거기서도 돌을 깎아 벼루를 만들고 계시오? 거기서도 말술을 마시고 인사불성 대취하여 그대처럼 먼저 간 벗들과 치고받고 하시오? 거기서도 내키면 그림을 그리고 별을 관측하고, 그러다 문득 머리를 박고 골똘히 지도를 제작하고 계시오? 그립구려, 그립구려.'

석치 정철조는 천문과 지리에 정통했다. 홍대용이 더불어 토론할 만한 인물은 석치가 거의 유일하다 했다. 언젠가 나와 홍대용이 정철조의 집에 갔을 때다. 그 둘이 만나면 늘 그렇듯이 황도黃道와 적도赤道, 남극과 북극에 관해 서로 토론하면서 혹은 고개를 젓고 혹은 머리를 끄덕였다. 난해한 내용이라 나는 알아듣지 못했다. 끼어들 수도 없고 지루하기도 해 혼자 졸다 잠들었는데, 새벽에 눈을 떠 보니 두 사람은 아직도 어두운 등불 아래에서 토론을 이어가고 있었다.

'형이 북경 지도를 그려주었지요. 그것을 글상자에 넣어 시렁에 올려두었는데 간간이 손님들에게 꺼내 보여줍니다. 그 정교하고 세세함에 다들 얼마나 감탄하는지요.'

나는 중국에서 돌아와 바로 여행한 일들을 정리하려 했으나 그새 기억이 흐릿했다. 눈앞에 안개가 낀 것 같고, 동서가 뒤바뀌고 남북이 헷갈려 이름과 실상이 어긋났다.

옳지, 석치가 있지.

나는 정철조를 찾아가서 『팔기통지八旗通志』를 참조해 북경의 자금성을 그려달라고 부탁했다. 나중에 그가 그려준 지도를 펼쳐보니 북경의 성곽, 해자, 궁궐, 거리, 상점, 관청이 손금을 보듯 또렷했으며, 종이에서 사람들의 신발 소리가 들리는 듯했다.

'형의 지도가 없었다면 『열하일기』는 문자 속에서 길을 잃었을 것이외다. 한데 형은 온전한 내 책을 보기도 전에 세상을 떴지요. 불과 일 년 만에 청천벽력 같은 부음이 날아들었어요. 내 미치광이처럼 몸부림쳤댔지요. 그 단정한 덕보도 몸을 제대로 가누지 못합디다.'

나는 정철조의 제문을 쓰면서 울고, 읽으면서 울었다. 제문이 고상하지 못하고 지나치게 격렬하다 하여 점잖은 사대부들로부터 적지 않은 비방을 받았다. 어쩌라.

두 집안의 당론이 다르다 하여 이쪽 사람은 이쪽 사람대로, 저쪽 사람은 저쪽 사람대로 살아 있는 나와 죽은 석치를 갈라놓으려 했다. 또한 어쩌랴. 점잖은 사대부들이 눈만 뜨면 하는 짓이 고작 그런 것이려니 할 뿐.

술을 홀뿌리고 새로 술을 붓는다.

아아, 다시금 분노가 끓어오르는구나.

'사춘士春. 내가 무심했네. 미안허이. 오죽 섭섭했으면 자네가 꿈에 나를 찾아왔겠나. 늦었지만 이제라도 한 잔 받게나.'

정쟁의 소용돌이에서 형장의 이슬로 사라진 내 벗 이희천. 그는 신묘년(1771)에 서른네 살의 나이로 효수되었다. 죄목은 고작 청나라 금서를 소지했다는 것뿐이다. 그 금서조차 애초 그의 것이 아니었다. 하필이면 나의 삼종형 금성도위에게 빌린 책이었다. 그 공교로움이란.

화가 명원 형님에게까지 미치지 않았음은 천운이나, 희천은 참살을 못 면했다. 그의 마지막은 참혹하다는 말로 다할 수 없는 참혹함이었다. 내 어찌 제정신일 수 있었으랴. 하루아침에 무구한 그를 덮친 정치의 잔혹한 술수를 어찌 용서할 수 있으랴. 그해 가을은 내 다정한 큰누이마저 가난에 골병이 들어 세상을 떠난 해였다.

나날이 홀로 벽을 마주보고 앉아 통곡하고 통곡했다. 두어 해 동안 사람들과 교제를 끊고 경조사에도 일절 가지 않았다. 설령 남들과 왕래하는 일이 있다 해도, 가까운 이웃에 밥 지을 물과 불을 얻거나, 상복을 갖춰야 할 집안 친척 조문 정도에 지나지 않았다. 유언호나 황승원 같은 절친한 벗들이 횡액을 만나 흑산도에서 거의 죽게 됐을 때도 한 글자 안부도 묻지 못한 채 폐인처럼 지냈다. 모두 희천의 죽음이 안긴 충격 때문이었다.

사람들은 나를 원망하고 노여워했다. 꾸지람과 책망이 들이닥쳤다. 그러나 나는 그들의 절교가 오히려 달가웠다. 실성했다느니 멍청해졌다느니 무례하다느니 방탕하다느니 하는 지목을 받아도 흘려들었다. 가족을 처가에 보내놓고 달랑 하나 있던 여종마저 달아나버린 전의감동 셋집에서 행랑아범에게 밥을 붙어먹어도 그만, 굶어도 그만인 날들을 보냈다.

'이보게, 사춘. 내 이 나라 사대부들이 덕치니 예치니 그렇게 입으로만

떠드는 정치에 신물을 내면서도 이렇듯 말직을 내려놓지 못하고 있네. 부
끄러울 따름이네.'

　'그리고, 몽직夢直. 자네도 한 잔 받게. 희천이 본인도 모르는 죄에 휘말
려 참혹한 최후를 맞았을 때는 내 응당 분노하고 좌절했었네. 하나 자네의
마지막은 생사란 단지 요행일 뿐인가 하는 질문을 하고 또 하게 되더군. 살
아서 자네의 경우처럼 허망한 부고를 들은 적이 없었거든. 지금도 그 일이
믿기지 않네그려.'

　몽직 이한주는 어렸을 때 내게 와서 글을 배웠다. 그는 충무공 이순신
장군의 후손이다. 대대로 장수 집안이라 무관에 종사했지만 문인들과
교유하기를 좋아했다. 우리 집과 사돈의 인연이 얽혀 있는 데다 박제가
와도 처남매부 간이라 자연스럽게 어울릴 일이 많았다.
　장수가 적진에서 적과 싸우다 죽으면 명예요 영광일진대, 그는 남산
에서 활쏘기를 익히다가 빗나간 화살에 맞아 절명했다.

　'예전에 자주 술을 가지고 내 집을 찾아오곤 했었지. 기억나는가? 희한
하게도 내가 자네 생각이 나서 문을 열어보면 거기 마당에 자네가 환히 웃
으며 서 있더군.'

퇴주를 숲에다 흩뿌리니 그 서슬에 음식 냄새를 맡고 날아든 새들이 후드득 달아난다. 공연히 서운하다.

'이 사람, 무관. 자네도 한잔 받으소. 있잖은가, 지난봄에 횡령한 돈을 채워 넣지 못한 서리 하나가 야반도주하려다 붙들려 왔네. 매를 친들 썩어 거름이 된 곡식을 무슨 수로 토해내겠나. 내 그 빚 받아내려고 밀랍으로 꽃 만드는 법을 가르쳤지. 손끝이 야무지고 눈썰미도 있어 매화뿐 아니라 연꽃이며 모란도 척척 만들더군. 곧잘 팔리는 모양이니 본전에 이자까지 쳐서 받아낼 수 있겠어. 옛날 자네와 내 생각이 나더라고.'

오래전에 이덕무가 내게 밀화蜜花 만드는 법을 가르쳐주었다. 나는 배운 대로 꽃을 만들어 시험 삼아 여종을 시켜 장에다 내다팔았다. 여종이 돌아와 동전을 내밀기에 그 돈을 이리저리 잘 쓰고는 이 사실을 편지에 써서 자랑했다.

꽃병에 열한 송이 꽃을 꽂아 팔아 동전 스무 닢을 얻었네. 형수님께 열 닢을 드리고, 아내에게 세 닢, 작은딸에게 한 닢, 형님 방 땔나무 값으로 두 닢, 내 방에도 두 닢, 담배 사는 데 한 닢을 쓰고 나니 공교롭게도 한 닢이 남는군. 이에 올려보내니 웃고 받아주면 좋겠네.

이덕무가 바로 답장을 보내왔다.

제가 마침 구멍 난 창을 바르려 했지만 종이만 있고 풀이 없었는데, 무릉씨가 동전 한 닢을 나눠주어 풀을 사서 바르는 일을 마쳤지요. 올해 귀에 이명이 나지 않고 손이 부르트지 않는 것은 모두 무릉 씨의 덕분입니다.

내가 이곳에 별관을 짓고 서재를 만들고서 가장 먼저 떠올린 사람이 이덕무다. 그보다 책을 좋아하는 사람이 또 있을까. 주야로 임금님을 가까이에서 모셨으니 신분의 설움은 조금쯤 덜었을 테다. 한편으로 그를 혹사하는 지름길이 되었으니, 그의 근면이 가뜩이나 약했던 몸을 무너뜨리고 만 셈이다.

'다른 벗들과 함께 이 아름다운 고장에 나를 보러 올 줄 알았더니 자네는 무슨 바쁜 일이 있어 그리 빨리 가버렸나. 내 반쪽이 사라져 헛헛하네. 봄에 자네 아들 광규가 편지를 보내왔더군. 유고를 정리하는데 어떤 법식을 좇을지 물어오기에 내 마음이 어찌나 시리던지. 언제나 죽은 자보다 산자가 더 슬픈 것임을 또 한 번 깨달았네.'

술을 올리고 훌뿌리기를 예닐곱 차례 하고도 한참을 더 그 자리에 머물렀다.

예법에 없는 일이란 걸 모르지 않는다. 이러한들 어떠하랴. 오늘은 옛 벗이 그립고 그립다.

그리움은 산 사람의 몫이다. 슬픔에 잠기는 것도 산 사람의 몫이다. 죽은 사람은 자신의 죽음을 모르고, 그래서 죽음이 슬픈 것인지를 알지 못한다. 언젠가 내가 죽으면 평생을 안고 살아온 나의 그리움과 슬픔도 나와 함께 사라지겠지. 그리하여 누군가의 그리움과 슬픔으로 다시 태어나겠지.

무릇 생각하는 데서 인연이 맺어지고, 인연이 맺어지면 정이 들고, 정이 들면 그리움과 슬픔에 갇히게 되니, 암, 모든 인연은 다 악연이고말고.

"나리, 바닥에서 냉기가 올라옵니다. 그만 안으로 자리를 옮기시지요?"

뒤돌아보지 않아도 동애인 줄 안다.

"언제 왔느냐?"

"벌써부터 기다렸습니다요. 날이 어두워지려 합니다."

수직 절벽에서 쏟아지는 비류飛流처럼 나뭇잎 사이로 내리꽂히던 햇살이 걷히고 숲 전체에 이내가 낀 듯 푸르스름한 빛이 감돈다.

"알았다. 가자."

홍섬이 얼른 다가와 부축한다. 몸을 가누면서 고개를 드니 저만치 대나무 사이로 붉고 노란 물체가 어른어른 움직이는 것이 보인다. 두 여인이 비탈진 언덕을 내려가고 있다. 관아의 동쪽 담장을 빙 둘러 마을로 드는 길이다. 서릿발처럼 찬 기운이 등줄기를 훑고 지나간다.

"장두와 용세는 상에 올린 음식들을 거두어 하전들과 하인들이 골고루 맛보게 하여라."

"예이."

"홍섬이랑 동애도 음식 내리는 걸 도와주고."

나는 천천히 대숲을 가로지른다. 관아로 내려가는 길도 아니고 마을로 접어드는 길도 아니다. 관아와도, 마을과도 동떨어진 방향이다. 염불하는 중처럼 혼잣말을 되뇐다.

'생각은 다 망상이요, 인연은 다 악연이다. 그런 것이다. 다 그런 것이다.'

| 법고法古와 창신創新 |

학문의 길은 하나다. 모르는 게 있으면 길 가는 사람이라도 붙들고 물어야 한다. 하인이 나보다 글자 한 자라도 많이 안다면 그에게 배워야 한다. 자기보다 나은 사람에게 묻지 않는다면, 평생토록 고루하고 어찌할 바 모르는 지경에 스스로 갇혀 지내게 된다.

우리나라 선비들은 천하의 한쪽 구석진 땅에서 편협한 기질을 타고나, 발로 중국 땅을 밟아보지 못하고, 눈으로 중국 사람을 보지 못하고, 태어나 늙고 병들어 죽을 때까지 제 강토를 떠나본 적이 없다. 두루미 다리가 길고 까마귀 깃털이 검듯이 각자 타고난 천성대로 살아왔고, 우물 안 개구리나 땅속 두더지마냥 제가 사는 곳을 제일로 믿고 살았다. 예법은 차라리 촌스러운 것이 낫다고 생각하고, 누추한 것을 검소하다고 여긴다. 이른바 사·농·공·상이라는 것은 겨우 명목만 남아 있고, 이용과 후생의 도구로 말하면 날이 갈수록 곤궁해졌다. 배우고 물을 줄 모르는 과오 때문이다.

*

경상감사의 차원差員[100]으로 한양을 다녀왔다. 일정이 빠듯해 길에서 보낸 시간이 대부분이다. 공무가 우선이니 불만을 갖겠는가. 괴로운 것은 좋은 뜻으로 꺼낸 말이 숙제가 되어버린 데 있다.

---

100 임무를 맡아 파견된 관리.

409

상경 길에 추수하는 들판을 무수히 지났다. 지난해 수확이 늘어 비로소 백성들의 허리가 펴지나 했더니 올해 또다시 흉작을 피할 수 없게 됐다. 뭇 고을마다 백성의 한숨이 낟가리처럼 쌓였다.

안의현도 흉년이 들었으나 뜻밖에 창고는 넘쳐난다. 아전들이 포탈한 곡식을 본래대로 채워놓아 저치곡이 10만여 휘를 넘은 것이다. 한 사람도 매질하거나 옥에 가두지 않고 2년 반 만에 포흠을 해결한 것은 다행한 일이다. 장부와 실상이 어긋나지 않게 되자 곡식을 빼돌렸던 당사자들이 더 기뻐 날뛰었다.

한시름 덜고 났더니 새로운 근심이 생겼다. 안의는 5천여 호의 작은 고을이다. 창고 가득 쌓인 곡식은 자칫 또 다른 작폐의 근원이 될 수 있다.

한양에서 옛 친구인 심이지를 잠깐 만났다. 그는 호조판서라 금년의 흉작으로 나라 살림이 고갈되어 내년 혜경궁의 환갑잔치 비용이 부족할 것을 염려하고 있었다. 저치곡이 마침 호조의 관할이기에 안의의 현황을 알렸다.

—그렇잖아도 우리 고을 창고에 저치미가 너무 많아 처리를 걱정하던 참이외다. 필요하면 가져다 경비에 보태도 될 듯합니다.

심이지가 반색했다.

—그게 사실이오? 당장 귀읍에 공문을 보내 그 곡식을 돈으로 바꾸어 오게 해야겠소. 금년엔 곡물값이 치솟아 나라에서 상정한 곡가와 비

교해 이득이 갑절은 될 거외다. 공이 늘그막에 외읍에 나가 수령노릇을 하고 있는 건 가난 때문이지 않소? 이 건으로 임기를 마치고 돌아올 때 주머니가 두둑하면 친구인 내 마음이 기쁘지 않겠소?

예상치 못한 답이었다. 대충 계산해 봐도 차익이 3, 4만 냥이다. 나는 말 꺼낸 것을 즉시 후회했다. 고을의 곡식을 줄이는 일과 나라의 경비를 보태는 일에 도움이 되길 바라서였지, 다른 뜻이 있지 않았다.

—그렇기도 하겠구려. 내 안의에 돌아가서 정식으로 서신을 올릴 테니 그때까지 공문 발송을 늦춰주시지요.

심이지와 헤어져 재동 집으로 들어가는데 곡식자루를 이고 진 것처럼 걸음이 무거웠다.

나라 살림을 맡은 고관이 물 흐르듯 자연스럽게 재산 불리는 방법을 설파하니, 설령 그것이 내 가난을 걱정해서라고 하더라도, 말 꺼낸 내 입을 헹구고 내 귀를 씻고 싶었다. 심이지가 딱히 부패해서가 아닐진대, 벼슬아치들의 실리추구가 그만큼 일반적이라는 반증인지라 씁쓸하고 언짢았다. 그들은 그저 똑똑하게 처신하는 것이며 수완이 좋은 것이라고 생각하리라.

세금을 가혹하게 거둬들이고 가진 것을 억지로 빼앗는 것만이 가렴주구일까. 법을 어기지 않으면서 교묘하게 부를 늘리는 것이 과연 경제에 밝은 것일까.

관의 재물을 사사로이 빼돌리는 아전들이나, 법의 허술한 데를 틈타

411

요령껏 뒷돈을 챙기는 벼슬아치들이나. 그들이 이 나라를 약하게 만들고 백성을 못살게 괴롭힌다. 아전은 녹봉이 없어 스스로 살 궁리를 해야 한다는 변명이라도 늘어놓는다지만, 꼬박꼬박 봉록을 받는 벼슬아치들은 어떤 변명으로 둘러댈는지.

다음날 밤, 특명을 받고 임금님을 알현하러 대궐에 들어갔다. 입시한 시각이 인정 종을 친 지 한참 후였으므로 어전에는 촛불이 휘황했다. 일직 사관과 승지가 곁에 있었다.

—내 궁궐 깊숙이 들앉아 있으니 늘 바깥 형세가 궁금하다. 안의현의 농사는 작황이 어떠하며, 올라오는 길 주변 고을들은 형편이 어떠하던가? 또, 영남 도내 백성들의 살림살이는 어떠한 것 같더냐?

임금님께서는 백성들이 처한 실상을 있는 그대로 알고 싶어 하셨다. 그러나 조정 신료들은 달랐다. 백성들의 어려움과 흉년에 대해서 임금님께 소상히 아뢰어서는 안 된다며 내게도 입단속을 해두었다. 내년 나라의 큰 경사를 앞두고 상의 안색을 어둡게 하는 건 불충이라는 논리였다. 그들에게 중요한 것은 임금님께서 걱정하시는 바가 아니었다. 백성의 편안한 삶은 셋째, 넷째로 밀려나 있었다. 임금님의 심기를 거스르지 않는 것이 그 첫째요, 불미한 보고로 자신들에게 불똥이 튀지나 않을까 염려하는 것이 그 둘째였다.

나는 경륜을 펼쳐보려는 뜻이 있기는 해도 조정의 정치와는 거리를 두고 살아왔다. 서로 자기네 편으로 끌어들이려는 붕당의 작태를 견딜 수 없거니와, 옳고 그름보다 이해득실로 여기 붙었다 저기 붙었다 하는 꼬락서니를 참지 못해서다. 기질이 나이가 든다고 쉬 바뀌겠는가. 백성들의 고충과 농민들이 해마다 겪는 재해를 본 대로 아뢰었다.

임금님께서는 다 들으시고 나서 웃으며 물으셨다.

—너는 문인이다. 수령 일에 어둡지는 않은가?

—성현의 말씀에서 배울 점을 찾고 백성들의 사정에 맞게 적용하고자 하여, 다행히 큰 과오를 저지르지 않고 있사옵니다.

—현재 시행하고 있는 제도 중에 백성들에게 유익하지 않은 것이 있다면 어떤 것을 들 수 있겠느냐?

물으시는 어조가 내내 은근하고 따뜻하셨다.

내 머릿속에는 국가를 경영하고 백성을 구제하는 문제에 관해 평소에 고심해왔던 바가 책을 펼친 듯 지나갔다. 벽돌을 활용하고 도량형을 통일함으로써 얻는 실생활의 편리, 시노비寺奴婢를 해방해야 하는 이유, 관리를 등용하고 평가하는 제도, 환곡의 폐단을 시정하기 위한 방책 등, 가슴속에 간직한 수만 마디 말을, 그러나 차마 아뢰지 못했다.

시각이 야심했고, 경연청에 나아간 당상관이나 혹 학덕 높은 산림거사라면 모를까, 일개 시골 고을 수령이 격려와 위로의 베풂을 받는 자리에서 창망히 언급할 내용이 아니었다.

나는 등줄기에 식은땀이 줄줄 흐르는 가운데, 재해에 대비해 지방 하천을 준설하거나 둑을 쌓는 일, 농사에 쓰는 도구와 기구를 개량하는 일, 이모작으로 농가의 수입을 증대하는 일 등 몇 가지 가벼운 사안들만 소략히 언급했다.

임금님께서는 고개를 끄덕이며 경청하셨다. 마침내 내가 물러나올 때가 되자 애써 피곤을 감추시며, 그러나 서늘한 어조로 말씀하셨다.

─수령이 서울에 머물며 직무를 떠나 있음은 민망스러운 일일 뿐 아니라 사사로운 도리에도 해로울 듯하다. 날이 밝는 대로 출발하도록 하라.

나는 사은숙배하고 그 자리를 물러나왔다. 하인을 집으로 보내 곧바로 귀임함을 알리게 하고, 그 길로 남대문으로 향했다. 거기서 파루의 종이 울리기를 기다리며 일전에 박제가가 안의에 내려와서 전해주었던 말을 곱씹었다.

─제가 안의에 내려올 수 있었던 건 임금님의 은혜로운 분부가 계셨기 때문이지요. 임금님께서 규장각에 나오셨을 때 제게 이리 말씀하셨답니다.

"지원은 평생 조그만 집 한 채도 없이 궁벽한 시골과 강가를 떠돌며 가난하게 살았다. 이제 늘그막에 고을 수령으로 나갔으니 땅이나 집을 구하는 데 급급하리라 생각했다. 한데 듣자 하니 정자를 짓고 연못을 파서 천리 밖에 있는 술친구와 글친구를 초대하고 있다고 하더구나. 문인의 행실이 이처럼 속되지 않기도 어려운 일이다. 고을 원으로서의 치적 또한 퍽 훌

륭하다더구나. 그 고을에 문인들이 많이 가서 노닌다고 하는데 너는 공무
에 매여 가지 못하고 있으니 안됐다. 휴가를 내어 한 번 다녀오도록 해라."

종소리가 울려 퍼지기 시작했다. 서른세 번을 다 치기도 전에 남대문
앞이 시끌벅적했다. 한 발이라도 먼저 도성을 빠져나가려고 북새를 떨
어대는데, 경각을 다툴 정도로 다급해서가 아니라 그저 남을 이겨보고
싶은 마음에서다.

큰일을 도모하는 데에는 나서는 것을 꺼리다가도 이렇듯 하찮은 일에
는 온 힘을 아끼지 않는다. 차라리 황소 뿔 자랑이면 구경할 만하겠다.

*

돌아온 즉시 심이지에게 편지를 썼다.

아시다시피 저의 평소 성격이 번거로움을 견디지 못합니다. 사람됨이
게으르고 굼떠 장부의 출납이나 곡식을 돈으로 환산하는 일 등의 괴로움
을 감당하지 못할 것 같습니다. 제 형편을 살펴준 것에 대해서는 감사할 따
름이오나 이 몸이 이곳을 떠난 뒤에 다시 추진하셔도 늦지 않을 듯합니다.

길게 고민할 사안이 아니다. 나를 위한 제안일지라도 애당초 의롭지

못한 선의가 아닌가. 나랏일을 보면서 사사로운 이득을 취하는 데 무감각하다면 그것이 장사치의 농간과 무에 다르랴.

다만 심이지는 나의 오랜 친구이나 직분으로는 주무 관청의 책임자이다. 단호하되 정중히 내 뜻을 밝히는 정도로 선을 긋는다.

심이지가 답신을 내려보냈다. 거듭 저치미를 환전하도록 권고하는 내용이다. 아마 내가 체면과 평판을 생각하여 한 번쯤 사양하는 것으로 오해한 듯싶다. 그의 호의가 내게는 마장魔障이다.

다시 붓을 들어 따르고 싶지 않으니 해량하시라 회신했다.

그런 뒤에 아예 화근을 없애려고 경상감사에게 요청하여 적정분만 남기고 저치곡이 모자라는 여러 고을로 나눠 옮겨버렸다.

심의 입장에서는 자신의 충언이 무시당했다고 여길 수 있겠다.

나는 이런 실랑이가 싫다. 개탄스럽다.

＊

정당이 한가로워 별관으로 물러나와 『자치통감강목』에서 초록抄錄에 쓸 대목을 뽑아 적고 있었다.

"나으리, 전갈입니다요."

사환이 들고 온 기별을 계화가 나가 받아온다. 유처일의 글씨다. 짤막

한 안부 옆줄에 바쁘시면 그냥 돌아가겠다고 적었다.

아이를 돌려보내 유 처사를 안내하게 하고, 마침 부채로 글씨를 말리고 있는 계화더러는 주안상을 봐오라 일렀다.

"저, 들어갑니다."

강목과 필묵을 한옆으로 치우고 나니 유처일이 문밖에서 자신이 온 것을 알린다.

"어서 오시오. 적조했소이다."

"먼 길 다녀오시느라, 또 공백을 메우느라 분망하셨을 텐데 강건한 모습 뵈니 기쁩니다. 혹여 하시던 작업에 방해가 된 건 아닌지요?"

"별말씀을. 유 형이야 내 언제든 환영하오. 그러잖아도 동지 전에 아이를 보내 어찌 지내는지 물어볼까 하던 참이었소."

"시골 선비가 할 일이 무어 있겠습니까? 향사에 집사 서는 것 말고는 잠잠히 지냈습니다."

"배우러 건너오는 학동들 건사하기도 만만찮지요?"

"배움에 목이 타는 아이나 부형이라면 힘든들 어떻겠습니까? 대개는 그저 서원에 들어와 군역을 면제받고 아랫배에 힘주며 편히 살고 싶은 마음만 가득하지요. 웅얼웅얼 글을 욀 때 보면 눈에 총기가 하나도 들어 있지 않습니다."

"배움은 성현을 본받아 군자가 되고자 함인데, 어쩌자고 이 땅의 자칭 군자연하는 자들은 곤궁한 백성 앞에서 큰소리나 치는 낙을 본으로 보여주니, 그들이야말로 천하의 소인배가 아니고 무어겠소."

"집안이 부유한 중인, 양인 부형들이 자기 자식들을 진사, 생원으로 만들기 위해 땀 흘려 모은 재산을 탕진하지요. 시험관을 매수해서라도 백패를 얻고자 은밀히 동분서주하는 걸 볼 때면 그들을 욕할 수만도 없더군요. 평생을 양반 앞에 굽실거리고 산 것이 억울하여 보상을 받고 싶은 것일 테니까요. 자괴가 들곤 합니다."

"군자가 많고 백성이 적은 것은 나라에 아무 보탬이 되지 않건만, 이러다 백 년 안에 조선의 온 백성이 모두 양반이 될 판이오. 법이 무너지고 기강이 어지러워지는 건 필시 양반으로부터 시작될 것이고요. 양반들부터 양반놀음만 하고 있으니 법이 바로 설 리가 있겠소?"

"사또께서 「양반전」이나 「호질」을 지어 양반의 몰락을 드러내고 유자의 위선을 아프게 비꼰 것도, 말하자면 그런 우려 때문이었겠지요?"

"허허, 명색 유학을 하시는 양반이 그따위 순정하지 못한 패서를 읽다니요? 큰일 내겠소이다."

나의 자조에 유처일이 허리를 젖히고 웃는다.

유처일은 내가 안의에서 사귄 선비로, 거의 유일하게 터놓고 지낸다. 그는 얼굴빛이 검고, 이목구비가 수려하진 않으나 눈빛이 깨끗하다. 말투가 온화한 데다 손짓 발짓이 우아하여 촌사람 같지 않은 멋이 있다. 무엇보다 고아하고 예스러운 것을 좋아하여 나와는 뜻이 맞는다.

내가 주자 공이 입으시던 평상복을 본떠 흰 무명에 검은 가선 두른 학창의鶴氅衣를 즐겨 입자 그도 그 옷을 지어 입었다. 내가 작은아이 종간이나 관아의 통인아이에게 쌍상투를 틀게 하고 사규삼四揆衫[101]을 입히자 옛 제도를 따른 것이라며 매우 흡족히 여겼다.

야비한 작자들은 알지 못하고 떠들어댄다. 동계 정온 선생이나 우암 송시열 선생 또한 한가히 거처하실 때 즐거이 따른 제도라 상기시켜 주어도 난생처음 듣는 소리라 치부한다. 어떻게든 흠을 잡아 끌어내리려는 오기로 무장하여 문헌이나 전거를 들이밀어도 못 들은 척하는 것이다. 제 무지에 무지하니 갚잖고 우습다. 이웃 어떤 수령은 '안의 수령 박지원이 오랑캐의 옷을 입고 백성들을 다스린다' 하는 말을 지어 한양에까지 퍼트렸다.

한양에서는 또, 가뜩이나 내게 유감을 품은 유한준 같은 이들이 이 비방을 크게 키워 나를 음해하는 데 써먹는다. 내 벗 김이소의·아우 김이도의 집에서 흘러나온 이야기를 재성이 편지에 적어 보냈는데, 지어낸 말들이 얼마나 조잡하고 한심한지 대거리할 필요조차 없는 수준들이었다.

김이도가 반박을 했다는데, 그 말이 유쾌했다.

"쌍상투를 튼 오랑캐를 본 적이 있으시오?"

---

101 남자가 관례 때 입는 예복.

"못 봤소이다. 오랑캐는 황제 이하 모두가 변발을 하니까요."

"가선 두른 옷을 입은 오랑캐는 본 적이 있으시고?"

"오랑캐의 옷에는 가선이 없지요."

"내가 듣기에 연암은 검은색 가선 두른 옷을 입고, 지인동자에게는 땋은 머리를 풀고 쌍상투를 틀게 했답니다. 중화의 옛 제도로써 오랑캐의 제도를 바꾼 것이라 하겠소이다."

김이소 형제는 청음 김상헌의 6대손이다. 내가 이 이야기를 유처일에게 들려주자, 그가 박장대소한다.

"윤 군수의 그릇을 알 만합니다. 아마 상림 둑을 쌓을 때 생긴 앙금이 원인 같습니다. 자존심이 꽤 상했나 봅니다."

"대공사를 하는 데 능률을 높이고 책임 소재를 분명히 하여 서로에게 도움이 되었으면 다행한 일이지, 어찌 대장부가 가슴 쓰리려한다는 말인지요. 그러고도 시치미를 뚝 따면서 이번에 복구한 학사루 기문을 내게 지어 달라는군요."

"사또의 문장을 빌어다 누각 보수한 공은 드높이고 싶은가 봅니다. 윤 함양보다 고운 선생을 생각하시어 몇 자 적긴 적으셔야겠습니다만."

"그렇지요. 내 아침저녁으로 저 지리산을 대할 때마다 흰 학을 타고 오르는 상상을 해봅니다그려."

"아이고, 학이 황소만은 해야 사또를 태우지 않겠습니까?"

"저런저런, 터럭 흰 황소가 나를 절집에다 데려다 놓으면 어쩌나요."

"누가 제게 묻지 않겠습니까? 우리 사또는 머리 기른 중처럼 독신으로 사시니 혹 부처님을 모시는 분이 아닙니까, 하고요."

"경암이나 역암이 들으면 아주 통쾌해하겠소이다그려."

경암과 역암은 선승들이다. 경암은 특히 내가 젊어서 금강산을 유람할 때 마하연에서 만난 준俊 대사를 떠올리게 한다. 그는 영남의 유학자로 사서에도 능통해 어떤 대화에서도 막히는 법이 없다. 그가 불교를 억압하는 조선의 유자로서 어찌 속명을 버리고 산중에 들었는지는 묻지 않았다. 거역할 수 없는 불연佛緣의 끌림이 있었거나, 끊어내야 할 속세의 인연이 있음이라 짐작할 뿐이다.

다과 곁들인 주안상 한 상이 들어온다. 유 처사와는 겸상한다는 걸 아는 까닭이다.

"시중은 일없다. 이 어른과 이야기나 나눌 것이니라."

나나 유 처사나, 여러 사람이 떠들썩하게 노니는 자리가 아니고서는 조용히 담소하는 쪽이다.

"한데 사또. 한밑천 잡을 일이 있으셨다는데 왜 굳이 마다하셨답니까? 관행이 그러하니 아무도 불순한 돈이라 여기지 않을 텐데요?"

향청에서 기다리며 호조판서와 설왕설래한 일의 전말을 들은 모양이다.

"허허허. 입에 올리기 쑥스럽소만, 내 본시 연암 골짜기의 가난한 선비에 불과하다오. 하루아침에 만금을 횡재해서 부자가 되는 일이 나의 본분에 맞지 않으니 되레 성가시기만 합디다."

"하하. 과연 사또답습니다. 저는 그저 소인배들이 수군거리는 말을 옮겨보았을 따름입니다. 행여 고깝게 듣지는 마십시오."

"내 어찌 형을 모르리. 농인 줄 짐작하지요."

둘이 한바탕 웃으니 비로소 내내 더부룩하던 것이 쑥 내려가는 것 같다.

"안의에 계신 지 세 해째입니다."

그가 문득 서글픈 얼굴을 하니 의아하다.

"아직도 사또를 알지 못하는 사람이 대부분이지요. 그럴 수밖에요. 자기네와 다르니 어찌 알 수 있겠습니까."

세태인정이 달라진 걸 어찌하랴. 나는 내 갈 길을 가면 그만이다. 그래도 세상에 나를 알아주는 사람이 있어 외롭지만은 않구나.

"일전에는 누가 날더러 안의의 아름다운 산수 속에서 노니는 즐거움을 알리지 말라고 충고하더이다. 모름지기 궁상을 떨고 몸이 아프다 엄살을 떨어야 남의 동정을 사 승진하도록 주선해줄 거라고 말이오. 내 그 말을 들으니 참으로 슬프다. 그가 나를 몰라주어서가 아니라, 그렇게 아등바등 궁리하며 살아도 부귀한 관상 근처에도 못 가고 구멍이나 기웃거리는 쥐새끼 같은 면상을 하고 있는 그가 딱해서요."

"남이 어떻게 생겼는지는 알아도 자신이 어떻게 생겼는지 모르는 사람이 많습니다, 많아요."

　유 처사가 돌아간다 하여 산보 겸해 따라나선다.

　날이 어둑해져 아이에게 양손에 하나씩 등롱을 들려 앞장서게 한다.
연상각에서 못에 잠긴 달을 내려다보느라 몇 걸음 쉬다가, 홍예문으로
해서 관아 밖으로 나갔다.

　"그만 들어가십시오. 바람은 없어도 날이 찹니다."

　"아니오. 아직은 슬슬 걸을 만하구려. 걷고 싶기도 하고."

　곧은길을 걷다가 갈림길에서 왼쪽으로 꺾으면 광풍루로 가는 지름길
이다. 나는 길을 꺾기 전에 오른쪽 길갓집을 곁눈질한다. 대문은 잠겨
있고, 낮은 꽃담 너머 방방이 노란 불빛이 새나온다. 방마다 사람 그림
자가 하나씩이다.

　"참, 작은 자제 관례가 멀지 않았지요?"

　"내년 안에는 치러야지요. 막내라 그런지 영 어린애 같고 미덥지가
않아요. 나도 열여섯에 관례를 올렸는데 우리 부모님도 그때 나를 그리
여기셨을 테지요."

　"큰 자제는 올 겨울에 성균관 시험을 본다고 하지 않으셨던가요?"

　"지들 외숙과 공부를 한다고 하는 모양인데, 이번 시험은 응시하지
않는 게 좋겠다는 편지를 보냈답니다."

　"왜요?"

"지금 성균관 관장이 이서구인데 나와 막역한 사이외다. 말하기 좋아하는 사람들이 시험도 치르기 전에 받아놓은 당상이라고들 수군거립니다. 설령 제 실력으로 합격한다 하더라도 영광스러운 일이 못 될뿐더러, 대사성에게도 누를 끼치는 일이 되지 않겠소?"

남이 나를 이유 없이 비방하는 것이야 아무렇지 않게 웃어넘기면 그만이다. 스스로 떳떳하지 못하여 내가 나를 비난할 일이 생긴다면, 그때는 방문을 닫고 다시는 나오고 싶지 않을 것이다.

"아니 땐 굴뚝에 연기 오르는 게 세상사이지요. 사또께서는 숫제 굴뚝을 뽑아버리시려나 봅니다. 제가 다 부끄럽습니다."

"내가 세상을 살아보니 굴뚝이 없어도 연기가 납디다. 그 연기에 쐬면 바보가 되거나 미치광이가 되지요."

그가 손바닥을 마주치며 웃는다.

어느새 광풍루 누각 아래다. 둘이 동시에 걸음을 멈춘다. 어둡긴 해도 초저녁이다. 누각에는 사람의 기척이 없다.

"멀리 나오셨습니다. 이만 들어가 보십시오."

"여기까지 나온 김에 위에서 잠시 물소리나 듣고 가려오. 용석이는 등 하나를 날 주고, 너는 처사어른 댁까지 모셔다드리고 돌아오너라. 올 때까지 기다리마."

유 처사도 더는 사양 없이 용석을 앞세우고 자리를 뜬다.

나는 누각 이층으로 올라가 등을 걸고 난간 안쪽에 선다. 두 사람의 거뭇한 그림자가 점점 작아지다가 사라진다. 뉘 집 개가 요란하게 짖다 멈추자 물소리가 더욱 크게 들린다.

딩더덩 더덩 둥더덩······.

흐르는 물살에 함께 실려 내달리는 저 가야금 소리는, 이명이런가, 환청이런가.

| 뜬시름 못내 이겨 |

아녀자라고 해서 어찌 의리가 없겠는지요. 지아비를 잘 수종하는 것으로 의리를 지키고, 지아비가 먼저 죽으면 서쪽 하늘을 보며 그리워하는 마음 또한 의리로써 합니다. 공히 지아비를 뒤따라 생목숨 스스로 끊음을 참된 의리라 추앙한다면 하늘로부터, 부모로부터 받은 몸을 함부로 훼손한 죄는 어디다 물을는지요. 모르겠어요. 죽지 못한 것이 욕이더니, 의리로써 꺾이지 않음도 욕이 되는군요. 불끈 쥔 종주먹 펴 한 잔 술 따라 마시고, 줄 타며 노래 얹습니다. 바람소리, 빗소리가 저의 지음입니다.

*

북어 대가리 고아낸 뽀얀 국물에 보리밥을 말아 턱밑에 갖다 바쳤건만 누렁이는 냄새를 맡는 둥 마는 둥 고개를 돌려버립니다. 마룻장 밑에서 배를 깔고 여러 날째 골골 앓습니다.

"매가리가 하나도 없네. 이러다 일 치르면 어떡해요?"

"얘가!"

말이 씨 될까 무섭습니다.

누렁이는 낯 트면 여간해서 짖지도, 입질도 않는 순둥이입니다. 그런 녀석이 기를 쓰고 컹컹대다 진사 댁 청지기가 달고 온 머슴꾼 발길질에 나가떨어졌답니다. 할아버지를 어르고 으르다 헛물켜고 돌아가게 된 데

따른 화풀이였지요.

　—이눔의 개새끼가! 복날 낭구에 달아 패듯 몽둥이찜을 당해야 진객[102]
을 알아볼 참이여?

　실소하였습니다. 할아버지를 향한 떠세도 무도하거니와, 진객을 참칭
하다니요. 호가호위가 졸렬합니다. 알량한 양반 위세를 빌려 호기를 부
리는 작태가 제 집 마당에서 벌어져도 벙어리 냉가슴일 수밖에 없군요.

　가소로워 화가 났습니다. 죽은 듯 방 안에 엎디어 있는 처지라 분연히
나설 수 없기에 더욱 화가 났습니다.

　—감히 누구를 시피보아? 감지덕지도 모자랄 판에 뒷감당 어찌하려
고 퇴짜를 놓아, 놓기를?

　시피본 건 저희 쪽이 아니라 그쪽입니다. 들입다 밀어붙이면 통하리
라는 불측한 심보야말로 위력가 졸개의 망상이 아닐는지요. 뜻대로 되
지 않음에 적반하장 포악을 부리는 꼬락서니야말로 인륜을 가벼이 여기
는 패도가 아니겠는지요.

　—에잇, 카악 칵, 퇴엣 퉤퉤.

　선심용인지 과시용인지, 청지기가 노복 둘에게 지워 온 채단함綵緞函
이 소용없게 되자 있는 힘껏 가래를 끌어올려 뱉더랍니다. 구경났다며
대문 안팎을 넘나보던 입 싼 이웃이 침벼락 맞을세라 움찔움찔 게걸음

102　귀한 손님.

쳤다 하고요. 장터목에 나붙은 방문榜文처럼 이 일도 동네방네 파발 뛰어 아니 닿는 데가 없겠지요.

할아버지께서는 삭이지 못한 심화로 울체가 와 머리띠를 동이고 자리에 누우셨습니다. 청심환을 개어 자시고, 감초주를 찾으셨답니다. 가슴이 벌렁거리고 사지가 뻣뻣해올 때 쓰시곤 하는 약방藥方이지요.

— 의원을 부를까요?

— 아서라. 놈들이 주막거리에서 술추렴이라도 하며 널브러져 있을까 겁난다.

그러시고는 혼잣말처럼 덧붙이셨어요.

— 바깥심부름할 어린놈 하나 있었으면 싶다. 세상이 흉악하니 믿고 쓸 놈 있겠나 싶고. 동애는…… 아니다. 그놈도 남의 식구지, 어디 내 집 식군가. 그러고 보니 근자엔 통 못 봤다. 지 혼자 틀어진 것이면 지 혼자 풀리겠다만, 혹 저번 일로 나리께 걱정을 들은 것이면…… 쯧쯧.

— 한양 올라간댔어요. 봐야 할 일이 많아 꽤 걸릴 거라더군요.

할아버지께서 미간을 좁힌 채 저를 쳐다보셨습니다. 그 사정을 네가 어째 아느냐? 의심쩍으신 게지요.

— 그날 그리 말하던걸요.

— 하긴. 꼭닥스러운 데가 있긴 있어. 개는 저 밥 주는 사람 닮고, 수하는 상전 닮는다. 어련하겠니.

428

그날 일이 생각나시는지 불편한 기색으로 말을 돌리시더군요.

─저번 일이나 이번 일이나, 다 내 탓이다. 못난 할애비 탓이다. 너 보기 부끄럽다.

─아니에요. 제 허물로 인하였으니 저의 부덕이 원망스러울 따름이에요.

차라리 그때 남편 뒤를 쫓았더라면, 제 일신이 이리 욕되고 곤고하지는 않았을까요? 가상히 여김을 받아 홍살의 위엄 속에 안존하였을까요?

─그 언제더라, 진사 댁 회연에 불려갔을 때 지나가는 말로 교혼 의사를 물어온 게 전부였더니라. 면전에서 싹둑 자르면 말 낸 쪽이 무안할까 싶어 어정쩡히 대꾸하고 넘어갔단다. 내 비좁고 무딘 성정이 화근이 됐구나.

손녀의 뜻을 지켜주시느라 봉변을 마다하지 않으시고도 할아버지께서는 당신의 처신을 후회하시고 당신의 무력함을 한탄하셨어요. 끝내 눈시울 붉히셨고요.

소란의 빌미는 저예요. 입술을 깨물 뿐입니다.

*

단출한 식구에 새는 데 없는 살림이건만 사나흘 건너 한 번씩 예기치 못한 일이 벌어지는군요. 오늘은 해도 뜨기 전에 대문 두드리는 소리가 요란합니다. 겁부터 나네요.

병곡리 저희 논을 도지 낸 아저씨입니다. 이 집에 이사 내려온 지 얼마 되지 않아 술 한 동이를 이고 할아버지를 찾아와서는 윗윗대 어디쯤에서 갈라진 겨레붙이라고 자기소개를 하더군요. 정작 할아버지께서는 그분이 읊어대는 윗윗대 어른들의 함자를 알지 못하거나 기억해내지 못하였지만, 그래도 속는 셈 치며 응응 받아주셨고요.

그 촌수 까마득한 일가붙이 아저씨는 사랑 툇마루에 걸터앉아 방문 너머 자리보전하시는 할아버지를 상대로 올해 작황이 시원치 않다며 앓는 소리를 합니다. 열두 마지기 논에 열 섬으로 정한 소작료를, 다시 두 섬 더 감해달라는 것이 댓바람에 찾아온 목적입니다.

"아시잖습니까? 지난해 조모상을 당해 지출이 는 데다 집사람 출산이 닥쳐 남의 집 놉을 못 나가게 되었습죠. 봄은커녕 올겨울 무사히 넘길 수 있을지 한숨만 폭폭 나옵니다요. 아재 아니면 누가 이놈의 형편을 살펴주겠습니까요. 제발 덕분, 살려주십쇼."

"알았네. 그리 허세나."

할아버지께서 선선히 응낙하십니다. 둘러대는 말을 곧이곧대로 믿으셔서라기보다 어서 물리치고 싶어서일 거예요.

제게는 아저씨뻘인 그분이 함박 웃는 낯으로 돌아가고 난 뒤, 섭이가 쪼르르 달려와 일러바치는군요.

"아씨, 아씨. 달걀이 여덟 알이어요."

섭이가 짚 꾸러미를 제게 보여주며 이죽거립니다.

"대단한 진상품이라도 되는 양 뻐기면서 건네더라고요. 제가 몰래 깨 먹기라도 할까 싶은지, 할아버지 들으시도록 큰소리로 꼭 진짓상에 올려야 한다고 외치던걸요."

"애는. 그래도 빈손으로 오시지 않은 게 어디니?"

"그럼 진짜 날도적이나 다름없죠 뭐."

"쉿! 할아버지 들으실라."

"들으시면 좋겠네요."

"만사 귀찮으신 모양이야. 오죽하면 방에 들이지도 않고 상대하시겠니?"

"아무튼 두 분 다 속도 좋으셔요. 손도 크시고요. 해산 때 쓸 미역 내어주라 하시는 할아버지나, 반 뭇이나 내어주는 아씨나. 저 같음 잘해야 두 장쯤 추리겠더만."

"두 장을 누구 입에 붙이니?"

"그렇다고 다섯 장씩이나요? 그러니 알부자라고 소문이 나지."

"이웃 간에 다들 그만한 부조는 하고 살아. 따지고 보면 우리도 남의 손 빌 때가 있잖니."

섭이가 입을 비쭉이며 돌아섭니다. 저라고 왜 쓸쓸하지 않겠어요. 나락 두 섬을 달걀 여덟 알과 맞바꾸었는걸요.

*

저녁상 물리고 돌아앉으면 이내 사방이 어둑해져요. 아침저녁 공기가 차 마당의 나무도, 분에 심은 화초도 맥을 못 춥니다. 매화도 한 철, 국화도 한 철이라 하지요. 은연중에 지난 세월을 돌아보게 됩니다.

우리 집은 마을 안쪽에 들앉아 외풍이 마냥 들이치지는 않습니다. 그래도 잠자리 들기 전에 군불을 넣어야 할 시기입니다. 계신옥립桂薪玉粒이라지요. 땔나무 값은 계수나무만큼 비싸고 쌀값은 옥값과 맞먹는다며 다들 울상이랍니다. 저도 실감해요.

해마다 이자 붙듯 나무 금이 착실히 오르는데도 불땀이 그다지 세지 않은 건 기분 탓일까요. 날나무 섞였나? 봄장작 속아 샀나? 정지에 나뭇단 들여 주고 냉수 한 사발 얻어 마시고 간 나무장사를 의심해봅니다. 제 마음처럼 가벼운 섶이라면 새 떼가 날개 치듯 화르르 타오를 텐데요.

우리 집은 도지로 양식을 충당하고 생활비는 할아버지 연주하신 사례로 벌충하는지라 어렵잖게 꾸려갑니다만, 무엇이든 아껴야 하지요. 그러저러 늦가을부터 섭이와 한방 살이 합니다.

서로 잠동무, 말동무 되니 긴긴 밤 심심치는 않아요. 거추장스러울 때가 많지요. 무엇보다 곁에 붙어서 재잘대니 귀에 못이 생길 지경입니다. 용하게도 종알대면서도 바늘이든 인두든, 하다못해 걸레라도 손에 잡고 할 일 다 합니다. 뭐라고 할 수도 없어요.

쿵쿵쿵.

누가 대문 두드리는군요. 올 사람이 없습니다. 지난번 사달이 떠올라 지레 조마조마합니다. 섭이가 버선본과 가위를 휙 집어던지고 내다봅니다.

"동애 오라버닌가 봐요. 누렁이가 안 짖는걸요."

녀석은 요행 기력을 되찾았습니다. 섭이 말이 맞는다면 꼬리 흔들며 문간에서 앞발을 긁어대고 있겠네요.

"나가요오."

섭이가 문간을 향해 목청을 높이며 방을 나가더니, 잠시 후에는 마당에서 우렁차게 외칩니다.

"아씨, 나와 보셔요. 동애 오라버니여요."

마루로 나서니 동애가 허리를 숙입니다. 날 어두워 신색을 살피기는 어렵습니다. 아무려나, 무탈히 다녀왔으니 저희 집에도 들른 것이겠지요.

"그간 별고 없으셨는지요?"

동애의 말 떨어지기 무섭게 섭이가 오두방정을 떱니다.

"아이고 말도 마세요."

"얘!"

촉새 같은 아이를 어떻게 막을까요.

"무슨 일이 있었는지요?"

동애는 저에게 묻습니다.

"일은 무슨. 그저 소소한 잡음이 좀 있긴 하였네만……."

"소소하다니요? 아유 아씨도 참! 백주대낮에, 거 뭣이냐, 맞다, 중인 환시리에 해코지를 당하시고선."

"애는. 먼 길 다녀온 사람 세워놓고 웬 호들갑이라니?"

섭이의 입을 닫게 하려니 제가 나서는 수밖에요.

"그래, 다니러 갔던 일은 잘 맺고 왔는가? 이번엔 길게 비운 것 같으이."

"예. 한양에서 개성으로, 게서 금천협 들어갔다 나오느라 여러 날 더 잡아먹었습지요. 한데, 악사 어른은 출타하셨는지요?"

"탕제 받으러 가셨는데 조금 늦으시나 보이. 사랑에 들어 기다릴 텐가?"

"계시면 안부 여쭐까 하였는데, 아씨라도 뵈었으니 됐습니다."

"고맙네."

"실은 아씨께 드릴 것이 있습니다."

그의 품에 든 책보만 한 것이 제 눈에 들어옵니다. 그저 낯이나 보러 들른 게 아닌가 봐요.

"저녁은 하였는가?"

"어쩌다 보니 아직 전입니다. 이것 전해드리고 바로 올라가서 할 참입니다."

한순간 망설임이 스쳤으나, 선 자리에서 돌려보내는 것도 도리가 아닌 듯합니다.

"할아버지 뵙고 가게. 금방 오실 게야."

"아, 아닙니다. 어르신은 밝은 날에 뵙지요. 이걸……."

저는 그가 내미는 것을 손짓으로 밀어냅니다.

"아니네. 일단 사랑으로 들게. 찬은 없지만 예서 저녁 들면서 기다리
게나. 그리고 애, 너는 저녁상……."

"예예, 아씨."

섭이가 내 말을 마저 듣지도 않고 정지로 달려갑니다.

동애와 마주 앉습니다. 천릿길 오르내리고도 거뜬해 보입니다. 길 위
의 바람과 볕이 더욱 옹골찬 사내로 만들어놓은 모양입니다. 동리 어린
처자들이 낯붉히며 동동거릴 만해요.

섭이의 마음을 밀어주고 싶지만 그의 마음은 알 길 없습니다. 부추긴
다고 붙겠으며 말린다고 떨어지겠는지요. 제각기 흐르고 흐르다 두물머
리에서 합수하듯 어우러지면 그것이 천생인연이겠지요.

동애가 보자기 안에 든 것을 내밀기에 딴생각을 접습니다.

"이 책, 아시지요? 우연히, 광통교 세책점에서 찾았습니다."

얼떨떨합니다. 나리께서 지으신 책이로군요. 말로만 들었을 뿐, 실물
은 처음 보아요.

"시전 서화거리 지나다가 책점이 보이기에 오래전에 『열하일기』 언문

435

본 돌아다닌단 말 들은 기억이 퍼뜩 나더군요. 혹시나 하고 주인장더러 물어보았더니 귀신 본 듯 놀라지 않겠습니까? 안날 돌아왔는데 그걸 어찌 알았느냐 되묻지 않겠습니까요."

"나라도 용하다 하였겠네."

"북촌 참판 댁 여종이 수시로 들락거리며 책 들어오면 절대 남 주지 말라 신신당부해두었답니다. 제가 눈 질끈 감고 나리 함자를 댔습지요. 주인이 긴가민가하며 재차 삼차 확인하더군요. 나리 내력을 묻는 족족 제가 줄줄 읊으니 한숨을 푹 쉬고는, 에라 모르겠다, 사람이든 물건이든 임자는 따로 있는 법이지, 하며 내어주지 않겠습니까요."

그답지 않게 설명이 장황합니다. 스스로 대견히 여기는 눈치를 보니 알 것 같습니다. 어찌 우연만이겠는지요. 일정 촉박한 중에 세책집마다 수소문하였겠지요. 그의 행보가 그려집니다.

"우정 애썼네. 나리 함자 팔아 가로챘단 사실은 내 할아버지께도 함구하겠네."

동애가 겸연쩍은 듯 씩 웃습니다.

"제 알기로 홍, 대 자, 용 자 어르신은 우리 나리보다 먼저 청에 다녀오셨지요. 그분은 연행기를 쓰시고서 언문으로도 새로 쓰셨다 합니다. 우리 나리는 천만뜻밖에 언문을 모르시고, 또 굳이 두 벌 일할 것 없다 하셨지요."

"그럼 이 책은?"

"세책집과 교통하는 거벽선비가 한 번 옮긴 걸 여러 사람이 빌려다 베끼고, 베낀 걸 다시금 베끼고 하였답니다. 다소 껄끄럽거나 어긋난 부분이 없잖아 있을 거라 하더이다."

악보집도 그런 경우가 적지 않습니다. 웬만큼 귀 트인 악사라면 음보를 짚어보아 소리가 조화롭지 않은 걸 알아채어 바로잡고요. 때로는 본연의 곡조가 아님에도 더 큰 울림을 주기도 한답니다. 예란 고정된 것이 아니니까요. 구태를 고쳐 참신을 구하듯, 옛 가락에 새 음률을 얹는 시도야말로 예가 나아갈 방향이 아니겠는지요.

"이 귀한 책을 그저 받으면 아니 되고말고. 내 무엇으로 사례하면 좋을꼬?"

"아이고, 아닙니다. 당치 않습니다요."

동애가 황급히 두 손을 내젓습니다.

"내, 손부끄럽네. 아무것이나 떠올려보게."

"아씨께서도 가끔씩 한양 생각이 나고 나들이 하고플 때도 있으실 텐데, 여기서는 장 구경도 마땅찮지요. 안의장은 말할 것도 없고 함양장도 전이 몇 아니 되고, 물목도 턱없이 적습지요. 소인만 해도 구경 나섰다 여남은 걸음 만에 진력이 나던걸요."

"그야."

"대신 요만한 소일거리라도 있으면 좋지 않겠습니까요. 우리 나리, 과묵하신 듯해도 글로는 들었다 놨다 하십지요. 우언에, 우스개에……

점잖은 선비님들 웃다가 울다가 배꼽을 찾으신답니다. 아씨께서도 한갓질 때 다문 몇 장씩이라도 넘겨보십시오. 적적함을 조금쯤 덜게 될 것입니다요."

"나도 익히 들었네. 먼저 가신 내 낭군이 나리의 문장을 몹시 흠모하였다네."

그랬지요. 지아비는 독서가 유일한 낙이었으나 앉아 있는 시간보다 누워 있는 시간이 훨씬 길어 늘 아쉬워했습니다. 책을 펼쳐 한 장을 채 못 넘기고 서안을 도로 물렀으니까요. 한번은 저더러 읽어보라 부탁하더군요. 제가 얼마나 질색하였던지 두 번 그 말을 꺼내진 않았고요. 저는 어른들이 들으실까 두려웠고, 무엇보다 부끄러웠어요.

저도 어릴 적 천자문을 익혀 그럭저럭 글자를 읽긴 합니다. 글의 본뜻을 제대로 이해하고 깊이 깨치는 수준에는 이르지 못하고요. 『동몽선습』을 조금 배우다 제가 하도 골을 부리니 아버지께서 언해본을 구해다 주셨지요.

"여하간 고마우이. 종이로 겉을 싸서 깨끗이 읽고 돌려줌세."

"한동안 한양 다녀올 일 없을 듯싶습니다. 천천히 읽으십시오. 그리고 이건……."

동애가 허리에 찬 전낭에 손을 집어넣었다 빼더니 돌멩이 하나를 보여주는군요. 쌀뜨물같이 뽀얀 바탕에, 수수 빛 도는 연붉은 반점이 골고루 박힌 자갈돌입니다. 크기도 마침 수수경단만 하군요. 의아하다 못해 당혹스럽습니다.

"별거 아닙니다만, 손안에 넣고 굴리면 요것대로 재미지지요."

제가 당황하는 걸 보더니 동애가 또다시 빙그레 웃는군요.

"금천 골짜기에서 가져왔습죠. 이번에 가보니 서실 서까래를 타고 빗물이 스며들어 벽지가 죄 누렇게 떴더군요. 띠 이엉 새로 이고, 거기 산방 앞에 나리께서 엄화계라 이름 붙이시고 즐겨 발 담그는 개천에서 땀 씻다가 눈에 띄기에 건져보았습죠. 반질반질하고 손안에 맞춤해서 무심코 주머니에 넣어뒀는데, 내려오는 길에 다리쉼하면서 먼 산 볼 때마다 저도 모르게 만지작거리게 되더군요. 애들 노리개 갖고 놀듯 말입지요."

그가 돌멩이를 바닥에 내려놓고 덧붙이네요.

"발에 채는 게 돌이라 하찮습니다만, 아무튼지 두고 가겠습니다요."

잠시 할 말을 잃습니다. 담 너머에서 날아 들어온 자갈돌이 가슴팍을 맞춘 듯합니다.

"별다른 뜻이 있지는 않습니다. 소인은 그저, 황해도에서 경상도로 실려 왔으니 기념될 만하지 않나, 그리 생각해보는 것입지요."

기념이라면, 잊지 아니하고 간직하라는 의미일 테지요. 정표일 테고요.

한데도, 눈앞의 사내는 덤덤한 낯으로 별 뜻 없답니다. 무심코 집어왔답니다. 아무런 마음 쓰지 않았으니 손안에 넣고 호두알 굴리듯 갖고 놀라는군요. 모르겠다가도 알 듯하고, 알 듯하다가도 도통 모르겠어요.

그 마음씀이 살뜰하고 가상하여 겁이 납니다. 손안에 쏙 들어차는 자갈 한 알이 아니라 집채만 한 바윗돌 하나가 가슴을 짓누르는 것 같아요. 땅속으로 꺼질 것만 같습니다.

*

용수댁 보러 왔어요. 이 산자락 흙집에 든 첫해에는 섭이 앞세워 두어 달에 한 번, 잦게는 한 달에 두어 번도 다녀갔답니다. 해 바뀌고는 두세 달에 한 번꼴이었다가, 삼 년 차에 드니 계절에 한 번으로 발길이 뜸해지는군요. 인정이란 실로 얄팍하고 야박한 것이에요. 어이 의리를 지킨다 말할 수 있겠는지요.

비와 바람과 햇살에 웃자란 풀들이 쑥대강이같이 제멋대로 엉겨있을 줄 알았습니다. 어느 손길일까요. 용수댁 누운 자리가 배코 친 듯 말끔합니다.

"어머나. 우렁이 각시가 다녀갔나, 훤하네요."

섭이가 챙겨온 접낫을 휙 던져두고 까끌한 풀밭에 발라당 누워버립니다.

"버르장머리 좀 봐."

깍지 낀 손으로 머리통 받친 꼬락서니라니요. 용수댁 앞에서 곧잘 하던 짓이에요.

"누가 벴을까요?"

"할아버지께서 다녀가셨나봐."

"언제 다녀가셨을까요? 진사인지 주사인지 하는 사람들이 유세하고 간 뒤로 통 기력을 못 쓰시는데. 입맛 없어 하시고, 치아가 안 좋으신지 장건건이 만 찾으시고요."

저도 걱정이 이만저만이 아닙니다. 제 탓만 같아서요. 아니, 제 탓이지요.

"아씨는요, 한양사람이잖아요. 한양으로 돌아가고 싶지 않으세요?"

"글쎄다."

용수댁이 이곳에 있고, 할아버지 또한 여생을 보내려 내려오셨으니, 제 뜻이야 훗일이지요.

이따금 남산골 외가의 반질반질한 마룻장이 떠오릅니다. 점이네 보고 싶은 마음이야 말할 것도 없고요. 안동 본가 후원을 찾아오던 나비의 날갯짓이 헛것처럼 스쳐가기도 해요. 고개 돌리기도 싫은 수동 시가가 떠오를 때도 있답니다. 환하고 설레던, 별뉘 같은 한순간이 그곳에선들 없었겠어요.

"동애 오라버니는 사또나리 따라 한양으로 가겠죠?"

무심한 척 툭 뱉지만 실은 제 근심일 테지요.

"근데요, 끝년이가 동애 오라버니 안 올라갈지 모른댔어요."

"그 애가 그걸 어찌 안다니?"

"안 올라간댔다나, 안 올라가게 할 거래나, 암튼요."

"재주도 좋아. 어떻게?"

"입 싼 끝년이가 조개처럼 입 다물고 두고 보래요. 에이 약 올라."

섭이는 두 다리를 번갈아 건들거립니다. 저는 앉은걸음으로 낫질에 살아남은 잡초를 새치 뽑듯 솎아냅니다. 가느다란 잔뿌리에 말똥구리 구슬만 한 흙덩이를 조롱조롱 매단 건, 미련일까요, 의지일까요. 우직하달까요, 앙칼지달까요. 한낱 풀뿌리조차 제 명을 수이 저버리지 않는군요.

잡초 소쿠리를 봉분 옆 골에 털어 붓습니다. 그늘진 습토에서도 찢기고 끊긴 뿌리수염을 내려 어떻게든 회생하는 가닥이 몇쯤 있겠지요.

"그만 가자."

섭이는 생떼 쓰는 아이처럼 일어날 생각을 않습니다. 재주넘는 사당처럼 치마가 훌떡 벗겨지든 말든, 주르르 흘러내린 고쟁이 밖으로 맨 종아리가 드러나든 말든, 방아깨비마냥 허공에다 다리 방아를 찧어댑니다.

"나 먼저 간다. 넌 여기서 용수댁이랑 더 놀다 와."

몇 발자국 옮기기 전에 뒤에서 투덜대는 소리가 따라붙어요.

"범 나와요. 혼자 가시면 발병 난다구요."

좁은 비탈길을 저와 섭이, 앞서거니 뒤서거니 내려갑니다. 산에서 내려오는 바람이 등을 떠미는군요.

멀리 둔덕 아래로 오솔길이 이어지고, 오솔길은 토성을 에워싸고 마을로 이어집니다. 관아 위쪽 대숲 사이로 언뜻언뜻 사직단 야트막한 담장이 보이고요, 공터 바깥쪽 비탈 언덕 밑으로 객사와 정당 기와지붕이 보이는군요. 그 너머로 뉘엿뉘엿 해 넘어가는 붉은 하늘이 펼쳐집니다. 푸른 이내가 마을 반대편 산기슭을 감싸듯 내려앉는 이 시간, 마을 안 집집에서는 밥 짓는 연기가 굴뚝을 타고 흩어집니다.

걸음을 재촉합니다. 어느 골목에서 사내의 고함과 아낙의 악다구니가 번갈아 터져 나오고, 덩달아 사방에서 개들이 짖어댑니다.

씩씩하고 다정한 풍정입니다. 그만, 다리에 힘이 풀리는군요.

|미혹|

뜰을 이리저리 어정어정 걷다가 뛰기도 하고, 점잖게 걷기도 하고, 달그림자와 서로 장난을 치기도 한다. 명륜당 뒤뜰의 오래된 나무는 우거져 하늘을 덮었고, 서늘한 이슬이 동글동글 맺혀 잎사귀마다 구슬을 머금었으며, 진주 같은 이슬은 달빛에 반짝인다. 애석하구나. 이렇게 아름다운 밤, 이렇게 좋은 달빛에 함께 놀 사람이 없다니.

*

알게 모르게 피로가 쌓였던가 보다. 안석에 기대 졸다 깨다 한다.

오후 느지막이 정신을 가다듬고 방문을 열어 밖을 내다본다. 정당과 바깥뜰을 경계 짓는 담장의 그림자가 동헌 마당에 길게 엎어져 있다. 그 그림자 이 끝에서 저 끝을 걸음자 재듯 동애가 오락가락하고 있다. 저놈 속을 내 모르랴.

"게 동애냐? 올라오너라."

녀석이 기다렸다는 듯이 성큼 대청으로 올라 동헌방에 돌아든다. 무릎을 꿇고 두 손을 허벅지에 단정히 내려놓는다.

"말해보아라."

"예?"

거두절미하고 용건을 물으니 녀석이 당황해서 눈을 끔뻑인다.

"할 말이 있었던 게 아니냐?"

"죄송합니다요. 말씀 올릴지 말지 망설이고 있었습니다."

"그 말이 그 말이지. 무엇이냐?"

동애가 두 손을 맞잡고 우물쭈물하다가 마침내 입을 연다.

"저어…… 악사 어른이 몸져누웠답니다."

일흔 노인이라 아침저녁이 다를 수도 있겠다마는, 지난해만 해도 내 손님들보다 더 꼿꼿이 앉아 귀를 즐겁게 해주었지 않은가.

"저런."

"하 진사 어른이 다시 찾아와서 한바탕 으름장을 놓고 간 뒤 쓰러졌다 합니다."

하 진사의 방문과 이 악사의 와병에 인과가 성립한다면, 알 만하다. 일단은 시치미를 떼 본다.

"요령부득이구나. 하 진사가 아랫것들을 몰고 와서 포악을 부렸더란 말이냐?"

"종 하나를 달고 오긴 하였으나 문밖에서 기다리고 있었다 하옵고……."

당찰지언정 질질 끌거나 에두르지 않는 것이 평소의 동애다.

"그럼, 하 진사가 이 악사를 겁박했더란 말이냐?"

칼날보다 세 치 혀가 날카롭다 하나, 신분 다른 두 사람이 백주에 시파 벽파를 다투었을 리 없고 예송 논쟁을 벌였을 리 만무하다. 하 진사는 진주, 거창 일대 유력한 가문의 후손이다. 그 고매하신 영감이 이 나무 저 나무 옮겨 앉으며 지저귀는 직박구리만큼이나 하찮게 보는 악사를 찾아가 험악한 욕설을 퍼부었을 리도 만무하다. 얻어내고 싶은 것이 있으니 살살 구슬렸다면 모를까.

"그 집 아씨 일입지요."

한 차례 찔러 허탕을 쳤다더니. 좋이 물러나지 않은 걸 보아 하 진사가 어지간히 탐을 내는 모양이다.

동애가 비답을 기다리는가 본데, 난들 무슨 참견을 하겠으며 무슨 대책이 있을쏜가. 짐짓 심상히, 근엄하게 단속할 뿐.

"그렇다면 필시 혼인 의논하려 다녀갔겠구나. 있을 법한 일이며 법으로 금한 일도 아니다. 또, 너나 나와는 상관없는 일이고, 끼어들 일도 아니다. 알았느냐?"

"예."

내 대답이 실망스러운지 녀석이 고개를 푹 꺾는다. 가당찮은 건 하 진사가 아니라 네놈이렷다. 이 또한 내가 참섭할 일이 아니다.

"아랫샘골 유가네에 가서 유가가 집에 있는지 물어보아라."

유가는 향청 일 보는 중이다. 궁벽한 고장 인물치고는 견문이 넓다. 글을 꽤 알고 의술에도 밝다. 큰샘골 장 의원이 선대의 가업을 이어오고 침을 잘 쓴다면, 유가는 독학으로 의서를 떼고 약방거리에 드나들며 어깨 너머로 맥 짚는 법과 약재 쓰는 법을 익혔다 한다. 내 병증에 몇 번 권하는 약재를 써보았더니 효험이 있었다. 이후로 관속들이 탈이 나 약재로 다스릴 일이 있으면 유가에게 맡겼다.

"내가 보냈다 하고 이 약사 집에 다녀가라 일러라. 쓸데없는 말은 옮길 것 없다. 알아듣겠느냐?"

"알겠습니다. 물러갑니다요."

장죽을 찾아 문다. 남초를 재고도 한참을 물고 있다가, 대단한 결심이라도 하듯 부시를 친다. 한밤중에 풍랑 이는 강을 건널 때처럼 마음이 요동한다. 하 수상쩍은 동요다.

"누구 있느냐?"

설렁줄을 당기니 누가 잽싸게 달려온다.

"찾으셨는지요?"

용석이 마루에 바짝 붙어 서서 나를 올려다본다. 얼굴에는 마른버짐이 잔뜩 피었다. 낯빛이 흐린 걸 보아 저보다 덩치 큰 종들에게 사납게 닦인 뒤끝인 듯싶다. 아직은 어리고 기가 약해 동네북 신세를 면하지 못하는 게다. 양반 부류나 종의 무리나 다르지 않다. 드세면 꺾이고, 약하면 먹힌다.

"찬방에 가서 저녁상 겸상으로 가볍게 차려 죽로당으로 내라 일러라."

"기방은 어이할까요?"

여러 날 손님치레에 기방아이들이 분주했다. 기악하랴, 가무하랴, 수

종들랴, 어지간히 지쳤을 것이다.

"나올 것 없다 일러라. 오늘은 조용히 손님과 담소할 것이니라."

"예, 그리 전하겠습니다요."

용석이 뜰을 가로질러 뛰어간다.

하풍죽로당 꼭대기에서 흘러내린 용마루 너머로 홍시처럼 붉은 해가 뉘엿뉘엿 넘어간다. 홍색 자색 구름이 층층이 맞물리며 서쪽 하늘을 물들이고 있고, 까마귀 한 마리가 용마루에 내려앉더니 좌우로 어기적어기적 자리를 옮겨 다닌다.

까마귀는 그 깃털이 검은색 한 가지로 보이지만 빛의 각도에 따라 자청빛을 되쏘기도 하고 비취빛을 반사하기도 한다. 음험한 사람의 속내를 비유하면서 까마귀를 들먹이곤 하는데, 그 진중함과 의젓함을 몰라보는 데서 생긴 편견이다. 흔히 백로를 개결한 선비와 견주는데, 이 또한 백로의 하얀 깃털에 묻은 얼룩과 날갯죽지로 덮은 헌데를 보지 못한 데서 생긴 고정관념이다.

보이는 것이 전부가 아니다.

남들이 아는 나는 나의 일부일 뿐이다. 내가 아는 나는 남들이 알기를 바라지 않는 나의 일부를 포괄하는 나다. 갈래갈래 나뉘어 요동하는 이 마음은 내가 주인이요, 주춧돌처럼 흔들리지 않으려는 마음도 주인은 나다.

일각문으로 해서 바깥뜰로 나왔다. 죽로당 마루 끝에 서서 연못을 내려다보고 있던 처남 재성이 인기척에 돌아선다.

"모처럼 종일 고즈넉하였겠네. 지낼 만은 한가?"

"지리산 신선놀음하는 낙에 취해 지내는 새, 도성 제 집 식구들이 저를 까마득히 잊을까 걱정됩니다."

싱거운 소리다. 나는 자홍색으로 번진 하늘을 가리켰다. 검푸른 돌로 쌓은 장성처럼 지리산이 우뚝 솟아 있다.

"문창후 최치원은 홀연히 관과 신을 벗고 사라져 신선이 되었다 하네만, 천 년이 지나도록 후세 사람들이 잊지 않았네."

"형님은 어느 쪽을 취하시렵니까? 그 시대는 미처 알지 못했으나 후세가 알아주는 것과, 당대에는 칭송을 받았으나 후대에는 수풀에 뒤덮인 초분만 못한 것. 둘 중 하나를 택해야 하면요?"

"이 사람아. 내 말 어디로 들었는가? 고운 선생은 당대에도 문명을 떨치었고 후대에도 여전히 기림을 받네."

"하면, 고운 선생의 길을 가시겠다, 이 말씀입니까?"

"딱하이. 당대에도 후대에도, 깊은 산골짜기에 홀로 돋고 홀로 지는 풀꽃처럼 살다 잊힌 이가 더 많아. 홀로 돋고 홀로 지는 꽃인들 아름답지 않은가? 명성과 비방은 자기가 만드는 것이 아니고 세상 사람들의 혀끝에서 만들어지는 것이거늘, 내 거기에 연연할 것이 무엇이겠나."

연못에 드리워진 노을빛이 걷히자 주위가 금세 어두워진다. 낯색을 감추기에 좋다.

"가끔 형님을 알지 못하겠습니다."

"자네가 나를 알지 못하면, 도대체 나는 나에 대해 누구한테 물어봐야 하나?"

재성이 무어라고 답할 듯하다가 입을 다문다. 뒤에서 자락자락 발소리가 나서 돌아보니, 용석이 초롱을 들고 앞서고 동애와 천삼이 상을 들고 뒤따른다.

입맛이 없다. 몇 술 뜨는 시늉을 하다 수저를 내려놓는다.

가뜩이나 시원찮던 어금니가 흔들거리면서 빠지지도 않으니 덜 무른 깍두기나 고기반찬은 씹을 엄두가 나지 않는다. 찻사발에 술을 가득 부어 숭늉 마시듯 죽 들이켠다.

"여러 날 별관과 바깥뜰이 저잣거리처럼 시끌벅적하였지요. 오늘에야 가야금 타는 아이도 없고 노래하는 아이도 없으니 홀연 산중 법당에 든 것 같습니다."

"법당이라……. 어떤 사람이 생각나네. 집이 부유하여 시중의 온갖 기이한 물건을 수집하는 데 썩은 흙 버리듯 돈을 썼다는 왈짜였지. 젊을 땐 근력이 대단해 기생 둘을 옆구리에 끼고 두어 길 되는 담장도 훌쩍 뛰어넘었다더군. 동에 번쩍, 서에 번쩍이라 이름난 산 깎아지른 암벽에도 꼭 그자의 이름이 새겨져 있었지. 훗날 평양 길거리에서 우연히 그와 맞닥뜨렸네. 늙은 데다 아내도 없이 암자에서 더부살이하는 처지가 됐더군. 그가 젊어서 발승암髮僧菴, 즉 머리 기른 중이라 자호했다지. 말년에 이름대로 된 셈이야."

"기억납니다. 형님이 글을 지어 보여주셨지요."

재성이 미심쩍은 눈으로 나를 본다. 나는 맨상투 밖으로 비어져 나온 머리카락을 손바닥으로 쓸어 붙인다.

"나는 아내도 없고 첩도 없네. 기악하고 가무하는 아이들도 멀리하네. 나야말로 머리 기르고 술 마시는 중이나 다름없지. 안 그런가?"

"형님 의중을 모르겠습니다."

재성이 문득 침울한 어조로 받는다. 한바탕 웃자고 한 말을 진지하게 받아들인 게다.

"자네, 아까는 나를 모르겠다더니 지금은 내 속셈을 모르겠다 하는군. 나야말로 자네 의중을 모르겠네그려."

피차 모르지 않는다. 모른다 하니, 모른다로 막을 따름이다.

"옛날에 형님이 친구분들과 어울려 글 짓고 술 마시며 질탕하게 노시던 때가 생각납니다. 저도 가끔 끼워주셨지요."

불쑥 딴소리다. 재성은 올해 마흔셋이다. 그가 스무 살 안팎일 때니 이십여 년이 더 지난 일이다.

"자네는 그때도 점잖게 굴었어. 어느 날엔가 내 벗 중 하나가 자네를 달고 나오지 말라고 눈치를 주더군."

재성이 구중중한 낯빛을 고치고 웃는다.

451

"공부 않고 놀러 다닌다며 아버님께 고자질할까 싶어 형님이 막은 게 아니고요?"

이번에는 내가 껄껄 웃었다.

"모르는가? 장인어른은 언제나 내 편이셨네. 책상머리에 앉아 글자를 달달 외는 공부만 해서는 유약하고 쩨쩨한 소인배가 될 뿐이라며 막지 않으셨거든."

"제 아버님은 형님과 저를 다르게 가르치셨어요. 어릴 땐 그게 의아하고 서운했는데 나중에야 아버님이 옳으셨다는 걸 깨달았지요. 사위의 그릇과 자식인 저의 그릇이 다르다는 걸 아시고 그에 맞춰 훈도하신 거지요."

"내 부모님이 나를 낳으시고 또 모범이 되어주셨지만, 내 정신의 뼈대를 튼튼히 길러주신 건 장인어른과 교리 어른이시네. 감사하지. 자네 같은 아우도 주셨고 말이야."

그도 나도 부모님이 작고하신지라 분위기가 잠시 숙연해진다. 재성이 말없이 고개를 주억거리고 있다가 다시 옛일을 들먹인다.

"형님은 친구분들과 노실 때도 대부분 시커먼 사내들끼리 주거니 받거니 시 짓고 농 하고 그러셨지요. 선비로서 청루에 나가 기생 끼고 노는 걸 금하지만 보통은 슬쩍슬쩍 이를 어기기도 하는데 형님은 아니 그러셨어요. 필운대니 삼청동이니, 야외 풍류 자리에도 기녀들을 합석시키지 않으셨고요."

"잘못 알고 있군. 아주 없었겠나? 두세 번쯤인가, 누가 의기醫妓나 청루기생 데리고 오면 어울려 잘 놀았네. 그런 거야 잠시 눈, 귀가 즐겁고 말더군. 춤추고 노래하기보다 벗들과 고금의 문장을 논하고 경세치용에 대해 토론하는 것이 더 즐거웠지."

"지금도 여전하시구요."

"지금이야 종이호랑이지."

"내실 없이 지방관으로 나와 계시니 응당 기방아이들이 침실 시중을 들겠지요?"

"그렇지. 홀아비라 무엇 하나 관기나 여종의 손을 빌 수밖에 없네."

세숫물의 온도를 맞춰오고, 의복 바느질에 다림질을 맡은 것도 그들이다. 이부자리를 펴고 개는 일도 그 아이들이 번갈아 한다. 누구든 마침 곁에 있으면 차 시중도 들고 술 시중도 든다. 글씨를 쓰거나 그림을 그릴라치면 소매를 동동 걷고 먹을 가는 것도 때마침 곁에 있는 아이 몫이다. 내 집에서라면 며느리아기나 여종들이 나를 위해 해주던 일들이다. 며느리아기와 마찬가지로 여종들은 내 집안 식구다. 관기, 관비라고 해서 내 집안 식구처럼 대하지 않을 이유가 무엇인가.

"무슨 말을 꺼내려고 요리조리 옛일을 끌어대는가?"

재성이 술 한 잔을 더 비우고도 잠잠하다가 작정한 듯 입을 연다.

"형님은 밤이 이슥해지면 엄숙한 낯빛으로 시중드는 기녀를 물리치신다 들었습니다. 먼 외지에 홀로 부임한 관리로서 수청기를 두는 것이

법에 어긋나지 않고 흉이 되지도 않지요."

저도 민망한지 낯이 붉다.

"자네 말일세. 혹 내가 사내가 아닐까 걱정하나?"

장난기가 동해 넌덕스레 반문하니 그가 얼굴을 펴고 맞장구를 친다.

"원, 형님도. 형님이야 사내 중에서도 사내이지요. 술로나 배짱으로나 위엄으로나 누가 당하겠습니까? 다만 여인에 관해서는 차디차게 선을 딱 그으시니 당최 그 마음속을 모르겠습니다."

"글쎄, 여인에 관해 선을 딱 긋는다? 내가 말인가? 그런 것도 같고, 아니 그런 것도 같고……."

"누님이 돌아가신 지 여러 해 지났습니다. 새로 아내를 맞으셔도 무방하지요. 측실을 들이셔도 되고요. 이도 저도 마다하고 수절과부마냥 독방을 고수하니 호사가들의 수군거림을 사기에 알맞지요."

내 독방살이가 안쓰러워 하는 말이겠으나 듣기에 편치는 않다.

"예법과 규범에 밝은 자네한테 한번 물어봄세. 대체로 헤아려 보건대, 여인이 재가를 하면 돌을 던지고, 사내가 재취를 얻지 않으면 병통이라 여기는 풍조가 어디서 비롯되었는가?"

"여인이 싫습니까?"

"허허. 사람 못 쓰겠구먼. 여인 싫은 사내가 어디 있던가?"

"그럼, 애써 극기하시는지요?"

"이보게나. 나는 세상과 제대로 싸우지 못했네. 우언으로 숨고, 우스갯소리로 뭉개고 말았지. 산골에 은신하여 비난이 가라앉길 기다렸네. 달리 그랬겠나? 목청은 크고 기질은 강해도 속내는 비겁하고 소심해서야. 세상과는 싸워도 이기지 못할 걸 아는 까닭이지. 그러니 자네 말대로 나 자신하고라도 제대로 한판 붙어봐야 하지 않겠나?"

"질탕한 풍류 버리고 마음 다스리는 공부 하는 선비가 흔치 않지요. 권력에 휘달리며 재물에 연연하거나 여인네 치마폭에 싸여 사는 소인배들이 구더기처럼 들끓는 세상입니다. 형님이야말로 대장부이십니다."

"앞서 가지 말게. 십 년 공부도 하루아침에 무너질 수 있으이."

"혹 마음에 둔 여인이 있습니까? 그렇다면 더 묻지 않겠습니다만."

"오늘 이 사람이 실없이 끈질기네. 그만 술이나 들지. 내 자넬 위해 특별히 거문고 줄을 뜯을 테니 자네는 노래라도 하게."

"이 무슨 호사랍니까?"

재성이 가득 따라준 술을 단숨에 들이켜고 술대를 잡는다. 추궁하는 그의 눈빛일랑 아랑곳없다.

'내 마음을 내가 어찌 아는가. 마음이란 눈을 떠도 보이지 않고, 눈을 감아도 보이지 않는 것이네. 하는 수 없지 않은가. 먼지바람 일으키며 폭주하는 말의 등에 엎드려 고삐를 꽉 그러쥐듯, 내 마음이란 것을 허공중에라도 붙들어 매어둘밖에.'

*

　장맛비가 세월없다. 어제에 이어 오늘도 종일 비다.

　여름꽃은 흙탕에 속절없이 나뒹구는데, 너른 이파리에 후둑후둑 빗방울 듣는 소리는 명랑하여 듣기 좋다. 못으로 뺀 좁은 고랑이 넘쳐 잎맥처럼 얕은 물줄기가 갈지자로 뻗어나간다. 다져놓은 마당 여기저기가 패여 작은 물구덩이가 생겼다.

　심부름하는 아이들 저마다 성정이 달라 한 놈은 웅덩이를 폴짝 건너뛰고 딴 놈은 빙 돌아서 간다. 땅에 늘어진 파초 잎이나 젖은 석류꽃을 부러 지끈 밟고 지나가는 놈도 있다. 불러다 호통할까. 관두자. 일없다.

　질긴 비를 핑계 삼아 일찌감치 정당에서 서재로 옮겨 앉았다.

　우중의 여유가 소슬하니 반갑다. 근 서너 달 구휼이다, 손님맞이다, 번잡했다. 내내 비 내리니 소송하러 오는 백성이 없고, 아전들은 작청에 틀어박혀 부르지 않으면 나오지 않는다. 골패를 잡고 있거나, 주사위를 던지고 있거나.

　주렴을 걷어 올리고 방문과 창문을 열어젖힌다. 습습한 외기가 밀려온다. 물 먹은 굴뚝이 제 일을 못 하는지, 온 뜰에 매캐한 연기가 몽몽하다.

　멀리 산봉우리와 골짜기에 운무가 서리고, 가까이 연못의 물안개가 시야를 흐린다. 별천지에 와 있는 듯하다. 두둑두둑 기와지붕을 두드리는 빗소리, 도닥도닥 연잎에 튕겨 오르는 빗방울소리, 바탕 다른 두 악기가 어우러지듯 조화롭다.

홍섬은 곁에서 차를 달이느라 눈을 내리깔고 있다. 풀 먹인 모시 옷자락 사락사락 스치는 소리마저 먼 곳에서 오는 대숲바람 같구나.

거문고에, 맑은 술 한 병도 나쁠 것 없겠구나.

백련차로 입을 가시다가 문득 혼잣말한 것인데, 홍섬이 묻는 눈으로 돌아본다. 홀연 다른 얼굴이 겹쳐 떠오른다.

때맞춰 동애가 왼편 일각문을 들어선다. 혼잣말 무안함을 흐리마리 지울 수 있게 됐다. 녀석은 도롱이 없이 비를 홀딱 맞으면서도 웬 화분을 안고 있다. 가지가 상할세라 어깨와 등을 구부정히 숙이고 있어 더욱 물에 빠진 삽사리 꼴이다.

"쯧쯧. 아무리 젊기로 고뿔이라도 들면 어쩌려고?"

동애가 툇마루에 백자화분을 고이 내려놓고는 돌아서서 머리와 옷에 뒤집어쓴 물기를 턴다.

녀석은 요즘 심기가 울근불근하다. 우왕좌왕하는 일이 잦고, 딴생각에 빠져 내 말을 놓치는 일도 혹간 있다. 천불이 나는지 타죽을 듯한 얼굴로 먼산바라기를 할 때도 있다. 다 한때다. 그 한때가 녀석에게는 조금 늦게, 조금 엉뚱하게 온 듯싶다.

"웬 것이냐?"

매화 분재가 제법 옹골지다. 가지는 단출해도 뻗어 오른 기세가 유연하고도 대차다.

"악사 옹이 두고 보시라고 가져왔습니다."

"이 악이? 예 왔더냐?"

"저를 찾아 분을 넘겨주고 바로 돌아가려기에 일단 붙잡아두긴 하였습니다."

간만이다. 지난번 나들이를 작파하고 돌아온 이후로 발길을 끊었다. 빈객이 와도 부르지 않았다. 그날 오간 말들이 난감하여 대면하기가 자못 거북해서다.

—나리께서 제 아이를 데려가신다면…… 저는 물론이고 제 집 아이도 두말없이 따를 것이옵니다.

잘못 들었나 했다. 낭패라면 낭패요, 봉변이라면 봉변이었다. 채신사나워 등에 식은땀이 버쩍 났다.

—거, 묘한 소리를 다 듣겠소.

—언감생심 치어다볼 수 없는 자리인 줄을 제 어찌 모르겠습니까? 제가 죽고 없으면 그 아이는 천지간 가련한 과부요, 고아입니다. 잠자리에 들어서도 뒷날 생각을 하면 그만 가슴이 턱턱 막힙니다. 새벽까지 잠들지 못하고 벌떡벌떡 일어나기를 수십 번 합니다.

—그만하오. 나는 그럴 만한 처지가 못 되오. 그간의 정리를 생각해서 못 들은 걸로 하리다.

이 악사는 엎드린 채 고개를 들지 않았다. 그의 등이 파랑이 일듯 오르락내리락했다.

—내 이만 돌아가리다. 밖에 동애 있느냐?

자리를 박차고 일어서는 내 서슬에 악사가 고개를 들었다. 그의 주름진 눈가가 번들거렸다. 나는 그 눈물을 못 본 체했다. 아니, 못 보았다.

악사에게도 안의는 타관이나 다름없다. 말 못 하는 늙은 수모와 어린 계집애가 자리를 바꾸었으나 의지로 삼기는 어려울 테다. 변고가 생기면 짐승과 도적이 우글거리는 세상에 청상인 손녀딸만 남기고 가는 셈이다. 별의별 상상을 다 하였으리라.

"기왕 올라왔으면 잠깐이라도 비 긋고 갈 요량이지, 내뺄 작정을 하더란 말이냐?"

그래, 늙은 노인을 벌주어 무엇 하랴.

동애가 놀라서 나를 쳐다본다.

"저도 그리 말해보았습니다만, 차마 뵐 낯이 없다 하며 요번에 앓아누웠을 제 의원을 보내주시어 몹시 황송하고, 또 여러모로 송구하단 말씀 올려 달라 하였습니다."

"가서, 이 악이 여직 있거든 이리로 안내하거라."

"예? 아, 예."

동애가 등을 보이며 빗줄기 속으로 사라진다.

"주안상 올릴까요?"

홍섭이 눈치 빠르게 묻는다.

"그래야겠다."

촘촘하던 빗살이 성근 발처럼 듬성듬성해지고 있다.

*

"오랜만에 인사 올립니다요."

이 악사는 뺨이 홀쭉해지고 좀 야위었다. 얼굴에도 수심이 자욱하다.

"원기는 돌아온 것 같으오?"

"덕택에 속히 털고 일어났습니다. 앓고 난 뒤라 몸이 조금 가벼워졌을 뿐입니다."

"다행이오. 조섭 잘하여 병 키우는 일이 없어야지."

"행여 풍증이 들면 집의 아이가 감당키 어려울 일이라 속으로 걱정이 컸습니다. 나이도 있고, 몸져누워 있으려니 온갖 생각이 꼬리를 물고 이어져 끊어지지가 않더군요."

"왜 아니겠소. 나도 기력이 없는 날엔 관례 전인 작은아이놈 걱정부터 드오. 손자도 아직 안아보지 못했고……. 허어, 내 실없는 소리를 하는구려."

천지간에 달랑 외손녀 하나 둔 노인이다. 살다 보면 제 사정에 급급해

460

남의 처지 깜빡하기가 예사다. 앉은뱅이 앞에서 애 업고 달리니 무겁단 엄살을 해댄 셈이라. 역지사지가 이래서 어렵다. 추위와 배고픔을 모르는 고관대작이 무너진 움막 굴뚝에 연기 오르지 않는 형편을 모르는 이치와 같다 하겠다.

"아닙니다. 혼사가 남았으니 근심이 크시지요."

긴하지도 궁금하지도 않은 안부 몇 마디를 주고받으니 나눌 말이 더 없다. 마침 상 들여오는 홍섬과 자월이 기특하다.

내 앞에 하나, 이 악사 앞에 하나, 각각 외상을 내려놓는다. 또, 그 옆에 각각 무릎을 세우고 앉는다.

상에는 젓갈에 버무린 김치와 호박전, 편수를 한 접시씩 올렸다. 술동이에는 주먹만 한 표주박을 띄웠다.

"더운 날이라 탕 대신 녹두죽을 곁들였습니다."

첫 사발을 죽 들이켠다. 좀 쉬었던 터라 술이 달다. 재성이 올라간 뒤로 술을 입에 대지 않았다.

이 악사는 술도 안주도 영 시원찮게 깨지락거린다. 기방아이들을 꺼리는 티도 난다.

"너희는 물러가 있거라. 필요한 것이 있으면 용석이를 부르마."

홍섬과 자월이 서로 눈짓하며 밖으로 나간다.

나는 책가도 병풍 속, 문방 기물들과 비파와 청동화로를 건성 더듬으며 악사가 입 떼기를 기다린다. 그는 사발을 들어 입술을 적시는 둥 마는 둥 한다.

"혹…… 소문을 들으셨는지 모르겠습니다. 하 진사 댁에서 제 손녀아이를 데려가고 싶다 하였답니다."

대강 짐작하는 일이지만 대놓고 밝히니 당혹스럽다.

"하 진사가 정중히 청해오면 믿어볼 만한 상대이지 않소?"

반은 진심이다. 한두 번 마주쳐 속속들이 알겠는가마는 하 진사라면 경제로나 명망으로나 장차 의탁할 곳으로 나쁘지 않다. 어쩌면 차선의 방편이 될 수도 있겠다.

"그 댁에 청루 여인이 이미 첩으로 들어가 살면서 남매를 두었다 합니다. 정실마님 먼저 가셨달 뿐 노마님 정정하시고, 첩실 버티고 있고, 아래로는 며느님 둘을 보았다는군요. 운신이 편편치 않을 것이 우려됩지요. 지체 높으신 분이 제 집 아이를 애틋하게 봐주시는 거야 고마운 일이나, 온반 냉반 가릴 수밖에 없는 내막이 이만저만합니다."

"거, 참."

"거절도 어렵고 물리치기도 어렵고, 이 늙은이로선 진퇴양난입니다. 그 바람에 집의 아이도 얼굴이 반쪽이 되었습지요. 마음 움직이지 않으니, 아니, 제 마음 제 것이라며 한 발짝도 꼼짝하지 않겠답니다. 들어가라고 떠밀었다간 무슨 일을 낼 듯 완강합니다. 원래 분별이 또렷한 아이이나, 어른 말을 거역할 만큼 법도 없이 자란 아이도 아닙지요."

말을 보태기도 어렵고 빼기도 어렵다. 묵묵히 술 사발을 든다. 그러자 악사가 갑작스레 두 손바닥으로 방바닥을 짚고서 머리를 조아린다.

"한 번 더 살피시어, 나리께서 거두어주시면 아니 되겠는지요?"

탁. 나는 사발을 소리 나게 내렸다.

"딱하오. 정말 딱하오."

"송구스럽습니다."

"내 오늘 이 말도 못 들은 것으로 하리다. 다만, 다음에는 영 아니 볼 것이오. 그리 아오."

그가 힘겹게 고개를 주억거린다.

"비 그쳤구려."

자리를 파하자는 뜻이다.

"기력이 부치면 동애를 부르리다."

"아니옵니다."

그가 급히 손사래를 쳐 사양한다. 나는 뜰로 눈길을 돌려 아무든지를 찾는다. 용석이란 놈이 무엇을 낚으려는지 긴 장대로 물속을 쑤시며 어슬렁거리고 있다.

"게, 용석이는 냉큼 오너라."

녀석이 냅다 장대를 던지고 내달려온다.

"쉰네 대령입니다요."

빗물에 세탁을 하였나, 새 여름옷을 얻어 입었나, 간만에 입성이 끼끗하다. 관아의 통인아이들 모두 옛 풍속대로 쌍상투를 틀라 일렀는데, 놈

463

만은 새끼 꼬듯 머리를 땋아 내렸다. 저가 모시는 상전의 분부보다 남의 고을 구실아치들이 오랑캐다 어떻다 하는 무식한 놀림을 더 무서워라 해서다. 무릎 꿇려 잡도리할 것까지 있겠는가. 대충 넘어간다.

"동애에게 가서 손님 가신다고 일러라."

"알겠습니다요."

이 악사가 체념한 듯 자리에서 일어난다.

"물러가옵니다."

앉은자리에서 고갯짓으로 그를 배웅한다.

홀로 앉아 동이에 남은 술을 마저 비우는데, 아차차, 악사가 두고 간 매화분이 눈에 들어온다. 아니다. 마음에 들어온다.

어쩌자고 거기 앉아 계신가.

무단히 갈팡질팡하는 새, 비 그친다. 회양목 아랫동아리에 옹기종기 모여 비 피하던 참새들이 쨱쨱쨱 운다.

너희도 나를 타박하느냐?

*

아랫샘골 유가가 붙들려 왔다.

유가는 고리탑탑한 촌사람과는 달리 견문과 학식이 약간 있고 의술에 밝다 하여 가까이 두고 가족처럼 편히 지내온 터다. 화근거리를 진즉 알

464

아보지 못했으니 아랫사람들 보기 창피하다.

소송장을 살펴보니 유가가 남편 있는 여인을 겁간했다는 내용이다. 남편의 주장인즉, 아내가 앓아누워 유가에게 진맥을 부탁했는데 이후로 치료를 빙자하여 들락거리다가 마침내 자신이 외지에 가고 없는 틈을 타 완력으로 처를 범했다는 것이다.

"유가가 의원의 탈을 쓰고 환자를 낫게 하기는커녕 더 큰 병을 안겼습니다. 제 처는 그날로부터 저를 볼 낯이 없다며 벽 쪽으로 돌아누운 채 식음을 전폐하였사옵니다. 저러다 진짜 생목숨이 끊어질까 조마조마하온데, 유가는 뻔뻔스럽게도 아내가 오히려 저를 유혹했다느니, 온힘을 다해 뿌리치지 않았다느니, 저희 부부를 두 번 죽이는 거짓말을 퍼뜨리고 돌아다닙니다. 죄를 가려 엄벌하여 주십시오."

고소인 쪽의 진술과 정황 증거가 정연하고, 옷가지도 제대로 수습하지 못한 채 허둥지둥 고소인의 집을 뛰쳐나오는 유가를 우연히 목격했다는 이웃사람의 증언이 대체로 부합하는 데 반해, 유가는 상대를 탓하거나 구질구질한 변명을 늘어놓았다.

어쨌거나 상대는 남의 아내요, 병자다. 만에 하나 여인의 저항이 없었다 하더라도 저 또한 처자식을 둔 자로서, 또 의술로 아픈 사람을 돌봐야 할 자로서 있어서는 안 될 일을 버젓이 저질렀다. 그 죄가 가볍지 않다.

그가 수령인 나와의 친분을 과신하며 겁 없이 죄를 범했다면, 이는 나를 능멸한 것이기도 하다. 더더욱 용서할 수 없다.

경상감영의 의옥을 재심할 때 유사한 사건을 보았다. 함양 사는 장수원이란 자가 곁방살이하는 한조롱이란 처녀를 겁간하려다 미수에 그쳤다. 처녀는 스스로 못에 몸을 던져 죽음으로 명예를 지키고자 했다. 한조롱이 힘으로 밀어붙여 겁탈하려는 장수원을 필사적으로 막아낼 때 뽑힌 머리카락이 손안에 증거로 남아 있었다. 그럼에도 교활하고 완악한 그자는 처녀가 자신을 유혹했다는 무고로 판관을 속이려 했다.

장수원의 경우는 치사致死의 죄율로 처벌받아야 마땅했다. 직접 처녀를 물로 밀어 넣지 않았더라도 원한이 맺혀 죽음에 이르게 한 책임은 명백히 그에게 있다. 반성의 기미가 없을뿐더러, 한조롱의 어린 남동생이 의지가지없는 가련한 고아가 되어 살길이 막연해졌는데도 구호의 정조차 비치지 않았다. 단순히 처녀를 위협하고 협박했다는 정도의 죄율을 적용하기에는 온당치 않았다.

유가의 죄 또한 명명백백하다. 그에 해당하는 죄율을 적용한바, 장형으로 다스렸다. 얼마 전까지만 해도 때로 한솥밥 먹으며 시시덕거리기도 하던 관졸들이 곤혹스러운 낯으로 곤장을 쳤다.

매를 맞고 옥에서 밤을 샌 유가를 풀어주기 전에 내가 말했다.

"오늘 꼽아본즉, 네가 내 곁에 있은 지 햇수로 사 년째더구나. 그렇건만 네가 이런 사람인 줄 알지 못했다. 이는 내 잘못이다."

"죽을죄를 지었사옵니다요."

"바른 행실은 남자 여자 공히 필요한 덕목이다. 앞으로는 네 몸과 마음을 잘 단속하여 이 같은 불미한 일이 다시 없도록 하고, 어디 가서 무슨 일을 하든 매사에 근신하며 지내도록 하라."

유가는 머리가 좋고 판단이 빠르다. 다시 저를 부를 일 없으리라는 내 말뜻을 잘 알아들었을 것이다.

| 청맹과니의 노래 |

늙은 악사가 오동나무 묘목을 꽂고, 아름드리 기둥 베어 악기 만들기를 고대하였답니다. 하늘이 야속하여 벌 나비 이 꽃 저 꽃 붕붕 나니는 것 보지 못하고 고향 뒷산에 들었다지요. 옛 동산 지척이나, 북망산천은 흰 구름 쉬어 넘는 영마루 머나먼 타향입니다. 해로가薤露歌를 올려야 할까요.

"부추 잎에 맺힌 이슬은 수이 말라 사라져도 내일 아침이면 다시 내리건만, 사람은 한 번 가면 어느 때 돌아오려는가."

상두꾼이 마지막 길노래를 메기는군요.

"호리산蒿里山은 그 누구의 집터인가. 죽은 자의 넋 거두는 데 잘난 사람 못난 사람 구분 없건만, 저승사자는 어찌 그리 재촉하는가. 사람 목숨 조금도 머뭇거릴 수 없구려."

길가에 나와 섰던 이웃노파가 구곡간장 에는 만가輓歌에 눈물짓습니다. 환한 대낮에도 눈앞이 깜깜합니다.

*

수수 물빛 돌멩이를 손안에 넣고 아이처럼 조몰락조몰락, 흙반죽 뭉쳐 놀듯 놉니다. 방바닥에 굴려도 보아요. 깎은 구슬처럼 둥글지 않으니 줄눈 치듯 똑바로 구르지 못합니다. 그나마도 두어 뼘 못 가 우뚝 멈춰 서는군요.

살 그리운 밤 무르팍 상하도록 엽전 굴렸다는 청상과수를 야릇하다 여겼어요. 제 소일거리가 되고 보니 남 이야기 함부로 내리깎을 일 아닌 줄 알겠습니다.

섭이가 눈치를 줍니다.

"아씨도 참."

우세스럽다 핍박하며 자기 쪽으로 굴러간 돌멩이를 움켜 반짇고리에 집어넣어버리네요.

"지난번 관우 사당 구경하는 대목에 책 읽어주는 전기수傳奇叟가 나오더만요. 제가 요따만 할 때 저자에서 동냥하며 몰래 엿듣다가 머리끄덩이 잡혀 끌려나왔단 얘기, 저가 하였던가요?"

"내가 책만 잡으면 그 소리잖니? 오늘 또 하였으니 아흔아홉 번째야."

"피이, 아홉 번도 아니 읽어주시고선. 그나저나 제 글공부는 언제 시작한대요?"

"누가 들음 과거공부라도 하는 줄 알겠다."

"제가요, 뭐 하나 달고 나왔어만 봐요."

섭이가 제 주먹을 배꼽 아래에 갖다 붙이고서 의뭉하게 웃습니다.

"너야말로 남세스럽다."

"서당에 가 보면요, 글공부하기 싫은 놈 꿇려놓고 회초리 치고 딱밤 멕이고……. 그런다고 수백수천 글자가 그 좁아터진 머리통에 들어가요. 억지로 시킬 게 아니라 하고 싶은 놈을 시켜야죠. 글 배웠다고 고귀하게 되는 것도 아닌데. 양반님들은 왜 그걸 모르실까요?"

나날이 배포가 커져 이제는 양반님을 예사로 허물합니다. 저 말대로 글을 배웠더라면 괘서掛書[103]라도 써 붙였겠어요. 이야기를 조르는지라 『열하일기』에 나오는 대목을 네댓 차례 소리 내어 읽어주었답니다. 재미가 들렸는지 요새는 언문을 가르쳐달라 조르는군요.

"근데요, 전 도무지 상상이 안 가네요."

"생기지도 않은 일을 지레짐작하여 울고불고하는 애가, 뭐가 상상이 안 간다는 게야?"

"나리님이 그렇게 웃기는 분인 게 참말로 신기하여요. 진짜 저기 저 동헌 나리님이 쓰셨대요?"

하다하다 별소리를 다 하는군요.

*

"아이고, 아씨! 아씨!"

어지간히 급한 일인가 봅니다.

섭이는 마루 끝에 붙어서 있고, 댓돌 아래에는 동리 아이 하나가 짚신 켤레를 양손에 나눠든 채 숨을 고르며 섰습니다.

---

103 비판을 위해 무기명으로 내건 글.

"저기요. 여기 할배가 쓰러져서……."

"쓰러지시다니, 어디서 쓰러지셨다는 말이니?"

"누각 앞 모래밭에요. 주저앉아 못 일어나시더라고요. 어떤 어른이 저더러 집에다 알리라 보내셔서 냉큼 달려온 거고요."

지체할 시간이 없어요. 구르듯 마루를 내려와 마당을 가로지릅니다. 앞서 달음박질치는 아이를 뒤쫓아 대문 밖 골목을 내달립니다. 그때 맞은편에서 한 무리가 달려옵니다. 낯익은 장정 하나가 할아버지를 들쳐업었군요.

제 미투리를 들고 뒤따르던 섭이가 곧바로 몸을 돌려 집 쪽으로 뜁니다. 저도 장정 곁에 붙어 집으로 향하고요. 저 앞쪽에 동애가 달려오고 있습니다. 얼마나 반가운지요. 얼마나 안도하였는지요.

섭이는 벌써 사랑 방문을 활짝 열어젖혀 두고 이부자리를 내리는 중이고요.

"이쪽으로요. 이쪽이에요."

두세 사람이 할아버지를 안거니 받치거니 하여 요 위에 눕니다. 섭이가 얼른 머리 밑에다 베개를 괴어 넣습니다. 동애가 사람들을 헤치고 들어와 할아버지를 살피는군요.

"애, 의원 알지? 가서 얼른 모셔오렴."

"예!"

목을 빼고 눈으로 끼어들던 동리아이가 냅다 대꾸하며 돌아섭니다.

웅성거리던 사람들도 발길을 돌릴 참입니다.

"가세들. 여게 있어봤자 거치적거리기만 하지."

"그래, 갑세다."

"욕보오."

"저도 그만 갈랍니다."

할아버지를 업었던 장정이 마지막으로 돌아섭니다. 기특하게도 섭이
가 그들을 배웅하며 일일이 인사를 차리는군요.

"아이고, 아저씨. 고맙습니다요. 아저씨도 고맙구면요. 나중에 주인어
른 정신 차리시면 따로 인사드릴거구면요. 살펴가셔요, 멀리 못 나가요."

동애와 저는 할아버지의 팔다리를 양쪽에서 주무르며 의원 당도하기
만을 기다립니다.

저는 참 못난 사람입니다. 쓸모없는 사람이에요. 꿔다 놓은 보릿자루
나 다름없어요. 그저 황망하여 동동거릴 뿐 미더운 손이 못 되는군요.

섭이가 없다면, 동애가 없다면 저는 어찌하였을까요. 생판 모르는 사
람들이 제 부모처럼 소매 걷어붙이고 도와주지 않았다면 할아버지는 한
데서 무슨 변을 당하셨을는지요.

"아씨."

동애의 목소리가 하도 묵직하여 차마 쳐다볼 엄두가 나지 않는군요.

"마음 단단히 잡수십시오. 의원이 와봐야 알겠지만, 아무래도……."

손도 입도 떨려 진정이 되지 않습니다.

"제발······ 아무 말 말게. 의원이 올 때까지······ 있어주게. 그래주게나."

"염려마십시오. 우선 아씨, 숨부터 깊게 들이쉬시고, 내쉬시고······ 예, 그렇게요."

그의 말대로 숨을 깊이 들이쉬고, 길게 내뱉고, 다시 들이쉬고 내뱉습니다.

저는 조금씩 진정이 되어가나, 할아버지께서는 여전히 눈을 뜨지 못하십니다. 그나마 맥이 잡히고 가슴팍이 오르내리고 있어 얼마나 다행스러운지요.

*

엎디어 절하고, 엎디어 절합니다.

제 탓입니다. 제 두터운 업장[104]이 화를 불렀어요. 차라리 저를 벌주시고, 할아버지 단밤 주무신 듯 눈 뜨게 해주소서.

좋이 삼천배를 하였으나 할아버지께서는 깨어날 기미를 보이지 않으십니다.

이 나락을 벗어날 수 있을는지요.

---

104 과거의 악업에 의한 가로막힘.

정신 놓으신 지 사흘째입니다. 꿈쩍도 않던 눈까풀이 파르르 떨리는 듯합니다. 찰나의 환희심이 솟구쳤습니다만, 이내 절망감으로 돌아서고 맙니다.

나흘째입니다. 왼손 중지와 약지가 꼼지락하여 기대감에 부풀었다가 곧 좌절하고 말아요.

아니 들린 소리 들은 것 같고, 아니 본 것 본 것만 같습니다. 손톱만 한 변화가 없음에도 달라지신 것 같다 우기며 일희일비를 자초해요. 이 모두 제 원願으로 인한 환청이요, 환시요, 착각이라는군요.

섭이도 초주검 직전입니다. 틈틈이 사랑을 들여다보는 동애가 그 애의 애로를 헤아려주지 않았다면 버티기 더욱 어려웠겠지요. 누구의 팔목이라도 붙잡고 투정하고 고자질하고 애원할 수 있는 섭이가 부럽습니다.

"아씨마저 쓰러질까 무서워 죽겠어요. 어떻게 좀 해봐요, 오라버니."

동애인들 무얼 어떻게 해볼 재간 있겠는지요.

할아버지께서는 연세 적지 않음에도 원체 양생에 무던할뿐더러, 부르는 곳곳 마다않고 다녀오셨어요. 저야 우려하는 마음뿐 무심하였더랍니다. 적극적으로 만류할 염을 못 내었지요.

—네 맘 안다. 내 살살 다니마.

—며칠씩 객잔에서 주무시는 일은 접으시고 하룻길만 응하시지 그러셔요?

—부르면 가야지. 어디는 가고, 어디는 못 간다 그러기 쉽잖다. 한번

거절하고 힘들다 미루면 일이 끊기고 말아. 고을고을에 웬만한 악기쟁이나 소리꾼 한둘은 다 있지. 이 할애비는 악원 출신이라 이만큼이라도 대우받는 게다. 기운 있을 때까진 움직일란다.

미리미리 여축해두어야 훗날 편히 눈 감는다고도 말씀하셨지요. 이 또한 제 잘못입니다. 벽에 이마를 찧고만 싶습니다.

할아버지께서 위급하셔도 저는 섭이만도, 동애만도, 부지깽이만도 못합니다. 불효막심하기 이를 데 없어요. 이마저 하늘이 제게 내리는 벌인가 봅니다.

할아버지께서는 엿새째 날에 와서야 기미를 보이십니다. 유심히 살피지 않고는 모르고 넘길 정도로 근근이 눈까풀을 끔뻑이시고, 중지와 약지도 까딱하시고요.

"저예요, 은용이에요."

"아이고, 할아부지. 섭이여요, 들리세요?"

할아버지의 손을 잡아 제 뺨에 갖다 댑니다. 감각을 못 하시는지 핏기 없는 앙상한 손이 맥없이 이불 위로 떨어집니다.

"할아버지, 눈 좀 떠 보세요."

초점 없는 눈동자로 허공 어딘가를 응시하시는군요. 이조차 힘에 부쳐 다시 눈을 감으시네요.

"으, 흐, 흐……."

입술을 달싹이시기에 얼른 귀를 갖다 댑니다. 가쁜 숨소리가 흩어질 뿐입니다.

"아씨, 무얼 가리키시는 것 같아요."

할아버지의 손끝을 따라가니 서각 한쪽에 놓인 지함이 눈에 들어옵니다. 그것을 가까이 당겨와 덮개를 엽니다. 직접 엮으신 악보집이 맨 위에 있고, 봉서와 착착 접은 문서 등속이 차례로 나옵니다.

"그, 그⋯⋯."

할아버지께서는 희미한 눈짓과 느릿한 손짓으로 마침내 원하는 물건을 가려내시고도 더 말씀을 잇지 못하세요. 남은 기운을 다 써버리신 듯 미동을 않으십니다.

"할아버지!"

"할아부지!"

할아버지의 눈에서 한줄기 눈물이 흘러 귀를 적십니다.

직감합니다. 마지막인 것을요.

칼로 새기듯 명료한 각성의 순간입니다. 가슴 저미는 동통과는 별개로, 차디찬 결의로써 홀로서기에 나서야 함을 깨닫습니다. 천명을 받들 듯 받아들일 수밖에 없는 산 자의 숙명임을요.

*

생베옷에 새끼줄로 허리띠하고 나무비녀 꽂습니다. 각오하였던 일이 너무 빨리 닥쳤습니다.

상주는 천수답 도지 받아간 이 아무개의 아들을 세웠습니다. 여남은 살이나 될까 말까 한 사내아이에게 우장雨裝 같은 소복 입히고 한 자 높이 굴건 씌운 건, 간신히 명맥 이어가는 성씨붙이 화수회花樹會[105] 어른들이랍니다.

인정도 품앗이라 하지 않던가요.

할아버지께서는 조실부모하여 일찍 출향하였습니다. 느직이 귀향하였으나 팔촌 이내 겨레붙이라곤 남지 않은 데다, 새로 터 잡은 지도 네댓 해에 불과합니다. 속없이 너나들이하기에는 이웃 간 쌓은 정이 원만하지 않습니다.

그러함에도 할아버지 성품이 박하지 않으시고, 전례典禮 악원으로 갖춘 예도가 몸에 배어 딱히 입길에 오를 구실거리를 만들지 않으셨어요. 하여선지 상청이 삭막하지만은 않습니다.

동계에서는 차일이며 멍석이며 향료며, 장례에 필요한 상구喪具를 내어주었어요. 가내 만사 제쳐두고 저희 정지로 달려와 준 아주머니가

---

105 같은 성을 지닌 사람들의 친목 모임.

477

있고, 생면부지나 다름없음에도 제 처지를 동정하여 노구를 이끌고 들른 향촌 어른이 계십니다. 악기를 끌어안고 드나들었던 관기들은 동기 간 같은 우의를 보여주고요.

사람 사는 곳 어디에나 잡음이 생기게 마련이지요. 누군가는 아슬아슬한 언행으로 할아버지의 일생을 매기는군요. 또 다른 누군가는 모질고 억센 말로 제 행실을 곡해하여 가뜩이나 바늘방석에 앉은 저를 혼절 직전으로 몰아갑니다. 말 죽은 데 체 장수 모이듯, 상갓집 품앗이는 구실입니다. 노느니 구경나온 것이겠어요.

일일이 대응할 수 없으니 저는 벙추요, 농자聾者요, 청맹과니입니다. 소심한 묵빈대처默賓對處 또한 도로 아미타불이 되고 마는군요. 한차례 회오리 돌아치듯 소요가 일어난 때문입니다.

"아니 할 말로다, 이 댁 노인장, 손녀 처신 두고 시름하다 가신 거지요. 만분다행, 노상 변고는 피하였다지만 그렇다고 호상이라기엔 좀……. 안 그래요?"

아니 할 말을 구태여 내뱉는 심사는 무엇일까요.

저는 정지 부뚜막 위로 달아낸 다락에 향갑을 찾으러 올라가 있었답니다. 하필 그을음 더께 진 널빤지 틈새로 그 아니 들어 좋을 말을 엿듣고 말았지요. 목소리만으로 누구인지 가려낼 수 없기도 하지만, 모르는 편이 차라리 낫겠더군요. 물건 찾기를 멈추고 숨을 죽입니다. 졸지에 다락에 갇힌 생쥐 꼴이에요.

"소문으로 듣다 내 오늘 멀찌가니 보았지 뭐예요. 인물 반반하고, 비파인지 가야금인지 악기 다루는 솜씨 제법이라 하고, 게다가 청상과수에 무자식이라. 가만히 두긴 아깝지 아까워. 늙었건 덜 늙었건, 글 읽었건 읽다 놓았건, 사납네 하는 재력 세가 호색한이라면 짜하게 이름난 청루기생 넘보듯 안달 내겠더만요. 저 우대 고을 좌수인지 진사인지는 중신아비 보냈다 퇴짜 맞고도 몸소 바리바리 예물 싸들고 와 졸랐다질 않아요?"

"그래서, 어찌 되었다데?"

"쫓겨 갔다데요. 콧대가 여간 높아야지. 하긴 나라도…… 에이, 말을 말아야지."

"뭔 말을 하다 말어, 말길?"

상대가 솔깃해서 채근하니 말뜸을 더 들입니다.

"거 뭣이냐, 좀 거시기하여서……."

"옳아, 뭐가 있긴 있어. 그치?"

"아까, 본관나리께옵서 향 사르는 거 봤어요? 봤죠? 한낱 상민 악사 상청에 친히 왕림하시다니, 울 사또나리 백성 긍휼히 여기는 정이 여간 깊은 게 아니데. 국량이 남다르신지라…… 에구머니나, 이게 뭐람? 웬 물난리야?"

아낙이 새된 소리를 지릅니다.

"그딴 걸레짝 같은 헛소리 지껄이려고 품앗이 왔어요? 가요, 가. 썩 나가라고요."

섭이예요. 충정은 가상하나 목소리가 워낙 짱짱하니 영위靈位 모신 사랑에 들릴까 조마조마합니다.

"아니, 이 새파랗게 어린년이 어디서 행짜를 놓아, 놓길! 네깟 년도 믿는 구석이 있다, 이거야? 시방?"

"왜, 개짐 구정물 한 동이 더 뒤집어써야 그 더런 주둥일 닥치겠소?"

"아니, 이 배라먹을 년이!"

"맞소. 나 비럭질할 때 식은 꽁보리밥이라도 한 덩이 줘 봤소?"

"아지매들, 봤지요들? 이 새까맣게 어린 종년이 어른을 아주 깔아뭉 개고 자빠졌소."

"참말로 자빠뜨려 깔아뭉개기 전에 썩 꺼지라고요. 상가에 와서 울어 주지는 못할망정 벼락 맞아도 쌀 허튼소리 나불대지 말라고요."

또박또박 암팡진 대거리야 민망한 노릇입니다만, 볏 세운 투계처럼 뒤쪼는 저 아이가 새삼 듬직합니다.

"가소, 가. 잘잘못 따져 뭘 하나. 시방은 그쪽이 가는 게 맞네. 어여 가!"

누군가 수습에 나서주는군요.

"그리고 애, 너도 성질머리 좀 죽여야겠다. 날이 날인 만큼 손은 바삐 움직여도 터진 입은 꾹 닫아야지."

살그머니 다락을 빠져나옵니다.

엉겁결에 향갑 대신 수로手爐를 들고 내려왔네요. 백동으로 만든 작은 손화로예요. 어느 해 겨울날 어머니와 함께 남산 외가에 다니러 갈 때 가마 안에 넣고 곱은 손 쬐던 기억이 납니다.

—이 화로는 네 외할머니께서 다림질할 때 쓰시던 거야. 식은 인두를 꽂으면 벌겋게 달아오르지.

무슨 조홧속일까요. 가마득히 잊고 있던 물건을 눈앞에 보다니요. 우연일까요, 넌지시 알려주려는 뜻일까요.

어머니도 할아버지 가시는 길 배웅하고 싶으셨나 봅니다. 황망하고 설운 중에도 그리던 마음 못 이겨 열명길 마중 나오신 모양이에요.

혼백 되어 부녀 상봉하시는 날이라 여기렵니다.

| 조락 凋落 |

북망산은 저 중국 낙양과 황하 사이에, 호리산은 태산 남쪽에 있다. 북망산에는 영웅호
걸과 절세가인의 무덤이 많고, 일반 백성은 죽어 호리산에 묻힌다. 가의, 두보, 석숭 등이
북망산에 잠들었고, 백제 의자왕, 부여융, 고구려 연개소문의 두 아들도 그곳에 묻혔다
전한다. 조선인으로 두 산에 오른 이가 몇이나 될까. 그럼에도 해로가, 호리곡 같은 만가
挽歌로 남아 죽으면 으레 가는 곳을 대신하는 이름씨가 되었다. 공경대부의 상여가 길을
틀 때면 해로가를, 범부의 상여가 나갈 때는 호리곡을 부른다. 사람이 나면서 신분이 갈
리는 것은 제도의 답습이려니와, 누구나 죽어 한 줌 흙으로 돌아가는 것은 천명이다. 빈
부귀천을 따져 노래를 달리한다고 가는 곳이 다르겠는가. 봉분을 높인다고 산 백성을 호
령하겠는가. 부질없는 일에 재물과 기운을 쏟아부으니, 다들 그렇게 해야 잘하는 줄 알
아서다.

*

둘째 종간이 상투를 틀었다. 올해 열여섯 살이다.

막내 취급을 받다가 치렁한 의관을 새로 갖추고 초례를 올리니 본인도
어쩔 줄 모르겠던 모양이다. 초행 당일 전안례 奠雁禮서부터 좌왕우왕하
다가, 긴장하여 뻣뻣이 굴다가, 멋쩍어하면서도 몰래 벙싯거리더란다.

종간의 장인 유영은 왕명을 받들어 『춘관통고』를 편찬한 유의양의 장

남이다. 사돈 유영은 『주역』에 조예가 깊고, 문장과 저술의 재주가 있어 『춘관통고』의 편찬에 많이 기여했다. 그의 부친 유의양은 또, 내 벗 황승원과 처남매부 간이다.

유의양의 둘째아들로 종간의 처숙인 유화는 문장과 학식이 부형 못지않다. 다만 내 눈에는 우아한 멋이 덜하다. 돌고 돌아 옛 벗과 인척으로 얽히니 세월이 가볍지 않다. 인연이란 참으로 모를 일이다.

새아기는 상이 갸름하고 살짝 앞짱구다. 새침하고 총명해 보인다. 말을 시켜보았더니 응대하는 것이 내 자식보다 조리 있다. 한편 다행스럽고 한편 걱정스럽다.

아내가 살아 있어 며늘아기를 함께 맞았으면 좀 좋았겠는가.

내가 장가들던 때를 생각하니 만감이 교차한다. 아내는 나의 부족함을 묵묵히 감당하고 메워준 여인이다. 장인과 처숙, 두 분은 나를 만든 스승들이셨다. 처남 재성은 그로부터 내 아우요, 평생의 지기지우다. 이번 혼사에 처남댁의 노고가 크다.

아무쪼록 종간에게 신실한 인연의 복이 충만하기를 바라 마지않는다.

*

관찰사가 또 갈렸다. 안의에 내려와 세 번째다.

감사가 부임하여 첫 도내 순시를 할 때는 물론, 매해 순력 때에도 가야산 해인사에서 묵는 게 관행이다. 내륙 군현의 수령들이 감사의 행선에 맞춰 자연스레 해인사로 모이는데, 해안가 지방 원들의 궐석은 하는 수 없다. 길이 멀고 험해 마중 나오기가 쉽지 않은 까닭이다.

　신관이 이를 섭섭히 여기면 해당 수령뿐 아니라 그 고을 토착민들에게까지 여파가 간다. 감사의 붓에 고과가 가름되니 물량공세로 결례를 만회하고자 한다. 궁궐에 진상할 특산품을 감영에 넣을 때 정해진 양을 초과해 올려 입막음하는 것이다. 징수하는 과정에서부터 강압과 협잡이 동원되는 일이 허다하니, 결국 죽어나는 건 공역에 시달리는 백성들이다.

＊

　경상도 일흔여 고을 중 이번 상견례 겸 환영연에 모인 수령은 여남은 남짓이다. 선산부사 이채, 거창 현령 김유 그리고 나까지 세 사람은 새로 내려온 감사 이태영과 예전에 서소문 밖 평계에 살 때부터 알던 사이다. 알고 지냈다 하여 무작정 반갑기만 한 것은 아니다. 직위가 다르니 불편한 구석이 생긴다.

　아무튼지 공은 공이요, 사는 사다. 명색 순력이다. 공무의 위엄을 갖추느라 천년 사찰에 군대의 깃발들이 펄럭이고 무장한 군사들이 늘어섰다.

　감사는 융복에 전립을 쓰고 한 손에는 등채를 잡았다. 당상에 올라 나름 격식을 차려 각 고을 수령에게 농사 작황과 다스림에 어려움이 없는 지를 차차 묻는데, 제법 영이 섰다.

각 수령들이 돌아가며 맡은 고을의 사정을 밝히고 폐단을 토로하건만, 나는 그저 듣기만 하다 감사의 지목을 받기에 이른다.

"안의현감은 어째 아무 말씀이 없으시오? 백사百事, 여일如一하신 게요?"

"설마 백 가지 일이 다 형통하오리까? 폐단이 하나 있기는 하나 바로잡을 방책이 도통 떠오르지 않습니다."

"한번 들어볼까요?"

"군사제도에 관한 것입니다. 만약 저 임진년(1592) 때처럼 왜구가 갑작스럽게 쳐들어온다면 속오군은 향청의 좌수가 이끌고 관할 진관으로 달려가게 되어 있습니다. 현감 휘하에는 단 한 명의 군졸도 남기지 않고 말입니다. 그러니 장차 이 일을 어쩌면 좋겠습니까?"

"박 안의라면 묘수가 있을 테지요?"

"혹자는 아전과 노비로 군대를 조직하여 성을 지키면 되지 않느냐고 말하겠습니다만, 안의는 아전과 노비를 다 합쳐도 그 수가 이백 명이 채 되지 않습니다. 평소 훈련을 받은 적도 없고 칼과 창도 없으니 제갈량이 다시 살아난대도 묘책이 없을 것입니다."

"딱하게 되었소이다."

"형세가 그러하니 관아 뒤 대숲으로 달아나 숨을 수밖에 없겠지요.

485

그럴 경우 필시 『강목』의 서술방식에 따라 '안의현감 박아무개가 성을 버리고 달아났다'고 대서특필할 터이니 이 어찌 지극히 원통한 일이 아니겠습니까? 하물며 안의는 고을이 생긴 이래 돌 한 조각 쌓은 일이 없거늘, 처음부터 버리고 달아날 성이 있는 것도 아니지요. 이것이 저의 가장 큰 걱정거리입니다."

그제야 우스개인 줄 알고 모인 사람들이 떠들썩하니 웃어댄다.

"박연암의 언설은 하나도 녹슬지 않았습니다."

두어 수령은 내 말을 곧이곧대로 믿어 심각한 표정을 풀지 않고 있다가 뒤늦게 멋쩍어하며 웃는다.

첫인사 자리가 그런대로 화기롭다. 모두 홀가분한 마음으로 평복으로 환복하고 연회 장소로 옮겨 앉는다.

"모처럼 한자리에 모였으니 회포를 풀어야지요."

차일을 치고 다담상을 죽 차려놓은 것이 구름을 펼쳐놓은 듯 성대하다. 퉁소소리와 북소리가 초장부터 요란하다. 염불은 관심이 없고 잿밥에 눈독을 들인다더니, 공무보다 여흥이 정성스럽다.

술이 몇 순배 돌자 누구랄 것 없이 옛날로 돌아간다. 예법과 계통을 따지지 않으니 술자리가 더욱 방만하다. 권커니 잣거니 잔 비우기 바쁘고, 운 띄워 시 재촉하기를, 마치 도박판에서 돈을 걸라 독촉하듯 한다.

내가 흥겨우면 남의 형편을 살피지 않는다. 취하고 토하고 껄껄 웃고 아무나 끌어안는 산사의 풍류가 무람없고 무도하다.

해인사는 신라 때부터 내려오는 큰 가람이다. 천년 세월 동안 여러 차례 큰불로 당우가 소실되고 중수되기를 반복했다. 가까운 경자년(1780)에도 여러 요사와 전각 수백 칸이 화마에 스러졌다. 법사 성파가 5년여에 걸쳐 중건하여 현재에 이르렀다.

내 본시 집 짓는 일에 호기심이 많다. 홀로 절간 여기저기를 거닐며 구경한다.

축대 아래쪽 터인지 위쪽 터인지에 따라 전각의 기와와 기둥과 단청의 물색에 차등이 있다. 불길에 휩싸였거나 요행 비껴갔거나 하는 데서 생긴 결과다.

해인사는 『화엄경』의 해인삼매海印三昧에서 유래한다. 화엄의 교의로 세운 도량으로서 지난 왕조까지만 하여도 해동 제일의 국찰國刹이라 자긍하였다. 국호와 법제가 바뀌고도 왕실 내명부의 비호와 원조로써 법보 종찰宗刹의 지위가 굳건하건만. 아서라, 영고성쇠가 덧없구나.

오늘에 이르러 적멸지도의 긍엄함은 어디가고, 즐비하게 늘어선 부속건물은 장터목의 객주처럼 속기를 내뿜는다. 봄철 가을철이면 절집이 으레 여관 술집이 된다. 관기만큼이나 많은 승려들은 온갖 잡역에 동원되는 것으로도 모자라 허구한 날 들이닥치는 과객 양반 뒤치다꺼리에 분주하다. 중노릇 아니라 중노미[106] 노릇인 게다.

뿐인가. 산길 제 발로 못 가노라 엄부럭 쓰는 골골 샌님 나부랭이들을 가마채로 져 나르니, 점잖게 일러 대사大師요, 선사禪師다. 실상은 말하는 나귀요, 골짜기 타는 숫염소가 아닌가. 더군다나 오만하고 방자한 벼슬아치들은 살생을 금하는 불법에 개의치 않고 고기 누린내를 풍긴다. 개울의 물고기마저 훑어 매운탕을 끓여 질탕하게 마시고 논다. 아뿔싸.

산문 밖인들 다르랴. 조선이 억불하여 나날이 위세가 떨어지기로서니, 같잖은 민가의 코흘리개조차 아비뻘, 할아비뻘 되는 납자더러 까까중대가리라 놀림하고 달아난다. 물바가지를 뒤집어쓰기도 하고, 빨래터입 건 아낙들에게 붙들려 희롱을 당하기도 한다.

시절이 야박한지라 고승 대덕은 깊은 암자로 자취를 숨기고, 혈기 방장한 비구는 바랑 메고 저자 탁발 나가 차라리 돌아오지 않기도 한다. 승방 지키는 비구들만 죽을 맛이다. 염불 공양은커녕 칠성당 뒷전무당 신세나 다름없다.

이러이러하니 절 식구들 눈에는, 요귀보다, 요귀를 밟고 선 사천왕보다, 양반 행락객이 더욱 무시무시할 게다.

발길 옮기다 보니 장경판전藏經板殿 앞이다. 현판을 올려다보며 들어갈지 말지 망설일 때다.

---

106 객주에서 잡일을 하는 남자.

후드득후드득.

멀리서 나는 것도 같고, 가까이서 들리는 것도 같다. 나뭇가지 타드는 소리 같기도 하고, 풀숲에서 새 날아오르는 소리 같기도 하다. 밥 짓고 물 긷는 불목한들이 가는 소리인가? 쓰게 웃다가 문득 뒤가 켕겨 돌아다보니 늙은 대사가 땅에 지팡이를 꽂고 서 있다. 암자로 향하는 길인지 내려오는 길인지 알 턱 없다.

"오래오래 전 일입니다. 남명 조식 선생이 소를 타고 이 절에 들르셨답니다. 팔월 보름날 이곳에서 동주 성제원이란 분과 만나기로 하셨더랍니다. 약속대로 두 분이 앞서거니 뒤서거니 당도하셨다지요. 두 분은 밤새 정좌하고 민생을 이야기하셨답니다. 남명 선생은 지리산에 은거하는 처사이고, 동주 선생도 관직을 떠난 처지였습니다. 두 선생은 올라오는 길 단청 같은 수림이며, 화공이 그린 듯한 능선일랑 다만 눈에 넣었을 뿐 입에 담지 않으셨다 합니다."

하릴없이 팔만장경판전을 기웃거리는 내게 대사는 절집에 내려오는 고사를 넌지시 던져주고 멀어져간다. 그 길이 약사전으로 이어지는지 명부전에 이르는지 또한 알 길 없다. 다만 노승의 복심이 물속의 조약돌처럼 훤히 들여다보인다.

이보시오, 대사.

그를 불러 세워 벼슬아치들의 풍류 난장 능멸한 죄를 따져 묻는다면, 이 절에 난폭한 양반 과객의 고사를 새로이 얹는 일이겠다.

가을색이 짙다. 단풍과 국화가 계곡물에 어리비친다. 지금 도백과 예하 수령이 단합하여 술잔을 세고 율시를 짓는 것이 민생에 당장 보탬이 되겠는가.

시끄럽다. 입 다물어라.

노승이 하고 싶은 말일 것이다.

*

이서구가 유배지에서 편지를 보내왔다. 적소는 경상도 영해부다. 반갑다가도 처연한 마음이 인다.

그는 지난여름 전라감사에서 파직되었다. 진휼이 미흡해 도내의 여러 고을에서 굶어죽는 백성이 속출했다는 어사의 감찰 보고가 올라간 때문이다.

나는 가으내 서울로 합천으로 오르내리느라 체력이 바닥났다. 요 며칠째 묵은 학질을 다시 앓느라 이불을 포개 덮고도 추워서 덜덜 떨며 숨을 몰아쉰다. 궁지에 처한 그를 돌아보지 못하는 핑계가 쩨쩨하다.

몸이 마음을 따라가지 못한다. 어제오늘 일 아니다. 최근 삼, 사 년 새 툭하면 잇몸이 들뜨고, 시고 짜고 덥고 찬 것에 따라 각기 다른 통증이 나타나 뭘 마시고 씹기가 여간 조심스럽지 않다.

그예 지난가을 왼쪽 어금니 하나가 빠져나갔다. 엊그제부터는 오른쪽 어금니도 시원찮다. 간신히 잇몸에 붙어 있는 이가 이야기하고 숨 쉬는 중에도 잘그락잘그락 소리 내며 붙었다 떨어졌다 하는 상태다. 마치 마른 나뭇잎이 나뭇가지에 매달려 연연하는 것 같더니만, 드디어 오늘 아침, 달랑거리는 어금니를 혀로 밀었더니 쏙 떨어지는 게 아닌가.

아침햇살이 비치는 창가로 가서 빠진 이를 자세히 들여다보았다. 뼈도 아니고 돌도 아닌 데다, 붙어 있는 뿌리라고는 너무 얇고 흐물흐물해서 평생 그것에 의지해 힘과 원기를 얻었다고 하는 것이 믿기지 않는다.

누렇고 흉한 이를 손바닥에 얹어 놓고 이리저리 살펴보고 있는 내가 우스꽝스러운지 뒤에서 킥킥하고 웃음 참는 소리가 났다. 관인官印을 맡아 지키는 아이다. 열서너 살 치고는 덩치가 좀 작다. 내 침실에 딸린 곁방에서 잠을 자며 자잘한 심부름을 맡아 한다.

"이눔아, 왜 웃느냐?"

"빠진 이는 지붕 위에 던지면서요, 까치야 까치야 헌 이 물어가고 새이 갖다 다오, 하는 거라 들었습니다요."

"예끼! 네가 날 놀리느냐?"

"이크."

짐짓 두 눈을 부라리니 비둘기처럼 제 가슴에 머리를 처박는다. 젖도 떼기 전 어미를 잃어 여러 관비들 손에 자란 아이다. 눈망울이 크고 겁이 많아 조금만 목소리가 커지면 움찔 어깨가 오그라드는 것이 한심하고 측은하다.

"윗사람을 놀렸으니 벌을 주어야겠다."

"잘못했습니다요."

"오늘 저 먹 하나는 다 갈아야 할 것이니라."

그제야 희롱한 줄 알고 파초 속잎처럼 말린 어깨를 펴며 혜실거린다.

"헤헤, 알겠습니다요."

근래 녀석이 밤마다 잠꼬대를 심하게 했다. 뭐라고 외쳐대는 소리가 문을 넘어오는데, 아마 제 딴엔 서운하거나 억울한 일을 품고 있다가 온통 제 세상인 꿈속에서야 용기를 얻어 시비곡직을 밝혀보는 모양이었다.

힘들고 고단해도 마음 기댈 데가 있으면 수월하거늘. 천지간 가장 불쌍한 존재가 어미 없는 어린 것, 그중에서도 천출의 자식이리라. 관아에 붙어 있어 배곯지 않는 것이 어디냐 하기도 좀 그렇고 그렇다.

아이에게 먹을 잔뜩 갈게 하고, 해월이 가져온 미음 한 대접을 비운다.

초가을에 집의 아이 혼사를 치르느라 서울에 갔다가, 공의 큰아우 작은 아우 두 진사를 만날 수 있어 귀양살이 소식을 대략 들었소이다.

내 비록 영해를 보지는 못했지만, 아마도 천하의 동쪽 끄트머리이겠지요. 위로 푸른 하늘과 아래로 파란 바다가 마치 아교로 붙이고 실로 꿰맨 듯이 맞닿고, 낙지나 인어일 뿐이니 누구를 이웃으로 삼으리오?

누가 내 소매를 뒤에서 잡아당기는 듯 글씨가 쓱쓱 나아가지 않는다.

지난 사 년 수령으로 지내며 기름진 고기반찬으로 배불리 먹고 맑은 정취 가득한 별관에서 신선처럼 지냈음에도 노쇠는 어쩔 도리 없고, 객지살이는 나날이 서글프기 짝이 없다.

상자평처럼 자녀의 혼사도 이미 다 치렀고, 도연명처럼 집 정원에는 소나무와 국화가 아직도 그대로 있는데, 어찌하여 나는 오래도록 밥이나 탐하는 늙은이가 되어 홀로 텅 빈 관아를 지키고 있는지 모르겠소. 다만 매화가 아내처럼 다정스럽게 안방을 떠나지 아니하고, 새로 작은 화분이 따라와 그 시녀가 되었다오.

잠시 팔을 쉬느라 허리를 펴자 악사가 두고 간 매화가 눈에 들어온다.

꽃은, 언제 피려나.

매화와 난과 국화 중에 으뜸을 고르라면 단연 매화다.

*

겨울이 성큼 다가섰다.

저녁에 잠깐 방바닥이 미지근하다 새벽이 되자 한기가 올라왔다. 잠을 설쳤을 뿐 아니라 그예 고뿔이 들었다.

아이더러 물으니 땔나무를 넉넉히 넣었다 한다. 한마디 하려다 입을 닫는다. 가을걷이 끝내고 한숨 돌릴 만할 때 고래를 새로 켰다는데도 여전히 쇠구들이다. 무슨 일이든 한 번에 제대로 해내기가 이리도 어려운가.

콜록거리니 수청 드는 아이가 항용[107] 마시던 구기자에 꿀을 타서 준다. 한 사발을 다 비웠더니 배가 부르다.

나이 탓이려나. 앓는 소리를 내지 않으려고 애쓰긴 하는데 짜증을 다스리지 못해 자주 찌푸리게 된다. 내가 인상을 쓴다는 걸 시중드는 아이가 돌려서 말해주었다.

아랫사람들이 눈치를 보며 안절부절못하는 것 또한 꼴 보기 싫건만. 나는 객지살이에 진력이 나고, 저들은 책잡히지 않으려 가급적 숨소리 발소리를 내지 않는다. 서로가 일 년을 더 견뎌야 하는구나.

눈길 닿는 곳곳이 모다 황량하다. 목마른 새들이 날아들며 부리를 찍고 가는 돌확에도 살얼음이 끼었다. 제집처럼 동헌 마당을 돌아다니던 고양이와 살진 쥐들도 작정 마룻장 아래로 피난했는지 눈에 띄지 않는다.

대청과 연못가에 내다놓았던 화분들을 여러 날에 걸쳐 방으로 들였다. 병풍에, 서안에, 책자에, 이미 한쪽 구석자리를 선점하고 있던 매화 분까지, 너른 방이 복닥복닥 콩 시루 같다.

---

107 늘.

화분이 다닥다닥 붙어 가지가 얽히고 잎끼리 맞붙은 것이, 마치 식구가 붙어 옹기종기 한방에 모여 있는 것도 같다. 서로 조금만 움직여도 살 닿는 단칸방에 자식들 끼고 살던 시절이 아득하다.

제 짝 맞춰 잘 살기만을 바랐으나 내 복이 거기에 미치지 못했다. 큰딸아이와 큰며느리를 먼저 보냈다. 아내는 두 아이보다 한 해 일찍 떠났으니 명운이 박한 중에도 참척의 아픔만은 겪지 않았다.

그러한들 어찌 다행이랴 여기랴. 바로 좇아온 아이들을 저승에서 만났을 터. 그곳에서도 애가 터지고 가슴이 찢어졌겠지. 산발을 하고 울부짖었겠지.

윗목의 매화분을 눈으로 어루만진다.

가까이 있는 대상은 차마 취하지 못하고, 멀리 떠난 혼령은 하마 닿지 않는구나.

불끈 주먹을 쥐고 무릎을 편다. 방을 나서니 밖에는 삭풍이 불고, 이른 눈발이 희끗희끗 날리고 있다.

495

| 이후以後의 일 |

누각에서 아래를 내려다봅니다. 큰비가 지나가고, 아직 퇴각하지 않은 바람은 강안에 늘어선 버드나무들을 사납게 태질합니다. 산발한 여인이 울부짖으며 몸부림치는 것 같습니다. 물에 휩쓸려 떠내려온 온갖 허섭스레기들이, 더러는 나뭇가지에 걸리고, 더러는 바위틈에 끼어, 마치 어살에 갇힌 물고기가 살점이 떨어지도록 퍼덕이는 것 같습니다. 수십 만 군병이 물밀어오듯 들이친 환난에, 누군가는 가뜩이나 변변찮은 살림살이를 잃었겠고, 누군가는 몸 뉘던 집을 잃었겠고, 또 누군가는 놓아먹이던 가축을 잃었겠지요. 단 하나, 하늘이 두 쪽 나더라도 잃어서는 아니 될 그 단 하나를 잃은 누군가는 강기슭 돌밭에서 목 놓아 울겠지요. 쑥대머리 되도록 발버둥질하겠지요. 문득 강가의 수양버들이 여인으로 변하여 누각을 올려다보는데, 아, 비로소 꿈속인 걸 알았답니다.

*

"화로에서 꺼낸 쇠는 무릅니다. 모루에 올려 메질을 할수록 단단해지지요. 사람은 그렇기도 하고, 아니 그렇기도 합니다만."

애초에 무른 사람이라도 한 번에 나가떨어지기도 하고, 나가떨어졌다가 다시 일어서기도 하고, 두세 번을 끄떡없기도 하고, 일고여덟 번 나동그라져도 부도옹 不倒翁처럼 오뚝오뚝 일어서기도 한다는군요.

동애가 저를 딱히 여기며 종용하는 말입니다. 마음 야물게 먹으란 잔

496

소리이겠고요.

돌이켜보니 대책 없이 살았더군요. 구곡 절벽 *끄*트머리에서 구르지 않으려 두 다리 힘주어 버티었다 싶으나, 곰곰 따져볼 것도 없이 제 깜냥으로 발을 뗀 적이 없었어요. 그때그때 어진 이들이 나서서 길 밝혀주고, 발 딛고 설 굳은 땅 나눠주었던 거예요.

곁에서나 멀리서나 밤낮 제 편이셨고, 늦지 않게 저를 구난하셨던 할아버지께서는 이 엄동의 지하에서 발이나 편히 뻗으실는지요. 불초여손, 회한의 눈물 뚝뚝 떨어뜨린들 제 부처님이 돌아오시겠는지요. 뒤늦게 뉘우칩니다.

"저 같은 천더기야 개똥밭에 구르고 땡감을 따 먹은들, 목구멍에 낟알 넘어가고 비바람 피할 수 있으면 그만이지만요……."

섭이는 부쩍 어른스러워졌어요.

"오라버니도 알다시피, 울 아씨는 한양서 귀히 자라신지라 저자 물정에 어두우세요. 차차 사나운 꼴이라도 보면 불감당일 게 뻔하다구요. 말 안 통하는 상사람 붙잡고 사정해봤자 저어기 광풍루 기둥 붙들고 읍소하느니만 못할걸요? 자기네들 손안에 땡전 한 푼 쥐여주면, 희어도 검다며 망발도 불사할 것이고요. 울 아씨는 나처럼 악도 못 쓰고 대지르지도 못하거든요. 고스란히 덮어쓰기 알맞다니까요. 그니까 오라버니. 나, 길게 말 더 안 해요. 응?"

어르고 으르니, 마당쇠 부리는 청지기 재목감입니다. 지엄하신 나리

댁 겸인을 하찮은 제 집 문지기로 삼을 기세예요. 엉터리없는 허튼소리가 면구쩍으면서도 제게는 단소리입니다. 몇 끼 걸렀다 요기한 듯 배부릅니다.

섭이의 단속이 부쩍 댕돌같아진 건 일전에 병곡 아저씨가 다녀가고부터입니다.

잇속에 눈이 멀면 신의 따위 젖은 종이쪼가리만 못하나 봅니다. 할아버지 무덤의 흙이 마르기도 전에 소작논의 소유권을 바로잡겠다며 건너왔더군요.

—날세.

아저씨는 사랑 쪽을 힐끗 쳐다보고는 굳이 안채 마루에 걸터앉았습니다. 해를 넘겼다고는 하나 상 치른 지 겨우 두어 달 안팎입니다. 인사치레조차 건성이요, 집안 기물을 살피느라 눈 가늘게 뜨고서 짧은 목 휙휙 돌려대기에 급급하더군요. 하필 방문이 열려 있었더랍니다. 문지방 너머를 두루두루 휘젓는 눈길이 영 거북하였어요.

—자개문갑에, 해주반닫이에……. 방세간 갖춘 걸 보니 조카는 있이 사는 태가 나네그랴. 한양 친정이 명색 나랏일 보던 가문이라 그런가, 별실 여식이래도 시집보낼 때 박하지는 않았던가 보이.

구태여 출신을 적시하는 의도는 제 기를 눌러보자는 데 있겠고요. 아랑곳하지 않으면 그만이라 대꾸하지 않았습니다.

―눈을 높이긴 쉬워도 낮추긴 어렵지. 촌구석이라 상점엔들 별 게 있나. 입에 넣는 것이든 팔에 걸치는 것이든 웬만해선 자네 성에 안 찼겠네. 뭐, 울 아재가 노구에도 악기 짊어지고 며칠씩 회연하는 데 쫓아댕기느라 고생을 많이 하셨지.

섭이가 마실 거리를 내어왔습니다. 벌건 낯으로 입술을 비쭉이는 것이 제 눈에 들어오더군요. 저번처럼 불뚝하여 감주 사발 내동댕이치는 일은 없어야 할 텐데요.

아저씨는 감주를 털어 붓듯 들이켜고는 헛기침을 해댔습니다. 그러고는 본론을 꺼내었지요.

―거, 내가 농사짓는 논 있잖은가?

―예.

―앞으로는 내 알아서 씨 뿌리고 거두고 할 테니 그리 알고 있으라고.

험험. 밑도 끝도 없는 말을 던지고는 다시 헛기침으로 무마하였고요.

―무슨 말씀이신지요?

―뭔 말이냐믄…… 뭣이냐, 이제 그 논은 내 논이다, 그것이여.

―그 논이 왜……. 저는 금시초문입니다만.

―아니, 아재 생전에 내랑 의논하기를, 장차 당신 가시면 내가 상제 서기로 하고, 그러면 아재는 그 땅을 내게 주기로 하고. 그랬으니 그렇다고.

아저씨는 저를 보지 않고 멀찍이 마당 한구석에 웅크리고 있는 누렁이를 노려보며 남의 말 옮기듯 읊더군요.

— 매매문기賣買文記가 있으신지요?

— 하 참. 조카가 말귀를 못 알아듣네그랴. 아재랑 내랑, 구두로다, 말로다, 그리 정했다고. 내 마누라랑 아들놈도 들었다니까. 굴건 쓰고 상제 섰잖어, 그놈이?

억지에, 생색에. 과문한 탓인가요, 논 주고 상제 산다는 말은 처음 들었습니다.

— 할아버지 계실 제, 그 건에 대해서 아무런 언질이 없으셨는걸요?

— 허허, 답답허네. 그게 그럴 수밖에 없었지. 아재가 졸지에 정신을 놓으실 줄 어찌 알았겠나. 그리고 그처럼 빨리 가실 줄 몰랐지. 명토야 느긋이 박아도 된다고 여겼지, 논 나한테 준단 말 나왔을 참에만 해도. 그때 그 말이 유언이 될 줄 아재가 알았겠나, 내가 알았겠나? 점쟁이가 아닌 다음에야 앞일을 어떻게 내다보아?

그간 공히 정한 소작료도 제때 성실히 건네받지 못하였습니다. 아무려나, 창졸간에 상제 선 공덕이 있으니 사례는 지난해 소작료로써 갈음하고자 마음먹고 있었어요.

— 그런데 어쩌나요? 올해부터는 다른 논을 알아보셔야겠어요.

— 뭐라? 시방 무슨 헛소린가? 아재가 느닷없이 졸하셨지만 약속은 약속이지. 내가 상중인 질녀에게 없는 말을 지어 하겠는가, 엉?

— 그럴 리가 있겠어요. 단지 그 논은 임자가 따로 있기에 말씀드리는

거예요.

　─뭐? 뭐라고? 거 무슨 날강도 같은 소리야?

　─할아버지께서 그 논을 다른 사람에게 파셨더군요. 물론 저도 이번
에 유품을 보고서야 알았지요. 저도 몹시 놀라고 당황하였고요.

　─그 논을 말도 없이 딴 놈한테 넘겼다고? 언제? 내가 버젓이 농사짓
는 중에 팔아넘겼으면서 내게서 도지를 받으려 한 거야, 그럼?

　숫제 할아버지를 의혹하더군요. 낯 두꺼운 자를 길게 상대해서 무엇
하나요.

　─매매문기가 나왔어요. 마지막에 잠깐 맑은 정신으로 돌아오시어
유언하시고 눈을 감으셨거든요.

　─문기가 있다고? 대체 그따위 말도 안 되는 문기가 어디서 튀어나
와? 어디, 보여 봐. 봐야, 내 믿든지 말든지 할 것 아니야?

　아저씨가 왈칵 성을 내니 낯빛이 소금물에 담근 풋감처럼 누르락푸르
락하였지요.

　─아저씨가 논을 받기로 한 사정이 틀림없다면 필시 매수한 쪽이 가
짜일 터이니 관에 고발하여 곡직을 가려야겠군요.

　그때, 댓돌 주위를 알짱대고 있던 섭이가 불쑥 끼어들더군요.

　─그럼요. 우리 사또나리께서 명명백백 가려주실 거구만요.

　저 애가 어쩌려고. 또 감히 나리를 입에 올리다니요.

　아저씨는 쳐든 주먹을 부르르 떨기만 할 뿐, 차마 휘두르지는 못하였

습니다. 송곳눈으로 섭이를 호비듯 째려보더군요.

그날은 그렇게 끝이 났습니다. 소득 없이 돌아가는 아저씨의 뒷모습이, 전들 개운하였겠는지요.

*

할아버지께서는 새벽잠이 없으셨어요. 밤잠을 설쳐가며 긴장하여도 거의 언제나 할아버지께서 저나 섭이를 앞지르셨답니다.

기침하셨구나. 소세하시는구나. 싸락싸락…… 마당에 비질하시는구나.

내다보면 마당비 지나간 자국이 날줄처럼 가지런하였지요. 벌써 놋화로에 차 달여 음미하시거나, 기르는 화초에 물을 주시거나, 혹은 누런 잎을 떼고 계시지요.

할아버지뿐이겠는지요. 제 이름 다정히 불러주신 분들이 모다 떠났습니다. 언니뻘 점이는 멀리 살고, 용수댁은 꿈에도 출입하지 않는군요. 문득 문고리 흔드는 소리 들려 사방을 두리번거리다가 우두망찰합니다.

하늘이 베푼 연은 이리도 짧고, 홀로 지새는 날들은 고방의 먼지처럼 쌓여갑니다.

이후지사以後之事를 공교히 내다보신 덕을 입었다 할까요, 할아버지

빈자리를 거두는 데 뜻밖의 어려움은 없었습니다. 뜻밖이라면, 병곡 논마지기를 다른 누구도 아닌 동애 앞으로 돌려놓으신 일이겠지요.

동애로부터 뒷이야기를 전해 들을 때만 해도 의구심이 생기더군요. 호수好手인 줄 여겼다가 악수惡手로 귀결되는 일이 왕왕 있으니까요. 방도가 없으니 할아버지의 궁여지책을 따를 밖에요. 결국은 동애를 믿어야 한다는 것이지요.

할아버지의 사십구재를 올리고 절에서 내려오던 날이었답니다.

—제 입으로 말 옮기기가 마땅치 않은 것 같습니다만, 아씨가 아셔야 하니까요.

—말 보태지 않을 사람인 줄은 내 이미 아네. 그러니 빼지도 말게. 자네가 아는 대로 밝혀주게나.

—지난가을입니다. 산에서 어르신을 우연히 만났습니다. 그날…….

반짝 짚이는 일이 있었습니다.

—잠깐만. 산이라면, 혹시?

—용수 아주머니 묏자리 살피러 올라갔습지요. 심마니들이 산사태로 토사가 쓸려 내려와 금년 채삼採蔘은 망쳤다니 어쩐다니 떠들어쌓기에 날을 잡았는데, 그날이 장날이었던 모양입니다. 뫼터 둘레 잡풀을 어지간히 쳐냈을 때쯤 어르신이 올라오시질 않겠습니까요.

—할아버지께서 거기를?

―예. 저도, 어르신도, 놀랐습지요. 잔이 하나뿐인데 어쩌냐? 그리 말씀하시며 술병을 들어 보이시더라고요. 후딱 풀 마저 베어놓고서, 나란히 묘 등지고 매실주를 나눠마셨지요.

눈앞에 보는 듯 생생하였습니다.

―술 떨어지자 먼 데를 무연히 보시다가 피리를 꺼내 부셨고요. 곡조 마디마디가 어찌나 에이고 구슬픈지, 우짖던 새는 잠잠하고, 저같이 소리 모르는 멍추는 되레 울음이 날 것만 같던걸요.

「청성 자진한닢」을 부셨으려나요. 필경 그러하셨으리라 싶었습니다. 생전에 용수댁은 그 곡을 들을 때마다 콧물을 훌쩍훌쩍 들이마시곤 하였더랬지요.

―어르신이 피리를 내려놓더니 불쑥 말씀하시는데, 솔직히 처음엔 그 말씀을 왜 저한테 하시나 싶었습니다요.

―뭐라 하셨기에?

―병곡 그자가 눈 가리고 아옹 하는 자라 나 없으면 보나마나 논 가로챌 궁리를 할 걸세. 알랑거리다 안 되면 생떼를 부려서라도 털어가려 할 것이고. 전번에 홍 진사를 쏘삭질해 우리 애 업어갈 일 꾸민 것도 다 그놈 짓인 걸, 내 알면서도 덮었네. 어디 일가라고 나서는 자가 그자뿐이겠으며, 넘볼 것이 고작 전답만이겠는가. 욕심 많고 그악스러워 우리 애가 상대하기 버거울 게야. 그러니 자네가 막아주었으면 하네. 딱 이렇게 말씀하셨습니다요. 저야 어안이 벙벙해서 무슨 말씀인지, 어찌 답해

야 할지 모르겠더군요.

　—자네는 외지 사람이고, 또 머잖아 나리 뫼시고 돌아갈 사람인데 그리 말씀하셨다니……. 이곳 인심이, 아니 명색 내 일가붙이 인정이 참 지질하고 고약해서 자네 볼 낯이 없네.

　—아씨 탓이 아니라 야박한 세상 탓이지요. 마음에 담아두지 마십시오.

　—우리가 자네 신세를 많이 지네.

　—그리고 이 매매 건은 호방어른이 알고 있습니다요.

　—호방이? 믿어주던가? 혹여 나중에라도 모르쇠할 수 있고, 저쪽으로 쏠릴 수도 있지 않겠나?

　—호방어른은 실제 거래한 것으로 알고 있습지요. 제가 그 면전에서 동전 궤를 열어 보여주었습니다. 그간 저희 나리 댁에서 먹고 자고 하는데도 별도로 새경을 주시기에 차곡차곡 모았노라 했습고요. 아따 어느 자린고비가 제사 지내고 지방紙榜 태워 없애기 아깝다고 기름에 걸어뒀다 해마다 꺼내 쓴다더니, 자네도 그 못지않은 구두쇠일세그려, 하던데요.

　동애가 뒤통수를 긁적이며 덧붙이더군요.

　—아, 그 동전 궤는 어르신이 미리 제 손에 맡겨두신 것이고요. 그래야 의심 많은 호방이 믿을 거라 하시면서요.

　할아버지다우셨어요. 철두철미하기가 여느 책사 못잖으셨네요.

　덕분에 저는 참혹함 속에서도 어찌어찌 숨 쉴 만합니다.

| 여일 餘日 |

지난해 7월 14일부터 갠 날이 시작되어 섣달 28일까지 크게 가물더니 29일에서야 처음으로 비가 내렸다. 그 후 지금까지 비가 그치지 않으니 이전에 보지 못하던 현상이다. 봄이 오고서도 날이 추워 영남 일대의 꽃과 대나무가 모두 얼었다. 늦봄이 되고도 풀과 나무가 꽃 하나 피우지 않고 있으니 괴이한 일이다. 가을보리는 이미 말할 것이 없게 되었고, 봄갈이마저 비가 자주 오는 탓에 한식 전에 파종하기는 그른 듯싶다. 일찍 파종한 것은 문드러져 싹이 올라오지 않는다. 가을일이 몹시 걱정된다.

＊

예순 살이 되니 매사에 의욕이 생기지 않는다. 딱딱하고 질긴 음식은 젓가락으로 건드려보다 말고, 무르거나 후루룩 들이켜는 것만 찾는다. 먹는 즐거움이야 그렇다손 치더라도, 콧숨을 크게 들이쉬어도 가슴이 꽉 막힌 듯 갑갑한 이 노릇은 어찌하누. 자다가도 가슴이 벌떡거려 깨곤 한다. 이러다 풍증이 오려나, 여간 신경이 쓰이는 게 아니다.

여러 해 전부터 의원에게 맥을 짚어보고 약첩을 지어먹기도 했으나 별 차도가 없다. 굴대 빠진 물레방아가 삐걱거리다 서듯, 잔병이 큰 병 되고, 큰 병이 종당에 손 쓸 수 없는 상태가 될 테다.

수종하는 아이가 내게 권한다.

"경암 대사의 의술이 정미하다 들었는데 그를 불러 병증을 의논해보심이 어떠하실는지요."

"나날이 승속僧俗이 모호해져 근자에는 절을 지키는 날이 드물고, 훌쩍 저자로 타지로 떠돌기 일쑤라 하더구나. 수소문해도 여러 날 이상 걸리지 않겠느냐?"

아이가 눈웃음으로 얼버무리고 다시 권하지도, 다른 방책을 내놓지도 않는다.

아서라, 말자꾸나. 살살, 내 조심하며 지내는 수밖에 없겠다.

성가신 일이 한두 가지가 아니라 몸이 자꾸 처지는 것인지 모르겠다. 삼도수군통제사가 별안간 운韻을 내어 시를 지어 보내라 편지하질 않나, 「숭무당기」를 재촉하질 않나, 마치 맡겨놓은 보따리 돌려달란 격이다.

숭무당은 충무공 이순신 장군의 위패를 모신 통영 한산도 충렬사 별각別閣이다. 통제사 이득제가 자리 갈려 떠나기 전에 글 새겨 현판을 걸려고 채근하는 것이다. 군이 남의 글로 생색을 내려는 처세가 얄팍하거니와, 붓을 들기만 하면 국수 뽑듯 글줄이 뽑아져 나오는 줄 여기니 갑갑하다. 글을 모르는 사람일수록 글이 쉬운 줄 안다.

요즘은 내 몸이 편치 않고 마음 또한 삭막하여 깊게, 길게 생각하기가 싫다. 싫으니 꾀가 난다. 재성더러 「숭무당기」를 한번 지어보라고 할까. 도저히 글을 구상할 수 없는 탓에 혹여 그의 글을 보면 반짝 떠오르는 것이 있을까 싶어서다.

재성은 얼마 전에 딸을 여의었다. 빠듯한 살림에 혼사 비용 마련이 만만찮았을 터인즉. 아무러나, 재성의 처가 수완이 없지 않으니 무사히 잘 치렀겠지.

종의의 편지에 의하면 이번에 본 사위가 인물이 좋고 의젓하다지. 겉만큼이나 속이 옹골차다면 고모부인 나로서도 바랄 나위가 없겠다.

*

설 쇠고 곧 아내의 기일을 지내고, 이리저리 동당거리다 보니 또 내 생일이다. 낳으시고 기르신 부모님이 애틋할 뿐, 육십 노인 귀 빠진 날이 무어 대수라고 수선을 떨겠나. 멋었다, 멋없어. 특히나 올가을쯤이면 임기가 끝날 테니 딴생각할 겨를이 없다. 창고 둘러보랴, 장부 맞춰보랴, 예비하고 단속할 것이 첩첩이 쌓였다.

생일 낮때에 한양 갔던 구실아치가 큰아이의 편지를 가지고 돌아왔다. 간사한 것이 또 사람마음이다. 날짜 맞춰 소식한 것이 반갑긴 하다. 다들 별일 없이 지냈다니 위로가 된다.

다만 수동 작은누님 병환이 큰일이다. 큰누님과 형님이 떠난 뒤로 진 혈육이라고는 누님 한 분이 남았는데, 구완은 어떻게 하는지 모르겠다.

지난겨울부터 영남에도 비슷한 괴질이 나돌았다. 한 달 새 두세 번쯤

고비를 맞는다는데 누구는 병마를 이겨내고 누구는 숨을 거두었다 했다. 생사가 오락가락함에도 의원은 병증을 짚지 못한다니 참으로 딱한 노릇이다.

약을 쓰고도 회복하지 못한 이가 있는가 하면, 통인 아무개는 차라리 약 쓰지 않고 하늘에 맡겼다는데 지금은 지팡이를 짚고 돌아다닌다. 어느 쪽이 옳은지 알지 못하겠다. 제발 덕분, 누님이 속히 쾌차하시기를 바랄 따름이다.

큰 며늘아기는 해산을 앞두고 있다. 산후조리를 도울 사람이 없어 걱정이다. 아이들 외숙모인 재성의 처가 집에 머물며 살펴주면 좋을 텐데, 부탁하는 편지를 별도로 보내야 할까. 미리 형편을 헤아려주면 어렵사리 말 꺼내지 않아도 되련만. 부탁해야 하는 쪽에서 섭섭한 마음이 드니, 나 역시도 맡기지 않은 보따리 내놓으란 심보 아닌가.

늙으니 느는 건 노파심과 노여움뿐이다. 사소한 일에도 문득 골을 내고서는 돌아앉아 혀를 찬다. 쯧쯧.

생일을 한적히 지내려는데 사람들 눈에는 홀아비 궁상으로 비치는가 보다.

홀로 보낸단 말이 어찌어찌 건너갔는지 거창에 모여 사는 같은 항렬 형제들이 기어이 몰려왔다. 가지고 온 술과 떡 얹어 상을 차려내느라 주방 일감만 늘었다. 기방 앉히고 노닐다 이튿날 느지막이 돌아들 갔다.

생일은 핑곗거리인 게다.

나라고 가만있을 수 있나. 일전에 둘째며느리가 손수 바느질해 보내온 도포와 버선을 몸에 걸치고 광풍루까지 따라 나가 배웅했다.

며늘아기 솜씨 자랑도 할 겸, 뒷방 늙은이 아닌 것을 과시도 할 겸.

*

합천 화양동에 우리 반남 박 씨 선조의 흔적이 남아 있다.

박소 선생은 당대의 세도가 김안로에게 반대하다 파직되셨다. 남양으로 피신했다가 다시 합천 외가로 내려와 우거하다 돌아가셨다. 당시에는 자식들이 어리고 가세가 빈궁하여 고향으로 운구해 장사지낼 형편이 되지 않았다. 외족인 윤씨 문중이 화양동 남쪽 언덕에 조그마한 땅을 내주어 겨우 봉토하고 떼를 입혔다. 이후 선생의 부인께서 서울로 솔가하시자 묘만 산으로 둘러싸인 비탈에 우두커니 남게 되었다.

선생은 다섯 아드님을 두셨다. 환난과 가난 속에서도 다섯 분 모두 벼슬길에 올라 이름난 공경과 어진 대부가 되었다. 홍부인의 헌신이 지극하였던 덕택이다. 그중 넷째 아드님이 나의 7대조이시다. 나의 조부께서 생전에 집안 내력을 자주 되뇌어 주신 터라 무성한 수풀 속 비석에 새긴 함자가 눈에 설지 않았다. 직계 후손의 손길이 여의치 않아 묘 주위에 풀이 무성했다.

내가 가까운 안의현에 내려오지 않았다면 평생에 한 번 오가기가 쉽지 않았을 터. 공무가 한가로울 때 몇 차례 묘를 참배했다. 묘역을 정돈하고 재실을 정비한 뒤 이를 안의현 이청吏廳에서 관리하도록 맡겼더니 말들이 많다.

나를 잘 아는 족형 박윤원마저 잘못된 전언을 듣고 호장戶長더러 축문을 쓰게 했다느니 어쩐다느니 추궁하는 편지를 보내왔다. 아직 한 차례 제사도 올리기 전인데 대체 어디에다 축문을 썼단 말인가. 기가 찬다.

임금님께서 친히 명하신 이덕무 행장 짓는 일은 아직 붓도 들지 못하고 있다. 서가의 책을 마구 뽑아다 흩어놓은 것처럼 머릿속이 가지런하지 않으니.

덕무의 아들 광규가 제 아비의 생애를 서술한 유사遺事를 보내왔는데, 그 또한 탐탁지 않다. 제 아버지 생전의 일들을 잡다하게 뽑아 놓았더라만, 내 보기엔 대수롭지 않은 것들이 대부분이라 귀하게 쓸 자료가 못 되었다.

하잘것없고 별 의미도 없는 사실들을 나열해서야 읽는 이에게 무슨 감명을 주며, 경계로 삼으라 하겠나. 무엇보다 그가 서출이라는 사실을 밝힌 연후에야 글의 요령을 얻을 수 있으리라. 광규는 그 사실을 은근히 뭉개는데, 그것이 자식 된 도리라 여긴 듯싶다. 그 마음을 이해하지 못하는 것은 아니다만, 글쎄다.

지체가 한미하고 비천했음에도 임금님께서 그 재능이 특출함을 알아보시고 각별히 은혜 베풀었음을 강조해야만 그의 비범함이 더욱 도드라질 것인즉.

광규가 요약한 글을 내 행장 짓는 불씨로 당겨 쓸까 했더니, 그만 글렀다.

*

햇수로 다섯 해째 들도록 오직 한자리에 붙어 한 얼굴들을 상대하려니 오늘이 어제이고 어제가 오늘이다. 대저 그날이 그날이라.

서울 집이면 누구든 건너오라거나 내 쪽에서 건너가거나 하여 담론할 수 있고, 아예 조랑말 빌려 타고 개성 금학동 양씨 별장을 들르든지, 내처 연암골짜기로 내빼든지, 아무튼지 발길 닿는 대로 얼마든지 할 테다.

이러구러 네 해를 무난히 버텨왔다. 별일 없으면 초겨울 찬바람 불 때쯤 이곳을 뜬다. 갈 날을 손꼽아 기다리니 날짜가 더디 간다. 괜한 조급증에 나도 모르는 새 게정을 부리곤 하니, 앞에서 예이예이 읍하고 뒤에서 삐죽인들 그들을 탓할 게 못 된다.

비록 한가한 고을이나 일과가 매양 느슨하지는 않다. 『춘추』를 새로이 읽고 육지의 경세책에서 다스림의 도를 구하고자 한들, 내 본디 어둡고

둔하여 경세의 도리는 날로 투미해지고, 다스림은 날로 비루해져간다.

이러니 고을 원 노릇이, 자루 빠진 무딘 낫날로 대강대강 허공을 가르는 게으른 농부의 풀베기와 무에 다른가. 수령은 코뚜레 잡아 풀밭으로 몰아가려는 주인이고, 백성은 죽으러 가는 줄 알고 끌려가지 않으려 뒷발을 땅에 붙이고서 버대는 늙은 소다. 한판 승부를 어찌 가리겠나.

흰 소 등에 올라 산중에 드는 백발노인을 부러워했건만. 소송장의 시비곡직을 가리고, 잡아들인 도둑을 치죄하여 옥에 가두고, 개망나니를 꿇어앉혀 훈계하는 일 따위로 기한을 채우고 있구나. 죽을 맛이다. 어쩌겠나.

와중에도 번갯불이 칠흑 같은 하늘을 번쩍 가르듯, 바야흐로 그럴싸한 글감이 떠오를 때가 온다. 놓칠세라 종이를 펼치고 붓을 잡는다.

"나으리."

에라. 한 글자를 쓰기도 전에 형방이 나를 찾는다. 붓끝에 달린 먹물이 새벽 이슬방울처럼 종이에 똑 떨어져 번진다.

"무슨 일인고?"

"새로 들어온 고발장 사이에 투서 두어 장이 섞여 있습니다요. 읽어 올릴까요?"

공무를 미룰 수 없으니, 쯧쯧. 먹점 번진 종이를 한쪽으로 밀친다.

형방이 소송 문서를 읽어대는데, 중얼중얼 웅얼웅얼 고저장단 없는 단조라 늙은 대처승의 독경소리를 듣는 것 같다.

곁에서 살살 눈치를 재던 통인아이가 짙은 먹에 붓을 적셔 대령한다. 종이 귀퉁이를 비스듬히 잡고 서서 문서에 서명하기를 독촉하는 놈의 표정은 또 얼마나 진지한지. 저 종로 육의전 서기라도 이만할까 싶다.

후딱 끝낼 심산으로 붉은색, 검은색 붓 번갈아 받아 들고 단붓질로 십수 장이나 되는 문서와 장부에 기명하고 날인한다. 마침내 문서더미와 형방을 돌려보내고서 호기롭게 서안을 당겨 앉아보는데…….

아까는, 뭐였더라?

애석해라. 흉중에 떠올라 여투어 두었던 글줄이 그새 휘익, 저 천길만길 지리산 고갯마루로 넘어가고 없다.

붓통에 붓을 버리듯 꽂는다. 일없다, 일없어.

*

동헌으로 작청으로 향청으로, 종일 아전 수십 명이 종종걸음으로 왔다 갔다 한다. 정작 내 안중은 적적하여 단 한 사람도 없는 듯하다. 여전히 마당은 부산스럽되, 내 귀에는 새 지저귀는 소리, 여울물 흐르는 소리가 가득하다. 이명앓이처럼 이것도 귓병이런가. 늙어갈수록 심해지니 어쩌면 좋은가.

악기 연주도, 노랫가락도 시들하다. 이 악사 덕에 안의의 기악이 영남 일원에서 내로라할 만큼 정비됐다. 이제 다잡아 가르치는 이가 없으니

도로 안이해지고 게을러져, 독주는 거칠고 합주는 엉성하다.

죽기 살기로 하지 않는 이상 늘지 않는 것이 공부다. 육예六藝에 고루 통달하기란 아무나 못해낼 일이겠으나, 무어라도 한 가지를 십 년 이상 파고들면 어느 날 홀연 경지에 도달하지 않겠는가.

달리 생각하면, 죽기 살기로 할 건 또 뭔가. 좋아서 하다가도 싫어지면 내려놓게 마련. 기방아이들이라고 저희 좋아서 가무를 시작했겠나. 부모를 고를 수 있는 것이 아니니 죽지 못해 하는 일일 터. 신물이 날 법도 하겠다.

내 아무 말도 말자꾸나. 떠날 해가 되면 수령의 잡도리란 군교와 사령들조차 듣기 싫은 법이다.

입을 봉하고 방문을 걸어 닫는다. 밖의 번잡을 잊고 글씨와 그림을 완상하며 울증을 푼다. 화첩에 든 풍경이며 풍속이 비록 남의 눈과 머리에서 나온 것이나 불현듯 영감이 돋아 내 글 짓는 도리에 도움이 되기도 한다.

옛 벗 정철조의 서첩과 화축이 마침 손에 들어온지라 원 없이 보고 또 본다.

청나라 사람이 그린 대나무 족자도 하릴없이 들여다보는데, 박제가나 유득공은 이 나빙이란 자를 만 리나 떨어져 있음에도 살뜰한 의리로써 맺은 사이라 자랑했다. 그들이 침이 마르도록 추켜세울 때는 아니꼽고 떨떠름했다. 막상 펼쳐보니 그 필법이 몹시 기이하다.

박제가가 이 나빙의 것 말고도 중국사람들 시필試筆을 많이 들여놓은 모양이다. 그것들을 빌려볼 수 있다면 무료함을 덜기에 더없이 좋으련만. 어렵사리 말 꺼내본들 귀한 것을 쉬 내어줄 것 같지 않아, 지난번 안부 편지를 쓸 때 그 말을 쏙 뺐다. 천릿길에 진본이 오다가다 훼손될까 저어하는 그 속마음을 이해 못 할 바도 아니니.

고요와 무료 속에서 산수화를 들여다보노라면 하루 종일 강물소리 요란하여 몸이 흔들흔들, 뱃멀미가 날 듯하다. 몸이 다른 세상 다른 시간으로 날아가니, 그곳에서 나는 강상의 태공인가 보다. 뱃전을 의지하여 태연히 낚싯대를 드리운다.

"나는 여기에도 있고, 저기에도 있는 것인가. 여기의 나도 나이고, 저기의 나도 나인가."

몽롱히 혼잣말한다.

기거동작 지켜보는 눈이 거추장스러워 밖으로 내몰았던 아이가 저에게 하는 말인 줄 여기고서 냅다 소리친다.

"예? 부르셨습니까요, 나리?"

요놈, 필경 침 흘리며 졸고 있었으렷다.

*

    날이 궂다. 비 뿌리다, 진눈깨비 흩날리다, 무슨 봄 날씨가 종일 오락
가락한다.

    <u>으스스</u>하고 쓸쓸하여 일찌감치 구실아치들을 물리치고 내아로 건너
왔다. 공복을 벗고 검은색 가선 두른 웃옷으로 갈아입으니 숨통이 조금
이나마 트이는 것 같은데, 체기가 있는지 속이 더부룩하다. 오후 다과상
에 새쑥 넣어 쳤다며 인절미를 올렸기에 성의를 보아 한 점 집어먹었다.
그것 때문이지 싶다.

    소화를 시킬 겸 뜰을 어슬렁어슬렁 거닐다 보니 어느새 공작관 앞이
다. 네댓 발짝 뒤에서 졸랑졸랑 따라붙는 아이를 세웠다.

    "이애, 너는 가서 화로에 넣을 숯불을 좀 담아오너라."

    며칠 머무르는 손님이 있다면 모를까, 잠깐씩 드나드는 방을 종일 덥
게 하는 건 관아 살림을 축내는 짓이라 금해놓았다.

    "아궁이에도 군불을 좀 넣을까요?"

    "그럴 것까진 없다. 방이 금세 데워지지 않으니 땔감 버리는 짓이다."

    신을 벗고 마루로 오른다. 방문을 여니 여느 때와는 다른 기운이 훅
다가든다. 누가 몰래 다녀갔나. 딱히 털어갈 것 없는 방에 어느 모자란
양상군자가 다녀갔을 리 없고.

    오오라, 그새 주인이 바뀌었구나.

케케묵은 종이 냄새를 밀어내고 맑은 꽃향기가 작은방을 독차지하고 있는 것이다. 악사가 분을 들고 올 때만 해도 가지가 배리배리하여 꽃망울을 맺을까 반신반의했다.

암향暗香 부동浮動이라. 그윽한 향기가 빈방을 떠돌고 있다. 과연 매화요, 그 중에 청매로다.

기특하다. 겨울 넘겨 봄 들어서도 개화하지 못해 글렀구나 했다. 올겨울에는 내가 이곳에 없을 테니 나중을 기약하지 못할 것인즉.

제 말간 낯을 눈맞춤이라도 하고 가라는 수줍음인가. 미리감치 이별 고하는 속 깊은 배려인가.

반갑고도 아쉬운 마음으로 문향聞香할 제, 방 밖에서 둔탁한 소리가 난다. 방문을 여니 통인아이가 숨을 고르고 있다. 숯을 담아 오랬더니 화로를 통째로 안고 왔다.

"재를 긁어내고 닦아 창고에 넣어두었기에 찾아왔습니다요."

묻지도 않은 변명부터 하고 품안에서 편지 묶음을 꺼낸다.

"나리, 한양 갔던 하인이 방금 당도하였사온데, 이리로 오라 할깝쇼?"

"급한 일이 있다더냐?"

"거기까진 잘 모르겠사옵고, 우선 이것 먼저 받아왔습니다요."

"잘했다. 이리 다오. 추가한테는 당장 알릴 것 없으면 들어가 쉬라더라 전하고, 내일 아침 일찍 동헌에서 보자더라 일러라."

"예이, 그리 전하겠습니다요."

편지는 종의가 보낸 것이다. 큰아기의 출산이 어떻게 됐는지 애태우던 중이다.

무사히 사내아기를 출산했다는 소식이다. 여간 다행스럽지 않다. 응애 응애, 갓난아기 우는 소리가 종이에 가득한 것 같다. 세상에 이보다 즐겁고 기쁜 일이 어디 있으랴. 육십이 되어서야 첫 손자를 보았다. 늦어도 많이 늦었다. 손자를 데리고 놀 생각을 하니 흐뭇하고 흡족하다.

다만, 며늘아기의 산후 여러 증세가 몹시 심하다 하니 걱정이 크다. 산후 복통에는 생강나무가 좋다는 걸 누가 알려주었으려나. 큰애가 태어날 때 아내도 산후가 좋지 않았다. 의원의 처방대로 생강나무를 달여 먹였더니 신통하게도 두 번 만에 효험을 보았다.

집안에 애를 많이 받아본 늙은 여종이 있고, 재성의 처도 자주 들여다볼 터이나 마음이 놓이지 않는다. 이럴 때 가까이 있으면 없는 것보다 낫지 않을까마는.

큰애는 편지에 제 자식 생김새를 두고 미목이 수려하다고 썼다.

허허. 기꺼운 중에도 쓴웃음이 난다. 고슴도치도 제 새끼가 제일 곱다지 않나. 삼칠일도 지나지 않은 신생아의 이목구비가 갓 아범 된 눈에 벌써 자랑스러운가 보다마는, 어디가 어떻게 생겼다는 것인지 당최 짐작이 가지 않으니, 원.

그래서? 눈썹이 검다는 것인가, 숱이 많다는 것인가? 눈초리가 올라갔다는 것인가, 갸름하다는 것인가? 눈빛이 순하다는 것인가, 아니면 초롱초롱 정기가 있다는 것인가?

편지로는 손자의 용모를 그릴 길 없어 궁금증이 더해만 간다.

*

종의는 다음 편지에서도 '차츰 충실해진다'느니, '사람됨이 평범치 않아 보인다'느니, 당최 두루뭉술하고 모호한 말뿐이다.

작은아버지 소리 듣게 된 둘째 종간은 한술 더 떠 '골상이 비범하다'고 써놓았더라. 이렇게들 요량이 없어서야.

멀리서 어린놈을 궁금쩍어 하는 할아비를 위해서라도 생김생김을 생긴 대로 구체적으로 일러주면 좀 좋을까.

가령, 이마가 넓다든지, 툭 튀어 나왔다든지, 모가 졌다든지, 정수리가 평평하다든지, 또는 둥글다든지. 천리 밖에 나와 앉아서도 그 모습을 그려볼 수 있게 말이다.

미덥지 않음이 다른 데서도 드러난다.

지난번 하인 편에 곶감 두 첩, 내가 손수 담근 고추장 작은 단지 하나와 쇠고기 장볶이 한 상자를 함께 보냈다. 두 아이 모두 거기에 대해서도 가타부타 답이 없다. 맛이 어떤지, 입에는 맞는지, 한 놈이라도 자세히 알려주면 나 또한 그에 맞춰 계속 보낼지 말지를 결정하겠건만.

물론, 하인은 빚 독촉하듯 서서 기다리고, 저는 저대로 후루룩 물에만 밥 넘기듯 급히 몇 자 회신을 써서 보내느라 두서없는 건 이해하겠으되, 원체 매사가 설렁설렁 건성인 까닭 아니고 달리 무엇이겠나. 무람없다, 무람없어.

| 안의를 떠나며 |

유언호는 충직하고 온순하며 인정이 도타운 사람이다. 언젠가 큰 눈이 내린 날 그가 나를 집으로 불렀다. 정승 반열에 올랐어도 방 안에는 바람 막는 병풍조차 없을 만큼 세간이 검박했다. 술을 데워 큰 사발 가득 담은 만두로 안주하며 날이 샐 무렵까지 담소를 나누었다. 백성을 이롭게 하고 나라의 폐단을 없애는 방안을 이야기하던 도중 그가 문득 탄식하며 맡은 직책을 감당하지 못할까 걱정스럽다 했다. 그 모습이 여태 생생하다.

또한, 일찍이 내가 지은 글이 궁궐로 흘러들어가 홍문관과 예문각에서 돌려 읽는다는 말이 돌 때 나를 근신케 한 것도, 홍국영의 모해를 염려해 나를 피신케 한 것도, 개성유수로 있으면서 가까운 연암골에 숨어 사는 나의 살림을 살뜰히 돌봐준 것도, 십여 년 전 나를 천거하여 녹봉으로 가족을 부양하도록 길을 터준 것도, 모두 그가 한 일이다.

그가 병중에 있다는 소식이 들려 인삼 몇 뿌리와 편지를 보내 위문한다. 평생토록 물심양면 나를 도운 그인데, 나는 해줄 수 있는 것이 없어 괴롭고 슬프다.

*

경상감사와 도내 수령들이 다함께 순력에 나섰다. 안의현 차례라 옥산 서창에 나가 곡식을 분급하고 날 저물어 영각사 승방에서 하룻밤을 묵었다.

공사를 막론하고 서넛 이상 모인 자리이니만큼 술과 안주에 가무 풍악이 빠지지 않는다. 고요한 산속 도량이 깃발 없는 청루로 바뀌었다. 남의 집을 빼앗듯 빌려 버젓이 행세하는데, 만류하는 객도 제어하는 주인도 없다. 달리 주객전도인가. 폐단을 폐단으로써 덮으니 명분이 서지 않는다.

날 밝아 출발을 서두른다. 당일로 감음 고창을 둘러보고서 해 안에 관아로 되돌아가려면 시간이 바특하다.

가마나 나귀 등에 오르거나, 더러는 걸어서 남령을 넘는다. 험하고 가파른 고개라 가마꾼의 발부리에, 혹은 짐승의 발굽에 채인 돌이 절벽 아래로 구르는 소리가 들리곤 한다. 그때마다 오금이 저리다.

황점부터는 맑은 물과 잘생긴 돌들이 펼쳐진 월성계곡이 오십여 리나 이어진다. 그늘 좋은 너럭바위에 자리를 펴고 돌아가며 한 가락씩 가곡이나 시조를 뽑으며 쉬고 싶은 마음은 한 가지일 터.

"청산과 녹수를 하마 눈으로 이별하고 마는군요."

어느 수령이 좌우를 눈짓하며 아쉬워한다. 감사는 들은 체 만 체다. 신명이 제 아무리 굴뚝같아도 공무를 마냥 늦출 수는 없다.

나는 이번 순력이 마지막 일정이다. 며칠간 인계할 문서와 장부를 정리하고 짐을 꾸리면 안의와도 이별이다.

"의지동거마依遲動車馬하여 추창출송라惆悵出松蘿라. 인별청산거忍別靑山去이니 기여녹수하其如綠水何라. 느릿느릿 수레 움직여, 서글피 송라 우거진 숲을 빠져나오네. 비록 푸른 산은 이별하여도, 저 푸른 물은 어찌할거나."

"오호라, 별망천별업別輞川別業이라. 지금 박 사또의 심경이 그러한 가보외다?"

당나라 시인 왕유가 은거하던 종남산 기슭 별장을 떠나오며 지은 시이니 대충 맞는다고 하겠다.

고창에 나가 앉아 곡식 분급을 마치고서다.

"과숙체락瓜熟蒂落이라. 박 사또를 닮아 글씨가 아주 우람하니, 금방이라도 무거워 뚝 떨어질 것만 같소이다."

일행의 눈이 감사가 가리키는 쪽으로 돌아간다.

"한데, 저 벽에다 큼지막이 글자를 써서 붙여놓은들 빈 벼슬자리가 없으니 어쩌겠소?"

관찰사 이태영과는 오래전부터 알고 지냈다. 무릇 무안을 주려는 뜻은 아닐 테고, 그저 가벼운 농이겠다. 다른 고을 수령들이 무슨 대단한 우스개라도 되는 듯 갓끈이 끊어져라 웃어젖힌다. 빈말에도 기민하게 화응하는 것이 하급이 상급을 모시는 고금의 처세인즉.

누군가 토를 단다.

"박 도사가 은근히 뒷일을 기약하시다니요. 속세에 사는 우리나 다를 바 없습니다그려."

이들은 엊그제 내가 해임 통보를 받아 안의를 뜨게 되었다는 사실을 알아 대놓고 놀려먹는 것이다. 새 벼슬을 바랄 것이란 오해를 살 시기이긴하다. 선先은 이러하고 후後는 저러하다 해명하기란 구차하고 좀스럽다.

'瓜熟蒂落' 네 글자를 창고 외벽에다 써놓은 건 이미 닷새 전으로, 연례로 해오던 순행 때다. 감사 순력에 앞서 곳곳을 수리하고 접대 물목을 마련하느라 지출이 커서 여러 모로 경황이 없었으나, 그날은 창고를 점검하고서 근처 수승대를 유람했던지라 모처럼 즐거웠다. 그리고 그때만해도 내가 곧 해임되리란 걸 짐작하지 못했다. 그러니 말 그대로 하루아침의 해직인 것이다.

곡식창고는 사람 손을 타지 않으면 서생원 이빨에 녹아난다. 부임 첫해, 나무틀을 제작하여 찍어낸 흙벽돌로 창고를 새로 지었다. 해가 거듭되니 손볼 데가 한두 군데가 아니었다. 맑은 날 하인들을 보내 쥐가 들락거리는 구멍을 막고, 사개가 벌어진 문짝을 맞추고, 벽에는 지푸라기갠 진흙을 덧바르게 했다.

보수한 창고를 한걸음 물러서서 바라보니 말끔해진 벽이 외려 허전했다. 마땅한 글귀를 골라 쓰면 어떨까 싶었다.

옳지. 임기를 거의 채워 돌아갈 날이 그만큼 가까워졌으니 과숙체락이 제격이군. 오이가 익으면 꼭지가 떨어진다……. 내 처지와 맞춤이고말고.

그러고서 며칠 후 체직 통보가 날아들었다. 공교롭게 되었달 뿐, 부러 작심했겠나. 무엇보다 네 글자 어디에 벼슬 떨어진 아무개가 새 벼슬을 구하노라, 하는 뜻을 감췄더란 말인가.

꿈꾸기 전 해몽이라. 해몽이 시고 떫으니, 나무에서 절로 떨어진 것은 오이가 아니라 빛 좋은 개살구인가 보다.

내 자리는 영남 출신 이만운이 앉는다. 그가 사헌부 지평에 기용되자 부모가 연로해 집을 멀리 떠나 있을 수 없다는 이유를 세워 경직을 사양 했다는 것이다.

이를 가상히 여긴 임금님께서 경상 도내에 수령 임기가 가장 적게 남은 고을에 자리를 만들어 임명하라는 분부를 내리셨고, 마침 내가 그 조건에 부합했다.

그는 만년에 고향을 떠나지 않고도 노모를 모시고 살 길이 열렸다. 부러운 일이다.

*

재작년(1794)과 작년(1795) 사이에 이서구가 성균관 대사성을 지냈다. 큰애가 성균관 시험을 보지 않았으면 했던 까닭이다. 그와 나의 친분을 온 세상이 다 아는데 군이 오해 살 일을 만들어서 무엇 하랴.

올해는 응시할 뜻이 있기에 내 임기 마칠 동안만이라도 곁에 두고 지켜볼 요량이었다. 편지로 초여름쯤 이곳에 내려와 죽리관에서 지내기를 종용했다. 두 형제가 같이 와도 좋고, 오고 싶어 하는 친구가 있으면 동행해도 좋다고 썼다. 사람 일 모른다더니, 내가 갑자기 그만두는 바람에 모두 없던 일이 됐다.

공부야 오직 제 근성으로 밀어붙여 성취를 볼 노릇이다. 그래도 아비의 의욕이 단 며칠 만에 공염불이 될 줄 알았겠나. 서울 집에서는 내려오라는 편지를 읽자마자 득달같이 다음 편지가 도착해 오지 말라 하니 어리둥절하지 않겠나.

"나리, 찾으셨는지요?"

동애다. 요 며칠 피차 분주하여 자세한 사정을 묻지 못했다.

"들어오너라."

베수건으로 동여맸음에도 빠져나온 머리카락이 이마를 덮어 마치 북데기를 눌러쓴 것 같다. 코 밑 수염도 제법 덥수룩하다. 풋밤송이같이 빳빳한 가잠나룻까지, 한 열흘 싸돌아다닌 티가 역력하다. 갈데없는 사내장부다.

십여 년 전쯤 일이 생각난다.

이보다도 몇 해 앞서, 백동수는 서얼 신분에다 빈 벼슬자리가 없어 가솔을 이끌고 강원도 기린협에 들어갔다. 농사짓고 무술을 연마하며 낙

백의 설움을 달래는 것이 그의 일과였다. 그런 그가 마침내 조선 제일 검술로 천거를 받아 한양으로 돌아왔다.

하루는 부사용에 제수된 그가 내 집에 놀러왔다가 잔심부름하는 동애를 슬쩍 쳐다보더니 저에게 붙이면 창검을 가르쳐보겠다 했다. 아예 동애를 불러다 넌짓 묻기도 했다.

—애, 너 날 따라가런?

—저희 나리께서 보내시면 따르겠으나, 어른께서 제 뜻을 물으시는 것이라면 저는 절대 아니 가렵니다.

어린 것이 어떤 생각에선지 또박또박 말대답하는지라 백동수가 호탕하게 웃고는 손짓으로 물리쳤다. 그러고는 목소리를 낮춰 속닥였다.

—조리가 또렷한 것이 과연 이 집 가솔입니다. 나중에, 거두어준 값을 능히 하겠습니다. 안 그런가요?

—이 사람아. 자네 날 장사치로 만들 셈인가? 값 바라고 거두면 이문 남기겠다는 수작이나 무에 달라?

—날 샌 은혜 없다는 옛말이 있지 않습니까? 세월 가면 원한도 차차 엷어지는데, 묵힌 은혠들 오죽하려고요.

—원한을 뼈에 새기는 이가 있고, 은혜를 가슴에 간직하는 이도 있네. 아무려면 어떤가. 원한이든 은혜든, 다 제 그릇 크고 작은 데 따라갈 테지.

동애는 제 한몫 충분히 해냈다. 나 또한 이애 손발 덕을 적잖이 입었다.

"짐 싸는 일은 어찌하고 있더냐?"

"분부하신 대로 광엽 형님이 서두르고 있습니다. 나리께서 지정하신 기물들과 서가의 책들은 얼추 꾸렸고, 철 아닌 의복들도 큰 궤에다 잘 수습하였습니다. 오실 때 짐에서 별반 늘어난 것이 없으니 수월하답니다."

그사이 동애는 합천 족친들에게 말심부름을 다녀오고, 한양 지인들에게 선물할 특산품 몇 가지를 장만하느라 인근 장터를 누볐던 터다.

나는 감사 순력을 마무리하고 인계할 문서와 장부를 확인하는 틈틈이, 작별인사차 들른 향유, 향임, 서원의 재임, 고을 유지 들을 상대하느라 진이 다 빠졌다. 늦은 밤이 돼서야 동애가 문밖에 선 채 일처리 여부를 고하면 그것으로 돌아가는 사정을 대강 짐작하는 형편이었다.

떠나는 날은 모레다. 동애를 방으로 들인 건 꼭 물어야 할 것이 있어서다.

"그래, 너는 남겠다고?"

동애가 움찔하더니 바로 엎드린다.

"허락하여 주시면 그리 할까 싶습니다."

"고개 들어라. 네가 내 곁에서 오래 머물긴 했다만 어디 내게 매인 몸이더냐. 전에는 언제든 가도 잡지 않으마 했다고 서운타 하더니, 어쩌다 마음이 바뀌었는고?"

"나이도 있사옵고, 새로운 곳에 뿌리내리고 사는 것도 나쁘지 않다는 생각이 들었사옵니다."

이거야, 원. 초반에는 남쪽 사투리와 아전들 말투를 알아듣지 못하거나 곡해하여 제풀에 울근불근하더니. 음식이나 풍속에도 곧잘 비위가 틀어져 절레절레하더니만. 그렇다면 보나 마나다.

"언약 주고받은 처자라도 생겼느냐?"

"민망하고 송구스럽습니다만, 그렇게 되었습니다."

제꺽 실토하니 내가 오히려 열없다. 스무고개 넘는 재미가 없고나.

"하면, 내 말릴 수 없는 일이구나. 기왕이면 내가 있을 때 네 성혼을 보았더면 좋았을 텐데."

"저도 크게 아쉽습니다요. 일이 워낙 갑작스럽게 이루어졌고, 나리 올라가시게 된 일도 갑작스러운지라……."

"예상치 못했으나, 어떻든 너나 나나 좋게 된 일 아니냐."

"예, 나리. 모두 나리 은공인 줄 압니다요."

"너도 수고 많았다. 그간 나와 내 집을 위해 애써주었는데 딱히 내어줄 만한 게 없구나. 대신, 연못 아래 논을 놀리느니 네가 맡아 경작하면 좋겠다."

"예?"

동애가 어리둥절해서 나를 올려다본다. 합천 가묘 제수 비용에 대려고 마련한 논인 줄 아는 까닭이다.

"후손인 내가 가까운 현 수령으로 내려와 있는 김에 나선 것이지, 차차는 종친회에서 의논해 제사를 이어가는 것이 옳다. 너도 알지 않느냐.

팔고 자시고 하는 건 여간 성가신 일이어야 말이지. 네가 맡아주면 나야 홀홀 털고 잊으련다. 이 또한 네게나 내게나 서로 좋은 일 아니냐."

엎드려 훌쩍이는 꼴을 지켜보자니 거북하여 궁금한 바를 콕 짚는다.

"그보다, 처자는 누고?"

"예?"

"장가든다는 얘기가 아니었더냐?"

"예에, 예. 맞, 맞습니다요."

놈이 더듬대니 장난할 마음이 난다.

"맞혀보랴? 네가 악사네를 뻔질나게 드나들었으니, 아마도……."

"아, 아닙니다요. 거기가 아니고요……."

"아니다? 아니면, 기방아이냐?"

"그게, 실은…… 호방 막내딸입니다요."

쩔쩔매며 실토하는 말을 들으니 내가 더 당황스럽다.

"으흠, 호방이라……? 안의현 아전이라……?"

헛웃음이 나온다. 등잔 밑이 어둡다더니 내가 놈의 수작을 몰라도 너무 모르고 있었구나.

얼굴이 벌게져서 이실직고하는 동애를 내보내고도 멍한 기분이 가시질 않는다. 정분나는 일을 어찌 고증하랴마는, 하도 예상 밖이라 속은 기분까지 드는 것이다.

호방이 막내딸을 주겠다고 나선 것도 의외라면 의외다. 이재에 밝아 토지와 가옥 문서 철해 놓은 것이 내 재임 기간 날아든 투서 묶음만큼이라는 뒷말을 엿들은 바 있다.

들자니 호방은 급전 필요한 토박이 양반들이 밤에 은밀히 찾는다는 전주라는데, 겉으로는 벼슬아치나 떠세하는 호족 앞에서 예예거리며 저를 낮출 뿐, 드러내고 호화 사치하는 기색을 보지 못했다. 영리하달까, 음흉하달까. 큰 과오 없이 무난히 제 소임을 해냈으므로 나로서는 미워할 이유도 겨를도 없었다. 그럼에도 왠지 석연찮다.

돈으로 양반도 사고 벼슬도 사는 세상 아닌가. 무슨 셈속으로 천애고아에 외지사람인 동애와 옹서 인연을 맺는단 말인가.

모를 일이로고. 그들 일이니 그들이 알아서 할 테다.

*

마지막으로 창고 네 곳을 둘러보았다. 차질이 없는 걸 확인하니 안심이 된다. 부임 첫해, 텅 빈 창고와 거짓장부를 적발했을 때는 기가 막혔다. 그 길로 사직하고 돌아가고 싶었다.

포흠에 연루된 아전들을 타이르고 설득해 그들이 사사로이 빼돌린 환곡과 저치미 등을 본래대로 채우는 데 3년 가까이 걸렸다. 다행히 저들 중 누구 하나라도 옥에 가두거나 매를 치지 않았다. 장부와 실재가 어긋

남이 없게 되었을 때 나나 저들이나 얼마나 홀가분했던가.

저녁이 깊어서야 겨우 한숨을 몰아쉰다. 날이 밝으면 떠난다.

여기 일은 빠짐없이 끝났다. 올라가는 길에 거창에 들러 향시 감독하는 일이 남았다. 그것으로 수령의 소임을 다한다.

거창에서는 이틀을 묵고 사흗날 아침에 출발할 예정이다. 서울까지 몇 날이 걸릴지 예측하지 못한다. 추풍령 넘어 진천, 용인으로 해서 광주로 들어갈 작정이다. 가는 길에 선영에 들러 성묘를 하는 게 도리일 듯싶어서다. 조상 음덕으로 관직을 얻었고, 별 사고 없이 외직을 마쳤으니 참으로 감사할 일이다.

바야흐로 돌아가는구나.

자리에 누우니 만감이 교차한다. 소쩍소쩍, 뒷산의 소쩍새가 잠기를 싹 걷어간다. 민간에서는 소쩍새 울음소리로 벼 작황을 점친다는데, 올해 날씨는 어떨지. 농사는 하늘이 짓지 사람이 짓는 게 아니라 하지만, 가만 손 놓고 하늘만 쳐다본다면 심히 어리석은 일 아닌가.

내 이곳에서 눈썰미와 손재주 있는 장인들을 가려 뽑아 여러 기구를 제조케 했다. 농사에 시험해보기 위해서였다. 수차와 물레방아를 만들고, 논에 물을 끌어올리는 용골차를 제작해 힘을 적게 들이고도 혼자서 수십 명 분의 일을 감당할 수 있게 했다.

그러나 현실은 달랐다. 책상물림이고 농사꾼이고 간에 요모조모 뜯어

보며 신기해만 할 뿐, 당최 배우거나 활용하려 하지 않았다. 시골사람일수록 기술을 하찮게 여겨 멀리하고 손으로 모든 걸 하려 한다. 일이 더디고 몸이 휘어질밖에다.

내가 가고 나면 아무도 관심 갖지 않아 말짱 제자리일 게 빤하다. 떠나게 되어 시원하고도 섭섭한 중에, 그간 애쓴 것이 부질없게 되어 몹시 애석하다. 또, 한심하다.

이러저러 전전반측하다가 벌떡 일어나 앉는다.

머리맡의 매화는 시들어 떨어진 지 오래다. 꽃 진 자리에 녹두알만 한 초록 열매가 함초롬히 맺혔다.

초를 켜고 벼루를 당긴다. 스윽스윽, 먹을 갈며 왕진이 망천 별장을 떠나며 지은 시 한 수를 읊어본다.

"숲에서 부는 시원한 바람 그치지 않고〔林風凉不絶〕, 산에 걸린 달은 새벽에도 밝기만 하구나〔山月曉仍明〕. 은근한 정 아직도 남아 있어〔隱懃如有情〕, 이별하려니 그 슬픔 너무나도 가슴 아프도다〔惆悵令人別〕."

종이를 펼쳐 문진을 누르고서 큰 붓을 찾아 든다.

안의를 떠나기 전에 해야 할 일이다.

|결訣|

'아침저녁으로 가야금을 잡고, 마음이 있는 듯 없는 듯 악보를 헤아리며, 줄을 어루만지며 음을 찾고, 그 음을 잘 이어내는 가운데 음악에 침잠해 있으면 외물이 나와 관련 없는 듯 되고, 고적하고 양양하여 내 몸마저 잊게 된다.'

졸옹拙翁[108]의 글입니다. 거울삼으려 읊조립니다만, 기실 거울 보기가 두렵습니다. 찌푸린 하늘을 쩍쩍 쪼개는 번갯불처럼 망령된 생각이 거울 속의 저를 두 동강 냅니다. 낮꿈인가 놀라 장지문 열어젖히니 벼르고 있던 칼바람이 들이치는군요. 눈 쌓인 마당에는 휘항에 털토시 갖춘 동애가 우뚝 서 있습니다. 섣달 그믐날입니다. 가을걷이 마치자 떠났으니 두 달 만이군요. 묵묵히 허리 숙이는 그를, 저 또한 묵례로 맞습니다. 답은 이미 들었습니다.

을축乙丑년(1805) 구월 열하룻날

지난해 여름부터 토분에 가부좌 틀었던 매화가 눈에 띄게 생기를 잃어가더군요. 병자 구완하듯 굳은 흙을 뒤섞고 깻묵가루를 뿌려 가까스로 겨울을 넘겼습니다. 언 땅에서 분투하던 온갖 나무들이 다투어 꽃 열고 잎 틔우는 봄날에도, 앉은뱅이 매화목만이 감감무소식이었습니다.

---

108 가야금 악보인 『졸장만록』(1796)의 편자. 졸옹은 저자의 겸양의 표현으로 실제 성명은 미상.

긴 더위 수그러들고. 한낮에도 선선한 골바람 불자 매화는 그예 말린 인삼뿌리처럼 고사하였답니다.

진즉에, 설운 기별인 줄 짐작하였지요.

책쾌에게 『졸장만록』 돌려줄 날이 가까워옵니다. 도통 진도가 나가지 않아 절반도 베끼지 못하였어요.

을축년 시월 초이튿날

하루가 더디 갑니다. 말라비틀어진 매화 분은 어쩌지 못하고 있어요. 예감은 굳은살처럼 단단해져갑니다.

"가서 오라버니를 불러올까요?"

눈치 빠른 섭이가 대뜸 동애를 들먹입니다.

"아서. 무단히 사달 만들 거 없어."

여차하면 동애 쪽에서 건너올 테지요.

병진년(1796) 그날이 어제만 같습니다.

—동애는 이곳에 남기로 하였다는구나.

섭이는 세상 다 얻은 듯 잇몸을 드러내고 웃었습니다. 저 역시도 큰 시름 던 듯 고맙기 그지없었고요. 그 기쁨과 안도가 불과 사나흘 못 가 무너질 줄 모르고서요.

나리님 냉연히 떠나신 지 나흘째 되던 날, 어둑어둑할 무렵 동애가 대문을 두드렸어요. 거창까지 따라 올라갔다가 아침에 북행하시는 나리를 배웅하고 곧장 내려오는 길이라더군요.

—다시 보니 몹시 반갑네.

—앞으로는 더 자주 뵈올 텐데요.

—나리는, 강녕히 올라가시었는가?

—연이틀 낮에는 백일장 지켜보시고, 밤에는 다른 분들과 담소하시느라 늦게야 자리에 드시긴 하셨지요만, 출발 직전에 절 올리며 뵙기로는 거뜬하시더이다. 평소에도 워낙 적게 주무시고, 또, 댁으로 향하는 길이니 걸음이 가벼우셨겠지요.

어련하실까요. 하릴없는 미련이 되레 우스꽝스럽지요.

—저녁은? 식전이면 상을 봐오라 하겠네.

—아, 아닙니다. 초입 주막에서 국밥 한 그릇 말아먹었습니다. 그보다…… 실은 제가…….

무슨 말인지 머뭇거리다 입을 떼더군요.

—저어, 내달에 혼인키로 하였습니다.

잘못 들었나 하였습니다. 실없는 농담일 리도 없고요.

—혼인을? 그새 우리 모르는 혼처라도 났던가?

—그게, 저어, 호방나리…….

—호방이면…… 끝년이라는 그 아이?

537

―어쩌다 보니 그렇게 되었습니다.

―남의 일인 듯 말하니, 내 당혹스럽네.

섭이가 아직 어리긴 하지만 동애도 그 눈길을 모르지는 않았을 텐데요. 왜, 우리 섭이는 성에 안 차던가? 그리 묻고 싶었답니다.

―송구합니다요. 저도 덮어놓고 내린 결정은 아닙니다. 모른 척해주십시오.

―가벼운 사람 아닌 것이야 나도 아네. 인륜지대사를 번갯불에 콩 볶듯 하였겠나. 다만, 내 너무 놀라 당장은 가슴이 벌벌 떨리네.

그때였습니다.

―왜 끝년이래요? 을선이도 있고, 별래도 있고, 그런데 왜? 왜 하필 끝년이래?

섭이가 개다리소반을 마룻바닥에 던지다시피 내리박고는 앙앙 부르짖는데, 세상 도로 잃은 얼굴이더군요.

알아요. 저나 섭이가 따따부따할 일은 아니지요. 정표라도, 하다못해 말로라도 주고받은 바가 확실하면 모를까요. 남세스러운 말로, 옷고름 미리 풀지도 아니한 사이인 것을요.

동애는 섭이의 강샘에도 꿋꿋이 제 할 말만 하였습니다.

―병곡에서 소작논 매매문기가 속임수라고 관에다 고발장과 투서를 수차례 넣었답니다. 뿐 아니라 향청 서기 보는 인척을 중간에 세워 근본 모를 외지 것한테 본향 땅문서를 넘겨주다니 말이 되느냐고 관아붙이들

538

을 쏘삭인답니다. 향청, 작청이 관아 뜰을 나눠 쓰는지라 드나들 때마다 마주치니 호방나리도 피해 다닐 수가 없다는군요.

　—그 아저씨도 참 어지간하시네.

　—악사어른이 이럴 줄 아시고 호방나리를 증인으로 말 맞추어놓은 것인데…… .

　—호방이 새삼스레 말을 바꾸는가?

　—딱히 그렇다기보다…… 새 사또 오시면 저쪽 어깃장이 먹힐 수도 있답니다. 그렇게 되면 당신도 처신하기가 여간 까다롭지 않다 하고요.

　동애가 두 손바닥으로 제 얼굴을 벅벅 훔치더군요.

　듣기로, 알부자 호방은 막내딸이라면 떫은 땡감도 달다 할 위인이라 하였습니다. 끝년이는 동애 눌러 앉힐 것이라 왕왕 큰소리를 쳐왔고요. 그 소리 들고 올 때마다 삐죽이고 조바심치던 섭이는 이날부로 망연자실, 넋 놓게 생겼습니다.

　—그런즉, 저쪽을 막아주는 대신…… 자네더러 앉을자리를 정하라는 뜻인가 보이?

　짐작이 틀렸길 바랐습니다만, 동애가 입 꾹 다물고 아무 말 않는 걸 보니 그렇게 정해진 모양입니다. 온 기운이 달아나버렸습니다.

　곁에서 초조히 듣고 있던 섭이가 상에서 마른찬합을 낚아채서는 마당으로 휙 던지더군요. 봄쑥 버무려 쪄낸 개떡이 흙고물을 뒤집어쓰고 말았지요. 그예 댓돌을 내려가 흙 범벅이 된 개떡을 발로 꾹꾹 밟아댔고요.

동애는 부서져라 정지간 빗장 거는 소리를 듣고도 한참을 말이 없었습니다.

─알아주게. 나도 놀랐는데, 저 애는 오죽할까.

동애가 주섬주섬 변명하더군요.

─아씨 논 일도 그렇고…… 차후에 성가신 일이 생길 때도 있겠고요. 그리고…….

─되었네. 그만쯤이면 알아들었네.

듣기 괴로웠답니다. 부끄러웠고요. 제가 누군가에게 성가신 사람이 되었구나, 자책하고, 또 자책하였지요.

"글쎄, 오라버니는 마음이 변했다니까요. 이사 나가더니 이틀 건너, 닷새 건너, 열흘 건너, 보름 건너……. 이제 아씨나 제가 어쩌고 지내는지 궁금해 여기지 않는다니까요."

"당연한 거야. 제집 일이 우선이지. 낼모레면 세 아이 아버지가 될 참인데. 그동안 그만하면 동애도 어지간히 잘했고, 동애 처도 어지간히 참은 거야."

"끝년이 배 쑥 내밀고, 양쪽에 큰놈 작은놈 손 잡고 빨래터를 어슬렁거리는데, 아휴, 꼴 뵈기 싫어."

"못 쓰겠다. 네가 웬 참견이래니?"

"오라버니가 남매처럼 지내겠잖아요."

"너나 나나 남이야, 남. 무얼 하든, 어찌 살든, 자기들끼리 알아서 할 바야. 너야말로 경우 없는 짓 하지 마."

이러는 저도, 새신랑이 신접살림을 할아버지의 사랑채에서 하겠다며 승낙을 구했을 때 새색시 심기를 헤아리지 못했답니다. 어쩌면 알고도 건너뛰었을지도요. 결국은 제 욕심이었던 게지요. 어느 날 동애 처의 볼멘소리를 듣고서야 아차 하였으니까요.

─이게 시집살이가 아니면요? 아니면요?

일구덩이에 치여 사는 마을아낙들이야 시댁붙이 없이 든든한 친정 끼고 사는 동애 처를 부러워라하지만, 그 속내를 누가 다 알겠어요. 아버지의 위력을 앞세워 동애를 붙잡긴 하였으나 무엇 하나 호락호락한 남정네가 아니니, 끝년이 제 성화에 받쳐 앙탈도, 눈물바람도 꽤 하였겠고요.

따로 집 지어 나간 뒤로는 동애더러 오라 가라 할 수 없으니 크든 작든 집안 돌아가는 모양새가 전 같지는 않습니다. 그도 정신을 차렸는지 우리 집 출입을 줄여갔고요. 이렇게 제자리를 찾아가는 것이 이치에 맞겠지요.

을축년 시월 열이렛날

국화잎도, 모란대도 누렇게 시들었습니다. 오늘내일 무서리 내리면 다 타들어간 불꽃처럼 붉디붉은 산빛이 스러지고, 먼 산봉우리는 하얀 눈을 덮어쓰겠지요. 또다시 여우, 호랑이 울음소리나 들으며 긴긴 겨울

밤을 나겠지요.

"한번에 후루룩 떨어지면 좀 좋아."

섭이는 나뭇잎들을 마당비로 쓸어 모으면서 툴툴거립니다. 검자줏빛 고욤 열매는 나무 꼭대기에 까치밥 여남은 개만 남겨두고 알뜰히 털어내고요. 치맛감 물들이는 데 쓸 작정이랍니다. 저 손끝으로 뚝딱 해내는 일이 해마다 늘어가는군요.

을축년 시월 스무날

어둑새벽에, 높은 데서 무엇인가 쿵 떨어지는 소리를 들었습니다. 꿈인지 생시인지, 정신이 어뜩합니다.

소세하고, 조반은 드는 둥 마는 둥합니다.

상을 내가려던 섭이가 손대지 않은 찬기를 물끄러미 내려다보는군요. 빈말조차 없이 답삭 상을 한쪽으로 치워놓고는 시위하듯 문고리를 억세게 밀어젖히네요.

문밖에 시립하고 있던 쌩한 바람이 휘잉 휘파람소리 내며 들이칩니다. 처마 끝 풍경이 쟁강쟁강합니다.

무슨 조화속일까요, 불현듯 결심이 서는군요.

"네 원대로 하자꾸나."

섭이가 뒤돌아선 채 눈 끔뻑이며 대꾸합니다.

"어디 제 원이 한두 가지여야 말이지요."

"상전마님 하나 더 두었다며? 미워서 죽겠다니, 내 너부터 살려야 되지 않겠니?"

섭이가 알아듣고 냉큼 매화분을 두 팔로 끌어안는군요.

햇무리 져 날빛이 수상합니다. 답쌓인 마른 나뭇잎이 우수수우수수 굴러다닙니다. 뒤뜰로 돌아드니, 담 너머 대숲바람이 쏴아쏴아 파도치듯 넘어오는군요.

"저쪽 하늘이 푹 꺼진 걸 보니 한식경 지나면 우릉우릉 천둥치겠어요."

화분은 잘 마른 박처럼 가볍습니다. 정한 자리 골라 화분을 뒤집어엎으니 푸석한 흙과 회갈색 뿌리가 쏟아집니다.

"갈잎이 있어야겠지요?"

섭이가 정지간과 뒤뜰을 오가며 삼태기로 마른 잎을 퍼 나릅니다. 겨우내 불쏘시개로 쓰려고 땔나뭇단 옆에다 낙엽을 모아 두었더랬지요. 몇 차례 만에 자그마한 초분草墳이 생깁니다. 커다란 새집을 거꾸로 엎어놓은 형상입니다.

섭이는 부엌으로 쪼르르 가서 숯화로를 들고 오고, 부삽으로 숯을 떠 초분 사이사이에 꺼묻고, 나뭇단에서 추려낸 잔가지로 불씨를 키우는 것까지, 척척 해치웁니다. 체증이 내려가는 듯 개운한 얼굴이에요.

543

탁탁 불꽃이 튀고 매캐한 연기가 피어오릅니다. 가는 물줄기들 모여 큰 물줄기 이루듯, 여러 가닥 연기가 한데 뭉쳐 연기기둥을 만들어요. 뭉글뭉글 허공을 기어오르던 연기기둥이 바람에 꺾여 풀어졌다 합쳤다 합니다.

불의 기세가 잦아들면 섭이가 삼태기로 부채질을 더합니다. 불꽃이 다시금 화악 일지요. 매운 내가 물안개처럼 뒤뜰에 퍼집니다.

저는 묵묵히 불붙은 매화를 바라봅니다. 화분 돌아오던 날을 잊지 못해요.

봄날이었고요. 나리 임기가 부득불 당겨졌다는 소식 듣고서 몇날 며칠 숯불에 타고 남은 재처럼 하얗게 바랜 가슴으로 버티는 중이었고요. 편지는 무섭도록 결연하였지요.

……내 이미 목을 빼고 돌아갈 날 기다린 지 오래고, 아침 일도 저녁이면 벌써 옛일이니, 떠나는 이 순간도 내일이면 아마득한 옛날로 여길 것이오. 모쪼록 자중자애하오. 갈 길 바쁘고 멀어 공작관 나서기 전 급히 몇 자 써 동애 편에 남기오.

끝내 단호하시었지요. 물 샐 틈 없이 삼엄하시었지요. 옛일이다, 잊어라. 물러서지 않으면 그대가 그대를 베리라…….

아실는지요? 단 한 번도, 단 한 걸음도 나아가지 못했으니 물러선다는 말은 그른 말입니다. 잊으면, 지난날의 저를 잊는 것이니 그 또한 그른 당부이십니다.

불기운이 이마에 닿습니다. 제 몸이 서서히 뜨거워집니다.

"물러서세요, 아씨. 그러다 치마에 불 옮겨 붙겠네."

모닥불 속에서 타오르는 것이 어찌 죽은 나무뿌리이겠는지요.

"사람이 죽으면 어디로 갈까?"

미망에 맞서는 혼잣소리일 뿐입니다. 섭이가 부지깽이로 잔불을 뒤적이며 예사스럽게 받는군요.

"아마도…… 흙으로 덮고 떼를 씌우니 땅속에 갇혀 있겠지요. 불어난 물에 떠내려간 사람은 바다 밑에 가라앉아 있겠고…… 나무하러 가서 발 헛디딘 사람은 산짐승 뱃속에 들어있겠고…… 제 어머니 아버지, 가엾은 제 어린 동기는 어디 낯선 들판에서 하늘지붕을 이고 있겠고요."

초분이 주저앉습니다. 재와 희미한 열기만 남고 자취가 없어졌습니다. 삶도 사랑도 사람도, 타들고 스러지고 잊히는 소멸의 순서를 좇는 것이겠지요.

"다비 茶毘 같구나."

섭이의 눈이 반짝 빛납니다.

"그러니까…… 사람이 죽으면 연기가 되어 하늘로 올라간다는 말씀이 잖아요?"

"그래. 아지랑이처럼. 비안개처럼. 풍등처럼 높이."

그렇게 가벼워진다면, 그렇게 사라진다면, 비로소 무연재, 인연 없는 집이 제 이름값을 다하는 것이겠어요.

이때입니다. 담장 너머 대숲에서 푸른 공작새 한 마리가 공중으로 솟구쳐 오르는군요. 새는 자개처럼 아롱거리는 꼬리를 끌며 곧장 서쪽 하늘로 날아갑니다.

"애, 보았니?"

"무얼요?"

"새 말이다. 공작새. 방금 저 대숲에서 물총새처럼 솟구쳐 오르지 않던?"

섭이가 걱정스러운 눈빛으로 저를 바라보는군요.

"헛것을 보셨나 봐요. 저 희끗희끗한 건, 재가 바람에 거불거불 흩날리는 거예요."

도리질합니다.

헛것이 아니에요. 꿈이 아니에요. 맹세코 생시입니다. 두 눈으로 똑똑히 보았어요. 분명히 비취빛 공작새였어요.

을축년 섣달 스무사흗날

섣달 하현의 밤은 기나깁니다. 얕은 잠은 퍼진 국숫발처럼 툭툭 끊어지고, 금호천 가로질러온 바람은 문풍지 뚫을 듯 잉잉댑니다.

온밤 내도록 엎치락뒤치락하는 건 저만이 아닐 테지요.

동애 처도 솜이불 걷고 하마 서너 번은 방문을 열었다 닫았다, 얼어붙은 마당을 내다보았겠지요. 해 뜨기를 벼르다 단댓바람에 갓난아이를 들쳐 업고 제 앞에 나타날지도 모릅니다. 도둑맞은 물건 찾으러 온 사람처럼 눈으로 집안 구석구석을 뒤지다 휙 돌아서겠지요.

끝년이가 유세하듯 휘젓고 돌아가면 섭이는 빗장을 걸며 쫑알대겠고요.

—어휴, 저 버르장머리하고는. 지 서방 어서 돌아오지 않는다고, 엄한 데 와서 해찰을 부리네. 삽짝도 못 나가게 아예 서방 발목을 기둥에 묶어두든가.

동애는 지난 시월 스무이튿날 첫새벽에 나섰습니다. 셋째 출산과 모자 삼칠일 무사히 넘기는 것 보고 출발하느라 여느 해보다 보름 남짓 늦어졌지요.

저는 동애 편에 솜버선 열 켤레와 햇솜 누비배자 하나, 곶감 반 접과 말린 산나물을 챙겨 보냈습니다. 동애가 매년 한양 올라갈 때 제 심부름 얹어가는 것을 동애 처가 불만스러워한다는 것을 알면서도요.

올해 동애는 영 늦는군요. 보통은 한 달 안에, 지체되어도 달포면 짐바리 얹은 나귀를 끌고 돌아오련만, 무슨 연고인지 두 달이 넘도록 나타나지 않고 있습니다. 끝년이가 이틀, 사흘 건너 제 집을 사찰하는 것도 딴에는 애가 타는 까닭입니다.

용맹한 장수라도 홀로 도적떼를 만나면 속수무책이지요. 과시 보러 새재 넘던 선비가 봉변을 당했다든가, 일행에 뒤처져 밤길 서두르던 봇짐장수가 산짐승에 쫓겨 낭떠러지 아래로 굴렀다든가 하는 이야기가 도니까요. 더군다나 한겨울이라 폭설에 갇히거나 길을 잘못 들어 낭패 보는 일이 허다합니다.

동애가 위험과 불편을 감내하고도 해마다 한양걸음 하는 이유는 저와 무관합니다. 자신을 거두어주신 은혜를 잊지 않으려는 충정이겠으나, 동애 처의 생각은 다른가 봅니다. 아버지를 믿어 그런가, 생때같은 아들을 셋씩이나 두어 그런가, 꿇리는 데 없이 당당하지요.

─반쪽 양반 여식이 뭐 그리 대단해서? 늙은 기녀들 앉혀놓고 뚱땅뚱땅 가야금이나 타는 과수가 잘나면 얼마나 잘났을까?

한 귀로 듣고 흘리면 그만입니다. 그네의 억하심정을 풀어줄 길 막연하니 차라리 입 꼭 다뭅니다.

무엇보다 동애가 속히 돌아와야 할 텐데요. 이레 낮밤이 지나면 설입니다. 설마, 병인丙寅년(1806) 새해 첫날을 길에서 쇠기야 하겠어요.

을축년 섣달 스무닷샛날

아니나 다를까요. 식전 댓바람에 끝년이가 또 들이닥칩니다. 들쳐 업
은 아이가 유난히 칭얼대는군요.

"뚝! 뚝! 안 그쳐?"

백일도 안 된 아기가 말귀를 알아들을 리 없지요.

"잠투정인가 보네. 날이 찬데 얼른 가서 젖 물려 재워야겠네."

"배가 고파 우는지, 잠이 고파 우는지, 아시기나 할까."

아기엄마가 포대기를 추스르며 혼잣말인 척 구시렁거리는군요.

"애를 키워보지도 않고선……."

서방 둔 유세에다 아들 가진 유세가 강강합니다. 그네의 비틀린 언사
가 먼 기억을 불러내는군요.

— 너 하나만 눈 딱 감으면 된다. 이 일은 죽을 때까지 아무도 모를 것
이다.

노복 찬쇠와 합방하라 하셨지요. 후사를 얻기 위함이라 하늘을 속여
도 무죄하다 하셨고요. 질경이풀처럼, 쇠뜨기처럼 끈질기고 집요한 욕
망이었어요.

머잖아 숨 끊어진 아들을 병풍 뒤에 두고서는 제게 무명 한 필을 던져
주며 으르셨고요.

— 너를 위해서도, 네 친정을 위해서도 옳은 길이다.

자결을 종용하던 중문 안 늙은 여인들을 용서하였으나 잊지는 못합니다. 아직도 깊은 밤 가위에 눌려 허우적거리는걸요.

"아유, 아씨. 저걸 그냥 보내요?"

섭이가 끝년이의 뒤통수에다 종주먹을 들이대며 호들갑을 떱니다.

"그럼 어떻게 할까? 목을 맬까?"

"에구머니나, 놀래라. 무슨 말씀을 그리 독하게 하신대요?"

"끝년이 말이 맞지. 남의 씨를 받지도 아니하였고, 뒤따라 죽지도 아니하였잖니. 나 말이다. 여인도 못 되었고 열녀도 못 되었구나. 나이 사십, 헛살았다."

"아이고, 아씨!"

발 동동 구르는 섭이를 두고 방으로 듭니다.

두렵습니다. 타지에서 타인들의 타인으로 사는 삶이 두려워요.

을축년 섣달 스무이렛날

빈속에 매실주를 홀짝입니다. 취기 오르니 노랫가락이 절로 나오네요.

사랑 거짓말이로다 임 날 사랑 거짓말이로다

꿈에 보인단 말이 그 더욱 거짓말이로다

나같이 잠 아니 오면 어느 꿈에 보이리

홍섬이 곧잘 흥얼거리기에 술 한 잔 따르고 청하였답니다.

―내게도 가르쳐주오.

무심한 듯 목청 가다듬는 홍섬 곁에서, 연심이 껴들더군요.

―물색 알 만한 과수댁이 하다하다 퇴기년한테 시정 창가 배워달란 말이오? 이러니 위에서 내려온 사또 족족 곁방에 들앉히지 못해 안달이란 소문이 돌지. 안 그렇소, 아씨?

홍섬이 동무에게 눈을 흘기고는 시범을 보였어요.

―아씨 목청이 저년보다야 곱 낫지요. 자, 한 소절씩 따라해 보시오. 사랑, 거짓말이로다……

홍섬은 악기보다 노래가 한 수 위입니다. 목소리가 얇지 않고 까슬까슬한 것이 질박한 성정 그대로입니다. 가야금을 탈 때도 농현이 덜해, 손가락 끝에도 미태가 고스란히 실리는 연심과 다르고요.

동애가 솔가한 뒤로 사랑채는 아예 여인들끼리 놀음하는 공간이 되었습니다. 할아버지 생전이면 기함하실 행실이지요. 남들이 좀 수군수군하면 어떻습니까. 그네들은 저의 소리벗이요, 저의 술벗인데요. 누가 그네들만큼 저를 알아줄까요.

"거짓말이로다…… 그 더욱 거짓말이로다……"

음악에 들면 고적하고 양양하여 내 몸마저 잊는다 합니다. 하나 시정의 노래가사는 눈물 속에 지난 세월이 부유할 뿐, 고아한 침잠은 요원합니다. 비감과 측은지심이 들끓어 물아일체의 선계는 멀어지고, 해질녘 분답한 저잣거리에서 갈 곳 몰라 서성이는 것 같아요.

할아버지께서 여항의 창가를 금하신 이유이겠지요. 설익은 쌀알처럼 칠정이 곤두서 행여 항심이 무너질까 근심하셨고요.

다관이 비었어요. 매화분 치운 자리, 무릎에 턱 받치고 있는 섭이에게 눈짓합니다. 섭이가 어림없다는 듯 고개 젓습니다.

"눈 좀 붙이셔요. 몇 날째여요? 노랫말에도 있고만요. 잠 아니 자니 꿈 아니 꾼다잖아요. 만나지 못한 사람이면 꿈에서 만나볼 일이고, 찾아올 사람이면 섶다리 끊어져도 둥둥 헤엄쳐 건너올 거구먼요."

"내 오늘 일진이 별로인가 봐. 너한테까지 훈도를 듣는다."

"그러니까 차가운 술 말고 더운밥 드세요. 금방 상 내올 테니까요."

섭이가 제 손에서 다관을 빼앗습니다. 그 길로 소리 나게 방문을 여닫고 사라지네요. 싫지 않습니다. 엎드려 예예 하는 것보다 주고받는 맛이 낫거든요.

이따 상을 내오면 못 이기는 체, 한술 떠야겠어요.

을축년 섣달 스무여드렛날

동치미에 팥죽을 비우고 풋잠 들었다 깼습니다.

꿈길에 인기척 없었습니다. 눈 뜨면 햇살에 걷히는 안개처럼 일순 사라지는 꿈속의 조우란 안타까움만 더할 테지요.

한낮에도 방안 공기가 선득합니다. 동창에 두꺼운 휘장을 쳐놓았으나 황소바람을 이기지는 못하지요. 보료 밑에 손을 넣어보니 바닥은 그런대로 미지근합니다. 두툼한 누비배자를 껴입고 화로의 재를 뒤적여 불기를 살려 봅니다.

섭이는 땔나무를 주문하러 나가서는 여태 돌아오지 않고 있어요. 그 집 총각이랑 시시덕거리느라 시간 가는 줄 모르나 봐요. 처음부터 땔나무는 핑계였을지도요.

아버지를 도와 땔나무 져 나를 때 보니, 그 총각이 살짝 얽었긴 해도 체수가 우람하고 일손이 날래더군요. 부엌문 뒤에 숨어 킥킥거리는 섭이를 보자니 애틋하면서도 심란하더랍니다.

가야금을 내리고 기보 공책을 펼칩니다. 『졸장만록』 앞부분을 필사해둔 것인데 금세 시들해집니다. 내키는 대로 몇 가락 퉁겨보아요. 온전한 곡조가 되지 못한 음절들이 좁은 방 안을 이리저리 굴러다니며 투덕거립니다. 산란한 속내를 가다듬을 요량이었으나 그만 다 부질없어요. 막막하고 막막합니다.

아침저녁으로 가야금을 잡고, 마음이 있는 듯 없는 듯 악보를 헤아리고, 줄을 어루만지며 음을 찾고, 그 음을 잘 이어내는 가운데 음악에 침잠해 있

으면 외물이 나와 관련 없는 듯 되고, 고적하고 양양하여 내 몸마저 잊게
된다.

글을 거울삼으려 읊조립니다만, 기실 거울보기가 두렵습니다. 찌푸린
하늘을 쩍쩍 쪼개는 번갯불처럼 망령된 생각이 거울 속의 저를 두 동강
내곤 하지요.

문득 바깥에서 무슨 소리가 들려 귀 기울입니다. 섭이는 아니로군요.
된바람에 대숲이 통째로 우는 소리일까요. 눈 나리는 기미일까요. 어디,
헛기척에 속은 적이 한두 번이어야지요.

만에 하나, 하는 마음으로 방문을 열어젖힙니다. 벼르고 있었던 듯 들
이치는 칼바람을 받으며 그 자리에서 굳어버립니다.

생시려나요, 낮꿈이려나요. 눈 쌓인 마당 한복판에 동애가 우뚝 서 있
습니다. 감발에 행전 치고 휘항에 털토시 채비하였어도 한겨울 산길 넘
어오느라 신고를 겪은 티가 역력합니다.

두 달 하고도 열흘 만이에요. 무슨 말부터 해야 할는지요.

동애가 먼저 입 떼기를 기다립니다만, 그는 허리 숙여 절하고는 그대
로 기둥처럼 서서 버팁니다. 제 눈앞이 감감해오는군요.

강 건너온 바람이 사정없이 불어닥치고, 대숲이 거센 파도치듯 사납
게 울부짖습니다. 공작새는 보이지 않는군요.

답은 이미 들었습니다.

을축년 섣달 그믐날

재계하고 채비하여 대문을 나섭니다. 이런 날 오리라 알았습니다만, 두서없고 황망하여 천만뜻밖만 같습니다.

광풍루 아래 강기슭으로 내려갑니다. 동애는 그새 편편한 데를 골라 눈을 쓸고 모닥불을 당겨놓았군요. 여독을 풀 짬도 없이 또 제 앞막이를 자처합니다. 고맙고 미안하고, 부끄럽기 한량없습니다.

얼어붙은 강 가장자리에는 어제 내린 눈이 그대로 쌓여 있습니다. 방금 지나온 눈길에는 두 사람의 엇갈린 발자국이 선명합니다. 눈 덮어쓴 징검돌들은 하얀 사발을 열 맞춰 엎어놓은 것 같습니다. 강 한가운데, 엄동에도 얼지 않은 물길로 골짜기에서부터 흘러내린 눈석임물이 세차게 통과합니다.

"어찌 미리 아셨는지요?"

동애가 곱은 손을 녹이며 지난 시월 스무날 일을 묻습니다. 내내 궁금하였나 봅니다.

"글쎄, 난들 정말로 또렷이 알았겠나. 그날 아침에 저절로, 아 오늘이구나, 하였다네."

때로 그렇지 않은가요. 미립이랄까요, 예감이랄까요, 먼 데 일이 눈앞인 듯 환하여 의심 없이 받아들여지는 어떤 순간 말입니다. 그날 아침,

불현듯 매화 보낼 결심이 섰던 이유를 어떤 말로 증명할 수 있겠는지요.

그날 저녁에는 동애가 간만에 집으로 찾아왔었지요.

—모레 일찍 출발할까 합니다. 올려 보낼 물건 수습해 두시면 내일 저녁답에 찾으러 오겠습니다.

—또 신세 지네.

—신세라니요. 보따리 하나 끼워 넣는 것이 무어 큰일이나 된다고요.

—날 차고 길 험한데, 수저 한 벌도 무겁다면 무거운 게지. 수고로운 일을 매양 흔연히 받아주는 이가 팔도에 몇이나 되겠나. 나야 감사하단 말뿐이지.

—응당 제 도리를 하는 것입지요. 쓸모 있는 사람이 되어 저 자신도 대견하고 뿌듯합니다요.

—한결같기가 어렵지. 병진년 그해 가을서부터 왕래하였으니 이번으로 열 번째를 맞네.

그 십 년 중 여정에 차질이 생긴 해도 있었습니다. 정사년(1797)에 동애는 도성에 들어갔다가 나리 뵙지 못하고 내려오며 새 임지 면천에서 뵈었다 하였고, 경신년(1800) 가을 참에는 면천에서 헛걸음하고 북동쪽으로 방향을 새로 잡아 양양까지 가서야 나리를 뵙느라 보름이 더 걸려 돌아왔습니다. 신유년(1801)에는 나리께서 양양부사 벼슬을 버리고 상경하셨단 소식을 미리 들은 덕에 우회 없이 바로 본댁으로 향하였고요.

—어쩌면, 올해가 마지막이 될지 모르겠네.

—예?

—내 입이 방정이고만. 흘려듣게.

그날은 동애도 더 묻지 않더군요. 본인 또한 입에 담기 꺼려졌겠지요. 작년에 한양 다녀와서 나리 병환 깊더란 말을 직접 전한 바 있었으니까요.

"여느 해처럼 출발하였더라면 혹 생시의 모습을 뵈올 수 있지 않았을까 싶은 것이, 못내 속상하고 민망하더이다."

"오죽하였겠냐만, 지나간 일 탓하지는 마시게. 핏덩이 안아보는 일만큼 중한 일이 어디 있겠나."

이보게, 동애. 경황망조하기로 치면 나만 하겠나. 자네가 부러우이. 그나마 선영까지 따라가 하관을 지켜보았지 않았나. 금천 골짜기 나리 거처하시던 곳 소제하고 절하고 돌아섰다 하지 않았나. 무엇보다 그간 해마다 나리를 뵙지 않았나.

동애는 묵연히 제 말을 듣고 있습니다. 입 밖에 내지 않은 아우성을 알아듣지요. 갸륵하고, 신통합니다. 그리고 무섭습니다.

저는 가슴에 품고 온 보따리를 자갈밭에 내리고 매듭을 풀어헤칩니다.

『열하일기』 한글 필사본은 세책집 것이니 변상하여야겠지요. 병진년 새벽에 나리께서 보내주신 글씨와 편지는 제 임의대로 하여도 나무라지 않으시겠고요.

557

마지막으로 동애가 금천협 산방 앞 냇물에서 건져다준 돌멩이를 꺼냅니다.

　"무얼 하시려고요?"

　동애 눈에 낯익은 물건들입니다.

　"인연이 다하였으니 세초하려 하네."

　"귀히 여기시던 것 아닙니까? 후회하지 않으실는지요? 제 소견으로는 간직하시는 편이 옳을 듯싶습니다만……."

　"나보다야 세상 문리에 능한 사람이니 틀리지 않은 말일 것이네만, 나는 내 방식대로 하고 싶으이. 시작도 내가 하였으니 끝도 내가 맺으려네."

　물가로 내려갑니다.

　뒤따라온 동애가 주먹보다 큰 돌을 들어 얼음장을 내리치기 시작합니다. 쩡쩡 얼음 깨지는 소리가 강변 버드나무숲에 울려 퍼집니다. 동애는 제 가죽신이 차가운 물에 젖지 않도록 발 딛는 곳을 잔자갈로 두둑이 높여주는 것도 잊지 않는군요.

　저 찬찬한 사내를 섭이와 맺어주지 못하였으니, 저의 일생에 두고두고 후회할 잘못 중 하나이겠습니다.

　자갈마당을 깎으며 돌아드는 강물에 손을 담급니다. 정신이 번쩍 드는군요.

　책을 펼쳐 물속에 넣습니다.

　글씨와 편지를 펼치고 돌멩이를 얹습니다.

물 아래에서 누런 종이가 말즘 줄기처럼 펄럭입니다. 검은 글씨가 흐르는 물에 씻겨 조금씩 형체가 사라지고 있어요. 두 손은 얼얼하다 못해 감각이 없습니다.

"괜찮으신지요?"

지나간 일들이 주마등처럼 떠오릅니다.

"예전에 나리께서 말씀하셨네. 우리가 딛고 서 있는 이 땅덩어리가 네모반듯하지 않고 둥글다고 말일세. 나는 왜 그런지 강물을 볼 때마다 그 말씀이 떠올라."

땅덩어리가 참말 둥글다면 이 강물도 공처럼 굴러 굴러 한곳에 가 모이지 않을까요. 엉터리없는 말인 줄 알지만, 그렇게 믿으면 그런 것이지요.

음양의 인연만 인연이겠는지요. 옷깃 스친 인연이 이 강모래처럼 쌓이고 쌓여 저마다 환희와 슬픔과 회한을 빚었겠지요.

그러니 무연재, 인연 없는 집이란 세상에서 가장 큰 거짓말이 아닐는지요.

저 글씨들처럼 이전의 저를 지우려 합니다. 비웠으니, 비었으니, 다시금 새로이 채우며 살아갈 수 있지 않겠는지요.

그리하려고요. 모쪼록 그리하려고요.

| 참고 자료 |

도서 자료

『열하일기 1, 2, 3』, 박지원, 김혈조 옮김, 돌베개, 2009.

『지금 조선의 시를 써라』, 박지원, 김명호 편역, 돌베개, 2007.

『고추장 작은 단지를 보내니』, 박지원, 박희병 옮김, 돌베개, 2005.

『나의 아버지 박지원』, 박종채, 박희병 옮김, 돌베개, 1998.

『연암을 읽는다』, 박희병, 돌베개, 2006.

『산해관 잠긴 문을 한 손으로 밀치도다』, 홍대용, 김태준·박성순 옮김, 돌베개, 2001.

『사람답게 사는 즐거움』, 이덕무, 김성동 엮음, 솔, 1996.

『깨끗한 매미처럼 향기로운 귤처럼』, 이덕무, 강국주 편역, 돌베개, 2008.

『일득록』, 정조, 남현희 편역, 문자향, 2008.

『18세기 조선인물지』, 이규상, 민족문학사연구소 한문분과 옮김, 창작과비평사, 1997.

『우리 겨레의 미학사상』, 북한 문예출판사 '조선고전문학선집', 보리, 2006.

『조선 사람의 조선 여행』, 규장각한국학연구원 엮음, 전용훈 책임기획, 글항아리, 2012.

『18세기 조선 지식인의 발견』, 정민, 휴머니스트, 2007.

『18세기 한중 지식인의 문예공화국』, 정민, 문학동네, 2014.

『비슷한 것은 가짜다』, 정민, 태학사, 2000.

『미쳐야 미친다』, 정민, 푸른역사, 2004.

『18세기 왕의 귀환』, 김백철·노대환·염정섭·오상학·이욱·정재훈·최성환·허용호, 민음사, 2014.

『두 얼굴의 조선사』, 조윤민, 글항아리, 2016.

『모멸의 조선사』, 조현민, 글항아리, 2017.

『조선에 반反하다』, 조현민, 글항아리, 2018.

『문화유산의 두 얼굴』, 조현민, 글항아리, 2019.

『조선의 중인들』, 허경진, RHK, 2015.

『조선시대 사람들은 어떻게 살았을까 1, 2』, 한국역사연구회, 청년사, 2005.

『조선시대 선비의 삶』, 백두현, 역락, 2011.

『우리가 정말 알아야 할 우리 선비』, 정옥자, 현암사, 2002.

『옛 그림 속 양반의 한평생』, 허인욱, 돌베개, 2010.

『공부에 미친 16인의 조선 선비들』, 이수광·신동민·박윤정, 들녘, 2012.

『고전소설 속 역사여행』, 신병주·노대환, 돌베개, 2005.

『68년의 나날들, 조선의 일상사』, 문숙자, 너머북스, 2009.

『조선 사대부가의 살림살이』, 이민주, 한국학중앙연구원출판부, 2016.

『조선의 뒷골목 풍경』, 강명관, 푸른역사, 2003.

『조선의 오케스트라, 우주의 선율을 연주하다』, 송지원, 추수밭, 2013.

『조선의 가족, 천 개의 표정』, 이순구, 너머북스, 2011.

『조선의 여성, 역사가 다시 말하다』, 정해은, 너머북스, 2011.

『우리가 정말 알아야 할 우리 규방문화』, 허동화, 현암사, 2006.

『조선의 부부에게 사랑법을 묻다』, 정창권, 푸른역사, 2015.

『시집가고 장가가고』, 송기호, 서울대학교출판문화원, 2009.

『조선노비열전』, 이상각, 유리창, 2014.

『조선을 뒤흔든 21가지 재판 사건』, 이수광, 문예춘추사, 2011.

『장자』, 장자, 오강남 풀이, 현암사, 2008.

『도덕경』, 노자, 현대지성, 2020.

『고문진보』, 노태준 역해, 홍신문화사, 1982.

기타 자료

국립민속박물관, 국립한글박물관, 경기도박물관, 한양도성박물관 등의 소장 전시자료

한국학중앙연구원 한국민족문화대백과사전

NAVER, DAUM 등 검색 사이트를 통한 자료

안의, 별사

초판 1쇄 인쇄   2025년 1월 10일
초판 1쇄 발행   2025년 1월 17일

지은이   정길연
펴낸이   정해종

펴낸곳   (주)파람북
출판등록   2018년 4월 30일 제2018-000126호
주소   경기도 파주시 회동길 480 아트팩토리엔제이에프 B동 222호
전자우편   info@parambook.co.kr
인스타그램   @param.book
페이스북   www.facebook.com/parambook/
네이버 포스트   m.post.naver.com/parambook
대표전화   031-935-4049

편집   현종희

디자인   이승욱

ISBN   979-11-7274-031-3 03810